BESTSELLER

Jo Nesbø nació en Oslo en 1960. Graduado en Economía, antes de dar el salto a la literatura fue futbolista, cantante, compositor y agente de bolsa. Desde que en 1997 publicó *El murciélago*, la primera novela de la serie protagonizada por el policía Harry Hole, ha sido aclamado como el mejor autor de novela policiaca de Noruega, un referente de la última gran hornada de autores del género negro escandinavo. En la actualidad cuenta con más de cincuenta millones de ejemplares vendidos internacionalmente. Sus novelas se han traducido a cincuenta idiomas y los derechos se han vendido a los mejores productores de cine y televisión.

En Debolsillo se ha publicado al completo la serie Harry Hole, compuesta por doce títulos hasta la fecha: *El murciélago*, *Cucarachas*, *Petirrojo*, *Némesis*, *La estrella del diablo*, *El redentor*, *El muñeco de nieve*, *El leopardo*, *Fantasma*, *Policía*, *La sed* y *Cuchillo*. También se han publicado en castellano los libros independientes *Headhunters*, *Macbeth*, *El heredero*, *Sangre en la nieve*, *El reino*, *El hombre celoso* y *Eclipse*.

Para más información, visita la página web del autor: <jonesbo.com>

También puedes seguir a Jo Nesbø en Facebook: **f** Jo Nesbo

Biblioteca

JO NESBØ

Eclipse

Traducción de
Lotte Katrine Tollefsen

DEBOLS!LLO

Papel certificado por el Forest Stewardship Council®

Penguin
Random House
Grupo Editorial

Título original: *Blodmåne*

Primera edición en Debolsillo: marzo de 2024

© 2022, Jo Nesbø
Publicado por acuerdo con Salomonsson Agency
© 2023, 2024, Penguin Random House Grupo Editorial, S.A.U.
Travessera de Gràcia, 47-49. 08021 Barcelona
© 2023, Lotte Katrine Tollefsen, por la traducción
Diseño de la cubierta: Marc Cubillas

Printed in Spain – Impreso en España

ISBN: 978-84-663-7354-8
Depósito legal: B-21.481-2023

Impreso en Novoprint
Sant Andreu de la Barca (Barcelona)

P 3 7 3 5 4 8

El sol se tornará en tinieblas, y la luna en sangre,
antes que venga el día grande y espantoso del Señor.

Libro de Joel 2, 31

PRÓLOGO

—Oslo —dijo el hombre, y se llevó el vaso de whisky a los labios.

—¿Es el lugar que más amas? —preguntó Lucille.

Él tenía la mirada perdida, como si necesitara meditar la respuesta antes de asentir. Le observó mientras bebía. Era alto, incluso sentado en el taburete del bar sobresalía muy por encima de ella. Tendría diez, puede que veinte años menos que sus setenta y dos, con los alcohólicos no era fácil adivinarlo. El rostro y el cuerpo parecían tallados en madera: enjutos, limpios y duros. La piel pálida y la nariz recorrida por una fina red de venas azules, los ojos inyectados en sangre y el iris del color de un pantalón vaquero descolorido relataban que había vivido duro, que había bebido y caído hondo. Puede que también hubiera amado con intensidad.

En el mes que lo había convertido en otro habitual del Creatures había visto destellos de dolor en su mirada. Como un perro apaleado, expulsado de la manada, siempre solo al final de la barra. Junto a Bronco, el toro mecánico que Ben, el dueño del bar, se había llevado del plató de rodaje del sonado batacazo en taquilla *Urban Cowboy*, en la que había sido encargado de atrezo. Era un recordatorio de que Los Ángeles no era una ciudad construida sobre éxitos cinematográficos, sino un vertedero de derrotas humanas y financieras. Más del ochenta por ciento de las películas eran un fracaso y perdían dinero, la ciudad tenía la cifra más alta de personas sin techo de Estados Unidos, una densidad solo equiparable a la de Bombay y ciudades similares.

El tráfico estaba ahogando la urbe, solo quedaba la duda de si los crímenes callejeros, la violencia y la droga se adelantarían. Pero el sol brillaba. Sí, la jodida lámpara de dentista californiana nunca se apagaba, lucía inclemente, arrancaba destellos de diamantes auténticos a todas las baratijas de esta ciudad de mentira, como legítimas historias de éxito. Si supieran la verdad que ella, Lucille, conocía. Ella, que había estado allí, en escena y entre bambalinas.

Era evidente que ese hombre no había pisado un escenario, reconocía a los profesionales del gremio a la primera. Tampoco parecía ser uno de aquellos que observaban el escenario, admirados, esperanzados o con envidia. Más bien daba la sensación de que le importaba todo una mierda. De que iba a su bola. ¿Músico, tal vez? ¿Uno al estilo de Frank Zappa que producía sus propias composiciones inaccesibles en un sótano de Laurel Canyon y nunca sería un artista revelación?

Llevaba tiempo frecuentando el bar y Lucille había empezado a intercambiar con él un breve saludo, algún movimiento de cabeza, como hacen los clientes mañaneros de un bar para bebedores empedernidos, pero esta era la primera vez que se sentaba a su lado y le invitaba a una copa. Mejor dicho, pagó la copa que ya había pedido porque vio que Ben le devolvía la tarjeta de crédito con un gesto que daba a entender que no tenía saldo.

—¿Oslo te corresponde? —preguntó Lucille—. Esa es la cuestión.

—Lo dudo —respondió él. Se pasó la mano por el cabello cortado a cepillo, de un rubio macilento salpicado de canas, y ella se fijó en que el dedo corazón era una prótesis metálica. No era un hombre guapo y la cicatriz de color hígado que dibujaba una jota entre la comisura de los labios y la oreja, como si fuera un pez atrapado en un anzuelo, no mejoraba las cosas. Tenía algo, algo que resultaba a la vez feo, atractivo y un poco peligroso, lo tenía en común con colegas de la ciudad. Christopher Walken. Nick Nolte. Y era ancho de hombros. O tal vez lo parecía porque el resto era tan enjuto.

—Ah, sí, esos son los que más deseamos —dijo Lucille—. Los amores no correspondidos. Los que esperamos que nos amen si nos esforzamos *un poco* más.

—¿A qué te dedicas? —preguntó el hombre.

—Bebo —respondió ella levantando su vaso de whisky—. Y doy de comer a los gatos.

—Hum.

—Supongo que lo que querías preguntarme era quién soy. Y yo soy... —Bebió un trago mientras decidía qué versión le iba a dar. La que reservaba para las ocasiones sociales o la verdadera. Dejó el vaso y se decidió por la última. Qué cojones—. Una actriz que interpretó *un* gran papel. Julieta, en la que sigue siendo la mejor versión cinematográfica de *Romeo y Julieta*, que ya nadie recuerda. Un gran papel no parece mucho, pero es más de lo que logran la mayor parte de las actrices de esta ciudad. Me he casado tres veces, en dos ocasiones con ricos productores cinematográficos a los que abandoné tras firmar ventajosos divorcios, que también es más de lo que consiguen la mayoría de las actrices. El tercero fue el único al que amé. Un actor, un adonis sin dinero carente de disciplina y de conciencia. Se gastó todo mi dinero y me abandonó. Todavía le quiero, ojalá arda en el infierno.

Vació el resto de la copa, la dejó sobre la barra y le indicó a Ben que quería otra.

—Siempre ansío lo que no está a mi alcance y aposté todo mi dinero a un proyecto cinematográfico que me tentó con un gran papel para una señora entrada en años. Una iniciativa que contaba con un guion inteligente, actores que saben lo que hacen y un director que quería darle a la gente algo en lo que pensar. En resumen, una película que cualquier persona sensata comprende que está abocada al fracaso. Aquí me tienes: perdedora, fantasiosa y típica habitante de Los Ángeles.

El hombre de la cicatriz en forma de J sonrió.

—Vale, hasta aquí el análisis autoirónico —dijo ella—. ¿Cómo te llamas?

—Harry.

—No se puede decir que hables mucho, Harry.

—Hum.

—¿Sueco?

—Noruego.

—¿Huyes de algo?

—¿Doy esa impresión?

—Sí. Veo que llevas alianza. ¿Huyes de tu mujer?

—Está muerta.

—Ajá. Huyes de la pena. —Lucille levantó su copa para brindar—. ¿Sabes qué lugar amo más intensamente? Está aquí, es Laurel Canyon. No el de ahora, sino el de finales de los años sesenta. Tendrías que haber estado aquí, Harry. Si es que habías nacido.

—Sí, eso he oído por ahí.

Ella señaló las fotos enmarcadas detrás de la barra.

—Todos los músicos que frecuentaban este lugar —prosiguió—. Crosby, Stills, Nash y... ¿cómo se llamaba el último?

Harry volvió a sonreír.

—The Mamas and The Papas —añadió ella—. Carole King. James Taylor. Joni Mitchell. —Arrugó la nariz—. Tenía el aspecto y el soniquete de una alumna de la escuela dominical, pero trajo consigo a casi todos los que he nombrado. Incluso le echó el guante a Leonard, vivió aquí con ella un mes, o algo así. Me lo prestó una noche.

—¿Leonard Cohen?

—El mismo. Un buen hombre, dulce. Me enseñó a escribir versos con rima consonante. Me explicó que la mayoría comete el error de empezar con su mejor frase, y luego forzar la rima siguiente con algo mediocre. El truco está en poner la rima forzada en la primera frase, así nadie se percata. Si se te ocurre la hermosa «Your hair on the pillow like a sleepy golden storm» y luego, para que rime, escribes la banal «We made love in the morning, our kisses deep and warm», te lo has cargado. Pero si cambias el orden y escribes: «We made love in the morning, our kisses deep and warm, your hair on the pillow like a sleepy golden storm», entonces ambas frases adquieren una elegancia natural. Es así como lo escuchamos, porque pensamos que el poeta escribe en el mismo orden en que piensa. No es extraño, los seres humanos estamos programados para creer que lo que ocurre es consecuencia de un hecho anterior, no al contrario.

–Hum. ¿Lo que sucede es consecuencia de lo que va a ocurrir, no a la inversa?

–¡Exacto, Harry! ¿Lo entiendes?

–No estoy seguro. ¿Ejemplos?

–Por supuesto. –Vació la copa. Él debió percibir algo en su tono de voz, porque vio que enarcaba una ceja y rápidamente escaneaba el bar.

–Lo que ocurre en tiempo presente es que yo te cuento que debo dinero por una producción cinematográfica –dijo observando el aparcamiento polvoriento a través de los cristales sucios con las persianas a medio bajar–. No es una casualidad, sino una consecuencia de lo que *va* a ocurrir. Resulta que hay un Camaro blanco aparcado junto a mi coche ahí fuera.

–Con dos hombres dentro. Lleva veinte minutos ahí.

Ella asintió. Harry acababa de confirmar que no se había equivocado al adivinar su profesión.

–Vi ese coche delante de mi casa, arriba en Canyon, esta mañana –siguió–. No supuso ninguna conmoción, ya me han dado un aviso y me han advertido que mandarán gente a cobrar. Y no serán profesionales con licencia. Digamos que ese préstamo no me lo concedieron en un banco. Es muy probable que tengan algo que decirme cuando me dirija a mi coche. Supongo que, de momento, se conformarán con eso, advertencias y amenazas.

–Hum. Y ¿por qué me lo cuentas a mí?

–Porque eres policía.

De nuevo la ceja enarcada.

–¿Lo soy?

–Mi padre era policía… se os reconoce en todo el mundo. La cuestión es que te voy a pedir que me acompañes al salir de aquí. Si levantan la voz o me amenazan, quiero que salgas al porche y… bueno, que luzcas aspecto de policía para que salgan huyendo. Estoy bastante segura de que no llegaremos a ese extremo, pero me sentiré un poco más segura si tú nos vigilas.

Harry la observó con atención.

—Vale —dijo sin más.

Lucille estaba sorprendida. ¿No se había dejado convencer con demasiada facilidad? A la vez, había una firmeza en su mirada que le hacía confiar en él. Claro que también había confiado en el adonis. En el director y en el productor. En fin.

—Me voy —informó con brevedad.

Harry sostenía el vaso. Escuchaba el zumbido casi inaudible de los cubitos de hielo que se fundían. No bebió. Estaba sin blanca, había llegado al final del camino y tenía intención de disfrutar de esa copa todo el tiempo que fuera posible. Posó la mirada en una de las fotografías colgadas tras la barra. Era uno de los escritores favoritos de su juventud, Charles Bukowski, delante del Creatures. Ben le había contado que era de los años setenta. Bukowski rodeaba a un colega con el brazo, al amanecer, o eso parecía. Los dos vestidos con camisa hawaiana, con la mirada húmeda, las pupilas como cabezas de alfiler y una media sonrisa triunfal, como si acabaran de llegar al polo norte tras una travesía en extremo exigente.

Harry bajó la vista hacia la tarjeta de crédito que Ben había tirado sobre el mostrador.

Vacía. Liquidada. Se había acabado. *Mission accomplished.* Esto era todo: beber hasta que no quedara nada. Ni dinero, ni días, ni futuro. Solo faltaba comprobar si tenía valor o cobardía suficiente para rematar. En la pensión había guardado una vieja Beretta bajo el colchón. Se la había comprado por veinticinco dólares a los sin techo que vivían en las tiendas de campaña de Skid Row. Le quedaban tres balas. Se puso la tarjeta de crédito en la palma de la mano y cerró los dedos en torno a ella. Se giró y miró por la ventana. Siguió a la señora entrada en años mientras avanzaba por el aparcamiento. Qué pequeña era. Menuda, frágil y fuerte como un gorrión. Pantalones de color beige y chaqueta corta a juego. Había algo ochentero en su vestimenta de estilo arcaico, pero de buen gusto. Así llegaba triunfal al bar cada mañana. Hacía una *entrée*. Para un público de dos u ocho personas. «Lucille is here», solía anunciar Ben antes de empezar a servir su veneno favorito: whisky sour.

A Harry le recordaba a su madre, esa que había muerto en el hospital Radium de Oslo cuando él tenía quince años, la que le había provocado la primera herida en el corazón. No por cómo hacía notar su presencia Lucille, sino por la mirada tierna, risueña y, sin embargo, triste, propia de un alma bondadosa y, a la vez, resignada. La preocupación por los demás que manifestaba al preguntar por las últimas novedades sobre su salud, su vida amorosa y los más allegados. La consideración que tenía con Harry al dejar que siguiera estando solo en el otro extremo de la barra.

La madre, esa mujer de pocas palabras que era el faro de la vida familiar, su centro neurálgico, que manejaba los hilos con tal discreción que era fácil creer que era el padre quien decidía. La madre, que había sido el regazo seguro, quien siempre comprendía, a la que había amado por encima de todas las cosas y que, por ello, se había convertido en su talón de Aquiles.

En una ocasión, en segundo de primaria, su madre había llamado con suavidad a la puerta de clase para darle el almuerzo que había olvidado en casa. A Harry se le iluminó instintivamente la cara al verla, hasta que oyó las risas de algunos de sus compañeros y salió a zancadas al pasillo para decirle iracundo que le avergonzaba, que se marchara, que no necesitaba comida. Ella se había limitado a mirarle con una sonrisa pesarosa, le dio el sándwich, le acarició la mejilla y se marchó. Nunca lo mencionó. Lo había entendido, claro, como siempre lo captaba todo. Al acostarse aquella noche, él también lo comprendió. Que su malestar no lo había provocado *ella*, sino que todos hubieran visto su amor, su fragilidad. Pensó varias veces en pedirle perdón a lo largo de los años siguientes, pero supuso que a ella le habría parecido una tontería.

En el aparcamiento se levantó una nube de polvo que envolvió en un momento a Lucille, agarrada a sus gafas de sol. Vio abrirse la puerta del copiloto del Camaro blanco, y bajar a un hombre con camisa roja de piqué y gafas de sol. Se colocó delante del coche impidiendo que Lucille llegara al suyo.

Esperaba que se estableciera un diálogo entre ellos, pero el hombre dio un paso al frente y agarró a Lucille por el brazo. La arrastró hacia el Camaro. Harry vio cómo clavaba los tacones de los zapatos en la grava. Se fijó en que la matrícula del Camaro no era americana. Se bajó del taburete en ese mismo instante. Corrió hacia la puerta, la abrió de un codazo, el sol lo deslumbró y estuvo a punto de tropezarse con los dos escalones del porche. Se dio cuenta de que no estaba sobrio, ni mucho menos. Enfiló en dirección a los dos coches. Los ojos se fueron adaptando a la luz. Más allá del aparcamiento, al otro lado de la carretera que serpenteaba por la verde colina, había un ultramarinos sin clientela, pero no vio a nadie más que a Lucille y al hombre que la arrastraba hacia el Camaro.

—¡Policía! —gritó en inglés—. ¡Déjela ir!

—Por favor, quítese de en medio, señor —respondió el hombre con otro grito.

Harry concluyó que el tipo debía tener un pasado similar al suyo, solo los policías utilizan un lenguaje correcto en circunstancias como esa. Harry supo también que una intervención física era inevitable y que la regla número uno del combate cuerpo a cuerpo era sencilla: no esperes, quien ataca primero y con el máximo nivel de agresividad, gana. Por ese motivo no redujo la velocidad, y el otro debió comprender cuáles eran las intenciones de Harry, porque soltó a Lucille y echó mano de algo que llevaba a la espalda. Lanzó el brazo al frente. Sujetaba una pistola niquelada que Harry reconoció al instante. Una Glock 17 que le apuntaba.

Harry aflojó el paso, pero siguió avanzando hacia él. Vio el ojo del otro enfocando tras la pistola. Una pick-up que pasaba por la carretera ahogó en parte su voz:

—Vuelva corriendo por donde ha venido, señor. ¡Ahora!

Harry continuó caminando hacia él. Cayó en la cuenta de que aún sujetaba la tarjeta de crédito en la mano derecha. ¿Era así como acabaría todo? ¿En un aparcamiento polvoriento de un país extranjero, bañado por la luz del sol, en la ruina y ligeramente intoxicado, mientras intentaba hacer lo que fue incapaz de hacer por su madre, lo que había sido incapaz de hacer por ninguno de aquellos que le habían importado?

Entornó los ojos y cerró los dedos en torno a la tarjeta de crédito, formando un cincel con la mano.

El título de la canción de Leonard Cohen que ella había citado mal daba vueltas por su mente: «Hey, that's no way to say goodbye».

Sí, claro que lo era.

1
VIERNES

Eran las ocho, media hora antes el sol de septiembre se había puesto sobre Oslo, y para los niños de tres años era hora de irse a la cama.

Katrine Bratt suspiró y susurró al teléfono:

—¿No puedes dormir, cielo?

—La abuela canta mal —respondió la voz infantil sorbiendo mocos—. ¿Dónde estás?

—Tenía que trabajar, cielo, pero muy pronto estaré en casa. ¿Quieres que mamá te cante un poco?

—Sí.

—Entonces tienes que cerrar los ojos.

—Sí.

—¿Blåmann?

—Sí.

Katrine empezó a cantar la melancólica nana con voz baja, grave. «Blåmann, Blåmann, mi carnero, piensa en tu niño pequeño».

No tenía ni idea de por qué, desde hacía más de cien años, los niños habían elegido irse a dormir con la historia de un chico angustiado que se pregunta por qué Blåmann, su cabra favorita, no ha regresado de los pastos y teme que la haya atacado un oso y que esté muerta, despedazada, en algún lugar de la montaña.

A pesar de eso, al cabo de la primera estrofa oyó cómo Gert respiraba despacio, profundamente, y tras la segunda, la voz susurrante de su suegra al aparato.

—Está dormido.

—Gracias —agradeció Katrine, que había estado tanto tiempo en cuclillas que tuvo que apoyar la mano en el suelo—. Iré en cuanto pueda.

—Tómate el tiempo que necesites, querida. Soy yo la que te agradece que quieras tenernos aquí. Se parece tanto a Bjørn cuando duerme, ¿sabes?

Katrine tragó saliva. Como siempre, fue incapaz de responder a ese comentario. No porque no echara de menos a Bjørn, ni porque no se alegrara de que los padres reconocieran a Bjørn en Gert, sino porque no era verdad, así de sencillo.

Se concentró en lo que tenía por delante.

—Una nana muy ruda —dijo Sung-min Larsen, que se había puesto en cuclillas a su lado—. «¿Tal vez ya la hayas palmado?».

—Lo sé, pero es la que pide siempre —dijo Katrine.

—Claro, y la consigue. —Su colega sonrió.

Katrine asintió con un movimiento de cabeza.

—¿Alguna vez te has planteado por qué, de niños, dábamos por supuesto el amor incondicional de nuestros padres sin dar nada a cambio? Cuando en realidad éramos parásitos. Después nos hacemos mayores y la situación se transforma por completo. ¿En qué preciso momento crees tú que perdemos la fe en que merecemos ser amados sin condiciones solo por ser quienes somos?

—¿Te refieres a cuándo la perdió *ella*?

—Sí.

Bajaron la mirada hacia la joven que yacía sobre el lecho boscoso. Le habían bajado los pantalones y las braguitas hasta los tobillos, pero la cremallera del fino anorak estaba cerrada. El rostro, vuelto hacia el cielo estrellado, parecía muy pálido bajo los focos de los técnicos de escenarios de crímenes, situados entre los árboles. El maquillaje, que daba la impresión de haberse corrido y secado varias veces, formaba surcos. El cabello, de un color rubio obtenido a base de bombardearlo con productos químicos, se había pegado a un lado de su cara. Los labios estaban rellenos de silicona. Las pestañas postizas sobresalían como el alero de una casa por encima de un ojo hundido en la cuenca que, completamente fijo, miraba más allá. Del otro ojo, ausente, solo quedaba la cuenca vacía. Puede que fueran los productos químicos, apenas biodegradables, los que hubieran contribuido a que el cadáver se conservara bastante bien, a pesar de todo.

–Supongo que se trata de Susanne Andersen –comentó Sungmin.

–Yo también –dijo Katrine.

Ambos investigadores procedían de secciones distintas, ella de Delitos Violentos en el distrito policial de Oslo y él de Kripos, la Policía Judicial. Susanne Andersen, veintiséis años, estaba desaparecida desde hacía diecisiete días y había sido vista por última vez en la grabación de una cámara de seguridad en la estación de metro de Skullerud, a unos veinte minutos a pie de donde se encontraban. La única pista de la otra mujer desaparecida, Bertine Bertilsen, veintisiete años, era su coche, que había aparecido abandonado al otro lado de la ciudad, en un aparcamiento de Grefsenkollen, una zona frecuentada por excursionistas. La mujer que tenían delante llevaba el cabello rubio, lo que coincidía con las imágenes que la cámara había grabado de Susanne, mientras que Bertine, según familiares y amigos, últimamente llevaba el pelo castaño. Además, el cadáver no presentaba tatuaje alguno en los miembros inferiores desnudos, mientras que Bertine debía tener uno, el logo de Louis Vuitton, en el tobillo.

Hasta ese momento septiembre había sido un mes frío y seco, y las alteraciones del color de la piel del cadáver –azul, morado, amarillo, marrón– encajaban con que hubiera estado a la intemperie casi tres semanas. Lo mismo podía decirse del olor, que se debía a la producción de gases que se escapaban por todos los orificios corporales. Katrine también se había fijado en la franja de filamentos blancos bajo las fosas nasales: hongos. Larvas de mosca, amarillentas y ciegas, hervían en la gran herida del cuello. Katrine las había visto tantas veces que ya no le causaban impresión alguna. Al fin y al cabo, citando a Harry, las moscas azules son tan fieles como la hinchada del Liverpool. Aparecen a la hora y en el lugar que sea, llueva o truene, atraídas por el olor del trisulfuro de dimetilo que el cuerpo empieza a segregar desde el mismo momento de la muerte. Las hembras ponen huevos, y al cabo de unos días eclosionan las larvas y se atracan de carne putrefacta. Forman crisálidas, se transforman en moscas que buscan un cadáver en el que poner huevos y al cabo de un mes han culminado su existencia y mueren. Ese es su ciclo vital. No muy distinto del nuestro, pensó Katrine. O no tan distinto del mío.

Katrine miró alrededor. Los técnicos de criminalística, vestidos de blanco, se movían como fantasmas silenciosos entre los árboles, proyectaban sombras escalofriantes cada vez que el flash de sus cámaras los iluminaba. El bosque era grande. Østmarka se prolongaba milla tras milla hasta llegar a Suecia. Un corredor había encontrado el cadáver. O, mejor dicho, su perro, que iba suelto y desapareció del estrecho sendero de grava hacia el interior del bosque. Ya había oscurecido y el deportista, que llevaba un foco en la frente, lo había seguido mientras gritaba su nombre y acabó por encontrarlo moviendo el rabo junto al cadáver. Bueno, nadie había mencionado que meneara la cola, pero así se lo había imaginado Katrine.

—Susanne Andersen —susurró, sin saber muy bien a quién. Tal vez a la muerta, a modo de consuelo, para asegurarle que por fin la habían encontrado e identificado.

La causa de la muerte parecía evidente. El corte que le había abierto la garganta recorría el cuello menudo de Susanne Andersen como una sonrisa. Katrine vio restos de salpicaduras de sangre en el brezo y en el tronco de un árbol, a pesar de que las larvas de mosca, insectos varios y puede que otros animales ya habrían consumido la mayor parte.

—La han matado aquí.

—Eso parece —dijo Sung-min—. ¿Crees que la han violado? ¿O solo han abusado de ella después de matarla?

—Abusó después —opinó Katrine enfocando las manos de Susanne con la linterna—. No hay uñas rotas, ningún indicio de lucha. Intentaré que el Anatómico Forense inspeccione el cadáver durante el fin de semana, así sabremos qué opinan ellos.

—¿Autopsia?

—Dudo que pueda hacerse antes del lunes, como pronto.

Sung-min suspiró.

—Sí, bueno, supongo que solo es cuestión de tiempo que encontremos a Bertine Bertilsen, violada y con el cuello rebanado, en algún lugar de Grefsenkollen.

Katrine asintió. Sung-min y ella se habían conocido mejor durante el último año, y él había justificado su fama de ser uno de los mejores investigadores de la Policía Judicial. En opinión de muchos sería él quien se encargaría de dirigir la sección de Investigación de la Policía Judicial el día que Ole Winter lo dejara, y a partir de esa fecha la sección tendría un jefe mucho mejor. Podría ser, pero algunos manifestaban su escepticismo ante la idea de que la más destacada institución investigadora del país estuviera a cargo de un surcoreano adoptado y maricón que vestía como si perteneciera a la aristocracia británica. Su chaqueta de caza de tweed, de corte clásico, y sus botas de piel vuelta contrastaban con el fino anorak barato de Katrine y sus deportivas de Gore-Tex. Bjørn solía llamarlo «gorpcore», al parecer una moda internacional que hacía que la gente fuera al pub como si se dispusiera a escalar una montaña. Ella lo justificaba diciendo que era consecuencia de la vida que llevaba como madre de un bebé. Tenía que reconocer que su vestimenta, discreta y práctica, también se debía a que ya no era la joven y rebelde investigadora de talento, sino que estaba al frente de la sección de Delitos Violentos.

—¿Qué crees que es esto? —dijo Sung-min.

Sabía que estaba pensando lo mismo que ella. Y que ninguno quería decirlo en voz alta. Todavía no. Katrine carraspeó.

—Empecemos por analizar lo que tenemos aquí y por descubrir qué ha pasado.

—De acuerdo.

Katrine esperaba que la Policía Judicial repitiera con frecuencia ese «de acuerdo» en los próximos días. Claro que toda ayuda sería bienvenida. La Policía Judicial había comunicado que estaba a su disposición desde el momento en que denunciaron la desaparición de Bertine Bertilsen, una semana exacta después de la de Susanne y en circunstancias llamativamente similares. Ambas mujeres habían salido un martes por la noche, sin comentar con ninguno de aquellos con los que la policía había hablado adónde iban, y no volvieron a verlas. Había más factores que vinculaban a las dos mujeres. A partir de ese momento la policía descartó la teoría de que Susanne pudiera haber sufrido un accidente o se hubiese quitado la vida.

—Bien, pues quedamos en eso —aceptó Katrine poniéndose de pie—. Daré aviso al jefe.

Katrine tuvo que permanecer un rato de pie hasta volver a sentir las piernas. Se iluminó con el móvil para pisar las huellas que habían dejado al dirigirse al lugar del crimen. Tras cruzar las cintas policiales, sujetas entre los árboles, escribió en el teléfono las tres primeras letras del nombre de la comisaria de la sección. Bodil Melling respondió al tercer tono.

—Aquí Bratt. Siento llamar tan tarde, pero parece que hemos encontrado a una de las dos mujeres desaparecidas. Asesinada, le han cortado el cuello, salpicaduras propias de la sección de la yugular, probable violación o abusos. Muy probable que sea Susanne Andersen.

—Triste noticia —comentó Melling. Lo dijo sin emoción, y Katrine visualizó el rostro inexpresivo de Bodil Melling, la vestimenta incolora, el lenguaje corporal carente de carácter, su vida familiar sin duda libre de conflictos y la sexual, desprovista de emoción. La recién elegida jefa de la sección solo parecía mostrar algo de entusiasmo ante la inminente vacante del despacho de director de la policía. Melling no carecía de las cualificaciones precisas, pero Katrine la encontraba de un aburrido insoportable. A la defensiva. Cobarde.

—¿Convocas una rueda de prensa? —sugirió Melling.

—Vale. ¿Quieres…?

—No, mientras no tengamos una identificación definitiva del cadáver, te ocuparás tú.

—¿Junto con la Policía Judicial? Tenían agentes en el lugar de los hechos.

—Vale, bien. Si no quieres nada más... tenemos invitados en casa.

En la pausa que se produjo a continuación, Katrine oyó que hablaban en voz baja de fondo. Parecía un amistoso intercambio de opiniones, donde una parte se limita a confirmar y profundizar en lo que ya ha dicho la otra. Lazos sociales. Así lo prefería Bodil Melling. No había duda de que se molestaría si Katrine volvía a sacar el tema. Katrine lo había propuesto en el momento en que denunciaron la desaparición de Bertine Bertilsen y sospecharon que el mismo hombre podría haber asesinado a dos mujeres. No serviría para nada, Melling lo había dejado muy claro, había dado la discusión por zanjada. Katrine debería dejarlo estar.

—Solo una cosa más —dijo. Dejó que sus palabras quedaran flotando y tomó aire.

La comisaria se adelantó.

—La respuesta es no, Bratt.

—Es el único especialista que tenemos en este campo. Y es el mejor.

—Y el peor. Además, ya no lo *tenemos*. Gracias a Dios.

—La prensa preguntará por él. Querrán saber por qué no hemos...

—En ese caso responderás diciendo la verdad, que no sabemos dónde se encuentra. Teniendo en cuenta lo que le ocurrió a su esposa, su inestabilidad y su adicción, tampoco veo cómo podría resultar eficiente en la investigación de un asesinato.

—Creo que sé dónde puedo encontrarlo.

—Déjalo ya, Bratt. Si empiezas a recurrir a viejos héroes en el mismo momento en que estás sometida a cierta presión darás la sensación de que no valoras a la gente que está a tu servicio en la sección de Delitos Violentos. ¿Qué crees que pasaría con su autoestima y su motivación al saber que quieres traer de vuelta a una ruina retirada? A eso se le llama falta de liderazgo, Bratt.

—Vale —aceptó Katrine, y tragó saliva con dificultad.

—Bien, me alegro de que te valga. ¿Alguna cosa más?

Katrine lo pensó. Melling era capaz de dejarse provocar y enseñar un poco los dientes, a pesar de todo. Eso estaba bien. Observó la media luna que colgaba sobre las copas de los árboles. La noche anterior, Arne, el joven con el que llevaba saliendo casi un mes, le había contado que dentro de dos semanas habría un eclipse total de luna, la llamada luna de sangre, y que deberían celebrarlo. Katrine no tenía ni idea de lo que era la luna de sangre, pero estaba claro que ocurría cada dos o tres años, y Arne estaba tan entusiasmado que no quiso decepcionarlo diciendo que tal vez no deberían planificar algo para una fecha tan lejana en el tiempo como dos semanas puesto que apenas se conocían. Katrine nunca había rehuido los conflictos, prefería ser directa, puede que lo hubiera heredado de su padre, un policía de Bergen con más enemigos que días de lluvia en la ciudad: había aprendido a elegir sus batallas y el momento de librarlas. Al pensarlo comprendió que, a diferencia de un enfrentamiento con un hombre con el que no sabía si tendría futuro alguno, esta cuestión tendría que pelearla. Ahora o más adelante.

—Solo una cosa —dijo Katrine—. ¿Puedo decirlo en la conferencia de prensa si alguien pregunta? ¿O a los padres de la próxima chica que asesinen?

—¿Decir qué?

—Que el distrito policial de Oslo rechaza la ayuda del hombre que ha descubierto y detenido a tres asesinos en serie en Oslo. Porque pensamos que podría afectar a la autoestima de algunos de nuestros colegas.

Se hizo una pausa prolongada y Katrine ya no oía conversaciones de fondo. Por fin, Bodil Melling carraspeó.

—¿Sabes, Katrine? Has trabajado mucho y muy duro en este caso. Ocúpate de esa conferencia de prensa, descansa el fin de semana, el lunes hablaremos.

Colgaron y Katrine llamó al Instituto de Medicina Legal. En lugar de seguir la vía oficial, se puso en contacto directo con Alexandra Sturdza, la joven forense que no tenía novio, ni hijos, ni era demasiado estricta con el horario laboral. Y, en efecto, Sturdza respondió que ella y un colega le echarían un vistazo al cadáver al día siguiente.

Katrine se quedó observando a la muerta desde arriba. Puede que fuera por el hecho de haber llegado a donde estaba por sus propios medios, en un mundo de hombres, por lo que nunca había logrado reprimir el desprecio que sentía por las mujeres que, de forma voluntaria, se hacían dependientes de ellos. La circunstancia que vinculaba a Susanne y Bertine no era solo que vivieran de los hombres, sino que habían compartido al mismo, el magnate inmobiliario Markus Røed. Su vida y existencia se basaba en otros, en que tipos con el dinero y la posición que ellas no tenían las mantuvieran. Ellas pagaban con sus cuerpos, su juventud y belleza. Para que, en los casos en que esa relación se visibilizaba, su acompañante pudiera disfrutar de la envidia de otros hombres. Al contrario de un niño, las mujeres como Susanne y Bertine tenían que vivir con la certeza de que el amor no era incondicional. Antes o después su amo las descartaría y tendrían que buscar otro al que parasitar. O dejar que las parasitaran a ellas, todo según se mirara.

¿Eso era amor? O ¿eso también era amor? ¿Por qué no? ¿Solo porque resultara deprimente pensar en ello?

Entre los árboles, en dirección al sendero de grava, Katrine vio la luz azul de la ambulancia que había llegado en silencio. Pensó en Harry Hole. Sí, en abril había tenido noticias de él, una postal que, de manera inexplicable, procedía de Venice Beach, con matasellos de Los Ángeles. Como el eco del sónar de un submarino en las profundidades. El texto era muy breve: «Manda dinero». Una broma que no estaba tan segura de que lo fuera. Desde entonces, silencio.

Absoluto silencio.

La última estrofa de la canción, la que no había llegado a cantar, sonó en su interior: «Blåmann, Blåmann, respóndeme ya, bala con tu familiar sonido. Aún no, mi Blåmann, no debes morir, no dejes a tu niño».

2
VIERNES. DIVISA

La conferencia de prensa tuvo lugar en la sala polivalente de la central de policía. El reloj de la pared marcaba las diez menos tres minutos, y mientras Mona Daa, periodista especializada en sucesos en el diario sensacionalista *VG*, y los demás esperaban a que los representantes de la policía subieran a la tarima, Mona concluyó que había acudido mucha gente. Más de veinte periodistas, y eso que era viernes por la noche. Había tenido una breve discusión con su fotógrafo sobre si un doble asesinato vendía el doble que uno sencillo, o si se producía un efecto de «rendimiento decreciente». El fotógrafo opinaba que la calidad primaba sobre la cantidad, que si la víctima era una mujer joven, de etnia noruega y más atractiva que la media, eso daría más clics que, por ejemplo, una pareja de cuarentones drogadictos con antecedentes. O que dos, incluso tres, chavales inmigrantes y miembros de una banda callejera.

Mona Daa estaba de acuerdo. De momento solo se había confirmado el asesinato de una de las dos chicas desaparecidas: siendo realistas, solo era cuestión de tiempo que se supiera que la otra había corrido la misma suerte, y ambas eran jóvenes, de etnia noruega y guapas. Vamos, que era inmejorable. No sabía bien qué pensar al respecto. Si era la prueba de una preocupación mayor por la persona joven, inocente y más indefensa. O si intervenían otros factores, aquellos que solían obtener más clics: sexo, dinero y la vida que los lectores querrían para sí.

Hablando de ambicionar lo que otros tenían, vio a un tipo de treinta y tantos años unas filas más adelante. Llevaba la camisa de franela imprescindible para todos los hípsters esta temporada y el sombrero *pork pie* de Gene Hackmann en *The French Connection*. Era Terry Våge, del diario sensacionalista *Dagbladet*, y desearía tener sus fuentes. Desde el principio de este caso había ido una cabeza por delante de los demás. Por ejemplo, Våge fue el primero en publicar que Susanne Andersen y Bertine Bertilsen habían asistido a la misma fiesta. Våge había citado una fuente que afirmaba que las chicas habían tenido a Røed como *sugar daddy*. La irritaba, y no solo porque fuera de la competencia. Le molestaba su presencia aquí. Como si supiera lo que estaba pensando, se giró y la miró de frente. Sonrió con ganas y se llevó un dedo al ala del estúpido sombrero.

—Le gustas —dijo el fotógrafo.

—Lo sé —murmuró ella.

El interés de Våge por Mona surgió cuando, de forma inesperada, regresó al periodismo para dedicarse a los sucesos y ella cometió el error de ser más o menos amable con él durante un seminario que trataba, paradójicamente, de la ética en la prensa. El resto de los periodistas evitaban a Våge como a la peste, su actitud casi había parecido una provocación. A partir de ese momento había llamado a Mona para pedirle «trucos y consejos», así solía denominarlos. Como si a ella le interesara tutelar a la competencia, vaya, ni siquiera quería tener algo más que ver con una persona como Terry Våge.

Todo el mundo sabía que *algo* había de cierto en los rumores que corrían sobre él. Cuanto más lo rechazaba ella, más intenso se ponía él. Al teléfono, en redes sociales, incluso en bares en los que aparecía de la nada. Como era habitual, Mona había tardado en darse cuenta de que se interesaba por *ella*.

Mona nunca había sido la primera opción de los tíos, compacta y ancha de cara, con lo que su madre llamaba un «cabello sin gracia» y una lesión de cadera de nacimiento que hacía que anduviera con el estilo de un cangrejo. Sabe Dios si lo hizo para compensar, pero se había iniciado en el levantamiento de pesas, se había tornado aún más compacta, había levantado ciento veinte kilos en arrancada y había ganado un tercer puesto en el campeonato nacional de culturismo.

Había aprendido que nadie daba nada gratis, al menos no a ella, y había desarrollado un encanto insistente, un humor y un descaro que las barbies no podían igualar, y que le habían llevado a ganarse el trono extraoficial de reina de los sucesos, y a Anders. El que más apreciaba de los dos era haberse ganado a Anders. Vale, por poco. El caso era que, por muy desacostumbrado y halagador que resultara el interés de otros hombres, como el que mostraba Våge, Mona no se planteaba explorarlo. Opinaba que se lo había dejado claro, si no con palabras, sí con su tono y lenguaje corporal. Parecía que él oía y veía lo que quería. A veces, lo miraba a los ojos demasiado abiertos, inmóviles, y se preguntaba si es que iba puesto de algo o no estaba del todo bien de la cabeza. Una noche apareció en un bar y, cuando Anders fue al baño, le dijo algo tan bajito que no pudo oírse entre la música, no tan bajo que ella no lo oyera. «Eres mía». Ella había fingido que no lo escuchaba, él siguió allí, tranquilo y seguro de sí mismo, con una sonrisa astuta, como si fuera un secreto compartido. Que se fuera al infierno. No soportaba los dramas y por eso tampoco le dijo nada a Anders. Bueno, Anders lo hubiera llevado bien, lo sabía, pero ella no dijo nada. ¿Qué se imaginaba Våge? ¿Que su interés por él, el nuevo macho alfa de su pequeña charca, tenía que aumentar en proporción a la posición cada vez más destacada como periodista de sucesos que siempre iba una cabeza por delante de los demás? Porque así era, no había discusión. Si había algo ajeno que deseara, era volver a ir la primera, no verse rebajada a ser una más de la manada que corría detrás de Terry Våge.

—¿De dónde crees que saca la información? —le susurró al fotógrafo.

Él se encogió de hombros.

—A lo mejor se lo está inventando otra vez.

Mona negó con la cabeza.

—No, lo que publica ahora tiene fundamento.

Markus Røed y Johan Krohn, su abogado, ni siquiera habían intentado negar nada de lo que Våge había escrito, y eso era confirmación suficiente.

Våge no siempre había sido el rey del crimen. En el futuro estaría marcado por esa historia, no había vuelta atrás. El nombre artístico de la chica era Genie, una versión retro de glam rock al estilo de Suzi Quatro, para quienes se acordaran de ella. El caso era de cinco o seis años atrás, y tal vez lo peor no fuera que se hubiera inventado y publicado falsedades sobre Genie, sino el rumor de que le había echado Rohypnol en la bebida durante una fiesta para intentar acostarse con la adolescente. En aquella época era crítico musical en un periódico gratuito de gran tirada y estaba claro que se había enamorado perdidamente de Genie. A pesar de que la elogió en un artículo detrás de otro, ella le había rechazado una y otra vez. Él no dejó de presentarse en sus conciertos y fiestas posteriores. Hasta esa noche en la que, si los rumores eran ciertos, había adulterado su copa y se la había llevado en brazos a su habitación en el mismo hotel donde se alojaba su banda. La historia era que los músicos se habían percatado de lo que estaba ocurriendo y se habían abierto paso hasta la habitación donde Genie yacía desmayada y medio desnuda en la cama de Terry Våge. Le dieron una paliza tan contundente que Våge sufrió una fractura de cráneo y pasó un par de meses ingresado en un hospital. Era probable que Genie y la banda pensaran que Våge ya había recibido castigo suficiente, o que no quisieran exponerse a ser juzgados, el caso fue que ninguna de las partes denunció. Eso sí, se acabaron las buenas críticas. Además de poner a parir su producción musical, Terry Våge publicó artículos sobre las infidelidades de Genie, drogas, plagios, salarios miserables para los miembros de la banda y falsedades en las solicitudes de financiación de sus giras. Presentaron una queja formal ante el Comité Deontológico de la Prensa por el contenido de una docena de ellos, se demostró que Våge se los había inventado casi todos, lo echaron y fue persona *non grata* en el periodismo noruego los cinco años siguientes. Era un misterio cómo había logrado reincorporarse. O tal vez no. Había comprendido que estaba acabado como periodista musical, empezó a publicar un blog sobre crímenes que había ido incrementando el número de lectores y, por fin, el diario *Dagbladet* consideró que no se podía excluir de la profesión a un periodista joven solo porque hubiera cometido errores al principio de su carrera. Le habían contratado como freelance, un freelance que disponía de más espacio en la publicación que cualquiera de los periodistas de plantilla.

La policía ocupó sus puestos en la tarima y Våge apartó por fin la mirada de Mona. Dos del distrito policial de Oslo: Katrine Bratt, detective de la sección de Delitos Violentos, y el responsable de comunicación, Kedzierski, un hombre con el pelo rizado al estilo Dylan. Dos de la Policía Judicial: el director de la sección de Investigación, Ole Winter, con su aire de perro de presa, y el siempre bien vestido y recién peinado Sung-min Larsen. Mona dedujo que ya habían decidido que la investigación sería una colaboración entre la sección de Delitos Violentos, en este caso el familiar y seguro Volvo, y la Policía Judicial, el Ferrari.

La mayoría de los periodistas levantaron el teléfono en el aire para captar sonido e imagen, Mona Daa tomaba notas a mano y le dejaba las fotos a su colega.

No hubo sorpresas, les informaron de poco más que el hallazgo de un cadáver en Østmarka, en las rutas de Skullerud, y de que el cadáver había sido identificado como el de la desaparecida Susanne Andersen. Investigarían el caso como un posible asesinato, de momento no podían dar detalles de la causa de la muerte, ni particulares sobre los hechos, sospechosos y demás.

Se produjo el intercambio habitual en el que los periodistas acribillaban a preguntas a los de la tarima, mientras que ellos, sobre todo Katrine Bratt, repetían «sin comentarios» y «no podemos pronunciarnos al respecto».

Mona Daa bostezó. Anders y ella tenían planes para cenar tarde y empezar bien el fin de semana, pero ya no sería posible. Tomó nota de lo que decían, tenía la sensación de estar escribiendo un relato que ya había oído antes. Puede que Terry Våge sintiera lo mismo. Al parecer, ni anotaba ni grababa nada. Reclinado en su asiento, lo contemplaba todo con una media sonrisa que parecía triunfal. No hizo ninguna pregunta, como si ya tuviera las respuestas que pudieran interesarle. Dio la sensación de que el resto también había acabado y entonces, cuando parecía que el responsable de comunicación, Kedzierski, tomaba aire para dar la comparecencia por finalizada, Mona levantó el lápiz.

—Sí, ¿*VG*? —Le dio la palabra con un aire que sugería que fuera breve, que ya empezaba el fin de semana.

—¿Tenéis la sensación de contar con las competencias precisas en el caso de que nos encontremos ante el tipo de persona que vuelve a matar, es decir, un…?

Katrine Bratt se había inclinado hacia delante y la interrumpió.

—Como ya hemos dicho, no disponemos de indicios firmes que nos permitan afirmar que haya una relación entre esta muerte y otros potenciales delitos. En cuanto a las capacidades de la sección de Delitos Violentos y la Policía Judicial, puedo asegurar que son las precisas, dado lo que sabemos del caso por el momento.

Mona tomó nota de la reserva de la detective al decir «dado lo que sabemos del caso por el momento». Y de que Sung-min Larsen, sentado a su lado, no había asentido ante la afirmación de Bratt ni desvelado en modo alguno lo que opinaba de las competencias.

La rueda de prensa terminó, y Mona y los demás salieron a una suave noche otoñal.

—¿Qué opinas? —preguntó el fotógrafo.

—Creo que se alegran de tener un cadáver —dijo Mona.

—¿Dijiste que *se alegran*?

—Sí. Susanne Andersen y Bertine Bertilsen llevan dos o tres semanas muertas, la policía lo sabe, no tenían ni una sola pista salvo la fiesta de Røed. Así que, sí, creo que se alegran de empezar el fin de semana con al menos un cadáver que pueda darles un punto de partida.

—Vaya, eres bastante fría, Daa.

Mona levantó la vista y lo miró sorprendida. Lo pensó y lo saboreó.

—Gracias —dijo.

A las once y cuarto, Johan Krohn por fin encontró un sitio para aparcar su Lexus UX 300e en la calle Thomas Heftye y después dio con el número del edificio de apartamentos al que su cliente Markus Røed le había rogado que acudiera. Sus colegas consideraban al abogado defensor de cincuenta años uno de los tres o cuatro mejores de Oslo. La opinión pública lo consideraba el mejor, sin discusión, por su perfil mediático. En la mayoría de los casos era más famoso que sus clientes y no hacía visitas a domicilio, eran ellos quienes acudían a él, casi siempre en las oficinas del bufete Krohn y Simonsen en la calle Rosenkrantz y dentro del horario laboral. Y ahora tampoco iba a hacer exactamente una visita a domicilio, porque esta dirección no era la de la residencia oficial de Røed. Esa etiqueta correspondía a un ático de doscientos sesenta metros cuadrados que coronaba uno de los nuevos edificios de la bahía de Oslo.

Krohn siguió las instrucciones recibidas media hora antes por teléfono y presionó el timbre que llevaba el nombre de la compañía de Røed, Barbell Eiendom.

—¿Johan? —Se oyó la voz sin resuello de Røed—. Quinta planta.

El portón vibró y Krohn abrió.

El ascensor tenía un aspecto lo bastante dudoso para que Krohn optara por la escalera. Ancha, peldaños de roble, los forjados de la barandilla eran más propios de Gaudí que de un vetusto y exclusivo edificio de Oslo. La puerta del quinto piso estaba entreabierta. Del interior llegaban sonidos que parecían bélicos; entendió por qué al entrar y ver una luz azulada procedente del salón. Ante una gran pantalla de televisión, no menos de cien pulgadas, había tres hombres que le daban la espalda. El más alto de los tres, el hombre del centro, llevaba unas gafas de realidad virtual y un mando en cada mano. Los otros dos, jóvenes de veintitantos o así, eran meros espectadores que utilizaban la pantalla para ver lo mismo que el hombre de las gafas. Era una batalla de trincheras, la Primera Guerra Mundial por lo que Krohn pudo ver de los cascos de los soldados alemanes. Salían a oleadas, lanzados hacia los jugadores, y el hombre alto del mando les disparaba.

—¡Guay! —gritó uno de los jóvenes cuando la cabeza del último alemán estalló dentro del casco y se desplomó.

El alto se quitó las gafas de realidad virtual y se giró hacia Krohn.

—Ahí queda resuelto *ese* marrón —dijo sonriendo entre dientes con aire satisfecho. Markus Røed era un hombre guapo para su edad. El rostro ancho, la mirada juguetona, la piel lisa siempre bronceada y el cabello de un negro brillante, peinado hacia atrás y denso como el de un veinteañero. Cierto que había ensanchado, pero era alto, tanto que la barriga podía pasar con dignidad. Lo primero que llamaba la atención en él era la intensa vitalidad de su mirada. Esa viveza de Markus Røed cuya energía empezaba por seducir, luego por atropellar y acababa por hartar a la mayoría. Para entonces era probable que hubiera obtenido de ti lo que buscaba, y podías apañártelas como quisieras. El nivel de energía podía variar, igual que el humor de Røed. Krohn suponía que ambas cosas estaban relacionadas con el polvo blanco del que ahora veía restos en una de sus fosas nasales. Johan Krohn era consciente de todo esto, pero aguantaba. No solo porque Røed hubiera insistido en pagarle un cincuenta por ciento más de su tarifa habitual por hora, como había explicado, para asegurarse de que Krohn ponía toda su atención, fidelidad y voluntad en obtener un buen resultado, sino, sobre todo, porque Røed era el cliente soñado por Krohn: un hombre de perfil prominente, un supermillonario con una imagen tan detestable que, paradójicamente, Krohn parecía más valiente y firme en sus convicciones al aceptar defenderlo. Por eso, mientras el caso estuviera abierto, toleraría que lo convocara un viernes por la noche.

Røed hizo un gesto y los dos jóvenes salieron de la sala.

—¿Has visto *War Remains*, Johan? ¿No? Es un juego de realidad virtual cojonudo, pero no puedes dispararle a nadie. Esta es una especie de copia en la que el productor quiere que invierta… —Røed señaló la pantalla del televisor, levantó una botella de cristal tallado y sirvió un destilado marrón en dos vasos bajos de cristal—. Intentan conservar la magia de *War Remains*, y permiten que, ¿cómo decirlo?, puedas influir en el devenir de la historia. Porque eso es lo que queremos, ¿no es cierto?

—Conduzco —dijo Krohn y levantó la palma de la mano ante la copa que Røed le ofrecía.

Røed observó unos instantes a Krohn como si comprendiera la objeción. Estornudó con fuerza, se dejó caer en una silla de piel, diseño Barcelona, y depositó ambas copas sobre la mesa.

—¿De quién es este piso? —preguntó Krohn mientras se acomodaba en otra de las sillas. Y se arrepintió nada más decirlo. Como abogado lo mejor suele ser no saber demasiado.

—Mío —dijo Røed—. Lo uso para… ya sabes, para apartarme.

El movimiento de hombros y la sonrisa pícara de Markus Røed le transmitieron a Krohn el resto de la información. Había tenido otros clientes con apartamentos como aquel. Él mismo había considerado la posibilidad de adquirir lo que un colega llamaba piso de soltero para hombres que no lo son, mientras mantuvo una aventura extramatrimonial. Por fortuna, la dio por terminada al darse cuenta de lo que podía perder.

—¿Qué pasará ahora? —preguntó Røed.

—Han identificado a Susanne y han comprobado que se trata de un asesinato, así que la investigación entrará en una nueva fase. Debes estar preparado para que vuelvan a citarte a declarar.

—En otras palabras, ¿seré objeto aún de mayor atención?

—Salvo que la policía encuentre algo en el escenario del crimen o en el cadáver que te descarte. Podemos tener esperanzas de que así sea.

—Ya imaginaba que dirías algo así. No puedo quedarme quieto con esa esperanza, Johan. ¿Sabes que Barbell Eiendom ha perdido tres importantes contratos en los últimos quince días? Las excusas son débiles, que quieren esperar a recibir mejores ofertas y cosas así, nadie se atreve a decir de forma directa que es por esos artículos de *Dagbladet* sobre mí y las chicas, que no quieren que se les relacione con un posible asesino o que temen que me enchironen y que Barbell Eiendom se desmorone. Si tengo que quedarme paralizado esperando a que una pandilla de funcionarios policiales, mal pagados y mediocres, hagan su trabajo, puede que Barbell Eiendom se haya ido a pique antes de que descubran algo que me exonere. Hemos de ser proactivos, Johan. Tenemos que dejarle claro al mundo que soy inocente. O, al menos, que me conviene que se sepa la verdad.

—¿Sí?

—Tenemos que contratar a nuestros propios investigadores. Los mejores. Con suerte darán con el asesino. Si no, al menos mostraré al mundo que intento descubrir la verdad.

Johan Krohn asintió.

—Déjame que haga de abogado del diablo, dicho sea sin segundas intenciones.

—Venga —dijo Røed y estornudó.

—Para empezar, los mejores investigadores ya trabajan para la Policía Judicial, puesto que pagan mejor que la sección de Delitos Violentos. Aunque aceptaran abandonar un puesto fijo por un encargo breve como este, tendrían que dar un preaviso de tres meses y respetar la obligación de mantener la confidencialidad sobre lo que supieran de estos casos de personas desaparecidas. En la práctica eso los invalida. Para continuar, una investigación como esa parecería un encargo de un multimillonario, y te estarías haciendo un flaco favor. Si tus investigadores descubrieran hechos que limpiaran tu nombre, se pondrían en duda de forma automática, lo que no sucedería si fuera la policía la que desvelara esos mismos hechos.

—Ah. —Røed sonrió y se secó la nariz con un pañuelo de papel—. Me encanta que me den algo a cambio de mi dinero. Eres tan eficiente que has señalado los inconvenientes. Ahora vas a demostrar que eres el mejor contándome cómo lo solucionamos.

Johan Krohn se enderezó en la silla.

—Agradezco tu confianza, pero es un marrón.

—¿Por qué?

—Puesto que mencionas esto de ser el mejor, puede que haya alguien que sea el mejor. Al menos ha obtenido resultados en el pasado.

—¿Pero?

—Ya no está en la policía.

—Si tenemos en cuenta lo que acabas de decir, eso debería ser una ventaja.

—Quiero decir que no está en la policía por razones equivocadas.

—¿Que son…?

—¿Por dónde empezar? Poco leal. Negligencias graves. Intoxicación estando de servicio, sin duda alcohólico. Varios casos de violencia. Drogas. Es culpable, aunque no fue condenado, de la muerte de al menos un colega. En resumen, es probable que lleve más delitos sobre su conciencia que la mayoría de los delincuentes que ha detenido. Además, parece ser que es una pesadilla colaborar con él.

—Son muchas razones. Si es tal desastre, ¿por qué lo mencionas?

—Porque es el mejor. Y porque puede servirnos en el segundo aspecto al que te referías.

—¿Cómo?

—Por los casos que ha resuelto es uno de los pocos investigadores que tienen una cierta imagen pública. Fama de intransigente, de ser íntegro porque le importa una mierda lo que pase. Es una exageración, claro, pero a la gente le gusta esa clase de mitos. Para los objetivos que tenemos puede que esa fama ayude a reprimir la sospecha de que su investigación haya sido comprada.

—Vales cada céntimo que cobras, Johan Krohn. —Røed sonrió entre dientes—. ¡Queremos a ese tipo!

—El problema es…

—¡No! Tú sube la oferta hasta que diga que sí.

—… es que parece que nadie sabe exactamente dónde está.

Røed levantó el vaso de whisky sin beber de él y contempló el fondo con gesto disgustado.

–¿Qué quieres decir con «exactamente»?

–A veces, por motivos de trabajo, coincido con Katrine Bratt, que está al frente de la sección de Delitos Violentos donde él trabajaba, y cuando le pregunté, dijo que la última vez que dio señales de vida fue desde una gran ciudad, no sabía ni en qué parte de la ciudad estaba ni qué hacía allí. No me dio la impresión de que fuera muy optimista sobre sus circunstancias, por así decirlo.

–¡Eh! ¡No te eches atrás ahora que me has vendido a ese tipo, Johan! Él es lo que necesitamos, lo intuyo. Encuéntralo, vamos.

Krohn suspiró. Se arrepentía una vez más. Ambicioso y esforzado como era, había vuelto a caer, cómo no, en la clásica trampa demuestra-que-eres-el-mejor a la que era probable que Markus recurriera un día sí y otro también. Ya estaba pillado y era demasiado tarde para recular. Iba a tener que hacer unas cuantas llamadas. Calculó la diferencia horaria. Vale, podía ponerse a ello ya.

3
SÁBADO

Alexandra Sturdza observaba su rostro en el espejo mientras se lavaba las manos, de forma rutinaria y concienzuda, como si fuera a tocar un ser vivo y no un cadáver. El gesto duro, la piel marcada por la viruela. El cabello, peinado hacia atrás y recogido en un moño tenso, negro como el azabache, a punto de ceder el paso a las primeras canas. Su madre rumana las mostró poco después de los treinta. Los hombres noruegos decían que sus ojos castaños relampagueaban, en especial si alguno de ellos intentaba imitar su casi imperceptible acento. Si gastaban bromas sobre su país natal, que algunos parecían considerar una ridiculez, ella decía que era original de Timisoara, la primera ciudad europea que contó con farolas eléctricas en sus calles, en 1884, dos generaciones antes que Oslo. Había llegado a Noruega con veinte años y había aprendido el idioma en seis meses mientras tenía tres empleos, que redujo a dos para estudiar química en la Universidad de Ciencia y Tecnología, y ahora a uno solo, en el Instituto de Medicina Legal, a la vez que terminaba una tesis doctoral sobre análisis de ADN. En algunas ocasiones, no muchas, se había preguntado qué era lo que la hacía tan atractiva para los hombres. No podía ser su rostro ni su carácter directo, en ocasiones brutal. Ni su intelecto y trayectoria profesional, que solían considerar más una amenaza que un estímulo. Suspiró. En una ocasión un hombre afirmó que su cuerpo era como el cruce de un tigre con un Lamborghini. Era curioso cómo un comentario chorra podía sonar fatal o resultar del todo aceptable, sí, incluso divino, según quién lo dijera. Cerró el grifo y pasó a la sala de autopsias.

Helge ya estaba listo. El técnico en autopsias, dos años más joven que ella, era rápido de entendederas y tenía la risa fácil. Alexandra considera ambas cosas una ventaja cuando tienes que trabajar con muertos y tu tarea es sonsacarle al cadáver secretos sobre lo ocurrido. Helge era bioingeniero y Alexandra ingeniera química, y los dos estaban cualificados para inspeccionar cadáveres, no para realizar autopsias completas. Algunos de los patólogos intentaban mantener la jerarquía llamando a los técnicos en autopsias *Diener* —sirviente—, como los patólogos alemanes de la vieja escuela. A Helge le daba igual, Alexandra tenía que reconocer que a veces la irritaba. En especial en días como hoy, si arrimaba el hombro y hacía todo lo que un médico forense haría durante la inspección previa del cadáver, e igual de bien. Helge era su favorito en Medicina Legal, siempre decía que sí cuando le pedía algo y no todos los noruegos estarían dispuestos a trabajar en sábado. O a partir de las cuatro entre semana. A veces se preguntaba en qué puesto de la escala de nivel de vida se encontraría este país alérgico al trabajo si los americanos no hubieran encontrado petróleo en su plataforma continental.

Incrementó la intensidad de la luz de la lámpara que colgaba sobre el cadáver desnudo de la joven que yacía en la mesa. El olor del cuerpo dependía de muchos factores: edad, cómo hubiera muerto, si tomaba medicación, qué había comido y, por supuesto, el grado de descomposición alcanzado. Alexandra no tenía problema alguno con el olor a carne podrida, excrementos y orina. Incluso toleraba los gases que generaba la putrefacción y que el cuerpo a veces dejaba escapar en prolongados siseos. Eran los jugos gástricos los que podían con ella. El olor a vómito, bilis y los diversos ácidos. Desde ese punto de vista Susanne Andersen no estaba tan mal, incluso después de tres semanas a la intemperie.

—¿No hay larvas? —preguntó Alexandra.

—Las he retirado —dijo Helge y le mostró el frasco de vinagre.

—¿Las has guardado?

—Sí. —Señaló un tarro de vidrio con una docena de larvas blancas de mosca. Las conservaban porque su longitud podía proporcionar indicios de cuánto tiempo se habían alimentado del cadáver, los días transcurridos desde que eclosionaron, es decir, información sobre la fecha de la muerte. No en horas, pero sí en días o semanas.

—No tardaremos mucho —aseguró Alexandra—. La sección de Delitos Violentos solo quiere un examen externo y saber la causa más probable de la muerte. Análisis de sangre, orina, líquidos corporales. El forense realizará una autopsia completa el lunes. ¿Tienes planes para esta noche? Aquí…

Helge hizo fotos donde ella señalaba.

—Tenía pensado ver una película —dijo él.

—¿Qué te parecería venir a un bar de ambiente a bailar? —Anotó algo en el impreso y señaló de nuevo—. Aquí.

—No sé bailar.

—Tonterías. Todos los gais saben bailar. ¿Ves la herida del cuello? Empieza en el lado izquierdo, se hace más profunda y luego más superficial en el lado derecho. Indica que es un asesino diestro que se ha situado tras ella y le ha sujetado la cabeza. Uno de los forenses me habló de una herida semejante: creían que se trataba de un asesinato y luego resultó que el hombre se había cortado el cuello él mismo. Para eso hace falta tenerlo bastante claro, vaya. ¿Qué me dices? ¿Quieres bailar con gais esta noche?

—¿Y si no fuera gay?

—En ese caso… —dijo Alexandra tomando nota— no quiero volver a salir contigo, Helge.

Él soltó una carcajada e hizo una foto.

—¿Por?

—Porque estarías bloqueando el paso a otros hombres. Un buen escolta tiene que ser gay.

—Puedo fingir que lo soy.

—No funciona. Los hombres detectan el olor a testosterona y abandonan el rastro. ¿Qué crees que es esto?

Sostuvo una lente de aumento bajo el pezón de Susanne Andersen.

Helge se acercó.

—Puede ser saliva seca. O mocos. Esperma no es.

—Haz una foto y cogeré una muestra para comprobarlo el lunes en el laboratorio. Si tenemos suerte, será material con ADN.

Helge fotografió mientras Alexandra revisaba la boca, las orejas, las fosas nasales y los ojos.

—¿Qué crees que ha pasado aquí? —Levantó una fina linterna e iluminó la cuenca del ojo vacía.

—¿Animales?

—No, la verdad es que no creo que sea eso. —Alexandra iluminó los bordes de la cavidad—. No hay restos del globo ocular en el interior, ni heridas alrededor del ojo hechas por pájaros o uñas de roedores. Y si así fuera, ¿por qué no iba el animal a servirse también del otro ojo? Haz una foto aquí... —Iluminó el interior de la cuenca—. Ves que los nervios parecen cortados en un punto, como si hubieran utilizado un cuchillo.

—Joder —dijo Helge—. ¿Quién haría algo así?

—Hombres cabreados —respondió Alexandra sacudiendo la cabeza—. Hombres muy muy cabreados y dañados. Y andan por ahí. Puede que yo también opte por quedarme en casa viendo una película esta noche.

—Sí, claro.

—Vale. Vamos a ver si también ha abusado sexualmente de ella.

Subieron a la azotea a fumar tras concluir que no había ninguna lesión evidente, ni interna ni externa, en los genitales, ni restos de esperma en el exterior de la vagina. Si los hubo, hacía mucho que el cuerpo los había absorbido. El forense daría los mismos pasos que ellos el lunes, estaba bastante segura de que él o ella no iban a obtener otro resultado.

Alexandra no era fumadora habitual, pero tenía una idea algo nebulosa de que así expulsaban los posibles demonios de los muertos que pudieran haberse alojado en ellos. Inhaló y contempló

Oslo. El fiordo, con su brillo plateado bajo un cielo pálido y despejado. Sobre las colinas de escasa altura ardían en rojos y amarillos los colores del otoño.

—Joder, qué bonito es esto —suspiró.

—Lo dices como si prefirieras que no fuera así —dijo Helge tomando el relevo del cigarrillo.

—Odio apegarme a las cosas.

—¿Cosas?

—Lugares, personas.

—¿Hombres?

—Sobre todo hombres, me roban la libertad. Es decir, no me la roban, es que se la das voluntariamente, joder, como una imbécil, como si estuvieras programada para ello. Y la libertad vale más que un hombre.

—¿Segura?

Se hizo con el cigarrillo y le dio una calada profunda y enfadada. Exhaló el humo con la misma fuerza y soltó su característica risa afónica y dura.

—Al menos más que los hombres que me atraen a mí.

—¿Qué hay del policía del que me hablaste?

—Ah, ese. —Rio—. Sí, ese me gustaba. Era una ruina. La mujer lo había echado de casa y bebía todo el tiempo.

—¿Dónde está ahora?

—La esposa murió y él se fugó del país. Muy trágico todo. —Alexandra se puso de pie de golpe—. No, vamos a acabar con esto y guardar el cadáver en la nevera. ¡Quiero irme de fiesta!

Regresaron a la sala de autopsias, tomaron las últimas muestras, rellenaron las casillas que faltaban en el formulario y recogieron.

—Hablando de fiestas —dijo Alexandra—. ¿Sabes que la fiesta a la que fueron esta y la otra chica era la misma a la que me habían invitado y a la que pregunté si querías venir?

—¿Estás de broma?

—¿No te acuerdas? Una amiga de un vecino de Røed me preguntó si quería ir. Me dijo que la fiesta era en una terraza increíble, en lo alto de un edificio de la bahía de Oslo. Que habría muchos ricachones, famosos y gente fiestera. Que preferían que las chicas llevaran vestidos. Vestidos *cortos*.

–Uf –dijo Helge–. No me extraña que no fueras.

–¡Tonterías, claro que habría ido! Si no hubiéramos tenido tanto trabajo ese día. Tú te habrías apuntado.

–¿Ah, sí? –Helge sonrió.

–Por supuesto –dijo Alexandra riendo–. Soy amiga de los gais, tu *fag hag*. ¿Te lo imaginas? ¿Tú, yo y la *beautiful people*?

–*Yes*.

–¿Ves como eres gay?

–¿Cómo? ¿Por qué?

–Sé sincero, Helge. ¿Alguna vez te has acostado con un hombre?

–Vamos a ver… –Helge empujó la camilla con el cadáver hacia una de las cámaras frigoríficas–. Sí.

–¿Más de una vez?

–Eso no quiere decir que sea gay. –Abrió el gran cajón metálico.

–No, solo son indicios. La prueba, Watson, es que llevas el jersey anudado sobre el hombro, cruzado bajo el otro brazo.

Helge soltó una carcajada, agarró uno de los lienzos blancos de la mesa del instrumental y la golpeó con él. Alexandra se agachó risueña a la cabeza de la camilla. Y se quedó así, encogida, con la vista fija en el cadáver.

–Helge –susurró.

–¿Sí?

–Creo que hemos pasado algo por alto.

–¿Sí?

Alexandra alargó la mano hacia la cabeza de Susanne Andersen, levantó el cabello y lo apartó.

–¿Qué es? –preguntó Helge.

–Puntos –dijo Alexandra–. Puntos recientes.

Él rodeó la mesa.

–Vaya. ¿Será que se ha dado un golpe hace poco?

Alexandra apartó más el cabello y siguió los puntos.

—Esto no lo ha hecho un médico, Helge, nadie usaría un hilo tan grueso y puntadas tan grandes. Lo han hilvanado a toda prisa. Mira, los puntos dan la vuelta a toda la cabeza.

—Como si... —empezó a hablar Helge.

—Como si le hubieran cortado la cabellera —dijo Alexandra, y sintió una descarga de escalofríos—. Luego se la han vuelto a coser.

Levantó la vista hacia Helge, vio cómo su nuez subía y bajaba.

—Comprobamos... —titubeó el técnico—. ¿Comprobamos qué hay... debajo?

—No —respondió Alexandra con decisión y se incorporó. Ya se había llevado a casa suficientes pesadillas por este trabajo, y los forenses cobraban hasta doscientas mil coronas más que ella al año, que se las ganaran—. Eso excede a nuestras competencias —concluyó—. Así que esta es la clase de labor que los técnicos como tú y yo les dejamos a los mayores.

—Vale. Y vale también lo de la fiesta, por cierto.

—Bien —dijo Alexandra—. Tenemos que acabar el informe y mandárselo a Bratt a Vold. ¡Joder!

—¿Qué pasa?

—Acabo de caer en la cuenta de que es seguro que Bratt me pedirá que haga un análisis rápido del ADN en cuanto lea sobre la saliva, o lo que sea. En ese caso no me va a dar tiempo a salir por ahí esta noche.

—Uf, podrías decir que no, tú también tienes que librar alguna vez.

Alexandra se llevó las manos al costado, ladeó la cabeza y miró a Helge con severidad.

—Ya lo sé —suspiró—. ¿Adónde vamos a ir a parar si todo el mundo libra?

4

SÁBADO. MADRIGUERA DE CONEJO

Harry Hole despertó. El bungalow estaba en penumbra, una línea de luz blanca penetraba por debajo del estor de bambú, se deslizaba por el suelo de madera basta, por la losa que hacía las veces de mesa de salón, hasta el mostrador de la cocina.

Allí había un gato. Uno de los gatos de Lucille, tenía tantos en la casa principal que Harry era incapaz de distinguirlos. El gato parecía sonreír. Movía la cola despacio mientras contemplaba tranquilamente el ratón que avanzaba pegado a la pared, a veces levantaba el hocico al aire y olisqueaba, antes de seguir. En dirección al gato. ¿El ratón estaba ciego? ¿Carecía de olfato? ¿Había comido de la marihuana de Harry? O tal vez creyera, como tantos que se buscaban la vida en esta ciudad, que era diferente, especial. O que el gato era diferente, que de verdad deseaba que le fuera bien y no tenía intención de comérselo.

Harry alargó la mano en busca del porro de la mesilla mientras estaba pendiente del ratón, que se acercó mucho al gato. El gato atacó, clavó los dientes en el ratón y lo levantó. Pataleó un rato en las fauces del depredador antes de aflojar. El gato depositó la presa en el suelo y la contempló con la cabeza algo ladeada, como si no hubiera decidido si comérselo o no.

Harry encendió el porro. Había concluido que los porros no contaban en el nuevo plan de consumo de alcohol que había iniciado. Inhaló. Contempló el humo que se enroscaba hacia el techo.

Había vuelto a soñar con el hombre que iba al volante del Camaro. Y la matrícula en la que ponía Baja California México. Era la misma, los seguía. No se podía afirmar que fuera un sueño misterioso. Habían transcurrido tres semanas desde que Harry se viera en el aparcamiento del Creatures, con una Glock 17 apuntándolo, dando casi por descontado que iba a morir al cabo de uno o dos segundos. Y le había parecido muy bien. Por eso resultaba extraño que lo único que tuviera en la cabeza desde que pasaran esos dos segundos, y cada día después de aquel, fuera *no* morir. Todo empezó cuando el hombre de la camisa de piqué dudó, puede que estuviera considerando la posibilidad de que Harry fuera un enfermo mental, un obstáculo superable al que no hiciera falta disparar. No había tenido tiempo de pensar antes de que el golpe de cincel de Harry le impactara en la tráquea y empezara la cuenta atrás. Harry había percibido en tiempo real cómo la laringe del hombre cedía. Ahora estaba tirado en la grava, retorciéndose como una culebra, con las manos alrededor del cuello y los ojos desorbitados mientras intentaba coger aire. Harry había recogido la Glock del suelo y miraba fijamente al hombre del coche. A causa del cristal ahumado no había visto gran cosa, solo el contorno del rostro, y que el hombre parecía vestir una camisa blanca abotonada hasta el cuello, o algo así. Y que fumaba un cigarrillo o un purito. El hombre no hizo nada, se limitó a observar a Harry con tranquilidad, como si lo estuviera valorando y memorizando su aspecto. Harry oyó que alguien gritaba «¡Sube!» y se fijó en que Lucille había puesto su coche en marcha y había abierto la puerta del copiloto.

Así que se metió. Saltó a la madriguera del conejo.

Lo primero que preguntó, mientras ella tomaba las curvas descendiendo hacia Sunset Boulevard, fue a quién debía dinero y cuánto.

La primera respuesta, «la familia Espósito», no le dijo gran cosa, pero la segunda, «novecientos sesenta mil dólares», confirmó lo que la Glock ya le había contado. No estaba metida en un lío cualquiera, era uno bien grande. Y, a partir de ese momento, ese lío lo incluía a él.

Él le explicó que en ninguna circunstancia podía volver a su casa, y le preguntó si había alguien con quien se pudiera esconder. Respondió que sí, que tenía muchos amigos en Los Ángeles. Tras pensarlo un poco, dijo que ninguno de ellos estaría dispuesto a arriesgarse por ella. Pararon en una gasolinera y Lucille llamó a su primer marido, porque sabía que tenía una casa que hacía años que no usaba.

Así había ido a parar a esta propiedad con una casa ruinosa, un jardín asilvestrado y un bungalow. Harry se había instalado en él con su recién adquirida Glock 17 porque desde allí tenía los dos accesos a la vista y una alarma que saltaría si alguien se abría paso hacia la casa principal. Un potencial intruso no oiría sonido alguno y, en el mejor de los casos, él podría atacarlo por la espalda al llegar del exterior. Hasta ese momento Lucille y él apenas habían salido, solo alguna breve excursión para comprar lo más imprescindible: alcohol, comida, ropa y cosméticos, por ese orden. Lucille se había instalado en el primer piso de la vivienda principal, que al cabo de una semana ya estaba llena de gatos.

—Ay, en esta ciudad todo el mundo está en la calle —dijo Lucille—. Si pones comida en la escalera tres días seguidos y dejas la puerta de la calle abierta y más alimento en la cocina, *voilà*, ya tienes mascotas y amigos para toda la vida.

No bastaba, porque tres días antes Lucille ya no soportó más estar aislada. Se había llevado a Harry a un sastre procedente de Savile Row que conocía, a un peluquero entrado en años en Rosewood Avenue y, lo más importante, a la zapatería de John Lobbs en Beverly Hills. El día anterior Harry había ido a recoger el traje mientras Lucille se arreglaba, y unas horas después habían ido a comer a Dan Tana's, el legendario restaurante italiano donde las sillas estaban tan gastadas como la clientela, pero Lucille parecía conocer a todo el mundo y estuvo radiante toda la noche.

Eran las siete. Harry inhaló y clavó la mirada en el techo. Escuchó por si oía algo que no debiera. Solo oyó los primeros coches que circulaban por Doheny Drive, que no era de las más anchas, pero sí frecuentada porque tenía menos semáforos que las calles paralelas. Le recordaba a estar tumbado en su cama de Oslo y escuchar cómo despertaba la ciudad al otro lado de la ventana abierta. Lo echaba en falta, incluso el insistente campanilleo y los intensos agudos de los frenos del tranvía. En *especial* esos agudos.

Había dejado Oslo atrás. Rakel murió y él se encontró en el aeropuerto, observando el panel de salidas y tirando un dado al que dejó decidir que su destino sería Los Ángeles. Pensó que era un lugar tan bueno como cualquier otro. Había residido en Chicago un año, para asistir al curso del FBI sobre la investigación de asesinatos en serie, y creía conocer la cultura americana y su modo de vida. Poco después de llegar comprendió que Chicago y LA eran dos planetas distintos. La noche anterior, en Dan Tana's, uno de los amigos de Lucille del mundo del cine, un director alemán, había descrito Los Ángeles con un intenso y presuntuoso acento:

—Aterrizas en LAX, el sol brilla y te recoge un chófer en limusina que te lleva a un lugar en el que te tumbas junto a una piscina y te dan un cóctel, te duermes y, al despertar, descubres que han pasado veinte años de tu vida.

Ese era el LA del director.

El encuentro de Harry con LA fue pasar cuatro noches en una sucia habitación de motel en La Ciénaga, infestada de cucarachas y sin aire acondicionado, hasta que consiguió alquilar una habitación aún más barata en Laurel Canyon, también sin aire acondicionado, con cucarachas de mayor tamaño. Más o menos se había adaptado al lugar tras encontrar el bar Creatures en el vecindario, allí el alcohol era lo bastante barato como para que fuera posible matarse bebiendo.

Tras haber mirado de frente al cañón de una Glock 17, se había acabado lo de querer morirse. Y, por tanto, se acabó la bebida. Al menos esa forma de beber. Para estar en condiciones de cuidar de Lucille y estar vigilante, tendría que mantenerse más o menos sobrio. Por eso había decidido probar la manera de beber que su amigo de la infancia y compañero de borracheras Øystein Eikeland le había recomendado, a pesar de que, en honor a la verdad, parecía una auténtica chorrada. El método se llamaba Moderation Management, y te convertía en un consumidor de drogas, es decir, un adicto con cierto control. Øystein se había emocionado tanto promocionando el método que había golpeado el volante del taxi mientras estaban aparcados en una parada de Oslo.

—La gente siempre se ha reído con suficiencia del alcohólico que jura que a partir de ahora solo va a beber una copa en reuniones con amigos, ¿verdad? Porque creen saber que es imposible, están segurísimos, es como si fuera la ley de la gravedad del alcoholismo. ¿Sabes qué? Incluso un alcohólico de raza como tú, o yo, puede beber solo hasta estar adecuadamente borracho. Es posible programarse para beber hasta un punto determinado, y dejarlo ahí. Solo hay que decidir por adelantado cuál es el límite, cuántas unidades. Tienes que practicar, claro.

—¿Quieres decir que tienes que beber bastante hasta cogerle el tranquillo?

—Sí. Te ríes, Harry, pero lo digo en serio. Es cuestión de tener la sensación de controlar, saber que puedes. Entonces funciona. No estoy de coña, tengo el mejor adicto del mundo para demostrarlo.

—Hum. En ese caso supongo que estamos hablando de ese sobrevalorado guitarrista tuyo.

—¡Eh, un respeto a Keith Richards! Lee su biografía. Ahí es donde te proporciona la receta. Para un alcohólico y adicto a la heroína, la supervivencia depende de dos cosas. Solo la mejor droga, la más limpia, son las cosas esas con las que la adulteran las que te matan. Y contención, tanto con la droga como con el alcohol. Sabes exactamente cuánto necesitas para estar adecuadamente borracho, lo que en tu caso quiere decir: anestesiado contra el dolor. Más licor no te produce mayor alivio, ¿a que no?

—Supongo que no.

—Exacto. Emborracharse no es lo mismo que idiotizarse o carecer de voluntad. Si eres capaz de no beber cuando estás sobrio, por qué no ibas a poder parar si estás lo bastante borracho. *It's all in your head, brother!*

Las reglas eran, además de establecer un límite, llevar la cuenta del número de unidades y tener días fijos libres de alcohol. Aparte de tomarte un comprimido de naltrexona una hora antes de beber la primera copa. El mero hecho de aplazar una hora el momento de empezar a beber si aparecía la necesidad ayudaba. Había cumplido con este régimen durante tres semanas, y no se lo había saltado aún. Era mejor que nada.

Harry sacó los pies de la cama y se levantó. No necesitaba abrir la nevera, sabía que las cervezas se habían acabado. Las reglas del Moderation Management decían que hoy podía consumir un máximo de tres unidades. Según la definición de una unidad, eso equivalía a seis latas del 7-Eleven de la misma calle. Se miró en el espejo. Había acumulado algo más de carne sobre los huesos en las tres semanas que habían transcurrido desde la huida del Creatures. Una barba gris, casi blanca, ocultaba su rasgo más distintivo, la cicatriz de color hígado. Aun así, dudaba de que bastara para que el hombre del Camaro no lo reconociera.

Harry miró por la ventana, hacia el jardín y la casa principal, mientras se ponía unos vaqueros raídos y una camiseta que se había empezado a descoser por el cuello por encima del texto *Let Me Do One More illuminati hotties*; se metió en las orejas los viejos auriculares del teléfono, para nada inalámbricos, introdujo los pies en unas chanclas y tomó nota de que los hongos habían convertido la uña del dedo gordo del pie derecho en una especie de grotesca obra de arte.

Salió a una jungla de hierba, arbustos y jacarandas. Se detuvo junto al portón y miró arriba y abajo por Doheny Drive. No se intuían problemas. Puso la música, «Pool Hopping» de los Illuminati Hotties, una canción que le había puesto de mejor humor desde que la oyera por primera vez en vivo en el Zebulon Café. Tras avanzar unos metros por la acera, vio por el retrovisor de uno de los coches aparcados que un vehículo se apartaba del bordillo. Harry siguió al mismo ritmo, giró la cabeza con cuidado e hizo una comprobación. El vehículo seguía avanzando a la misma velocidad, diez metros más atrás. Cuando vivía en Laurel Canyon la policía le paró en dos ocasiones por ir a pie, lo que le convertía en un sospechoso. Esta vez no se trataba de una patrulla policial. Era un viejo Lincoln y, por lo que Harry pudo atisbar, solo había una persona en el coche. Cara ancha de bulldog, papada, bigotillo. Joder, ¡debería haber cogido la Glock! Harry no había imaginado que el ataque fuera a producirse en plena calle, a la luz del día, así que siguió caminando. Apagó la música con un gesto discreto. Cruzó la calle poco antes de llegar a Santa Monica Boulevard y entró en el 7-Eleven. Se quedó esperando sin apartar la mirada de la calle, pero no volvió a ver ni rastro del Lincoln. Tal vez solo se tratara de un potencial comprador de chalets que iba despacio para echar un vistazo a las propiedades que bordeaban Doheny.

Se adentró entre las estanterías en dirección a las neveras del fondo del local, donde estaban las cervezas. Oyó que se abría la puerta. Se quedó agarrando el asa de la puerta de cristal del refrigerador, sin abrirla, para poder ver el reflejo. Y ahí llegaba. Vestido con un traje barato de cuadritos, con un cuerpo que hacía juego con la cara de bulldog: pequeño, denso y obeso. Obeso de ese modo que escondía velocidad, fuerza y… Harry sintió que se le aceleraba el pulso, peligro mortal. Harry vio que el hombre que tenía detrás no había sacado ningún arma, aún no. Se dejó puestos los auriculares, podían darle una posibilidad si el hombre creía tener el elemento sorpresa a su favor.

—Mister…

Harry fingió no oír y vio que el hombre se colocaba a su espalda. Medía casi dos cabezas menos que Harry, estaba alargando la mano, puede que para tocarle el hombro, puede que para algo muy distinto. Harry no tenía intención de esperar a saber de cuál de las dos cosas se trataba. Se giró a medias hacia el hombre y lanzó a la velocidad del rayo un brazo alrededor de su cuello mientras abría la puerta de cristal con el otro. Giró con fuerza a la vez que le apartaba las piernas de una patada de forma que el hombre se desplomó hacia los estantes de las cervezas. Harry soltó el cuello y apoyó el peso del cuerpo sobre la puerta de cristal, de manera que la cabeza del tipo quedó aplastada contra las estanterías. Las botellas volcaron hacia atrás y los brazos del otro quedaron bloqueados entre la puerta y la cámara frigorífica. Cara de bulldog abrió mucho los ojos y gritó algo tras la puerta de cristal, su respiración dejó vaho sobre el interior frío. Harry abrió un poco, de manera que la cabeza del hombre se deslizó hacia las estanterías inferiores, luego volvió a cerrar. El borde de la puerta le presionaba el cuello y tenía los ojos desorbitados. Había dejado de gritar. Los ojos ya no sobresalían y no había vaho en el cristal a la altura de la boca.

Harry aflojó poco a poco la presión sobre la puerta. El hombre estaba inerte en el suelo. Era evidente que no respiraba. Harry tuvo que decidir en un instante cuál era su prioridad. La salud de ese hombre versus la suya. Eligió la propia y metió la mano dentro de la chaqueta de cuadritos del hombre gordo. Sacó una cartera. La abrió y vio la cara del hombre en la foto de un carnet: un nombre de sonoridad polaca y, más interesante y en letras grandes en la parte de arriba: «Investigador privado autorizado por el California Bureau of Security and Investigative Services».

Harry bajó la vista hacia el hombre inmóvil que tenía debajo. No cuadraba, no era así como hubieran procedido los cobradores de la deuda. Puede que hubieran utilizado un detective privado para localizarlo, no para ponerse en contacto con él ni para agredirle.

Harry se agachó al percatarse de la presencia de un hombre de pie entre las estanterías. Llevaba puesta una camiseta del 7-Eleven y tenía los brazos levantados, apuntando a Harry. En las manos tenía un revólver. Vio que le temblaban las rodillas y que los músculos de la cara se movían sin control. También vio lo que el hombre del 7-Eleven tenía delante. Un tipo barbudo, vestido como un sin techo, que sostenía la cartera de un tipo trajeado al que resultaba evidente que se acababa de cargar.

—No... —dijo Harry en inglés, dejó la cartera, levantó las dos manos al aire y se dejó caer de rodillas—. Vengo mucho aquí. Este hombre...

—¡He visto lo que has hecho! —lo interrumpió el hombre con voz estridente—. ¡Voy a disparar! ¡Viene la policía!

—OK —dijo Harry señalando al gordo—. Pero déjame ayudar a este hombre, ¿OK?

—Si te mueves, disparo.

—Pero… —empezó Harry y se contuvo al ver que se levantaba el percutor del revólver.

En el silencio que siguió solo se escuchaba la vibración del frigorífico y una sirena a lo lejos. Policía. Policía y lo que inevitablemente vendría a continuación, interrogatorio, puede que una denuncia, no era bueno. No era para nada bueno. Hacía mucho que Harry había *overstayed his welcome*, como decían los americanos, no tenía papeles que impidieran echarlo del país. Puede que después de haberlo mandado a la cárcel.

Harry tomó aire. Miró al hombre. En casi cualquier país habría optado por una retirada defensiva, es decir, se hubiera levantado con los brazos por encima de la cabeza y se habría ido tranquilo, con la seguridad de que la persona no le iba a meter un balazo, a pesar de que parecía un atracador y un hombre violento. Este no era uno de esos países.

—¡Disparo! —repitió el hombre como respuesta a las consideraciones de Harry, y separó un poco más las piernas. Ya no le temblaban las rodillas. Las sirenas se habían aproximado.

—Por favor, tengo que ayudar… —empezó Harry, pero un repentino ataque de tos ahogó sus palabras.

Miraron al hombre del suelo.

Los ojos del detective se le volvían a salir de las órbitas y tosía sin parar agitando todo el cuerpo.

El revólver del hombre del 7-Eleven iba de un lado para otro como si tuviera dudas sobre si el que hasta ahora suponía muerto podía representar un peligro.

—Siento… —susurró el detective mientras boqueaba para tomar aire— echarme encima de ti así. Pero eres Harry Hole, ¿verdad?

—Bueno. —Harry dudó mientras calculaba cuál era el menor de dos males—. Sí, lo soy.

—Tengo un cliente que necesita ponerse en contacto contigo. —Con un quejido, el hombre rodó para ponerse de lado, se sacó un teléfono del bolsillo del pantalón, apretó una tecla y se lo pasó a Harry—. Están esperando tu llamada impacientes.

Harry aceptó el teléfono y su llamada entrante. Se lo llevó a la oreja.

—*Hello?*

Oyó una voz. Lo raro era que sonaba conocida.

—*Hello* —respondió Harry mirando al hombre del 7-Eleven, que había bajado el arma. ¿Harry se equivocaba, o parecía más decepcionado que aliviado? Puede que hubiera nacido y se hubiera criado aquí.

—Harry —exclamó la voz al teléfono—. ¿Cómo estás? Soy Johan Krohn.

Harry parpadeó. ¿Cuánto tiempo había pasado desde la última vez que había oído hablar en noruego?

5

SÁBADO. COLA DE ESCORPIÓN

Lucille bajó a un gato de la cama con dosel, se levantó, abrió las cortinas y se sentó al tocador. Estudió su rostro. Hacía poco que había visto una foto de Uma Thurman, tendría más de cincuenta, aparentaba treinta. Lucille suspiró. La tarea parecía más imposible cada año que pasaba, abrió el frasco de Chanel, mojó las puntas de los dedos y empezó a aplicarse base de maquillaje desde el centro del rostro hacia fuera. Vio cómo la piel, cada vez más suelta, se arrugaba formando pliegues. Se hizo la misma pregunta que se formulaba cada mañana: ¿por qué?, ¿por qué empezar cada día pasando como mínimo media hora delante del espejo para aparentar que no ibas camino de los ochenta, sino tal vez… de los setenta? La respuesta también era la misma de todas las mañanas. Porque ella, como todos los actores que conocía, se sentía obligada, se exigía, lo hacía todo para sentirse amada. Si no la amaban por quien era, que fuera por quien fingía ser con maquillaje, vestuario y un guion adecuado. Era una enfermedad que la vejez y la falta de expectativas no lograban curar del todo.

Lucille se perfumó con esencia de almizcle. Había quien opinaba que el almizcle era un aroma tan masculino que no debía emplearse en un perfume de mujer, ella lo había usado con gran éxito desde su etapa de actriz joven. Contribuía a distinguirla del resto, no era un perfume que se olvidara con facilidad. Se ató el cinturón de la bata y bajó, tuvo que pisar con cuidado para esquivar dos gatos que se habían tumbado en la escalera.

Entró en la cocina y abrió el frigorífico. Enseguida, uno de los gatos se frotó seductor contra sus piernas. Olería el atún, era fácil imaginarse que también había algo de cariño. Al fin y al cabo, era más importante sentirse amado que serlo. Lucille sacó una lata, se giró hacia la encimera y dio un bote al ver a Harry. Estaba sentado junto a la mesa de la cocina con la espalda apoyada en la pared y las piernas estiradas. Se tocaba el dedo de titanio de la mano izquierda. Los ojos azules entrecerrados. Tenía los ojos más azules que ella hubiera visto desde los de Steve McQueen.

Se removió en la silla.

—¿Desayuno? —preguntó ella y abrió la lata de conserva.

Harry negó con la cabeza. Se tiró del dedo de titanio. Fue la mano con la que tiraba la que atrajo la mirada de Lucille. Tragó saliva. Carraspeó.

—No es que me lo hayas dicho, pero eres más bien de perros, ¿verdad?

Él se encogió de hombros.

—Hablando de perros, ¿te he contado que tendría que haber actuado con Robert de Niro en *Mad Dog And Glory*? ¿Recuerdas esa película?

Harry asintió.

—¿De veras? En ese caso eres uno de los pocos. Le dieron el papel a Uma Thurman. Ella y Bobby, me refiero a Robert, empezaron a salir. Lo que era bastante infrecuente puesto que a él le suelen ir las mujeres negras. Supongo que habría algo en los papeles que interpretaban que los unió. Nosotros los actores nos involucramos tanto en lo que hacemos que *somos* el papel que interpretamos. Así que, si me hubieran dado el papel como me habían prometido, Bobby y yo habríamos sido pareja, ¿entiendes?

—Hum. Eso me has dicho.

—Y yo habría sido capaz de retenerlo. No como Uma Thurman, ella… —Lucille volcó la lata en un plato—. ¿Leíste cómo todo el mundo la «ensalzaba» después de que diera un paso al frente y contara cómo Weinstein, ese cerdo, había intentado abusar de ella? ¿Sabes qué pienso yo? Una actriz millonaria como Uma Thurman, que hace años que sabe lo que está haciendo Weinstein sin dar la voz de alarma, por fin sale a la palestra para dar el golpe de gracia a un hombre caído, a quien han derribado otras mujeres, menos poderosas y más valientes. No se merece ese homenaje. Durante años has permitido que tantas actrices jóvenes y esperanzadas entren solas en el despacho de Weinstein porque tú, con tus millones, tal vez, *solo tal vez*, puedes perder otro papel millonario si denuncias. Mereces ser azotada en público, que te escupan.

Se contuvo.

—¿Pasa algo, Harry?

—Tenemos que buscarnos otro sitio —dijo—. Nos van a encontrar.

—¿Qué te hace creer eso?

—Un detective privado dio con nosotros en menos de veinticuatro horas.

—¿Detective privado?

—Acabo de hablar con él. Se ha ido.

—¿Qué quería?

—Ofrecerme trabajo como investigador privado para un ricachón que es sospechoso de asesinato en Noruega.

Lucille tragó saliva.

—¿Qué contestaste?

—Dije que no.

—¿Por?

Harry se encogió de hombros.

—Puede que porque estoy harto de huir.

Ella dejó el plato en el suelo y observó a los gatos que acudieron en masa.

—Sé bien que lo haces por mí, Harry. Sigues ese viejo proverbio chino que dice que si le has salvado la vida a alguien eres responsable de él el resto de tu vida.

Él esbozó una media sonrisa.

—No te salvé la vida, Lucille. Iban a por el dinero que debes, y no acaban con la vida de la única persona que puede pagarlo.

Ella correspondió a su sonrisa. Sabía que lo decía para no asustarla. Sabía que él sabía que ellos sabían que ella nunca podría reunir un millón de dólares.

Cogió el hervidor de agua para llenarlo, sintió que no tenía fuerzas y lo dejó donde estaba.

—Así que estás cansado de huir.

—Cansado de huir.

Recordó una conversación que habían mantenido una noche mientras bebían vino y veían el vídeo de la película *Romeo y Julieta* que había encontrado en un cajón. Por una vez había querido hablar de él y no de ella, pero él no le había contado gran cosa. Solo que había huido a LA de una vida en ruinas, una esposa asesinada, un compañero que se había quitado la vida. Nada de detalles. Ella había comprendido que no merecía la pena hurgar en ello. De hecho, fue una noche agradable, casi muda. Lucille se apoyó en la encimera de la cocina.

—Tu mujer, nunca me contaste cómo se llamaba.

—Rakel.

—Y ese asesinato, ¿se resolvió?

—En cierto modo.

—¿Cómo?

—Durante mucho tiempo fui el principal sospechoso, pero la investigación acabó señalando a un conocido violador. Uno a quien yo, en su día, metí entre rejas.

—Así que… el que mató a tu esposa lo hizo para vengarse… ¿de ti?

—Digamos que al que la mató… yo le había robado la vida. Así que él me quitó la mía. —Se levantó con esfuerzo—. Como ya he dicho, necesitamos un nuevo escondite. Prepara una bolsa de viaje.

—¿Hoy mismo?

—Un detective privado, investigando, también deja pistas. Esa salida de ayer al restaurante fue una mala idea.

Lucille asintió.

—Haré unas llamadas.

—Utiliza este —dijo Harry. Dejó un teléfono sobre la mesa de la cocina, era evidente que lo acababa de comprar y aún estaba envuelto en celofán.

—Te quitó la vida, pero te dejó vivir —comentó ella—. ¿Puede darse por vengado?

—Tuvo la mejor venganza —respondió Harry y se fue hacia la puerta.

Harry cerró la puerta de la casa principal tras salir y se detuvo de golpe. Observó. Estaba harto de huir. Estaba todavía más harto de clavar los ojos en el cañón de un arma. De hecho, esta tenía dos. Era una escopeta de cañones recortados. El hombre tras la escopeta era latino. El hombre tras la pistola que estaba a su lado, también. Los dos tenían músculos de cárcel y un escorpión tatuado a un lado del cuello. Harry sobresalía tanto por encima de ellos que podía ver el cable cortado de la alarma que oscilaba a un lado del portón y el Camaro blanco aparcado al otro lado de Doheny Drive. La ventanilla ahumada del lado del conductor estaba medio bajada y Harry intuyó el humo del purito que dejaba salir y un cuello de camisa blanca en el interior.

—¿Vamos dentro? —preguntó el hombre de la escopeta. Hablaba inglés con marcado acento mexicano mientras sacudía la cabeza de lado a lado, como un boxeador a punto de empezar un combate. Los movimientos resaltaban el escorpión tatuado en el cuello. Harry sabía que el tatuaje indicaba que era un matón, y el número de cuadrículas del aguijón del escorpión el número de víctimas. Los dos tenían aguijones muy largos.

6
SÁBADO. *LIFE ON MARS*

—«Life on Mars?» —dijo Prim.

La chica del otro lado de la mesa lo miró sin comprender.

Prim estalló en carcajadas.

—No, me refiero a la *canción*. Es que se llama «Life on Mars».

Señaló con un movimiento de cabeza la barra de sonido bajo el televisor, desde donde fluía la voz de David Bowie por la amplia buhardilla. Por las ventanas se divisaba el corazón del barrio pudiente de Oslo, la zona oeste y la colina de Holmenkollen, que brillaba como una araña de cristal en la oscuridad de la noche. Pero en ese momento no podía apartar los ojos de su invitada a cenar.

—A mucha gente no le gusta, les parece demasiado rara. En la BBC la definieron como un cruce entre un musical de Broadway y un cuadro de Salvador Dalí. Puede ser, estoy de acuerdo con el *Daily Telegraph*, que la eligió mejor canción de todos los tiempos. ¡Imagínatelo! La *mejor*. Todo el mundo adoraba a Bowie, no porque fuera tan digno de amor como persona, sino porque era el mejor. Por eso la gente a la que no han amado está dispuesta a matar para ser la mejor. Saben que lo cambiará todo.

Prim agarró la botella de vino que estaba en la mesa del comedor, y en lugar de servir desde su silla, se puso de pie y fue a su lado.

—¿Sabías que David Bowie era un nombre artístico? ¿Que en realidad se apellidaba Jones? Prim también es un apodo, solo lo utiliza mi familia. Creo que, cuando me case, ella también podrá llamarme Prim.

Se había situado tras ella y, mientras le llenaba la copa, le acarició el largo y bonito cabello con la mano libre. Dos años antes, sí, incluso un mes antes, no se habría atrevido a tocar a una mujer de ese modo, por miedo a que lo rechazara. Tal y como estaban ahora las cosas, no sentía ese temor, lo tenía todo bajo control. Por supuesto que a ello había contribuido arreglarse la dentadura fea, empezar a ir a un buen peluquero y que lo ayudaran a comprar ropa buena. No era por eso. Era algo que exhalaba, algo que les resultaba irresistible. Esa certeza le daba una seguridad en sí mismo que era un afrodisiaco tan potente que por sí solo sería suficiente, un efecto placebo que se retroalimentaría mientras mantuviera ese ciclo activo.

—Seguro que soy anticuado e ingenuo —dijo, y volvió a su lado de la mesa—. Creo en el matrimonio, en que ahí fuera hay una persona que es la que nos corresponde, de verdad que lo creo. El otro día estuve en el Teatro Nacional viendo *Romeo y Julieta*, y fue tan hermoso que lloré. Dos a los que la naturaleza quiere unir sin remisión. Fíjate en Boss.

Señaló el acuario que estaba encima de una librería baja. Un solitario pez de brillo verdoso y dorado nadaba en el interior.

—Tiene a su Lisa. No la ves, pero está allí, los dos son uno y lo serán hasta que ambos mueran. Sí, uno morirá *por* la falta del otro. Como en *Romeo y Julieta*. ¿No es bonito?

Prim se sentó y le tendió la mano por encima de la mesa. Esta noche parecía cansada, vacía, apagada. Sabía cómo hacer que se iluminara de nuevo, solo había que darle al interruptor.

—Podría llegar a amar a alguien como tú —dijo.

La luz de su mirada se encendió al instante y pudo, literalmente, sentir el calor que emanaba de ella. También sintió una ligera punzada de mala conciencia. No por manipularla de aquel modo, sino porque mentía. Podría llegar a amar, pero no a ella. Ella no era la elegida, la Mujer destinada para él. Era una doble, alguien con quien ejercitarse, ensayar distintas aproximaciones, alguien a quien decir las cosas oportunas en el tono apropiado. Probar y fallar. Porque no pasaba nada si fracasaba ahora. El día que declarara su amor a la Mujer todo debía estar afinado, perfecto.

También la había utilizado para ensayar el acto en sí. Bueno, no podía decirse que la utilizara, ella había sido la más activa de los dos. La había conocido en una fiesta en la que había tantos que estaban por encima de él en la jerarquía social que había visto cómo buscaba con la mirada más allá de él. Había comprendido que solo tendría ocasión de decir unas pocas palabras antes de que desapareciera. Fue eficiente, elogió su cuerpo, le preguntó a qué gimnasio iba. Ella respondió secamente que a SATS Bislett, y él comentó que era raro que no la hubiera visto, que acudía allí tres veces a la semana, ¿tal vez no fueran los mismos días? Ella dijo en tono tajante que iba por las mañanas y pareció molestarse cuando él dijo que él también y que qué días iba ella.

—Martes y jueves —dijo ella para dar por acabada la conversación, y centró su atención en un hombre vestido con una ceñida camisa negra que se les había acercado.

El martes siguiente estaba en la puerta del gimnasio. Fingió que pasaba por allí por casualidad y que la había reconocido de la fiesta. Ella no se acordaba de él y había sonreído con intención de seguir su camino. Pero luego se detuvo, se giró por completo hacia él y le prestó toda su atención allí, en la calle. Lo miró como si acabara de descubrirlo. Se preguntaría cómo se le había podido pasar por alto en la fiesta. Él se ocupó de la conversación, ella no era muy habladora. Al menos no con la boca, porque su lenguaje corporal le decía lo que necesitaba saber. Él dijo que deberían quedar, ella por fin habló.

—¿Cuándo? —preguntó—. ¿Dónde?

Se lo dijo y ella se limitó a asentir con un movimiento de cabeza. Fácil y sencillo. Ella apareció, como habían acordado. Él estaba nervioso. Eran muchas las cosas que podían salir mal. Fue ella quien tomó la iniciativa, quien le desabrochó la ropa, afortunadamente casi sin decir palabra.

Sabía que podía suceder, y aunque él y aquella a quien amaba no se habían hecho promesa alguna, esto era una manera de serle infiel, ¿no? Al menos ¿una traición al amor? Se había convencido de que era un sacrificio en el altar del amor, algo que hacía por Ella: culminaba el acto porque necesitaba toda la práctica que pudiera obtener para, llegado el día, poder satisfacer las exigencias que Ella le plantearía a un amante.

Ahora, la que estaba al otro lado de la mesa había cumplido su función.

No es que no hubiera disfrutado haciendo el amor con ella. Pero no tenía intención de repetir. Y, para ser sincero, no le gustaban ni su olor ni su sabor. ¿Debía decir en voz alta que aquí se separaban sus caminos? Miró el plato en silencio. Levantó la vista y ella había ladeado un poco la cabeza, todavía con esa sonrisa inescrutable, como si considerara su monólogo una representación amena. De repente se sintió prisionero. Prisionero en su propia casa. No podía levantarse e irse, no tenía otro sitio al que ir. Tampoco podía pedirle a ella que se largara, ¿no? No tenía aspecto de tener intención de marcharse a su casa por propia iniciativa, al contrario, y el brillo de intensidad casi antinatural de sus ojos lo deslumbró, le hizo perder la perspectiva. Cayó en la cuenta de que había algo desproporcionado y desconcertante en la situación. Ella había tomado el control. Sin pronunciar palabra. ¿Qué era lo que quería?

—¿Qué…? —empezó a decir. Carraspeó—. ¿Qué quieres?

Ella no respondió, solo ladeó la cabeza todavía un poco más. Pareció reír en silencio mostrando dientes de una blancura azulada en su preciosa boca. Prim descubrió algo que no había visto antes. Que tenía la boca de un depredador. Cayó en la cuenta: era un gato jugando con un ratón. Y el ratón era él, no ella.

¿De dónde procedía ese pensamiento absurdo?

De ninguna parte. O del lugar del que venían todos sus pensamientos absurdos.

Tenía miedo, pero sabía que no podía mostrarlo. Intentó respirar con calma. Tenía que salir de allí. *Ella* tenía que desaparecer.

—Ha sido agradable —dijo, dobló la servilleta y la dejó encima del plato—. Repitámoslo en otra ocasión.

Johan Krohn estaba sentado a la mesa con su esposa Alise cuando sonó el teléfono. Todavía no había llamado a Markus Røed para comunicarle la mala noticia de que Harry Hole había rechazado su generosa oferta. Es decir, Harry había dicho que no antes de que Krohn tuviera tiempo de mencionar el sueldo. Tampoco había cambiado de opinión cuando Krohn le informó de las condiciones y de que le habían reservado un asiento en primera clase en el vuelo a Oslo de las 9.55, con escala en Copenhague.

Vio por el número que la llamada procedía del antiguo móvil de Harry, ese con el que solo había logrado escuchar mensajes de «apagado o fuera de cobertura» desde que había empezado a marcarlo. Puede que su negativa solo hubiera sido una táctica de negociación. No había problema, Røed le había dado margen para negociar al alza.

Krohn se levantó de la mesa, dedicó una mirada de disculpa a su esposa y fue al cuarto de estar.

—Hola de nuevo, Harry —dijo con voz alegre.

La voz de Hole sonó afónica.

—Novecientos sesenta mil dólares.

—¿Perdón?

—Si resuelvo el caso quiero novecientos sesenta mil dólares.

—¿Novecientos…?

—Sí.

—Eres consciente de que…

—Sé que no los valgo. Si tu cliente es tan rico e inocente como dices, estará dispuesto a pagar ese precio por la verdad. Os propongo trabajar gratis, cubrís los gastos y solo me pagáis si resuelvo el caso.

—Pero…

—No es mucho, Krohn. Necesito que me respondáis en cinco minutos. En inglés, en un correo remitido desde tu dirección y con tu firma. ¿Comprendido?

—Sí, pero Dios mío, Harry, es que…

—Aquí hay gente que tiene que tomar una decisión ahora, en este instante. En cierto modo tengo una pistola apuntándome a la sien.

—Doscientos mil dólares deberían ser más que...

—Lo siento. Es el importe que he mencionado o nada, Krohn.

Krohn suspiró.

—Es una cifra absurda, Harry, pero vale. Hablaré con el cliente. Te volveré a llamar.

—Cinco minutos —dijo la voz afónica de Harry. Otra voz añadió algo a lo lejos—. Cuatro y medio —precisó Harry.

—Haré todo lo que pueda para dar con él.

Harry dejó el teléfono en la mesa de la cocina y levantó la vista hacia el hombre de la escopeta, que seguía apuntándole. El otro hablaba en español por un móvil pequeño.

—Todo saldrá bien —susurró Lucille, que estaba sentada junto a Harry.

Harry le dio unas palmaditas en la mano.

—Esa frase es mía.

—No, es mía —rectificó ella—. Soy yo la que te ha metido en esto. Además, no es cierto, ¿a que no? No acabará bien.

—Define bien —pidió Harry.

Lucille esbozó una pálida sonrisa.

—Bueno, vaya, al menos ayer tuve una maravillosa última noche, algo es algo. Todo el mundo en Dan Tana's estaba convencido de que éramos pareja, ¿sabes?

—¿Eso crees?

—Oh, lo vi en sus miradas cuando entré cogida de tu brazo. Ahí llega Lucille Owens con un hombre alto, rubio y mucho más joven, pensaron. Y desearon ser estrellas de cine ellos también. Entonces me cogiste la chaqueta y me diste un beso en la mejilla. Gracias, Harry.

Harry iba a responder que solo había seguido las instrucciones que ella le había dado antes de ir, entre las que estaba quitarse la alianza, pero no lo hizo.

—Dos minutos —recordó el hombre del teléfono y Harry sintió que la mano de Lucille apretaba la suya con más fuerza.

–¿Qué dice *el jefe* desde el coche? –preguntó Harry.

El hombre de la escopeta no respondió.

–¿Ha matado a tantos como tú?

El hombre soltó una carcajada.

–Nadie sabe a cuántos ha matado. Solo sé que, si no pagáis, seréis los siguientes en su lista. Porque resulta que le gusta hacerlo en persona. Y quiero decir que *le gusta*.

Harry asintió con un movimiento de cabeza.

–¿El préstamo se lo dio él o solo ha comprado la deuda?

–Nosotros no prestamos dinero, solo recaudamos. Él es el mejor. Sabe ver quiénes son los perdedores, quién tiene deudas. –Dudó unos instantes, se inclinó ligeramente en el asiento y bajó la voz–. Dice que está en la mirada y en la postura, pero, sobre todo, en el olor corporal. Puedes comprobarlo subiéndote a un autobús, los que están aplastados por las deudas son los que tienen un asiento libre al lado. Dijo que tú también tienes deudas, *el rubio*.

–¿Yo?

–Pasó por el bar un día buscando a la señora y te vio allí.

–Se equivoca, yo no tengo deudas.

–Nunca se confunde. Le debes algo a alguien. Fue así como dio con mi padre.

–¿Tu padre?

El hombre asintió. Harry lo miró. Tragó saliva. Intentó imaginarse al individuo del coche. El teléfono había estado encima de la mesa de la cocina, con el altavoz conectado, mientras Harry hacía su propuesta, pero el tipo no había dicho ni una palabra.

–Un minuto. –El hombre del teléfono quitó el seguro del arma.

–Padre nuestro –murmuró Lucille–, que estás en los cielos…

–¿Cómo pudisteis gastar tanto dinero en una película que nunca llegó a hacerse? –preguntó Harry.

En un primer momento, Lucille lo miró sorprendida. Después, comprendió que tal vez la estaba distrayendo antes de que cruzaran el umbral.

—Esa es la pregunta más frecuente en esta ciudad, ¿sabes?

—Cinco segundos.

Harry clavó la mirada en el teléfono.

—¿Y la respuesta más frecuente?

—Mala suerte y guiones defectuosos.

—Hum. Suena igual que mi vida.

La pantalla se iluminó. El número de Krohn. Harry aceptó la llamada.

—Háblame. Rápido y dame solo la conclusión.

—Røed dice sí.

—Te van a dar la dirección de e-mail. —Harry le pasó el móvil al tipo que hablaba con *el jefe*. El individuo guardó la pistola en la funda debajo de la cazadora, y sostuvo los dos teléfonos uno frente al otro. Harry oyó un leve zumbido de voces. Se quedaron en silencio y le devolvió el móvil. Krohn había colgado. El tipo se llevó el suyo a la oreja y escuchó. Lo apartó.

—Estás de suerte, rubio. Dispones de diez días. A partir de ya. —Señaló el reloj—. Después, le pegaremos un tiro. —Señaló a Lucille—. E iremos a por ti. Nos la vamos a llevar y no harás ningún intento de ponerte en contacto con ella. Si se lo mencionas a alguien, ella morirá y moriréis tú y aquellos con los que hayas hablado. Así es como hacemos las cosas aquí, igual que en México y como lo haremos en el lugar al que tú te vas. No creas que no estás a nuestro alcance.

—Vale —respondió Harry y tragó saliva—. ¿Algo más que deba saber?

El tipo se rascó el tatuaje del escorpión y sonrió.

—Que a ti no te pegaremos un tiro. A ti te desollaremos la espalda y te dejaremos al sol. Solo tardarás unas horas en resecarte y morir de sed. Créeme, agradecerás que no se prolongue.

Harry tuvo ganas de comentar algo sobre el sol en Noruega en el mes de septiembre. Se abstuvo. Ya había empezado la cuenta atrás. No solo de los diez días, sino también del vuelo para el que tenía billete. Miró la hora. Hora y media. Era sábado y el aeropuerto LAX estaba a pocos kilómetros de allí, pero estaban en Los Ángeles. Ya iba con retraso. Un retraso imposible.

Miró a Lucille por última vez. Sí, ese sería el aspecto que tendría su madre, si hubiera vivido más años.

Harry Hole se inclinó, besó a Lucille en la frente, se puso de pie y fue hacia la puerta con paso largo.

7

DOMINGO

Harry viajaba en el asiento del copiloto de un Volvo Amazon, un modelo de 1970. A su lado iba Bjørn, cantaban a coro un tema de Hank Williams que sonaba defectuoso en el casete. Cada vez que se callaban oían los gemidos de un bebé en el asiento trasero. El coche empezó a dar botes. Era raro, puesto que estaban aparcados.

Harry abrió los ojos y vio a la azafata que le agarraba con suavidad del hombro.

—Vamos a aterrizar, señor —dijo tras la mascarilla—. Por favor, abróchese el cinturón.

Retiró la copa vacía, giró la mesa a un lado y la introdujo en el reposabrazos. Primera clase. En el último momento había decidido ponerse el traje y dejar todo lo demás, ni siquiera llevaba equipaje de mano. Harry bostezó y miró por la ventanilla. Bajo ellos se deslizaba el bosque. Agua y, por fin, la ciudad. Un poco de ciudad. Oslo. Luego, más bosque. Recordó la breve llamada que había hecho antes de despegar de LAX. A Ståle Aune, el psicólogo con el que había colaborado en los casos de asesinato. Su voz sonaba tan distinta. Le dijo que había intentado hablar con él varias veces en los últimos meses. La respuesta de Harry, que había tenido el teléfono apagado. La voz de Ståle diciendo que no tenía importancia, que solo era para contarle que estaba enfermo. Cáncer de tiroides.

El vuelo desde LA debía, según el horario previsto, tener una duración de trece horas. Harry miró el reloj. Calculó la hora noruega. Domingo 8.55. Cierto que el domingo era un día sin alcohol, pero si se decía que todavía estaba en la franja horaria de LA, aún quedaban cinco minutos del sábado. Miró al techo en busca del interruptor para llamar al personal de cabina, cayó en la cuenta de que en primera clase estaba incorporado el mando a distancia. Lo encontró aplastado contra la consola. Presionó y oyó un pitido similar al de un sónar mientras una luz se encendía sobre su cabeza.

Ella tardó menos de diez segundos en presentarse.

—¿Sí, señor?

En esos diez segundos Harry había contado el número de copas que se había tomado a lo largo de su sábado en LA. Cuota agotada. Joder.

—Perdón —se disculpó e intentó sonreír—. Nada.

Harry estaba en la tienda tax free, delante de la estantería del whisky, cuando recibió un SMS para informarle de que el coche que Krohn le había reservado esperaba frente a la terminal de llegadas. Harry respondió «OK» y, ya que tenía el teléfono en la mano, apretó la letra K.

Rakel solía bromear con que tenía tan pocos amigos, colegas y contactos, que le bastaba con una sola inicial para cada uno.

—Katrine Bratt. —La voz sonó cansada, adormilada.

—Hola, soy Harry.

—¿Harry? ¿De verdad? —Sonó como si se incorporara en la cama—. Vi que era un número americano, así que...

—Estoy en Noruega. Acabo de aterrizar. ¿Te he despertado?

—No. Bueno, sí. Tenemos un posible doble asesinato y he estado trabajando hasta tarde. Mi suegra está aquí para cuidar de Gert, así he podido recuperar algo de sueño. Dios mío, estás vivo.

—Eso parece. ¿Cómo te va?

—Bastante bien. No del todo mal, teniendo en cuenta las circunstancias. Estuve hablando de ti el viernes pasado. ¿Qué haces en Oslo?

71

—Solo un par de cosas. Voy a visitar a Ståle Aune.

—Uf, sí, me he enterado. La tiroides, ¿no?

—No conozco los detalles. ¿Tienes tiempo para un café?

Percibió que dudaba unos instantes antes de responder.

—¿Por qué no vienes a cenar, mejor?

—¿Quieres decir a tu casa?

—Sí, claro. Mi suegra es una excelente cocinera.

—Bueno. Si te viene bien…

—¿A las seis? Así podrás saludar también a Gert.

Harry cerró los ojos. Intentó revivir el sueño. Volvo Amazon. El niño que gime. Lo sabía. Por supuesto que ella lo sabía. ¿Se habría dado cuenta de que él también sabía? ¿*Quería* que él supiera?

—Las seis me va bien —dijo.

Colgaron y volvió a mirar la estantería del whisky.

Detrás había un expositor de peluches variados.

El coche se deslizó despacio por las calles peatonales de Tjuvholmen, las cinco hectáreas más caras de Oslo miraban al fiordo sobre dos islas. Un hervidero de gente iba de compras, a los restaurantes y a las galerías de arte o solo daba un paseo dominical. En el exclusivo hotel de diseño The Thief, el recepcionista dio la bienvenida a Harry como si se tratara de un huésped al que hubieran estado ansiosos por alojar.

La habitación tenía una cama doble de suavidad perfecta, arte de moda en las paredes, gel de ducha de una conocida marca de lujo. Harry supuso que era lo que cabía esperar de un hotel de cinco estrellas. Tenía vistas a la torre color rojo óxido del ayuntamiento y a la fortaleza de Akershus.

Nada parecía haber cambiado en el año que había estado fuera, pero sus sensaciones eran otras. Tal vez porque Tjuvholmen, con todas sus tiendas de ropa de diseño, galerías, apartamentos de lujo y fachadas impecables, no era el Oslo que él conocía. Se había criado en un barrio de la zona obrera, al este, cuando Oslo era una pequeña capital de la periferia de Europa, tranquila, aburrida y bastante gris. El idioma que oías hablar por la calle era casi en exclusiva un noruego sin acento y el color de la piel, blanco. Poco a poco la ciudad se había ido abriendo. En su juventud, Harry lo percibió, sobre todo, por los clubs que inauguraban, y porque más bandas musicales interesantes, no solo las que daban conciertos para treinta mil personas en Valle Hovin, empezaron a incluir Oslo en sus giras. Aparecieron restaurantes, muchísimos, que ofrecían comida de todos los lugares del mundo. Esa transformación en una ciudad multicultural, internacional y abierta trajo como consecuencia inevitable un aumento del crimen organizado, aunque seguían siendo tan pocos que apenas bastaban para mantener ocupada a una sección policial. Cierto que la ciudad había cambiado ya en los años setenta y, por diversas razones, era un cementerio para jóvenes enganchados a la heroína. Y así seguía. Era una urbe sin ningún barrio de proscritos como Skid Row, una ciudad en la que, incluso las mujeres podían sentirse seguras la mayor parte del tiempo, algo que el 93 por ciento de sus habitantes confirmaba cuando se les formulaba esa pregunta. A pesar de que los medios de comunicación hacían lo que podían para transmitir otra imagen, el número de violaciones se había mantenido bajo en los últimos quince años, comparado con el de otras ciudades, la violencia callejera y otros delitos eran escasos y, aun así, mantenían una tendencia descendente.

Por eso, una mujer asesinada y otra desaparecida con una posible conexión entre ellas no era un suceso frecuente. No era extraño que las noticias de prensa que Harry había tenido tiempo de consultar en Google fueran muchas y los titulares impactantes. Tampoco sorprendía que la mayoría de ellos mencionaran el nombre de Markus Røed. Para empezar, todo el mundo sabía que los medios, también los que antes se habían considerado serios, sobrevivían continuamente a base de contar historias sobre famosos, y era evidente que Røed era un ricachón muy conocido. Para continuar, en el ochenta por ciento de los asesinatos que Harry había investigado, el autor era alguien cercano a la víctima. De ahí que no le sorprendiera que el principal sospechoso, por ahora, fuera su empleador.

Harry se dio una ducha. Se situó ante el espejo y se abrochó la camisa que había comprado en Gardermoen. Oyó el tictac del reloj de pulsera al cerrarse el botón del cuello. Intentó no pensar en ello.

Apenas cinco minutos a pie separaban The Thief de las oficinas de Barbell en la calle de Haakon VII.

Harry se acercó a la puerta de casi tres metros de altura y sostuvo la mirada de un joven que se encontraba en la recepción. El chico acudió a la carrera para abrir y resultaba evidente que su tarea era esperarlo. Condujo a Harry por las puertas de seguridad y, tras un momento de desconcierto cuando Harry le explicó que no cogía ascensores, por las escaleras. En la séptima y última planta lo precedió por oficinas vacías por ser fin de semana, hasta una puerta abierta donde se detuvo y dejó que Harry pasara.

Era un despacho en esquina, debía tener casi cien metros cuadrados, con vistas a la plaza del Ayuntamiento y el fiordo de Oslo. En un extremo había un escritorio con una gran pantalla iMac, un par de gafas de sol de la marca Gucci y un teléfono Apple, ningún documento.

Al fondo, en una mesa de reuniones, había dos personas sentadas. Una, Johan Krohn, le era familiar. Reconoció a la otra por los artículos de prensa. Markus Røed dejó que Krohn se levantara primero y se aproximara a Harry con la mano tendida. Harry esbozó una sonrisa dirigida a Krohn sin perder de vista al hombre que estaba detrás. Vio cómo Markus Røed se abrochaba por costumbre un botón de la chaqueta del traje y permanecía de pie junto a la mesa. Después de saludar con un apretón de manos a Krohn, Harry se aproximó e hizo lo mismo con Røed. Se fijó en que era probable que midieran lo mismo. Calculó que Røed cargaba con veinte kilos más que él, como poco. De cerca, se le notaban sus sesenta y seis años tras el rostro liso y retocado, la dentadura blanca y el denso flequillo negro. Vale, al menos lo habían operado cirujanos mucho mejores que bastantes de los que había visto en LA. Harry se fijó en que las grandes pupilas se movían un poco en el estrecho iris azul de Røed, como si tuviera un tic.

–Siéntate, Harry.

–Gracias, Markus –dijo Harry, se desabrochó la chaqueta y se sentó. Si a Røed le incomodaba que lo llamara por su nombre, como si así lo retara, su gesto no lo dejó traslucir.

–Gracias por venir con tan poco preaviso –añadió Røed haciéndole una señal al chico de la puerta.

–Me viene bien que las cosas fluyan. –Harry deslizó la mirada por los retratos de tres hombres serios colgados de la pared. Dos cuadros y una foto, todos ellos con los nombres grabados en una placa dorada en la parte inferior del marco, todos apellidados Røed.

–Sí, supongo que *over there* los tiempos son otros –dijo Krohn con un tono que a Harry le sonó a la charla intrascendente de un diplomático algo estresado.

–Bueno –siguió Harry–, creo que Los Ángeles es bastante tranquila comparada con Nueva York y Chicago. Veo que aquí también le dais fuerte. En la oficina en domingo. Impresionante.

–No está nada mal alejarse del infierno doméstico y familiar –dijo Røed enseñando los dientes en una sonrisa–. *Sobre todo* en domingo.

–¿Tienes hijos? –preguntó Harry. Por los artículos de prensa no le había dado esa impresión.

–Sí –dijo Røed mirando a Krohn como si fuera él quien hubiera formulado la pregunta–. Mi mujer.

Røed se echó a reír y Krohn se le unió cumplidor. Harry elevó un instante las comisuras de los labios para no parecer antipático. Recordó las fotos de Helene Røed en los periódicos. ¿Cuántos años se llevaban? Serían por lo menos treinta. En todas las imágenes que había visto, el matrimonio estaba ante paredes decoradas con logos, es decir, estrenos, desfiles de moda o similares. Helene Røed iba muy arreglada, claro, pero parecía estar menos pendiente de su aspecto, menos ridícula, que algunas de las mujeres, y hombres, que solían posar ante las cámaras en eventos similares. Era guapa, aunque había algo levemente ajado en su belleza, un brillo juvenil que parecía haberse perdido un poco antes de tiempo. ¿Demasiado trabajo? ¿Demasiado alcohol u otras cosas? ¿Demasiada ausencia de felicidad? ¿Un poco de todo?

—Bien —dijo Krohn—, conociendo a mi cliente, seguro que ha pasado mucho tiempo aquí, en cualquier caso. No se llega a donde ha llegado él sin trabajar duro.

Røed se encogió de hombros, pero no le llevó la contraria.

—¿Qué hay de ti, Harry? ¿Tienes hijos?

Harry contempló los retratos. Los tres hombres estaban ante grandes edificios. Harry supuso que los habían construido o eran de su propiedad.

—Combinado con una sólida fortuna familiar, tal vez —dijo.

—¿Perdón?

—Junto con el trabajo duro. Eso lo facilita un poco, ¿no?

Røed arqueó una ceja bien depilada bajo el brillante flequillo negro y miró interrogante a Krohn, como si le estuviera pidiendo explicaciones sobre qué clase de individuo le había conseguido. Después levantó la cabeza para elevar una incipiente papada por encima del cuello de la camisa y clavó la mirada en Harry.

—Las fortunas no se cuidan solas, Hole. Pero eso lo sabes tú también, ¿no?

—¿Yo? ¿Qué te hace pensar eso?

—¿No? Pues te vistes como un hombre de fortuna. Si no me equivoco, ese traje tuyo lo ha cosido Garth Alexander, Savile Row. Yo tengo dos como ese.

—No recuerdo el nombre del sastre —dijo Harry—. Me lo dio una señora a cambio de que la acompañara.

—Vaya. ¿Tan fea era?

—No.

—¿No? Entonces estaba bien.

—Sí, eso diría yo. Para tener setenta y tantos.

Markus Røed levantó las manos y echó la cabeza hacia atrás. Sus ojos se transformaron en dos estrechas ranuras.

—¿Sabes una cosa, Harry? En eso mi mujer y tú tenéis algo en común. Quitarse la ropa a cambio de otra más cara.

Las carcajadas de Markus Røed eran atronadoras. Se golpeó los muslos y se volvió hacia Krohn, que de nuevo logró reír con rapidez. La risa de Røed enseguida se transformó en una serie de estornudos. El chico, que acababa de regresar con una bandeja con vasos de agua, le ofreció una servilleta, Røed la rechazó con un gesto. Se sacó un gran pañuelo azul claro con las iniciales enormes M. R. del bolsillo interior de la chaqueta y se sonó la nariz haciendo mucho ruido.

—Tranquilo, solo es alergia —dijo Røed, y empujó el pañuelo a su lugar—. ¿Estás vacunado, Harry?

—Sí.

—Yo también. He estado a salvo desde el principio. Helene y yo fuimos a Arabia Saudí y nos pusieron la primera vacuna mucho antes de que estuviera disponible en Noruega. Empecemos. ¿Johan?

Harry escuchó la presentación que Johan Krohn hizo del caso, que fue más o menos una repetición de lo que le había dicho por teléfono el día anterior.

—Dos mujeres, Susanne Andersen y Bertine Bertilsen, desaparecieron el martes de hace tres y dos semanas, respectivamente. Susanne Andersen apareció muerta hace dos días. La policía no ha dado información sobre la causa de la muerte, pero han dicho que lo investigan como un asesinato. La policía ha interrogado a Markus por una razón, una sola: las dos chicas fueron a la misma fiesta cuatro días antes de la desaparición de Susanne, una fiesta muy exclusiva en la azotea del edificio en el que residen Markus y Helene. La única relación que la policía ha encontrado entre las chicas es que las dos conocen a Markus, que él las ha invitado a las dos. Markus tiene coartada para los dos martes en que las jóvenes desaparecieron, estaba en casa con Helene, y desde ese punto de vista, la policía lo ha descartado del caso. Por desgracia la prensa no aplica la misma lógica. Es decir, su motivación no es resolver el caso. No han parado de publicar toda clase de titulares especulando sobre la relación que Markus tenía con ellas, insinúan que lo chantajeaban amenazando con contar su «historia» a un periódico que les habría ofrecido a las dos una importante suma de dinero. También han puesto en duda la validez de la coartada que proporciona la esposa, a pesar de que saben muy bien que es habitual y válida en un juicio. Todo esto no va de conocer la verdad, claro, sino de la mezcla sensacionalista de famosos y crímenes. Y esa gente de los medios espera que el asunto se resuelva cuanto más tarde mejor, para poder seguir especulando y vendiendo periódicos.

Harry asintió un instante con rostro inexpresivo.

—Mientras tanto, los negocios de mi cliente sufren porque él, al menos en la versión que dan los medios de comunicación, no está del todo descartado. Además, es una carga a nivel personal, claro.

—Sobre todo para la familia —apostilló Røed.

—Por supuesto —prosiguió el abogado—. Sería un problema provisional con el que podríamos vivir, si la policía hubiera demostrado estar a la altura del caso. Ya han dispuesto de tres semanas sin dar ni con el autor ni con pistas que puedan llevar a los medios a desistir de esta caza de brujas contra la única persona de Oslo que ha acreditado una coartada. En resumen, queremos que el caso se resuelva lo antes posible, y ahí apareces tú.

Krohn y Røed miraron a Harry.

—Hum. Ahora que la policía tiene un cadáver, hay posibilidades de que hayan encontrado ADN de un agresor. ¿La policía te ha pedido una muestra de ADN? —Harry miró de frente a Markus Røed.

Røed se giró hacia Krohn, sin responder.

—Hemos dicho que no —respondió Krohn—. Hasta que la policía disponga de una orden judicial.

—¿Por qué?

–Porque no teníamos nada que ganar dando esa prueba. Y porque, aceptando esa clase de investigación invasiva, estaríamos admitiendo de manera indirecta que podemos ver el caso desde el punto de vista de la policía, que puede haber base para sospechar.

–¿No la hay?

–No. Pero le he dicho a la policía que, si son capaces de establecer la más mínima conexión entre los casos de desaparición y mi cliente, les dará gustosamente una muestra de ADN. No hemos sabido nada más de ellos.

–Hum.

Røed juntó las manos dando una palmada.

–Ahí lo tienes, Harry. *Grosso modo*. ¿Puedes contarnos cuál es tu plan de acción?

–¿Plan de acción?

Røed sonrió.

–Bueno, *grosso modo*.

–*Grosso modo* –repitió Harry mientras ahogaba un bostezo consecuencia del desfase horario–. Encontrar al asesino lo antes posible.

Røed esbozó una sonrisa y miró a Krohn.

–Eso ha sido muy *grosso modo*, Harry. ¿Puedes decirnos algo más?

–Bueno. Quiero investigar este caso como lo haría si estuviera en la policía. Es decir, sin ataduras ni consideraciones más allá de la verdad. En otras palabras, si las pistas me condujeran a ti, Røed, te cogería como a cualquier otro asesino. Y te exigiría el bonus.

En el silencio que siguió empezaron a sonar las campanas del carrillón de la torre del ayuntamiento.

Markus Røed rio por lo bajo.

–Tienes la cara muy dura, Harry. ¿Cuántos años te habría llevado reunir un bono como ese trabajando como policía? ¿Diez años? ¿Veinte? ¿Qué ganáis ahí abajo en la comisaría?

Harry no respondió. El carrillón siguió tocando.

–Bueno –dijo Krohn sonriendo con cierto agobio–. En principio, eso que dices es lo que nosotros queremos, Harry. Como te dije por teléfono: una investigación independiente. Así que, aunque lo planteas de un modo algo brutal, estamos en la misma onda. Lo que das a entender es la razón por la que queríamos que fueras precisamente tú. Una persona íntegra de verdad.

—¿Lo eres? —preguntó Røed y se pasó el pulgar y el índice por la barbilla mientras contemplaba a Harry—. ¿Un hombre íntegro de verdad?

Harry se fijó en el tic que movía los ojos de Røed. Negó con la cabeza. Røed se inclinó hacia él, sonrió alegre y dijo en voz baja:

—¿Ni siquiera un poco?

Harry esbozó una sonrisa.

—Solo en la medida en que puedas acusar a un caballo con anteojeras de ser íntegro. Es decir, algo con una inteligencia limitada que solo hace aquello para lo que lo han entrenado: galopar hacia delante sin dejarse distraer.

Markus Røed rio.

—Muy bueno, Harry. Muy bueno. Te lo compramos. Lo primero que quiero que hagas es reunir un equipo de gente de primer nivel. Mejor si son nombres que a la gente le suenen. Que podamos dar a los medios. Para que vean que vamos en serio, ¿verdad?

—Tengo una idea de quiénes me hacen falta.

—Bien, bien. ¿Cuánto tiempo crees que tardarán en responderte?

—Antes de las cuatro de mañana.

—¿Mañana mismo?

Røed volvió a reírse cuando comprendió que Harry lo decía en serio.

—Me gusta tu estilo, Harry. Firmemos ese contrato.

Røed hizo un gesto a Krohn, quien agarró su cartera y puso un documento de una sola página ante Harry.

—El contrato dice que la misión se considerará cumplida cuando al menos tres fiscales policiales estén de acuerdo en que se ha atrapado al culpable —dijo Krohn—. A pesar de ello, si el sospechoso fuera absuelto en un juicio, tendrías que devolver los honorarios percibidos. Es un acuerdo *no cure*, *no pay*.

—Con un bono que hasta un alto ejecutivo te envidiaría, incluso yo —añadió Røed.

—Quiero que se añada una cosa más —dijo Harry—. También percibiré los honorarios si la policía, con o sin mi ayuda, da con el supuesto culpable en los próximos nueve días.

Røed y Krohn intercambiaron una mirada.

Røed asintió con un movimiento de cabeza y se inclinó hacia Harry.

—Eres un negociador duro de pelar. No creas que no me doy cuenta de por qué das unas cifras tan precisas para el importe a pagar y los días.

Harry enarcó una ceja.

—¿No?

—Vamos, no finjas. Eso le da al contrario la sensación de que hay una cifra exacta. Un número mágico con el que todo cuadra. No le puedes enseñar a tu padre a follar, Harry, yo mismo uso ese truco para negociar.

Harry asintió despacio.

—Ahí me has pillado, Røed.

—Te voy a enseñar otro truco, Harry. —Røed se reclinó y sonrió con gusto—. Tengo ganas de darte un millón de dólares. Eso son casi cuatrocientas mil coronas noruegas más de lo que me pides, lo suficiente para comprar un coche digno. ¿Sabes por qué?

Harry no respondió.

—Porque la gente rinde mucho mejor si le das un poco más de lo que espera. La psicología lo ha demostrado.

—Pues lo demostraré —dijo Harry en tono seco—. Hay una cosa más.

La sonrisa de Røed se esfumó.

—¿Sí?

—Necesito que me conceda un permiso alguien de la policía.

Krohn carraspeó.

—¿Eres consciente de que en Noruega no hace falta un permiso ni licencia para investigar de forma privada?

—Sí. Pero he dicho *alguien* de la policía.

Harry les explicó el problema y al cabo de un rato Røed consintió muy a su pesar. Cuando Harry y Røed se hubieron dado la mano, Krohn acompañó a Harry a la salida. Krohn le abrió la puerta de la calle a Harry.

—¿Puedo hacerte una pregunta, Harry?

—Dispara.

—¿Por qué tuve que mandar una copia en inglés del contrato a una dirección mexicana de correo electrónico?

—Es mi agente.

Krohn no se inmutó. Harry supuso que como abogado defensor estaba tan acostumbrado a que le mintieran que era más probable que arqueara una ceja si el cliente le decía la verdad. Seguramente había comprendido que una mentira tan evidente era una señal de prohibido pasar.

—Que tengas un buen domingo, Harry.

—Tú también.

Harry bajó al puerto, en Aker Brygge. Se sentó en un banco. Vio el ferry de Nesoddtangen deslizarse bajo el sol, hacia el muelle. Cerró los ojos. En alguna ocasión Rakel y él se habían cogido un día libre entre semana, habían montado las bicicletas en el barco y, tras navegar veinticinco minutos entre islotes y veleros, habían atracado en Nesoddtangen. Allí habían salido derechos a un paisaje campestre con caminos, senderos y pequeños refugios escondidos, sin gente, donde se lanzaban al agua y luego se calentaban sobre las rocas. Solo se oía el zumbido de los insectos y los gemidos bajos, pero intensos, de Rakel que le clavaba las uñas en la espalda. Harry se obligó a prescindir de esas imágenes y abrió los ojos. Miró el reloj. El segundero avanzaba a tirones. Dentro de unas horas iba a encontrarse con Katrine. Y con Gert. Fue con paso largo hacia The Thief.

—A tu tío se le ve animado hoy —informó la enfermera y dejó a Prim junto a la puerta abierta de la pequeña habitación.

Prim asintió con un movimiento de cabeza. Observó al anciano sentado en la cama en bata que miraba un televisor apagado. Había sido un hombre guapo. Un hombre muy respetado, acostumbrado a que se le escuchara, tanto en su vida privada como en la profesional. A Prim le parecía que se notaba en sus rasgos, en los ojos, en su frente alta y despejada, en los profundos ojos azul claro a ambos lados de la nariz aguileña. En la boca decidida, severa, que cerraban con fuerza labios que sorprendían por carnosos.

Prim lo llamaba tío Fredric, entre otras cosas porque lo era.

El tío levantó la vista cuando Prim cruzó el umbral, y Prim se preguntó, como solía, qué tío Fredric tocaría hoy. Si es que había alguno.

—¿Quién eres? Lárgate. —El rostro resplandecía con una mezcla de desprecio y diversión, y la voz tenía ese tono grave que hacía imposible estar seguro de si el tío Fredric estaba de broma o furibundo. Padecía demencia con cuerpos de Lewy, un tipo de patología cerebral que no solo conllevaba alucinaciones visuales y pesadillas, sino también, como en el caso de su tío, un comportamiento agresivo. Sobre todo verbal, pero también físico, de manera que las limitaciones de movilidad que le producía la rigidez muscular casi eran una ventaja.

—Soy Prim, el hijo de Molle —prosiguió antes de que su tío reaccionara—. Tu hermana.

Prim miró hacia la única decoración de las paredes, un diploma enmarcado encima de la cama. En una ocasión había colgado una foto enmarcada de su tío, su madre y él de niño, sonrientes, junto a una piscina en España, unas vacaciones a las que su tío los había invitado después de que el padrastro los abandonara.

El tío había quitado la imagen al cabo de unos meses, dijo que no soportaba ver tantos dientes de conejo. Era evidente que se refería a las grandes paletas separadas que Prim había heredado de su madre. El diploma del doctorado seguía allí, con el nombre de Fredric Steiner. Había sustituido el apellido que tenía en común con su madre porque, como le dijo sin ambages a Prim, un apellido judío tenía más repercusión y autoridad entre los investigadores. Sobre todo en su especialidad, la microbiología, donde son pocos los que se molestan en disimular que los judíos, en especial los judíos asquenazíes, tienen una capacidad intelectual superior. Vale que podía haber motivos razonables de tipo sociológico y político para negar, o al menos ignorar, esta realidad, pero los hechos eran los que eran. Por eso, teniendo Fredric un cerebro tan espléndido y funcional como uno judío, ¿por qué iba a ponerse con modestia el último de la cola con un aburrido apellido de campesino noruego?

—¿Tengo una hermana? —preguntó el tío.

—Tenías una hermana. ¿No la recuerdas?

—Joder, chaval, padezco demencia. ¿No puedes meterte eso en tu minúsculo cerebro? Esa enfermera que llegó contigo… bastante guapa, ¿no?

—¿De ella sí te acuerdas?

—Mi memoria a corto plazo es excelente. ¿Apostamos algo a que me la follo antes del fin de semana? Aunque supongo que no tendrás dinero, perdedor. Cuando eras pequeño esperaba grandes cosas de ti, ahora… Ni siquiera supones una decepción, no eres nadie.

El tío se calló. Pareció pensar unos instantes.

—¿O has llegado a ser algo? ¿A qué te dedicas?

—No tengo intención de contártelo.

—¿Por qué no? Recuerdo que te interesaba la música. En nuestra familia nadie tiene oído, ¿no creíste que podías ser músico?

—No.

—Entonces qué…

—Para empezar, se te habrá olvidado la próxima vez que venga, y, además, no te lo creerías.

—¿Tienes familia? ¡No me mires así!

—Estoy soltero. De momento. Pero he conocido a una mujer.

—¿Una? ¿Has dicho una?

—Sí.

—Dios mío. ¿Sabes a cuántas me he follado yo?

—Sí.

—Seiscientas cuarenta y tres. ¡Seiscientas cuarenta y tres! Y hablo de mujeres estupendas. Salvo al principio, cuando no sabía lo que podía conseguir. Empecé a los diecisiete. Vas a tener que trabajar duro para ponerte al nivel de tu tío, chaval. Esa mujer ¿tiene el coño estrecho?

—No lo sé.

—¿No lo sabes? ¿Qué pasó con la otra?

—¿Otra?

—Estoy casi seguro de que tenías un par de niños y una morena bajita con las tetas grandes. ¿Me la pude tirar? ¡Ji, ji! Lo hice, ¡lo veo en tu cara! ¿Cómo acabaste siendo uno de esos a los que nadie puede querer? ¿Fue por los dientes de conejo que heredaste de tu madre?

—Tío…

—¡No me llames tío, jodido monstruo! Naciste tonto y feo, eres una vergüenza para mí, para tu madre y para todo nuestro linaje.

—Bien. En ese caso ¿por qué me llamaste Prim?

—Ah, sí, Prim. ¿Por qué crees que lo hice?

—Dijiste que fue porque yo era especial. Una excepción entre los números.

—Especial, sí, en el sentido de anómalo. Un error. Uno de esos con los que nadie quiere estar, un paria, uno que solo puede compartirse con 1 y con uno mismo. Ahí tienes tu número primo, 1 y tú mismo. Todos ansiamos lo que no podemos obtener, y en tu caso ha sido que te amen. Siempre ha sido tu debilidad y la has heredado de tu madre.

—Sabes, tío, algún día seré más famoso que tú y toda la familia. Juntos.

El tío pareció alegrarse, como si Prim por fin hubiera dicho algo con sentido, o al menos una fuente de entretenimiento.

—Déjame que te explique que lo único que te va a pasar es que un día estarás tan demenciado como yo, ¡y estarás tan contento! ¿Sabes por qué? Porque habrás olvidado que tu vida fue una sucesión interminable de derrotas. Eso de ahí… —Apuntó al diploma de la pared—. Eso es lo único de lo que quiero acordarme. Ni eso puedo hacer. Y esas seiscientas cuarenta y tres… —Tenía la voz llorosa y grandes lágrimas asomaron a sus ojos azules—. No me acuerdo de una sola de esas putas. ¡Ni una! Entonces, ¿qué sentido tiene?

Cuando Prim se marchó el tío estaba llorando. Ocurría cada vez con más frecuencia. Prim había leído que Robin Williams, el actor cómico, se había suicidado al saber que tenía demencia con cuerpos de Lewy. Quiso ahorrarse a sí mismo y a su familia esa tortura. Prim estaba sorprendido porque su tío no hubiera hecho lo mismo.

La residencia estaba cerca del centro de Vinderen, en el oeste de Oslo. De camino al coche pasó por delante de la joyería a la que últimamente había ido varias veces. Al ser domingo, estaba cerrada; pegando la nariz al cristal pudo ver el diamante solitario en el expositor. No era grande, pero resultaba tan hermoso. Perfecto para Ella. Tenía que hacerse con él la semana siguiente, o se arriesgaba a que alguien se le adelantara.

Dio un rodeo para pasar por delante del hogar de su infancia en Gaustad. El chalet dañado por el fuego debería haberse derribado hacía muchos años. Había logrado aplazarlo una y otra vez a pesar de las resoluciones del ayuntamiento y las quejas de los vecinos. Algunas veces alegó que tenía planificada la restauración de la casa, otras había aportado documentación de que había contratado el derribo, siempre con empresas que luego quebraron o cesaron en su actividad. No sabía muy bien por qué se había empeñado en posponerlo. De hecho, podría haber vendido el solar a buen precio. Hacía muy poco que se había dado cuenta del porqué. El plan, el uso que iba a dar a la casa, había permanecido larvado en su mente, como un huevo de serpiente.

8
DOMINGO. TETRIS

—Tienes buen aspecto —saludó Harry.

—Tú tienes un aspecto… bronceado —dijo Katrine.

Los dos se echaron a reír, ella abrió la puerta de par en par y se dieron un beso en la mejilla. El apartamento olía a cordero guisado con col. Le dio el ramo de flores que había comprado en un quiosco de la cadena Narvesen que le pilló de paso.

—¿Desde cuándo eres de los que compran flores? —preguntó Katrine cogiéndolas con una mueca.

—Supongo que lo he hecho para impresionar a tu suegra.

—El traje sí que la impresionará, seguro.

Katrine fue a la cocina para poner las flores en agua y Harry al salón. Vio los juguetes en el parquet y oyó la voz infantil antes de ver al chico. De espaldas a Harry le hablaba muy serio a un osito de peluche:

—Tienes que hacel lo que te digo, ya lo sabes. Tienes que dolmil.

Harry se acercó sin hacer ruido y se puso en cuclillas. El niño empezó a cantar bajito mientras movía la cabeza grande de airosos rizos rubios de lado a lado.

—Blåmann, Blåmann mi cabritilla…

Debió oír algo, puede que un crujido del suelo, porque de repente se giró, con la sonrisa preparada. Un niño que todavía cree que cualquier sorpresa es buena, pensó Harry.

—¡Hola! —dijo Harry, y se llevó la mano al bolsillo de la chaqueta. Sacó un osito—. Esto es para ti.

Se lo tendió, pero el chico no se fijó en el osito, se limitó a mirar a Harry con los ojos muy abiertos.

—¿Eles Papá Noel?

Harry no pudo contener la risa, eso tampoco desconcertó al niño, que se rio satisfecho. Agarró el osito.

—¿Cómo se llama?

—Todavía no tiene nombre, tendrás que ponérselo tú.

—Pues entonces se va a llamal... ¿cómo te llamas tú?

—Harry.

—Hallik*.

—No. Eh...

—Sí, se va a llamal Hallik.

Harry se giró y vio que Katrine los observaba desde el umbral de la puerta, cruzada de brazos.

Puede que fuera su dialecto, tal vez el cabello pelirrojo y los ojos algo prominentes. En todo caso, cada vez que Harry levantaba la vista del plato en la mesa de la cocina y miraba a la madre de Bjørn, le parecía ver también a su colega fallecido, el técnico criminalista Bjørn Holm.

—No me extraña que le caigas bien al niño, Harry —dijo la mujer señalando con un movimiento de cabeza al pequeño, al que habían dado permiso para irse de la mesa y que tiraba de la mano a Harry. Quería que lo acompañara al salón para seguir jugando con los ositos—. Tú y Bjørn erais tan buenos amigos. Viene de familia, ya sabes. Tienes que comer mejor, Harry, estás flaquísimo.

Terminaron con el postre de compota de ciruela y la suegra fue a dormir a Gert.

—Has tenido un chico muy guapo —dijo Harry.

—Sí —aceptó Katrine y apoyó la barbilla en las manos—. No sabía que se te dieran bien los niños.

—Yo tampoco.

* Chulo, proxeneta, en noruego. *(N. de la T.)*

—¿No era así cuando Oleg era pequeño?

—Yo entré en su vida a la edad de los juegos de ordenador. Y supongo que él tampoco estaba entusiasmado con la idea de que alguien se interpusiera entre él y su madre.

—Os hicisteis buenos amigos.

—Rakel afirmaba que era porque odiábamos a los mismos grupos musicales. Y nos chiflaba el Tetris. Dijiste por teléfono que la vida te iba bien. ¿Alguna novedad?

—¿Trabajo?

—Cualquier cosa.

—Bueno. Sí y no. Ha pasado bastante tiempo desde la muerte de Bjørn, así que he empezado a moverme otra vez.

—¿Ah, sí? ¿Algo serio?

—No, no diría tanto. He quedado unas cuantas veces con un tipo, y está bastante bien, no sé. Tú y yo ya éramos raritos para empezar, y no mejoramos con los años. ¿Y tú?

Harry negó con la cabeza.

—Ya veo que todavía llevas la alianza —observó Katrine—. Es que tú creías haber dado con el amor de tu vida. Para Bjørn y para mí fue diferente.

—Puede que lo fuera.

—El hombre más bueno del mundo. Demasiado bueno. —Levantó la taza de té—. Demasiado sensible para estar con una zorra como yo.

—Eso no es cierto, Katrine.

—¿No? ¿Cómo llamarías a una mujer que se acuesta con uno de los mejores amigos de su marido? Vale, entonces... puede que puta sea más adecuado.

—Eso pasó sin más, Katrine. Yo estaba borracho y tú...

—¿Yo qué? Ojalá al menos pudiera decir que estaba enamorada de ti, Harry. Y una vez, los primeros dos años que trabajamos juntos, puede que lo estuviera. Pero ¿después? Después no eras más que ese que no había conseguido. Ese que se quedó la belleza de ojos negros de Holmenkollåsen.

—Hum. No creo que Rakel considerara que se había apropiado de mí.

—Por lo menos no fuiste tú el que se hizo con ella.

—¿Por qué no?

—¡Harry Hole! No te enteras de que una mujer se interesa por ti aunque te lo transmita en morse. Incluso así te quedas sentado sobre ese huesudo culo tuyo, esperando.

Harry rio por lo bajo. Podría preguntárselo ahora. Sería un buen momento. No había motivo alguno para aplazarlo. Resultaba tan evidente. Los rizos rubios. Los ojos. La boca. Por supuesto que ella no sabía que él lo había descubierto una de las noches que pasó con Alexandra Sturdza en el Instituto de Medicina Legal. Que Alexandra había desvelado por error que Bjørn había verificado la paternidad y que el análisis de ADN había concluido que el padre de Gert era Harry, no Bjørn.

Harry carraspeó.

—Sé que…

Katrine lo miró interrogante.

—Sé que Truls Berntsen se metió en un lío. ¿Está suspendido?

Ella enarcó una ceja.

—Sí. Él y dos más son sospechosos de haber esquilmado un alijo de droga incautado en el aeropuerto de Gardermoen. No te sorprenderá. Todo el mundo sabe que Truls Berntsen es un corrupto y parece ser que tiene deudas de juego. Solo era cuestión de tiempo.

—Puede que no me sorprenda, pero lamento saberlo.

—¿Ah? Creía que no os podíais ni ver.

—No es de los que caen en gracia, pero de hecho tiene algunas cualidades que es fácil pasar por alto. Puede que ni él mismo sepa que las tiene.

—Si tú lo dices. ¿Por qué te interesa tanto?

Harry se encogió de hombros.

—Por lo que he podido leer, Bellman sigue siendo ministro de Justicia.

–Sí, desde luego. Se sabe las reglas de juego del poder. Si quieres saber mi opinión, siempre fue mejor político que policía. ¿Cómo le va a tu gente?

–Bueno, mi hermana vive en Kristiansand, tiene pareja y le va bien. El hijo de Rakel está destinado en la comisaría de Lakselv, en el extremo norte del país. Vive con su novia. Y Øystein Eikeland, si te acuerdas de él…

–¿El taxista?

–Ha cambiado de sector, dice que gana más. Mañana iré a ver a Aune. Y, bueno, creo que eso es todo.

–No te queda mucha gente, Harry.

–No. –Intentó no mirar el reloj. Ver cuánto quedaba de ese infernal domingo. El lunes estaba permitido beber, vale que solo tres unidades, no había ninguna norma sobre cuándo se debía ingerir la cantidad autorizada, podía ser nada más pasar la medianoche, todo de golpe. Había evitado comprar aquella botella de whisky en el aeropuerto, eligió el peluche en su lugar, había comprobado el contenido del minibar de la habitación; tenía lo necesario.

–¿Qué hay de ti? –preguntó Harry y levantó la taza de café–. ¿Quién te queda?

Katrine lo pensó.

–Bueno. Por mi lado no queda familia, así que los más cercanos son los abuelos paternos de Gert. Me ayudan muchísimo. Estamos a dos horas de Toten, y vienen siempre que pueden. A veces, cuando se lo pido, vienen también cuando en realidad no pueden. Están muy apegados al niño, para ellos también es lo único que les queda. Así que…

Se contuvo. Clavó la mirada en la pared, por encima de la taza y a un lado de la cabeza de Harry. Él lo vio, comprendió que cogía impulso.

–No quiero que lo sepan. Y no quiero que lo sepa Gert. ¿Comprendes, Harry?

Así que ella lo sabía. Y se había dado cuenta de que él lo sabía.

Él asintió con un movimiento de cabeza. No era difícil comprender que no quisiera que su hijo creciera sabiendo que era el producto de una infidelidad, de un rollo de una noche de su madre con un alcohólico. Que no quisiera romper el corazón a dos adorables abuelos. O perder el imprescindible apoyo que podían prestar a una madre sola y su hijo.

—Su padre se llama Bjørn —susurró Katrine y cambió la mirada de lugar hasta dar con la de Harry—. Y punto.

—Comprendo —murmuró Harry sin apartar la mirada—. Creo que haces lo correcto. Todo lo que te pido es que acudas a mí si necesitáis ayuda. Para lo que sea. No espero nada a cambio.

Vio que Katrine tenía lágrimas en los ojos.

—Gracias, Harry. Es generoso por tu parte.

—No mucho —respondió—. No tengo ni un céntimo.

Ella se rio, se sorbió y cogió un trozo del rollo de papel de cocina de la mesa.

—Eres simpático —dijo.

La abuela volvió e informó de que mamá tenía que cantar, y mientras Katrine iba al cuarto infantil, Harry le contó cómo Bjørn tomaba el mando cuando él, Harry y Øystein preparaban la *playlist* para las noches temáticas en el Jealousy Bar. Los jueves de Hank Williams, la semana Elvis y, puede que la más inolvidable, la noche de las canciones-de-al-menos-cuarenta-años-de-artistas-y-bandas-de-Estados-Unidos-que-empezaran-por-M. A pesar de que los nombres de las bandas y los artistas favoritos de Bjørn no le dijeran nada a la madre, sus ojos húmedos expresaban su agradecimiento a Harry por contarle algo de su hijo, lo que fuera.

Katrine volvió a la cocina, la suegra se retiró al cuarto de estar y encendió el televisor.

—¿El tipo con el que sales?

Katrine le quitó importancia.

—Venga —dijo Harry.

—Es más joven que yo. Y no, no nos conocimos en Tinder. Salimos. Fue poco después de que todo se volviera a abrir, así que el ambiente de la ciudad era eufórico. Y luego… bueno, ha mantenido el contacto.

—¿Tú no?

—Puede que él se lo tome un poco más en serio que yo. No es que no sea un tipo majo, de fiar. Tiene trabajo fijo, un apartamento en propiedad y parece que tiene la vida organizada.

Harry sonrió.

—¡Que sí, que sí! —dijo ella amagando con darle un manotazo—. Cuando eres madre soltera empiezas casi por instinto a tener en cuenta esas cosas, ¿vale? Pero también tiene que haber pasión, y…

—¿Y no la hay?

Ella tardó en contestar.

—Me gusta mucho que sepa cosas que yo ignoro. Me enseña cosas, ¿entiendes? Le interesa la música, como a Bjørn. No tiene problemas con que yo sea rarita. Y… —Una amplia sonrisa se dibujó en su rostro—. Me quiere. ¿Sabes? Se me había olvidado lo bien que sienta. Que te quieran radicalmente. Como Bjørn. —Negó con la cabeza—. Puede que de manera inconsciente haya estado buscando un nuevo Bjørn. Es más eso que pasión, me temo.

—Hum. ¿La madre de Bjørn sabe…?

—¡No, no! —Descartó sus palabras con un gesto de la mano—. No lo sabe nadie. Tampoco tengo intención de presentárselo.

—¿A *nadie*?

Ella negó con la cabeza.

—Cuando sabes que es probable que se termine y que tendrás que relacionarte con él después, intentas involucrar al menor número de personas posible, ¿no? No te apetece que la gente se quede mirando y «sepa», ¿no? Ya no quiero hablarte más de él. —Dejó la taza de té con gesto decidido—. Ahora te toca a ti. Háblame de LA.

Harry sonrió.

—Tal vez otro día, cuando vaya mejor de tiempo. Creo que será mejor que te diga por qué te he llamado.

—¿Ah? Yo creía que era… —Inclinó la cabeza en dirección al cuarto del niño.

–No –dijo Harry–. Lo he pensado, claro, creí que debía ser decisión tuya contármelo o no.

–¿Elección mía? Si ha sido imposible dar contigo.

–Hum. Apagué el teléfono.

–¿Medio año?

–Algo así. En cualquier caso, te llamé para contarte que Markus Røed me quiere contratar como investigador privado en el caso de esas dos chicas.

Katrine lo miró incrédula.

–Estás de coña.

Harry no respondió.

Ella carraspeó.

–¿Me estás contando que tú, Harry Hole, te has vendido como una prostituta cualquiera a ese… putero de Markus Røed?

Harry miró al techo como si saboreara las palabras.

–Lo has descrito con precisión, sí.

–Joder, Harry.

–Salvo que no lo he hecho todavía.

–Vaya. ¿Y por qué no? ¿El putero no paga lo suficiente?

–Porque antes tenía que hablar contigo. Tienes derecho de veto.

–¿Veto? –Katrine resopló–. ¿Por qué? Podéis hacer lo que queráis. En especial Røed, tiene dinero para comprar cualquier cosa. Vale, no creía que tuviera dinero suficiente para quedarse con tu culo.

–Dedica diez segundos a valorar ventajas e inconvenientes –sugirió Harry llevándose la taza de café a la boca.

Vio cómo se apagaban las llamaradas en sus ojos oscuros y cómo se mordía el labio como tenía por costumbre cuando pensaba. Contaba con que llegaría a conclusiones similares a las que había alcanzado él.

–¿Vas a trabajar solo?

Él negó con la cabeza.

–¿Tienes intención de pillar a alguien que trabaja para nosotros o para la Policía Judicial?

—Para nada.

Katrine asintió pensativa.

—Sabes bien que me dan igual el prestigio y el ego, Harry. Esas competiciones para ver quién la tiene más larga os la dejo a los muchachos. Lo que me interesa es, por ejemplo, que las chicas puedan caminar por esta ciudad sin miedo a que las violen o las maten. Y ahora no es así. Por eso es mejor que tú estés investigando el caso. —Sacudió la cabeza como si no le gustaran las ventajas que veía—. Además, como investigador privado puedes hacer unas cuantas cosas que nosotros no nos podemos permitir.

—Cierto. ¿Cómo ves tú el caso?

Katrine se miró las palmas de las manos.

—Sabes de sobra que no puedo darte detalles de la investigación, pero supongo que lees los periódicos, y no estoy desvelando demasiado si digo que nosotros y la Policía Judicial llevamos tres semanas trabajando día y noche y que antes de la aparición de este cadáver lo que teníamos era *nothing*. Nada de nada. Disponíamos de imágenes de Susanne en la estación de metro de Skullerud a las nueve de la noche del martes, no muy lejos de donde la encontraron. Teníamos el coche de Bertine aparcado junto a los senderos para excursionistas de Grefsenkollen. Nadie sabe a qué habían ido. Ninguna de ellas era aficionada a caminar por el campo y, que sepamos, no conocían a nadie ni en Grefsen ni en Skullerud. Hemos desplegado muchos agentes y la patrulla canina en ambas zonas, sin encontrar nada. Entonces un corredor y su perro se tropiezan con el cadáver. Eso está muy bien, pero nos hace parecer unos inútiles. Suele pasar. La suma de muchas casualidades desbanca lo poco que podemos hacer con una búsqueda sistemática. La gente no lo entiende. Ni los periodistas. Ni… —gimió con desesperación—. Ni los jefes.

—¿Qué hay de la fiesta que dio Røed? ¿Ahí hay algo?

—Nada, salvo que parece ser la única ocasión en que Susanne y Bertine coincidieron en el mismo lugar. Hemos intentado concretar quiénes acudieron a la fiesta, puesto que una misma persona podría haber entablado contacto allí con las dos mujeres. Pasa lo mismo que con el rastreo de contagios el año pasado. Es probable que tengamos todos los nombres, más de ochenta, pero nadie nos asegura que sean todos, puesto que fue una fiesta organizada por los vecinos y la gente entraba y salía y nadie conocía a todos los asistentes. En cualquier caso, ninguno de los nombres que tenemos destaca como sospechoso, ni por antecedentes ni por oportunidad. Así que volvemos sobre eso que tú repetías siempre hasta taladrarnos los oídos.

—Hum. *¿Por qué?*

—Sí. Por qué. Susanne y Bertine eran lo que podríamos llamar dos chicas corrientes. Se parecían en algunas cosas, se diferenciaban en otras. Ambas procedían de hogares normales, no estudiaron más allá del bachillerato, bueno, Susanne empezó marketing pero lo dejó a mitad de curso. Las dos tenían trabajos eventuales en tiendas, Bertine trabajaba como peluquera sin haber obtenido el título. A las dos les interesaban la ropa, el maquillaje, su propio ombligo y otras nenas con las que competían cuando salían o en Instagram, y… sí, sé que parece que tengo prejuicios. Es más, los *tengo*. Llevaban un ritmo de gastos muy alto, salían mucho, los amigos dicen que eran fiesteras. Una diferencia es que Bertine, a pesar de todo, solía pagar sus propias facturas, mientras que Susanne vivía con los padres y a su costa. Otra, que Bertine cambiaba con bastante frecuencia de pareja, mientras que Susanne parece haber sido más prudente en ese aspecto.

—¿Porque vivía con sus padres?

—No solo por eso. Salvo por algunos breves noviazgos tenía fama de estrecha. Una posible excepción es Markus Røed.

—*¿Sugar daddy?*

—Tenemos una relación de las llamadas y mensajes de las chicas. Muestran un contacto frecuente con Røed los últimos tres años.

—¿Mensajes de contenido sexual?

—No tanto como cabría esperar. Alguna foto sexy de las chicas, nada grosero. Se trata más bien de invitaciones a fiestas y cosas que a ellas les gustaría tener. Røed les ha transferido dinero regularmente por Bizum. No son grandes cantidades, un par de miles, como mucho diez mil coronas cada vez. Suficiente para poder llamarlo *sugar daddy*. En uno de los últimos mensajes de Bertine le cuenta a Røed que un periodista que quiere confirmar unos rumores se ha puesto en contacto con ella y le ha preguntado si se dejaría entrevistar a cambio de diez mil coronas. Ella acaba el mensaje diciendo algo así como «Dije que no, claro. Aunque casualmente diez mil es justo lo que le debo al *dealer*».

–Hum. *Dealer*. Cocaína o anfetaminas.

–Y *podría* ser una amenaza.

–¿Y crees que ese sería tu *por qué*?

–Ya sé que suena a que nos aferramos a cualquier cosa. Hemos investigado a fondo el entorno de las chicas buscando un motivo para matarlas, y solo nos quedan dos. Uno es que Markus Røed podría haber querido deshacerse de dos chicas que amenazaban con montarle un escándalo. El otro, que su mujer, Helene Røed, podría estar celosa. El problema es que los dos se proporcionan coartadas para las dos noches en las que las chicas desaparecieron.

–Eso he creído entender. ¿Qué hay del motivo más evidente?

–¿Cuál?

–Eso que tú has mencionado. Un psicópata o agresor sexual está en la fiesta y habla con las dos chicas, consigue sus datos de contacto.

–Como ya he dicho, ninguno de los que se encontraban allí encaja en ese perfil. También es posible que la fiesta sea una pista falsa, claro. Oslo es una ciudad pequeña, no es improbable que dos chicas de la misma edad hayan acudido a la misma fiesta.

–Algo menos probable es que tengan el mismo *sugar daddy*.

–Puede ser. Según la gente con la que hemos hablado, Susanne y Bertine no eran las únicas.

–Hum. ¿Lo habéis comprobado?

–¿Comprobado qué?

–Quién, además de la mujer de Røed, podría tener motivos para deshacerse de la competencia.

Katrine sonrió cansada.

—Tú y tus ¿por qué? Te he echado de menos. La sección de Delitos Violentos te ha echado en falta.

—Lo dudo.

—Sí, hay un par de chicas más con las que Røed ha tenido un contacto esporádico, pero las hemos descartado. ¿Comprendes, Harry? Todos aquellos a los que hemos podido poner nombre están fuera del caso. Solo nos queda el resto de la población mundial. —Apoyó la cabeza en las manos y se masajeó las sienes—. El caso es que tenemos detrás a la prensa y los medios de comunicación. Tenemos encima al director de la policía de distrito y la Policía Judicial. Incluso Bellman ha hecho una llamada para avisarnos de que debemos destinar todos los recursos disponibles. Por eso, no tengo ningún problema con que intentes resolverlo, Harry. Recuerda que no hemos tenido esta conversación. Como es lógico, no podemos colaborar, ni siquiera de manera extraoficial, y tampoco puedo proporcionarte información que no vayamos a hacer pública. Salvo lo que acabo de contarte.

—Comprendo.

—También te harás cargo de que hay gente en el cuerpo que no verá con buenos ojos que el sector privado nos haga la competencia. Menos aún cuando esa competencia ha sido comprada y pagada por un potencial sospechoso. Solo tienes que imaginarte la derrota que supondría para el director de la policía y para la Policía Judicial si os adelantarais. Por lo que sé, incluso puede que haya motivos legales para impedíroslo, y, si es así, apuesto a que lo harán.

—Cuento con que Johan Krohn lo tenga previsto.

—Ah, claro, había olvidado que Røed lo tiene en su equipo.

—¿Me puedes contar algo del lugar de los hechos?

—Dos pares de huellas de zapatos de entrada, uno de salida. Creo que ha limpiado el lugar antes de irse.

—¿Le han hecho la autopsia a Susanne Andersen?

—Solo una revisión del cadáver que se hizo ayer.

—¿Encontraron algo?

—Le han cortado el cuello.

Harry asintió.

—¿Violación?

—A simple vista, no.

—¿Algo más?

—¿En qué piensas?

—Tienes cara de que encontrasteis algo más.

Katrine no respondió.

—Comprendo —dijo Harry—. La información que no puedes hacer pública.

—Ya te he contado demasiado, Harry.

—Vale. Supongo que no tienes nada en contra de que la información fluya en dirección contraria si descubrimos algo.

Ella se encogió de hombros.

—La policía no puede negarle al público la posibilidad de llamar para dar pistas. No prometemos recompensa.

—Recibido. —Harry miró el reloj. Quedaban tres horas y media para la medianoche.

Como si hubieran llegado a un acuerdo sin palabras, dejaron el tema. Harry hizo preguntas sobre Gert. Katrine respondió. Él seguía teniendo la sensación de que se guardaba algo. La conversación languideció. Eran las diez cuando Katrine lo acompañó por las escaleras del patio para tirar dos bolsas de basura a los contenedores. Cuando abrió el portón y salió a la calle, fue tras él y le dio un largo beso en la mejilla. Sintió el calor que desprendía, como en esa única noche. Sabía que no habría más. En su momento hubo una atracción, una química erótica que ninguno de ellos había negado, pero los dos sabían que era un motivo ridículo para estropear lo que tenían con sus respectivas parejas. Ahora que esas relaciones estaban rotas, esta también lo estaba, no había manera de recuperar esa dulce emoción de lo prohibido.

Katrine dio un brusco respingo y soltó a Harry. Vio que miraba hacia el final de la calle.

—¿Algún problema?

—Uf, no, no. —Se cruzó de brazos y pareció tener un escalofrío, aunque era una noche templada.

—Oye, Harry...

—¿Sí?

—Si quieres... —Hizo una pausa, tomó aire—. Podrías cuidar de Gert un día.

Harry la miró y asintió despacio.

—Buenas noches.

—Buenas noches —respondió ella y cerró el portón con prisa.

Harry escogió el camino más largo para regresar. Cruzó Bislett y Sofies, donde una vez había vivido. Pasó por delante de Schrøder, el bar cutre que había sido su refugio. Subió a la cima de St. Hanshaugen, donde pudo contemplar la ciudad y el fiordo de Oslo. Nada había cambiado. Todo había cambiado. No había marcha atrás. Y no había ningún camino que no condujera hacia atrás.

Recordó la conversación que había mantenido con Røed y Krohn. Esa en la que les había explicado que no debían comunicar a los medios el acuerdo al que habían llegado hasta que no hubiera hablado con Katrine Bratt. Les había dicho que sus posibilidades de lograr una buena colaboración con la policía se incrementarían si Bratt se quedaba con la sensación de que podía vetar la colaboración de Harry con Røed. Harry había anticipado, más o menos, cómo podría transcurrir la conversación con Katrine y cómo ella misma daría con los mejores argumentos antes de aceptar. Ellos habían asentido y él había firmado. Harry oyó las campanas de una iglesia dar la hora a lo lejos. Tenía en la boca el sabor de la mentira. Ya sabía que no sería la última.

Prim miró el reloj. Pronto sería medianoche. Se lavó los dientes mientras con un pie marcaba el ritmo de «Oh! You Pretty Things» y observó las dos fotos que tenía sujetas al espejo con papel celo.

Una era de la Mujer, hermosa a pesar de que estaba desenfocada, pero no dejaba de ser una miserable copia. Porque su belleza no era de las que pueden captarse congelando en el tiempo un solo instante. Era algo que ella emitía, estaba en el mismo movimiento del cuerpo, en la suma de cómo una expresión, una palabra o una risa sucedía a otra. Una fotografía equivalía a aislar una sola nota de una pieza de Bach o una canción de Bowie, no tenía sentido. Era mejor que nada. Amar a una mujer, no importaba cuánto, no equivalía a poseerla. Por eso se había prometido que iba a dejar de vigilarla, de inspeccionar su vida privada como si fuera de su propiedad. Tenía que aprender a confiar en ella, sin confianza habría demasiado dolor.

La otra foto era de la que pensaba follarse ese fin de semana. O, mejor dicho, dejaría que ella se lo follara. Después la mataría. No porque quisiera, sino porque tenía que hacerlo.

Se enjuagó la boca y cantó con Bowie que hoy llegaban todas las pesadillas y parecía que habían llegado para quedarse.

Después fue al salón y abrió el frigorífico. Vio la bolsa que contenía el tiabendazol. Sabía que hoy no había tomado suficiente, pero si ingería demasiado en una sola toma, le dolería el estómago y vomitaría, probablemente porque interfería con el ciclo del ácido del limón. El secreto estaba en tomar pequeñas dosis a intervalos regulares. Decidió no tomar nada en ese momento, se excusó con que ya se había lavado los dientes. Cogió la lata abierta de Bloodworms y se acercó al acuario. Echó media cucharada del contenido, la mayoría eran larvas de mosquito, que cubrieron la superficie del agua como caspa antes de empezar a hundirse.

Boss se presentó con un par de rápidos golpes de aleta. Prim encendió la linterna y se inclinó para poder iluminar las fauces de Boss de frente cuando las abriera. Lo vio allí dentro. Se parecía a una cucaracha pequeña o una gamba. Tuvo un escalofrío a la vez que se deleitaba. Boss y Lisa. Sería así como los hombres, y puede que también las mujeres, se sentirían ante la esencia del matrimonio. Una cierta… ambivalencia. Percibía que, una vez que has encontrado tu elegida, ya no hay marcha atrás. Si los seres humanos y los animales tenían alguna obligación moral, esta era ser fiel a su naturaleza, la tarea que les había sido impuesta para mantener la armonía, el precario equilibrio. Por eso, todo en la naturaleza —incluso aquello que a primera vista podía parecer grotesco, repugnante y terrible— era bello por su perfecta funcionalidad. El pecado llegó al mundo el día en que el hombre comió del árbol de la sabiduría y alcanzó un nivel de perfección que le permitió *no* elegir lo que la naturaleza había decidido. Sí, así era.

Prim apagó el equipo de música y la luz.

9
LUNES

Harry se dirigió a la entrada del gran edificio en Montebello, la zona más distinguida del oeste de Oslo. Eran las nueve de la mañana y el sol brillaba sin oposición. Harry tenía un nudo en el estómago. Había estado aquí antes. El hospital Radium. Más de cien años atrás, cuando se hicieron públicos los planes de construir un hospital exclusivo para los enfermos de cáncer, los vecinos habían protestado. Temían la proximidad de esa enfermedad sobrecogedora y misteriosa que algunos opinaban que era contagiosa, que podía hacer que sus bienes se depreciaran. Otros apoyaron la iniciativa y donaron suficiente dinero, más de treinta millones de coronas de hoy en día, para comprar los cuatro gramos de radio que iban a radiar y liquidar las células cancerosas antes de que acabaran con sus portadores.

Harry entró y se detuvo ante el ascensor.

No porque tuviera intención de cogerlo, sino para intentar recordar.

Tenía quince años cuando él y su hermana pequeña Søs habían visitado a mamá aquí en el Radium, así habían empezado a llamarlo. Había estado ingresada cuatro meses, y cada vez que venían a visitarla estaba más pálida y delgada, como una foto paulatinamente descolorida por el sol, la dulce sonrisa que no abandonaba su rostro parecía desaparecer en la funda de la almohada. Aquel día en concreto tuvo un ataque de ira que le había hecho llorar.

—Las cosas son como son, y no es responsabilidad tuya cuidar de mí, Harry —le había dicho su madre mientras lo abrazaba y le acariciaba el cabello—. Tú cuida de tu hermana pequeña.

Al salir de la visita, Søs se había apoyado en la pared y, cuando el ascensor se había puesto en marcha, su largo cabello se había enganchado entre la puerta abierta y la pared. Harry se había quedado petrificado mientras Søs gritaba pidiendo ayuda y sus pies se despegaban del suelo. Perdió bastante cabello y una sección del cuero cabelludo, pero había sobrevivido y lo había olvidado enseguida. Antes que Harry, que aún podía sentir terror y vergüenza por haber fallado en la primera ocasión que se presentó tras escuchar las palabras de su madre.

Las puertas del ascensor se deslizaron hacia los lados y dos enfermeras pasaron a su lado empujando una cama.

Harry permaneció inmóvil hasta que las puertas del ascensor se cerraron de nuevo.

Se dio la vuelta y empezó a subir las escaleras hasta la sexta planta.

Olía a hospital, eso no había cambiado desde el ingreso de su madre. Encontró la puerta con el número 618 y llamó con cuidado. Oyó una voz y entró. Dentro había dos camas, una de ellas estaba vacía.

—Busco a Ståle Aune —dijo Harry.

—Ha salido a caminar un poco —respondió el hombre de la otra cama. Estaba calvo, parecía ser de origen paquistaní o hindú, y de la edad de Aune, sesenta y tantos. Harry sabía por experiencia que podía ser difícil estimar la edad de los pacientes de cáncer.

Se dio la vuelta, vio a Ståle Aune acercarse arrastrando los pies, vestido con la bata del hospital, y comprendió que era el hombre delgado con el que se había cruzado en el pasillo.

Al psicólogo de barriga prominente ahora le sobraban pliegues de piel. Aune lo saludó con la mano a la altura del pecho y sonrió dolorido sin enseñar los dientes.

—¿Te has puesto a régimen? —preguntó Harry después de que se dieran un gran abrazo.

—No te lo creerás, incluso se me ha encogido la cabeza. —Ståle se lo demostró subiéndose por la nariz las pequeñas gafas redondas tipo Freud. Empujó la puerta de la 618—. Te presento a Jibran Sethi. Doctor Sethi, este es el inspector Hole.

El hombre de la otra cama asintió sonriente sin quitarse los cascos.

—Es veterinario —informó Aune en voz más baja—. Un tipo majo, puede que sea cierto eso de que acabamos pareciéndonos a nuestros pacientes. Él no dice casi nada y yo no paro de hablar. —Aune se quitó las zapatillas con dos patadas y se subió a la cama.

—No sabía que bajo el relleno se escondiera un cuerpo tan atlético —dijo Harry y se sentó en una silla.

Aune se echó a reír.

—Harry, siempre has sido un artista adulando a la gente. La verdad es que hubo un tiempo en que fui un remero bastante aceptable. ¿Qué hay de ti? Tienes que empezar a comer ya, maldita sea, si sigues así vas a desaparecer.

Harry no respondió.

—Vale —dijo Aune—. ¿Te preguntas quién desaparecerá primero? Ese seré yo, Harry. Esta será la causa de mi muerte.

Harry asintió con un movimiento de cabeza.

—¿Qué dicen los médicos de…?

—¿De cuánto tiempo me queda? Nada. Porque no quiero preguntar. En mi experiencia, la utilidad de mirar de frente a la verdad, y en especial a tu propia mortalidad, está muy sobrevalorada. Como bien sabes, mi experiencia es larga y profunda. Al final, los seres humanos solo queremos estar bien, cuanto más tiempo mejor, a ser posible hasta una repentina bajada del telón. No dejo de estar algo decepcionado conmigo mismo por no diferenciarme de los demás, por no ser capaz de morir con el valor y la dignidad que desearía. Supongo que me falta una razón lo bastante buena para morir con más heroísmo. Mi mujer y mi hija lloran, y no es ningún consuelo para ellas ver que estoy más asustado ante la muerte de lo necesario, así que prefiero esconder la cabeza y evitar la cruda realidad.

—Hum.

–Vale, no logro evitar estudiar a los médicos, interpretar las expresiones de sus caras y lo que dicen. Y según eso, diría que no me queda mucho tiempo. Pero… –Aune abrió los brazos y sonrió con ojos tristes–. Siempre queda la esperanza de que me equivoque. Al fin y al cabo, he conseguido desarrollar una vida profesional equivocándome más que acertando.

Harry sonrió.

–Puede ser.

–Puede ser –repitió Aune–. Comprendes qué deriva han tomado las cosas cuando te dan una bomba de morfina para que la administres tú mismo y no te advierten sobre una posible sobredosis.

–Hum. Entonces ¿hay dolor?

–El dolor es un interlocutor interesante. Ya basta de hablar de mí. Háblame de LA.

Harry movió la cabeza y pensó que sería un efecto del desfase horario, porque la risa le sacudía todo el cuerpo.

–Deja eso –le pidió Aune–. La muerte no da ninguna risa. Te he dicho que me cuentes.

–Hum. ¿Secreto profesional?

–Harry, aquí nos llevamos todos los secretos a la tumba, y el reloj no se para, así que, por última vez, ¡cuenta!

Harry contó. No todo. No lo que *en realidad* sucedió antes de que se marchara, cuando Bjørn se pegó un tiro. Ni sobre Lucille y su propio reloj que seguía avanzando. Pero todo lo demás. La huida de los recuerdos. El plan de matarse bebiendo en algún lugar lejano. Harry concluyó su relato y vio que Ståle tenía la mirada apagada. En los muchos casos de asesinato en los que Ståle Aune había colaborado con los investigadores de la sección de Delitos Violentos para trazar perfiles de los asesinos, Harry siempre se había sentido impresionado por la capacidad de concentración y resistencia del psicólogo por largas que fueran las jornadas. Ahora veía cansancio, dolor y morfina en su mirada.

–¿Y Rakel? –preguntó Aune con voz débil–. ¿Piensas mucho en ella?

–Todo el tiempo.

–El pasado no ha muerto, ni siquiera es pasado.

–¿Es una cita de Paul McCartney?

–Casi. – Aune sonrió–. ¿Piensas en ella en positivo o solo te causa dolor?

–Digamos que duele para bien. O al revés. Como... bueno, como el alcohol. Los peores son esos días cuando despierto y he soñado con ella y por un momento creo que sigue viva, que lo sucedido es lo soñado. Y tengo que pasar por ese infierno otra vez.

–Comprendo. ¿Recuerdas las consultas que tuviste conmigo por la bebida, que te pregunté si en las fases en las que permanecías sobrio deseabas que el alcohol no existiera? Y respondiste que querías que existiera, que, aunque no querías beber, querías tener esa alternativa. La idea de tomarte una copa. Que, sin eso, todo se tornaría gris y carecería de sentido, y no tendrías un enemigo contra el que batallar. ¿Es así...?

–Sí –dijo Harry–. Con Rakel también es así. Prefiero la herida a que nunca hubiera estado en mi vida.

Se quedaron en silencio. Harry se miró las manos, contempló la habitación, oyó una conversación telefónica en voz baja en la otra cama. Ståle se dio la vuelta.

–Estoy un poco cansado, Harry. Tengo días mejores, hoy no es uno de ellos. Gracias por venir.

–¿Cuánto mejores?

–¿Qué quieres decir?

–¿Lo bastante buenos como para trabajar? Quiero decir, desde aquí.

Aune le miró sorprendido.

Harry acercó más la silla a la cama.

En la sexta planta de la comisaría, en la sala polivalente, Katrine estaba acabando la reunión matinal del grupo de investigadores. Tenía ante ella a diecisiete personas, doce de la sección de Delitos

Violentos y cinco de la Policía Judicial. De los diecisiete, diez eran detectives, cuatro analistas y dos técnicos de criminalística. Katrine Bratt había repasado los hallazgos del grupo especializado en escenarios de crímenes y la inspección preliminar del cadáver de Medicina Legal, y les había mostrado fotos de ambos. Vio cómo los presentes observaban la pantalla iluminada mientras se retorcían sobre las duras sillas de la sección de Delitos Violentos. Los expertos en escenarios de crímenes no habían encontrado gran cosa, lo que en sí ya era un hallazgo.

—Da la impresión de que sabe lo que buscamos —dijo uno de los técnicos de criminalística—. O ha limpiado el lugar de pistas, o es que ha tenido suerte.

El único indicio concreto que tenían eran las huellas de dos pares de zapatos en el suelo blando. De ellas, unas coincidían con el calzado de Susanne, y las otras con alguien de más peso y un número cuarenta y dos, probablemente un hombre. Las pisadas indicaban que habían caminado muy juntos.

—¿Como si hubiera obligado a Susanne a entrar con él en el bosque? —preguntó Magnus Skarre, uno de los veteranos en Delitos Violentos.

—Podría ser, sí —confirmó el técnico criminalista.

Katrine tomó la palabra.

—Medicina Legal revisó el cadáver este fin de semana, y hay buenas y malas noticias. La buena es que aparecieron pequeños restos de saliva y mucosidad en uno de los pechos de Susanne. La mala es que no tenemos la seguridad de que sean del asesino, puesto que Susanne llevaba el abdomen cubierto cuando la encontramos. Así que, en el caso de que hubiera abusado de ella, tendría que haberla *vuelto* a vestir, lo que es poco habitual. En cualquier caso, Sturdza tuvo la amabilidad de hacer un análisis rápido de ADN, y la muy mala noticia es que no coincide con nadie que tengamos registrado en nuestras bases de datos. Es decir que, si procede del asesino, estamos hablando de...

—Una aguja en un pajar —concluyó Skarre.

Nadie se rio. Nadie gimió. Silencio. Después de una travesía del desierto de tres semanas de duración, de trabajar hasta muy tarde, la amenaza de cancelación de las vacaciones y mal ambiente en casa, el hallazgo del cadáver había apagado una esperanza y encendido otra. La de encontrar pistas. Aclararlo. Esto era ya de manera oficial la investigación de un asesinato, y era lunes, nueva semana, nuevas oportunidades. Los rostros que observaban a Katrine estaban cansados e inexpresivos.

Era lo que esperaba, por eso había guardado la última imagen para despertarlos.

—Esto apareció al final del estudio preliminar del cadáver —dijo cuando la siguiente foto apareció en la pantalla. Alexandra se la había mandado el sábado y Katrine la asoció en un primer momento al monstruo de la película de *Frankenstein*.

Los presentes observaron en silencio la cabeza y las burdas puntadas. Esa fue toda la reacción que obtuvo. Katrine carraspeó.

—Sturdza escribe que parece que recientemente han efectuado un corte en la cabeza de Susanne, desde el nacimiento del cabello en la frente y alrededor de toda la cabeza. Y luego han cosido la herida. No sabemos si pudo suceder antes de que desapareciera, pero Sung-min habló con los padres de Susanne ayer.

—Y con una amiga que estuvo con Susanne la noche antes de que desapareciera. —Sung-min tomó la palabra—. Ninguno de ellos tenía noticia de que le hubieran dado puntos en la cabeza.

—Podemos asumir que es obra del asesino. —En el último año Katrine había cambiado la expresión políticamente correcta «homicida» por la más popular «asesino»—. El forense llevará a cabo una autopsia completa hoy, y esperamos saber más, también esto de la herida en la cabeza —miró el reloj—. ¿Alguien tiene algo que añadir antes de que nos pongamos con las tareas de hoy?

Una de las investigadoras tomó la palabra.

—Ahora que sabemos que una de las chicas ha sido obligada a abandonar el sendero para adentrarse en el bosque, ¿no deberíamos intensificar la búsqueda de Bertine en las zonas boscosas que bordean los senderos de Grefsenkollen?

—Sí —dijo Katrine—. Ya estamos en ello. ¿Algo más?

La miraban como una clase de escolares que ansiaban salir al recreo. Casi ni eso. El año anterior alguien había propuesto que contrataran a un excampeón del mundo de esquí que daba eso que llamaban «charlas inspiradoras» para empresas, sobre cómo superar ese momento de bajón que todos, tarde o temprano, sufren en una larga carrera de fondo. El héroe nacional en cuestión exigía unos honorarios que solo estaban al alcance del mundo empresarial. Katrine había dicho que esa conferencia bien podría darla cualquier madre sola y trabajadora, y que era la peor propuesta que le habían hecho para desperdiciar el dinero de la sección. Ahora ya no estaba tan segura.

10

LUNES. CABALLOS

El joven taxista miró desconcertado los papeles que Harry le tendía.

—Se llama dinero —dijo Harry.

El taxista los cogió y leyó las cifras impresas en los billetes.

—No tengo… eh… de eso…

—Cambio. —Harry suspiró—. Vale.

Harry echó a andar camino de la entrada del hipódromo de Bjerke mientras se metía el recibo en el bolsillo trasero del pantalón. Los veinte minutos de recorrido desde el hospital Radium habían costado lo mismo que un billete de avión a Málaga. Necesitaba un coche y, a ser posible, un conductor, lo antes posible. Antes que nada le hacía falta un policía. Uno corrupto.

Dio con Truls Berntsen en el Pegasus. El gran restaurante tenía capacidad para mil personas, pero hoy, el día de la semana que celebraba carreras a la hora del almuerzo, solo estaban ocupadas las mesas que tenían vistas a la pista. Salvo una mesa que ocupaba una sola persona, como si oliera mal. Puede que también se debiera a la mirada y la postura. Harry se sentó en una de las sillas y miró hacia la pista. Una manada de caballos trotaba tirando de carros con jinete mientras los altavoces escupían información en una salva de metralleta ininterrumpida y monótona.

—Has sido rápido —dijo Truls.

—Taxi —dijo Harry.

—Eso es que te lo puedes permitir. Podríamos haberlo hablado por teléfono, digo yo.

—No —replicó Harry acomodándose. Cuando Harry lo llamó habían intercambiado ocho palabras exactas: «Sí». «Aquí Harry Hole, ¿dónde estás?». «Hipódromo». «Voy».

—Vaya, Harry. ¿*Tú* te has metido en negocios dudosos? —Truls soltó una risa como un gruñido, que unida a su mordida inferior prominente, la frente abultada y su actitud en general pasivo-agresiva le habían otorgado el sobrenombre de Beavis. Compartía con el personaje de dibujos animados el nihilismo y una ausencia casi admirable de responsabilidad social y moral. Lo que subyacía a su pregunta era, por supuesto, si Harry *también* se había metido en negocios dudosos.

—Puede que tenga una oferta que hacerte.

—¿Una de esas que no podré rechazar? —dijo Truls, y miró enfurruñado a la pista, donde el presentador anunciaba el orden de llegada a la meta.

—Sí, salvo que tu apuesta sea ganadora. Tengo entendido que estás en el paro. Y tienes deudas de juego.

—¿Deudas de juego? ¿Quién dice eso?

—No importa. Trabajo no tienes, en cualquier caso.

—No estoy *tan* desempleado. Cobro por no hacer una mierda. Por mí pueden dedicar todo el tiempo que quieran a encontrar pruebas, se pueden ir a tomar por culo.

—Hum. ¿Oí algo de una quita a un alijo de cocaína incautado en el aeropuerto de Gardermoen?

Truls resopló.

—Yo y otros dos de Narcóticos fuimos a por el alijo. Raro de narices, cocaína verde. Los aduaneros opinaban que era de ese color porque era pura, como si ellos fueran un laboratorio de criminalística con dos patas. Se lo entregamos a Incautaciones, que descubrió que había una pequeña desviación en el peso en comparación con lo que habían informado los de Gardermoen. Así que la mandaron a analizar. El análisis demostró que la cocaína, que seguía siendo igual de verde que al principio, estaba muy adulterada. Así que ahora dicen que mezclamos parte de la cocaína con más verde, que metimos la pata por no ser precisos al pesarla. O yo, puesto que fui el único que estuvo a solas con la droga unos minutos.

—¿Así que no solo te arriesgas a que te echen, sino a acabar entre rejas?

—¿Eres tonto o qué? —Truls volvió a graznar—. No tienen nada ni remotamente parecido a una prueba. ¿Unos aduaneros imbéciles que opinaban que esa masa verde tenía el *aspecto* y el *sabor* de la cocaína pura? ¿Una discrepancia de un miligramo o dos al pesar que todo el mundo sabe que puede deberse a un montón de cosas? Se entretendrán un rato y acabarán por archivar el caso.

—Hum. ¿Así que descartas que encuentren otro culpable?

Truls echó la cabeza un poco hacia atrás y lo miró como si estuviera apuntándole.

—Tengo unas cuantas cuestiones equinas de las que ocuparme, Harry, así que, ¿quieres algo?

—Markus Røed me ha contratado para que investigue el caso de las dos chicas. Te quiero en mi equipo.

—Vaya. —Truls miró asombrado a Harry.

—¿Qué me dices?

—¿Por qué me lo preguntas a mí?

—¿Tú qué crees?

—No tengo ni idea. Soy un mal policía y tú lo sabes mejor que nadie.

—Eso no ha impedido que nos salvemos la vida el uno al otro en más de una ocasión. Según un proverbio chino eso quiere decir que somos responsables el uno del otro lo que nos quede de vida.

—¿Y…? —Truls parecía dudar.

—Además —continuó Harry—, si solo estás suspendido, ¿sigues teniendo pleno acceso a BL96?

Harry se dio cuenta de que Truls dio un respingo cuando le oyó mencionar el sistema de andar por casa y bastante anticuado de informes de investigación policial que databa de 1996.

—¿Y qué? —gruñó Truls.

—Necesitamos acceso a todos los informes. Tácticos, técnicos y forenses.

—Exacto, así que es…

—Sí, un negocio dudoso.

—Uno de esos que pueden provocar que a un policía lo despidan de verdad.

—Si lo descubren, sin duda. Y por eso está bien pagado.

—¿Cómo de bien?

—Dime una cifra y la mencionaré por ahí.

Truls miró pensativo a Harry largo rato. Bajó la vista hacia el resguardo de la apuesta que estaba sobre la mesa. Lo arrugó con la mano.

En Danielles era la hora del almuerzo, el bar y las mesas se estaban llenando. Estaba a unos pocos cientos de metros del centro y el infierno de las oficinas, a Helene no había dejado de sorprenderle que un restaurante que estaba en una zona residencial tuviera tantos comensales que acudieran en su hora de comer.

Miró alrededor, observó desde su pequeña mesa redonda en medio del gran local diáfano. No vio a nadie que le interesara. Volvió a fijar la mirada en la pantalla del ordenador. Estaba encendido. Incluso había buscado una página de equipamiento para equinos. Parecía que el número de artículos que se podían inventar para caballos y jinetes era infinito, y el precio que se podía exigir por ellos, también. La mayoría de la gente aficionada a los caballos tenía una buena situación económica, y montar a caballo era una ocasión para demostrarlo. En muchos casos la desventaja era que, en esos ambientes, el listón para impresionar estaba ya muy alto y habían perdido antes de intentarlo siquiera. ¿Empezaría con esto? ¿Importar equipo de monta? ¿O debía organizar excursiones a caballo por Valdres, Vassfaret, Vågå u otros escenarios pintorescos que empezaran por V? Cerró el ordenador con un golpe seco, suspiró hondo y miró alrededor.

Sí, estaban balanceándose sobre los taburetes ante la barra que corría a lo largo del local. Hombres jóvenes vestidos con los trajes que vendían a los empleados de las inmobiliarias en estos tiempos. Las jóvenes con falda y chaqueta y otra cosa destinada a darles un aspecto «profesional». Algunas de ellas tenían trabajo, Helene podía distinguir a las demás, las que eran un poco demasiado guapas, llevaban la falda un poco demasiado corta y estaban más interesadas en lo que hacía que el trabajo sobrara, en definitiva, un hombre con dinero. No sabía muy bien por qué seguía acudiendo a este lugar. Diez años atrás los almuerzos de los lunes en Danielles eran legendarios. Había algo deliciosamente decadente en mandarlo todo a la mierda y emborracharse y bailar encima de la mesa en mitad del primer día laboral de la semana. Se trataba de presumir de estatus, claro, un exceso que solo los ricos y privilegiados se podían permitir. Ahora todo seguía un ritmo más pausado. Hoy el antiguo cuartel de bomberos era una mezcla de bar y restaurante gourmet con estrellas en la guía Michelin, un lugar donde la gente bien del oeste de Oslo bebía, hablaba de negocios y temas familiares, hacía contactos y establecía alianzas que determinaban quién accedía a su círculo y quiénes quedaban fuera.

Fue aquí, durante un almuerzo de uno de esos lunes salvajes, donde Helene conoció a Markus. Ella tenía veintitrés años; él, más de cincuenta y era riquísimo. Tanto que la gente se apartaba cuando caminaba hacia la barra, todo el mundo parecía saber lo que valía la familia Røed. Y lo peligrosa que era. Ella no era tan inocente como pretendía, claro, era probable que Markus se hubiera dado cuenta después de las primeras veces que pasó la noche en su villa de Skillebekk. Lo había comprendido por la banda sonora que le ponía al amor, que parecía sacada de Pornhub, por los avisos de mensajes entrantes en su teléfono a cualquier hora de la noche, y por la manera en que cortaba y alineaba la coca, con tal precisión que él nunca sabía con qué raya quedarse. No parecía que le importara. Afirmaba que la inocencia no le ponía. Ella no sabía si era cierto, pero daba igual. Lo importante, o al menos una de las cosas que tenían importancia, era que él le podía proporcionar el estilo de vida con el que siempre había soñado. Ese sueño no iba de ser una esposa mantenida, un trofeo que dedicaba todo su tiempo a decorar y renovar su residencia y su casa de campo, las relaciones sociales y sus propios cuerpo y cara. Helene dejaba eso al resto de los parásitos que buscaban un anfitrión adecuado en Danielles. Helene tenía cerebro e intereses. Arte, cultura, en especial teatro y pintura. Arquitectura, durante mucho tiempo pensó en estudiarla. Su gran sueño era estar al frente de la mejor escuela de equitación del país. No era una quimera soñada por una niña tonta y poco realista, sino un plan concreto, elaborado a edad temprana por una chica trabajadora y buena estudiante que había paleado estiércol en más de un establo, había ascendido poco a poco y acabado por ser instructora en una escuela de equitación, una chica que odiaba la expresión «loca por los caballos», que sabía cuánto esfuerzo, dinero y cualificaciones hacían falta.

A pesar de eso, se había ido a la mierda.

No era culpa de Markus. Bueno, sí, lo era, había dejado de aportar fondos en el preciso momento en que la escuela de equitación tenía algunos caballos enfermos y eso coincidió con un competidor inesperado y otros gastos en lo peor de la crisis. Tuvo que cerrar la escuela y había llegado el momento de empezar algo nuevo.

En todos los sentidos. Porque Markus y ella tampoco iban a durar mucho más.

Hay quien dice que cuando una pareja empieza a mantener relaciones sexuales menos de una vez a la semana, solo es cuestión de tiempo que se acabe. Eso era una chorrada, claro, hacía años que Markus y ella solo tenían relaciones una vez al semestre.

No es que le preocupara, pero sí las posibles consecuencias. Había ido a por todas, a por una vida con Markus, a por la escuela de equitación, hasta el punto de que había cancelado cualquier plan B o C. No había estudiado ninguna de las carreras a las que tenía acceso por sus notas. No había ahorrado dinero propio, en cierto modo se había hecho dependiente del dinero de él. Nada de «en cierto modo», *dependía* de su dinero. Puede que no para sobrevivir, pero... sí, para sobrevivir. Así era.

¿Cuándo había perdido su influencia sobre él? O, mejor dicho: ¿cuándo dejó de interesarse por ella en la cama? Claro que podría ser una cuestión de falta de testosterona en un hombre que ya había cumplido los sesenta, pero creía que tenía que ver con haber manifestado su deseo de tener hijos. Sabía que para un hombre no hay nada tan poco sexy como mantener relaciones sexuales por obligación. Cuando dijo a las claras que nada de niños, siguió sin acostarse con ella. Puesto que sus ganas de sexo con Markus, que nunca habían sido intensas, también habían decaído, no supuso un gran problema. Aunque sospechaba que él había empezado a satisfacer sus necesidades en otra parte. Mientras fuera discreto y no la dejara en ridículo, no pasaba nada.

No, el problema eran las dos chicas de la fiesta. Una había aparecido asesinada y la otra seguía desaparecida. Y las dos podían asociarse a Markus. *Sugar daddy*. Incluso habían publicado esa palabra en prensa. Ese imbécil, ¡podría cortarle la cabeza! Ella no era Hillary Clinton y no estaban en los años noventa, no iba a limitarse a «perdonar» a su marido. Hoy en día no era aceptable que las mujeres dejaran que esos cerdos se fueran de rositas, actuaban con respeto por sí mismas, su género y el espíritu de la época en la que vivían. Vaya putada no haber nacido en la generación anterior.

Aunque le hubieran «dado permiso» para perdonarlo, ¿habría permitido Markus que lo hiciera? ¿No era esto lo que había estado esperando? ¿Una forma de dejarla que no era ni especialmente vergonzosa ni muy honrosa, puesto que siempre hay algo positivo y negativo en alguien de más de sesenta que anda follando por ahí? No cabía duda de que, para alguien como Markus Røed, había peores etiquetas que las de hijo de puta y ligón. ¿No debería apresurarse a dejarlo antes de que lo hiciera él? Al fin y al cabo, *eso* sí que sería la derrota final.

Así que estaba ojo avizor. Actuaba de forma inconsciente, pero se había descubierto en acción. Hacerse una idea de los hombres que había en el local. Registrar cuáles de ellos podrían ser útiles en un supuesto futurible. Uno suele creer que puede esconder sus secretos, la verdad es, por supuesto, que supuramos lo que pensamos y sentimos, y los que estén atentos se darán cuenta.

Por eso, no debería haberse sorprendido tanto cuando el camarero se detuvo a su lado y dejó una copa con forma de Y sobre la mesa.

—Dirty martini —dijo en sueco de Norrland—. De aquel de allí… —Señaló a un hombre que estaba solo junto a la barra. Miraba por la ventana y pudo observar su perfil. Puede que la calidad del traje estuviera un nivel o dos por encima del resto, y era un hombre atractivo, no había duda. Era joven, probablemente de su edad, es decir treinta y dos. Claro, un hombre emprendedor podía lograr mucho en esos años. No sabía por qué no la miraba, tal vez fuera tímido, o tal vez había transcurrido un tiempo desde que pidiera la copa y no le parecía oportuno mirarla todo el tiempo. Si era así, resultaba encantador.

—¿Le has dicho tú que suelo beber martini en el almuerzo de los lunes? —preguntó.

El camarero negó con la cabeza, su sonrisa hizo que ella dudara de su sinceridad.

Indicó con un gesto que aceptaba la invitación y él se marchó. Tal y como estaban las cosas, era posible que tuviera que aceptar más copas como esas en el futuro, así que ¿por qué no empezar con alguien que parecía atractivo?

Se llevó la copa a los labios y comprobó que el sabor era distinto. Serían las dos aceitunas del fondo las que lo hacían *dirty*. Tal vez fuera otra de las cosas a las que tendría que ir acostumbrándose, que todo tuviera otro sabor, más sucio.

El hombre de la barra recorrió el local con la mirada, como si no supiera dónde se sentaba ella. Helene levantó la mano y captó su atención. Hizo un brindis. Él cogió su bebida, un vaso de agua corriente. Sin sonreír. Sí, era del género tímido. Se puso de pie. Miró alrededor como si quisiera asegurarse de que no había nadie más involucrado antes de acercarse a ella.

Por supuesto que se acercó a ella. Todos los hombres acababan haciéndolo si Helene quería. Cuando iba hacia ella, sintió que no lo deseaba, aún no. Nunca había sido infiel a Markus, ni siquiera había tonteado con otros hombres, y no lo pensaba hacer, no hasta que todo estuviera arreglado, concluido. En eso era firme, mujer de un solo hombre, siempre lo fue. A pesar de que Markus no fuera hombre de una sola mujer. No se trataba de lo que pensara él de ella, sino de lo que ella pensaba de sí misma.

El hombre se detuvo junto a la mesa y empezó a sacar la otra silla.

—Por favor, no te sientes. —Helene le dedicó una amplia sonrisa—. Solo quería darte las gracias por la copa.

—¿La copa? —Le devolvió la sonrisa, pero parecía estar desconcertado.

—Esta. La que me has hecho llegar. ¿No?

Él negó con la cabeza riéndose.

—Podríamos fingir que sí. Me llamo Filip.

Ella también soltó una carcajada y negó con la cabeza. El pobre ya parecía estar un poco enamorado.

—Que tengas un buen día, Filip.

Él hizo una reverencia galante y se marchó. Seguiría aquí el día que se hubiera acabado lo suyo con Markus. Y puede que sin la alianza que había intentado esconder. Helene llamó al camarero con la mano. Él se acercó a la mesa con la cabeza gacha y aire culpable.

—Me has engañado. ¿Quién me ha invitado a esa copa?

—Perdón, señora Røed. Creo que es una broma de alguien que conoces. —Señaló una mesa vacía detrás de ellos—. Se acaba de marchar. Le serví dos martinis, luego me llamó y me pidió que te diera este y me dijo de quién debía decir que era. Es decir, de ese tipo atractivo de la barra. Espero no haberme pasado.

—Vale —aceptó ella sacudiendo la cabeza—. Espero que te diera una buena propina.

—Por supuesto, señora Røed. Por supuesto. —El camarero esbozó una sonrisa con dientes manchados de tabaco de mascar.

Helene sacó las aceitunas antes de apurar el resto de la copa, pero el sabor ya se había asentado.

Iba caminando hacia la calle Gyldenløve cuando se sintió iracunda y cayó en la cuenta. Era una locura, auténticamente demencial que ella, una mujer adulta e inteligente, se resignara a que su existencia estuviera controlada por los hombres, hombres que ni le gustaban ni le inspiraban ningún respeto. ¿Qué era lo que temía en realidad? ¿Quedarse sola? Estaba sola, joder, ¡todos estamos solos! Y Markus tenía más motivos para estar asustado. Si ella contaba la verdad, si decía lo que sabía… La idea le produjo un escalofrío, el mismo que tendría un presidente al pensar en la posibilidad de apretar el botón nuclear. A la vez que, por supuesto, disfrutaba pensando que *podría* hacerlo. ¡Había algo tan sexy en el poder! La mayoría de las mujeres lo buscaban por vía indirecta, persiguiendo a hombres que lo tuvieran. ¿Qué falta hacía eso si tenías armas atómicas? ¿Por qué no había llevado ese pensamiento hasta sus últimas consecuencias hasta ahora? Fácil: porque la nave había encallado y hacía aguas.

Helene Røed decidió que, a partir de ese momento, iba a tomar las riendas de su vida, y en ella habría pocos hombres. Helene Røed sabía que cuando por fin tomaba una decisión la ejecutaba, así sería. Solo faltaba hacer un buen plan. Cuando hubiera dejado todo esto atrás, haría que sirvieran una copa a un hombre cuyo aspecto le gustara.

11

LUNES. DESNUDO

Harry llegó a pie a la plaza de la Estación Central de Oslo y vio a Øystein Eikeland, junto a la estatua del tigre, dando patadas al suelo adoquinado. Bajo la cazadora de piel llevaba el equipamiento del club de fútbol de Vålerenga, pero lo demás era puro Keith Richards. El cabello, las arrugas, la bufanda, la raya del ojo, el cigarrillo, el cuerpo esquelético.

Harry evitó abrazar con demasiada fuerza a su amigo de la infancia, como había hecho con Aune, como si temiera que alguno más de los suyos se rompiera.

—Guau —dijo Øystein—. El traje mola, ¿a qué te dedicabas por ahí? ¿Vendías fulanas? ¿Coca?

—No, pero tú sí. —Harry miró alrededor. Los usuarios del tren eran en su mayoría residentes de los suburbios, turistas y oficinistas, y sin embargo había pocos lugares en Oslo donde el menudeo de droga fuera tan evidente como ahí—. Tengo que admitir que no lo vi venir.

—¿No? —preguntó Øystein y se enderezó las gafas de sol, que el abrazo había torcido—. Yo sí. Debería haber empezado hace mucho. No solo se gana más que con el taxi, es que es más sano.

—¿Más sano?

—Me acerca a la fuente. Ahora, todo lo que penetra en este cuerpo es de primera calidad. —Levantó las manos y se las pasó por el costado.

—Hum. ¿Y en cantidades moderadas?

—Claro. ¿Y tú?

Harry se encogió de hombros.

—Ahora mismo estoy poniendo a prueba ese programa tuyo de Moderation Management. Tengo mis dudas de que funcione a la larga, ya veremos.

Øystein se llevó el índice a la frente.

—Que sí, que sí —dijo Harry mientras observaba a un joven abrigado con una parka que lo miraba con insistencia, a cierta distancia. Desde allí, Harry podía ver que tenía los ojos azules y tan abiertos que se distinguía todo el blanco de los ojos alrededor del iris. Tenía las dos manos en el fondo de los profundos bolsillos, como si sujetara algo—. ¿Ese quién es? —preguntó.

—Ah, ese es Al. Ve que eres de la pasma.

—¿Camello?

—Sí. Majete, pero algo rarito. Un poco como tú.

—¿Yo?

—Más guapo que tú, claro. Y más listo.

—Ah, ¿sí?

—Bueno, tú eres listo a tu manera, Harry, ese de ahí es eso que llaman un listo friki. Hables del tema que hables, lo sabe todo, como si lo hubiera estudiado, vamos. En lo que os parecéis es en que los dos tenéis eso que gusta a las mujeres. El atractivo del solitario. Y es un tipo apegado a sus rutinas, como tú.

Harry vio que Al miraba hacia otro lado, como si no quisiera que le viera la cara.

—Está ahí de nueve a cuatro y libra los fines de semana —prosiguió Øystein—. Como si tuviera un trabajo fijo, vamos. Majete, ya te digo, prudente, casi paranoico. No le importa hablar del negocio, pero no cuenta nada personal, igual que tú. Salvo que este no te dice ni su nombre.

—Así que Al es...

—Le puse nombre por la canción de Paul Simon. «You Can Call Me Al», ¿no?

Harry rio entre dientes.

—Tú también tienes pinta de estar alerta —dijo Øystein—. ¿Estás bien o qué?

Harry se encogió de hombros.

—Puede que yo también me haya vuelto un poco paranoico por esos lares.

—Oye —sonó una voz—. ¿Tienes coca?

Harry se giró y vio a un chaval vestido con una sudadera.

—¿Te crees que soy un camello? —siseó Øystein—. ¡Vete a casa a hacer los deberes!

—¿No lo eres? —preguntó Harry mientras veían que el chico se acercaba al tipo de la parka.

—Sí, pero tan jóvenes no. Esos se los dejo a Al y a los subsaharianos de Torggata. Además, soy como las putas de lujo, mi mercado es más de interiores. —Øystein esbozó una sonrisa y le mostró un móvil Samsung niquelado—. Servicio a domicilio.

—¿Eso quiere decir que tienes coche?

—Por supuesto. Compré el viejo Mercedes que conducía. El dueño del taxi me lo dejó barato. Se había quejado del olor a tabaco que no había cómo coño quitarlo, y decía que era culpa mía, je je. Y se me ha olvidado quitar la señal de taxi del techo, así que puedo ir por el carril rápido. Hablando de olor a tabaco, ¿tienes un piti?

—Lo he dejado. Me da la sensación de que tienes, ¿no?

Øystein rio entre dientes.

—Los tuyos siempre me sabían mejor, Harry.

—Bueno. Eso se acabó.

—Sí, tengo entendido que ese es uno de los efectos que California puede tener sobre un hombre.

—¿Está lejos el coche?

Desde los gastados y oscilantes asientos delanteros del Mercedes veían la entrada a Bjørvika, el atractivo nuevo barrio donde se encontraba el puerto de Oslo y la playa de Sørenga. El recién construido Museo Munch, un paciente psiquiátrico de trece pisos de altura enfundado en una camisa de fuerza, bloqueaba el resto de la vista.

—Joder, qué feo es —dijo Øystein.

—Entonces, ¿qué me dices? —preguntó Harry.

—¿Chófer y hombre para todo?

—Sí. Y si resultara tener algo que ver con el caso puede que necesitemos a alguien dentro que pueda seguir el rastro de la cocaína hasta y desde Markus Røed.

—¿Estás seguro de que utiliza el polvo de marte?

—Estornuda. Tiene las pupilas dilatadas y gafas de sol en la mesa del despacho. Los ojos saltan de un lado a otro.

—Eso es nistagmo. Hablas de seguir el rastro que parte de Røed. ¿No se supone que es él quien te ha contratado?

—Mi trabajo es resolver un asesinato, probablemente dos. No defender los intereses de ese hombre.

—¿Y crees que hablamos de coca? Si me dijeras heroína puede que...

—No creo nada, Øystein, pero cuando hay una adicción, siempre influye. Creo que al menos una de las chicas tenía una querencia excesiva por el polvo. Hace poco le debía a su camello diez mil. Así que... ¿te apuntas?

Øystein observó la punta de su cigarrillo.

—¿Cuál es la verdadera razón por la que has aceptado este trabajo, Harry?

—Ya te lo he dicho. El dinero.

—Sabes una cosa, eso fue lo que respondió Dylan cuando le preguntaron por qué había empezado con la música folk y las canciones protesta.

—¿Crees que mentía?

—Creo que es una de las pocas veces que Dylan dijo la verdad, creo que tú mientes. Si voy a participar en esta locura, quiero saber por qué estás tú. Así que suéltalo.

Harry sacudió la cabeza.

—Vale, Øystein, no te lo voy a contar todo, por tu bien y el mío. No te va a quedar más remedio que confiar en mí.

—¿Cuándo fue la última vez que eso me trajo cuenta?

–No me acuerdo. ¿Nunca?

Øystein se echó a reír. Metió un CD en el reproductor y subió el volumen.

–¿Has oído lo último de Talking Heads?

–¿*Naked* 1987?

–88.

Øystein encendió cigarrillos para los dos mientras «Blind» sonaba por los altavoces. Fumaron sin bajar las ventanillas escuchando a David Byrne cantar sobre huellas invisibles y huellas desaparecidas. El humo llenaba el habitáculo como una niebla marina.

–¿Alguna vez has tenido la sensación de que sabes que vas a hacer una tontería y la haces de todas formas? –preguntó Øystein y dio una última calada al cigarrillo.

Harry apagó el suyo en el cenicero.

–Una mañana vi a un ratón ir directamente hacia un gato, y se lo cargó. ¿Qué crees que es eso?

–No, ¿qué podría ser eso? ¿Ausencia de instinto de supervivencia?

–De algún instinto debe tratarse, sí. Algunos nos sentimos atraídos por el borde del abismo. Dicen que es porque la proximidad de la muerte intensifica la sensación de estar vivo. Yo qué cojones sé.

–Bien dicho –dijo Øystein.

Se quedaron mirando fijamente al Museo Munch.

–Estoy de acuerdo –decidió Harry–. Ese mamotreto es realmente espantoso.

–Vale –dijo Øystein.

–Vale ¿qué?

–Vale, acepto el trabajo. –Øystein apagó su cigarrillo encima del de Harry–. Segurísimo que es más divertido que vender coca. En realidad es un coñazo.

–Røed paga bien.

–Da igual, lo cojo de todas formas.

Harry sonrió y sacó el teléfono que vibraba. Vio una T en la pantalla.

—¿Sí, Truls?

—He comprobado ese informe de Medicina Legal por el que preguntabas. Susanne Andersen tenía puntos en la cabeza. Y encontraron saliva y mocos en un pecho. Hicieron un análisis rápido de ADN, pero no hubo ninguna coincidencia en la base de datos.

—Vale. Gracias.

Harry colgó. Eso era lo que Katrine no había querido —o pensado que no debía— contarle. Saliva. Mocos.

—¿Adónde vamos, jefe? —preguntó Øystein poniendo el coche en marcha.

12

LUNES. SILLA GIRATORIA WEGNER

—¿Se trata de una broma? —preguntó el forense tras la mascarilla.

Alexandra observaba incrédula la cabeza abierta del cadáver que tenían ante ellos. Era frecuente que al realizar una autopsia completa el forense serrara el cráneo e inspeccionara el cerebro. Y a su lado, sobre la mesa del instrumental, estaban las herramientas habituales: la sierra manual y la eléctrica para huesos y la llave para el cráneo en forma de T que se empleaba para levantar la tapa. Lo excepcional era que no se hubiera empleado ese instrumental con Susanne Andersen. Que no hubiera sido necesario. Porque, tras cortar los puntos, quitar la cabellera larga y rubia de Susanne y dejarla sobre una mesa auxiliar, quedó claro que alguien se había adelantado. Le habían serrado el cráneo. El forense había abierto la parte superior, como una tapa. Y ahora preguntaba si pretendía ser una broma.

—No —susurró Alexandra.

—Me tomas el pelo —dijo Katrine al teléfono, y miró por la ventana de su despacho, hacia Botsparken y el paseo flanqueado por tilos que conducía a la parte antigua de la cárcel de Oslo, que casi resultaba pintoresca. El cielo estaba despejado, y aunque la gente ya no se tiraba en el césped en ropa interior, ocupaban los bancos con la cara vuelta hacia el sol con la seguridad de que podría ser el último día del año de temperaturas veraniegas.

Escuchó y comprendió que Alexandra Sturdza no le estaba gastando una broma. En realidad, no lo había creído. ¿No había intuido que podría tratarse de algo así el sábado, cuando Alexandra le habló de los puntos? ¿Que no tenían que vérselas con un asesino racional, sino con un demente, uno de esos que no encontrarían a base de responder a los *por qué* de Harry? Porque no había un porqué, al menos no uno que la gente normal pudiera comprender.

—Gracias —dijo Katrine y colgó, se puso de pie y atravesó la oficina. Fue al despacho sin ventanas que en su día fuera de Harry y que descartó cambiar por otro, más grande y luminoso, cuando ascendió a comisario. Puede que fuera esa la razón precisa por la que Sung-min había elegido ese despacho como su base mientras trabajaba en el caso, o tal vez solo le hubiera parecido mejor que los otros dos espacios disponibles que le habían mostrado. La puerta estaba abierta, le dio unos golpecitos y entró.

La chaqueta del traje de Sung-min colgaba de una percha que debía haber traído él mismo. Vestía una camisa tan blanca que parecía iluminar la estancia oscura. Katrine miró a su alrededor instintivamente, buscando las cosas que solía haber cuando era la cueva de Harry. Como la foto enmarcada, el Club de los Policías Muertos, de los compañeros que Harry había perdido en acto de servicio. Todo había desaparecido, incluso el perchero era nuevo.

—Malas noticias —dijo.

—¿Ah?

—El informe provisional de la autopsia llegará dentro de una hora, pero Sturdza me ha adelantado el contenido. A Susanne Andersen le falta el cerebro.

—¿Literalmente? —dijo Sung-min enarcando una ceja.

—Una autopsia tiene sus limitaciones, así que, sí, literal. Alguien le ha abierto el cráneo a Susanne y…

—¿Y?

—Le ha sacado todo el cerebro.

Sung-min se recostó en la silla. Ella reconoció el largo quejido. La silla. Ese despojo agotado. No la habían renovado.

Johan Krohn vio a Markus Røed estornudar, sonarse en uno de sus pañuelos de color azul claro, guardarlo en el bolsillo interior de la chaqueta y recostarse en su silla giratoria Wegner tras el escritorio. Krohn sabía que era una Wegner porque él mismo había querido una. El precio de la que vio era de casi ciento treinta mil coronas, y le pareció injustificable ante sus socios, su mujer o los clientes. Era una silla sencilla. Elegante, de ningún modo ostentosa, y en ese sentido poco característica de Markus Røed. Supuso que alguien, puede que Helene, le habría advertido que la anterior, una Vitra Grand Executive de piel negra y respaldo alto, era demasiado vulgar. No es que creyera que a los otros dos presentes les preocupara. Harry Hole había apartado una silla de la mesa de reuniones y se había sentado frente a la mesa de Røed mientras que el otro, un tipo más que dudoso con pinta de capitán Pata de Palo a quien Harry había presentado como el chófer y hombre para todo de su equipo, se había acomodado junto a la puerta. Al menos cada uno tenía claro cuál era su lugar.

—Dime, Hole. — Røed moqueó—. ¿Estás de broma?

—Para nada —dijo Harry, que se había hundido en la silla, se había llevado las manos a la nuca y estirado las largas piernas y ahora hacía girar sus zapatos como si no los hubiera visto antes. A Johan Krohn le pareció que se trataba de un par de la marca John Lobb, pero era difícil que alguien como Hole se los pudiera permitir.

—Venga ya, Hole, ¿pretendes que nuestro equipo consista en un paciente de cáncer hospitalizado, un policía sospechoso de corrupción y un hombre que conduce un taxi?

—He dicho que *conducía* un taxi. Ahora está en el sector del comercio al por menor. Y no es *nuestro* equipo, Røed, es el mío.

El rostro de Røed se oscureció.

—El problema, Hole, es que eso no es un equipo, es un... teatro de variedades. Y haría que yo pareciera un payaso si fuera tan imbécil como para hacer público que esto... esto es lo mejor que he encontrado.

—No vas a hacerlo público.

La voz de Røed resonó por la amplia estancia.

—Por Dios bendito, hombre, esa es por lo menos la mitad de mi motivación ¿no lo hemos dejado claro? Quiero que el mundo sepa que he contratado a los mejores para resolver este caso, solo entonces se darán cuenta de que voy en serio. Se trata de mi reputación y la de mi empresa.

—La última vez que hablamos dijiste que la sospecha era una carga para tu familia —recordó Harry, quien, al contrario que Røed, había bajado la voz—. Y no se puede hacer público quiénes forman el equipo porque al policía lo echarían al momento y perdería el acceso a los informes policiales, que son la razón por la que está en el grupo.

Røed miró a Krohn.

El abogado se encogió de hombros.

—El nombre relevante en el comunicado de prensa es Harry Hole —dijo—, el conocido investigador de homicidios. Podemos decir que estará apoyado por un equipo, eso será suficiente. Mientras que el papel principal sea bueno, la gente supondrá que el resto también lo es.

—Una cosa más —añadió Harry—. Aune y Eikeland tendrán la misma tarifa por hora que Krohn. Y Berntsen el doble.

—¿Estás loco, tío? —Røed abrió los brazos—. Una cosa es tu bono. Vale mientras no cobres honorarios y lo apuestes todo a tener éxito, demuestra valor. ¿Pagar el doble del sueldo de un abogado a un… *nobody* estafador? ¿Me quieres explicar por qué demonios se lo iba a merecer?

—No sé si se puede decir que se lo *merezca* —puntualizó Harry—. Pero lo vale. ¿No es así como vosotros, los hombres de negocios, os ponéis el sueldo?

—¿Lo vale?

—Deja que lo repita —dijo Harry ahogando un bostezo—. Truls Berntsen tiene acceso a BL96, es decir, a todos los informes policiales relativos a este caso, incluidos los de criminalística y los de Medicina Legal. Ahora mismo hay entre doce y veinte personas solo en el grupo de investigación. La contraseña y el iris de Berntsen valen el trabajo de todos ellos. Además del riesgo que corre. Si se descubriera que, como policía, proporciona información reservada a personas ajenas al cuerpo, no solo lo echarían, iría a la cárcel.

Røed cerró los ojos y agitó la cabeza. Cuando los abrió de nuevo, sonreía.

—¿Sabes una cosa, Harry? Nos haría falta un cabrón como tú en la negociación de los contratos de Barbell ahora mismo.

—Bien —siguió Harry—. Hay una condición más.

—¿Sí?

—Quiero interrogarte.

Røed volvió a intercambiar una mirada con Krohn.

—Vale.

—Con detector de mentiras —dijo Harry.

13
LUNES. EL GRUPO AUNE

Mona Daa estaba sentada ante su mesa leyendo lo que la bloguera Hedina había escrito sobre la presión del ideal de belleza. El lenguaje era pobre, a veces paupérrimo, pero tenía una inmediatez verbal que lo hacía fácil de digerir, como si estuvieras sentada a la mesa de una cafetería escuchando a una amiga parlotear sobre problemas cotidianos. Los «sabios» pensamientos y consejos de la bloguera resultaban tan banales y previsibles que Mona no sabía si bostezar o enseñar los dientes.

Con lugares comunes copiados de blogs similares, Hedina repetía con intensidad e indignación la frustración de vivir en un mundo en el que el aspecto físico era lo más importante, y cómo generaba inseguridad en muchas chicas jóvenes e inmaduras. Todo ello como si se tratara de sus propios lemas e ideas. Por supuesto que resultaba paradójico que la misma Hedina publicara fotografías semipornográficas de la bella y esbelta Hedina de pechos operados. Esa discusión se había planteado una y otra vez y, al final, después de haber ganado todos los combates, la razón exhausta había perdido la guerra contra la estupidez. Hablando de estupidez, la razón por la que Mona Daa ya había desperdiciado media hora de su vida leyendo el blog de Hedina era que Julia, la redactora jefe, a causa de ausencias por enfermedad y la falta de novedades en el caso de Susanne, había puesto a Mona a comentar los comentarios al comentario de Hedina. Julia había dicho, sin rastro de ironía, que Mona debía contar qué comentarios eran los más numerosos, los positivos o los negativos, para decidir si el titular debía empezar por: «Es alabada por...» o «Es criticada por...». Con una foto un poco, pero no demasiado, sexy de Hedina debajo, para atraer clics.

Mona estaba asqueada.

Hedina escribía que todas las mujeres son bellas, solo había que buscar la belleza única que cada una llevaba en su interior y confiar en ella. Solo así dejaríamos de compararnos entre nosotras y de crear un bando perdedor ante la belleza, trastornos alimentarios, depresiones y vidas destrozadas. Mona tenía ganas de escribir lo que resultaba evidente, que si todas son bellas, ninguna lo es, porque lo bello es lo que destaca de manera positiva, ese es el sentido semántico de la palabra. Que en su infancia, cuando la belleza en su significado original estaba reservada a las estrellas de cine y puede que a una compañera de clase, ni a ella ni a sus amigas les molestaba de manera significativa no encontrarse entre la gran mayoría de las chicas corrientes, no bellas. Había otras cosas más importantes a las que prestar atención, y un aspecto anodino no había destrozado vida alguna. Era la gente como Hedina, que daba por buena, sin más, la premisa de que las mujeres desean y *deben* desear ser «bellas», la que creaba perdedoras. Si el setenta por ciento de todas las mujeres que te rodean se han operado, entrenan, comen y se maquillan para lograr el aspecto que el restante treinta por ciento no logra tener, esas, las corrientes que antes no tenían ningún problema, de repente son una minoría que tiene un *motivo* para deprimirse un poco.

Mona suspiró. ¿Habría pensado y sentido esto si hubiera nacido con el físico de una Hedina? ¿A pesar de que Hedina en realidad tampoco había nacido con el aspecto que tenía en las fotos? Puede que no. No lo sabía. Solo sabía que había pocas cosas que odiara tanto como tener que cederle espacio a una bloguera descerebrada con medio millón de seguidores.

Un aviso de última hora apareció en la pantalla.

Mona Daa comprendió que había una cosa que odiaba aún más. Que Terry Våge la atropellara, adelantara y dejara atrás.

—«Extraen el cerebro a Susanne Andersen» —leyó Julia en voz alta de la web del diario *Dagbladet* antes de mirar a Mona, que estaba ante su escritorio—. ¿Y de esto nosotros no sabemos nada?

—No —dijo Mona—. Ni nosotros, ni nadie.

—No sé cómo les irá a los demás, pero nosotros somos *VG*, Mona. Los más grandes y los mejores.

A Mona le pareció que Julia bien podría haber dicho lo que las dos estaban pensando. *Era* el mejor.

—Alguien de la policía tiene que estar filtrando esto —conjeturó Mona.

—Pues está claro que solo filtran para Våge, y en esos casos se llama «fuente», Mona. Y nuestro trabajo consiste en conseguir fuentes, ¿cierto?

Era la primera vez que Julia se dirigía a Mona con tan condescendiente ironía. Como si fuera una principiante y no una de las redactoras más conocidas y respetadas del periódico. Mona también sabía que, si hubiera sido ella la redactora jefe, la periodista no se habría ido de rositas, al contrario.

—Las fuentes están muy bien —dijo Mona—. No se consigue información de ese calibre de la policía a no ser que se tengan datos que dar a cambio. O si se paga muy bien. O...

—¿Sí?

—Tienes al otro bien cogido.

—¿Crees que ese es el caso?

—No tengo ni idea.

Julia deslizó la silla hacia atrás, miró por la ventana hacia el solar en construcción delante del edificio gubernamental.

—¿A lo mejor tú también tienes a alguien... bien cogido en la central de policía?

—Si estás pensando en Anders puedes ir olvidándote, Julia.

—Una reportera de sucesos que vive con un policía siempre será sospechosa de disponer de información privilegiada. Por qué no...

—¡He dicho que lo olvides! No estamos tan desesperados, Julia.

Julia ladeó la cabeza.

—¿No lo estamos, Mona? Pregúntale a la dirección. —Señaló al techo—. Es el caso más grande que hemos tenido en meses en un ejercicio en el que más medios que nunca han tenido que tirar la toalla. Piénsatelo, por lo menos.

—De verdad, Julia, no me hace falta. Prefiero escribir sobre la tal Hedina de los cojones de aquí a la eternidad antes que cagarme en el convento como tú propones.

Julia esbozó una sonrisa y luego se llevó pensativa el dedo índice al labio superior mientras miraba a Mona.

—Tienes razón, por supuesto. Ha sido un acto desesperado por mi parte, y erróneo. Hay determinados límites que no se deben cruzar.

Al volver a su puesto, Mona leyó por encima las webs del resto de los periódicos, que solo habían podido hacer lo mismo que ella: escribir sobre el cerebro desaparecido haciendo referencia a *Dagbladet* y esperar a que se celebrara la rueda de prensa más tarde.

Después de mandar el artículo de doscientas palabras al redactor de la web, que enseguida lo publicó, se quedó pensando en lo que Julia había dicho. Fuente. Tener «bien cogido». En una ocasión conversó con un periodista de un medio local que había llamado págalos a los periódicos de la capital por revisar lo que publicaban, robar lo que les parecía y luego sacarlo como propio, con una referencia lo más breve posible al periódico local en la última línea para que nadie pudiera decir que incumplían las reglas del juego. Después Mona buscó «págalo» en Google y descubrió en Wikipedia que se trataba de un ave, de las llamadas cleptoparásitas, que roban la presa a pájaros de menor tamaño volando tras ellos hasta que se ven obligados a soltar la comida.

¿Sería posible hacer algo así con Terry Våge? Podría hurgar algo más en los rumores sobre el intento de abusar de Genie, no tendría por qué llevarle más de un día. Después podría acudir a Våge y decirle que lo publicaría si no le proporcionaba su fuente en el caso

Susanne. Hacer que soltara la presa. Lo pensó. Implicaría ponerse en contacto con ese tipo asqueroso. Y, si accedía, *renunciar* a publicar las pruebas de un intento de agresión.

Fue como si Mona Daa despertara y tuvo un escalofrío. ¿Qué era lo que estaba pensando hacer? Ella, que se atrevía a juzgar los principios éticos de una pobre bloguera, una chica joven que se había tropezado con una manera de conseguir atención, dinero y fama. ¿Acaso no eran cosas que ella también deseaba?

Sí, pero no así, no haciendo trampa.

Mona decidió imponerse penitencia esa tarde con tres series más de bíceps después de las series de levantamiento de peso muerto con parada.

Oslo estaba envuelta en la penumbra nocturna. Desde la sexta planta del hospital Radium, Harry podía ver la autopista. Desde el punto más bajo, precisamente aquí, veía los coches subiendo por la colina como una culebra de luz, hacia el punto más alto del camino, a cuatro kilómetros y medio de distancia, donde se encontraban el hospital Riks y el Anatómico Forense.

—Lo siento, Mona —dijo—. No voy a hacer ningún comentario, el comunicado de prensa dice lo necesario. No, no te voy a proporcionar los nombres del resto del equipo, preferimos trabajar fuera del alcance del radar. No, no sé qué opina la policía, tendrás que preguntárselo a ellos. Oigo tus preguntas, Mona, no tengo ningún comentario y voy a colgar, ¿de acuerdo? Dale recuerdos a Anders.

Harry deslizó el teléfono recién comprado en el bolsillo interior de la chaqueta del traje y volvió a sentarse.

—Lo siento, ha sido un error aceptar que me volvieran a dar mi antiguo número noruego. —Unió las palmas de las manos—. Bueno, ya nos hemos presentado todos y hemos repasado el caso a grandes rasgos. Propongo, antes de proseguir, que nos llamemos «grupo Aune».

—No, no tiene por qué llevar mi nombre —protestó Ståle Aune y se impulsó para incorporarse en la cama.

—Lamento haberme expresado con poca precisión —dijo Harry—. *Decido* que se llame «grupo Aune».

—¿Por? —preguntó Øystein sentado en una silla al otro lado de la cama, junto a Harry y Truls Berntsen.

—Porque, a partir de ahora, esta es nuestra oficina —respondió Harry—. La policía se llama así porque su sede es la comisaría de policía, ¿no?

Nadie se rio. Harry echó un vistazo a la otra cama para asegurarse de que el veterinario no había regresado tras salir de la habitación sin que hiciera falta pedírselo. Repartió tres ejemplares grapados de la documentación que había impreso en el *business center* del hotel The Thief.

—Es un resumen de los informes más relevantes del caso, hasta ahora, incluido el de la autopsia de hoy. Todos sois responsables de que esta documentación no acabe en las manos equivocadas. Si así fuera, ese de ahí tendría problemas. —Señaló a Truls con un movimiento de cabeza, él graznó entre dientes sin que la sonrisa alcanzara los ojos ni ninguna otra parte del rostro—. Hoy no vamos a entrar en detalles —dijo Harry—. Solo quiero saber qué opináis del caso. ¿De qué clase de asesinato estamos hablando? Y si no os habéis hecho ninguna idea al respecto, también quiero saberlo.

—Vaya. —Øystein esbozó una sonrisa—. ¿A qué me he apuntado? ¿Al laboratorio de ideas?

—Vamos a empezar por ahí —dijo Harry—. ¿Ståle?

El psicólogo entrelazó las manos huesudas sobre el edredón.

—Bueno. Si optamos por un comienzo del todo arbitrario, yo...

—¿Eh? —dijo Øystein mirando a Harry con intención.

—Si empezamos por un punto casual —dijo Aune—. Mi primer pensamiento es que cuando muere una mujer, podemos asumir que es muy probable que esté implicado alguien cercano, un esposo o novio, y que el motivo sean los celos u otra forma de rechazo humillante. Cuando, como en este caso, es bastante seguro que se trata de dos mujeres asesinadas, hay muchas probabilidades de que el asesino no tenga una relación cercana con ninguna de ellas, que el motivo sea sexual. Lo que hace que este caso sea especial es que las dos jóvenes han estado en el mismo lugar poco antes de desaparecer. Por otra parte, si la teoría de que todos los habitantes del planeta están a seis apretones de manos de haberse saludado entre sí, es correcta, ya no resulta tan extraño. Además, está la cuestión de que le hayan quitado un ojo y el cerebro. Puede que se trate de un asesino que quiere conservar un trofeo. Así que, hasta que tengamos más datos, creo que estamos buscando a un, y perdonadme por esta banalidad, psicópata asesino sexual.

—¿Estás seguro de que no es el tipo del martillo? —preguntó Øystein.

—¿Perdón? —Aune se enderezó las gafas como si quisiera ver mejor al hombre de mala dentadura.

—Ya sabes, si tienes un martillo, todos los problemas parecen clavos. Eres psicólogo, así que crees que la solución de todos los misterios es psicoalgo.

—Puede ser —dijo Aune—. Los ojos son lo primero que se ciega y la noción de uno mismo lo primero que se pierde. ¿Qué clase de asesinato crees que es, Eikeland?

Harry vio que Øystein masticaba la respuesta, porque hacía lo de siempre, mover la prominente y esquelética mandíbula adelante y atrás. Carraspeó como si tuviera intención de escupir sobre Aune y esbozó una sonrisa.

—Vamos a quedarnos con que opino lo mismo que tú, doctor. Y puesto que no tengo un psicomartillo, me parece que mi opinión debería pesar más que la tuya.

Aune le devolvió la sonrisa.

—Quedamos así.

—¿Truls? —dijo Harry.

Tal y como Harry esperaba, Truls Berntsen, que solo había soltado tres frases y estaba empapado en sudor desde que se presentaron, se encogió de hombros, mudo. Harry evitó prolongar la tortura del policía y tomó la palabra.

—Creo que las víctimas están relacionadas, y que esa conexión pasa por el asesino. Eliminar partes del cadáver puede ser un intento de hacer creer a la policía que está ante un clásico asesino en serie que colecciona trofeos, para que no busquen con detenimiento otros motivos más racionales. Ya he visto esa clase de maniobra de distracción antes. He leído en alguna parte que las estadísticas indican que te cruzarás con un asesino en serie por la calle siete veces a lo largo de tu vida. Opino que es un número demasiado elevado.

Harry no tenía mucha fe en lo que estaba diciendo. No creía nada. Fuera cual fuera la opinión de los demás, siempre habría planteado una hipótesis alternativa, solo para mostrarles que existían. Mantener la mente abierta era cuestión de entrenamiento, no aferrarse de modo consciente o inconsciente a una idea concreta. Si ocurriera, un investigador se arriesgaría a que los nuevos datos se interpretaran por error como una confirmación de lo que el investigador ya creía, lo que se conocía como *confirmation bias*, en lugar de estudiar la posibilidad de que la nueva información señalara en otra dirección. Por ejemplo, el dato de que el hombre del que sospechabas había hablado en tono amable con la mujer asesinada el día anterior podía leerse como que la deseaba, en lugar de una muestra de ausencia de agresividad.

Ståle Aune parecía animado cuando llegaron, pero Harry vio que ya tenía la mirada empañada, y su mujer y su hija habían anunciado su visita para las ocho, dentro de veinte minutos.

–Cuando volvamos a encontrarnos mañana, Truls y yo habremos interrogado a Markus Røed. Es probable que la información que obtengamos, y la que no, determine el rumbo a seguir. Bien, caballeros, damos la oficina por cerrada por hoy.

14

LUNES. *SNUFF BULLET*

Eran las nueve y media cuando Harry hizo su entrada en el bar de la última planta de The Thief.

Se acomodó en la barra. Intentó humedecerse la lengua lo bastante como para pedir. Era la expectativa de tomarse esa copa la que le había permitido funcionar. Solo iba a tomarse una, pero consciente de que este plan iba a durar poco.

Miró el menú de cócteles que el camarero le puso delante. Algunas copas llevaban el nombre de una película, y supuso que algunos de los actores o directores se habrían alojado allí.

—¿Tendrías…?

—Lo siento, en inglés.

—¿Tiene Jim Beam?

—Desde luego, señor, pero le recomendaría la especialidad de la casa…

—No.

El camarero lo miró.

—Marchando un Jim Beam.

Harry observó a los clientes y la ciudad. El nuevo Oslo. No era el Oslo rico, sino el *muy rico*. Solo el traje y los zapatos que llevaba pertenecían a este lugar. O puede que no. Un par de años antes había pasado por allí para ver cómo era y, antes de dar marcha atrás, vio al vocalista del grupo de rock duro Turboneger sentado a una mesa. Parecía estar tan solo como Harry se sentía ahora. Sacó el teléfono. Estaba registrada como A. Escribió un mensaje: «Estoy en la ciudad. ¿Podemos vernos?».

Dejó el teléfono en la barra, notó que alguien se deslizaba a su lado y oyó una voz suave que pedía una cerveza de jengibre en inglés americano con un acento que no fue capaz de localizar. Miró por el espejo del bar. Las botellas de la estantería cubrían el rostro del hombre, Harry vio algo blanco y brillante alrededor de su garganta. Un alzacuellos de esos que en Estados Unidos llaman *dog collar*. El sacerdote cogió la cerveza y se marchó.

Harry ya iba por la mitad de la copa cuando recibió respuesta de Alexandra Sturdza. «Veo en *VG* que has vuelto. Depende de lo que quieras decir con vernos». «Un café en Medicina Legal. –tecleó Harry–. Mañana a partir de las doce, por ejemplo».

Le hizo esperar mucho. Era probable que ella comprendiera que no se trataba de un intento de regresar a su cama, la que con tanta generosidad le había ofrecido después de que Rakel lo echara. Una oferta a la que, al final, no fue capaz de corresponder, a pesar de lo sencillas que habían sido las cosas entre ellos. Era todo lo demás, lo que sucedía fuera de la cama de Alexandra, lo que había sido incapaz de gestionar. «Depende de lo que quieras decir con vernos». Ni siquiera estaba del todo seguro de que su único motivo fuera el caso, eso era lo peor. Porque *estaba* solo. No conocía a nadie que tuviera tanta necesidad de estar solo como él, Rakel solía llamarlo «limitada capacidad para las relaciones sociales». Ella era la única persona con la que podía, deseaba, pasar tiempo sin estar pendiente de la meta, de saber que en algún momento se liberaría. Puedes estar solo sin sentirte solo, claro, y sentirte solo en compañía, pero ahora se sentía solo. Y estaba solo.

Tal vez por eso había deseado un «sí» sin condiciones, en lugar de ese *depende*. ¿Tendría ella pareja? ¿Por qué no? Solo faltaría. Aunque al tipo le esperaba un reto.

Pagó la copa e iba hacia su habitación cuando el teléfono vibró de nuevo. «A la una».

Prim abrió la puerta del congelador del frigorífico.

Junto a una bolsa de congelar grande había varias pequeñas con cierre zip, del tipo que utilizan los camellos. Dos de ellas contenían cabellos, otras unos restos sanguinolentos de piel, y otra, restos de un trapo cortado en pedazos con una tijera. Cosas que en algún momento podrían resultarle útiles. Sacó una bolsita que contenía musgo y pasó por delante de la mesa del comedor y del acuario. Se detuvo ante la caja de cristal que estaba sobre el escritorio. Comprobó la humedad, quitó la tapa, abrió el zip y esparció musgo por el fondo cubierto de tierra negra. Estudió al animal que había en su interior, una babosa de casi veinte centímetros de largo, de un color rosa intenso. Prim nunca se cansaba de observarla. No era ninguna película de acción, si la babosa se movía recorría unos pocos centímetros a la hora. Tampoco es que hubiera mucha expresividad ni drama emocional a la vista. La única manera en la que la babosa se mostraba o captaba sensaciones era a través de los cuernos, y hacía falta mirarlos un buen rato para darse cuenta de que se movían. Por eso, con las babosas pasaba lo mismo que con ella, hasta el más mínimo gesto o movimiento era una recompensa. Solo a base de paciencia ganaría su amor, lograría que ella comprendiera.

Era una babosa del monte Kaputar. Había traído dos de las babosas de color rosa desde la lejana región de Nueva Gales del Sur, en Australia. Era el único lugar en el que habitaba, en una zona boscosa de diez kilómetros cuadrados al pie del monte Kaputar. Como le dijo el hombre que se las vendió: la especie podría extinguirse en cualquier momento con un solo incendio de los matorrales. Por eso Prim no tuvo ningún remordimiento en saltarse todas las limitaciones a la exportación y la importación. Las babosas eran anfitrionas de tantos microbios espeluznantes que atravesar fronteras con ellas era tan legal como hacer contrabando de sustancias radioactivas. Por ello, Prim estaba bastante seguro de que aquellos eran los únicos ejemplares de babosa rosa que había en toda Noruega. Si Australia y el resto del planeta ardían, podrían ser la salvación de la especie para la vida en general una vez que los seres humanos ya no existieran. Solo era cuestión de tiempo. La naturaleza conserva aquello que está a su servicio, nada más. Bowie tenía razón al cantar que el *Homo sapiens* ya no tenía utilidad alguna.

Los cuernos de la babosa oscilaron. Había captado el olor de su plato favorito, el musgo descongelado que Prim había traído del pie del monte Kaputar. La babosa apenas se movía, la superficie rosa y lisa brillaba. Se aproximaba a su cena milímetro a milímetro mientras dejaba un rastro mucoso en la tierra negra. Se acercaba a la meta. Iba hacia su objetivo tan despacio y con tanta seguridad como Prim hacia el suyo. En Australia había caracoles caníbales, depredadores ciegos que utilizaban el rastro baboso para cazarlas. Eran solo un poco más veloces, y poco a poco, muy despacio, se acercaban a la presa. Querían comerse viva a la hermosa babosa rosa, agarrarla con un juego de pequeños dientes y absorberla, capa a capa. ¿Sabría la babosa rosa que acechaban? ¿Sentiría miedo en el largo tiempo de espera hasta que la capturaban? ¿Tenía alguna solución? ¿Alguna salida? ¿Pensaría que podía cruzar el rastro de otra babosa del monte Kaputar con la esperanza de que su perseguidor cambiara de pista? Al menos ese era su plan cuando alguien lo perseguía.

Prim volvió a dejar las bolsitas en el frigorífico. Se quedó un momento observando la bolsa grande. El cerebro humano de su interior. Tuvo un escalofrío. Le daba náuseas. No le apetecía nada.

Se lavó los dientes y se fue a la cama, encendió la radio policial y escuchó los mensajes que se intercambiaban. A veces resultaba tranquilizador, inducía al sueño escuchar esas voces pausadas que se expresaban con tal brevedad y de forma objetiva sobre todo lo que iba mal en la ciudad. Era tan poca cosa, y el dramatismo tan escaso, que Prim solía dormirse enseguida. Esa noche no era así.

Habían dado por acabada la búsqueda en Grefsenkollen de la mujer desaparecida y recurrían a la radio policial para acordar los puntos de encuentro para las patrullas que la retomarían a la mañana siguiente. Prim abrió el cajón de la mesilla de noche y sacó el dosificador de cocaína. Creía que era, al menos en parte, de oro. De cinco centímetros de largo y con forma de bala. Un *snuff bullet*. Si girabas un poco la zona estriada, el proyectil se «cargaba» con una dosis adecuada para esnifarla por el agujero de la punta de la bala. En verdad elegante. Había sido de la chica que buscaba la policía, incluso llevaba grabadas sus iniciales en un lateral, B. B. Seguro que era un regalo. Prim pasó los dedos por la ranura, hizo rodar la bala por su mejilla. La volvió a dejar en el cajón, apagó la radio y estuvo un rato mirando al techo. Había muchas cosas sobre las que pensar. Intentó masturbarse, se rindió. Se echó a llorar.

Cuando por fin se durmió eran casi las dos.

15

MARTES

Truls miró el reloj. Las nueve y diez. Markus Røed tendría que haber llegado hacía diez minutos.

Truls y Harry empujaron la cama hacia la pared para colocar el escritorio en el centro de la habitación de hotel, y ahora ocupaban sendas sillas a un lado de la mesa y observaban la silla vacía que esperaba al tercer invitado. Truls se rascó el brazo.

—Cabrón arrogante —dijo.

—Hum —dijo Harry—. Recuerda que te paga por hora y el taxímetro está en marcha. ¿Te sientes mejor así?

Truls alargo un dedo y presionó al azar las teclas del ordenador portátil.

—Un poco —graznó.

Habían revisado el procedimiento a seguir al detalle.

El reparto de papeles era sencillo. Harry formularía las preguntas y Truls mantendría la boca cerrada y se concentraría en la pantalla sin dejar traslucir lo que veía. A Truls le venía de perlas, era lo que llevaba haciendo la mayor parte del tiempo en la comisaría de policía los tres últimos años. Solitarios, póquer online, viejos episodios de *The Shield* y fotos de Megan Fox. Truls también debía colocarle los cables con los electrodos a Røed. Dos azules y uno rojo en el pecho, alrededor del corazón, uno rojo junto a la arteria en ambas muñecas. Los cables iban a parar a una caja que a su vez estaba conectada al ordenador portátil por un único cable.

—¿Tienes intención de recurrir al truco del poli bueno? —preguntó Truls, y señaló con un movimiento de cabeza el rollo de papel de cocina que Harry había colocado sobre el escritorio. El truco consistía en que el poli malo hacía llorar al interrogado, se marchaba, y el bueno sacaba el rollo de papel, decía unas palabras de consuelo y luego esperaba a que el sospechoso le hiciera confidencias a él, o a ella. La gente creía que las mujeres eran más bondadosas, pero eso era una gran tontería. Truls sabía que no era el caso. Ahora lo sabía.

—Puede ser —dijo Harry.

Truls lo miró. Intentó imaginarse a Harry haciendo el papel de poli bueno, pero desistió. Muchos años atrás, cuando Truls y Mikael Bellman eran una pareja de policías bien sincronizados, siempre era Bellman quien interpretaba el papel de agente bueno. Lo hacía tan bien ese jodido listillo, y no solo en los interrogatorios, que ahora era ministro de Justicia. Era incomprensible, joder, si pensaba en toda la mierda que habían removido juntos. Por otra parte, era casi inevitable. Nadie como Mikael Bellman tenía tanta capacidad para hundir las manos en la mierda sin mancharse.

Llamaron a la puerta.

Habían dado aviso en la recepción de que hicieran subir a Røed en cuanto llegara.

Truls abrió, como habían acordado.

Røed sonrió, parecía estar nervioso, eso le pareció a Truls. Le brillaban los ojos y la piel. Truls le dejó pasar sin presentarse ni darle la mano. Harry se encargó de eso. Harry dijo que no iban a robarle mucho tiempo, rogó a Røed que se quitara la chaqueta y se desabrochara la camisa. Luego le tendió la mano para que le pasara la chaqueta y la colgó en el armario. Truls colocó los electrodos. Los situó de manera que no tocaran los bordes de las heridas que tenía bajo los pezones. También había un par de moratones. Alguien le había dado una paliza a Røed, o esa mujer suya era una auténtica fiera en la cama. O tal vez fuera una de esas chicas a las que mantenía.

Truls acabó de sujetar los últimos electrodos en las muñecas, pasó al lado de Harry, se sentó, apretó una tecla y miró la pantalla del ordenador.

—¿Todo correcto? —preguntó Harry.

Truls asintió.

Harry se giró hacia Røed.

—Las preguntas serán en su mayoría para responder sí o no, el polígrafo funciona mejor con respuestas breves. ¿Listo?

Røed forzó una sonrisa.

—Adelante, chicos. Tengo que marcharme de aquí en media hora.

—¿Te llamas Markus Røed?

—Sí.

Pausa mirando a Truls, quien a su vez observaba la pantalla. Asintió.

—¿Eres un hombre o una mujer? —preguntó Harry.

—Hombre. — Røed sonrió.

—¿Puedo escucharte decir que eres una mujer?

—Soy una mujer.

Harry miró a Truls, quien asintió de nuevo.

Harry carraspeó.

—¿Mataste a Susanne Andersen?

—No.

—¿Mataste a Bertine Bertilsen?

—No.

—¿Has mantenido relaciones sexuales con una de ellas o con ambas?

La habitación quedó en silencio. Truls vio que Markus Røed se sonrojaba, que boqueaba para tomar aire. Estornudó. Dos veces. Tres. Harry arrancó un trozo de papel del rollo de cocina y se lo pasó. Markus Røed tocó el respaldo de la silla, como si buscara la chaqueta, llevaría un pañuelo en el bolsillo, luego aceptó el papel y se sonó.

—Sí, lo he hecho —dijo y tiró el papel en la papelera que Harry le acercó—. Con las dos, pero fue consentido.

—¿A la vez?

—No, eso no me va.

—¿Susanne y Bertine se conocían o habían coincidido?

—No que yo sepa. No, estoy bastante seguro de que no.

—¿Tú te encargaste de que no se encontraran?

Røed soltó una carcajada.

—No, nunca escondí que tuviera relaciones con más mujeres. Las invité a las dos a la fiesta, ¿no?

—¿Eso hiciste?

—Sí.

—¿Alguna de ellas te chantajeaba?

—No.

—¿Amenazaron con hacer pública la relación?

Røed negó con la cabeza.

—Por favor, debes decirlo —dijo Harry.

—No. Mis relaciones no eran lo bastante secretas como para que eso importara. No es que quisiera que se supiera, tampoco me molestaba gran cosa en ocultarlas. Hasta Helene lo sabía.

—¿Crees que puede haberlas matado por celos?

—No.

—¿Por qué no?

—Helene es una mujer racional. No creo que el riesgo de que la cogieran compensara las ventajas.

—¿Ventajas?

—Bueno, la venganza.

—¿Y matarlas para no perderte?

—No. Sabe que nunca la dejaría por una chavala. O dos. Tal vez lo haría si intentara coartar mi libertad.

—¿Cuándo fue la última vez que viste a Susanne o a Bertine?

—En la fiesta.

—¿Y antes de eso?

—Había pasado mucho tiempo.

—¿Por qué dejaste de verlas?

—Supongo que ya no me interesaban. —Røed abrió los brazos—. El físico siempre es tentador, pero la fecha de caducidad de chicas como Susanne y Bertine llega mucho antes que la de una mujer como Helene Røed, si entiendes lo que quiero decir.

—Hum. ¿Tú o las chicas consumisteis drogas en la fiesta?

—¿Drogas? Yo no, desde luego.

Harry miró a Truls. Truls negó con un leve movimiento de cabeza.

—¿Seguro? —insistió Harry—. Cocaína, por ejemplo.

Truls notó que Markus Røed lo miraba, pero no apartó la vista de la pantalla.

—Vale —dijo Røed—. Las chicas se hicieron un par de rayas.

—¿La cocaína era suya o tuya?

—Vino un tipo que tenía.

—¿Quién?

—No lo sé. Un amigo de los vecinos o alguien a quien le compran, tal vez. Yo no sé de esas cosas. Si lo que buscáis son camellos de cocaína me temo que tampoco puedo proporcionaros una descripción, llevaba mascarilla y gafas de sol. —Røed esbozó una media sonrisa, Truls vio que estaba molesto. Los machos alfa tienden a irritarse cuando los interrogan.

—¿Era blanco, noruego o…?

—Blanco, sí. Sonaba noruego.

—¿Habló con Susanne o con Bertine?

—Supongo que sí, puesto que se hicieron rayas con su mercancía.

—Hum. Entonces ¿tú no consumes cocaína?

—No.

Harry se inclinó con discreción hacia Truls y él respondió señalando la pantalla.

—Hum. Parece que el polígrafo opina que no dices la verdad.

Røed se quedó mirándolos como un adolescente rebelde miraría a sus padres. Acabó por rendirse y dijo con un jadeo irritado:

—No entiendo qué puede tener que ver con el caso. Sí, antes me divertía un poco los fines de semana, pero he acordado con Helene que no voy a consumir, así que esa noche no lo hice. ¿Vale? Ahora tengo que irme.

–Una última pregunta. ¿Has contratado o colaborado con alguien para acabar con la vida de Susanne Andersen o Bertine Bertilsen?

–Joder, Hole, ¿por qué iba a hacerlo? –Røed levantó los brazos y Truls vio con preocupación que uno de los electrodos estaba a punto de soltarse de la muñeca–. ¿No entiendes que cuando tienes sesenta y tantos años y una mujer comprensiva no tienes miedo a que se sepa que todavía resultas atractivo y te follas chicas de veintitantos? En los ambientes que frecuento y en los que hago negocios, el efecto es el contrario, produce respeto. Es la prueba de que sigues siendo lo bastante hombre como para que deban tenerte en cuenta. –Røed levantó la voz–. Para que sepan que no pueden echarse atrás cuando un acuerdo está casi cerrado sin sufrir las consecuencias. ¿Comprendes, Hole?

–Es probable que *yo* sí lo entienda –dijo Harry reclinándose en la silla–. Aquí el polígrafo reacciona mejor a respuestas breves como sí o no. Así que permíteme que repita la pregun...

–¡No! La respuesta es no, yo no he encargado ningún... –Røed se echó a reír ante una idea tan absurda–. Asesinato.

–En ese caso, gracias –dijo Harry–. Llegarás a tiempo a tu próxima reunión. ¿Truls?

Truls se puso de pie, rodeó la mesa y le quitó los electrodos a Røed.

–Por cierto, quisiera solicitar una entrevista con tu esposa –dijo Harry mientras Røed se abrochaba la camisa.

–Está bien.

–Me refiero a solicitársela a *ella*. –Harry bajó de un golpe la pantalla del portátil cuando Røed llegó a su altura–. Solo quería informarte al respecto.

–Haz lo que quieras. Pero no hagas que me arrepienta de haberte contratado, Harry.

–Plantéatelo como una visita al dentista –dijo Harry y se puso de pie–. Una vez que has ido, no te arrepientes. –Se acercó al armario y sostuvo la chaqueta mientras Røed se deslizaba en ella.

–Eso... –gruñó Truls cuando cerraron la puerta tras su empleador– depende de lo que te parezca la factura.

16
MARTES. SEAMASTER

—Está allí —dijo la mujer mayor de bata blanca que señalaba hacia el fondo del laboratorio. Harry vio una espalda, también en bata blanca, sentada en un taburete alto e inclinada sobre un microscopio.

Se situó tras ella y carraspeó.

La mujer se giró con gesto impaciente y Harry vio un rostro duro, inescrutable, concentrado en el trabajo. Al ver que era él, se transformó como si de repente hubiera amanecido.

—¡Harry! —Se levantó y se lanzó a abrazarlo.

—Alexandra —dijo algo sorprendido, no había estado muy seguro de qué clase de bienvenida le iba a dar.

—¿Cómo has logrado llegar hasta aquí?

—He venido temprano y Lilly, de recepción, se acuerda de mí, así que ella…

—Bueno, ¿qué te parece? —Alexandra echó la cabeza atrás con gesto orgulloso, incluso se balanceó un poco.

Harry sonrió.

—Sigues teniendo un aspecto fantástico. Como una mezcla de Lamborghi…

—¡No me refiero a mí, bobo! El laboratorio.

—Ajá. Sí, veo que es nuevo.

—¿No es maravilloso? Ahora podemos hacer aquí todo lo que antes teníamos que mandar al extranjero. ADN, química, biología, tenemos tal capacidad que los de criminalística nos mandan los análisis a nosotros cuando están faltos de recursos. También nos permiten utilizar el laboratorio para investigaciones personales. Estoy haciendo la tesis doctoral sobre el análisis de ADN.

—Impresionante —dijo Harry y recorrió con la mirada las bandejas de tubos de ensayo, matraces, pantallas de ordenador, microscopios y máquinas cuya utilidad desconocía.

—¡Helge, ven a saludar a Harry! —gritó Alexandra, y la otra persona de la estancia se giró sobre el taburete, sonrió, saludó con la mano y volvió al microscopio.

—Competimos para ver quién logra antes el doctorado —susurró Alexandra.

—Hum. ¿Estás segura de que tienes tiempo para tomar algo en la cafetería?

Ella lo agarró del brazo.

—Conozco un sitio mejor. Ven.

—Así que Katrine lo sabe —resumió Alexandra—. Y te ha ofrecido la posibilidad de cuidar del chico alguna vez. —Dejó la taza de té vacía sobre la cubierta asfaltada de la azotea, donde habían colocado dos sillas—. Es un punto de partida. ¿Te asusta?

—Estoy muerto de miedo —respondió él—. Además, ahora mismo no tengo tiempo.

—Eso es lo que han dicho todos los padres desde tiempos inmemoriales.

—Sí. Pero tengo que resolver este caso en los próximos siete días.

—¿Røed solo te ha dado siete días? ¿Eso no es pasarse de optimista?

Harry no respondió.

—¿Crees que Katrine quiere que tú y ella…?

—No —dijo Harry con decisión.

—Esa clase de sentimientos nunca se extinguen del todo, ya lo sabes.

—Sí, sí que lo hacen.

Alexandra lo miró sin decir nada, se limitó a apartar un tirabuzón negro que el aire había empujado a su rostro.

—Además —dijo Harry—, sabe qué es lo mejor para ella y el niño.

—¿Por ejemplo?

—Que no merezco la pena.

—¿Quién más sabe que eres el padre?

—Solo tú —dijo Harry—. Katrine no quiere que nadie sepa que Bjørn no es el padre.

—Ningún peligro —dijo Alexandra—. Solo lo sé porque hice el análisis de ADN, así que estoy obligada a preservar la confidencialidad. ¿Tienes un cigarrillo que podamos fumarnos a medias?

—Lo he dejado.

—¿Tú? ¿Es eso cierto?

Harry asintió y miró al cielo. Habían aparecido nubes, con la parte inferior de color azul plomizo, blancas al crecer hacia el firmamento, iluminadas por la luz del sol.

—Y tú estás soltera —dijo Harry—. ¿Te va bien así?

—No —respondió Alexandra—. Supongo que tampoco estaría contenta si tuviera pareja. —Soltó una de sus características carcajadas afónicas. Harry sintió que le provocaba el mismo efecto de siempre. Tal vez fuera cierto. Tal vez esa clase de sentimientos no morían del todo, por muy fugaces que los creyeras.

Harry carraspeó.

—Aquí llega —dijo ella.

—¿Qué?

—El motivo por el que querías tomar este café.

—Puede ser —reconoció Harry, y sacó el envase de plástico que contenía el trozo de papel de cocina—. ¿Puedes analizarme esto?

—*¡Lo sabía!* —resopló ella.

—Hum. Aun así querías tomarte un café conmigo.

—Supongo que tenía la esperanza de estar equivocada, de que te hubieras acordado un poco de mí.

—Entiendo que queda mal decir ahora que he pensado en ti, pero lo he hecho, de verdad.

—Dilo de todas formas.

Harry esbozó una sonrisa.

—Me he acordado de ti.

Ella agarró el envase.

—¿Qué es?

—Moco y saliva. Solo quiero saber si pertenece a la misma persona que lo que encontraron en el pecho de Susanne.

—¿Cómo lo sabes? No, espera, prefiero no saberlo. Puede que desde un punto de vista jurídico sea legal, pero ¿sabes que aun así me traerá problemas si alguien se entera?

—Sí.

—Entonces ¿por qué iba a hacerlo?

—Buena pregunta.

—Sí, te lo voy a decir. Porque me vas a llevar al spa de ese hotel pijo tuyo. ¿Me oyes? Y luego me vas a invitar a una cena de lujo, joder. Y te vas a poner guapo.

Harry se tiró de la solapa del traje.

—¿No te parece que voy arreglado?

—Corbata. Tienes que ponerte corbata también.

Harry se rio.

—Trato hecho.

—Una corbata *bonita*.

—Que un multimillonario como Røed inicie su propia investigación supone contravenir nuestras tradiciones democráticas y el ideal de igualdad —dijo la comisaria Bodil Melling.

—Además, están las desventajas de tipo práctico que genera un tercero interfiriendo en nuestro campo —añadió Ole Winter, que estaba al frente de la sección de investigación de la Policía Judicial—. De hecho, dificulta nuestro trabajo. Soy consciente de que no podéis prohibir la investigación de Røed partiendo de la literalidad de la ley. El ministerio tiene que disponer de recursos para parar esto de alguna manera.

Mikael Bellman estaba de pie junto a la ventana, mirando al

exterior. Tenía un bonito despacho. Grande, nuevo y moderno, muy representativo. Estaba en Nydalen. Lejos de los demás ministerios y la manzana gubernamental en el centro. Nydalen era una especie de parque empresarial en las afueras de la ciudad, si seguías hacia el norte acababas en pleno bosque al cabo de pocos minutos. Esperaba que la nueva sede gubernamental en el centro pronto estuviera acabada, que el Partido Laborista al que pertenecía siguiera en el poder y que él todavía fuera ministro de Justicia. No había indicios que apuntaran en otra dirección, Mikael Bellman gozaba de popularidad. Incluso había quien insinuaba que debería ir situándose, porque de repente podía llegar el día en que el primer ministro decidiera retirarse.

Un periodista había publicado que alguien del Gobierno, por ejemplo Bellman, debería asaltar el despacho del primer ministro. Al día siguiente el líder del ejecutivo había provocado la risa de los presentes al rogar que alguien comprobara el contenido del maletín de Bellman, una alusión al parche que llevaba en el ojo y a su parecido con Claus Stauffenberg, el coronel de la Wehrmacht que intentó atentar contra Hitler con una bomba. El primer ministro no tenía nada que temer. La verdad era que a Mikael no le apetecía ocupar ese puesto. Como ministro de Justicia estaba expuesto, claro, pero estar al frente del Gobierno, ser el *number one*, era otra cosa muy diferente. Un aspecto era la presión a la que se veía sometido, lo que de verdad temía era estar bajo los focos. Demasiadas piedras volteadas, el pasado revelado, ni siquiera él estaba seguro de qué podrían encontrar.

Se giró hacia Melling y Winter. Varios niveles jerárquicos se interponían entre él y ellos, pero habrían supuesto que podían presentarse directamente ante Bellman. Que por su pasado como investigador de la policía de Oslo era uno de ellos.

—Como miembro del Partido Laborista apoyo sin fisuras el ideal de igualdad —dijo Bellman—, y el Ministerio de Justicia desea que la policía tenga las mejores condiciones laborales. No estoy tan seguro de que los… —Buscó un término menos revelador que «votantes»—. No estoy tan seguro de que la mayoría de los noruegos comprenda que interfiramos con uno de los pocos investigadores famosos que hay en el país. En especial cuando desea trabajar en un caso en el que aún no habéis obtenido resultado alguno. Y sí, Winter, tienes razón. No hay ninguna ley que impida trabajar a Røed y a Hole. Podéis tener la esperanza de que Hole, tarde o temprano, haga lo que siempre hacía en mis tiempos.

Contempló los rostros interrogantes de Melling y Winter.

—Incumplir las normas del juego —aclaró Bellman—. Solo hay que seguirlo de cerca y estoy bastante seguro de que lo hará. Cuando sea así, mandadme un informe y yo mismo lo neutralizaré. —Miró su reloj de pulsera Omega Seamaster. No porque tuviera otra reunión, sino para dejar claro que aquella se había acabado—. ¿Os parece bien?

Al salir le dieron la mano como si fueran ellos los que se hubieran salido con la suya, y no al contrario. Era un don que Mikael poseía. Sonrió y sostuvo la mirada de Bodil Melling medio segundo más de lo necesario. No porque estuviera interesado, era casi más por la costumbre. Y se dio cuenta de que por fin ella parecía tener algo de color en las mejillas.

17

MARTES. EL SEGMENTO MÁS INTERESANTE DE LA HUMANIDAD

—De niños, entre los dos y los cinco años, aprendemos a mentir, y en la edad adulta somos expertos —dijo Aune y enderezó la almohada—. Créeme.

Harry vio que Øystein se reía y Truls miraba desconcertado. Aune prosiguió:

—El psicólogo Richard Wiseman opina que la mayoría de nosotros contamos una o dos mentiras al día. Mentiras de verdad, no solo mentirijillas del tipo qué-bien-te-sienta-ese-peinado. ¿Qué probabilidades hay de que nos descubran? Bueno, Freud afirmaba que ningún mortal es capaz de guardar un secreto, que si los labios están sellados hablarán las yemas de los dedos. Se equivocaba. O, mejor dicho, el receptor es incapaz de clasificar las maneras en que un mentiroso se traiciona, porque cambian de persona a persona. Por eso era necesario disponer de un detector de mentiras. En China, hace tres mil años, tenían uno. Al presunto delincuente le llenaban la boca de arroz y le preguntaban si era culpable. Si negaba con la cabeza, le pedían que escupiera los granos de arroz, y si quedaban granos pegados al interior de la boca razonaban que la tenía seca porque estaba nervioso, y era culpable. Inservible, claro, porque uno puede ponerse nervioso por miedo a ponerse nervioso. Inútil resultó también el polígrafo que John Larson inventó en 1921 y que, en principio, es el mismo detector de mentiras que utilizamos hoy en día, a pesar de que todo el mundo sabe que es una basura. El mismo Larson acabó arrepintiéndose de su invento y lo llamó su «monstruo Frankenstein». Porque está *vivo*... −Aune alzó las manos y arañó el aire con los dedos−. Sigue vivo solo porque mucha gente *cree* que funciona. Porque el miedo al detector de mentiras en ocasiones provoca una confesión, cierta o no. En Detroit, un policía cogió a un sospechoso, lo convenció de que una fotocopiadora era un detector de mentiras, le hizo poner la mano encima y le formuló preguntas mientras la máquina escupía fotocopias que decían HE IS LYING. El hombre se asustó tanto que lo confesó todo.

Truls rio entre gruñidos.

−Solo los dioses saben si era culpable −dijo Aune−. Por eso prefiero el que se utilizaba en India en la Antigüedad.

Se abrió la puerta y Sethi y su cama entraron empujados por dos enfermeras.

−Escucha, Jibran, a ti también te va a gustar oír esto −dijo Aune.

Harry no pudo reprimir una sonrisa, el conferenciante Aune, uno de los más populares de la Academia Superior de Policía, había entrado en acción.

−Soltaban a los sospechosos de uno en uno en una estancia en la que la oscuridad era total y se les ordenaba que buscaran a tientas una mula y le tiraran de la cola. Si habían mentido en el interrogatorio, la mula rebuznaría, mugiría o lo que sea que hagan las mulas. Porque era una mula sagrada, eso les había explicado el sacerdote. Lo que no les había dicho era que la cola estaba impregnada de hollín. Así, cuando los sospechosos salían y decían que sí, que le habían tirado de la cola, solo había que mirarles las manos. Si estaban limpias, es que la persona tenía miedo de que la mula desvelara que había mentido y lo mandaban a la horca o a lo que fuera que utilizaran en India en aquellos tiempos.

Aune miró de reojo a Jibran, que había sacado un libro, pero que asintió de forma casi imperceptible.

–Y si tenían hollín en las manos –dijo Øystein–, solo significaba que el individuo no era un completo imbécil.

Truls gruñó y se golpeó los muslos.

–La pregunta –dijo Aune– es si Røed salió de allí con las manos manchadas de hollín o no.

–Bueno –dijo Harry–. Supongo que lo que hicimos fue una mezcla entre el viejo truco de la fotocopiadora y la mula sagrada. Estoy bastante seguro de que Røed creía que esto era un detector de mentiras… –Señaló la mesa donde estaban el ordenador de Truls y los cables y electrodos que les habían prestado en la tercera planta, donde los empleaban para hacer electrocardiogramas–. Así que creo que tuvo cuidado de no mentir. Diría que superó la prueba de la mula. Se presentó e hizo una prueba que él creía que era real. Eso indicaría que no tiene nada que ocultar.

–O sabe cómo engañar a un detector de mentiras –dijo Øystein– y quiso utilizarlo para despistarnos.

–Hum. No creo que Røed intentara engañarnos. No le apetecía que Truls estuviera en el equipo. Es comprensible, puesto que si se supiera, el proyecto perdería toda credibilidad. Solo cedió cuando estuvo convencido de la importancia de que tuviéramos acceso a los informes policiales. Sí, quiere nombres que hagan que su investigación parezca seria sobre el papel y en un comunicado de prensa. Para él es aún más importante descubrir la verdad.

–¿Eso crees? –dijo Øystein–. En ese caso ¿por qué se niega a darle a la policía una muestra de ADN?

–No lo sé –dijo Harry–. Mientras no haya una sospecha justificada la policía no puede obligar a nadie a hacerse una prueba de ADN, y Krohn dice que, si hacen la prueba de manera voluntaria, estarían admitiendo que la sospecha es fundada. En cualquier caso, Alexandra ha prometido darme una respuesta a lo largo del día.

–¿Estás seguro de que el perfil no coincidirá con el de la saliva que encontraron en el cuerpo de Susanne? –preguntó Aune.

—Nunca estoy seguro de nada, Ståle, pero borré a Røed de mi lista de sospechosos hoy, cuando llamó a la puerta de mi habitación de hotel.

—¿Entonces para qué quieres la prueba de ADN?

—Para estar seguro del todo. Y tener algo que podamos darle a la policía.

—¿Para que no lo arresten? —preguntó Truls.

—Para tener información que ofrecerles, así tal vez ellos nos entreguen algo a cambio. Algo que no figure en los informes.

Øystein chasqueó la lengua bien alto.

—Qué listo, amigo.

—Con Røed fuera de juego y un cerebro desaparecido, ¿sigues opinando que el asesino tiene relación con las víctimas y un motivo que tiene que ver con esa conexión? —preguntó Aune.

Harry negó con la cabeza.

—Vale —dijo Aune y se frotó las manos—. En ese caso por fin podemos empezar a hablar de psicópatas, sádicos, narcisistas y sociópatas. En definitiva, el segmento más interesante de la humanidad.

—No —contradijo Harry.

—Vale —lamentó Aune con gesto ofendido—. ¿No crees que es ahí donde se encuentra el asesino?

—No creo que vayamos a encontrarlo ahí. Vamos a buscar donde *nosotros* tenemos más probabilidades de encontrarlo.

—¿Que resulta ser un lugar en el que creemos que está?

—Exacto.

Los otros tres miraron a Harry desconcertados.

—Es pura estadística —dijo Harry—. Los asesinos en serie eligen a sus víctimas de manera casual y esconden su rastro. La probabilidad de dar con ellos en el plazo de un año es de menos de un diez por ciento, incluso para el FBI. ¿Para nosotros cuatro y con los recursos de los que disponemos? Digamos que un dos por ciento, para ser optimistas. Por el contrario, si el asesino está entre los contactos de las víctimas y hay un motivo comprensible, la probabilidad es del setenta y cinco por ciento. Digamos que la probabilidad de que el asesino esté dentro de la categoría en la que Ståle propone que busquemos es de un ochenta por ciento, supongamos que es un asesino en serie. Si nos centramos en esa categoría y descartamos la gente del entorno, entonces nuestra probabilidad de éxito es del…

–Uno coma seis por ciento –dijo Øystein–. Y la probabilidad de que tengamos éxito si nos concentramos en la gente que la víctima conoce es del quince por ciento.

Los otros se giraron sorprendidos hacia Øystein, que les mostró una amplia sonrisa marrón.

–En mi línea de negocio tienes que espabilarte con el cálculo mental, ¿no?

–Perdonadme –dijo Aune–. Oigo las cifras, pero de verdad que van contra mi instinto. –Notó la mirada de Øystein–. Es decir, en contra del sentido común. Me refiero a buscar donde creemos que *no* lo vamos a encontrar.

–Bienvenido al mundo de la investigación policial –ironizó Harry–. Es mejor que pienses de este modo: si nosotros cuatro damos con el culpable… fantástico, bingo. Si no, habremos hecho lo que los investigadores hacen casi todos los días, habremos contribuido al conjunto de la investigación descartando posibles culpables.

–No te creo –dijo Aune–. Lo que dices es racional, *tú* no lo eres tanto, Harry. No eres de los que trabajan en función de porcentajes. Sí, tu lado más profesional ve que todos los indicios apuntan a que se trata de un asesino en serie. Así que *opinas* que es un asesino en serie, pero *crees* otra cosa. Porque te lo dice tu intuición. Por eso haces esa cuenta, quieres convencerte tú y convencernos a nosotros de que lo correcto es seguir la intuición de Harry Hole, ¿acierto?

Harry miró a Aune. Asintió.

–Mi madre entendía que Dios no existe –dijo Øystein–. Pero era católica, ahí lo tienes. ¿A quién se supone que debemos descartar del caso?

—Helene Røed —respondió Harry—. Y el tipo que vendió droga en la fiesta.

—Entiendo lo de Helene —aceptó Aune—. ¿Por qué el camello?

—Porque es uno de los pocos asistentes a la fiesta que no ha sido identificado. Y porque se presentó con mascarilla y gafas de sol.

—¿Y qué? A lo mejor no está vacunado. O padece misofobia. Perdón, Øystein, miedo a las bacterias.

—A lo mejor estaba enfermo y no quería contagiar a la gente —dijo Truls—. Lo hizo de todos modos. Por lo menos los informes decían que Susanne y Bertine tuvieron fiebre un par de días después de la fiesta y se encontraban mal.

—Estamos pasando por alto la razón más evidente —dijo Aune—. Alguien que vende droga hace algo de lo más ilegal, así que no resulta llamativo que se enmascare.

—Øystein, explícalo —pidió Harry.

—Vale. Si vendes… digamos cocaína, no te preocupa tanto que te reconozcan. La policía conoce a la mayoría de los que venden en la calle y no les preocupan. Quieren a los traficantes. Y en *el caso* de que la policía te coja, es en el momento de la venta, y ahí no hay máscara que valga. Así que pasa lo contrario, si vas a vender en la calle, quieres que los clientes reconozcan tu jeta y recuerden que les vendiste mierda de la buena la vez anterior. Y si suministras a domicilio, como parece que hace este, es todavía más importante que el cliente te vea y confíe en tu cara de tipo honesto.

Truls resopló entre risas.

—¿Crees que podrías descubrir quién era el tipo de la fiesta? —preguntó Harry.

Øystein se encogió de hombros.

—Puedo intentarlo. No hay muchos noruegos en el sector de entrega a domicilio.

—Bien. —Harry hizo una pausa, cerró los ojos y volvió a abrirlos como si siguiera un guion del que en su mente acababa de pasar una página—. Puesto que vamos a ceñirnos a la hipótesis de que el asesino conocía al menos a una de las víctimas, veamos los aspectos que la apoyan. Susanne Andersen cruza la ciudad desde el animado centro oeste hasta un lugar donde todos los indicios apuntan a que no conocía a nadie, donde, que se sepa, no había estado antes y donde no pasa gran cosa un martes por la noche...

—No pasa una mierda nunca —puntualizó Øystein—. Me crie ahí cerca.

—¿Qué ha ido a hacer allí?

—No hay mucho que preguntarse —dijo Øystein—. Va a encontrarse con el tipo que la liquidó.

—OK, entonces trabajaremos partiendo de esa premisa —informó Harry.

—Guay —dijo Øystein—. Los mejores expertos del país están de acuerdo conmigo.

Harry esbozó una sonrisa y se pasó la mano por la nuca. Pronto iba a necesitar la copa que le quedaba por tomarse hoy, las otras dos las había consumido al regresar del Anatómico Forense, cuando Øystein y él hicieron una parada para repostar en el bar Schrøder.

—Ya que estoy en ello —continuó Øystein—, me pregunto lo siguiente. El tipo se lleva a Susanne a Østmarka y le ha ido bien, ¿cierto? El crimen perfecto, vaya. Joder, ¿no es rarísimo que arrastre a Bertine a Grefsenkollen? *Never change a winning team*, ¿eso no se aplica también a los asesinos?

—Vale para los asesinos en serie —dijo Aune—. Salvo que repetir el *modus operandi* implique mayor riesgo de ser descubierto. Ya habían denunciado la desaparición de Susanne por la zona de Skullerud y había policía y patrullas buscando por allí.

—Sí, se fueron a casa en cuanto se hizo de noche —intervino Øystein—. Nadie tenía ni idea de que fuera a desaparecer una chica más. No, el tipo no se habría arriesgado mucho llevándola a Skullerud. Está claro que estaba familiarizado con la zona.

—Bueno —dijo Aune—. ¿Tal vez sea tan sencillo como que Bertine había aceptado dar un paseo con él, pero insistió en ir a Grefsenkollen?

—Hay más distancia desde su casa a Grefsenkollen que a Sku-llerud, y en los informes figura que ninguno de los que han habla-do con la policía tiene noticia de que Bertine haya ido nunca a Grefsenkollen.

—A lo mejor había *oído* hablar bien de Grefsenkollen –propuso Aune–. Por lo menos allí hay vistas. Al contrario de Østmarka, donde solo hay bosques y pequeñas colinas.

Øystein asintió pensativo.

—Vale, pero hay una cosa que no entiendo.

Se dirigió a Aune, puesto que Harry parecía haber desconecta-do y se había llevado la mano a la frente mientras clavaba la mirada en la pared.

—Bertine tampoco puede haberse alejado tanto del coche, ¿no? Ya llevan más de dos semanas buscándola, no entiendo por qué los perros no dan con ella. Sabéis lo bien que huelen los perros, ¿ver-dad? A ver, quiero decir, ¿el buen olfato que tienen? En uno de los informes de Truls hay un aviso de un granjero de Wenggård, en Østmarka. Llamó hace una semana porque su viejo bulldog inváli-do ladraba desde el salón como solo suele hacerlo cuando hay un cadáver cerca. Conozco Østmarka, y esa granja está a seis kilóme-tros de donde encontraron a Susanne Andersen, joder. Si un perro puede oler un cadáver a más de cinco kilómetros de distancia, ¿por qué no encuentran a Bertine...?

—No puede.

Los cuatro se giraron hacia la voz.

Jibran Sethi bajó el libro.

—Si fuera un sabueso o un pastor alemán, sí. Un bulldog tiene muy mal olfato para ser un perro. De hecho, ocupan el último lu-gar de la lista. Eso pasa cuando criamos a un animal para que pelee con toros y no para cazar, que era lo que la naturaleza pretendía. —El veterinario levantó el libro otra vez–. Es una perversión, pero así seguimos.

—Gracias, Jibran –dijo Aune.

El veterinario asintió con un breve movimiento de cabeza.

—Puede que haya enterrado a Bertine —sugirió Truls.

—O la ha tirado a una de las lagunas de ahí arriba —dijo Øystein.

Harry se quedó mirando al veterinario mientras las voces de los otros tres parecían perder intensidad. Sintió que se le erizaba el cabello de la nuca.

—¡Harry!

—¿Qué?

Era Aune quien hablaba.

—Te hemos preguntado qué opinas tú.

—Creo... ¿tienes el número de teléfono del agricultor que llamó para dar esa información, Øystein?

—No. Pero con su nombre y Wenggård lo encontraremos.

—Gabriel Weng.

—Buenas tardes, Weng. Aquí Hansen, del distrito policial de Oslo. Solo quiero hacerte una pregunta rápida sobre la pista que nos proporcionaste la semana pasada. Dijiste que tu perro ladraba, ¿pensabas que podía haber un cadáver por la zona?

—Sí, a veces quedan animales muertos pudriéndose ahí en el bosque. Había leído sobre la chica desaparecida y Skullerud no queda lejos, así que cuando el perro empezó con ese ladrido y esos aullidos tan característicos, os llamé. No supe nada más de vosotros.

—Lo lamento, lleva tiempo atender todas las llamadas que recibimos en un caso como este.

—Bueno, bueno, encontrasteis a la pobre chica.

—Lo que me pregunto —dijo Harry— es si tu perro sigue ladrando del mismo modo.

No hubo respuesta, pero oyó respirar al granjero.

—¿Weng? —dijo Harry.

—¿Dijiste que te llamabas Hansen?

—Así es. Hans Hansen. Agente.

Nuevo silencio.

—Sí.

—¿Sí?

—Sí, sigue ladrando así.

—Gracias, Weng.

Sung-min Larsen observaba a Kasparov, que se había acercado a la pared y levantaba una pata trasera. Sung-min ya tenía la bolsa preparada en la mano, para que los transeúntes dedujeran que no tenía ninguna intención de dejar la caca del perro tirada entre las caras residencias de la calle Nobels.

Pensaba. No tanto en que se hubieran llevado el cerebro como en el hecho de que hubieran vuelto a coser el cuero cabelludo. ¿Qué significado tenía que quien se había llevado el cerebro quisiera ocultarlo? Los que iban en busca de trofeos no solían preocuparse por esas cosas. Y el asesino tenía que saber que lo descubrirían, así que ¿por qué se había tomado esa molestia? ¿Era para dejarlo todo recogido? ¿Era un asesino detallista? No era un pensamiento tan improbable como podía parecer, el resto de la escena del crimen estaba limpio del tipo de huellas que era habitual encontrar. Salvo por la saliva en el pecho de Susanne. Ese era un error del asesino. Cierto que había miembros del grupo de investigación que opinaban que la saliva debía tener otro origen, puesto que Susanne iba vestida de cintura para arriba cuando la encontraron. Si el autor era lo bastante responsable como para coserle la cabellera, ¿por qué no iba a vestir el cadáver?

Sonó el teléfono. Sung-min miró sorprendido la pantalla antes de responder a la llamada.

—¿Harry Hole? Ha pasado mucho tiempo.

—Sí, el tiempo pasa.

—He leído en el diario *VG* que estamos trabajando en el mismo caso.

—Sí. He intentado llamar a Katrine un par de veces, tiene el teléfono apagado.

—A lo mejor es la hora de acostar al niño.

—Puede ser. Pero hay una pista que considero que deberíais tenerlo antes posible.

—¿Sí?

—Acabo de hablar con un granjero que vive en pleno bosque y dice que su bulldog huele un despojo por la zona. O un cadáver.

—¿Un bulldog? En ese caso no puede estar muy lejos, los bulldogs tienen...

—Poco olfato, ya me he enterado.

—Sí. No es raro que aparezcan despojos de animales en el bosque, así que entiendo que me llamas porque está cerca de Grefsenkollen.

—No. En Østmarka. A seis o siete kilómetros de distancia de donde apareció Susanne. No tiene por qué significar nada, claro. Como bien dices, hay grandes mamíferos que mueren en el bosque. Quería avisar. Quiero decir, ya que no encontráis a Bertine en Grefsenkollen...

—Vale, vale —dijo Sung-min—. Daré aviso. Gracias por la pista, Harry.

—Faltaría más. Te paso también el teléfono del granjero.

Sung-min colgó y se preguntó si había logrado dar la sensación de tranquilidad que pretendía transmitir. Su corazón latía desbocado, y sus pensamientos y conclusiones, que evidentemente habían estado agazapados sin ocasión de manifestarse hasta ahora, recorrían su mente como un alud. ¿Podría el asesino haber matado a Bertine en un terreno que le era familiar, en la misma zona que a Susanne? Por supuesto que esa posibilidad se le había pasado por la cabeza, pero para preguntarse por qué *no* lo había hecho. La respuesta era evidente. Todo indicaba que el asesino había quedado con las chicas. ¿Por qué iban, si no, a ir completamente solas a un lugar en el que no habían estado nunca? Y puesto que los medios publicaban página tras página sobre la chica desaparecida en Skullerud, el asesino había invitado a Bertine a la otra punta de la ciudad, para que no lo asociara.

Lo que Sung-min *no* había pensado, al menos no había llevado la idea hasta sus últimas consecuencias, era que el asesino podría haber acordado con Bertine que se encontrarían en Grefsenkollen, y luego haber ido en el coche de él a Skullerud. Antes de marcharse, tendría que haberla convencido u obligado para que dejara el teléfono móvil en el coche en Grefsenkollen. A lo mejor se lo había vendido como algo romántico, del estilo quedémonos-solos-sin-que-nadie-nos-pueda-molestar. Intuyó que ese podría ser el caso. Miró el reloj, eran las nueve y media. Tendría que esperar a mañana. ¿O no? Sí, al fin y al cabo no era más que una pista, y el que salía disparado detrás de cada nuevo indicio en un caso de asesinato acababa exhausto. No era solo su propia intuición la que le llevaba a pensar que eran demasiadas las piezas que encajaban, el mismísimo Harry Hole le había llamado porque pensaba eso mismo. Sí, Harry había pensado exactamente lo mismo que él.

Sung-min miró a Kasparov. Se había hecho cargo del perro policía jubilado porque sobrevivió a su anterior propietario. Desde hacía dos años tenía problemas con las caderas y no le gustaba andar mucho ni caminar en cuestas. A diferencia de un bulldog, el labrador retriever tenía uno de los olfatos más agudos entre los canes.

El teléfono vibró. Miró la pantalla. Un número de teléfono y el nombre Weng. Las nueve y media. Si cogían el coche podrían llegar en media hora.

—¡Vamos, Kasparov! —Sung-min tiró de la correa del perro; tenía las palmas de las manos sudadas por efecto de la adrenalina.

—¡Eh! —resonó una voz desde una terraza sin luz, rebotando entre las elegantes fachadas—. ¡En este país recogemos nuestra mierda!

18
MARTES. PARÁSITO

—Parásitos —dijo Prim, y se llevó el tenedor a la boca—. Lo que nos mata y lo que nos da la vida.

Masticó. La comida tenía una consistencia esponjosa y poco sabor, a pesar de todas las especias. Levantó la copa de vino tinto hacia su invitada antes de tragarse el bocado con dificultad. Puso la palma de la mano sobre el pecho y esperó a que la comida descendiera antes de proseguir.

—Todos somos parásitos. Tú. Yo. Los de ahí fuera. Sin anfitriones como nosotros los parásitos morirían, pero sin los parásitos nosotros también moriríamos. Porque hay parásitos buenos y malos. Los buenos proceden, por ejemplo, del moscardón, que vomita sus huevos en el cadáver de manera que las larvas se lo comen en un momento. —Haciendo una mueca, Prim cortó otro pedazo y masticó—. Si no lo hicieran, estaríamos literalmente invadidos por cadáveres y despojos. ¡No es una broma! Es una cuenta muy sencilla. Si no fuera por los moscardones moriríamos en pocos meses por la emisión de gases venenosos de los cadáveres. Luego están esos interesantes parásitos que no hacen ni bien ni mal. Ahí tienes por ejemplo a *Cymothoa exigua*. El parásito marino que se hace pasar por la lengua del pez.

Prim se puso de pie y se acercó al acuario.

—Es un parásito tan interesante que le eché unos pocos aquí a Boss. Lo que ocurre es que se adhiere a la lengua del pez y sorbe su sangre hasta que la lengua acaba por corroerse y desprenderse. Se pega al muñón de la lengua, chupa más sangre, crece y se convierte en una nueva lengua.

Prim lanzó la mano al agua y atrapó al pez. Se lo llevó a la mesa, apretó la boca de forma que tuviera que abrirla y se lo puso a ella delante de la cara.

—¿Lo ves? ¿Ves al piojo? ¿Ves que tiene ojos y una boca propia? ¿Sí?

Se dio prisa en volver a soltar el pez en el acuario.

—El piojo, que es como llamo a Lisa, funciona a la perfección como lengua, así que Boss no tiene por qué darnos *tanta* pena. La vida sigue, ¿no?, y está acompañado. Es peor verte expuesto a los parásitos malos. De los que esta está repleta…

Señaló la gran babosa rosa que había colocado entre ellos en la mesa del comedor.

—El perro y yo vivimos solos —dijo Weng y se levantó la cinturilla del pantalón vaquero por debajo de la barriga.

Sung-min miró al bulldog que ocupaba una cesta en un rincón de la cocina. Solo movió la cabeza, y el único sonido que produjo fue el de una respiración ajetreada.

—Me hice cargo de la granja hace un par de años, cuando murió mi padre, pero mi mujer se negó a vivir aquí en medio del bosque y sigue en la torre de pisos de Manglerud.

Sung-min señaló el perro con un movimiento de cabeza.

—¿Hembra?

—Sí. Le da por atacar a los coches, a lo mejor cree que son toros. El caso es que se enganchó a uno y se rompió la columna. Pero sigue avisando cuando se acerca alguien.

—Sí, lo hemos oído. Y también cuando huele animales muertos, por lo que tengo entendido.

—Sí, se lo dije a Hansen.

—¿Hansen?

—El agente que llamó.

—Hansen, sí. Ahora no está ladrando.

—No, solo cuando el viento sopla del sureste y lo huele —Weng señaló hacia la oscuridad de la noche.

—¿Te importaría que mi perro y yo hiciéramos una búsqueda?

—¿Has traído un perro?

—Está en el coche. Es un labrador.

—Adelante.

—El caso es —dijo Prim y esperó a estar seguro de que ella le prestaba toda su atención— que esa babosa es inocente, ¿no? Incluso hermosa. Ese color hace que te entren ganas de chuparla. Parece una chuchería. Te lo desaconsejo. Tanto la babosa como el rastro que deja están repletos de lombrices pulmonares de rata, así que no vamos a usarla como aderezo. —Prim soltó una carcajada.

Ella no se rio, como venía siendo habitual, se limitó a sonreír.

—En cuanto tienes la lombriz en el cuerpo, empieza a seguir el torrente sanguíneo. ¿Adónde va? —Prim se golpeó la frente con el dedo índice—. Aquí, al cerebro. Le encanta el cerebro. Sí, comprendo que el cerebro es nutritivo y un buen lugar para incubar huevos. El cerebro no está especialmente *rico*. —Miró al plato y saboreó disgustado—. ¿O qué te ha parecido a ti?

Kasparov tiraba con fuerza de la correa. Ya no había sendero. Unas horas antes se había empezado a nublar y ahora la única luz era la de la linterna de Sung-min. Se detuvo ante una pared de troncos de árboles con ramas bajas que lo obligaron a agacharse. Había perdido la noción de dónde se encontraban y de cuánto habían caminado. Oyó a Kasparov resoplando bajo la capa de helechos, no lo veía y tenía la sensación de que una fuerza invisible lo arrastraba a una oscuridad aún más densa. Esto podía esperar. Podía. ¿Por qué lo hacía? ¿Porque quería para sí el honor de haber encontrado a Bertine? No. No era tan banal. Era lo de siempre: cuando se preguntaba algo, *necesitaba* obtener respuesta inmediata, resultaba insoportable tener que esperar.

Ahora se arrepentía. No solo se arriesgaba a contaminar la escena si se tropezaba con un cadáver, es que tenía miedo. Sí, podía reconocerlo. Ahora mismo era el niño pequeño con miedo a la oscuridad que había llegado a Noruega sin saber qué era lo que lo asustaba, que tenía la sensación de que los demás —sus padres adoptivos, los profesores, los niños de la calle—, *ellos*, lo sabían. Sabían algo que él desconocía de sí mismo, de su pasado, de lo que había ocurrido. Nunca descubrió qué era, en el caso de que fuera algo.

Sus padres adoptivos no escondían ningún relato sobre sus padres biológicos ni sobre el proceso de adopción. Desde ese día estaba obsesionado con saber. Saberlo todo. Algo que *ellos*, los demás, no supieran.

La correa se aflojó. Kasparov se había detenido.

Sung-min sintió que le latía el corazón, apuntó con la linterna al suelo y apartó las ramas de helecho.

Kasparov tenía el hocico pegado al suelo y la luz encontró lo que estaba oliendo.

Sung-min se puso en cuclillas y lo recogió. Al principio creyó que era una bolsa de patatas fritas vacía, luego la reconoció y comprendió por qué Kasparov se había parado. Era una bolsa de Hillman Pets, un polvo antiparasitario que Sung-min había comprado en una tienda de animales cuando Kasparov era un cachorro y tuvo lombrices. El polvo tenía un sabor que gustaba tanto a los perros que, en cuanto Kasparov veía la bolsa, movía el rabo con tal intensidad que parecía que fuera a despegar. Sung-min recogió la bolsa y la arrugó para metérsela en el bolsillo.

—¿Nos vamos a casa, Kasparov? ¿A cenar?

Kasparov levantó la vista y miró a su amo como si pensara que estaba loco. Se dio la vuelta, Sung-min sintió un fuerte tirón y supo que no había alternativa, se adentrarían más en el lugar al que ya no quería ir.

—Lo más asombroso es que cuando uno de estos parásitos llega a tu cerebro empieza a hacerse con el control —dijo Prim—. Dirige tus pensamientos. Tus deseos. Y lo que te ordena el parásito es que sigas haciendo lo necesario para que pueda culminar su ciclo vital. Te transformas en un soldado obediente, te enfrentas a la muerte si fuera preciso. –Suspiró–. Me temo que muchas veces es lo que hace falta. –Enarcó las cejas–. Ah, ¿te suena a historia de terror, a ciencia ficción? Debes saber que algunos de estos parásitos ni siquiera son raros. La mayoría de los infectados viven y mueren sin conocer la presencia del parásito, como le ocurre a Boss con Lisa, supongo. Creemos que nos esforzamos, trabajamos y damos nuestras vidas por la familia, la patria, nuestra propia reputación. En realidad lo hacemos por el parásito, el chupóptero que decide desde el comando central de nuestro cerebro.

Prim rellenó las copas con más vino tinto.

–Mi padrastro acusaba a mi madre de ser uno de esos parásitos. Decía que había empezado a rechazar papeles porque él tenía dinero y podía quedarse en casa bebiéndoselo. No era el caso, por supuesto. Para empezar, no rechazaba papeles, dejaron de ofrecérselos porque estaba en casa bebiendo y había empezado a olvidar sus frases. Mi padrastro era un hombre muy rico, ella nunca hubiera podido arruinarlo bebiendo, por decirlo con prudencia. Además, el parásito era él. Era él quien ocupaba el cerebro de mi madre y hacía que viera las cosas como él quería. Por eso no vio lo que hacía conmigo. Yo no era más que un niño y creía que un padre tenía derecho, podía exigirle esa clase de cosas a su hijo. No, no creía que todos los niños de seis años estuvieran obligados a acostarse desnudos con su padre y proporcionarle satisfacción, ni que los amenazaran con matar a su madre si decía una palabra sobre lo que hacían. Pero tenía miedo. No *dije* nada, intenté mostrarle a mi madre lo que estaba pasando. Siempre me habían acosado en el colegio por mi dentadura y… sí, supongo que por cómo es una víctima de abusos. Me llamaban Rata. Empecé a mentir y a robar. Faltaba al colegio, me escapaba de casa y cobraba por hacer pajas a hombres en baños públicos. A uno lo atraqué. En definitiva, mi padrastro estaba en mi cerebro y en el de mi madre y nos destrozó pedazo a pedazo. Por cierto...

Prim ensartó el último bocado del plato. Suspiró.

—Eso se ha acabado, Bertine. —Hizo girar el tenedor mientras observaba la carne de color rosa pálido—. Ahora soy yo quien ocupa el cerebro y manda desde ahí.

Sung-min tenía que correr para seguir a Kasparov, que tiraba con mayor fuerza. El perro soltó una especie de carraspeo, como si intentara librarse de algo que tuviera en la garganta.

Sung-min hizo algo que había aprendido como investigador. Cuando estaba casi seguro de algo, ponía a prueba su conclusión intentando darle la vuelta. ¿Podía algo que había dado por imposible ser posible a pesar de todo? Por ejemplo, ¿podía Bertine Bertilsen estar viva? Podría haberse largado, encontrarse en el extranjero. Podrían haberla secuestrado y estar encerrada en un sótano, o en un apartamento en algún lugar, puede que ahora mismo estuviera junto al secuestrador.

De repente, se vio en un claro del bosque. La luz de la linterna brilló sobre la superficie del agua. Estaban junto a una pequeña laguna. Kasparov tiraba de Sung-min para acercarse al agua. La luz pasó trémula sobre un abedul que se inclinaba hasta tocar la superficie y Sung-min vio de pasada algo que parecía una rama gruesa que llegaba hasta el agua, como si el árbol estuviera bebiendo. Enfocó la rama con la linterna. Resultó no ser una rama.

—¡No! —gritó Sung-min y apartó a Kasparov de un tirón.

El eco del grito retumbó desde el otro lado de la laguna.

Era un cadáver.

Colgaba, doblado por la cadera, de la rama más baja del abedul.

Los pies descalzos casi rozaban la superficie. La mujer —vio al instante que era una mujer— estaba desnuda de cintura para abajo, del mismo modo que Susanne. El estómago también estaba al descubierto, porque el vestido había resbalado hasta la altura del sujetador y se descolgaba hacia el agua cubriendo la cabeza, los hombros y los brazos. Solo se veían las muñecas que asomaban bajo el dobladillo, los dedos metidos en el agua. El primer pensamiento de Sung-min fue para desear que no hubiera peces en la laguna.

Kasparov estaba quieto. Sung-min le dio unas palmaditas en la cabeza.

—Buen perro.

Cogió el teléfono. Si en la granja la cobertura ya era escasa, aquí marcaba una sola raya. El GPS funcionaba, y mientras registraba su localización, también se dio cuenta de que había invertido la respiración, que inhalaba por la boca. El olor no era muy intenso, pero tras un par de experiencias poco agradables, su cerebro había adoptado esa costumbre cuando se encontraba en el escenario de un asesinato. Su mente también había concluido que, para determinar si se trataba de Bertine Bertilsen, tendría que dejar la linterna en el suelo, agarrarse con una mano al tronco e inclinarse sobre el agua para levantar el borde del vestido y verle el rostro. El inconveniente era que, al hacerlo, podría poner la mano en el mismo lugar en que lo hubiera hecho el asesino y así estropear huellas dactilares.

Se acordó del tatuaje. El logo de Louis Vuitton. Enfocó la linterna a los tobillos, tan blancos bajo la luz intensa, como si fueran de nieve. No vio ningún logo de Louis Vuitton. ¿Qué quería decir eso?

Un búho, al menos eso creyó que era, ululó en algún lugar. No podía ver el exterior del tobillo izquierdo, puede que fuera allí donde estuviera el tatuaje. Se desplazó por la orilla hasta tener ángulo y apuntó la luz hacia ella.

Allí estaba. Negro sobre blanco nieve. Una L encima de una V. Era ella. Tenía que ser ella.

Sacó el teléfono de nuevo y llamó a Katrine Bratt. Seguía sin contestar. Era extraño. Podía haber elegido no responder a la llamada de Harry Hole, pero cuando estás al frente de una investigación, es una norma no escrita que debes estar siempre disponible para tus colegas.

—Comprenderás, Bertine, que tengo una importante misión que cumplir.

Prim se inclinó sobre la mesa y puso la mano en su mejilla.

—Solo lamento que tú pasaras a formar parte de esa misión y tener que dejarte ahora. Que esta sea nuestra última velada juntos. Porque, aunque sé que me deseas, no es a ti a quien amo. Ya está, queda dicho. Di que me perdonas. ¿No? Sí, por favor, bonita. —Prim rio bajito—. Puedes resistirte, Bertine Bertilsen, pero tú sabes que yo sé que puedo ponerte cachonda cuando quiera solo con rozarte.

Lo hizo, ella no pudo evitarlo. Y por supuesto que se encendió para él. Por última vez, pensó, y levantó la copa en un brindis de despedida.

Sung-min había localizado al grupo de especialistas en escenarios de crímenes. Estaban en camino. Solo quedaba sentarse en el tocón de un árbol a esperar. Le picaban la cara y la nuca. Mosquitos, no moscas negras. Mosquitos pequeños que chupaban la sangre incluso a insectos de mayor tamaño. Había apagado la linterna para no gastar la batería y solo intuía el contorno del cadáver.

Era ella. Por supuesto que era ella.

Aun así…

Miró el reloj, ya estaba impaciente. ¿Dónde estaba Katrine? ¿Por qué no le devolvía la llamada?

Sung-min encontró una rama cortada, larga y delgada. Encendió la linterna y la colocó en el suelo, se acercó a la orilla y utilizó la rama para alcanzar el borde del vestido y levantarlo. Más. Más alto. Ya veía los antebrazos desnudos, esperaba que apareciera el cabello castaño, en las fotos que había visto lo llevaba largo y suelto. ¿Lo llevaba recogido? Era…

Sung-min ululó. Como un búho. Sencillamente perdió el control, dejó escapar ese sonido, la rama cayó al agua y el vestido volvió a cubrir lo ocurrido. Lo que no estaba.

—Pobre —susurró Prim—. Eres tan hermosa. A pesar de eso, te hacen de menos. No es justo, ¿verdad que no?

No le había enderezado la cabeza desde que golpeara la mesa dos noches atrás y la vibración la había ladeado un poco. La cabeza estaba ensartada en un pie de lámpara que había colocado ante la silla del otro lado de la mesa. Al presionar el interruptor del cable que cruzaba el tablero se encendía la bombilla de sesenta vatios en el interior de Bertine. La luz escapaba por las cuencas de los ojos y coloreaba de azul los dientes de la boca abierta, un hombre carente de fantasía tal vez diría que recordaba a una calabaza de Halloween. Un tipo con algo más de fantasía vería que toda Bertine, al menos la parte de ella que no estaba en una laguna de Østmarka, se iluminaba, destilaba felicidad, sí, era fácil imaginar que lo amaba. Y Bertine lo *había* amado, al menos lo había deseado.

—Si te sirve de consuelo, disfruté más haciendo el amor contigo que con Susanne —dijo Prim—. Tienes mejor cuerpo y… —Pasó la lengua por el tenedor—. Me gusta más tu cerebro. Pero… —Ladeó la cabeza y la contempló apenado—. Pero me lo tuve que comer para mantener el ciclo. Los huevos. Los parásitos. La venganza. Solo así puedo quedar completo. Solo así puedo ser amado por lo que soy. Sí, sé que suena más bien pretencioso. Es verdad. Ser amado, eso, solo eso, es lo que deseamos todos, ¿no?

Apretó el interruptor con un dedo. La bombilla de la cabeza se apagó y el salón volvió a quedar en penumbra.

Prim suspiró.

—Me temía que ibas a tomártelo así, sí.

19

MARTES. TOQUE DE CAMPANAS

Katrine escuchaba a Sung-min.

Cerró los ojos e imaginó el lugar de los hechos mientras él se lo contaba. Respondió que no, no le hacía falta verlo en persona, mandaría a un par de investigadores, después estudiaría las fotos. Y sí, sentía no haber estado localizable por teléfono. Lo había apagado mientras acostaba al niño y debía haber cantado muy bien la nana de Blåmann, porque ella misma se había quedado dormida.

—Tal vez hayas trabajado demasiado —sugirió Sung-min.

—Puedes borrar *tal vez* —dijo Katrine—. Se podría decir de todos nosotros que estamos trabajando demasiado. Convoquemos una rueda de prensa para las diez de la mañana. Voy a insistir en que en Medicina Legal le den prioridad.

—Bien. Buenas noches.

—Buenas noches, Sung-min.

Katrine colgó y se quedó mirando el teléfono.

Bertine Bertilsen estaba muerta. Era lo que cabía esperar. Ahora la habían encontrado. Esa había sido su esperanza. El lugar y el modo en que la habían hallado confirmaba la sospecha de que se trataba del mismo asesino. Ese había sido su temor. Quería decir que podrían producirse más asesinatos.

Katrine oyó un lamento por la puerta abierta del dormitorio. Se dijo que debía esperar para comprobar si se repetía, pero no pudo, se levantó de la silla de la cocina y fue de puntillas hasta el umbral de la puerta. Dentro reinaba el silencio, solo se oía la respiración rítmica de Gert dormido. Había mentido a Sung-min. Había leído que escuchamos una media de doscientas mentiras al día; la mayoría, por fortuna, inocentes, de esas que permiten que la sociedad funcione. Esta había sido una de ellas. Era verdad que había apagado el teléfono antes de acostar al niño, pero no que se hubiera quedado dormida. No lo había vuelto a conectar porque Arne solía llamarla después, porque sabía que ella estaría disponible. Era agradable, claro que sí. Él solo quería saber cómo había ido su día. Escuchar sus pequeñas alegrías y frustraciones. En los últimos tiempos, a raíz de la desaparición de las chicas, las frustraciones habían superado las alegrías, claro. Él la escuchaba, paciente, le hacía preguntas que daban a entender que estaba interesado, hacía todo lo que se podía esperar de un buen amigo y potencial novio. Pero justo esa noche no tenía fuerzas, necesitaba quedarse en paz con sus pensamientos. Decidió contar la misma mentira inocente, que se había quedado dormida, cuando Arne le preguntara al día siguiente. Pensó en Harry y en Gert. En cómo solucionarlo, porque había reconocido en la mirada de Harry el mismo amor indefenso que solía asomar a los ojos de Bjørn cuando miraba a su hijo. El hijo de Bjørn y de Harry. ¿Cuánto podía y debía involucrar a Harry? Ella prefería que Gert se relacionara lo menos posible con Harry y su vida. Pero ¿y Gert? ¿Qué derecho tenía ella a arrebatarle otro padre más? ¿No había tenido ella un padre inconstante y bebedor al que había querido a su manera y al que había echado en falta?

Encendió el teléfono antes de acostarse y tuvo la esperanza de que no hubiera mensajes. Había uno, de Arne, una declaración de amor del estilo que las nuevas generaciones parecían intercambiar sin reparos: «Katrine Bratt, eres la Mujer, y yo soy el Hombre que te ama. Buenas noches».

Vio que era bastante reciente y que no había intentado llamarla mientras tuvo el teléfono apagado, así que seguramente había estado ocupado.

El otro mensaje era de Sung-min y en un estilo con el que estaba más familiarizada: «Bertine encontrada. Llama».

Katrine fue al baño y cogió el cepillo de dientes. Se miró en el espejo. «Tú eres la Mujer», vaya. Vale, en un día bueno tal vez se podría justificar. Apretó el tubo de pasta de dientes. Volvió a pensar en Bertine Bertilsen y Susanne Andersen. Y en aquella, de momento sin nombre, que tal vez fuera la siguiente.

Sung-min utilizó el cepillo de la ropa suave para limpiar la chaqueta de tweed. Era una prenda impermeable, una clásica chaqueta de caza de la marca Alan Paine que Chris le había regalado por Navidad. Después de la conversación con Katrine le había mandado un mensaje de buenas noches. Al principio le molestaba que siempre fuera él quien escribiera y Chris quien se limitara a responder. Ya no le importaba, Chris era así, necesitaba creer que era él quien estaba al mando de la relación. Sung-min sabía que solo con que dejara de mandar un mensaje una noche, Chris montaría un drama al teléfono al día siguiente, insistiría en preguntar si había algún problema, si Sung-min había conocido a otro o si se había cansado de él.

Sung-min vio cómo se desprendían las acículas de los abetos. Bostezó. Sabía que podría dormir. Que lo que había vivido esa noche no le provocaría pesadillas. Nunca las tenía. No sabía qué indicaba eso sobre su personalidad. Un colega de la Policía Judicial le había dicho que esa capacidad para desconectar era un indicio de falta de empatía y lo había comparado con Harry Hole, quien al parecer sufría algo llamado parosmia, una tara que hacía que el cerebro no captara el olor a cadáver y que permitía a Hole desenvolverse como si nada en el escenario de crímenes que a otros les revolvían las tripas. Sung-min no lo percibía como un defecto, se limitaba a creer que tenía una saludable capacidad de *compartmentalize*, mantener separados el mundo doméstico y el exterior. Cepilló los bolsillos que estaban cosidos al exterior de la chaqueta, notó que había algo dentro de uno de ellos y lo sacó. Era la bolsa vacía de Hillman Pets. Iba a tirarla cuando recordó que Kasparov había vuelto a tener lombrices y el veterinario le había recomendado otro antiparasitario; Hillman Pets contenía una sustancia que habían prohibido importar y vender en Noruega. Debía hacer por lo menos cuatro años. Sung-min dio vueltas a la bolsa hasta dar con lo que buscaba. Las fechas de producción y caducidad.

La bolsa se había fabricado el año anterior.

Sung-min giró la bolsa de nuevo. ¿Y qué? Alguien había comprado una bolsa en el extranjero y se la había llevado a casa, tal vez ni siquiera fuera consciente de que era ilegal. Dudó si debía tirarla. La había encontrado a varios cientos de metros del lugar de los hechos, y era muy poco probable que el asesino hubiera llevado un perro. Pero era propio de los delitos estar relacionados. Un infractor es un infractor. El sádico asesino en serie empieza por quitar la vida a pequeños animales, como ratones y ratas. Provoca pequeños incendios. Después tortura y mata a animales de mayor tamaño. Incendia una casa deshabitada…

Sung-min dobló la bolsa.

—¡Puto coño del demonio! —gritó Mona Daa y se quedó mirando el teléfono.

—¿Qué pasa? —dijo Anders, que se estaba lavando los dientes con la puerta del baño abierta.

—¡*Dagbladet*!

—No hace falta que grites. Y el demonio no tiene…

—Coño. Eso afirmas tú, machista. Våge publica que Bertine Bertilsen ha aparecido asesinada. En Wenggård, Østmarka, a unos pocos kilómetros de donde encontraron a Susanne.

—Uy.

—Uy, sí. Uy para preguntarnos por qué follada del infierno esa noticia la tiene *Dagbladet* y no *VG*.

—No creo que follen mucho en…

—¿Mucho en el infierno? Sí, yo creo que sí, que a los que están allí les han dado por culo, por la nariz y por las orejas y opinan que solo hay algo peor, trabajar en el diario *VG* y que te dé por detrás Terry Våge. ¡Coño del demonio!

Tiró el teléfono encima de la cama y Anders se deslizó bajo el edredón y se acercó a ella.

—¿Te he dicho que me pone un poco que…?

Ella le dio un manotazo.

—No estoy de humor, Anders.

—… no estés de humor.

Apartó la mano insistente, pero esbozó una sonrisa al coger el teléfono. Leyó de nuevo. Por lo menos Våge no tenía detalles del lugar de los hechos, así que no había hablado con alguien que hubiera estado allí. ¿Cómo se había enterado del hallazgo del cadáver tan deprisa? ¿Podría ser tan sencillo como que escuchara de forma ilegal los mensajes de la radio policial? ¿Deducía los mensajes breves, medio en clave, que los policías utilizaban porque sabían que con frecuencia había intrusos escuchándolos? Y luego Våge se inventaba algo más que lo que oía, de manera que tenía una dosis perfecta de hechos y ficción que pasaban por auténtico periodismo. Al menos hasta ahora.

—Alguien me ha propuesto que te pida algo de información confidencial —dijo.

—¿Ah, sí? ¿Les has explicado que por desgracia no estoy asignado a ese caso, pero que estoy a la venta a cambio de sexo desbocado?

—¡Cállate, Anders! Se trata de mi trabajo.

—¿Por eso crees que debo proporcionarte información gratis y arriesgar el mío?

—¡No! Solo opino que… ¡es una puta injusticia! —Mona se cruzó de brazos—. Våge tiene a alguien que lo ceba mientras yo estoy aquí… muriéndome de hambre.

—Lo que es injusto —dijo Anders sentándose en la cama, mientras ella veía cómo su ligereza juguetona se esfumaba— es que en esta ciudad las chicas no puedan salir sin arriesgarse a que las violen y las maten. Es injusto que Bertine Bertilsen esté muerta en Østmarka mientras que aquí hay dos personas a las que les parece que es una injusticia que otro periodista publique antes la noticia o que la media de asuntos resueltos de la sección empeore.

Mona tragó saliva.

Asintió.

Tenía razón. Por supuesto que tenía razón. Volvió a tragar saliva. Intentó ahogar la pregunta que se abría paso… ¿No podrías hacer una llamada para enterarte de cómo estaba el escenario del crimen?

Helene Røed estaba tumbada en la cama con la vista clavada en el techo.

Markus había querido que tuvieran una cama con forma de gota, de tres metros de largo y dos y medio en la parte más ancha. Había leído que procedemos de la gota, del agua, que de manera inconsciente buscábamos el origen y que por eso la forma de gota nos daba armonía y hacía que el sueño fuera más profundo.

Había logrado no reírse y negociado una cama rectangular de lujo, de uno ochenta de ancho y dos diez de largo. De sobra para dos. Demasiado, de lejos, para uno.

Markus dormía en el ático de Frogner, como casi siempre en los últimos tiempos. O eso creía. No es que echara en falta a Markus en la cama, hacía mucho que había dejado de resultar emocionante o siquiera deseable. Los estornudos y el moqueo habían ido a peor y se levantaba un mínimo de cuatro veces cada noche para hacer pis. Próstata agrandada, no necesariamente cáncer, sino al parecer algo que acontecía a la mitad de los hombres mayores de sesenta. Seguro que iría a peor. No, no echaba de menos a Markus, pero echaba de menos a *alguien*. No sabía a quién, esa noche percibía esa nostalgia con más fuerza que nunca. Ella también debería tener a alguien que la amara y a quien pudiera corresponder. Era así de sencillo, ¿no? ¿O eran imaginaciones suyas?

Se giró hasta quedar de lado. Se sentía mareada y algo enferma desde la víspera. Había vomitado y tenía un poco de fiebre. Se había hecho un test por si era el virus, salió negativo.

Miró por la ventana, hacia la parte trasera del recién construido Museo Munch. Los que habían comprado apartamentos sobre plano en la bahía de Oslo no habían creído que pudiera ser tan compacto y feo. Habían engañado a la gente con proyecciones en las que el museo tenía la fachada de cristal y se mostraba desde un ángulo que hacía que pareciera el muro del norte de *Juego de tronos*. Así era, las cosas no resultan como nos han prometido o como esperamos, solo nosotros tenemos la culpa de ser tan crédulos. El edificio ya proyectaba su sombra sobre todos ellos, y era demasiado tarde.

Tuvo un nuevo ataque de náuseas y se apresuró a levantarse de la cama. El cuarto de baño estaba en el otro extremo de la habitación. ¡Sintió que estaba tan lejos! Solo había estado una vez en el apartamento de Markus en Frogner. Era mucho más pequeño, pero habría preferido vivir allí. Junto con… alguien. Tuvo tiempo de llegar al retrete antes de vaciar el estómago.

Harry estaba sentado a la barra de The Thief cuando recibió el mensaje: «Gracias por la pista. Un cordial saludo, Sung-min».

Harry ya había leído *Dagbladet*. Era el único periódico que daba la noticia, lo que solo podía implicar una cosa: que aún no habían emitido un comunicado de prensa y que ese periodista, Terry Våge, tenía una fuente en la policía. Puesto que la filtración no podía formar parte de una estrategia de los investigadores, había una o varias personas que aceptaban dinero u otros favores a cambio de informar a Våge. Era más frecuente de lo que la gente creía, en varias ocasiones algún periodista le había ofrecido dinero. La razón por la que esas transacciones rara vez quedaban al descubierto era que los periodistas nunca publicarían información que señalara al informador, eso sería como serrar la rama sobre la que ambas partes se habían sentado. Harry había leído casi todo lo que se había publicado sobre el caso y algo le decía que el tal Våge iba demasiado rápido y que, tarde o temprano, pagaría por ello. Es decir, Våge saldría indemne, incluso con su honor periodístico intacto. Era peor para la fuente. Estaba claro que la fuente no era consciente de lo expuesta que estaba, ya que seguía proporcionando información.

—¿Otra? —El camarero miró a Harry, de hecho tenía la botella lista encima del vaso de whisky vacío. Harry se aclaró la garganta. Una vez. Dos.

«Sí, gracias», decía el guion. El de la mala película que había interpretado tantas veces, el único papel que se sabía.

Como si el camarero hubiera leído la súplica de la mirada de Harry, se giró hacia un cliente que llamaba su atención desde el fondo de la barra, cogió la botella y se marchó.

En la oscuridad del exterior sonaban las campanas del ayuntamiento. Pronto sería medianoche y quedarían seis días, más la diferencia horaria de nueve horas con Los Ángeles. No era mucho tiempo, pero habían encontrado a Bertine, y el hallazgo de un cadáver implicaba la existencia de nuevas pistas y la posibilidad de dar con aspectos clave. Así era como tenía que pensar. En positivo. No le iba, sobre todo el positivismo poco realista que esta situación exigía, pero la desesperanza y la apatía no les convenían ni a él ni a Lucille.

Cuando Harry salió del bar por el oscuro pasillo vio que había luz al final, como si se tratara de un túnel. Al acercarse vio que la luminosidad provenía de un ascensor abierto y la silueta de alguien que mantenía la puerta abierta desde el exterior. Como si esperara a Harry. O a otra persona, puesto que ya estaba allí cuando Harry se hizo visible en el pasillo.

—Adelante —gritó Harry haciendo un gesto con la mano—. Voy a ir por las escaleras. —El hombre entró en el ascensor marcha atrás, hacia la luz del techo. Las puertas se cerraron y Harry tuvo tiempo de ver el alzacuellos, el rostro no.

Cuando cerró la puerta de la habitación se dio cuenta de que estaba empapado en sudor. Intentó apartar de su mente la idea de cómo estaría Lucille. Había decidido que esa noche tendría un bonito sueño sobre Rakel, de los años en que convivían y se iban juntos a dormir cada noche. Del tiempo en el que caminaba sobre el agua, sobre el hielo grueso y sólido. Siempre pendiente de un crujido, a la búsqueda de fisuras, pero con la capacidad de vivir el momento. Lo habían logrado. Como si hubieran sabido que el tiempo del que disponían juntos se agotaría. No, no vivían como si cada día fuera el último, sino el primero. Como si se descubrieran el uno al otro una y otra vez. ¿Exageraba? ¿Embellecía el recuerdo de lo que tuvieron? Puede ser. ¿Qué más daba? ¿Para qué le había servido ser realista?

Cerró los ojos. Intentó visualizarla, su piel dorada sobre la sábana blanca. Solo vio su piel pálida sobre el charco de sangre en el suelo del salón. A Bjørn Holm en el coche, mirándolo con insistencia mientras el niño lloraba en el asiento trasero. Harry abrió los ojos. Sí, de verdad, ¿para qué le servía ser realista?

El teléfono volvió a vibrar. Esta vez el mensaje era de Alexandra: «Tendré el análisis de ADN listo para el lunes. Estaría bien ir al spa y a cenar el sábado. Terse Acto es un buen restaurante».

20
MIÉRCOLES

—Esto debería estar claro —dijo Aune al dejar su copia del informe policial sobre el edredón—. Todo un clásico. Se trata de un crimen sexual llevado a cabo por un asesino que muy probablemente lo hará de nuevo si no es detenido.

Los tres que rodeaban la cama asintieron con un movimiento de cabeza, seguían ensimismados cada uno en su ejemplar.

Harry acabó el primero y entrecerró los ojos para protegerse del intenso sol de la mañana.

Øystein acabó y dejó que las gafas se deslizaran desde la frente hasta volver a cubrirle los ojos.

—Venga ya, Berntsen —dijo—. Si tú ya lo habrás leído antes.

Truls gruñó a modo de respuesta y apartó los folios.

—¿Qué hacemos si es como buscar una aguja en un pajar? ¿Cerramos el chiringuito y dejamos el resto a Bratt y Larsen?

—Todavía no —respondió Harry—. En realidad, esto no cambia nada, contábamos con que habrían asesinado a Bertine de un modo similar al empleado con Susanne.

—Seamos sinceros y admitamos que no se refuerza tu teoría sobre un asesino racional con un motivo racional —dijo Aune—. No hace falta cortarle la cabeza a la víctima ni robarle el cerebro para lograr que la policía crea que es un asesinato con motivación sexual y víctimas casuales. Hay mutilaciones menos trabajosas que causarían una impresión similar: que se trata de un asesino sin relación con las víctimas.

—Hum.

—No empieces con tus hum, Harry. Escúchame. El asesino ha tenido que permanecer mucho tiempo en el lugar de los hechos y, por lo tanto, ha corrido un riesgo más grande de lo necesario si su intención solo era despistar. Los cerebros son su trofeo, vemos un caso clásico de aprendizaje en el que ahora corta la cabeza entera de la víctima y se la lleva, en lugar de serrar y coser en el escenario del crimen. Harry, esto tiene todas las características de un crimen ritual con un registro completo de connotaciones sexuales, así que sí… eso es lo que *es*.

Harry asintió despacio. Se giró hacia Øystein, que exclamó «¡eh!» cuando Harry le quitó las gafas de sol y se las puso.

—No he querido mencionarlo —dijo Harry—. Estas me las has birlado a mí. Me las dejé en la oficina del Jealousy después de esa noche dedicada al power pop, cuando te negaste a poner a R.E.M.

—*What?* Pero si íbamos a poner *clásicos* de power pop. Y esas gafas me las encontré, y lo que se encuentra uno, se lo queda.

—¿Metidas en un cajón?

—Niños… —dijo Aune.

Øystein lanzó la mano en dirección a las gafas, Harry fue más rápido y echó la cabeza hacia atrás.

—Tranquilo, Øystein, luego te las devuelvo. Mejor cuéntanos las novedades que tienes.

Øystein suspiró.

—Vale. Hablé con unos colegas que venden cocaína…

—¿Taxistas que venden cocaína? —preguntó Aune sorprendido.

Aune y Øystein se miraron.

—Harry, ¿hay algo que no me hayas contado?

—Sí —zanjó Harry—. Continúa, Øystein.

—Vale. Entonces, di con el que le pasa a Røed. Un tipo al que llamamos Al, que estuvo en esa fiesta. Le estropeó el negocio un tipo que tenía una farlopa tan de primera que tuvo que guardarse la suya. Le pregunté quién era, pero Al no lo conocía, era un tipo con mascarilla y gafas de sol. Lo extraño fue, dijo Al, que aunque el tío tenía la mejor cocaína, la más pura que se hayan metido nunca en Oslo, se comportaba como un aficionado.

—¿Cómo?

—Para empezar por el estilo, se ve a la primera. Los profesionales están relajados porque saben lo que están haciendo, mientras no dejan de reconocer los alrededores, como antílopes que van a beber a la orilla. Saben en qué bolsillo llevan la mercancía por si llega la pasma y disponen de dos segundos para tirarla. Al dijo que ese tipo estaba nervioso, solo miraba a la persona con la que estaba hablando y tuvo que rebuscar por los bolsillos para encontrar la bolsa. Lo menos profesional era que no hubiera rebajado más la mercancía, si es que lo había hecho. Y que daba a probar gratis.

—¿A todo el mundo?

—No, no. Esta era una fiesta muy digna. Ya sabes, gente de casas más que respetables. Algunos se meten coca, pero no delante de los vecinos. Entraron en el apartamento de Røed, eran dos chicas, el de la mascarilla y Al. El tipo preparó unas rayas en la mesa de cristal del salón, parecía que lo hubiera aprendido en YouTube, y dijo que Røed tenía que probarlo. Røed se hizo el caballeroso y dejó que los demás probaran antes. Entonces, Al dio un paso al frente, quería saber qué era aquello. El tipo agarró a Al del brazo y lo apartó de la mesa de un tirón, le arañó hasta hacerle sangre, como si hubiera tenido un ataque de pánico. Al tuvo que tranquilizarlo. El otro dijo que era solo para Røed, pero Røed insistió en conservar los modales y dijo que las chicas la probarían primero, si no ya podía irse largando. El tipo cedió.

—¿Al conocía a las chicas?

—No. Y sí, pregunté si eran las dos chicas desaparecidas, pero ni había oído hablar de ellas.

—¿De veras? —preguntó Aune—. Llevan semanas ocupando portadas.

—Sí, la gente del mundillo de las drogas lleva una vida un poco... cómo decirlo... alternativa. Esos chicos no saben quién es el primer ministro de Noruega, por así decirlo. Créame, se saben el precio del gramo en todas las ciudades del país y de todas y cada una de las drogas con las que el Señor ha bendecido este planeta. Le enseñé a Al fotos de las chicas, y creyó reconocer a las dos, al menos a Susanne, creía haberle vendido algo de éxtasis y de coca antes, pero no estaba seguro. El caso es que las chicas se metieron una raya cada una y luego le llegó el turno a Markus Røed. Entonces llega la mujer y pone el grito en el cielo porque él había prometido dejarlo. A Røed se la pela, ya tiene la pajita en la nariz, toma aire, supongo que piensa esnifarse todas las rayas que quedan en la mesa y entonces… —Øystein empezó a reírse, no paraba, le lloraban los ojos de tanto reír.

—¿Y entonces? —dijo Aune impaciente.

—Entonces, el imbécil *¡estornuda!* Sopla toda la cocaína de la mesa, solo hay mocos y lágrimas en el cristal. Mira desesperado al tipo de la mascarilla y le pide más rayas, ¿no? El tío no tiene más, eso era lo que había, y él también está desesperado, cae de rodillas e intenta recoger el resto. La puerta de la terraza está abierta, hay corriente y el polvo está en todas partes y en ninguna. ¿Qué te parece? —Øystein echó la cabeza atrás y rio con ganas. Truls soltó una mezcla de risa y gruñido. Incluso Harry tuvo que sonreír—. Así que Al acompaña a Røed a la cocina, donde la mujer no puede verlos, abre la bolsa y le da un par de rayas a Røed allí mismo. Sí, porque se me olvidaba, lo que tenía el tipo de la mascarilla no era droga blanca, era cocaína verde.

—¿Verde?

—Sí —siguió Øystein—. Por eso Al tenía tantas ganas de probarla. He oído que a veces aparece en la calle en Estados Unidos, pero nadie la ha visto en Oslo. En la calle, lo más puro que puedes conseguir es, máximo, un cuarenta y cinco por ciento, se dice que la verde es mucho más pura. Por lo visto se tiñe del color de las hojas de coca.

Harry se volvió hacia Truls.

—¿Cocaína verde?

—A mí no me mires —dijo Truls—. No tengo ni idea de cómo ha ido a parar ahí.

—Joder. ¿Fuiste tú? —preguntó Øystein—. De incógnito con mascarilla y gafas de sol...

—¡Cállate! Aquí el único camello de mierda eres *tú*, no yo.

—¿Por qué no? —dijo Øystein—. ¡Es genial! Te llevas un poco, lo rebajas como hacíamos con la botella de vodka en el mueble bar de nuestros padres. Luego la vendes directamente y te ahorras los intermediarios...

—¡Yo no me llevo nada! —Truls tenía la frente congestionada, los ojos desorbitados—. Y no adultero. ¡Si ni siquiera sé lo que es el levamisol!

—¿Eh? —insistió Øystein que parecía estar divirtiéndose—. ¿Entonces cómo sabes que estaba rebajada con levamisol?

—¡Porque figuraba en el informe y los informes están en BL? —berreó Truls.

—Disculpad.

Todos se giraron hacia la puerta donde vieron dos enfermeras.

—Nos parece estupendo que Ståle reciba tantas visitas, pero no podemos consentir que Jibran y él se vean alterados...

—Lo lamento, Kari —se disculpó Aune—. Ya sabes que cuando se habla de herencias los ánimos se caldean. ¿Tú qué opinas, Jibran?

Jibran levantó la vista y se quitó los cascos.

—¿Qué?

—¿Te molestamos?

—Para nada.

Aune sonrió a la enfermera de más edad.

—En ese caso... —La mujer apretó los labios y dedicó una mirada de advertencia a Truls, Øystein y Harry antes de cerrar la puerta.

Katrine bajó la vista hacia los cadáveres de Susanne y Bertine. Siempre le sorprendía la sensación de abandono de cuerpos como aquellos, era una de esas cosas que te podían hacer creer en la existencia de un alma. No creía en ella, de ninguna manera, pero tenía la esperanza de que existiera, esa es la base de todas las religiones y del misticismo. Las dos mujeres estaban desnudas, la piel sombreada de matices blancos, azules y negros por efecto de los fluidos corporales acumulados en las partes inferiores del cuerpo. La descomposición se había iniciado y la cabeza ausente de Bertine reforzaba la sensación de estar contemplando dos estatuas, objetos inertes con forma de algo vivo. Había siete seres vivos en la sala de autopsias: Katrine y la forense, Skarre de la sección de Delitos Violentos, Sung-min Larsen, una inspectora de la Policía Judicial, Alexandra Sturdza y un técnico en autopsias.

—No hemos encontrado indicios de violencia o lucha anteriores al asesinato —dijo la forense—. Causa de la muerte. A Susanne le cortaron la laringe y la vena carótida. A Bertine es probable que la estrangularan. Digo probable porque muchos de los síntomas los habríamos localizado si dispusiéramos de la cabeza. Las marcas de la parte inferior del cuello indican que fue estrangulada con una cuerda o cinta que causaron hipoxia. No hay restos en los análisis de sangre ni en la orina que apunten a que las hayan drogado. Había restos de saliva y mucosidad seca alrededor del pezón de una de las víctimas.

Señaló el cadáver de Susanne.

—Creo que ya ha sido analizado…

—Sí —dijo Alexandra.

—No hemos encontrado otro ADN en las víctimas. Puesto que se sospecha una violación, hemos buscado indicios. No hay marcas de dedos que hayan sujetado con fuerza brazos, piernas o cuello, no hay mordiscos ni succiones. No hay heridas ni marcas en las muñecas o los tobillos. Una de las víctimas carece de cabeza, así que no podemos pronunciarnos sobre la aurícula.

—¿Perdón? —dijo la agente de la Policía Judicial.

—El oído externo —explicó Alexandra—. Es habitual que las víctimas de violación tengan heridas allí.

—O petequias —añadió la forense señalando la cabeza de Susanne—. La primera víctima no las presentaba.

—Pequeñas manchas de color rojo alrededor de los ojos o en el paladar —volvió a explicar Alexandra.

—Ninguna de las víctimas tiene daños visibles en *labia minora* —prosiguió la forense.

—Los labios internos de la vagina —tradujo Alexandra.

—Tampoco marcas de uñas en la nuca ni rozaduras en las rodillas, caderas o en la espalda. Hay unas marcas microscópicas en la vagina de Bertine, pero también pueden producirse en relaciones sexuales consentidas. En resumen, no hay ningún indicio fisiológico en ellas que apunte a una posible violación.

—Eso no quiere decir que no *pueda* haberse producido una violación —añadió Alexandra.

La forense dedicó una mirada a Alexandra que hizo sospechar a Katrine que tendría una charla con su técnica de autopsias sobre las funciones de cada una cuando ellos se marcharan.

—Así que no hay lesiones —dijo Katrine—. Ni esperma. ¿Qué os hace estar tan seguras de que ha habido un coito?

—El condón —dijo el otro técnico en autopsias, un tal Helge, un tipo simpático que hasta ahora no había dicho nada y que, como Katrine había comprendido instintivamente, se encontraba al final de la cadena alimentaria de aquellos tres.

—¿Condón? —preguntó Skarre.

—Sí —dijo Helge—. Cuando no encontramos esperma, buscamos restos de un preservativo. Sobre todo nonoxinol-9, que es la sustancia que encontramos en los lubricantes, pero este no lo llevaba. En lugar de eso encontramos restos del polvo del condón que impide que el látex se pegue. Resulta que la composición de ese polvo es distinta para cada fabricante. El de esta marca, Bodyful, era el mismo en Susanne y en Bertine.

—¿Es un polvo de uso corriente? —preguntó Sung-min.

—Ni muy corriente ni raro —respondió Helge—. Por supuesto que es posible que no hayan tenido relaciones con el mismo hombre, pero…

—Comprendo —dijo Sung-min—. Gracias.

—¿Se puede deducir por estos hallazgos cuándo han mantenido relaciones? —preguntó Katrine.

—No —dijo la forense con firmeza—. Encontraréis todo lo que hemos dicho, salvo el detalle del polvo de los preservativos, en el informe del caso que hemos archivado en BL96 justo antes de que llegarais. ¿De acuerdo?

El silencio que siguió fue interrumpido por la voz de Helge, que dijo, esta vez con más cuidado:

—Puede que no podamos establecer *de manera precisa* cuándo, pero... —Miró de reojo a la forense antes de continuar—. Se puede suponer que mantuvieron relaciones sexuales no mucho antes de morir. También podría ser después de morir.

—¿Sí?

—Si hubieran permanecido con vida mucho tiempo después de mantener relaciones, las funciones corporales se habrían deshecho de las huellas de los profilácticos. En un cuerpo vivo sucede en pocos días, puede que tres. El esperma y el polvo de los preservativos duran más en un cadáver. Eso... —Tragó saliva y esbozó una sonrisa—. Sí, eso era todo.

—¿Alguna pregunta más? —inquirió la forense. Esperó un par de segundos y luego entrelazó las manos—. Bien. Como dicen en la película: si aparece algún cadáver más, no tenéis más que llamar.

Skarre fue el único que se rio. Katrine dudó si sería porque era el único lo bastante viejo para acordarse de la película, o que el humor negro funcionaba mejor cuando no tenías los cadáveres delante.

Sintió que el teléfono vibraba y miró la pantalla.

21

MIÉRCOLES. *THE THRILL BEGINS*

Katrine tuvo que girar con fuerza el volante del Volvo Amazon de más de cincuenta años cuando tomó la curva de la entrada del hospital Radium.

Se detuvo ante el hombre alto con barba.

Vio que Harry dudaba antes de abrir la puerta y acomodarse en el asiento del copiloto.

—Te has quedado con el coche.

—Bjørn lo apreciaba tanto… —dijo ella y dio unas palmaditas al salpicadero—. Y lo cuidó bien. Va como un reloj.

—Es un coche antediluviano —dijo Harry—. Es un auténtico peligro para la vida.

Ella sonrió.

—¿Estás pensando en Gert? Tranquilo, solo lo utilizo para ir por ciudad. El abuelo se ocupa del mantenimiento y… huele a Bjørn.

Ella vio lo que él estaba pensando. «Este es el coche en el que Bjørn se pegó un tiro». Sí, eso era. El coche que Bjørn adoraba, con el que había salido de la ciudad hasta llegar a una recta que bordeaba un campo de cultivo de Toten. Tal vez un lugar que le traía recuerdos. Era de noche, se había acomodado en el asiento trasero. Algunos opinaban que lo hizo porque su gran ídolo, Hank Williams, había muerto en el asiento trasero de un coche, pero ella sospechaba que fue para no manchar el asiento del conductor. Para que ella pudiera seguir usándolo. Para que *tuviera* que seguir usándolo. Sí, sabía que era una locura. Si este era el castigo que se había impuesto por haber engañado a un hombre para que creyera que el hijo era suyo, un hombre que siempre había sido bueno, demasiado bueno, ¿qué más daba? La amó hasta la destrucción y siempre dudó que ella lo amara de verdad, de hecho le había preguntado sin ambages por qué no había elegido un hombre que estuviera a su nivel. No, era un castigo que asumía con gusto.

—Qué bien que hayas podido venir tan rápido —dijo él.

—Estaba ahí mismo, en Medicina Legal. ¿De qué se trata?

—Acabo de darme cuenta de que mi conductor no estaba del todo sobrio y necesito ir a un sitio al que tú me puedes facilitar la entrada.

—No suena muy prometedor. ¿Adónde pensabas ir?

—Los escenarios de los crímenes —dijo Harry—. Quiero verlos.

—Ni hablar.

—Venga ya. Nosotros os encontramos a Bertine.

—Eso tengo entendido, pero avisé de que no recompensamos las pistas.

—Cierto. ¿La zona sigue acotada?

—Sí, así que no, tampoco puedes ir solo.

Harry la miró con una especie de silenciosa desesperación en la mirada. Ella la reconoció, esos jodidos ojos azul claro que estaban un poco más abiertos de lo habitual, el cuerpo que no lograba mantener del todo inmóvil en el asiento. Tenía hormigas bajo la piel, era su inquietud. ¿O era algo más? Nunca le había visto tan febril, como si este caso fuera cuestión de vida o muerte. Lo era, claro, pero no *su* vida o muerte. ¿O? No, por supuesto era solo ese desasosiego. Esa manía que hacía que tuviera que… *tuviera* que salir de caza.

—Hum. Pues entonces llévame al Schrøder.

O beber.

Katrine suspiró. Miró el reloj.

—Como quieras. ¿Te importa que pasemos por la guardería de camino?

Él enarcó una ceja. La miró como si sospechara que tenía intenciones ocultas. Puede que las tuviera, claro, nunca salía mal recordarle a un hombre que tenía un hijo. Ella metió una marcha y soltó despacio el impredecible embrague. Sonó el teléfono. Miró la pantalla y volvió a dejarlo en punto muerto.

—*Sorry*, tengo que contestar, Harry. Sí, aquí Bratt.

—¿Has leído lo que acaban de publicar en *Dagbladet*? —Según los estándares normales, la directora de la sección ni siquiera parecía irritada, pero Katrine aplicó el criterio válido para Bodil Melling y supo que su jefa estaba furibunda.

—Si al decir que acaban te refieres...

—Apareció en su web hace seis minutos, es otra vez el tal Våge. Dice que la autopsia ha concluido que las dos chicas mantuvieron relaciones sexuales poco antes o después de ser asesinadas y que han utilizado un preservativo, probablemente para no dejar rastro de ADN. ¿Cómo puede saberlo, Bratt?

—No lo sé.

—Pues deja que conteste a esa pregunta por ti. Alguien está filtrando información a Våge.

—Lo lamento —dijo Katrine—. He sido poco precisa. *Cómo* resulta evidente. Lo que quiero decir es que no sé *quién* es la fuente de la filtración.

—¿A qué esperas para averiguarlo?

—Es difícil responder a eso, jefa. Ahora mismo mi prioridad es dar con un asesino que, por lo que sabemos, podría estar buscando a su próxima víctima.

Se produjo un silencio. Katrine cerró los ojos y maldijo para sí. No iba a aprender nunca.

—Acaba de llamarme Winter y descarta que sea alguien de la Policía Judicial. Me inclino a darle la razón. Eres tú quien tiene que cerrarle la boca a quien sea, Bratt. ¿Me oyes? Esto hace que parezcamos todos idiotas. Voy a llamar al director de la policía antes de que él nos pida información. Tenme al tanto.

Melling había colgado. Katrine miró al teléfono que Harry le mostraba. Era la web de *Dagbladet*. Leyó por encima el artículo de Våge.

«El hallazgo de Bertine apuntaba a un asesinato con motivación sexual, pero las conclusiones del Instituto de Medicina Legal no refuerzan esa teoría y no implican que Markus Røed quede libre de sospecha. El magnate inmobiliario ha mantenido relaciones tanto con Susanne Andersen como con Bertine Bertilsen y es, por lo que ha podido averiguar la policía, la única persona vinculada a las dos víctimas. Algunas fuentes apuntan que hay investigadores que han especulado con la hipótesis de que Røed pueda haber encargado los asesinatos a medida. De ese modo parecería que tienen una motivación sexual y no serían crímenes pagados».

—Ese tipo va detrás de Røed, desde luego —dijo ella.

—¿Hay? —preguntó Harry.

—¿Si hay qué?

—Investigadores que especulan con la posibilidad de que los asesinatos se hayan escenificado para que parezca que los ha cometido un agresor sexual.

Ella se encogió de hombros.

—No que yo sepa. Apuesto a que son especulaciones de Våge que atribuye a una fuente porque sabe que nunca se podrá comprobar.

—Hum.

Bajaron hacia la autopista.

—¿Vosotros qué creéis? —preguntó ella.

—Bueno. La mayoría cree que se trata de un violador y asesino en serie, que la conexión entre ellos es casual.

—¿Por qué?

—Porque Markus Røed tiene coartada y los asesinos a sueldo no mantienen relaciones sexuales con sus víctimas. ¿Qué opináis vosotros?

Katrine comprobó el tráfico por el retrovisor.

—Vale, Harry, voy a darte algo. Lo que no publica Våge es que los técnicos encontraron el mismo tipo de polvo para preservativos en las dos chicas. Así que es el mismo agresor.

—Interesante.

—Lo que tampoco dice es que los forenses no descartan que las chicas fueran violadas, a pesar de que no hay lesiones físicas evidentes. De hecho, solo aparecen en uno de cada tres casos. Hay lesiones menores en la mitad de las violaciones. En el resto no encontrarás nada.

—¿Crees que eso es lo que ha ocurrido en este caso?

—No. Creo que el coito ha tenido lugar cuando las víctimas ya habían fallecido.

—Hum. *The thrill begins with death.*

—¿Qué?

—Es algo que suele decir Aune. En los sádicos la excitación sexual se inicia con el sufrimiento de la víctima y termina cuando muere. Para los necrófilos la excitación llega cuando la víctima ha muerto.

—Vale, entonces te he dado una pequeña recompensa, a pesar de todo.

—Gracias. ¿Qué pensáis de las pisadas en los escenarios de los crímenes?

—¿Quién ha dicho que haya huellas?

Harry se encogió de hombros.

—Los escenarios de los crímenes se encuentran en el bosque, así que asumo que el suelo está blando. En las últimas semanas casi no ha llovido, necesariamente tiene que haber huellas.

—Siguen el mismo patrón —dijo Katrine tras dudar unos instantes—. Las pisadas de la víctima y del presunto asesino están muy juntas, como si la hubiera llevado agarrada o la amenazara con un arma.

—Hum. O tal vez fuera al contrario.

—¿Qué quieres decir?

—Puede que hayan caminado abrazados. Como una pareja de novios. O como dos que están a punto de mantener relaciones sexuales consentidas.

—¿Lo dices en serio?

—Si quisiera amenazar a alguien, yo caminaría muy cerca, pero detrás.

—¿Crees que las chicas ya conocían al agresor?

—Puede que sí, o no. En lo que no creo es en la casualidad. Susanne desapareció cuatro días después de la fiesta de Røed, y Bertine al cabo de una semana. Allí coincidieron con el asesino. Un hombre que apuesto a que no figura en vuestra lista de invitados.

—¿Quién?

—¿Un tipo con mascarilla, gorra y gafas de sol que vendía cocaína?

—Nadie nos ha mencionado a alguien así, no. Supongo que no es de extrañar, si vendía cocaína a los presentes.

—O tal vez porque uno olvida enseguida a quien carece de rostro. No vendía a los invitados, sino que repartió muestras gratuitas a unos pocos de lo que parece ser cocaína casi pura.

—¿Cómo lo sabes?

—Eso no importa. Lo que importa es que tuvo contacto tanto con Susanne como con Bertine. ¿Sabéis si hubo alguien más en la fiesta que hablara con las dos?

—Solo Markus Røed. —Katrine puso el intermitente y volvió a comprobar el retrovisor—. ¿Crees que ese tipo ha ligado con las dos en la fiesta y ha quedado en ir con ellas al bosque?

—¿Por qué no?

—No lo sé, pero no me acaba de cuadrar. Una cosa es que Susanne se vaya de aventura al bosque con un tío que acaba de conocer. Uno que además ha repartido cocaína. Pero ¿que Bertine se fuera voluntariamente con un tipo así, un desconocido, al bosque de Skullerud, una semana después? ¿Habiendo publicado los periódicos que Susanne fue vista allí por última vez? Para entonces Bertine también sabe que los tres han coincidido en la misma fiesta. No, Harry, no te lo compro.

—Vale. ¿Y qué comprarías?

—Te compro un violador en serie.

—Asesino en serie.

—Exacto. Asesinato rápido, necrofilia. Un cerebro extraído, una cabeza cortada, un cadáver colgado como una res en el matadero. Eso es lo que llamo un asesinato ritual llevado a cabo por un asesino en serie.

—Hum —masculló Harry—. ¿Por qué polvo de preservativo?

—¿Qué?

—En los casos de abusos sexuales se suele buscar el lubricante, no el polvo, para identificar el preservativo, ¿no es así?

—Sí, pero no han utilizado lubricante.

—Exacto. Tú que has trabajado en la sección de Moral Pública, ¿no es cierto que los violadores en serie, los que son lo bastante listos como para ponerse un preservativo, utilizan lubricante?

—Sí, parece que a la larga les facilita el trabajo. Dicho sea sin segundas. Son criminales y locos, Harry, no tienen un guion al que atenerse, y lo que estás haciendo ahora es meterte en sutilezas.

—Tienes razón —aceptó Harry—. Hasta ahora no he visto ni oído nada que nos permita descartar que Bertine y Susanne mantuvieran relaciones sexuales consentidas con el asesino justo antes de que acabara con ellas.

—Salvo porque es muy… poco frecuente. ¿No es cierto? Aquí el especialista en asesinatos en serie eres tú.

Harry se frotó la nuca.

—Sí, es poco frecuente. Un asesinato posterior a una violación es normal, ya sea como parte de la fantasía sexual del asesino o para evitar ser reconocido. Un asesinato después de una relación sexual consentida sucede solo en circunstancias muy especiales. Un narcisista podría matar si se sintiera humillado en relación con el coito, por ejemplo si no fuera capaz de culminarlo.

—Los restos de un preservativo parecen indicar que sí pudo, Harry. Enseguida vuelvo.

Harry asintió. Se habían detenido al final de Hegdehaugsveien y siguió con la mirada a Katrine, que iba a paso ligero hacia el portón donde niños vestidos con monos impermeables se colgaban de la valla a la espera de que los recogieran.

Katrine entró, y al cabo de un par de minutos apareció de la mano de Gert. Harry oyó una insistente voz infantil. Por lo que sabía, él había sido un niño callado.

Se abrió la puerta.

—Hola, Hallik. —Gert se inclinó desde el asiento trasero y le dio un beso a Harry antes de que Katrine volviera a empujarlo a la sillita del coche.

—Hola, viejo águila —dijo Harry.

—¿Viello águila? —preguntó Gert mirando interrogante a su madre.

—Te está tomando el pelo —dijo Katrine.

—Dices tontelías, Hallik. —Gert rio con ganas, y cuando Harry miró por el espejo retrovisor sintió un impacto al ver un destello familiar. No suyo, ni de su padre. Sino de su madre. Tenía la sonrisa de su madre.

Katrine se acomodó al volante.

—¿Schrøder? —preguntó.

Harry negó con la cabeza.

—Me bajaré donde aparques e iré andando.

—¿Al Schrøder?

Harry no respondió.

—He estado pensando —dijo ella—. Quiero pedirte un favor.

—¿Sí?

—¿Te suenan esos esquiadores de fondo y gente que ha llegado a pie al Polo Sur y que cobran un dineral por dar conferencias inspiradoras?

Una ola agitó levemente el ferry de Nesodden.

Harry miró alrededor. Estaba rodeado de pasajeros que miraban sus teléfonos, llevaban cascos, leían libros o contemplaban el fiordo de Oslo. Volvían del trabajo, de estudiar, de hacer compras en el centro. Nadie parecía haber salido de excursión con su pareja.

Harry miró su teléfono. El último informe forense del que Truls había hecho un pantallazo para mandárselo a todos. Lo había leído mientras comía en la cafetería del hospital Radium, después de haber intercambiado un SMS con Katrine para pedirle que fuera a buscarlo. ¿Había tenido mala conciencia al fingir que no sabía nada cuando ella le contó la visita al Anatómico Forense? No mucha. Además, no tuvo que fingir que ignoraba lo del polvo de los preservativos y la necrofilia, porque no figuraba en el informe. Y tampoco en el artículo de Våge. En otras palabras, la fuente de Våge no era uno de los que habían estado presentes en el Anatómico Forense, en ese caso también hubiera incluido lo que no figuraba en el informe. Våge sí contaba que algunos investigadores opinaban que habían simulado que el asesinato formaba parte de una serie, para ocultar la verdad.

Polvo para preservativos.

Harry pensó.

Luego marcó la T.

—¿Sí?

—Hola, Truls, aquí Harry.

—¿Sí?

—No te voy a entretener mucho rato. He hablado con Katrine Bratt y resulta que no todos los hallazgos del Anatómico Forense aparecen en sus informes.

—¿Ah?

—Sí. Me ha proporcionado un dato que estoy seguro de que van a comentar hoy en el grupo de investigación de la central de policía, que nosotros no tenemos.

—¿Como cuál?

Harry dudó. El polvo de los preservativos.

—El tatuaje —dijo—. El asesino ha cortado el tatuaje de Louis Vuitton que Bertine llevaba en el tobillo y se lo ha vuelto a coser.

—¿Igual que con la cabellera de Susanne Andersen?

—Exacto —confirmó Harry—. Eso no es lo más importante. Aquí la prioridad es saber si hay alguna manera de que puedas tener acceso a información como esa a partir de ahora.

—¿Cosas que no figuren en los informes? Para eso tendría que hablar con la gente.

–Hum. No podemos arriesgarnos a eso. No contaba con que fueras a sugerirlo así sin más, pero podrías pensarlo y hablamos mañana.

Truls gruñó.

–Vale.

Colgaron.

El barco arribó a puerto, Harry se quedó observando cómo los demás se apresuraban a bajar a tierra.

–¿No vas a bajar? –preguntó un revisor que inspeccionaba el salón vacío.

–Hoy no –dijo Harry.

–Otra –dijo Harry señalando la copa.

El camarero enarcó una ceja, agarró la botella de Jim Beam y sirvió.

Harry se bebió esta también de un trago.

–Otra más.

–¿Un día duro? –preguntó el camarero.

–Todavía no –dijo Harry, cogió la copa y fue a sentarse al sofá donde había visto al vocalista del grupo de rock Turboneger. Sintió que ya tenía algo tocado el equilibrio. Pasó junto a un hombre que le daba la espalda y que desprendía un perfume que le recordó a Lucille. Se arrastró por el sofá. La noche acababa de empezar, aún no había muchos clientes. ¿Dónde estaría Lucille en este momento? En lugar de seguir bebiendo podría ir a la habitación para volver a leer los informes, buscar el error, la pista. Miró la copa. El reloj de arena. Faltaban cinco días y unas horas para que hubiera vuelto a fallar una vez más. Levantó la copa.

Un hombre entró en el bar y miró alrededor. Dio con Harry. Se saludaron con un breve movimiento de cabeza y el otro se encaminó hacia él, se sentó en la silla, al otro lado de la mesita baja de cristal.

–Buenas noches, Krohn.

–Buenas noches, Harry. ¿Qué tal va todo?

—¿La investigación? Bien.

—Vale. ¿Eso quiere decir que tenéis una pista?

—No. ¿Qué te trae por aquí?

Dio la impresión de que el abogado quería preguntar más al respecto, pero lo dejó estar.

—He sabido que has llamado a Helene Røed. Que vais a hablar.

—Así es.

—Solo quería comentarte un par de cosas antes de que mantengáis esa conversación. Para empezar, la relación con Markus no está pasando por su mejor momento. Puede deberse a varias cosas. Como…

—¿… la adicción de Markus a la cocaína?

—No sé nada de eso.

—Sí que lo sabes.

—Me refería a que con el tiempo se han ido distanciando y que la atención mediática de la que Markus ha sido objeto últimamente, en especial en *Dagbladet*, no ha contribuido a mejorar las cosas.

—¿Qué quieres decir?

—Helene está estresada, y no descarto que pueda decir cosas que dejen a su marido en mal lugar. Tanto en lo que se refiere a su persona en general como a su relación con las señoritas Andersen y Bertilsen en particular. Nada que modifique la información disponible sobre los hechos, pero que sí puede resultar incómodo para mí, mejor dicho *nuestro*, cliente, en el caso de que llegue a oídos de la prensa y *Dagbladet*.

—¿Has venido para decirme que no filtre posibles cotilleos?

Krohn esbozó una sonrisa.

—Solo digo que el tal Terry Våge hará uso de todo lo que encuentre para desprestigiar a Markus.

—¿Por qué?

Krohn se encogió de hombros.

—Es una vieja historia. Fue en la época en la que Markus invertía un poco aquí y allá, solo por diversión. Estuvo al frente del consejo editorial del periódico gratuito en el que publicaba Våge.

Cuando el periódico fue sancionado por incumplir el código deontológico de la Asociación de la Prensa a causa de los artículos que Våge se había inventado, lo echaron. Tuvo graves consecuencias para la vida y la carrera de Våge, y es evidente que nunca se lo ha perdonado a Markus.

–Hum. Lo tendré en cuenta.

–Bien.

Krohn no se movió.

–¿Entonces? –dijo Harry.

–Si no quieres remover el asunto, lo entenderé, compartimos un secreto que nos vincula.

–Tienes razón –dijo Harry y bebió un largo trago–. No quiero removerlo.

–Por supuesto. Solo quiero decir que sigo pensando que hicimos lo correcto.

Harry lo miró.

–Nos encargamos de que el mundo se librara de un hombre malvado –dijo Krohn–. Es cierto que era mi cliente…

–E inocente –balbuceó Harry.

–Puede que del asesinato de tu mujer. Era culpable de haber destrozado la vida de otros muchos. Demasiados. Jóvenes. Inocentes.

Harry miró a Krohn. Juntos habían logrado que Svein Finne, condenado por varias violaciones, fuera asesinado y se le atribuyera la muerte de Rakel. El motivo de Krohn fue que Finne los amenazaba a él y a su familia, el de Harry, que no llegara nunca a saberse quién había matado verdaderamente a Rakel y por qué.

–Mientras que Bjørn Holm –continuó el abogado– había sido un buen hombre. Un buen amigo y esposo. ¿No es así?

–Sí –aceptó Harry y sintió que se le cerraba la garganta. Hizo una señal en dirección a la barra alzando la copa vacía.

Krohn tomó aire, pareció que cogía carrerilla.

–El motivo por el que Bjørn Holm mató a quien más amabas y no a ti fue que era el único modo de hacerte sufrir tanto como sufría él.

—Ya basta, Krohn.

—Lo que quiero decir, Harry, es que este caso es similar. Terry Våge quiere exponer a Markus Røed del mismo modo que él se vio expuesto. Dejar que sienta el rechazo de la sociedad. Mucha gente se hunde por eso, ¿sabes? Se suicidan. Yo mismo he tenido clientes que lo han hecho.

—Markus Røed no es ningún Bjørn Holm, no es un buen hombre.

—Puede que no. Pero es inocente. Al menos en este caso.

Harry cerró los ojos. *Al menos en este caso.*

—Que tengas una buena noche, Harry.

Cuando Harry abrió los ojos, Johan Krohn ya no ocupaba la silla y la copa había llegado a la mesa.

Intentó beber despacio, le pareció absurdo, y se la acabó de un trago. Ya casi estaba, solo una más.

Entró una mujer. Esbelta, vestido rojo y cabello oscuro, incluso tenía la misma espalda arqueada. Hubo un tiempo en que veía a Rakel por todas partes. Ya no. Sí, lo iba a echar de menos, incluso las pesadillas. Como si percibiera su mirada en las lumbares desnudas, dio la espalda a la barra y lo miró. Solo un segundo o dos, antes de volverse. Pero él la vio. Una mirada despojada de interés, solo contenía cierta compasión. Una mirada que tomaba nota de que en ese sofá había un alma muy solitaria. Uno de esos que no quieres que te contagien.

Al meterse en la cama Harry no recordaba cómo había llegado a la habitación. En el momento que cerró los ojos dos frases empezaron a dar vueltas por su cabeza: «Hacerte sufrir como sufría él». «Inocente, al menos en este caso».

El teléfono vibró y se iluminó en la oscuridad. Se dio la vuelta y lo cogió de la mesilla. Era un SMS de un número que empezaba por +52. No tuvo que apostar a que era de México, porque la foto de Lucille mostraba su rostro con un muro descascarillado de fondo. Parecía mayor sin maquillaje. Había girado un perfil hacia la cámara, el que aseguraba que era el bueno. Estaba pálida y sonreía, como si quisiera consolar al que sabía que recibiría la foto. Él cayó en la cuenta de que era la misma pena contenida que vio en el rostro de su madre cuando apareció en la puerta de clase con su almuerzo.

El texto que figuraba bajo la foto era breve: *5 days, counting.*

22

JUEVES. DEUDA

Eran las diez menos cinco, Katrine y Sung-min estaban ante la sala polivalente con sendas tazas de café. El resto del grupo de investigación murmuraba saludos matinales mientras pasaban en hordas camino de la reunión de primera hora.

—Exacto —dijo Sung-min—. ¿Así que Hole cree que el asesino es un traficante de cocaína que estuvo en la fiesta?

—Eso parece —dijo Katrine y miró el reloj. Él había dicho que llegaría con tiempo y solo faltaban cuatro minutos para la hora en punto.

—Si la cocaína era tan pura, puede que él mismo la trajera de fuera. Junto con otras cosas.

—¿Qué quieres decir?

Sung-min sacudió la cabeza.

—Es solo una asociación de ideas. Había una bolsa vacía de polvo antiparasitario a cierta distancia de la escena del crimen. También la han pasado de contrabando.

—¿Y eso?

—Está prohibido. Contiene venenos muy potentes para combatir un montón de parásitos intestinales, también los más serios.

—¿Serios?

—Parásitos que pueden matar a un perro y contagiarse a las personas. He oído hablar de un par de dueños de perros que los han cogido. Atacan el hígado, resulta muy desagradable.

—¿Crees que el asesino tiene perro?

—¿Y le quita los parásitos al aire libre antes de asesinar y violar a su víctima? No.

—Entonces ¿por qué…?

—¿Por qué? Porque nos estamos agarrando a un clavo ardiendo. ¿Has visto esos vídeos en los que la policía de tráfico de Estados Unidos se aproxima a vehículos a los que ha dado el alto solo porque iban un poco por encima del límite de la velocidad permitida o porque llevan una luz de freno fundida? ¿Con cuánto cuidado se acercan al coche, como si el haber incumplido una norma del código de circulación aumentara de manera exponencial la probabilidad de que se trate de peligrosos delincuentes?

—Sí, y también sé por qué. Porque aumenta de manera exponencial la probabilidad de que sean delincuentes peligrosos. Se ha investigado mucho al respecto.

Sung-min sonrió.

—Exacto. Incumplen las normas. Eso es todo.

—Vale —dijo Katrine y miró la hora otra vez. ¿Qué había sucedido? Había visto en la mirada de Harry que había riesgo de que acabara emborrachándose. Solía cumplir con sus compromisos de todas formas—. Si tienes la bolsa deberías entregársela a los técnicos de criminalística.

—La encontré lejos del lugar de los hechos —argumentó Sung-min—. En ese radio aparecerían mil cosas que, si le echamos un poco de imaginación, podrían relacionarse con el asesinato.

Las diez menos un minuto.

Ahí llegaba el agente que había mandado a la recepción para recibirlo. Justo detrás, sacándole una cabeza, Harry Hole. Parecía estar más arrugado que el traje que llevaba puesto y casi pudo percibir el alcohol en su aliento antes de olerlo. Katrine notó cómo Sung-min se ponía firme a su lado de manera instintiva.

Katrine se acabó el resto del café.

—¿Empezamos?

—Como podéis ver, tenemos un invitado —dijo Katrine.

La primera parte del plan surtió efecto. Los gestos apáticos y cansados se borraron de los rostros de los presentes.

—No necesita presentación, pero para los que seáis muy nuevos, Harry Hole empezó a trabajar como investigador en la sección de Delitos Violentos en… —Miró a Harry.

Él hizo una mueca bajo la barba.

—La Edad de Piedra.

Risas contenidas.

—La Edad de Piedra —dijo Katrine—. Ha participado en la resolución de algunos de nuestros mayores casos. Ha dado clase en la Academia Superior de Policía. Que yo sepa, es el único noruego que ha hecho el curso de especialización en asesinatos en serie del FBI en Chicago. Quise que formara parte de este grupo de investigación, pero no lo permitieron. —Katrine miró a los presentes. Era probable que solo fuera cuestión de tiempo que Melling supiera que había llevado a Harry hasta lo más sagrado—. Por eso, es muy buena noticia que Markus Røed lo haya contratado para investigar los asesinatos de Susanne y Bertine. Así disponemos de más pericia, aunque nuestra dirección no lo respalde. —Vio una leve advertencia en la mirada de Sung-ming e ira en la de Skarre—. He invitado a Harry para que nos dé una idea general de estos asesinatos y para que podamos hacerle preguntas.

—¡Primera pregunta! —Era Skarre. Su voz temblaba de indignación—. ¿Por qué tenemos que escuchar a nadie hablando de asesinos en serie? Eso es propio de una serie de televisión, y que un mismo autor haya cometido dos asesinatos no quiere decir que…

—Sí. —Harry se puso de pie en la primera fila sin girarse hacia los presentes. Por un momento pareció tambalearse, como si una bajada de tensión fuera a derribarlo, hasta que recuperó la estabilidad—. Sí, quiere decir que son asesinatos en serie.

La sala quedó en absoluto silencio mientras Harry daba dos pasos largos y lentos hacia la pizarra, antes de volverse hacia su público. Las palabras llegaron lentas al principio, luego más deprisa, como si la boca necesitara entrar en calor.

—Es tan sencillo como que el concepto de asesinato en serie es una creación del FBI, y su definición oficial es: «asesinato ilegal de dos o más víctimas, con la misma autoría, como hechos independientes». —Clavó la mirada en Skarre—. A pesar de que el caso es, por definición, un asesinato en serie, eso no quiere decir que el autor coincida con tu idea de un asesino en serie en una serie de televisión. No tiene por qué ser un psicópata, ni un sádico o un adicto al sexo. Puede ser una persona relativamente normal, como tú o yo, con un motivo del todo banal, como por ejemplo el dinero. De hecho, se trata de la segunda causa más frecuente de asesinatos en serie en Estados Unidos. Es decir, que un asesino en serie no tiene por qué estar motivado por voces interiores o una necesidad irresistible de matar una y otra vez. Podría estarlo. Uso el masculino porque, salvo contadas excepciones, son hombres. La cuestión es si nos enfrentamos a un asesino en serie de estas características.

—La pregunta —siguió Skarre— sería qué haces aquí cuando estás trabajando de manera privada. ¿Por qué íbamos a creer que quieres ayudarnos?

—Bueno, ¿por qué no iba a querer ayudaros, Skarre? Mi encargo consiste en asegurarme, o al menos aumentar la probabilidad, de que este caso se solucione. No tengo por qué ser yo quien lo resuelva. Veo, Skarre, que se trata de un concepto difícil de asumir a la primera, así que deja que lo ejemplifique de este modo. Si mi misión consistiera en evitar que la gente muriera en un incendio y una casa estuviera en llamas, ¿qué debería hacer? ¿Debería utilizar mi cubo de agua o llamar a los bomberos que se encuentran a la vuelta de la esquina?

Katrine disimuló una sonrisa, pero vio que Sung-min no se molestaba en ocultarla.

—Vale —dijo Harry—. Vosotros sois los bomberos y me tenéis al teléfono. Ahora mi trabajo consiste en contaros lo que sé sobre las llamas. Y puesto que da la casualidad de que sé algo de incendios, os contaré qué es lo que tiene de especial este en concreto. ¿De acuerdo?

Katrine vio que algunos asentían con un movimiento de cabeza. Otros intercambiaron miradas, nadie protestó.

—Directo a lo que es especial —dijo Harry—: las cabezas. O, para ser más preciso: los cerebros. La pregunta es, como siempre, ¿por qué? ¿Por qué cortar cabezas y coger los cerebros? Bueno, en algunos casos la respuesta es sencilla. En el Antiguo Testamento una pobre viuda judía, Judith, salva a su pueblo sitiado seduciendo al general enemigo y cortándole la cabeza. La cuestión no es solo matarlo, sino mostrar la cabeza cercenada a todos, alardear de poderío, asustar al enemigo que, en efecto, acaba huyendo. Es decir, un acto racional, con una motivación que se repite en la historia de las guerras y que hoy vemos en la distribución que los terroristas políticos hacen de las imágenes en vídeo de decapitaciones. Es difícil atribuir a nuestro hombre la necesidad de asustar a alguien. Entonces ¿cuál es su motivo? En las tribus de cazadores de cabelleras, o al menos en los mitos sobre ellas, quieren las cabezas de sus víctimas para sí, como trofeos o para ahuyentar malos espíritus. En algunos casos, para conservar esos espíritus. Las tribus de Nueva Guinea creían que al llevarse los cráneos de las víctimas también se llevaban sus almas. Puede que ahí nos estemos aproximando a lo que tenemos aquí.

Katrine percibió que, aunque Harry hablaba en un tono monocorde, sin mucha mímica facial ni gestos dramáticos, había captado la atención sin fisuras de los presentes.

—La historia de los asesinos en serie está repleta de cabezas cortadas. Ed Gein decapitaba a sus víctimas y colocaba las cabezas en los postes de la cama. Ed Kemper le cortó la cabeza a su madre y mantuvo relaciones sexuales con ella. Puede que nuestro caso tenga más características en común con el asesino en serie Jeffrey Dahmer, quien asesinó a diecisiete hombres y niños en los años setenta. Contactaba con ellos en fiestas o bares, los emborrachaba o drogaba. Volveré sobre el hecho de que, en nuestro caso, puede haber ocurrido algo parecido. Después, Dahmer se llevaba a las víctimas a casa y las mataba, lo más habitual era que las estrangulara mientras estaban bajo los efectos de las drogas. Mantenía relaciones sexuales con los cadáveres. Los desmembraba. Taladraba los cráneos y los rellenaba con distintos fluidos, como ácidos. Les cortaba la cabeza. Comía partes específicas de los cuerpos. Explicó a sus psicólogos que se quedaba con los cráneos porque temía ser rechazado y, de ese modo, se aseguraba de que nunca pudieran abandonarlo. De ahí el paralelismo con los coleccionistas de espíritus de Nueva Guinea. Dahmer fue más allá, se aseguró de que las víctimas se quedaran con él comiéndose algo de ellas. Por cierto, los psicólogos concluyeron que Dahmer no estaba loco desde un punto de vista jurídico, solo padecía un trastorno de la personalidad. Como puede pasarnos a la mayoría de nosotros sin que eso nos impida funcionar en sociedad. En otras palabras, Dahmer era una persona que podría haberse sentado entre nosotros y no por eso habríamos sospechado de él. Sí, ¿Larsen?

—Nuestro culpable no se llevó la cabeza de Susanne, sino el cerebro. En el caso de Bertine se ha quedado con el cráneo y con el cerebro. ¿Eso quiere decir que es el cerebro lo que busca? Y si es así, ¿el cerebro puede ser el trofeo?

—Hum. Solemos distinguir trofeos de souvenirs. Los trofeos simbolizan la victoria sobre la víctima, y en esos casos es frecuente utilizar las cabezas. Los souvenirs sirven como recuerdos del acto sexual y para obtener satisfacción sexual más tarde. No tengo noticia de que los cerebros destaquen aquí. Si vamos a llegar a alguna conclusión a partir de lo que sabemos de asesinos en serie psicópatas que actúan por motivos sexuales, tienen toda clase de motivos para hacer lo que hacen, exactamente igual que el resto de la gente. Por eso no hay un patrón común de comportamiento, al menos no tan detallado que nos permita de buenas a primeras prever su próximo movimiento. Salvo una cosa que podemos suponer con muchas probabilidades de acertar.

Katrine sabía que no se trataba de una pausa estudiada para generar expectación, sencillamente Harry tuvo que tomar aire mientras daba un paso casi imperceptible a un lado para mantener el equilibrio.

—Que volverá a actuar.

En el silencio que siguió, Katrine oyó que se aproximaban pasos firmes y acelerados por el pasillo. Reconoció ese sonido y supo de quién se trataba. Puede que Harry también los oyera y supusiera que su tiempo se acababa. El caso es que aceleró el ritmo.

—No creo que esta persona vaya en busca de cabezas, sino de los cerebros de las víctimas. Que decapitara a Bertine solo quiere decir que ha depurado el método, lo que también es característico del clásico asesino en serie psicópata. Ha aprendido de la vez anterior que extraer el cerebro en el lugar de los hechos exige mucho tiempo y, por tanto, es arriesgado. Además, cuando vio el resultado de volver a coser el cuero cabelludo comprendió que sería descubierto, que si quería ocultar que lo que busca es el cerebro era mejor llevarse la cabeza entera. No creo que matara a Bertine estrangulándola porque quisiera despistar a la policía haciendo creer que era un asesino distinto al de Susanne. Si eso fuera importante para él, no habría elegido Skullerud las dos veces, ni habría dejado a las dos víctimas desnudas de cintura para abajo. La causa del cambio de método fue práctica. Al cortarle el cuello a Susanne, se manchó de sangre, eso se puede ver en las salpicaduras que han quedado. Manos, cara y ropa ensangrentadas llamarían la atención si se cruzara con alguien en el camino de vuelta. Además, tuvo que tirar la ropa, lavar el coche, etcétera.

Se abrió la puerta. En efecto, era Bodil Melling. Se colocó en el umbral, cruzada de brazos y mirando a Katrine de un modo que anunciaba tormenta.

—Ese es también el motivo por el que se la llevó hasta una laguna. Allí podía minimizar los restos de sangre al sujetar la cabeza bajo el agua mientras la cortaba. En esto los asesinos en serie son como la mayoría de nosotros. Mejoramos con la práctica. En este caso, eso son malas noticias para lo que está por venir. —Harry miró a Bodil Melling—. ¿Qué opina la directora de la sección?

Ella elevó las comisuras de los labios para fingir una sonrisa.

—Lo que está por venir, Hole, es que vas a marcharte de aquí ahora mismo. Después nos ocuparemos en privado de cómo interpretamos las normas de confidencialidad de la información ante terceros sin nivel de seguridad acreditado.

Katrine sintió que una mezcla de vergüenza e ira le atenazaba la garganta, sabía que su voz lo dejaría traslucir.

—Comprendo tu preocupación, Bodil. Por supuesto que Hole no ha tenido acceso a...

—Como ya he dicho —interrumpió Melling—, lo hablaremos en privado. ¿Podría alguien que no sea Bratt acompañar a Hole a la salida? Bratt, tú vienes conmigo.

Katrine miró desesperada a Harry, que se encogió de hombros. Luego fue tras Bodil Melling mientras escuchaba el golpeteo rítmico de sus tacones por el pasillo.

—De verdad, Katrine —dijo Melling en el ascensor—. Te lo advertí. No metas a Hole en esto. Y lo has hecho de todas formas.

—No me diste permiso para incorporarlo al grupo. Vale, pero ha venido como asesor, alguien que comparte experiencias e información sin recibir nada a cambio. Ni dinero, ni datos. Considero que esa decisión es competencia mía.

El ascensor avisó con un tintineo de que habían llegado.

—¿Eso crees? —dijo Melling y salió.

Katrine se apresuró a seguirla.

—¿Alguien te ha enviado un mensaje desde la sala?

Melling sonrió con ironía.

—Ojalá solo tuviéramos que preocuparnos por esa clase de filtraciones responsables.

Melling fue a su despacho. Junto a la pequeña mesa de reuniones estaban Ole Winter y el responsable de información Kedzierski con sendas tazas de café y ejemplares de *Dagbladet*.

—Buenos días, Bratt —dijo el director de la Policía Judicial.

—Estábamos discutiendo las filtraciones en el doble caso de asesinato —informó Melling.

–¿Sin mí? –preguntó Katrine.

Melling suspiró, tomó asiento e indicó a Katrine con un gesto que hiciera lo mismo.

–Sin ninguno de los que, en teoría, pudieran ser responsables de esto. No hay motivo alguno para tomárselo como algo personal. Vamos a comentarlo contigo en primera persona. Supongo que has visto lo que Våge publica hoy.

Katrine asintió.

–Es un escándalo –dijo Winter negando con la cabeza–. Nada menos. Våge conoce detalles de la investigación que solo pueden tener una fuente, y está aquí. He comprobado a los míos que trabajan en el caso, y no es ninguno de ellos.

–¿Cómo lo has *comprobado*? –preguntó Katrine.

Winter no respondió, se limitó a seguir moviendo la cabeza.

–Y ahora, Bratt, ¿vas tú y encima invitas a la competencia a entrar?

–Puede que tú compitas con Hole, pero yo no –dijo Katrine–. ¿Queda café para mí?

Melling la miró perpleja.

–Volviendo a las filtraciones –continuó Katrine–. Dame unos consejos sobre cómo *comprobar* a mis colaboradores, Winter. ¿Pinchar los teléfonos? ¿Leer sus correos electrónicos? ¿Interrogarlos con métodos de tortura china?

Winter miró a Melling como si apelara al sentido común.

–He comprobado otra cosa –dijo Katrine–. He vuelto a leer lo que Våge sabe y lo que no. Y resulta que todo lo que parece haber obtenido de uno de nuestros investigadores se ha publicado *después* de que figurara en los informes registrados en los archivos policiales BL. Lo que, a su vez, indica que la fuente puede ser cualquiera de esta central que tenga acceso a esos archivos. Por desgracia, nuestro sistema no registra qué han leído los que han accedido a él.

–¡No es cierto! –dijo Winter.

–Sí –dijo Katrine–. He hablado con el responsable de nuestros sistemas informáticos.

–Me refiero a que figure en los informes todo lo que Våge publica. –Winter agarró el periódico de la mesa y leyó en voz alta–: «La policía ha evitado hacer públicos varios detalles grotescos, como que el tatuaje de Bertine Bertilsen había sido cortado y vuelto a coser sobre el cuerpo».

Volvió a lanzar el diario a la mesa.

–¡Eso *no* ha aparecido en ningún informe!

–Eso espero –dijo Katrine–. Porque no es el caso. Våge se lo inventa. Supongo que nuestra responsabilidad no llega hasta ahí, Winter.

–Gracias, Anita –dijo Harry con la mirada fija en la pinta de cerveza que la camarera entrada en años había depositado ante él.

–En cualquier caso –suspiró Anita como continuación de algo que había pensado, pero no dicho–, me alegro de volver a verte.

–¿Qué tripa se le ha roto a esa? –preguntó Truls, que ya ocupaba la mesa de la ventana en Schrøder cuando Harry se presentó a la hora acordada.

–No le gusta servirme alcohol –aclaró Harry.

–Entonces Schrøder no es el mejor sitio para trabajar –rezongó Truls entre risas.

–Puede que no. –Harry levantó el vaso–. A lo mejor solo necesita el dinero. –Se llevó la pinta a los labios y bebió sin soltar la mirada de Truls.

–¿Qué querías? –preguntó Truls, y Harry vio cómo se contraía la piel bajo uno de sus ojos.

–¿Tú qué crees?

–No sé. ¿Volver a discutir el caso?

–Puede ser. ¿Qué opinas de esto? –Harry se sacó el periódico del bolsillo de la chaqueta y lo puso ante Truls.

–¿De qué?

–Lo que publica Våge sobre el tatuaje de Bertine. Que se lo han cortado y vuelto a coser.

—¿Opinar? Pues supongo que está bien informado. Es su trabajo, ¿no?

Harry suspiró.

—No pregunto para alargar el tema, Truls. Es para darte la oportunidad de que lo digas antes de que lo haga yo.

Truls tenía las manos sobre el mantel agujereado, a ambos lados de una servilleta de papel. No había pedido nada. No quería tomar nada. Tenía las manos rojas en contraste con la servilleta blanca, parecían inflamadas, hinchadas. Como si fueran a quedar reducidas a un par de guantes si Harry las pinchara con un alfiler. Truls había adelantado la frente, tenía un tinte rojo oscuro, ese que le ponen al demonio en las historietas.

—No tengo ni idea de qué hablas —dijo Truls.

—Eres tú. Tú le estás dando información a Terry Våge.

—¿Yo? ¿Estás tonto? Ni siquiera estoy en el grupo que investiga el caso.

—Informas a Våge del mismo modo que a nosotros, lees los informes en el mismo instante en que aparecen en BL96. Ya lo hacías cuando me puse en contacto contigo, así que no es de extrañar que aceptaras mi oferta. Cobras el doble por el mismo trabajo. Bueno, imagino que Våge te pagará aún más ahora que también le informas del contenido de las reuniones del grupo Aune.

—¿Qué cojones? Yo no he…

—Cierra la boca, Truls.

—A la mierda. No me da la gana que…

—¡Cállate! ¡Y quédate sentado!

Las pocas mesas que estaban ocupadas quedaron en silencio. No miraban con descaro, tenían los ojos clavados en sus pintas de cerveza y recurrían a la mirada periférica. Harry había puesto la mano encima de la de Truls y presionaba con tanta fuerza que Truls se vio obligado a volver a sentarse. Harry se inclinó al frente y siguió en voz baja:

—Como he dicho, no voy a prolongar esto. Así que aquí lo tienes. Empecé a sospechar cuando Våge publicó que algunos investigadores especulaban con la posibilidad de que Røed hubiera encargado los asesinatos para que parecieran tener una motivación sexual. Lo habíamos hablado en el grupo Aune y era una teoría lo bastante poco convencional para que comprobara con Katrine si era algo que ellos hubieran pensado. No era así. Por eso me inventé lo de que habían recosido el tatuaje de Bertine y te lo dije solo a ti. Dije que era algo que todo el mundo en la central sabía, para que te sintieras seguro de que podías contarlo sin que te señalara a ti. Y así fue, no pasaron muchas horas antes de que Våge lo publicara. Así está la cosa, Truls.

Truls Berntsen miraba inexpresivo al frente. Agarró la servilleta y la arrugó como Harry le había visto hacer con el boleto de apuestas sin premio en el hipódromo de Bjerkebanen.

—Vale —dijo Truls—. Pues he vendido un poco de información. Y os podéis ir a la mierda, porque no ha pasado nada. Nunca le habría dado a Våge algo que pudiera interferir con la investigación.

—Ese es tu punto de vista, Truls. No vamos a tener esa discusión ahora.

—No, no la vamos a tener porque me largo, *bye*. Puedes coger el dinero de Røed y limpiarte el culo con él.

—Siéntate te digo. —Harry esbozó una sonrisa—. Gracias, el papel de baño de The Thief es de primera calidad. Tan suave que te entran ganas de cagar una vez más, de verdad. ¿Alguna vez lo has probado?

Truls Berntsen no parecía haber entendido la pregunta, pero permaneció sentado.

—Esta es tu oportunidad para volver a cagarla —dijo Harry—. Le vas a contar a Våge que has perdido el acceso a BL96, que a partir de ahora va a tener que buscarse la vida por su cuenta. A mí me vas a contar a cuánto asciende esa deuda tuya de juego. Y no le vas a decir a nadie ni una palabra de lo que pasa en el grupo Aune.

Truls miró desconcertado a Harry. Tragó saliva. Parpadeó un par de veces.

—Trescientas mil coronas —dijo por fin—. Redondeando.

—Vaya, eso es mucho. ¿Vencimiento?

—Hace mucho. Los intereses se acumulan, por así decirlo.

—¿Cobro agresivo?

Truls resopló.

—No son solo los alicates, amenazan con toda clase de perversidades. Tengo que mirar por encima del hombro todo el rato, ni te lo imaginas.

—Ni me lo imagino —comentó Harry cerrando los ojos. Esa noche había soñado con escorpiones. Invadían la habitación por debajo de la puerta y de los rodapiés, por los marcos de las ventanas y los enchufes. Miró su pinta de cerveza. A la vez ansiaba y temía las dos horas siguientes. Se había emborrachado hasta desmayarse el día anterior y hoy iba a hacer lo mismo. Ya era, oficialmente, un pretexto—. Vale, Truls, te conseguiré el dinero. Mañana, ¿vale? Me pagas cuando puedas.

Truls Berntsen siguió pestañeando. Ahora tenía lágrimas en los ojos.

—¿Por qué...? —empezó.

—No te pongas tonto —lo cortó Harry—. No lo hago porque me gustes. Es porque me haces falta.

Truls miró fijamente a Harry, como si quisiera decidir si estaba de broma o no. Harry levantó la pinta de cerveza.

—No hace falta que sigas ahí sentado, Berntsen.

Eran las siete y media de la tarde.

Harry tenía la cabeza colgando. Se dio cuenta de que estaba sentado en una silla y llevaba los pantalones manchados de vómito. Alguien había dicho algo. Esa voz sonó de nuevo.

—¿Harry?

Levantó la cabeza. La habitación dio vueltas y los rostros que estaban vueltos hacia él se desdibujaron. Los reconoció de todas formas. Los había visto y conocido durante años. Rostros de confianza. El grupo Aune.

—No se exige sobriedad para asistir a estas reuniones —dijo la voz—. Pero es aconsejable poder hablar. ¿Puedes, Harry?

Harry tragó saliva. Ahora recordaba las últimas horas. Había querido beber y beber hasta que no quedara nada, ni licor, ni dolor, ni Harry Hole. Ni todas esas voces en su cabeza que gritaban pidiendo una ayuda que no les podía prestar. Ese reloj que hacía tictac cada vez más alto. Querría ahogarlo en alcohol y dejarse ir, permitir que el tiempo se agotara. Traicionar, traicionar. Eso era lo único que sabía hacer. ¿Por qué había optado por sacar el teléfono, marcar este número y presentarse aquí?

No, no era el grupo Aune el que ocupaba las sillas del círculo.

—Hola —dijo con voz tan ronca que parecía un tren descarrilando—. Me llamo Harry y soy alcohólico.

23

VIERNES. *EL TRONCO AMARILLO*

—¿Una noche movida? —preguntó la mujer que sujetaba la puerta para dejar pasar a Harry.

Helene Røed era más baja de lo que había imaginado. Vestía unos vaqueros ajustados y un jersey negro de cuello alto. El cabello rubio recogido con un sencillo coletero. Concluyó que era tan guapa como en las fotos.

—¿Tanto se nota? —dijo Harry, y entró.

—¿Gafas de sol a las diez de la mañana? —preguntó ella como respuesta y abrió paso hacia el interior de un apartamento que se intuía enorme—. Ese traje es demasiado bueno para llevarlo en ese estado —dijo hablando por encima del hombro.

—Gracias —dijo Harry.

Ella rio y lo condujo hacia una gran habitación con sala de estar y una cocina abierta con isla.

La luz del día invadía el interior desde todas partes. Hormigón, madera, cristal. Supuso que todo era de máxima calidad.

—¿Café?

—Encantado.

—Iba a preguntarte de qué tipo, pero tienes pinta de ser de los que se lo beben todo.

—Todo —dijo Harry esbozando una sonrisa.

Ella presionó una tecla de la cafetera niquelada y empezó a moler granos de café mientras aclaraba el filtro bajo el grifo. Harry paseó la mirada por lo que había sujeto a las dobles puertas del frigorífico con imanes. Un calendario. Dos fotos de caballos. Una entrada con el logo del Teatro Nacional.

—¿Vas a ir a ver *Romeo y Julieta* mañana?

—Sí. ¡Es un montaje fantástico! Fui al estreno con Markus. No es que le interese el teatro, pero los patrocina, así que nos mandan muchísimas entradas. Repartí la mayoría en la fiesta, me parece que la gente *tiene* que ver esa función, me siguen quedando dos o tres. ¿Has visto *Romeo y Julieta*?

—Pues sí, pero en versión cinematográfica.

—En ese caso, tienes que ver esta.

—Yo…

—¡Sí! Espera un momento.

Helene Røed se marchó y Harry recorrió con la mirada el resto de la puerta del frigorífico.

Fotos de dos niños con sus padres, tomadas durante unas vacaciones, al parecer. Harry apostó a que se trataba de los sobrinos de Helene. Ninguna foto de Helene ni de Markus, ni juntos ni en compañía de otros. Se aproximó a las ventanas que iban del suelo al techo. Vistas de todo Bjørvika y el fiordo de Oslo, solo el Museo Munch bloqueaba la vista. Oyó que Helene se aproximaba a paso rápido.

—Lamento lo del museo —dijo tendiéndole dos entradas a Harry—. Lo llamamos Chernóbil. Pocos arquitectos consiguen cargarse todo un barrio con un solo edificio, pero el Estudio Herreros lo ha logrado, no se les puede negar ese mérito.

—Hum.

—Empieza a hablar de lo que te trae aquí, Hole, se me da bien hacer dos cosas a la vez.

—Vale. Sobre todo, quiero que me hables de la fiesta. De Susanne y de Bertine, claro, y más que nada de la persona que llevó la cocaína.

—Perfecto —dijo ella—. Así que conoces su existencia.

—Sí.

—Supongo que nadie acabará en la cárcel porque hubiera un poco de coca encima de la mesa, ¿no?

—No. Además, no soy policía.

—Es cierto. Tú eres el chico de Markus.

—Eso tampoco.

—Sí, Krohn me contó que vas por libre. Ya sabes cómo son las cosas. Al final, el que paga manda. —Sonrió; había un halo de amargo desprecio en el gesto que hizo preguntarse a Harry si iba dirigido contra él o contra quien pagaba. O tal vez contra ella misma.

Helene Røed le habló de la fiesta mientras hacía café. Harry tomó nota de que lo que decía cuadraba con el relato del marido y de Øystein. El hombre de la cocaína verde había aparecido un poco como de la nada y se acercó a ella y a Markus en la terraza del edificio. Puede que se hubiera colado en la fiesta, en ese caso no habría sido el único.

—Llevaba mascarilla, gafas de sol y una gorra grande, así que tenía un aspecto bastante dudoso para aquel ambiente. Insistió en que Markus y yo probáramos su polvo, yo le dije que no sería el caso, que Markus y yo nos habíamos prometido no volver a consumir. Luego, pocos minutos después, me di cuenta de que Markus y algunos más ya no estaban. Ya tenía sospechas de antes, porque uno de los que apareció por la fiesta era el tipo al que Markus solía comprarle la cocaína. Entré en el apartamento, y fue tan patético…

Cerró los ojos y se llevó una mano a la frente.

—Ahí estaba Markus inclinado sobre la mesa y con esa pajita asquerosa ya metida en la nariz. Incumplía su promesa en mi cara. Y entonces resulta que esa nariz tocada por la coca le hace estornudar y se lo estropea todo. —Abrió los ojos y miró a Harry—. Me gustaría haber sido capaz de reírme.

—El camello de la mascarilla intentó recoger bastante polvo del suelo como para que Markus pudiera hacerse una raya. Eso me ha parecido entender.

—Pues sí. O puede que solo estuviera haciendo la limpieza. Si hasta secó los mocos de Markus de la mesa. —Señaló la gran mesa de cristal colocada delante del sofá—. Supongo que quería dar buena impresión, lograr que Markus fuera un cliente fijo. ¿Quién no lo querría? Tal vez te hayas dado cuenta de que Markus no es de los que regatean, que digamos. Prefiere pagar de más que de menos, le produce sensación de poder. O, mejor dicho, le da poder.

—¿Quieres decir que el poder es importante para él?

—¿No lo es para todos?

—Bueno. Para mí no. Pero ese es solo mi punto de vista, claro.

Se habían sentado a ambos lados de la isla de la cocina. Helene Røed miró a Harry de un modo que le hizo pensar que estaba calibrando la situación. Calculando cuánto iba a contar. Valorándolo a *él*.

—¿Por qué tienes un dedo metálico? —preguntó señalando con un movimiento de cabeza.

—Porque un tipo cortó el mío. Es una larga historia.

Ella no apartó la mirada.

—Hueles a borracheras pasadas —dijo—. Y a vómito.

—Lo lamento. Ayer me encontraba mal y aún no me he hecho con otra ropa.

Ella sonrió con ligereza, como para sí.

—¿Sabes cuál es la diferencia entre un tipo atractivo y un hombre que resulta atractivo, Harry?

—No. ¿Cuál es?

—Te lo he preguntado porque no lo sé, Harry.

Harry sostuvo su mirada. ¿Coqueteaba?

Ella posó los ojos en la pared.

—¿Sabes qué me resultaba atractivo de Markus, además de su apellido y su dinero?

—No.

—Que resultaba atractivo también para los demás. ¿No es extraño? ¿El modo en que se retroalimenta eso?

—Entiendo lo que quieres decir.

Ella sacudió la cabeza con aire desesperado.

—Markus tiene un solo talento. Transmite el mensaje de que es él quien decide. Es como ese chico o esa chica del colegio que, sin que nadie sepa por qué, toma el mando y decide quién está dentro y quién no. Cuando partes del liderazgo social, tienes poder, y de ahí nace más poder. No hay nada, absolutamente nada, que resulte más atractivo que el poder. ¿Comprendes, Harry? No es un oportunismo calculador el que hace que las mujeres nos rindamos al poder, es biológico. El poder es sexy, punto.

—Vale —dijo Harry. Era probable que no estuviera coqueteando.

—Cuando has aprendido a disfrutar de ese poder, como en el caso de Markus, te da un miedo atroz perderlo. A Markus se le da bien tratar con la gente, pero, como él y su familia tienen poder, es probable que, más que gustar, genere temor. Eso le molesta, porque para él es importante gustar, no a gente insignificante, que le da igual, sino a aquellos con los que busca identificarse, los que considera sus iguales. Estudió en la prestigiosa escuela de negocios BI porque iba a hacerse cargo de la inmobiliaria de la familia, hubo más fiesta que estudio y acabó por tener que marcharse al extranjero para obtener el título. La gente cree que es bueno en su trabajo porque ha acumulado capital, pero si has estado en el mercado inmobiliario los últimos cincuenta años ha sido imposible no obtener ganancias. De hecho, Markus fue uno de los pocos que estuvo a punto de hundir su empresa, el banco lo salvó al menos en dos ocasiones. A pesar de eso, está rodeado de una especie de halo, el dinero narra la única historia de éxito que la gente está en condiciones de escuchar. Y me incluyo. —Suspiró—. Tenía mesa fija en un local de moda donde hombres con dinero a los que les gustan las chicas que hacen lo que les piden ligan con chicas a las que les gustan los hombres con dinero y que hacen lo que se les dice. Suena banal, y lo es. Sabía que Markus estaba divorciado, que de eso hacía muchos años, que desde entonces estaba soltero. Supuse que no había conocido a la persona idónea. Y que esa era yo.

—¿Lo eras?

Ella se encogió de hombros.

—Supongo que encajé. Una belleza treinta años más joven que podía exhibir, que era capaz de dar conversación a los de su edad sin que diera vergüenza ajena y mantener la casa en orden. Supongo que la cuestión era si él me convenía a mí, pero tardé mucho en plantearme esa pregunta.

—¿Y?

—Ahora yo vivo aquí y él en un refugio, arriba, en Frogner.

—Hum. A pesar de eso estuvisteis juntos los dos martes en que desaparecieron las chicas.

—¿Ah, sí?

Harry creyó ver un desafío en su mirada.

—Eso le has dicho a la policía.

Ella sonrió un instante.

—Sí, pues entonces así sería.

—¿Estás intentando decirme que no dijiste la verdad?

Ella negó con la cabeza con aire resignado.

—¿Quién tiene más necesidad de una coartada, Markus o tú? —preguntó Harry muy pendiente de sus reacciones.

—¿Yo? Estás insinuando que yo… —Su gesto de sorpresa desapareció y la risa resonó por la estancia.

—Tienes motivo —insistió Harry.

—No —dijo ella—. No tengo motivo. He dejado que Markus fuera a lo suyo, mi única condición ha sido que no me dejara en evidencia. O que les dé mi dinero.

—¿Tu dinero?

—El suyo, el nuestro, el mío, llámalo como quieras. No creo que esas dos chicas tuvieran planes en ese sentido. No es que fueran caras de mantener. En cualquier caso, pronto comprenderás que en verdad no tengo motivo. Resulta que esta misma mañana mi abogado ha mandado una carta a Krohn en la que le informa de que quiero divorciarme, y que quiero la mitad de todo. ¿Comprendes? No lo quiero a él, que se queden con Markus si es eso lo que buscan. Solo quiero mi escuela de equitación. —Rio con frialdad—. ¿Te sorprende, Harry?

—Hum. Un productor cinematográfico de Los Ángeles me contó que la escuela más cara es tu primer divorcio. Que ahí aprendes a hacer separación de bienes en tu segundo matrimonio.

—Oh, Markus tiene separación de bienes. Tanto conmigo como con su ex, no es tonto. Con lo que sé, me dará lo que le pido.

—¿Qué es lo que sabes?

Ella desplegó una gran sonrisa.

—Esas son mis cartas para negociar, Harry, así que no puedo contártelo. Hay muchas probabilidades de que firme un acuerdo de confidencialidad. Ruego a Dios que alguien descubra lo que ha hecho, pero tendrá que ser sin mi ayuda. Sé que suena cínico, pero ahora mismo debo salvar mi pellejo, no al mundo. *Sorry*.

Harry iba a decir algo; no lo hizo. Ella no iba dejarse manipular ni convencer.

—¿Por qué accediste a reunirte conmigo? —preguntó él—. Si ya sabías que no ibas a contarme nada.

Ella adelantó el labio inferior y asintió.

—Buena pregunta. Quién sabe. Por cierto, ese traje tuyo necesita una visita a la tintorería. Te voy a dar uno de los de Markus, debéis tener más o menos la misma talla.

—¿Perdón?

Helene ya se había puesto de pie y se adentró en el apartamento.

—He empaquetado unos trajes que ya no le sirven porque ha engordado. Iba a donarlos al Ejército de Salvación —gritó ella.

En su ausencia, Harry se puso de pie y se acercó al frigorífico. Ahora vio que Helene sí que aparecía en una de las fotos, sujetando la brida de uno de los caballos. La entrada era para una función de *Romeo y Julieta* al día siguiente. Miró el calendario. Se fijó en que el jueves siguiente había anotado «Excursión a caballo en Valdres». Helene regresó con un traje negro y un portatrajes.

—Te agradezco la intención —dijo Harry—, prefiero comprar mi propia ropa.

—El mundo necesita que reciclemos más —reiteró ella—. Y se trata de un Brioni Vanquish II, sería un crimen tirarlo. Venga, haz algo por el planeta.

Harry la miró. Dudó. Pero algo le dijo que debía complacerla. Se quitó la chaqueta y se enfundó la otra.

—Bueno, estás más delgado que él —observó Helene ladeando la cabeza—, sois de la misma altura y tenéis el mismo ancho de hombros, así que vale. —Le pasó los pantalones. No se volvió mientras él se cambiaba—. Perfecto —dijo mientras guardaba el otro en el portatrajes—. Te doy las gracias en nombre de las generaciones futuras. Si no deseas nada más, tengo una reunión por Zoom.

Harry asintió con un movimiento de cabeza y cogió el portatrajes.

Helene lo acompañó al recibidor, abrió la puerta y la sujetó.

—Por cierto, acabo de caer en el único aspecto positivo del Museo Munch —dijo ella—. Y es Edvard Munch. Ve a ver *El tronco amarillo*. Que tengas un buen día.

Thanh maniobró para salir con el trípode publicitario por la puerta de la tienda de animales Mons. Separó las patas del trípode y lo colocó bien visible junto al escaparate, de manera que no tapara nada. No quería poner a prueba la buena voluntad de Jonathan, al fin y al cabo era publicidad de su negocio dentro del negocio: cuidado de perros a domicilio.

Apartó la mirada del anuncio y contempló su reflejo en el cristal. Había cumplido veintitrés años, todavía no había acabado de decidir qué quería estudiar. Sabía lo que *quería* ser: veterinaria. La nota de corte para acceder a Veterinaria en Noruega era estratosférica, más alta incluso que para entrar en Medicina, y sus padres no podían permitirse mandarla al extranjero a estudiar. Ella y su madre se habían informado sobre las universidades de Eslovaquia y Hungría y podrían lograrlo si trabajaba un par de años en Mons y cuidaba perros fuera de su horario.

—Perdona, ¿eres la dueña de la tienda? —dijo una voz a su espalda.

Ella se giró. El hombre tenía aspecto asiático, pero no era de Vietnam.

—No, está detrás del mostrador —dijo señalando la puerta.

Inspiró el aire otoñal y miró alrededor. La plaza de Vestkant-torget, en el oeste de Oslo. Las bonitas construcciones antiguas, los árboles, el parque. Debería vivir aquí. Había que elegir, uno no se hacía rico trabajando de veterinario. Y, en ese caso, prefería ser veterinaria.

Entró en la pequeña y acogedora tienda de animales. A veces la clientela mostraba su decepción, sobre todo los niños, al ver las estanterías con pienso, jaulas, collares para perro y otro equipamiento. «¿Dónde están los animales?».

A veces les daba una vuelta para que vieran lo que había. Los peces en los acuarios, las jaulas de los hámsteres, ratas, conejos y los terrarios de los insectos.

Thanh se acercó a los acuarios de los peces *Ancistrus*. Les encantaban las verduras, y se había traído unos guisantes y algo de pepino que habían sobrado de la cena. Oyó que el hombre le decía al propietario que era policía, que habían encontrado una bolsa de Hillman Pets con fecha de fabricación posterior a su prohibición, preguntaba si sabían algo al respecto, puesto que Mons tenía los derechos de importación y era el único punto de venta.

Vio que el propietario se limitaba a sacudir la cabeza en silencio. Sabía que al policía le iba a costar un gran esfuerzo lograr que Jonathan hablara. Su jefe era un espíritu callado, introvertido. Si decía algo era con frases breves, le recordaba a los mensajes de su exnovio, palabras clave, todo minúsculas, nada de puntos o emojis. Y daba la sensación de estar enfadado o molesto, como si las palabras fueran una carga innecesaria. Los primeros meses le resultaba incómodo, se preguntaba si le caía mal. Tal vez se debiera a que en su familia hablaban todos sin parar. Había acabado por comprender que el problema no era ella, sino él. Que no es que ella no le gustara. Puede que fuera todo lo contrario.

—Veo en internet que muchos dueños de perros lamentan la prohibición, que Hillman Pets es mucho más eficaz que otros productos del mercado.

—Lo es.

—En ese caso no sería raro que alguien quisiera obtener un buen beneficio saltándose la norma y vendiéndolo bajo cuerda.

—No lo sé.

—¿No? —Vio que el policía se quedaba a la espera, pero no dijo nada más—. ¿Y tú no has…?

Silencio.

—¿…importado algo? —remató el agente.

Jonathan respondió tan bajito y con voz tan grave que dio la impresión de ser solo una leve vibración en el aire.

—¿Me estás preguntando si he hecho contrabando?

—¿Lo has hecho?

—No.

—¿Y no tienes ninguna manera de ayudarme a descubrir quién puede haberse hecho con una bolsa de Hillman Pets producida este año?

—No.

—No —repitió el policía, se balanceó sobre las suelas de los zapatos y miró alrededor. Observaba el entorno como si no tuviera intención de rendirse, pensó Thanh. Como si solo estuviera planificando el próximo movimiento.

Jonathan carraspeó.

—Voy a comprobar en el despacho si tengo una lista de quiénes hicieron los últimos pedidos. Espera aquí.

—Gracias.

Jonathan pasó al lado de Thanh por el estrecho pasillo que separaba los acuarios de las jaulas de los conejos. Ella vio en su mirada algo que no había detectado antes, inquietud, sí, angustia. Y el olor a sudor era más intenso de lo habitual. Luego entró en el despacho, la puerta estaba entreabierta y Thanh pudo ver que tenía el terrario de cristal tapado con una manta. Sabía con exactitud lo que había en su interior. Solo en una ocasión había llevado a unos niños para enseñárselo y él se había enfadado mucho, le dijo que los clientes no pintaban nada en el despacho, ella sabía que ese no era el motivo. Era por el animal. No quería que nadie lo viera.

Jonathan era un jefe llevadero. Le daba tiempo libre cuando se lo pedía, incluso le subió el sueldo sin que ella lo solicitara. No estaba acostumbrada a trabajar tan cerca de alguien, solo eran ellos dos y, a pesar de eso, no sabía nada de él. A veces tenía la sensación de que le gustaba demasiado, otras veces nada. Era mayor que ella, no mucho, le echaba unos treinta años, deberían tener muchos temas de conversación. Sin embargo, él respondía de manera cortante y escueta si ella le decía algo solo con la intención de charlar. En otras ocasiones la miraba cuando creía que ella no se daba cuenta. ¿Estaba interesado en ella? ¿Su actitud reservada era síntoma de mal humor, timidez o un intento de disimular que sentía algo por ella?

Puede que solo fueran imaginaciones suyas, castillos en el aire producto del aburrimiento, de los días largos con poca variación. A veces no podía evitar pensar que se comportaba como los chicos del colegio que tiran bolas de nieve a las chicas que les gustan. Pero era un adulto. Resultaba raro. *Él* era raro. No tenía alternativa, tenía que aceptarlo como era, le hacía falta el trabajo.

Jonathan venía hacia ella. Se cambió de sitio, se pegó todo lo que pudo al acuario, pero no pudo evitar que sus cuerpos se rozaran al pasar.

—Lo lamento, no conservo nada —dijo Jonathan—. Ha pasado demasiado tiempo.

—Vale —dijo el policía—. ¿Qué es eso que has tapado en el despacho?

—¿Qué?

—Creo que me has oído. ¿Puedo verlo?

Jonathan tenía el cuello delgado y pálido, con una incipiente barba negra que a Thanh le gustaría que se afeitara un poco mejor. Vio cómo la nuez subía y bajaba por ese cuello. Casi sintió lástima por él.

—Por supuesto —dijo Jonathan—. Puedes ver lo que quieras. —hablaba otra vez en voz baja y profunda—. En cuanto me enseñes una orden de registro.

El agente dio un paso atrás y ladeó un poco la cabeza, como si mirara a Jonathan con más detenimiento. Como si reconsiderara la impresión que le había causado.

—Tomo nota —respondió el policía—. De momento te doy las gracias por tu ayuda.

Se dio la vuelta y fue hacia la puerta. Thanh le sonrió, pero no fue correspondida.

Jonathan abrió una caja de comida para peces y empezó a colgar las bolsas en los soportes del mostrador. Ella fue al baño, al fondo del despacho que compartían, y al salir, Jonathan estaba esperando.

Llevaba algo en la mano y se coló tras ella sin cerrar la puerta.

Su mirada buscó instintivamente el terrario. Había quitado la manta y estaba vacío.

Oyó que Jonathan tiraba de la cadena del viejo inodoro y el agua que caía en cascada. Se giró y vio que se enjabonaba las manos a conciencia delante del lavabo. Abrió el grifo. Se frotó las manos bajo el chorro, que salía tan caliente que el vapor ascendía hacia su rostro. Sabía por qué. Los parásitos.

Thanh tragó saliva. Adoraba a los animales, toda clase de animales. Incluso aquellos que a otros les resultaban repugnantes, puede que esos en especial. Mucha gente encuentra desagradables a las babosas, pero se acordaba de los gestos de emoción e incredulidad de los niños cuando les mostró la enorme babosa de color rosa intenso e intentó convencerles de que no, no la habían pintado, era así al natural.

Puede que por eso sintiera un odio repentino. Odio por este hombre que no amaba a los animales. Se acordó del encantador cachorro de zorro salvaje que alguien les había entregado. Había cobrado por hacerse cargo, ¿no? Ella había cuidado y mimado ese cachorro solitario y abandonado. Incluso le había puesto nombre, Nhi, que significaba «pequeño». Un día, al llegar al trabajo, ya no estaba en la jaula. Ni en ninguna otra parte. Preguntó por él y Jonathan contestó con su habitual aire huraño: «Ya no está». Ella no insistió, porque no quería que le confirmara lo que había comprendido.

Jonathan cerró el grifo, salió y miró algo sorprendido a Thanh, que estaba plantada en el despacho, cruzada de brazos.

—¿Ya no está? —preguntó.

—Ya no está —dijo él y se sentó frente a la mesa, que siempre estaba llena de montones de papeles que no acababa de revisar.

—¿Ahogado?

La miró como si por fin hubiera formulado una pregunta que le interesara.

—Podría ser. Algunas babosas tienen branquias, pero la del monte Kaputar tiene pulmones. Algunas babosas con pulmones pueden sobrevivir hasta veinticuatro horas bajo el agua antes de ahogarse. ¿Esperas que sobreviva?

—Por supuesto. ¿Tú no?

Jonathan se encogió de hombros.

—Creo que lo mejor para quien se ve separado de sus seres más próximos y acaba en un ambiente desconocido es morir.

—¿Y eso?

—La soledad es peor que la muerte, Thanh.

La miró de un modo que no supo interpretar.

—Por otra parte —dijo rascándose el cuello barbudo con aire pensativo—, puede que esta babosa en concreto no esté sola, puesto que es hermafrodita. Encontrará alimento en la alcantarilla. Se reproducirá… —Se miró las manos tan limpias—. Contaminará con larvas pulmonares de rata a las demás formas de vida que encuentre allá abajo y acabará apoderándose de todo el inframundo de Oslo.

Thanh volvió a los acuarios mientras oía la risa de Jonathan en el despacho. Era tan poco frecuente que le resultaba extraña, rara, casi sobrecogedora.

Harry contemplaba el cuadro que tenía delante. Mostraba un tronco caído con el extremo amarillo apuntando al espectador y el otro prolongándose en el interior de un paisaje boscoso. Leyó el cartelito que lo acompañaba. *«El tronco amarillo*. Edvard Munch, 1912».

—¿Por qué has preguntado por este cuadro en especial? —quiso saber el chico vestido con una camiseta roja que lo identificaba como empleado.

—Bueno —dijo Harry observando a la pareja japonesa que estaba a su lado—. ¿Qué hace que la gente quiera ver este óleo en particular?

—La ilusión óptica —dijo el chico.

—¿Sí?

—Cambiémonos de sitio. ¡Disculpen!

La pareja de aspecto japonés les dejó sitio para desplazarse a un lado con una sonrisa.

—¿Lo ves? Tenemos la sensación de que el extremo del tronco apunta a nosotros sin importar dónde nos coloquemos.

—Hum. ¿Y el mensaje es…?

—Cualquiera sabe —dijo el chico—. Tal vez que las cosas no siempre son lo que parecen.

—Sí —aceptó Harry—. O que hay que cambiar de lugar y ver las cosas desde otro ángulo para llevarse una impresión completa. En cualquier caso, gracias.

—De nada —dijo el chico y se quitó de en medio.

Harry se quedó mirando el cuadro. Más que nada para descansar la vista sobre algo hermoso después de haber subido por escaleras mecánicas en un edificio que, incluso por dentro, hacía que la comisaría de Oslo pareciera un lugar humano y cálido en comparación.

Harry sacó el teléfono y llamó a Krohn.

Mientras esperaba que respondiera, sintió el latido del pulso en la sien, como era habitual al día siguiente de una borrachera. Cayó en la cuenta de que tenía las pulsaciones en reposo en sesenta por minuto. En otras palabras, si se quedaba allí contemplando obras de arte, le quedarían algo menos de cuatrocientos mil latidos de corazón antes de que acabaran con la vida de Lucille. Algunos menos si se dejaba llevar por el pánico y daba la voz de alarma con la esperanza de que la policía la encontrara… ¿Pero dónde? ¿En algún lugar de México?

—Krohn.

—Aquí Harry. Necesito un adelanto de trescientas mil.

—¿Para qué?

—Gastos imprevistos.

—¿Puedes concretar?

—No.

Silencio.

—Está bien. Pasa por mi despacho.

Cuando Harry guardó el teléfono en el bolsillo de la chaqueta, se dio cuenta de que había algo en el interior. Lo sacó. Era una máscara. Un antifaz que representaba a un gato, eso parecía, debía ser de algún carnaval al que hubiera ido Markus Røed. Se tocó el otro bolsillo y, en efecto, tampoco estaba vacío. Sacó una tarjeta plastificada. Parecía la acreditación de socio de algo que se llamaba Villa Dante, y en lugar de un nombre figuraba un alias. El alias de la tarjeta era «Catman».

Harry volvió a observar el cuadro.

«Ver las cosas desde otro ángulo».

«Ruego a Dios que alguien descubra lo que ha hecho».

Helene Røed no había olvidado vaciar los bolsillos. Puede que incluso lo hubiera introducido ella.

24
VIERNES. CANÍBAL

—No puedo darte una orden de registro si no hay un motivo justificado de sospecha.

—Lo sé —dijo Sung-min maldiciendo para sí el artículo 192 de la Ley de Enjuiciamiento Criminal mientras se pegaba el teléfono a la oreja y clavaba la mirada en la pared del despacho sin ventanas. ¿Cómo había soportado Hole trabajar allí tantos años?—. Calculo que hay un cincuenta por ciento de probabilidades de que encontremos algo ilegal. Suda, evita mirarme a los ojos, y luego tapa con una manta algo que seguro que quiere esconder en la trastienda.

—Lo comprendo, pero la sospecha no es suficiente. La ley dice que debe haber hechos concretos.

—Pero…

—También sabes que, como representante de la fiscalía, solo puedo emitir una orden de registro si un retraso pone en peligro la investigación. Si ese es el caso, ¿podrías justificar después por qué corría prisa?

Sung-min dejó escapar un hondo suspiro.

—No.

—¿Pruebas de algún otro incumplimiento de la ley que podamos poner como excusa?

—Ninguna.

—¿El sujeto tiene antecedentes?

—No.

—¿Tienes algo, cualquier cosa?

—Escúchame. La palabra «contrabando» surge tanto en relación con la fiesta de Røed como con el lugar en el que encontré la bolsa. Me conoces y sabes que no creo en casualidades. En este caso tengo una intuición muy fuerte. ¿Quieres que presente la solicitud por escrito?

—Te voy a ahorrar la molestia diciéndote «no» aquí y ahora. Supongo que me llamas antes porque ya sabías lo que iba a responder, ¿no? Es impropio de ti. ¿Nada de nada? ¿Solo una corazonada?

—Corazonada.

—¿Desde cuándo tienes de eso?

—Intento aprender.

—¿Te refieres a imitar al resto de los mortales?

—Autista y rasgos autistas son dos cosas diferentes, Chris.

El fiscal rio.

—Bien. ¿Vienes mañana a comer?

—He comprado una botella de Chateau Cantemerle 2009.

—Tu gusto es demasiado exquisito y tus costumbres en exceso exclusivas para mí, querido.

—Puedes aprender, cielo.

Colgaron. Sung-min se dio cuenta de que había recibido un SMS de Katrine con un enlace a un artículo de *Dagbladet*. Se reclinó mientras esperaba a que se abriera. Las paredes del despacho eran tan gruesas que afectaban a la cobertura. ¿Por qué no habría cambiado Hole la silla rota? Ya le dolía la espalda.

Caníbal

Una fuente desvela claros indicios de que el asesino se ha comido el cerebro y los ojos de sus víctimas, Susanne Andersen y Bertine Bertilsen.

Sung-min sintió la necesidad de soltar unos tacos, pensó que era una pena no tener esa costumbre. Iba a considerar la posibilidad de empezar.

—¡Maldito cabrón!

Mona Daa corría en la cinta.

Odiaba correr en la cinta.

Precisamente por eso lo hacía. Sintió que el sudor bajaba por su espalda y contempló el rostro enrojecido, a punto de estallar, en la pared de espejos del gimnasio. Por los cascos escuchaba Carcass, de la lista de Anders; según él eran temas de la primera etapa, cuando tocaban grindcore, nada de la mierda melódica que produjeron después. A ella solo le sonaba a ruido iracundo, y eso era precisamente lo que necesitaba ahora. Pisoteaba una y otra vez la superficie gomosa que giraba bajo sus pies, corriendo sin cesar, una y otra vez.

Våge lo había vuelto a hacer. Caníbal. ¡Joder! ¡Puta mierda!

Vio que alguien se acercaba por detrás.

—Buenos días, Daa.

Era Magnus Skarre, detective de Delitos Violentos.

Mona apagó la máquina y se quitó los cascos.

—¿En qué puedo servir a la policía?

—¿Servir? —Skarre abrió los brazos—. Solo pasaba por aquí.

—Nunca te he visto por aquí y no vas vestido para entrenar. ¿Quieres saber algo o quieres que yo sepa algo?

—Eh, eh, alto ahí. —Skarre rio—. Solo pensaba ponerte un poco al día. Siempre conviene tener buena relación con la prensa, ¿no? Toma y daca, ya sabes.

Mona se quedó de pie sobre la cinta de correr, le gustaba estar a más altura.

—En ese caso quisiera saber qué es lo que quieres que te dé antes de tomar, Skarre.

—Esta vez, nada. Pero pudiera ser que necesitáramos algo más adelante.

—Gracias, en ese caso declino tu oferta. ¿Algo más?

Skarre parecía un niño al que le hubieran arrebatado la pistola de juguete. Mona se daba cuenta de que estaba apostando muy fuerte. Mejor dicho, estaba tan cabreada que no pensaba con claridad.

—Perdón —dijo—. Tengo un mal día. ¿De qué se trata?

—Harry Hole —dijo él—. Llamó a un testigo, dio un nombre falso y se hizo pasar por agente del distrito policial de Oslo.

—Vaya. —Mona cambió de opinión y se bajó de la cinta de correr—. ¿Cómo lo sabes?

—Tomé declaración al testigo, era el del perro que olió el cadáver de Bertine. Dijo que antes de que llegáramos, uno de los nuestros había llamado para comprobar la pista que había proporcionado, un tal agente Hans Hansen. No hay nadie que se llame así. Me dio el número, que todavía estaba grabado en el teléfono del granjero, y lo comprobé. ¿Sabes una cosa? No me hizo falta ni siquiera consultarlo con la compañía, era el número de siempre de Harry Hole. Eso sí que es dejarse coger con los pantalones por los tobillos, ¿eh? —Skarre sonrió entre dientes.

—¿Puedo citarte?

—No. ¿Estás loca? —Volvió a reírse—. Soy una «fuente fiable», ¿no es así como soléis llamarlo?

Sí, pensó Mona Daa. Pero no eres nada fiable. Mona sabía que Skarre no apreciaba a Harry Hole. Según Anders la razón no era muy compleja. Skarre siempre había trabajado a la sombra de Hole, y Hole nunca había disimulado que Skarre le parecía un majadero. De ahí a una venganza personal de este calibre había un abismo.

Skarre cambió el peso del cuerpo a la otra pierna y echó un vistazo a las chicas que entrenaban en la sala de spinning.

—Pero, si quieres que te confirmen esto que acabas de descubrir, podrías ponerte en contacto con la directora de la policía.

—¿Con Bodil Melling?

—Exacto. Apuesto que además te hará un comentario.

Mona Daa asintió con un movimiento de cabeza. Esto era goloso. Goloso y sucio. No iba a hacerle ascos, por fin tenía algo antes que Våge, y no se podía permitir ponerse exquisita. Ahora no.

Skarre asintió sonriendo entre dientes. Como el cliente de una prostituta, pensó Mona e intentó reprimir la idea de qué lugar ocupaba ella en esa ecuación.

25

VIERNES. *COCAINE BLUES*

El grupo Aune estaba reunido, pero Aune había avisado de que su familia llegaría a las tres, y debían terminar antes de esa hora. Harry acababa de contarles su visita a Helene Røed.

—Así que ahora vas por ahí vestido con el traje de tu jefe —dijo Øystein—. Y las gafas de sol de tu colega.

—También tengo esto —dijo Harry, y mostró la máscara de gato—, ¿Sigues sin encontrar nada sobre Villa Dante en la web?

Truls clavó la vista en su teléfono, rezongó y negó con la cabeza. Era el mismo gesto minimalista con el que había recibido el sobre marrón con el dinero que Harry le había pasado con discreción cuando llegó.

—Lo que me pregunto es de dónde habrá sacado Våge esto del canibalismo —comentó Aune. Harry vio que Truls levantaba los ojos hacia él y negaba de forma casi imperceptible con la cabeza.

—Yo también —dijo Øystein—. En los informes no hay una mierda sobre comer carne humana.

—Tengo la sensación de que Våge ha perdido su fuente —supuso Harry—. Y ha empezado a inventarse cosas. Como eso de que a Bertine le habían cortado el tatuaje y luego se lo habían vuelto a coser, que no es cierto.

—Puede ser —aceptó Aune—. Våge ya ha recurrido a la imaginación en otros momentos de su carrera, es increíble cómo somos los seres humanos. Aunque una acción haya tenido consecuencias negativas y deberíamos haber aprendido de ella, tendemos a recurrir a las mismas soluciones fallidas cuando surgen problemas. No es improbable que Våge se haya intoxicado tanto con la atención de la que ha sido objeto en fechas recientes que no sea capaz de prescindir de ella y haga uso de algo que funcionó en el pasado. O, al menos, por un tiempo. No descarto que pueda acertar en eso del canibalismo. No deja de ser una invención fácil, dadas las circunstancias, puede que se haya informado un poco sobre asesinos en serie.

—¿No insinúa...? —empezó a decir Øystein mientras leía por encima el artículo de Våge en la pantalla del teléfono.

Los demás lo miraron.

—¿No está insinuando que la fuente es el asesino mismo?

—Esa es una interpretación algo extrema, pero interesante —dijo Aune—. Es momento de que empiece vuestro fin de semana, caballeros. Las señoras llegarán enseguida.

—¿Qué vamos a hacer el finde, jefe? —preguntó Øystein.

—No tengo ninguna tarea específica que asignaros —respondió Harry—. Truls me ha prestado su portátil y voy a leer informes policiales.

—Creía que ya los habías leído.

—Por encima, ahora voy a ir al detalle. Venga, vámonos.

Aune pronunció el nombre de Harry y él permaneció junto a la cama mientras los demás salían.

—Esos informes —dijo—. ¿Son el trabajo de cuánta gente? ¿Cuarenta, cincuenta personas? Todos llevan con el caso más de tres semanas. ¿Cuántas páginas? ¿Mil? ¿Vas a leerte todo eso porque crees que la solución está ahí?

Harry se encogió de hombros.

—Está en alguna parte.

—El cerebro también necesita descansar, Harry. He notado desde el primer momento que estás más que estresado. Pareces estar... ¿puedo utilizar la palabra desesperado?

—Es evidente.

—¿Hay algo que no me estás contando?

Harry agachó la cabeza y se pasó la mano por la nuca.

—Sí.

—¿Me quieres decir qué es?

—Sí —dijo estirando el cuello—. Pero no puedo.

Los dos se miraron. Aune cerró los ojos y asintió.

—Gracias —dijo Harry—. El lunes hablamos.

Aune se humedeció los labios y Harry vio en el humor cansado de su mirada que estaba preparando una respuesta graciosa. Cambió de opinión y se limitó a asentir.

Salían del hospital Radium cuando Harry cayó en la cuenta de lo que Aune había pensado responder. *Si el lunes estoy vivo.*

Øystein condujo por el carril para taxis hacia el centro, con Harry en el asiento del copiloto.

—Mola la hora punta del viernes, ¿eh? —Øystein sonrió entre dientes al espejo.

Truls gruñó desde el asiento trasero.

Sonó el teléfono de Harry, era Katrine.

—¿Sí?

—Hola, Harry, este es un intento de última hora. Arne y yo teníamos una cita esta noche en un restaurante en el que por fin ha conseguido reservar mesa. Mi suegra se ha puesto enferma y…

—¿Canguro?

—Si no te viene bien no tienes más que decirlo, así no tengo que salir, estoy algo cansada. Pero podré decirle que he intentado encontrar una solución.

—Puedo. Y quiero. ¿Cuándo?

—Que te den, Harry, maldita sea. A las siete.

—Vale. Asegúrate de que hay una pizza Grandiosa en el horno.

Harry colgó, pero el teléfono volvió a sonar al instante.

—No hace falta que sea una Grandiosa, eh —dijo Harry.

—Soy Mona Daa de *VG*.

—Uy…

Harry comprendió por la manera de presentarse que no llamaba Mona, la novia de Anders, sino la periodista. Eso implicaba que todo lo que dijera podría utilizarse en su contra y así sería.

—Estamos escribiendo un artículo sobre… —empezó ella. Esa era la introducción que empleaban cuando querían dar a entender que el mecanismo ya se había activado y no se detendría, que había una primera persona del plural, un nosotros que rebajaba el grado de responsabilidad del periodista que hacía las preguntas incómodas. Harry contempló el tráfico y se enteró de que tenía que ver con Weng, y con que él, Harry, habría mentido para hacerse pasar por policía. Que querían citar a la directora de la policía, Bodil Melling, informando de que era un delito castigado hasta con seis meses de cárcel, y que esperaban que el ministro de Justicia, como consecuencia de esta infracción, pusiera coto a la actividad no autorizada y poco seria de los detectives privados. Resultaba aún más importante que se hiciera de manera inmediata en este caso de asesinato, tan grave.

Mona llamaba para darle la oportunidad de responder, una buena norma periodística. Mona Daa era dura e insistente, pero siempre había ido de frente.

—Sin comentarios —respondió Harry.

—¿Nada? ¿Eso quiere decir que no quieres negar el hecho tal y como se ha presentado?

—Supongo que solo significa que no tengo nada que decir, ¿no?

—Vale, Harry, entonces tendré que picar «sin comentarios». —Oyó dedos rápidos sobre un teclado de fondo.

—¿Seguís diciendo «picar»?

—Es difícil cambiar la costumbre.

—Muy cierto. Por eso voy a llamar «colgar» a lo que me dispongo a hacer, ¿vale?

Oyó suspirar a Mona Daa.

—Vale, buen fin de semana, Harry.

—Buen fin de semana y…

—Sí, daré recuerdos a Anders.

Harry guardó el teléfono en el bolsillo interior de la chaqueta del traje de Røed que le quedaba un poco ancha.

—¿Problemas? —preguntó Øystein.

—Sí —dijo Harry.

Llegó otro gruñido del asiento trasero, esta vez sonó más alto y enfadado.

Harry se giró un poco, vio la luz de la pantalla del teléfono reflejada en el rostro de Truls y comprendió que Mona había tenido el dedo preparado sobre el gatillo de publicar.

—¿Qué dicen?

—Que haces trampas.

—Vale, es cierto y no tengo ninguna reputación que deba preservar. —Harry negó con la cabeza—. Lo malo es que nos van a cerrar el chiringuito.

—No —dijo Truls.

—¿No?

—Lo malo es que te van a detener.

Harry enarcó una ceja.

—¿Por ayudar a encontrar un cadáver que llevaban tres semanas buscando?

—No va de eso la cosa —dijo Truls—. No conoces a Melling. Esa tipa quiere ascender como sea. Tú te interpones en su camino, ¿no?

—¿Yo?

—Si nosotros resolvemos el caso antes, quedará como una aficionada, ¿no?

—Hum. Vale, pero eso de que me detengan suena un poco excesivo.

—Así es como llevan su lucha por el poder, por eso están donde están esos listillos. Es así como consigues ser… ministro de Justicia, por ejemplo.

Harry volvió a mirar a Truls. Tenía la frente tan roja como el semáforo ante el que se habían detenido.

—Yo me bajo aquí —dijo Harry—. Libráis, descansad, pero no apaguéis los teléfonos ni salgáis de la ciudad.

A las siete, Katrine le abrió la puerta.

—Sí, he leído el *VG* —dijo, y se acercó a la cómoda del recibidor para ponerse los pendientes.

—Hum. ¿Qué crees que pensaría Melling de que el enemigo haga de canguro para la responsable de la investigación?

—Uy, el lunes ya no supondrás ninguna amenaza.

—¿Tan segura estás?

—Melling no le ha dejado alternativa al ministro de Justicia con esas declaraciones sobre investigaciones privadas poco fiables.

—No, puede que no.

—Una pena, nos hacías falta. Todo el mundo esperaba que tomaras algún atajo, no que fueras a meter la pata de ese modo tan inútil.

—Sobrecalentamiento y fallo técnico —dijo Harry.

—Resultas tan predecible e impredecible al mismo tiempo. ¿Qué llevas ahí? —Señaló la bolsa de plástico que había dejado encima de los zapatos.

—Un portátil. Tengo que trabajar un rato cuando se duerma. ¿Está…?

—Sí.

Harry entró en el salón.

—Mamá huele a se-va —dijo Gert, sentado en el suelo con dos peluches.

—Perfume —dijo Harry.

—Se-va —dijo Gert.

—Mira lo que te traigo. —Harry se sacó con cuidado una tableta de chocolate del bolsillo.

—Mucho asúcal.

—¿Mucho azúcar? —Harry sonrió—. Entonces tendremos que hacerlo en secreto.

—¡Mamá! ¡El tío Hallik tiene mucho asúcal!

Katrine se marchó y Harry se adentró en un mundo virtual donde tuvo que esforzarse para seguir los saltos de la imaginación de un niño de tres años y, de vez en cuando, aportar alguna propia.

—Juegas bien —lo alabó Gert—. ¿Dónde está el dlagón?

—En la cueva, claro —respondió Harry señalando debajo del sofá.

—Uuuu —dijo Gert.

—Y más uuuuu —dijo Harry.

—¿Mucho asúcal?

—Vale —dijo Harry, y metió la mano en el bolsillo de la chaqueta que había colgado de la silla.

—¿Qué es eso? —preguntó Gert señalando la máscara que Harry sostenía.

—Gato —dijo Harry poniéndose el antifaz.

Una mueca repentina se dibujó en el rostro de Gert, y dijo con voz llorosa:

—¡No, tío Hallik! ¡Miedo!

Harry se quitó la máscara a toda prisa.

—Vale, nada de gatos. Solo dragones, ¿OK?

Las lágrimas ya resbalaban por las mejillas de Gert y dejó escapar un sollozo. Harry soltó un taco mudo, había vuelto a cometer un fallo técnico. Gatos siniestros y mamá ausente. La hora de irse a dormir ya pasaba. ¿Había algún motivo para *no* llorar?

Gert tendió los brazos hacia Harry y, sin pensarlo, este lo acogió en su regazo. Le acarició la cabeza mientras sentía la barbilla de Gert apoyada en el hombro y cálidas lágrimas le empapaban la camisa.

—¿Un poquito de mucho asúcal, cepillo de dientes y canción de buenas noches?

—Sííí… —sollozó Gert.

Harry dudaba de que la sesión de limpieza dental hubiera recibido la aprobación de Katrine, pero le puso el pijama a Gert y lo tapó con el edredón.

—Blåmann —ordenó Gert.

—Esa no me la sé —dijo Harry. El teléfono vibró y vio que había recibido un mensaje de texto de Alexandra.

Gert lo miró con un disgusto mal disimulado.

—Me sé otras canciones bien bonitas.

—Canta —pidió Gert.

Harry se dio cuenta de que tendría que ser algo lento y oscilante y se arriesgó con «Wild Horses» de los Rolling Stones. No le dejó pasar de la primera estrofa.

—Otla canción.

«Your Cheatin' Heart» quedó descartada a la segunda.

Harry lo pensó un buen rato.

—Vale. Cierra los ojos.

Empezó a cantar, si es que podía llamarse canción. Era un canturreo afónico, en voz baja y profunda, que de vez en cuando acertaba con las notas de la vieja melodía de blues.

Hey there baby, better come here quick.
This old cocaine's about to make me sick.
Cocaine, runnin' all around my brain.
Look, my baby she's dressed in red
and a shotgun, says gonna kill me dead.
Cocaine, runnin' all around my brain.
You take Sally and I'll take Sue,
ain't no difference between the two.
Cocaine, all around my brain.

La respiración de Gert era rítmica y suave.

Harry abrió el mensaje y la foto que lo acompañaba. Estaba tomada en el espejo del recibidor de su apartamento. Alexandra posaba con un vestido amarillo crema que obraba el milagro propio de la ropa muy cara, favorecer sin que por un instante se pudiera atribuir a la vestimenta. A la vez vio que a Alexandra no le hacía falta el vestido. Y ella lo sabía. «Me ha costado la mitad de mi sueldo. ¡Estoy deseando que llegue mañana!».

Harry cerró el mensaje y levantó la vista. Chocó con los ojos como platos de Gert.

—Más.

—Más... ¿de la última?

—Síí.

26

VIERNES. CEMENTO

Eran las nueve de la noche cuando Mikael Bellman abrió la puerta de su casa en Høyenhall. Era un bonito chalet construido en la cumbre de una colina, de manera que él, Ulla y sus tres hijos tenían vistas de la ciudad hasta Bjørvika y el fiordo.

—¡Hola! —llamó Ulla desde el salón. Mikael colgó la gabardina nueva y fue al encuentro de su esbelta y hermosa esposa, su novia desde el instituto, que veía la televisión junto al hijo menor.

—Disculpa, esa reunión ha sido muy larga. —No había percibido sospecha alguna en su voz, ni en la mirada, por lo que pudo detectar. Tampoco había motivo alguno. En este momento Ulla era la única mujer de su vida, si descontaba a la joven reportera de la TV2, y ya casi tenía liquidada esa relación. No descartaba alguna cana al aire en el futuro, tendría que ser alguien que no implicara riesgo alguno. Una mujer casada en un cargo de responsabilidad. Alguien que tuviera tanto que perder como él. Dicen que el poder corrompe, a él solo lo había vuelto más prudente.

—Truls está aquí.

—¿Qué?

—Ha venido para hablar contigo. Está en la terraza.

Mikael cerró los ojos y suspiró. Había ido ascendiendo progresivamente de posición, de jefe de la sección de Crimen Organizado a director de la policía del distrito de Oslo, hasta llegar a ministro de Justicia, y en el proceso se había asegurado de irse alejando de su amigo de la infancia y antiguo compañero de intrigas. Era, como ya se ha dicho, más prudente.

Mikael salió a la gran terraza y cerró la puerta corredera.

—Menudas vistas tienes desde aquí —dijo Truls—. Tenía la cara enrojecida por el reflejo de los calefactores. Se llevó una botella de cerveza a los labios.

Mikael se sentó a su lado y aceptó la cerveza que Truls abrió para él.

—¿Cómo va la investigación?

—¿La que hay abierta contra mí? —preguntó Truls—. ¿O la que estoy llevando a cabo?

—¿Participas en una investigación?

—¿No lo sabías? Eso está bien, al menos en nuestro grupo no hay filtraciones. Trabajo con Harry Hole.

Mikael intentó procesar la información.

—Serás consciente de que si se supiera que utilizas tu puesto en la policía para ayudar a…

—Sí, claro. Pero si alguien nos impidiera seguir, ya no tendría importancia. Sería una pena, por cierto. Hole es bueno. ¿Sabes que hay más posibilidades de atrapar a ese loco si a Hole se le permite continuar? —Truls golpeó el suelo de cemento con los pies.

Mikael no sabía si su colega tenía los pies fríos o si era un recordatorio inconsciente del pasado, de los secretos compartidos.

—¿Te manda Hole?

—No, no tiene ni idea de que estoy aquí.

Mikael asintió con un movimiento de cabeza. Era poco habitual que Truls tomara la iniciativa, siempre era Mikael quien decidía qué iban a hacer, pero oyó en la voz de Truls que decía la verdad.

—Esto trata de algo más que la captura de un solo delincuente, Truls. Es una cuestión de política. De visión de conjunto. De principios, ¿entiendes?

—La gente como yo no entiende de política —dijo Truls y reprimió un eructo—. No comprendo que el ministro de Justicia prefiera que un hijoputa asesino en serie ande suelto por no dejar sin castigo al investigador más renombrado de Noruega por haber mentido, por haber dicho que es el jodido agente Hans Hansen. Sobre todo, porque esa mentirijilla permitió encontrar a Bertine Bertilsen.

Mikael bebió de la botella. Puede que en algún momento le gustara la cerveza, ya no, no de verdad. Pero en el Partido Laborista y en el Sindicato Obrero imperaba un escepticismo generalizado hacia la gente que no bebía cerveza.

—¿Sabes cómo se llega a ministro de Justicia y se conserva el cargo, Truls? —Mikael prosiguió sin esperar respuesta—. Escuchas. Escuchas a los que sabes que quieren lo mejor para ti. Escuchas a los que tienen la experiencia de la que careces. Tengo gente muy buena que contará esto de la mejor manera posible. Haremos ver que el gabinete del ministro de Justicia impide a un multimillonario crear su propio ejército privado de investigadores y abogados. Así quedará claro que no vamos a consentir situaciones propias de Estados Unidos, donde los ricos disfrutan de toda clase de privilegios, donde solo ganan los abogados mejor pagados, donde la afirmación de que todos son iguales ante la ley no es más que una milonga patriotera. En Noruega la igualdad no existe solo sobre el papel, y seguiremos trabajando para que así sea. —Mikael tomó nota mental de un par de esos argumentos, tal vez pudiera utilizarlos en futuros discursos, formulados con algo más de sutileza.

Truls soltó esa risa gruñido que siempre había hecho que Mikael pensara en un cerdo.

—¿Qué? —Mikael se dio cuenta de que sonaba más irritado de lo que pretendía. Había sido un día muy largo. Aunque los asesinatos en serie y Harry Hole ocuparan los titulares, no eran los únicos de los que un ministro de Justicia tenía que ocuparse.

—Estaba pensando que estamos bien jodidos con esa igualdad ante la ley —dijo Truls—. Fíjate, aquí ni siquiera un ministro de Justicia podría impedir que la policía lo investigara si les llegara un soplo. Podría salir a la luz que hay un cadáver petrificado en su terraza. Nadie que la sociedad eche de menos, solo un miembro de una banda de motoristas que pasaba heroína y tenía vinculación con dos policías corruptos. Con esa igualdad ante la ley se desvelaría que el ministro de Justicia fue una vez un joven policía más interesado por el dinero que por el poder. Tenía un amigo de la infancia algo ingenuo que una noche ayudó a enterrar las pruebas en la casa nueva de su amigo, mucho más listo. —Truls volvió a pisotear el cemento.

—Truls —dijo Mikael despacio—. ¿Me estás amenazando?

—Por supuesto que no —dijo Truls, dejó la botella vacía junto a la silla y se puso de pie—. Solo que me ha sonado muy inteligente eso que has dicho de escuchar. Hacer caso a quien sabemos que quiere lo mejor para nosotros. Gracias por la cerveza.

Katrine los observaba desde la puerta de la habitación infantil.

Gert dormía en su cama y Harry hacía lo mismo en una silla, con la frente apoyada en la barandilla de seguridad. Katrine se agachó para ver también el rostro de Harry. Concluyó que el parecido era aún mayor cuando dormían. Sacudió con cuidado a Harry. Él chasqueó la lengua, parpadeó desconcertado y miró el reloj antes de ponerse de pie y seguirla a la cocina. Ella puso agua a hervir.

—Has vuelto pronto —dijo y tomó asiento a la mesa de la cocina—. ¿No lo has pasado bien?

—Sí, sí. Arne había elegido el restaurante porque tienen Montrachet, un vino que parece ser que dije que me gustaba la primera vez que salimos. La duración de una cena tiene un límite.

—Podrías haber seguido, haberos tomado una cerveza, o algo.

—O haber hecho una escapada rápida a su casa para echar un polvo —dijo ella.

—¿Sí?

Ella se encogió de hombros.

—Es muy dulce. Todavía no me ha invitado a su casa. Quiere que esperemos a follar cuando estemos seguros de que somos una pareja.

—¿Pero tú…?

—Yo quiero que follemos todo lo que podamos antes de darnos cuenta de que *no* somos pareja.

Harry soltó una carcajada.

—Al principio pensé que se hacía el interesante —suspiró—. Y eso conmigo funciona.

—Hum. ¿Incluso cuando sabes que es una pantomima?

—Por supuesto. Me pone todo lo que está fuera de mi alcance. Como tú en aquella ocasión.

—Estaba casado. ¿Te ponen todos los casados?

—Solo los que no están a mi alcance. No son tantos. Tú eras de una fidelidad irritante.

—Podría haberlo sido más.

Sirvió café en polvo a Harry y té, para ella.

—Cuando te seduje, fue porque estabas borracho y desesperado. Estabas en un momento de debilidad, y eso no me lo voy a perdonar nunca.

—¡No!

Lo dijo de manera tan repentina y con tanta fuerza que ella dio un respingo y el té desbordó la taza.

—¿No?

—No —dijo él—. No voy a permitir que me arrebates la culpa. Es… —Bebió un trago, hizo una mueca como si se hubiera quemado—. Es lo único que me queda.

—¿Lo único que *te* queda? —Katrine sintió que la ira y las lágrimas llegaban a la vez—. Bjørn no se quitó la vida porque tú lo hubieras traicionado, Harry, sino porque lo hice yo. —Había hablado en voz muy alta, se detuvo, escuchó por si llegaban ruidos del cuarto del niño. Bajó la voz—. Vivíamos juntos, creía ser el feliz padre de nuestro hijo en común. Sí, sabía cuáles habían sido mis sentimientos por ti. No hablábamos de ello, pero él lo sabía. También sabía, o creía saber, que podía confiar en mí. Gracias por ofrecerte a compartir la culpa, Harry, pero esta es solo mía. ¿Vale?

Harry miraba al fondo de la taza. Estaba claro que no pensaba discutir. A la vez había algo que no cuadraba. *La culpa es lo único que me queda.* ¿Había algún malentendido? ¿Algo que él no le contaba?

—¿No es una tragedia? —dijo—. Que el amor sea lo que mata a quienes amamos.

Ella asintió despacio.

—Shakespeariano —dijo ella y observó su rostro. *A quienes amamos.* ¿Por qué lo decía en plural?

—Bueno, será mejor que me vaya al hotel a trabajar un poco —dijo él y arrastró las patas de la silla—. Gracias por... —Señaló con un movimiento de cabeza en dirección a la habitación del niño.

—Gracias a ti —respondió Katrine con voz queda y pensativa.

Prim estaba tumbado bajo el edredón, miraba fijamente al techo.

Era casi medianoche y en la radio policial intercambiaban mensajes en un murmullo continuo y tranquilizador. Aun así no podía dormir. Un poco porque temía el día siguiente, pero, sobre todo, porque estaba emocionado. Había estado con ella. Estaba casi seguro. Ella también lo amaba. Habían hablado de música. Le interesaba. También lo que él escribía, eso dijo. Evitaron hablar de las dos chicas muertas. Seguro que el resto de la gente hablaba de eso. No con el conocimiento de causa que tenían ellos, claro. ¡No tenían ni idea! *Ella* no tenía ni idea de que él sabía más que ella. Hubo un momento en el que se sintió tentado de contárselo todo, del mismo modo que nos atrae el abismo cuando nos asomamos a la barandilla de un puente. Por ejemplo, en el puente de Nesøya a las tres de la madrugada de un sábado de mayo cuando acabas de comprender que la que creías que era ella no quiere saber nada de ti. De eso hacía mucho tiempo, lo había superado, había seguido adelante. Había ido más lejos que ella. La última vez que se informó, todo lo que hacía se había estancado, incluida su vida de pareja. Puede que pronto leyera sobre él, todos los homenajes de los que era objeto, y entonces puede que pensara que él... «él podría haber sido mío». Sí, entonces se daría cuenta de lo que se había perdido.

Antes tenía cuestiones por resolver.

Como la de mañana.

Ella sería la tercera.

No, no tenía ganas. Eso solo le pasaría a un demente. Había que hacerlo, debía superar la duda, la resistencia moral que cualquier individuo con sentimientos tendría ante una tarea como aquella. Hablando de sentimientos, debía recordar que la misión no era vengarse. Si lo olvidaba, era fácil que se distrajera y fracasara. La venganza solo era el premio que iba a concederse a sí mismo, un efecto secundario de su objetivo principal. Cuando lo hubiera completado, los tendría a sus pies. Por fin.

27
SÁBADO

—Así que la policía también trabaja los fines de semana —dijo Weng y observó la bolsa vacía.

—Algunos de nosotros —dijo Sung-min, en cuclillas junto a la cesta del rincón mientras rascaba al bulldog detrás de la oreja.

—Hillman Pets —leyó el granjero—. No, esto no se lo doy a mi perro, qué va.

—Vale —suspiró Sung-min y se puso de pie—. Tenía que comprobarlo.

Chris le había propuesto dar un paseo alrededor del lago Sognsvann y se había molestado cuando Sung-min le dijo que tenía que trabajar. Chris sabía que no era cierto, no *tenía* que trabajar. A veces resultaba difícil explicárselo a los demás. Sung-min cogió la bolsa.

—He visto esa bolsa antes —dijo Weng.

—¿Ah, sí? —dijo Sung-min sorprendido.

—Sí. Hace unas semanas. Un tipo que se había sentado en el tronco de un árbol en el bosquecillo, al fondo de ese campo de ahí. —Señaló por la ventana de la cocina—. Sostenía una bolsa como esa. —Sung-min miró hacia fuera. Les separaban no menos de cien metros de la linde.

—Usé estos —dijo Weng, que sin duda había percibido el escepticismo de Sung-min, y cogió los prismáticos Zeiss de encima de una pila de revistas de coches de la mesa de la cocina—. Aumenta veinte veces. Es como si estuvieras delante del tipo. Lo recuerdo por el Airedale terrier de la bolsa, pero no pensé que fuera un antiparasitario. Porque el tipo se lo comía.

—¿Se lo *comía*? ¿Estás seguro?

—Sin duda. Serían los últimos restos, porque luego la arrugó y la tiró. Jodido cerdo. Salí para decirle que no ensuciara mi propiedad y el tipo se puso de pie y salió pitando en cuanto me asomé. Fui allí, pero ese día soplaba viento del norte, la bolsa ya debía estar en el bosquecillo.

Sung-min sintió que se le aceleraba el pulso. Era una clase de labor policial que solo tenía recompensa en una de cada cien ocasiones, pero si así era, podía ser un acierto pleno, podía resolver un caso en el que no tuvieran ninguna pista. Tragó saliva.

—¿Eso implica que podrías describir al hombre, Weng?

El granjero miró a Sung-min. Sonrió con tristeza y negó con la cabeza.

—Has dicho que es como si hubieras estado pegado a él. —Sung-min oyó la frustración que impregnaba su voz.

—Sí, claro. Pero la bolsa estaba en medio del campo de visión, y cuando la tiró no tuve tiempo de hacerme una idea porque se puso la mascarilla.

—¿Llevaba mascarilla?

—Sí. Y gafas de sol y gorra. No dejaba mucho a la vista, no.

—¿No te parece extraño que un hombre que está solo en el bosque lleve mascarilla cuando todo el mundo ha dejado de hacerlo?

—Claro, es que hay mucha gente rara aquí por el bosque, ¿no?

Sung-min comprendió que Weng estaba ironizando sobre sí mismo, pero no tenía ganas de sonreír.

Harry estaba de pie ante la tumba y notó que el agua de lluvia de la tierra blanda empapaba sus zapatos. Una grisácea luz matinal se colaba entre las nubes. Había estado leyendo informes hasta las cinco de la mañana. Durmió tres horas y luego siguió leyendo. Ahora comprendía por qué se había atascado la investigación. La labor realizada daba la impresión de ser concienzuda y de calidad, pero ahí no había nada. Nada en absoluto. Había acudido a este lugar para despejarse. Ni siquiera había acabado con un tercio de la documentación.

Su nombre estaba grabado en blanco en la piedra gris. Rakel Fauke. No estaba muy seguro del motivo, pero en este momento se alegraba de que ella no llevara también su apellido.

Miró alrededor. Había algunas personas junto a otras tumbas, era probable que más de las habituales, puesto que era sábado, pero estaban tan lejos que supuso que podía hablar en voz alta sin que lo oyeran. Contó que había hablado con Oleg por teléfono. Que estaba bien, que le gustaba estar ahí arriba, en el norte, pero que estaba considerando la posibilidad de solicitar un puesto en el distrito policial de Oslo.

—PST, el servicio de inteligencia —dijo Harry—. Quiere seguir los pasos de su madre.

Harry contó que había llamado a Søs. Había tenido problemas de salud, se encontraba mejor y había vuelto al trabajo en el supermercado. Quería que los visitara, a ella y al novio, en Kristiansand.

—Dije que iba a ver si me daba tiempo antes de que… antes de que sea demasiado tarde. Tengo problemas con unos mexicanos. Quieren matarme a mí y a una señora que se parece a mi madre, si la policía o yo no resolvemos este caso en los próximos tres días. —Harry rio—. Tengo hongos en las uñas, por lo demás estoy bien. Así que ya sabes que tu gente está bien. Eso siempre ha sido lo más importante para ti. Siempre te has dado poca importancia. Ni siquiera te hubieras vengado si de ti dependiera. No era el caso, y yo quería vengarme. Supongo que eso me convierte en peor persona que tú, pero habría sido igual aunque no tuviera tantas ganas de vengarme. Es como un instinto sexual, joder. A pesar de que te sientes decepcionado cada vez que consigues vengarte, a pesar de que *sabes* que te sentirás decepcionado de nuevo la próxima vez, tienes que seguir. Cuando lo noto, ese jodido instinto, pienso que tengo el mismo punto de partida que un asesino en serie. Porque esa sensación de poder vengarme por algo que he perdido es tan deliciosa que a veces quisiera perder algo, algo que me importe. Para poder vengarme. ¿Me entiendes?

Harry sintió un nudo en la garganta. Por supuesto que comprendía. Eso era lo que más echaba en falta. Su chica, Rakel, que entendía y aceptaba casi todo del novio más raro del mundo. No todo. Pero mucho, maldita sea, mucho.

—El problema es —dijo Harry y se aclaró la voz— que después de ti ya no tengo nada que perder. Ya no hay nada que vengar, Rakel.

Harry permaneció allí de pie. Se miró los zapatos hundidos en la hierba, vio la piel oscurecerse en las zonas que bebían del agua. Levantó la vista. Junto a la iglesia, en la escalinata, vio una figura que buscaba con la mirada. Había algo en la silueta que le resultaba familiar y Harry cayó en la cuenta de que era un sacerdote. Parecía mirar en dirección a Harry.

Sonó el teléfono. Era Johan Krohn.

—Háblame —dijo Harry.

—Me han llamado, acabo de colgar. Y no era cualquiera, era el mismísimo ministro de Justicia en persona.

—Este es un país pequeño, no creo que fuera para *tanto*. Entonces, se ha acabado, ¿no?

—Creí que ese era el motivo de la llamada, después de ese artículo en *VG*. Pero claro, me extrañó que Bellman quisiera transmitirme el mensaje en persona. Estas cosas siempre suelen hacerse por canales oficiales. Es decir, que yo esperaba que se pusieran en contacto conmigo…

—No es que tenga mucha prisa un sábado por la mañana, Krohn, pero ¿podrías adelantarme lo que te dijo Bellman?

—Exacto. Dijo que no ve que el ministerio tenga base jurídica para prohibir nuestra investigación y que por ese motivo no hará nada al respecto. Que, a la luz de las extralimitaciones que ya se han producido, estarán pendientes de nosotros, y si algo así volviera a suceder, la policía intervendría.

—Hum.

—Sí, sin exagerar. Resulta muy sorprendente, estaba convencido de que nos iban a impedir seguir con la investigación. Desde un punto de vista político es casi incomprensible, porque ahora Bellman tendrá que enfrentarse tanto a sus correligionarios como a los medios de comunicación. ¿Tienes alguna explicación?

Harry lo pensó. Así, en un primer momento, solo se le ocurría una persona que estuviera de su lado y que pudiera tener algo con lo que presionar a Bellman.

—No —dijo.

—En ese caso quedas informado de que la partida sigue —dijo Krohn.

—Gracias.

Harry colgó. Intentó saber cómo se sentía. Podían continuar, disponía de tres días más y ninguna pista relevante. ¿Cómo era ese dicho? ¿Dios aprieta pero no ahorca?

—Tu madre tenía *talento*, ¿entiendes?

El tío Fredric caminaba por la estrecha acera de Slemdalsveien y no parecía darse cuenta de que la gente tenía que bajar a la calzada para dejarlos pasar. Por lo demás, parecía tener la cabeza despejada hoy.

—Por eso resultó tan triste ver cómo desperdiciaba su carrera lanzándose a los brazos del primer mecenas que pasó por allí. Bueno, tanto como mecenas, tu padrastro no soportaba el teatro, iba muy de vez en cuando y solo para dejarse ver, para Røed era una tradición familiar seguir patrocinando el Teatro Nacional. No, solo vio a Molle en escena una vez. En el papel de protagonista de *Hedda Gabler*, no te pierdas la ironía. Molle era una mujer hermosa y bastante famosa en aquel tiempo. Perfecta para un hombre que quería exhibirla.

Prim había oído la historia antes, pero, a pesar de eso, le había pedido a su tío que se la contara. No tanto para comprobar si seguía presente en el cerebro infectado de su tío, sino porque necesitaba escucharla para asegurarse de que la decisión que había tomado era correcta. No sabía por qué, la noche anterior, de repente, había dudado de su resolución, parece ser que era habitual ante los grandes momentos de la vida. Como cuando se aproxima la fecha de la boda. Y esto, la venganza, era algo en lo que había pensado, con lo que había soñado, desde que era un niño, así que no era extraño que los pensamientos y los sentimientos le jugaran una mala pasada cuando ya era inminente.

—Así era su relación —dijo el tío—. Ella vivía de él. Y él de ella. Ella era una madre sola, joven y bella que no exigía gran cosa. Él era un tipo sin escrúpulos y con dinero suficiente para darle todo menos lo que necesitaba. Amor. Por eso se había hecho actriz, quería, como todos los actores, ser amada por encima de todo. Cuando no recibió ese amor, ni de él ni, con el tiempo, tampoco del público, se desmoronó. No ayudaba que tú fueras un niñato hiperactivo y mimado. Su mecenas acabó por dejaros y tu madre se convirtió en una mujer agotada y alcoholizada a la que ya no ofrecían los papeles que su talento merecía. No creo que lo amara. La gota que desbordó el vaso fue ser abandonada, daba igual por quién. Tu madre siempre tuvo una mente frágil, reconozco que no esperaba que prendiera fuego a la casa.

—No sabes si lo hizo —dijo Prim.

Su tío se detuvo, enderezó la espalda y dedicó una amplia sonrisa a una joven que caminaba hacia ellos.

—¡Más grandes! —gritó y se señaló el pecho para ilustrar su afirmación—. ¡Deberías habértelas comprado más grandes!

La mujer lo miró horrorizada y se apresuró a pasar de largo.

—Pues sí —dijo el tío—. Ella provocó el incendio. Sí, como las llamas se originaron en su habitación y tenía alcohol en la sangre, el informe especuló con que la causa más probable era que hubiera fumado en la cama en estado de embriaguez. Créeme, provocó el incendio con el deseo de que los dos fallecierais entre las llamas. Los padres que se llevan consigo a sus hijos en la muerte suelen hacerlo para ahorrarles una vida de orfandad, y sé que te dolerá oír esto, pero en el caso de tu madre la razón era que opinaba que vuestras vidas carecían de valor.

—Eso no es cierto —dijo Prim—. Lo hizo porque no quería dejarme a merced de él.

—¿De tu padrastro? —El tío rio—. ¿Eres tonto? Él no te quería, se alegró de haberse deshecho de vosotros.

—Sí —dijo Prim en voz tan baja que la ahogó el zumbido del tranvía que pasó por su lado—. Me quería, pero no del modo que tú crees.

—¿Alguna vez te hizo un regalo?

—Sí —dijo Prim—. La Navidad en que cumplí diez años me regaló un libro sobre los métodos de tortura que empleaban los comanches. Eran los mejores. Por ejemplo, colgaban a sus víctimas bocabajo de los árboles y prendían una hoguera debajo hasta que les hervía el cerebro.

El tío soltó una carcajada.

—No está mal. En cualquier caso, mi indignación moral tiene límites, tanto con respecto a los comanches como a tu padrastro. Tu madre debería haberlo tratado mejor, al fin y al cabo era su anfitrión. Del mismo modo que los parásitos humanos deberían tratar mejor el planeta Tierra. Bueno, tampoco hay por qué quejarse. La gente cree que los biólogos queremos conservar la naturaleza sin cambios, como un museo orgánico. Parece que somos los únicos que comprendemos, y aceptamos, que la naturaleza se transforma, que todo ha de morir y desaparecer, que *eso* es lo natural. Es decir, el naufragio de las especies, no su pervivencia.

—¿Damos la vuelta?

—¿Volver? ¿Volver adónde?

Prim suspiró. Estaba claro que el cerebro de su tío volvía a empañarse.

—A la residencia.

—Te estoy tomando el pelo. —Rio entre dientes—. La enfermera esa que te acompañó hasta mi cuarto, me juego mil coronas a que me la follo antes del lunes. ¿Apuestas?

—Cada vez que apostamos algo y pierdes, aseguras que no recuerdas la apuesta. Cuando ganas…

—No seas injusto, Prim. Alguna ventaja hemos de tener los dementes.

Acabaron el breve paseo y la enfermera mencionada tomó el relevo. Prim regresó por el mismo camino. Cruzó Slemdalsveien, siguió hacia el este y entró en un barrio de chalets en amplias parcelas. Las casas eran caras en esa zona, solo las que estaban pegadas a la vía de circunvalación Ring 3 eran algo más económicas, por el ruido. Ahí estaba el solar de la casa quemada.

Levantó la tranca del portón de hierro oxidado y subió la pendiente cubierta de grava hasta el grupo de abedules. Al otro lado del montículo, oculta entre los árboles, estaba la villa carbonizada. El hecho de que estuviera tan escondida de la vista de los vecinos le había ayudado todos esos años en sus tácticas dilatorias ante el ayuntamiento, que quería que las ruinas fueran eliminadas.

Abrió la puerta y entró. La escalera que conducía al primer piso había ardido y se había desmoronado. Ahí arriba estaba el dormitorio de su madre. El suyo se encontraba en la planta baja. Tal vez por eso fue posible. Por la distancia. No porque ella no supiera, sino porque él le había permitido *fingir* que no sabía. Todos los tabiques interiores se habían quemado también, todo el bajo era una gran estancia alfombrada de ceniza. Aquí y allá algo germinaba y crecía entre los escombros. Un arbusto. Tal vez algo que se convertiría en un árbol. Se acercó al armazón de hierro de la cama carbonizada en lo que había sido su habitación. Un búlgaro sin hogar había ocupado la casa un tiempo. Prim habría dejado que el pobre se quedara, si no hubiera sido porque los vecinos se habrían quejado sin remedio e insistido más en que la derribara. Le había dado algo de dinero al búlgaro, y el hombre abandonó el lugar de forma pacífica con sus escasas pertenencias, salvo un par de calcetines de lana, húmedos y agujereados, y el colchón de la cama. Prim había cambiado la cerradura y clavado nuevos paneles sobre las ventanas.

Hizo crujir los muelles de acero al dejar caer todo su peso sobre el colchón sucio y húmedo. Tuvo un escalofrío. Era el sonido de su infancia, un chirrido que se había aferrado a su cerebro de manera tan inevitable como los parásitos que había criado.

Por ironías del destino esa cama también había sido su salvación cuando se produjo el incendio y se refugió debajo.

Hubo días en los que maldijo haberse salvado. La soledad en las instituciones. La soledad con las familias de acogida de las que había escapado. Era gente buena, cargada de las mejores intenciones, pero en esos años era incapaz de dormir solo en una habitación, estaba siempre alerta, pendiente de cualquier peligro y temiendo que la casa se incendiara; al final, no lo soportaba más y huía. Tardaba poco en recalar en una nueva institución donde, en ocasiones, recibía la visita del tío Fredric, casi del mismo modo que él iba a visitarlo ahora.

Su tío había dejado muy claro que él solo era su tío, que vivía solo y no se creía en condiciones de acoger al chico, menudo mentiroso. Pero sí fue capaz de quedarse con la modesta herencia de la madre. Así que Prim no había recibido nada. Salvo esto, la parcela. Era solo una de las razones por las que se había opuesto a vender, sabía que si lo hacía el dinero desaparecería en los bolsillos de su tío. Prim se balanceó en la cama. Los muelles gimieron y cerró los ojos. Regresó a los sonidos, los olores, el dolor y la vergüenza. Ahora le hacían falta, eran necesarios para estar seguro. Había traspasado todos los límites, estaba aquí, ¿por qué esta duda recurrente? Dicen que robar una vida es más difícil la primera vez, pero ya no estaba tan seguro. Balanceó el cuerpo, adelante y atrás. Hizo memoria. Por fin llegaron los recuerdos, impresiones sensoriales tan nítidas que parecía que estuvieran envolviéndolo aquí y ahora. Sí, no había duda.

Abrió los ojos y miró el reloj.

Se iría a casa, se ducharía y se cambiaría de ropa. Iba a embadurnarse con su perfume. Luego iría al teatro.

28

SÁBADO. ÚLTIMO ACTO

Los focos del fondo de la piscina eran la única fuente de luz, que en la habitación en penumbra bailaba sobre las paredes y el techo. Al verla, Harry logró por fin que su cerebro dejara de dar vueltas a los informes. El bañador de Alexandra parecía revelar más de su cuerpo que si estuviera desnuda del todo. Apoyó los codos en el borde de la piscina para meterse en el agua que, según la recepcionista de The Thief, estaba a treinta y cinco grados exactos. Alexandra vio cómo la observaba mientras sonreía con ese aire enigmático de las mujeres que saben —y aprecian— que a los hombres les gusta lo que ven.

Nadó hacia él. Salvo una pareja que estaba medio sumergida en el otro extremo, tenían la piscina en exclusiva. El agua les llegaba por el pecho. Harry sacó la botella de champán de la cubitera, sirvió una copa y se la pasó.

—Gracias —dijo ella.

—¿Estamos en paz? —dijo él mientras la veía beber.

—De ninguna manera —dijo ella—. Después de lo que publicaron en *VG* sería muy grave que se supiera que me dedico a hacer análisis de ADN en secreto para ti. Por eso quiero que me hagas una confidencia.

—Hum. ¿Como cuál?

—Eso lo decides tú. —Se deslizó hacia él—. Tiene que ser un secreto muy oscuro.

Harry la miró. Pensó que tenía la misma expresión que Gert cuando exigía que le cantara Blåmann. Alexandra sabía que era el padre de Gert, y de repente lo asaltó la loca idea de contarle todo lo demás. Miró la botella de champán. Al pedirla, aunque fuera con una sola copa, ya había comprendido que era una mala idea. Del mismo modo que sería mala idea contarle lo que solo sabían él y Johan Krohn. Carraspeó.

—En Los Ángeles le destrocé el cuello a un hombre —dijo—. Lo sentí en los nudillos, noté cómo se rompía. Me gustó.

Alexandra lo miró con los ojos muy abiertos.

—¿Os peleasteis?

—Sí.

—¿Por qué?

Harry se encogió de hombros.

—Una pelea de bar. Por una mujer. Yo estaba borracho.

—¿Cómo te fue?

—Bien. Solo golpeé una vez y se acabó.

—¿Le diste en la tráquea?

—Sí. Como un cincel. Un golpe fulminante. —Levantó la mano y le mostró cómo—. Aprendí de un especialista en combate cuerpo a cuerpo que entrenaba a los FSK del ejército en Afganistán. La cuestión es que si le das a tu contrincante en el punto exacto del cuello, toda resistencia desaparece al instante porque el cerebro solo tiene capacidad para una cosa, conseguir aire.

—¿Así? —preguntó Alexandra doblando las dos primeras falanges de los dedos.

—Y así —dijo Harry, le enderezó el pulgar y lo acercó al dedo índice—. Y luego apuntas aquí, a la nuez. —Se golpeó el cuello con el dedo índice—. ¡Eh! —gritó cuando ella quiso darle un golpe sin previo aviso.

—¡Quieto! — ella rio y volvió a pegar.

Harry se echó a un lado.

—Creo que no me has entendido. Si aciertas, podrías causar la muerte. Digamos que esta es la nuez —dijo señalándose un pezón—.

Y tienes que hacer uso de esto… —La sujetó por las caderas bajo el agua y le enseñó cómo debía hacerlas girar para imprimirle fuerza al golpe—. ¿Lista?

—Lista.

Al cuarto intento le había dado a Harry dos golpes que le hicieron gemir. La pareja del otro lado de la piscina se había quedado en silencio y los miraba con preocupación.

—¿Cómo sabes que no lo mataste? —dijo Alexandra, dispuesta a golpear de nuevo.

—No estoy seguro. Supongo que si hubiera muerto sus amigos no me habrían permitido seguir con vida.

—¿Has pensado que, si hubiera muerto, serías igual que esos a los que llevas persiguiendo toda tu carrera?

Harry arrugó la nariz.

—Puede ser.

—¿Puede ser? ¿Crees que pelearse por una mujer es un motivo más noble?

—Llamémoslo autodefensa.

—Puedes llamar autodefensa a muchas cosas, Harry. El asesinato por honor es defensa propia, el asesinato por celos es defensa propia La gente mata para preservar su autoestima y su dignidad. Tú mismo has visto cómo la gente mata para librarse de una humillación, ¿no es cierto?

Harry asintió. La miró. ¿Lo había comprendido? ¿Había comprendido que Bjørn no solo se había llevado por delante su propia vida? No, tenía una mirada introspectiva, estaba hablando de una experiencia personal. Harry iba a decir algo cuando su mano salió disparada. Él no se movió. Se quedó allí de pie mientras ella desplegaba una sonrisa triunfal. La mano, cerrada en forma de cincel, apenas rozó la piel de su garganta.

—Podría haberte matado —dijo ella.

—Sí.

—¿No te ha dado tiempo a reaccionar?

—No.

—¿O confiabas en que no me diera tiempo a aplastarte la trá-quea?

Él esbozó una sonrisa, pero no respondió.

—O… —Ella arrugó la frente—. ¿Te importa una mierda?

Harry sonrió abiertamente. Agarró la botella y llenó la copa. Miró la botella, imaginó la sensación de llevársela al morro, echar la cabeza atrás y oír el gorgoteo apagado mientras el alcohol lo invadía y la botella se vaciaba. Se pasó una mano por la boca mientras ella lo miraba asombrada. En lugar de eso devolvió la botella casi llena a la cubitera. Carraspeó.

—¿Qué me dices? ¿Vamos a la sauna?

El montaje del Teatro Nacional de *Romeo y Julieta* consistía en dos largos actos con un descanso de quince minutos al cabo de una hora, en lugar de los cinco actos de Shakespeare.

Sonó el aviso del intermedio, el público salió en desbandada y llenó los pasillos y el salón, donde se podía picar algo. Helene se sumó a la cola del bar y escuchó distraída las conversaciones que la rodeaban. Resultaba curioso que no se mencionara la obra, como si eso fuera pretencioso o vulgar, según el caso. Notó algo, un aroma que le hizo pensar en Markus, y se giró a medias.

Un hombre se había situado a su espalda y tuvo tiempo de esbozar una sonrisa antes de que ella se apresurara a mirar al frente. Su sonrisa era… ¿cómo era? Su corazón se había acelerado. Tuvo ganas de echarse a reír, debía de ser por efecto de la obra, una imprimación psicológica. Seguro que ella no era la única que creía ver a su Romeo en uno de cada dos rostros masculinos. Porque el hombre que estaba tras ella no era para nada atractivo. No es que fuera feo del todo, al menos su sonrisa había dejado al descubierto una bonita dentadura, pero no era interesante. A pesar de ello, su corazón siguió latiendo y sintió el deseo, un impulso que no recordaba haber experimentado desde hacía años, de volver a girarse. Mirarlo. Comprobar qué era lo que la impelía.

Logró evitarlo, pidió uno de los vasos de plástico de vino blanco ya escanciado y se lo llevó a una de las pequeñas mesas redondas que se alineaban junto a las paredes de la sala. Contempló al hombre que intentaba pagar una botella de agua con efectivo mientras la mujer del mostrador señalaba un cartel que decía SOLO TARJETAS. Se asombró al darse cuenta de que estaba considerando la posibilidad de aproximarse a él y pagar. Él había desistido y se volvió hacia Helene. Sus miradas se cruzaron y sonrió de nuevo. Se dirigió a su mesa. Ella tenía el corazón desbocado. ¿Qué estaba pasando? No sería la primera vez que un hombre fuera muy directo con ella.

—¿Puedo? —preguntó y puso la mano sobre la silla libre.

Ella sonrió un instante —con desdén, supuso—, mientras su cerebro ordenaba a su boca que dijera «preferiría que no».

—Adelante.

—Gracias. —Él se sentó y se inclinó sobre la mesa como si estuvieran en medio de una larga conversación.

—No quiero hacer spoiler —dijo en un leve susurro—. Pero ella ha tomado veneno y va a morir.

Tenía su rostro tan cerca que percibió su perfume. No, era diferente al de Markus, mucho más intenso.

—Que yo sepa, no se toma el veneno hasta el último acto —dijo Helene.

—Eso cree todo el mundo, pero ya se ha envenenado, créeme. —Sonrió. Dientes blancos de depredador. Tenía ganas de ofrecerse a él, sentir cómo atravesaban su piel mientras ella enterraba las uñas en su espalda. Dios mío, ¿qué era aquello? Una parte de ella quería salir corriendo, la otra lanzarse a sus brazos. Descruzó y volvió a cruzar las piernas, sintió, ¿sería posible?, que estaba húmeda.

—Supón que no conociera la obra —dijo—. ¿Por qué querrías desvelarme el final?

—Porque quiero que estés preparada. Es un espanto, la muerte.

—Sí, lo es —dijo ella sin apartar la mirada—. ¿Pero la suma del horror no se incrementa si además hay que prepararse para la muerte?

—No necesariamente. —Él se reclinó en la silla—. Si la alegría de vivir es más intensa ante la certeza de que no es para siempre.

Algo en él resultaba familiar. ¿Había estado en la fiesta de la terraza? ¿O en Danielles?

—*Memento mori* —dijo ella.

—Sí. Pero necesito beber agua.

—Eso he visto.

—¿Cómo te llamas?

—Helene. ¿Y tú?

—Llámame Prim. ¿Helene?

—Sí, Prim. —Sonrió ella.

—¿Quieres acompañarme a un lugar con agua?

Ella sonrió. Dio un sorbo al vaso de vino. Quiso decir que aquí tenían agua, que ella podía pagarla. O, mejor todavía, que le dejaría su vaso para que lo llenara en el grifo del baño, que el agua potable de Oslo es mejor que la que te venden embotellada y, por si fuera poco, más ecológica.

—¿Qué sitio tienes en mente? —preguntó.

—¿Importa?

—No. —Ella no podía creer que esa fuera su respuesta.

—Bien —dijo él juntando las palmas de las manos—. Pues vámonos.

—¿Ahora? Creí que sería después del último acto.

—Ya sabemos cómo acaba.

Terse Acto estaba en Vika, parecía recién inaugurado y servían tapas de las más caras y de mucha calidad.

—¿Rico? —preguntó Alexandra.

—Mucho —dijo Harry, y se secó la boca con la servilleta mientras procuraba no mirar su copa de vino.

—Me considero una buena conocedora de Oslo, pero no había oído hablar de este sitio. Fue Helge quien me recomendó que reserváramos aquí. Los gais siempre son los que están más al día.

—¿Homosexual? No me llegó ninguna señal.

—Eso es porque ya no tienes tirón.

—¿Quieres decir que lo he tenido?

—¿Tú? Mucho. No para todo el mundo, claro. Ni para tantos. —Ladeó la cabeza pensativa—. Ahora que lo pienso, tenías tirón solo con algunos de nosotros. —Se echó a reír, levantó la copa de vino y brindó con el vaso de agua de Harry.

—¿Así que crees que Terry Våge ha perdido su fuente, se ha desesperado y ha empezado a inventarse cosas?

Harry asintió con un movimiento de cabeza.

—La única manera de que sepa lo que dice saber es que esté en contacto directo con el asesino. Y eso no lo veo claro.

—¿Y si él fuera su propia fuente?

—Hum. ¿Quieres decir que Våge es el asesino?

—Leí sobre un escritor chino que asesinó a cuatro personas, lo contó en varias novelas y fue condenado por ello veinte años después.

—Liu Yongbiao —dijo Harry—. Luego está Richard Klinkhamer. Su mujer desaparece, y poco después él publica una novela sobre un hombre que asesina a su mujer y la entierra en el jardín. Y allí la encontraron. Esos tipos no matan *para* escribir sobre ello, ¿eso es lo que insinúas tú?

—Sí, porque Våge puede haberlo hecho. Los mandatarios inician conflictos bélicos para ser reelegidos o figurar en los libros de historia. ¿Por qué no iba un periodista a hacer lo mismo para destacar entre los suyos? Deberías comprobar su coartada.

—Vale. Hablando de comprobar. Dices que conoces Oslo. ¿Has oído hablar de un lugar llamado Villa Dante?

Alexandra se echó a reír.

—Por supuesto. ¿Te apetece ir por allí para comprobar si, a pesar de todo, aún tienes tirón? Dudo que te dejen pasar. Incluso con uno de esos trajes que luces ahora.

—¿Qué quieres decir?

—Es un… ¿cómo decirlo?, un club gay de lo más exclusivo.

—¿Has estado?

—No, para nada, pero tengo un amigo gay, Peter. Es vecino de Røed, por cierto, fue él quien me invitó a la fiesta en la azotea.

—¿Estabas invitada?

—No de manera formal, era más bien ese tipo de sarao por el que la gente se deja caer. Pensé en llevar a Helge para presentarle a Peter, pero al final hubo que trabajar esa noche. En cualquier caso, he ido con Peter a SLM unas cuantas veces.

—¿SLM?

—Harry, no estás para nada en la onda. Scandinavian Leather Man. Un club gay para gente corriente. Allí también tienes que adaptarte al código de vestimenta, y en el sótano hay un cuarto oscuro y ese tipo de cosas. Demasiado vulgar para la clientela de Villa Dante, diría yo. Peter me contó que había intentado hacerse socio, pero que le resultó imposible. Tienes que pertenecer al círculo más íntimo, una especie de Opus Dei gay. Parece ser que es superelegante. Piensa en *Eyes Wide Shut*. Abre solo una noche a la semana, baile de máscaras para hombres adultos con trajes caros. Todos se pasean vestidos con antifaces de animales y nombres ficticios, anonimato garantizado. Toda clase de distracciones y camareros que son... digamos que *hombres jóvenes*.

—¿Mayores de edad?

—Supongo que ahora sí. Por eso tuvieron que cerrar cuando se llamaba Tuesdays. Un chaval de catorce años que servía copas denunció a uno de los clientes por violación. Nos proporcionaron una muestra de semen, pero por supuesto no encontramos ninguna coincidencia en la base de datos.

—¿Por supuesto?

—La clientela del Tuesdays no era gente con antecedentes. El caso es que ha vuelto a abrir como Villa Dante.

—Del que nadie parece haber oído hablar.

—Trabajan fuera del radar, no necesitan publicidad. Por eso la gente como Peter tiene tanto interés en acceder.

—¿Dices que antes se llamaba Tuesdays?

—Sí, el martes era la noche de los socios.

—¿Lo sigue siendo?

—Si quieres, puedo preguntárselo a Peter.

—Hum. ¿Qué crees que haría falta para que yo consiguiera acceso?

Ella se rio.

—Supongo que una orden de registro. En lo que a mí respecta, tienes una para esta noche.

Harry tardó unos instantes en comprender lo que quería decir. Enarcó una ceja.

—Sí —dijo ella y levantó la copa de vino—. Con énfasis en «orden».

—¿Vives por aquí? —preguntó Helene.

—No —dijo el hombre que le había pedido que lo llamara Prim. Conducía el coche entre nuevos y modernos edificios empresariales repartidos por el paisaje llano y abierto, a ambos lados de la carretera que llevaba a la punta de Snarøya—. Vivo en el centro, pero solía pasear por aquí a mi perro por las tardes, después de que clausuraran el aeropuerto. No había nadie y podía dejar que corriera en libertad. Allí. —Señaló el mar, al oeste, y comió más de la bolsa de patatas fritas, o lo que fuera; a ella no le había ofrecido.

—Esos son los humedales protegidos —dijo Helene—. ¿No temías que cazara pájaros que estuvieran anidando?

—Sí, claro, y ocurrió un par de veces. Intenté consolarme con la idea de que es el orden natural de las cosas y no podemos interferir en él. No es cierto, claro.

—¿No?

—No. Los seres humanos también son producto de la naturaleza y no somos el único organismo que hace lo que puede por destruir el planeta Tierra tal y como lo conocemos. Igual que la naturaleza nos ha proporcionado la inteligencia necesaria para cometer un suicidio colectivo, también nos permite autoanalizarnos. Puede que eso nos salve. Eso espero. El caso es que interferí con el orden natural y empecé a utilizar esto.

Señaló el tirador de la puerta del coche y Helene se fijó en que había una correa extensible y un collar colgando.

—Era un perro dócil —dijo—. Podía quedarme en el coche leyendo a la luz del techo mientras él corría hasta cincuenta metros en todas las direcciones. Los perros, y las personas, no necesitan más. Muchos no *quieren* más.

Helene asintió.

—Puede llegar un día en el que quieran más —dijo—, en que deseen alejarse. ¿Qué hace en ese momento el dueño del perro?

—No tengo ni idea. Mi perro nunca quiso más. —Se había desviado de la carretera principal por una pista forestal—. ¿Tú qué harías?

—Dejarlo libre —dijo Helene.

—¿Aunque supieras que no iba a sobrevivir allí fuera?

—Ninguno de nosotros sobrevive.

—Muy cierto —dijo él.

Redujo la velocidad. Habían llegado al final del camino. Apagó el motor y los faros y una oscuridad absoluta los rodeó. Helene oyó que el viento ululaba como si atravesara los juncos, y entre los árboles se veía el mar y la luz de los islotes y la costa a lo lejos.

—¿Dónde estamos?

—Junto a los pantanos —dijo él—. Ese es el cabo Høvikodden, aquellas Borøya y Ostøya. Desde que lo urbanizaron, esto, se ha convertido en una zona frecuentada por excursionistas. De día está repleto de familias con niños. Ahora, Helene, tú y yo lo tenemos para nosotros solos.

Desenganchó su cinturón de seguridad y se volvió hacia ella.

Helene tomó aire, cerró los ojos y esperó.

—Esto es una locura total —dijo.

—¿Locura?

—Soy una mujer casada. Esto… no podría pasar en peor momento.

—¿Por qué?

—Porque voy a dejar a mi marido.

—En ese caso es la ocasión perfecta.

—No. —Negó con la cabeza sin abrir los ojos—. No, no lo entiendes. Si Markus se enterara de esto antes de que negociemos…

—Te llevarías algún millón menos.

—Sí. Esto es una auténtica imbecilidad por mi parte.

—¿Por qué crees que lo estás haciendo?

—No lo sé. —Se llevó las manos a las sienes—. Es como si algo o alguien hubiera tomado el control de mi cerebro. —En ese mismo instante tuvo otro pensamiento—. ¿Por qué crees que es millonario? —Abrió los ojos y lo miró. Si, había algo en él que le resultaba familiar. Algo en su mirada—. ¿Estuviste en la fiesta de la azotea? ¿Lo conoces?

Él no respondió. Se limitó a esbozar una sonrisa mientras subía el volumen de la música. Era una canción que decía algo sobre *scary monsters* en un teatral vibrato, había oído esa voz antes, pero no la ubicaba.

—El martini —afirmó de repente, segura—. Estabas en Danielles. Fuiste tú quien hizo que me llevaran esa copa, ¿verdad?

—¿Qué te hace creer eso?

—Que estuvieras detrás de mí en la cola del bar, que te sentaras conmigo, eso no es habitual en el descanso de una obra de teatro. No ha sido casualidad.

Él se pasó la mano por el cabello y miró por el retrovisor.

—Lo confieso —dijo—. Llevo un tiempo siguiéndote. Quería estar a solas contigo, y ahora lo estoy. ¿Qué hacemos al respecto?

Ella tomó aire y se desabrochó el cinturón de seguridad.

—Follemos —dijo.

—¿No es una injusticia? —dijo Alexandra. Habían dado la cena por acabada y se habían trasladado al bar del restaurante—. Siempre he querido tener un hijo, y no lo he tenido. Mientras que tú nunca habías deseado… —Chasqueó los dedos encima de su cóctel white russian.

Harry bebió un sorbo de su vaso de agua.

—La vida casi nunca es justa.

—Y tan *casual* —añadió ella—. Bjørn Holm manda su ADN para comprobar si es el padre de… ¿cómo se llama el niño?

—Gert.

Alexandra vio que aquel no era un tema de conversación que agradara a Harry. Pero tal vez porque había bebido un poco más de lo habitual, insistió.

—…Y resulta que *no* lo es. Y poco después proceso un análisis de ADN de una sangre que resulta ser tuya, la compruebo por error con toda la base de datos de pruebas de paternidad y se descubre que eres el padre de Gert. Si no hubiera sido por mí…

—No es culpa tuya —interrumpió Harry.

—¿Qué no es culpa mía?

—Nada —dijo Harry—. Olvídalo.

—¿Que Bjørn se quitara la vida?

—Que él… —Harry se contuvo.

Alexandra vio que hacía una mueca, como si le doliera algo. ¿Qué era lo que no le contaba? ¿Qué era lo que no *podía* contarle?

—¿Harry?

—¿Sí? —Parecía tener la mirada clavada en las botellas alineadas tras la espalda del camarero.

—Fue ese agresor sexual el que mató a tu mujer, ¿verdad? Finne.

—Pregúntaselo a él.

—Finne está muerto. Si no fue él, entonces…

—¿Entonces?

—Fuiste sospechoso.

Harry asintió.

—Siempre sospechamos de la pareja. Y solemos acertar.

Alexandra bebió un trago largo.

—¿Fuiste tú, Harry? ¿Mataste a tu esposa?

—Un doble de esa de ahí —dijo Harry señalando con la mano, y a Alexandra le llevó un instante comprender que no se dirigía a ella.

—¿Esta? —dijo el camarero y señaló una botella cuadrada que colgaba bocabajo en un dispensador.

—Sí, gracias.

Harry se quedó callado hasta que tuvo delante la copa con el líquido dorado.

—Sí —dijo entonces, y levantó la copa. La sostuvo un rato, como si no le apeteciera beber—. La maté. —Se bebió el contenido de un solo trago y había pedido otra antes de haberla vuelto a dejar sobre la barra.

Helene recuperó el aliento, pero siguió encima de él.

Le había hecho pasarse al asiento del copiloto mientras ella bajaba el respaldo y él se ponía un preservativo. Después le había montado como si fuera uno de sus caballos, aunque sin la misma sensación de control. Él se había corrido en silencio, ella había notado su orgasmo en la contracción de los músculos ahora relajados.

Ella también se corrió. No porque él fuera un buen amante, sino porque estaba tan excitada antes de quitarse los pantalones y las bragas que cualquier cosa le hubiera servido.

Notó cómo se ablandaba en su interior.

—¿Por qué me has estado siguiendo? —preguntó y lo miró aplastado sobre el asiento horizontal, tan desnudo como ella.

—¿Tú qué crees? —preguntó él y se llevó las manos a la nuca.

—Te enamoraste de mí cuando me viste en la fiesta de la azotea.

Él sonrió y negó con la cabeza.

—No estoy enamorado de ti, Helene.

—¿No?

—Estoy enamorado de otra.

Helene se sintió molesta.

—¿A qué estás jugando?

—Solo te digo la verdad.

—¿Por qué estás aquí, conmigo?

—Te doy lo que quieres. O, mejor dicho, lo que tu cuerpo y tu cerebro quieren: yo.

—¿Tú? —Ella bufó—. ¿Qué te hace pensar que no me habría valido cualquiera?

—Porque soy yo quien ha sembrado el deseo en ti. Ahora repta y se arrastra por tu cuerpo y tu cerebro.

—¿El deseo por ti en concreto?

—Sí, por mí. O, mejor dicho, lo que pulula por tu interior desea introducirse en mis intestinos.

—Qué mono. ¿Estás diciendo que me apetece ponerme un pene artificial? Mi marido también quiso que lo hiciera cuando empezamos a salir.

El hombre que se hacía llamar Prim negó con la cabeza.

—Me refiero al intestino grueso y al delgado. La flora bacteriana. Para que puedan reproducirse. En cuanto a tu marido, no sabía que le gustara que se la metieran por detrás. Cuando yo era niño, era él quien penetraba.

Helene lo miró con insistencia. Desconcertada, pero segura de que había entendido correctamente.

—¿Qué quieres decir?

—¿No sabías que tu marido se follaba niños?

—¿Niños?

—Niños pequeños.

Ella tragó saliva. Por supuesto que había pensado que le iban los hombres, pero nunca se lo había dicho a las claras. La perversión no residía en que Markus fuera bisexual o, lo que era más probable, un homosexual que no había salido del armario. Lo enfermizo era que Markus Røed, uno de los hombres más ricos y poderosos de la ciudad, alguien a quien la prensa había acusado de ser codicioso, de cometer fraude fiscal, de mal gusto y cosas peores, no se atreviera a reconocer ante el mundo ese rasgo humano que podría haber aliviado la tensión que sufría. En lugar de eso, se había convertido en un caso típico de homosexual homófobo, un narcisista que se despreciaba y una paradoja andante. Pero ¿chavales? O sea niños. No. A la vez, ahora que le hablaban de esa posibilidad y hacía memoria, resultaba demasiado lógico. Tuvo escalofríos. Otra idea se fue abriendo paso de manera simultánea: esto podría venirle bien en la batalla legal por los términos del divorcio.

—¿Cómo lo sabes? —dijo y buscó sus bragas sin moverse del sitio.

—Fue mi padrastro. Abusó de mí desde que tenía seis años. Digo seis porque mi primer recuerdo es que me violó el mismo día que me regaló una bicicleta. Tres veces por semana. Tres días a la semana se folló mi culito. Año tras año.

Helene respiraba con la boca abierta. El aire del habitáculo apestaba a sexo y ese peculiar aroma a almizcle. Tragó saliva.

—Tu madre… ¿lo sabía?

—Era habitual, así que algo sospecharía, pero no hizo nada por comprobarlo. Era una mujer desempleada, alcohólica, que tenía miedo de perderlo. Sin embargo, eso fue lo que pasó.

—Eso les pasa siempre a quienes tienen miedo, los abandonan.

—¿No tienes miedo?

—¿Yo? ¿Por qué iba a tener miedo?

—Porque ya entiendes qué hacemos aquí tú y yo.

¿Eran imaginaciones suyas o estaba empezando a tener otra erección dentro de ella?

—¿Susanne Andersen? —le preguntó por fin—. ¿Fuiste tú?

Él asintió.

—¿Y Bertine?

Asintió otra vez.

Tal vez fuera un farol, puede que no. En cualquier caso, Helene sabía que debía estar asustada. ¿Por qué no era el caso? ¿Por qué empezó a deslizar las caderas adelante y atrás? Despacio al principio, luego más deprisa.

—No… —dijo él, repentinamente pálido.

Ella cabalgó de nuevo, como si su cuerpo tuviera voluntad propia, se elevó sobre su miembro y se dejó caer con todas sus fuerzas. Notó cómo él contraía el abdomen, oyó un gemido semiahogado, pensó que iba a correrse otra vez. Entonces vio el surtidor de vómito verdoso que salía de su boca. Le cayó por el pecho y se extendió por su vientre, hasta tocarla. La peste era tan intensa que notó que ella también estaba a punto de vaciarse y se apretó la nariz entre el índice y el pulgar mientras contenía la respiración.

—No, no, no —gimió él sin moverse mientras palpaba el suelo en busca de la camisa para secarse con ella—. Es esa mierda de ahí —dijo, y señaló la bolsa de patatas fritas en la consola.

Helene vio que ponía Hillman Pets.

–Tengo que comerla para controlar la población de parásitos –dijo y se frotó la tripa con la camisa–. Es difícil encontrar el equilibrio. Si como demasiado, el estómago no lo aguanta. Espero que lo entiendas. O que seas comprensiva.

Helene ni entendía ni era comprensiva, se preocupó por contener la respiración mientras se apretaba la nariz. Sintió un cambio extraño. Como si el ansia y el deseo fueran desapareciendo para dejar paso a otro sentimiento. El miedo.

Susanne. Luego Bertine. Había llegado su turno.

Tenía que salir, alejarse, ¡ahora mismo!

Él la miraba como si percibiera su pánico.

Ella se obligó a sonreír. Tenía la mano izquierda libre, podía abrir la puerta, bajarse y salir corriendo. Hacia las casas adosadas que había visto al enfilar la pista forestal, no podía haber más de trescientos o cuatrocientos metros. Su distancia favorita habían sido los cuatrocientos metros, bien, corría mejor descalza. Apostó a que dudaría antes de empezar a perseguirla, puesto que ambos estaban desnudos, bastaría para darle la ventaja precisa. No tendría tiempo de dar la vuelta con el coche y alcanzarla, y si lo intentaba, podría desviarse por el bosque. Solo tenía que distraerlo un poco mientras encontraba el tirador de la puerta con la mano izquierda. Iba a destaparse la nariz para ponerle la mano sobre los ojos en un gesto pretendidamente cariñoso cuando se le ocurrió una idea. El cambio había sobrevenido cuando no respiraba ni olía. Estaba relacionado.

–Comprendo –susurró seductora–. Son cosas que pasan. Ya estás limpio. Quedémonos a oscuras. –Intentó no inspirar y esperó que no oyera el temblor de su voz–. ¿Dónde está la luz?

–Gracias –dijo él y esbozó una sonrisa mientras señalaba al techo.

Ella encontró el interruptor y apagó la luz. En la oscuridad, tanteó con la mano izquierda el interior de la puerta del copiloto. Encontró el tirador, lo empujó y abrió la puerta. Sintió el aire frío de la noche en la piel. Se impulsó con los pies para salir. Él fue más rápido. Le puso las manos alrededor del cuello, apretó. Ella le golpeó el pecho con ambas manos, pero la presión se incrementó. Apoyó el peso sobre una rodilla y adelantó la otra con la esperanza de acertarle en la entrepierna. No tuvo la sensación de haberle dado, pero él la soltó y ella logró salir, sintió la grava bajo los pies desnudos y se cayó, pudo levantarse y echó a correr. Le costaba respirar, como si aún la tuviera cogida por el cuello, tenía que ignorarlo, alejarse. Logró tomar un poco de aire, vio las luces que bordeaban la carretera principal. ¿Eran menos de cuatrocientos metros? Sí, no llegaba a trescientos. Iba a lograrlo. Aceleró, volaba. Era imposible que pudiera alcanzarla...

Como si de pronto ante ella hubiese habido alguien en la oscuridad, sintió un fuerte golpe en la garganta que la lanzó hacia atrás. Cayó de espaldas y su nuca impactó con violencia en la grava.

Debió desmayarse unos segundos porque, al abrir los ojos, oyó pasos que se aproximaban.

Intentó gritar, pero la presión la ahogaba.

Se llevó las manos a la garganta y comprendió lo que era.

El collar.

Le había puesto el collar del perro y había dejado que corriera y tirara de la correa extensible, había esperado con calma a que consumiera sus cincuenta metros de libertad.

Había dejado de oír pasos, sus dedos encontraron el mosquetón, lo apretó y se liberó. Del collar. No tuvo tiempo de levantarse, algo presionaba su torso contra la grava.

Estaba desnudo, de un blanco deslumbrante en la oscuridad, con un pie sobre su pecho. Vio lo que tenía en la mano derecha. La poca luz que había se reflejaba en el acero niquelado. Un cuchillo. Un cuchillo grande. No tuvo miedo, al menos no tanto como cuando había contenido la respiración en el coche. No es que no temiera morir, pero parecía que el deseo era más fuerte. No era capaz de explicarlo de otra manera.

Él se puso en cuclillas y acercó la hoja del cuchillo a su garganta, se inclinó y le susurró al oído:

—Si gritas, cortaré al instante. Asiente si me entiendes.

Ella movió la cabeza, muda. Él se echó hacia atrás, seguía en cuclillas, el acero frío no se apartó de la piel de la garganta.

—Lo lamento, Helene. —Tenía la voz llorosa—. Es injusto que tengas que morir. No has hecho nada, no eres mi objetivo. Solo has tenido la maldita mala suerte de ser un medio necesario.

Ella tosió.

—Ne... necesario ¿para qué?

—Necesario para humillar y destruir a Markus Røed.

—Porque él...

—Sí... porque me folló. Y cuando no estaba en eso, tenía que chuparle la maldita polla asquerosa a la hora de la cena y del desayuno. A veces también a la hora del almuerzo. ¿A ti te ha pasado lo mismo, Helene? La diferencia es que, en mi caso, la transacción no llevaba aparejado beneficio alguno. Salvo la bicicleta. Y que no dejara a mi madre. Una locura, ¿no? Que me diera miedo que nos abandonara. No sé si fui yo quien se hizo demasiado mayor, o mi madre, pero nos dejó por una mujer más joven con un hijo más pequeño. Esto sucedió mucho antes de que aparecieras en escena, supongo que no sabes nada del tema.

Helene negó con la cabeza, muda. Se vio a través de los ojos de otra persona, tumbada desnuda y helada en un camino de grava con un cuchillo en la garganta. Sentía las piedrecillas clavándose en su piel, no veía escapatoria, tal vez su vida acabara aquí. Y sin embargo quería estar ahí, lo deseaba a pesar de todo. ¿Se había vuelto loca?

—Mi madre se dejó arrastrar por una profunda depresión —dijo él con voz temblorosa, y ella se dio cuenta de que también estaba aterido—. Solo cuando empezó a recuperarse tuvo energía suficiente para llevar a cabo lo que tantas veces me había prometido borracha. Se quitó la vida e intentó llevarse la mía por delante. Los bomberos consideraron un accidente que fumara en la cama. Ni yo, ni su hermano, el tío Fredric, vimos necesidad alguna de informarles a ellos o a la compañía de seguros de que no fumaba, que el paquete de cigarrillos que encontraron había pertenecido a Markus Røed.

Se quedó callado. Algo cálido cayó en el pecho de Helene. Una lágrima.

—¿Me vas a matar?

Él inspiró tembloroso.

—Te he dicho que lo siento, pero debo culminar el ciclo de vida de los parásitos. Ya sabes, para que puedan reproducirse. Para infectar a otro portador necesito parásitos frescos, nuevos. ¿Comprendes?

Ella negó con la cabeza. Tenía ganas de acariciarle la mejilla, era como si hubiera tomado éxtasis, el amor era absoluto. No era amor, era deseo, estaba excitadísima.

—También está la ventaja de que los muertos no se pueden chivar —dijo él.

—Claro —dijo ella. Respiraba con más intensidad, como si supiera que era su último suspiro.

—Dime una cosa, Helene, mientras teníamos sexo ¿te has sentido amada por unos instantes?

—No lo sé —dijo ella y sonrió cansada—. Sí, creo que sí.

—Bien. —Le cogió una mano y se la apretó—. Quería hacerte ese regalo antes de que murieras. Porque es lo único que importa, ¿no? Sentirse amado.

—Puede ser —susurró ella y cerró los ojos.

—Aférrate a esa idea, Helene. No dejes de decirte: soy amada.

Prim bajó los ojos hacia ella. Vio cómo se movían sus labios. Cómo daban forma a esas palabras: soy amada. Levantó el cuchillo de forma que la punta presionara la arteria del cuello, se inclinó y puso todo su peso al introducir la hoja. El chorro de sangre caliente sobre su piel helada le produjo un escalofrío de bienestar y horror.

Sujetó con firmeza el mango del cuchillo. Por las vibraciones pudo conocer el instante exacto en que la vida la abandonaba. El chorro de sangre pasó a ser un río. Unos segundos más tarde el cuchillo le hizo saber que Helene Røed había muerto.

Sacó el arma y se sentó en el suelo, a su lado. Se secó las lágrimas. Temblaba de frío, miedo y tensión liberada. No resultaba cada vez más fácil, al contrario. Eran inocentes, faltaba el culpable. Sería muy diferente, iba a ser una delicia quitarle la vida a Markus Røed, pero antes, ese cabrón iba a sufrir tanto que la muerte le iba a parecer una liberación.

Prim sintió algo en la piel. Una ligera llovizna. Levantó la vista, todo negro. Habían anunciado más lluvia durante la noche. Así se borrarían la mayor parte de los rastros, pero aún tenía trabajo por hacer. Miró el reloj, lo único que no se había quitado. Nueve y media. Si era eficiente podría estar de vuelta en el centro antes de las diez y media.

29
SÁBADO. *TAPETUM LUCIDUM*

Faltaba una hora para la medianoche, y en el parque del Palacio Real, los senderos brillaban húmedos a la luz de las farolas.

Harry estaba gratamente anestesiado y veía la realidad con el grado justo de distorsión. En otras palabras, estaba en el momento dulce de la intoxicación, ese punto en el que era consciente del engaño pero no sufría por ello. Recorría el parque junto a Alexandra. Los rostros que salían a su encuentro flotaban en el aire.

Para sostenerlo, ella se había echado un brazo de Harry sobre los hombros y con el suyo le rodeaba la cintura. Seguía enfadada.

—Una cosa es que no nos quieran servir —siseó.

—Que no me quieran servir a mí —dijo Harry con una dicción bastante más firme que su paso.

—Otra muy distinta es que nos echen.

—Me echen *a mí* —dijo Harry—. Me he fijado en que a los camareros no les gusta que los clientes se duerman con la cabeza encima de la barra.

—Vale, pero hacerlo de esa manera…

—Hay maneras peores, Alexandra. Créeme.

—¿Ah, sí?

—Oh, sí. Esta ha sido una de las maneras más delicadas en las que me han echado. De hecho, me estoy planteando otorgarle un puesto en la lista de mis-cinco-mejores-expulsiones.

Ella se echó a reír y hundió la cabeza en su cuello, lo que hizo que Harry se saliera del sendero y se adentrara en el césped real. Un anciano caballero los miró mal mientras esperaba para recoger la mierda de su perro, sujeto con una correa extensible.

Alexandra consiguió enderezar a Harry.

—Paremos en Lorry a tomarnos un café —dijo.

—Y una cerveza —dijo Harry.

—Café, si no quieres que vuelvan a echarte.

Harry se lo pensó.

—OK.

Lorry estaba concurrido, los sentaron con dos hombres que hablaban en francés en la tercera mesa a la izquierda de la puerta y les sirvieron dos tazas grandes de humeante café.

—Están hablando de los asesinatos —susurró Alexandra.

—No —dijo Harry—. Hablan de la guerra civil española.

Cerca de la medianoche salieron de Lorry sin haber bebido más alcohol, algo menos intoxicados.

—¿A tu casa o a la mía? —preguntó Alexandra.

—¿Me puedes dar alguna alternativa más?

—No —dijo ella—. A mi casa. Iremos andando. Aire fresco.

El apartamento de Alexandra estaba en un bloque de la calle Marcus Thrane, a mitad de camino entre St. Hanshaugen y la plaza de Alexander Kielland.

—Te has mudado —afirmó Harry en el dormitorio y se tambaleó un poco mientras ella intentaba desnudarlo—. Veo que la cama es la misma.

—¿Buenos recuerdos?

Harry lo pensó.

—Imbécil —dijo Alexandra, lo empujó sobre las sábanas y se puso de rodillas para desabrocharle los pantalones.

—Alexandra… —dijo él, y puso una mano sobre la suya.

Ella se detuvo y lo miró.

—No puedo —dijo.

—¿Quieres decir que estás demasiado borracho?

–Eso también, supongo. Hoy he visitado su tumba.

Esperó la ira producto de la humillación. Frío y desprecio, pero en su mirada solo vio resignación y cansancio. Ella lo empujó bajo el edredón con los pantalones puestos, apagó la luz y se deslizó tras él. Se pegó a su cuerpo.

–¿Aún duele? –preguntó.

Harry intentó pensar en otro modo de describir ese sentimiento. Vacío, añoranza, soledad, miedo. Incluso pánico. En realidad, había acertado, el sentimiento que lo inundaba todo era el dolor. Asintió.

–Tienes suerte –dijo ella.

–¿Suerte?

–Por haber amado tanto a alguien que pueda dolerte tanto.

–Hum.

–Siento que suene tan banal.

–No, tienes razón. Los sentimientos son banales.

–No quise decir que sea banal amar a alguien. O querer ser amado.

–Yo tampoco.

Se abrazaron. Harry clavó la mirada en la oscuridad. Cerró los ojos. Aún tenía que leer la mitad de los informes. La respuesta podría encontrarse allí. Si no, se vería obligado a intentar el plan fruto de la desesperación que había descartado, pero que había resurgido una y otra vez tras su charla con Truls en Schrøder. Se dejó ir.

Montaba un toro mecánico. Su cuerpo se balanceaba de un lado a otro mientras se agarraba e intentaba pedir una copa. Se esforzaba por concentrarse en el camarero, pero los tirones eran demasiado violentos y los rasgos que tenía delante se difuminaban.

–¿Qué quieres, Harry? –Era la voz de Rakel–. Cuéntame qué es lo que quieres.

¿De verdad era ella? Quiero que el toro pare. Quiero que tú y yo estemos juntos. Harry intentó gritarlo, pero no consiguió emitir sonido alguno. Apretó los botones del cuello del toro, pero los saltos y los giros se hicieron aún más intensos y rápidos.

Oyó un sonido, como el de un cuchillo que perfora carne, y los gritos de ella.

El toro se movía más despacio. Hasta que se detuvo por completo.

No había nadie detrás de la barra, pero corría sangre por los espejos de los estantes, las botellas y los vasos. Sintió que algo duro le presionaba la sien.

—Ya imagino que estás en deuda —susurró una voz a su espalda—. Sí, me debes la vida.

Levantó la mirada hacia el espejo. En el haz de luz que se desplomaba sobre su cabeza vio el cañón de la pistola y la mano que apretaba el gatillo con un dedo. El rostro del hombre que sujetaba el arma estaba en la oscuridad, distinguió un reflejo blanco. ¿Estaba desnudo? No, era un alzacuellos blanco.

—¡Espera! —gritó Harry, y se giró. No era el hombre del ascensor. Ni el hombre tras los cristales tintados del Camaro. Era Bjørn Holm. El colega pelirrojo se llevó la pistola a la sien y disparó.

—¡No!

Harry se encontró sentado en la cama.

—Dios mío —murmuró una voz, y vio el cabello negro sobre la almohada blanca a su lado—. ¿Qué pasa?

—Nada —dijo Harry afónico—. Solo estaba soñando. Me voy.

—¿Por qué?

—Tengo que leer unos informes. Y he prometido llevar a Gert al parque mañana por la mañana. —Se levantó de la cama, encontró la camisa encima de una silla, metió los brazos y empezó a abrochársela. Sintió náuseas.

—¿Te alegras de verlo?

—Solo quiero llegar a tiempo. —Se agachó y le dio un beso en la frente—. Que duermas bien y gracias por una bonita velada. Ya sé dónde está la puerta.

Harry tuvo que vomitar al llegar al patio. Tuvo tiempo de apartar dos cubos de basura de plástico verde antes de que el contenido de su estómago rebotara sobre los sucios adoquines. Mientras se recuperaba, vio una luz roja en la oscuridad al otro lado del patio interior. Eran ojos de gato. *Tapetum lucidum*, le había explicado Lucille, una capa de tejido detrás del ojo que reflejaba el brillo de la luz de una ventana del bajo. También vislumbró al felino, estaba inmóvil, mirándolo. Aunque cuando sus ojos se adaptaron a la oscuridad vio que era una rata la que había captado la atención del gato. Fue como un *déjà vu* de la última mañana en Doheny Drive. Arrastraba la brillante cola de roedor como un condenado a muerte que tiene que acarrear su propia soga. El gato se inclinó y clavó los dientes en la nuca de la rata en un ataque rapidísimo. Harry volvió a sentirse mal y se apoyó en la pared del edificio mientras el gato dejaba caer al suelo la rata ya muerta. Los ojos luminosos miraban otra vez a Harry, como si esperara un aplauso. Es un teatro, pensó Harry. Es un jodido teatro donde por un miserable instante nos limitamos a interpretar un papel que alguien nos ha asignado.

30
DOMINGO

Thanh llegó a Mons antes de que el sol de la mañana hubiera secado las calles.

No llevaba las llaves de la tienda. Era domingo y la utilizaba como punto de encuentro para los perros que cuidaba. El cliente era nuevo, la había llamado el día anterior. Era poco frecuente que la gente contratara sus servicios para el fin de semana porque esos días la gente solía tener tiempo para cuidar de sus mascotas. Thanh tenía ganas de dar un paseo y se había vestido con ropa deportiva por si el perro quería correr un poco. Había pasado el día anterior cocinando con su madre. Su padre había vuelto del hospital y, aunque el médico le había desaconsejado comer mucho o platos muy especiados, se había servido de todo, para alegría de su madre.

Thanh vio acercarse a un hombre con un perro pisando la grava de la plaza Vestkanttorget. Era un labrador retriever y, a juzgar por los andares, padecía displasia de cadera. Al verlos de cerca reconoció al policía que había estado en la tienda dos días antes. Lo primero que pensó fue que se dirigía a una misa dominical o a una confirmación, puesto que iba trajeado, y que por eso necesitaba que le cuidaran al perro. También vestía de traje la primera vez que lo vio, puede que fuera su uniforme de trabajo. Se alegró de no haber traído las llaves, por si tenía intención de convencerla para que le dejara pasar.

—Hola —dijo, y sonrió—. Me llamo Sung-min.

—Thanh.

—Y este es Kasparov. ¿Cómo te pago?

—Por Bizum. Si quieres, te puedo hacer un recibo.

—¿Quieres decir que no quieres trabajar en negro para un policía? —Se echó a reír—. Perdona, ha sido un chiste sin gracia —dijo cuando ella no se unió a sus risas—. ¿Te importa si os acompaño un rato?

—Claro que no —dijo ella, cogió la correa y se fijó en que el collar de Kasparov era de la marca William Walker. Era caro, pero suave y delicado con el cuello del perro. Ella había querido que la vendieran en la tienda, pero Jonathan se había negado.

—Suelo ir al parque Frogner —dijo ella.

—Bien.

Fueron hacia el sur y cruzaron el aparcamiento de Fuglehauggata.

—Veo que vas preparada para correr, me temo que para Kasparov esos días ya quedaron atrás.

—Ya lo veo. ¿Has considerado la posibilidad de operarlo?

—Sí. Varias veces. Pero el veterinario lo desaconseja. Hemos optado por hacer el ejercicio adecuado, un alimento específico y, en las peores etapas, analgésicos y antiinflamatorios.

—Parece que quieres a tu perro.

—Oh, sí. ¿Tú tienes perro?

Ella negó con la cabeza.

—Apuesto por las relaciones casuales. Como la de hoy con Kasparov.

Ambos rieron.

—Me temo que no hice muy buenas migas con tu jefe el otro día —dijo—. ¿Siempre es tan callado?

—No lo sé —dijo Thanh. El policía guardó silencio y ella comprendió que esperaba que dijera algo más. Una pausa tan prolongada parecía recalcar que ella no quería decir nada más, como si tuviera algo que ocultar—. No lo conozco mucho —dijo, y se dio cuenta de que parecía que quería poner distancia entre ella y Jonathan, lo que la dejaba en mal lugar y esa no era su intención.

—Resulta extraño —dijo el policía—. Que no os conozcáis cuando solo estáis vosotros dos en la tienda.

—Sí —dijo ella. Se detuvieron ante un semáforo en rojo en el paso de peatones de Kirkeveien—. Supongo que es un poco raro. Imagino que lo que quieres saber es si yo estoy al tanto de si ha hecho contrabando. No lo sé.

Por el rabillo del ojo vio que la estaba mirando y, cuando el semáforo cambió a verde, anduvo tan deprisa que él se quedó atrás.

Sung-min siguió a la chica de la tienda de animales.

Estaba molesto. Era evidente que aquello no conducía a ninguna parte, ella estaba a la defensiva y no quería hablar. Desperdiciaba un día libre y ya estaba de mal humor porque había discutido con Chris el día anterior. Un vendedor de rosas ofrecía sus tristes flores a los turistas junto a la monumental puerta de entrada del parque Frogner.

—Una rosa para su bella amada.

El vendedor había dado un paso al frente y bloqueaba el paso por la puerta lateral a la que se habían dirigido Sung-min y Thanh.

—No, gracias —dijo Sung-min.

El vendedor repitió su eslogan de venta en un noruego macarrónico, como si Sung-min no lo hubiera oído.

—No —dijo Sung-min, y fue tras Thanh y Kasparov, que habían rodeado al hombre y pasado por la puerta.

El vendedor fue tras él.

—Una rosa para la bella…

—¡No!

El hombre parecía estar seguro de que Sung-min podía permitírselo por su manera de vestir y de que sin duda él y Thanh eran pareja, puesto que ambos tenían rasgos asiáticos. Era una suposición razonable, claro, y nada que hubiera molestado a Sung-min otro día. En general no solía dejarse provocar por ideas preconcebidas; solo era una manera de gestionar un mundo complejo. De hecho, era más frecuente que Sung-min se molestara cuando la gente era tan egocéntrica que se ofendía ante cualquier idea preconcebida, por inocente que fuera.

—Una rosa para...

—Soy gay.

El vendedor se detuvo y miró desconcertado a Sung-min. Luego se humedeció los labios y ofreció las flores, pálidas y envueltas en celofán.

—Una rosa para una be...

—¡Soy gay! —berreó Sung-min—. ¿Lo entiendes? ¡Supergay!

El vendedor se alejó caminando de espaldas y Sung-min vio que la gente que entraba y salía del parque se daba la vuelta para mirarlos. Thanh se había detenido y parecía asustada, y Kasparov soltó un breve ladrido y tiró de la correa para acudir en auxilio de su amo.

—Perdón —suspiró Sung-min—. Toma. —Cogió la flor y le ofreció un billete de cien coronas al vendedor de rosas.

—No tengo... —empezó a decir el hombre.

—Está bien —dijo Sung-min y le tendió la rosa a Thanh.

Al principio lo miró asombrada, luego se echó a reír.

Sung-min dudó un poco, hasta que él también vio lo cómico de la situación y se unió a ella.

—Mi padre dice que regalar flores a tu amada es una tradición sobre todo europea —dijo Thanh—. Los griegos en la Antigüedad, los franceses y los ingleses en la Edad Media.

—Sí, pero la rosa es originaria de la misma parte del mundo que nosotros —dijo Sung-min—. El lugar de Corea del Sur en el que yo nací, Samcheok, alberga un famoso festival de la rosa. Y mugunghwa, la rosa de Sharón, es el símbolo nacional de Corea.

—Sí, pero mugunghwa ¿es una rosa por definición?

Antes de que llegaran a la altura del monolito, la conversación había virado de flores a perros.

—No tengo claro que a Jonathan le gusten mucho los animales —dijo ella cuando llegaron a la cima del parque y se detuvieron para mirar hacia Skøyen—. Creo que llegó a este sector por casualidad. Igual podría haber sido un ultramarinos o una tienda de electrónica.

—¿No sabes nada de que siguiera comprando Hillman Pets después de que prohibieran importarlo?

—¿Por qué estás tan seguro de que lo hizo?

—Se puso muy nervioso cuando fui a veros.

—Puede que temiera…

—¿Sí?

—No, nada.

Sung-min inspiró.

—No soy aduanero. No voy a denunciarlo por importación ilegal. Mi trabajo consiste en seguir pistas que, de manera indirecta, tal vez puedan conducir a la detención de quien ha asesinado a las dos jóvenes desaparecidas. Y evitar que ocurra de nuevo.

Thanh asintió. Pareció dudar unos instantes y luego tomó una decisión.

—Lo más parecido a algo ilegal que he visto cometer a Jonathan fue hacerse cargo de un cachorro de zorro que alguien había traído de Londres, parece ser que allí hay zorros salvajes en la ciudad. Es delito introducir zorros en el país, claro, y creo que se asustaron al enterarse. No se atrevían a ir a un veterinario para que lo sacrificara y no se sentían capaces de hacerlo ellos, así que le dieron la cría a Jonathan. Supongo que le pagaron bien por hacerse cargo del problema.

—¿La gente hace cosas así?

—Ni te imaginas. Ya me ha pasado dos veces que los dueños de los perros que cuido no vengan a recogerlos ni den señales de vida.

—¿Qué haces en esos casos?

—Me los llevo a casa. Pero tenemos poco sitio, al final tengo que llevarlos a la protectora. Es una pena.

—¿Qué pasó con el zorrito?

—No lo sé y no sé si quiero saberlo. Adoraba a ese cachorro. —Sung-min vio que sus ojos se llenaban de lágrimas—. Un día desapareció, sin más. Supongo que lo tiró por el retrete…

—¿Por el retrete?

—No, claro que no. Como ya te he dicho, no quiero saber cómo se deshizo de Nhi.

Siguieron caminando y Thanh le contó sus planes, su sueño de estudiar veterinaria. Sung-min escuchaba. Era simpática. Espabilada. No tenía sentido fingir que había quedado con ella para que le cuidara el perro, así que la acompañó al paseo completo. El interrogatorio no había dado resultado, pero se consoló con el hecho de haber pasado algo de tiempo con una persona que apreciaba tanto a su amigo de cuatro patas como él.

—Vaya —dijo Thanh cuando estuvieron cerca de Mons—. Ahí está Jonathan.

Ante la puerta abierta de la tienda había aparcado un Volvo familiar. Un hombre estaba inclinado sobre la puerta del copiloto. Era probable que no los oyera por el ruido del aspirador. A los pies tenía un cubo que desbordaba agua jabonosa y el vehículo estaba mojado y brillante. De la manguera tirada sobre el asfalto aún manaba agua.

Sung-min agarró la correa de Kasparov y se preguntó si debía alejarse sin ser visto y dejar que Thanh decidiera si quería mencionar su encuentro. Antes de que pudiera resolverlo, el dueño de la tienda enderezó la espalda y se volvió hacia ellos.

Sung-min vio encenderse la mirada del hombre cuando se hizo cargo de la situación y la interpretó sin error.

—¿No es poco cristiano lavar el coche a la hora del servicio religioso? —preguntó Sung-min antes de que el otro tuviera tiempo de abrir la boca.

El hombre entrecerró los ojos.

—Solo hemos dado un paseo por el parque —se apresuró a decir Thanh—. Le cuido el perro.

Sung-min deseó que no pareciera tan asustada. Como si fueran ellos los que tuvieran que estar a la defensiva y no él.

Sin decir una palabra, el dueño de la tienda se llevó la aspiradora y la manguera al interior. Salió, cogió el cubo y vació el contenido por la acera. La espuma y el agua sucia rodearon los zapatos cosidos a mano de Sung-min.

Sung-min no se dio cuenta, estaba pendiente del hombre que entraba en la tienda con el cubo vacío. La ira que detectaba ¿se debía solo a la presencia de un policía molesto? Porque daba una impresión diferente a cuando se vieron en la tienda, este hombre destilaba odio. El odio que surge cuando alguien tiene miedo. Cuando alguien se te ha acercado en exceso y amenaza con penetrar en tu interior, allí donde eres vulnerable, donde estás en peligro. Sung-min no sabía con exactitud qué fibra le había tocado, pero no dudaba de que había dado con algo. El hombre salió y echó la llave a la puerta de la tienda. Sin dignarse a mirarlos, fue hacia el coche. Sung-min vio que había terrones de tierra en el agua que corría de los neumáticos al desagüe.

—¿Has ido al bosque? —preguntó Sung-min en voz alta.

—¿A por setas? —preguntó el dueño de la tienda, cerró de un portazo y arrancó.

Sung-min observó cómo el Volvo aceleraba por Neuberggata, inmerso en el silencio dominical.

—¿Qué llevaba en el maletero? —preguntó.

—Jaulas —dijo Thanh.

—Jaulas —repitió Sung-min.

—Uy —susurró Katrine y retiró la mano del brazo de Harry.

—¿Qué pasa? —preguntó él.

Ella no respondió.

—¿Qué pasa, mamá? —preguntó Gert, que iba de la mano de Harry.

—Nada, me ha parecido ver a alguien —dijo Katrine, y miró guiñando los ojos hacia el montículo tras el monolito.

—¿Otra vez Sung-min? —preguntó Harry. Katrine le había contado que, mientras esperaba con Gert junto a la entrada, habían visto a Sung-min entrar en el parque con una chica.

Katrine no se había dado a conocer, no tendría ganas de que sus colegas la vieran en compañía de Harry. Desde ese punto de vista, el parque Frogner en un domingo soleado era una elección arriesgada, había muchísima gente, algunos incluso se habían sentado en la hierba que debía seguir húmeda tras la lluvia de la noche.

—No, creí que era… —se contuvo.

—¿Tu cita? —preguntó Harry mientras Gert, vestido con un mono, le tiraba del brazo para que el tío Hallik volviera a cogerle y darle una vuelta por el aire.

—Puede ser. Cuando piensas en alguien de pronto crees ver su cara por todas partes, ¿no?

—¿Le has visto ahí arriba?

—No, no podía ser él. Hoy trabaja. En cualquier caso, no puedo pasearme del brazo contigo, Harry. Si algún colega viera que…

—Lo sé —dijo Harry y miró el reloj. Quedaban dos días enteros. Le había explicado a Katrine que solo disponía de un par de horas, que después tendría que volver al hotel para trabajar. Sabía que solo era para tener la sensación de que lo estaba intentando, que era poco realista pensar que iba a encontrar algo en la documentación. Tenía que *suceder* algo.

—¡Ahís no, aquís! —dijo Gert, y Harry se apartó del camino y tomó el sendero que se adentraba entre los árboles hacia el área de juegos infantiles y Frognerborgen, el castillo en miniatura en el que los niños escalaban y jugaban.

—¿Cómo has dicho que se llamaba? —preguntó Harry inocente.

—¡Flognelbolgen!

Harry vio que Katrine le dedicaba una mirada de advertencia cuando tuvo que esforzarse para no echarse a reír. ¿Qué demonios le pasaba? Había oído decir que la falta de sueño podía provocar psicosis. ¿Había llegado a esa fase?

Sonó el teléfono, Harry miró la pantalla.

—Tengo que cogerlo. Seguid andando.

—Lo pasé muy bien ayer —dijo sin que lo oyeran los otros dos.

—Yo también —dijo Alexandra—. Pero no llamo por eso. Estoy en el trabajo.

298

—¿En domingo?

—Si tú abandonas a una chica en la cama en mitad de la noche para leer informes, yo también tengo permiso para trabajar un poco.

—Claro.

—En realidad vine para trabajar en mi tesis, pero resulta que el análisis de ADN del trozo de papel de cocina que trajiste está listo. Pensé que querrías saberlo cuanto antes.

—Hum.

—Es el mismo perfil de ADN que el de la saliva que encontramos alrededor del pezón de Susanne Andersen.

El cerebro agotado de Harry fue asimilando la información fragmento a fragmento, mientras se le aceleraba el corazón. Acababa de desear que sucediera *algo*, y estaba pasando. Casi podría uno hacerse creyente. Cayó en la cuenta de que no debería sorprenderse tanto. Al fin y al cabo, la sospecha de la procedencia de la saliva del pezón de Susanne había sido lo bastante fuerte como para que se hubiera hecho con el ADN de Markus Røed.

—Gracias —dijo y colgó.

En el área de juegos infantiles encontró a Katrine a cuatro patas en la arena, delante del castillo. Relinchaba mientras Gert, montado en su espalda, le clavaba los talones en los costados. Ella explicó, sin cambiar de postura, que Gert había visto una película de caballeros e insistía en llegar al castillo a caballo.

—La saliva de Susanne es de Markus Røed —dijo Harry.

—¿Cómo lo sabes?

—Conseguí el ADN de Røed y se lo mandé a Alexandra.

—Joder.

—Mamá…

—Mamá tiene que hablar bien, sí. Si lo has conseguido de ese modo has incumplido las normas y no podremos utilizarlo en los tribunales.

—No he seguido las normas policiales, no, pero en este caso nada os impide utilizar información obtenida por un tercero.

—¿Puedes...? —Señaló a su jinete con un movimiento de cabeza. Harry bajó a Gert del caballo, entre protestas, y ella se puso de pie. —La esposa de Røed sigue proporcionándole una coartada, puede que baste para arrestarlo a pesar de ello —dijo. Se sacudió la arena de los pantalones y buscó a Gert, que se había ido corriendo al tobogán que descendía de una de las torres.

—Hum. Creo que Helene Røed puede tener dudas sobre esa coartada.

—¿Y eso?

—Hablé con ella. Esa coartada es el as que tiene guardado en la manga en la negociación de un futuro divorcio.

Katrine frunció el ceño y cogió su teléfono. Lo miró.

—Bratt.

La voz de trabajo, pensó Harry. Por su gesto, adivinó el resto.

—Iré enseguida —dijo y colgó. Miró a Harry—. Han encontrado un cadáver. Lilløyplassen.

Harry pensó. ¿Eso no estaba en la punta de Snarøya, en la zona de los pantanos?

—Vale —dijo—. ¿Por qué urge tanto que acudan detectives? ¿No deberías dar prioridad a arrestar a Røed?

—Es el mismo caso. Una mujer. Le han cortado la cabeza.

—Joder.

—¿Te quedas jugando con él? —señaló a Gert con un movimiento de cabeza.

—Vas a estar ocupada el resto del día —dijo Harry—. Y por la noche. Røed tiene que...

—Estas son del portal y del piso. —Sacó dos llaves del llavero—. Encontrarás comida en el frigorífico. Y no pongas ese gesto tan escéptico, no dejas de ser su padre.

—Hum. Parece que soy el padre cuando a ti te conviene.

—Exacto. Y tú suenas como una de esas esposas de policías que siempre se están quejando. —Le tendió las llaves—. Luego cogeremos a Røed. Te mantendré informado por teléfono ¿vale?

—Por supuesto —respondió Harry y apretó los dientes.

Vio cómo Katrine se acercaba al tobogán, le decía unas palabras a Gert y le daba un beso, luego salió casi corriendo del parque con el teléfono en la oreja. Sintió que alguien le tiraba de la mano y se encontró con el rostro levantado de Gert.

—Caballo.

Harry sonrió y fingió no haberle oído.

—¡Caballo!

Harry sonrió, se miró los pantalones del traje y supo que iba a perder.

31

DOMINGO. GRANDES MAMÍFEROS

Eran poco más de las once de la mañana. El sol calentaba pero, en cuanto se deslizó tras una nube, Katrine tuvo un escalofrío. Estaba junto a un claro del bosque mirando hacia la playa de altas cañas amarillas y, más allá, el mar brillante por el que se deslizaban veleros de un lado a otro. Se giró. La camilla con el cadáver de la mujer iba hacia la ambulancia de la carretera, desde donde llegaba Sung-min.

—¿Y? —dijo.

—Estaba entre la hierba alta, muy cerca de la playa. —Katrine soltó un profundo suspiro—. Está en malas condiciones, peor que las otras dos. En esta zona son las familias con niños pequeños las que más madrugan, y, por supuesto, tuvo que ser una de ellas quien la encontró.

—Uf. —Sung-min negó con la cabeza—. ¿Sabemos algo de quién es?

—Estaba desnuda y le han cortado la cabeza. No han denunciado desaparición alguna. Aún no. Era joven y exuberante, así que…

No terminó la frase. Por experiencia sabían que si eran jóvenes y hermosas la denuncia tardaba menos en presentarse.

—Ninguna pista, supongo.

—No, el asesino ha tenido suerte, esta noche ha llovido.

Sung-min levantó los hombros para protegerse de una repentina ráfaga de viento helado.

—No creo que se trate de suerte, Bratt.

—Yo tampoco.

—¿Vamos a tomar alguna medida para identificar el cadáver?

—Sí. Tengo intención de llamar a Mona Daa, del diario *VG*. Le voy a ofrecer la exclusiva a cambio de que le dediquen mucho espacio y lo cuenten tal y como nosotros queremos que lo hagan. Ni poco, ni mucho. Que los demás citen su artículo y se quejen de la diferencia en el trato.

—Buena idea. Daa aceptará para tener algo que Våge no tenga.

—Esa era mi idea.

Observaron en silencio a los técnicos de criminalística, que seguían haciendo fotos y revisando a fondo la zona acotada en busca de pistas.

Sung-min se balanceaba sobre las suelas de los zapatos.

—La trajeron hasta aquí en coche, exactamente igual que a Bertine, ¿no crees?

Katrine asintió.

—Aquí no llegan los autobuses y ya hemos comprobado que ningún taxi hizo una carrera hasta esta zona anoche, así que es probable, sí.

—¿Sabes si por aquí hay caminos de grava o tierra?

Katrine le dedicó una mirada escrutadora.

—¿Te refieres a marcas de neumáticos? Solo he visto carreteras asfaltadas. En cualquier caso, la lluvia las habría borrado.

—Por supuesto, es solo que yo…

—¿Tú solo qué?

—Nada —dijo Sung-min.

—Voy a hacer esa llamada a *VG* —dijo Katrine.

Eran las doce menos cuarto. Prim abrió despacio el papel vegetal que tenía delante.

Una nueva oleada iracunda lo anegó. Habían llegado a intervalos irregulares desde que los viera juntos. Como dos tortolitos. Ella, la mujer que amaba, y ese tipo. Cuando un hombre y una mujer pasean juntos por el parque de ese modo, no cabe ninguna duda de lo que está pasando. Él iba a por ella. ¡Un policía! No había tenido tiempo de planificar cómo iba a quitarse de encima ese inesperado rival, pero lo haría enseguida.

El papel desplegado y, en el centro, un ojo.

Prim sintió la boca seca.

Pero tenía que hacerlo.

Sujetó el ojo entre dos dedos, sintió que las náuseas lo asaltaban. No podía vomitarlo otra vez, sería un desperdicio. Volvió a dejar el ojo sobre el papel y respiró profundamente, con tranquilidad. Echó un vistazo al periódico digital en el teléfono. ¡Por fin! En el diario *VG*. Era la primera noticia, con una gran foto de los pantanos. Leyó bajo la firma de Mona Daa que habían encontrado el cadáver de una mujer aún no identificada cerca de Lilløyplassen, en Snarøya. Había sido decapitada, y *VG* animaba al público a contactar con la policía para proporcionar cualquier indicio sobre la identidad de la mujer asesinada. También se apelaba a las personas que hubieran estado por la zona la tarde anterior, aunque no hubieran visto nada. Mona Daa informaba de que la policía de momento no quería comentar si relacionaban este asesinato con los de Susanne Andersen y Bertine Bertilsen, pero que era evidente que tendrían que hacerlo.

Prim comprobó que el artículo iba por delante de las noticias sobre políticos que habían estafado a Hacienda, el trascendental partido de fútbol entre el Bodø/Glimt y el Molde y la guerra en el este.

Sintió la peculiar embriaguez de estar en el escenario principal, en el papel protagonista. ¿Era esto lo que había sentido mamá delante de un público teatral fascinado, sin aliento, mientras ella ejercitaba la magia del relato? ¿Eran sus genes y su pasión los que por fin se habían despertado en él?

Sacó el otro teléfono, el de prepago. Lo había comprado por eBay, con una tarjeta sim de Letonia registrada a un nombre ficticio. Marcó el número para el público de *VG*. Dijo que se trataba de la mujer muerta de Lilløyplassen y pidió hablar con Mona Daa.

Cuando ella se puso al aparato, sonó como una orden:

—Daa.

Prim adoptó el tono grave que sabía que nadie era capaz de reconocer como suyo.

—Lo importante no es quién soy, sino que estoy intranquilo. Iba a encontrarme con Helene Røed en el parque Frogner hoy. No se ha presentado, no contesta al teléfono, y tampoco está en casa.

—¿Quién...?

Prim colgó. Bajó la mirada hacia el papel. Cogió el ojo y lo observó. Se lo metió en la boca. Masticó.

Johan Krohn marcó el número de Harry Hole poco después de las doce y media.

Se había retirado de la terraza, donde su esposa seguía con el café en la mano y la cara vuelta al sol. Decía que no se fiaba de los pronósticos del tiempo que anunciaban que el buen tiempo continuaría. Él se abrochó la gabardina mientras esperaba que contestaran. Por fin oyó la voz sin resuello de Harry.

—Perdona, ¿interrumpo una sesión de entrenamiento?

—No, estoy jugando.

—¿Jugando?

—Soy un dragón que ataca un castillo.

—Comprendo —dijo Johan Krohn—. Me pongo en contacto contigo porque me acaba de llamar Markus. Su asistente personal ha recibido una llamada de Medicina Legal. Quieren que acuda a identificar un cadáver. —Tomó aire—. Creen que podría tratarse de Helene.

—Hum.

Johan Krohn no pudo establecer si Hole estaba o no impactado.

—Pensé que querrías ir con él. Así podrás ver el cadáver. Sea o no Helene, el asesino debe ser el mismo.

—Bien —dijo Hole—. ¿Puedes venir a cuidar de un niño de tres años un ratito?

—¿Un niño de tres años?

—Le gusta que finjas ser un animal. Mejor si es un gran mamífero.

Johan Krohn presionó por segunda vez el timbre que decía «Medicina Legal».

—Es domingo. ¿Estás seguro de que habrá alguien trabajando?

—Dijeron que debía venir de inmediato y llamar aquí —dijo Markus Røed y observó la fachada del edificio.

Por fin vieron llegar corriendo a una persona vestida de verde en dirección a la puerta de cristal. Abrió.

—Lo lamento, mi colega ya se ha marchado —dijo tras la mascarilla quirúrgica—. Soy Helge, técnico de autopsias.

—Johan Krohn. —El abogado le tendió la mano de manera instintiva, el técnico negó con la cabeza mientras le mostraba las manos enguantadas.

—¿Se contagian los muertos? —preguntó Røed irónico.

—No, pero contagian —dijo el técnico en autopsias.

Lo siguieron por un pasillo desierto hasta llegar a una habitación acristalada que daba a la que Krohn supuso que era la sala de autopsias.

—¿Cuál de vosotros va a llevar a cabo la identificación?

—Él —dijo Krohn y señaló a Markus Røed con un movimiento de cabeza.

El hombre le ofreció una mascarilla a Røed, junto con una bata y un gorro similares a los que él llevaba puestos.

—¿Puedo preguntarte por tu relación con la que puede ser la víctima?

Røed pareció sentirse desconcertado unos instantes.

—Marido —dijo. El tono irónico se había esfumado, fue como si estuviera asumiendo la probabilidad de que en verdad fuera Helene quien estuviera allí dentro.

—Antes de ponerte la mascarilla, debes beber agua —dijo el técnico en autopsias.

—Gracias, no lo necesito —dijo Røed.

—La experiencia nos dice que es mejor estar hidratado en una situación como esta. —El técnico sirvió agua de una jarra en un vaso—. Créeme, lo entenderás cuando entremos.

Røed lo miró, asintió un instante y vació el vaso.

El técnico en autopsias sostuvo la puerta abierta, y Røed y él entraron.

Krohn se quedó detrás del cristal y vio cómo se colocaban cada uno a un lado de la camilla, donde la silueta de una mujer se dibujaba bajo una funda blanca. Salvo el rostro. Era evidente que había micrófonos, y pudo oír sus voces en los altavoces, encima de la cristalera.

—¿Estás listo?

Røed asintió y el técnico en autopsias retiró la funda.

Krohn dio un respingo hacia atrás. A lo largo de su carrera profesional había visto unos cuantos cadáveres, pero nada como aquello. La voz del técnico sonó seca y profesional por el altavoz.

—Lo lamento, parece que el asesino ha ejercido una violencia extrema sobre ella. Además de lo que ves, lesiones causadas por arma blanca en todo el cuerpo y cortes en el abdomen, lo peor es la zona que rodea el ano, donde vemos que ha utilizado algo que no era ni un cuchillo ni sus manos para causar tanto destrozo. Todo el tramo final del intestino está desgarrado, y sigue ascendiendo. Es probable que haya empleado una tubería, una rama gruesa o algo similar. Si es más información de la que quisieras tener, lo lamento, pero es necesario para explicar el grado de violencia, para que comprendas que ya no se trata de la mujer que conocías y estabas acostumbrado a ver. Tómate tu tiempo y observa más allá de las lesiones.

Krohn no podía ver el gesto de Røed bajo la mascarilla, pero percibió el temblor de su cuerpo.

—¿Hizo… hizo esto mientras ella estaba con vida?

—Me gustaría decirte que podemos afirmar con certeza que estaba muerta, pero no puedo.

—¿Entonces… sufrió? —La voz de Røed sonó débil y llorosa.

—Como ya te he dicho, no lo sabemos. Podemos establecer que algunas lesiones se infligieron después de que el corazón dejara de latir, no todas. Lo lamento.

Røed dejó escapar un sollozo. Hasta aquel momento, Johan Krohn nunca había sentido lástima por Markus Røed. Ni por un instante, ni siquiera en este caso, su cliente era demasiado hijo de puta. Pero ahora mismo sentía compasión, puede que porque, de manera inevitable y durante unos instantes, había imaginado a su mujer en la camilla metálica y a sí mismo en el lugar de Røed.

—Sé que resulta doloroso —dijo el técnico en autopsias—. Debo pedirte que no te precipites. Mírala y haz lo que puedas por confirmar o descartar que se trata de Helene Røed.

Krohn supuso que fue el sonido de su nombre, asociado a la visión del cuerpo maltratado de la mujer, lo que hizo que Røed rompiera en un llanto incontrolable.

Krohn oyó que la puerta se abría a sus espaldas.

Era Harry Hole acompañado por una mujer de cabello oscuro.

Hole saludo con un breve movimiento de cabeza.

—Esta es Alexandra Sturdza. Trabaja aquí. La he llamado y he pasado a recogerla por el camino.

—Johan Krohn, abogado de Røed.

—Lo sé —dijo Alexandra, se acercó al lavabo y empezó a lavarse las manos—. Estuve aquí esta mañana, pero está claro que me he perdido toda la acción. ¿La habéis identificado?

—Están en ello —dijo Krohn—. No es una tarea… sencilla.

Hole se había colocado junto al ventanal, al lado de Krohn, y miró hacia el interior.

—Ira —dijo sin más.

—¿Perdón?

—Lo que le ha hecho a ella no se lo hizo a las otras dos. Aquí hay ira y odio.

Krohn intentó humedecerse la boca seca.

—¿Crees que se trata de alguien que odia a Helene Røed?

—Podría ser. O tal vez odie lo que ella representa. O se odia a sí mismo. O puede que odie a alguien que la ama.

Krohn había oído afirmaciones como aquella con anterioridad en su papel de abogado. Era la descripción más o menos estándar del forense en los casos de violación y delitos sexuales, salvo la última afirmación, la que hacía referencia a odiar a alguien que ama a la víctima.

–Es ella. –El susurro de Røed por el altavoz hizo que los tres guardaran silencio.

La mujer de cabello oscuro cerró el grifo y se giró hacia la cristalera que daba a la sala.

–Lo lamento, pero debo preguntarte si estás seguro –dijo el técnico en autopsias.

Røed dejó escapar otro sollozo tembloroso. Asintió. Señaló uno de los hombros.

–Esa cicatriz. Se la hizo en un viaje a Chennai, en India, montando a caballo por la playa. Yo había alquilado un caballo de carreras, iba a competir al día siguiente. Juntos resultaban bellísimos. El caballo no estaba acostumbrado a correr por la arena y no vio el socavón que había dejado la bajamar. Eran tan hermosos juntos… –Perdió la voz y hundió la cara entre las manos.

–Debía de ser un caballo precioso para que se lo tome tan a la tremenda –dijo la mujer morena. Krohn se giró hacia ella incrédulo, se encontró con su mirada gélida y se tragó el reproche que tenía en la punta de la lengua. Se volvió desconcertado hacia Harry.

–Ha hecho el análisis del ADN de Røed –dijo Harry–. Coincide con la saliva del pecho de Susanne Andersen.

Harry observó el rostro de Johan Krohn al pronunciar esas palabras. Creyó ver auténtico asombro, como si el abogado en verdad hubiera tenido fe en la inocencia de su cliente. Lo que creyeran la policía o los abogados no importaba gran cosa, muchas investigaciones habían desvelado que hay poca o ninguna diferencia en la capacidad de los distintos profesionales para detectar cuándo les mienten, o mejor dicho: que todos somos más o menos tan poco eficientes como el detector de mentiras de John Larson. A Harry le costó creer que la sorpresa de Krohn o el llanto de Røed fueran puro teatro. Claro que uno puede lamentar la muerte de la mujer que ha matado, ya sea con sus propias manos o pagando a un tercero. Harry había visto llorar a suficientes esposos culpables bajo los efectos de una mezcla de culpabilidad y amor perdido. Era la misma frustración producto de los celos que había desencadenado el asesinato y el impacto del momento de la verdad. Por Dios, si no le hacía falta irse tan lejos; ¿no había creído él mismo durante un tiempo que había matado a Rakel obnubilado por el alcohol? Pero Markus *no tenía el aspecto* de alguien que hubiera asesinado a la que tenía delante un día antes, por mucho que Harry no pudiera explicar muy bien por qué o cómo. De algún modo, sus lágrimas eran demasiado puras. Harry cerró los ojos. ¿Lágrimas demasiado puras? Suspiró. A la mierda esas chorradas esotéricas, las pruebas estaban allí, y hablaban por sí mismas. El milagro que iba a salvarlos, tanto a Lucille como a él, estaba a punto de suceder, ¿por qué no podía limitarse a recibirlo con los brazos abiertos?

Se oyó un zumbido.

—Alguien llama al timbre —dijo Alexandra.

—Será la policía —dijo Harry.

Alexandra fue a abrir.

Johan Krohn lo miró.

—¿Los has llamado tú?

Harry asintió.

Røed salió de la cámara, se quitó la bata, la mascarilla y la redecilla del pelo.

—¿Cuándo podremos entregársela a una funeraria? —preguntó vuelto hacia Krohn, sin tomar nota de la presencia de Harry—. No soporto verla así. —Estaba afónico y tenía los ojos enrojecidos y húmedos—. La cabeza. Tenemos que hacerle una cabeza. Hay muchas fotos. Un escultor. El mejor, Johan. Tiene que ser el mejor. —Comenzó a llorar de nuevo. Harry se había retirado a un rincón de la habitación desde donde contemplaba a Røed de cerca.

Observó su cara de perplejidad cuando se abrió la puerta y entraron tres agentes y una mujer policía: dos de ellos agarraron a Røed, cada uno de un brazo, el tercero le puso unas esposas y la cuarta le explicó por qué estaba detenido.

Camino de la puerta, Røed giró la cabeza como si quisiera llevarse una última impresión del cuerpo de la que estaba al otro lado del cristal, pero solo pudo moverla lo suficiente para descubrir la presencia de Harry.

La mirada que le dedicó le recordó a Harry el verano en que había trabajado en una fundición de hierro, cuando dejaban caer el metal fundido en un molde y, en pocos segundos, pasaba de ser una masa ardiente y roja a estar gris y rígida.

Desaparecieron.

El técnico en autopsias se acercó, quitándose la mascarilla.

–Hola, Harry.

–Hola, Helge. Deja que te haga una pregunta.

–¿Sí? –colgó la bata.

–¿Alguna vez has visto a alguien que fuera culpable llorar de ese modo?

Helge infló pensativo las mejillas y dejó escapar el aire despacio.

–El problema de esa cuestión empírica es que no siempre llegamos a saber quién es culpable y quién es inocente, ¿no?

–Hum. Buena respuesta. ¿Puedo…? –Señaló la sala con un movimiento de cabeza.

Vio que Helge dudaba.

–Treinta segundos –dijo Harry–. No se lo diré a nadie. Al menos a nadie que pueda ponerte en dificultades.

–Vale. – Helge sonrió–. Deprisa, antes de que venga alguien. No toques nada.

Harry entró. Bajó la vista hacia los restos de la persona vivísima con la que había conversado dos días antes. Le había gustado. Y él a ella. Las pocas veces que se daba cuenta de algo así no se equivocaba. En otra vida puede que la hubiera invitado a tomar un café. Observó las heridas y el corte que había seccionado la cabeza. Captó un leve aroma, casi imperceptible, que le recordó a algo. Puesto que su parosmia le impedía percibir el olor a cadáver, tenía que tratarse de otra cosa. Claro, le recordaba a Los Ángeles, era el aroma del almizcle. Harry se incorporó. A Helene Røed y a él se les había acabado el tiempo.

Harry y Helge salieron juntos y vieron cómo se alejaba la patrulla policial.

Alexandra se apoyó en la fachada y fumó un cigarrillo.

—Qué chicos tan monos —dijo.

—Gracias —dijo Harry.

—Vosotros dos no, esos. —Señaló con un movimiento de cabeza el aparcamiento donde había aparcado un viejo Mercedes con una señal de taxi. Delante, una figura con aire de clon de Keith Richards llevaba un niño de tres años en los hombros. El clon se alargaba la nariz con el brazo mientras emitía algo que Harry supuso querían ser barritos de elefante y se tambaleaba de un modo que esperó fuera intencionado.

—Sí —dijo mientras intentaba organizar un caos de pensamientos, sospechas e impresiones—. Monos.

—Øystein me preguntó si iba a ir con vosotros mañana al Jealousy para celebrar que el caso está resuelto —dijo ella, y le pasó el cigarrillo a Harry—. ¿Voy?

Harry dio una profunda calada.

—¿Vas?

—Sí, voy —dijo ella y le arrebató el cigarrillo.

32

DOMINGO. ORANGUTÁN

La conferencia de prensa comenzó a las cuatro.

Katrine recorrió la sala multiusos con la mirada. Estaba llenísima y el ambiente cargado de electricidad. Estaba claro que el nombre de la víctima y el del detenido ya corrían por los mentideros. Ahogó un bostezo mientras Kedzierski informaba sobre las líneas principales de la evolución del caso. El domingo ya se había alargado mucho, y no había acabado, ni de lejos. Le mandó un SMS a Harry para ver cómo les iba y recibió respuesta: «Gert y yo hemos salido a beber. Cacao».

Había replicado con un «je, je» y un emoji de gesto adusto y había intentado dejar de pensar en ellos. Debía hacer sitio en su cerebro para el caso en el que tenía que centrarse. Kedzierski había terminado y dio paso a las preguntas. Cayeron como una granizada.

—NRK, adelante —dijo el responsable de comunicación en un intento de mantener el orden.

—¿Cómo es posible que tengáis una prueba de ADN contra Markus Røed si sabemos que se ha negado a dejarse tomar una muestra?

—Porque la policía no le ha hecho una prueba de ADN —dijo Katrine—. La muestra ha sido aportada por una persona ajena a la policía que también ha hecho que la analizaran para verificar la coincidencia con el ADN del escenario del crimen.

—¿De qué persona se trata? —estalló una voz en la sala, en la que se oía un zumbido de voces.

—Un investigador privado —dijo Katrine.

El zumbido cesó de manera repentina. En ese breve intervalo silencioso, pronunció su nombre. Lo disfrutó. Sabía que Bodil Melling, por mucho que quisiera que le sirvieran su cabeza en bandeja de plata, no podía perseguirla por decir la verdad, que Harry Hole casi les había dado el caso resuelto.

—¿Qué motivos tiene Røed para acabar con la vida de Susanne Andersen y Bert…?

—No lo sabemos —interrumpió Sung-min al periodista.

Katrine lo miró de reojo. Era cierto que no lo sabían, pero habían tenido tiempo de comentarlo y fue Sung-min quien mencionó el antiguo caso de asesinato, otro caso Harry Hole, en el que un marido celoso había asesinado a hombres y mujeres de manera aleatoria, además de a su esposa, para que pareciera que se trataba de un asesino en serie y desviar la atención de su persona.

—*VG* —dijo Kedzierski.

—Si Harry Hole os ha resuelto el caso, ¿cómo es que no está aquí? —preguntó Mona Daa.

—Esta es una rueda de prensa con los portavoces de la policía —dijo Kedzierski—. Tendréis que hablar con Hole por vuestra cuenta.

—Hemos intentado localizarlo, no responde.

—No podemos… —empezó a decir Kedzierski, pero Katrine lo interrumpió.

—Supongo que estará ocupado con otras cosas. Y nosotros también, así que si no hay más preguntas sobre el caso…

Una cascada de protestas recorrió la sala.

Eran las seis.

—Una cerveza —dijo Harry.

El camarero asintió y se marchó.

Gert levantó la mirada de la taza de cacao y soltó la pajita.

—La abuela dise que los que beben celvesa no van al sielo. Y no van a vel a mi papá, polque él está allí.

Harry miró al chico y pensó que si una cerveza lo mandaba al infierno, allí se encontraría con Bjørn Holm. Miró alrededor. Ocupaban varias mesas esos hombres solitarios con la única compañía de una pinta de cerveza, con el vaso como único interlocutor. Ellos no lo recordaban y él no se acordaba de ellos, a pesar de que formaban parte del paisaje Schrøder del mismo modo que el olor a humo que impregnaba las paredes y el mobiliario una generación después de que entrara en vigor la ley antitabaco. En aquel tiempo habían sido mayores que él, pero parecían llevar escrita en la frente la frase que preside la cripta de los capuchinos de Roma. «Lo que vosotros sois, nosotros éramos; lo que nosotros somos, vosotros seréis». Claro que Harry siempre había sido consciente de que había una larga saga de alcohólicos en su familia, que era como un pequeño vampiro endemoniado que llevaba dentro, que no dejaba de reclamar azúcar y licor, uno al que había que alimentar, un jodido parásito que se transmitía por los genes.

El teléfono sonó. Era Krohn. Parecía más resignado que cabreado.

—Enhorabuena, Harry. Leo en la prensa digital que fuiste tú quien logró que arrestaran a Markus.

—Os lo advertí.

—Con métodos a los que ni la policía habría recurrido.

—Para eso me contratasteis.

—Vale. Según el contrato tres abogados policiales deben considerar muy probable que Røed sea condenado.

—Los testimonios estarán listos mañana y tendrás que transferir el dinero.

—A propósito de eso. Esa cuenta de las islas Caimán que me has proporcionado…

—No me preguntes por ella, Krohn.

Silencio.

—Voy a colgar, Harry. Espero que puedas dormir.

Harry dejó caer el teléfono en el bolsillo interior del traje de Røed. Observó a Gert, que en aquel momento estaba concentrado en el cacao y en los grandes óleos de Oslo que cubrían las paredes. El camarero regresó con la pinta de cerveza, Harry pagó y le pidió que se la llevara. Estaba claro que no era la primera vez que el hombre se encontraba ante un alcohólico que se reprimía en el último momento, se marchó con la cerveza sin decir palabra ni enarcar una ceja. Harry miró a Gert. Pensó en su dinastía.

—La abuela tiene razón —dijo—. La cerveza no es buena para nadie. No lo olvides.

—Vale.

Harry sonrió. El chico había copiado ese «vale» de Harry. Solo podía esperar que no imitara nada más. No tenía ningún deseo de dejar descendientes que fueran su viva imagen, al contrario. Su amor y preocupación por esa personita que estaba al otro lado de la mesa eran instintivos, solo quería que estuviera bien, mejor que él. Oyó que sorbía por la pajita al tiempo que vibraba el teléfono.

Un SMS de Katrine: «Estoy en casa. ¿Vosotros?».

—Vamos, Gert, te llevo a casa con mamá —dijo Harry y tecleó que iban de camino.

—¿Y tú qué vas a hacel? —preguntó Gert dando una patada a la pata de la mesa.

—Yo me voy al hotel —dijo Harry.

—Nooo. —El niño puso una manita caliente encima de la suya—. Tienes que cantal esa canción cuando me voy a dolmil. La del cocinelo.

—¿Cocinelo?

—Cocine-lo —cantó Gert.

Harry quiso echarse a reír, pero tuvo que tragarse el nudo que se formó en su garganta. Mierda. ¿Qué era aquello? ¿Era eso que Ståle llamaba imprimación, un condicionamiento? ¿Sentía Harry aquello solo porque tenía constancia de que era el padre del niño? ¿O tenía una causa más física o biológica, algo en su sangre que lo llamaba, que atraía a dos personas hasta dejarlas indefensas?

Harry se puso de pie.

—¿Qué animal eres? —preguntó Gert.

—Un orangután —dijo Harry. Levantó a Gert de la silla e hizo una pirueta que arrancó un aplauso a uno de los solitarios. Dejó a Gert en el suelo y fueron hacia la puerta de la mano.

Eran las diez de la noche y Prim acababa de alimentar a Boss y a Lisa. Se sentó ante el televisor para ver las noticias otra vez. Para volver a disfrutar del resultado de su puesta en escena. La policía no lo decía con claridad, pero por su manera de hablar comprendió que no habían encontrado rastro alguno en el lugar del crimen. Había tomado la decisión más acertada cuando Helene logró bajarse del coche y tuvo que matarla en el camino de grava. Era inevitable dejar restos de ADN —un cabello, un fragmento de piel o sudor—, y puesto que no podía dedicarse a limpiar a fondo en una carretera en la que podían aparecer testigos, tuvo que asegurarse de que el camino de grava no fuera identificado como el lugar de los hechos. Por eso se había llevado el cadáver al coche y lo había trasladado al extremo de la península, donde podía estar bastante seguro de que no habría gente una noche de otoño, y se podía refugiar entre las altas cañas. Y, a la vez, estar bastante seguro de que el cadáver de Helene aparecería cuando llegaran las familias que salían de excursión los domingos. Primero le había cortado la cabeza, luego revisó su cuerpo, lo lavó y raspó para eliminar su ADN de debajo de las uñas que le había clavado en los muslos cuando le montó en el coche. Debía ser escrupuloso porque, aunque nunca había sido condenado, la policía tenía su perfil de ADN en la base de datos.

La presentadora de las noticias de la televisión entrevistaba a un abogado policial por teléfono mientras en pantalla se veían su foto y su nombre, Chris Hinnøy, en la esquina superior derecha. Hablaban de la prisión preventiva de Røed. No era de extrañar que hubieran desaparecido los contenidos espectaculares, al fin y al cabo todos los canales se habían centrado en la detención de Markus Røed y el asesinato de su esposa. Ni siquiera la ajustada victoria del Bodø/Glimt sobre el Molde había generado titulares.

En la prensa digital se repetía el esquema, todo giraba en torno a Markus Røed, lo que de manera indirecta quería decir que se trataba de él, de Prim. Eso sí, como los periódicos habían publicado tantas fotografías de Markus Røed, habían empezado a verse fotos de Harry Hole. Decían que era él, el proscrito, el detective privado, quien había relacionado el ADN de Markus Røed con la saliva del pecho de Susanne. Como si eso fuera para tanto. Como si la policía no hubiera podido descubrir una cosa así por su cuenta. El tal Harry Hole empezaba a resultar más que molesto. ¿Qué pintaba en escena? La atención debería estar reservada al caso, al misterio, a *su* misterio. Deberían fijarse aún más en que Markus Røed, ese privilegiado, uno de esos que creen estar por encima de la ley, ahora estaba bien expuesto al escarnio público. A la gente le encantaban esas cosas, a Prim le encantaban, era un dulce para su espíritu. Vale, les habían dado grandes dosis, los medios respondían a la demanda de la audiencia. Esperaba que su padrastro tuviera acceso a la prensa en la celda, que tuviera sobrada oportunidad de sufrir, que la humillación pública fuera el baño de ácido que Prim le había preparado. El desconcierto, la desesperación y el miedo que Markus Røed debía sentir. ¿Habría acariciado ya la idea de quitarse la vida? No, el factor desencadenante de un suicidio, el que había puesto la puntilla en el caso de su madre, era la desesperación, y su padrastro aún conservaba la esperanza. El mismísimo Johan Krohn era su abogado, y la policía solo tenía algo de saliva como prueba. Tendrían que poner en el otro lado de la balanza la falsa coartada que Helene había proporcionado a Markus para las noches en que Susanne y Bertine desaparecieron. Prim estaba inquieto por lo que el abogado policial acababa de decir en la televisión.

El tal Chris Hinnøy había explicado que al día siguiente tendría lugar la vista para decretar prisión provisional, y no cabía duda de que el juez concedería a la policía las cuatro semanas de rigor y, con posterioridad y dada la contundencia de las pruebas y la gravedad del delito, más tiempo. Que en Noruega no había un límite temporal establecido para la prisión preventiva y, en principio, podía prolongarse durante años. Que era muy importante que la policía tuviera la posibilidad de mantener en prisión a las personas que disponían de muchos recursos, que en caso contrario podían destinar esos medios a destruir pruebas, influir en testigos e incluso se conocían casos en los que habían presionado a los investigadores.

—¿Como Harry Hole? —preguntó la entrevistadora ¡como si tuviera algo que ver con el caso!

—Hole está a sueldo de Røed —dijo el abogado policial—. Hole ha sido formado y educado por la policía noruega y está claro que tiene la integridad que esperamos de nuestros servidores públicos, antes y ahora.

—Gracias por acompañarnos, Chris Hinnøy…

Prim bajó el sonido. Maldijo mientras pensaba. Si el abogado policial tenía razón, Markus Røed podría estar detenido sin límite de tiempo, a salvo en una celda a la que era imposible tener acceso. Eso no era lo que tenía previsto.

Se esforzó en pensar.

El plan, su gran plan. ¿Tendría que cambiarlo?

Observó a la babosa rosa la mesa del salón. El rastro mucoso que había dejado tras media hora de esfuerzos. ¿Adónde iba? ¿Tenía un plan? ¿Iba a la caza de algo? ¿Estaba huyendo? ¿Sabía que, antes o después, los caracoles caníbales encontrarían su huella y empezarían la persecución? ¿Que la inmovilidad equivalía a la muerte?

Prim se presionó las sienes con los dedos.

Harry corría, sentía cómo el corazón lanzaba la sangre por el cuerpo mientras veía cómo la presentadora del informativo despedía a Hinnøy.

Chris Hinnøy era uno de los tres abogados policiales con los que Harry y Johan Krohn habían contactado unas horas antes para pedirles una valoración subjetiva y extraoficial de la probabilidad de que Markus Røed fuera condenado en función de las pruebas disponibles en el caso. Dos de ellos habían querido responder al momento, pero Krohn les había rogado que lo consultaran con la almohada hasta la mañana siguiente.

En las noticias entrevistaban ahora al entrenador del equipo de fútbol Bodø/Glimt, y Harry desvió la mirada de la pantalla de televisión, colgada delante de la cinta de correr, al espejo.

Tenía el pequeño gimnasio del hotel para él solo. Había colgado el traje en la habitación y se había puesto el albornoz del hotel, que ahora estaba en un perchero a su espalda. Se miraba en el espejo que cubría toda la pared. Corría en calzoncillos, camiseta y sus zapatos John Lobb cosidos a mano, que, para su sorpresa, funcionaban muy bien como deportivas. Tenía un aspecto ridículo, sin duda, pero le importaba una mierda. Incluso había pasado así vestido por la recepción, de camino al gimnasio, para decir que había coincidido con un sacerdote muy amable en el bar, y que había olvidado su nombre. La recepcionista negra había asentido con una sonrisa.

—No se aloja en el hotel, pero sé a quién se refiere, señor Hole. Porque él también ha pasado por aquí para preguntar por usted.

—¿Ah, sí? ¿Cuándo?

—Poco después de que usted se registrara, no recuerdo con exactitud cuándo. Me pidió su número de habitación. Le expliqué que no damos esa información. Que podía llamarlo. Entonces me dijo que no hacía falta y se marchó.

—Hum. ¿Dijo qué quería?

—No, solo que se sentía… *curious*. —La mujer había sonreído—. La gente se empeña en hablarme en inglés.

—Es americano, ¿no?

Ella se había encogido de hombros.

—Tal vez.

Harry incrementó la velocidad de la cinta. Seguía teniendo buena zancada, pero ¿corría lo bastante bien? ¿Podría acabar dejándolo todo atrás? ¿Todo lo que tenía a sus espaldas? ¿A todos los que lo perseguían? Interpol tenía acceso a todas las listas de huéspedes de todos los hoteles del mundo, al igual que cualquier hacker de medio pelo. ¿Y si el sacerdote estaba allí para vigilarlo, si era él quien se presentaría dentro de un par de días para acabar con Harry si se cumplía el plazo sin que la deuda estuviera saldada? ¿Qué pasaría? Los cobradores no acaban con sus deudores hasta que no han perdido toda esperanza de recuperar el dinero, y solo lo hacen a modo de advertencia para otros. Habían cogido a Røed. Saliva en el pezón de la víctima. Era difícil conseguir una prueba mejor, joder. A la mañana siguiente los tres abogados policiales dirían lo mismo, se transferiría el dinero, se saldaría la deuda y Lucille y él serían libres. Si era así, ¿por qué no dejaba de darle vueltas? ¿Sería porque tenía la sensación de estar tratando de huir de algo, algo que tenía que ver con este caso?

El teléfono, que Harry había dejado en el soporte para botellas de la cinta, sonó. La llamada no estaba identificada con iniciales, pero Harry reconoció el número y lo cogió.

—Háblame.

Le respondió una risa. Una voz suave.

—Vaya, sigues usando la misma frase que cuando trabajábamos juntos, Harry.

—Hum. Y tú llamas desde el mismo número.

Mikael Bellman se rio otra vez.

—Felicidades por lo de Røed.

—¿Qué parte?

—Bueno, que te hicieran el encargo y haber logrado la detención.

—¿De qué se trata, Bellman?

—Uy, uy. —Volvió a reírse, esa risa cálida y seductora que funcionaba tan bien que hacía creer a hombres y a mujeres que Bellman era una persona encantadora y honesta, alguien en quien podían confiar—. Debo reconocer que como ministro de Justicia te acostumbras mal, siempre eres tú quien tiene prisa, nunca tu interlocutor.

—No tengo prisa. Ya no.

La pausa que siguió fue larga. Bellman tomó la palabra de nuevo y su cordialidad resultó más forzada.

—Te llamo para decirte que apreciamos lo que has hecho en este caso, has dado muestras de ser una persona íntegra. En el Partido Laborista nos importa que todos seamos iguales ante la ley, por eso autoricé la detención esta mañana. Resulta positivo mandar el mensaje de que en un Estado de derecho no se recibe trato de favor por ser rico y famoso.

—Más bien al contrario —dijo Harry.

—¿Perdón?

—No sabía que las detenciones tuvieran que ser aprobadas por el ministro de Justicia.

—No es una detención cualquiera, Harry.

—A eso me refiero. Algunas son más importantes. Supongo que no perjudica al Partido Laborista que persigáis a un cínico millonario.

—A lo que voy, Harry: he intercedido por ti ante Melling y Winter, y estarán encantados de incorporarte a la siguiente fase de la investigación. Queda tarea por hacer antes de presentar la acusación formal. Ahora que tu empleador ha sido arrestado, supongo que estás sin trabajo. Tu contribución es importante para nosotros, Harry.

Harry había cambiado la cinta a velocidad de paseo. Bellman prosiguió:

—Les gustaría contar con tu presencia en el interrogatorio de Røed, mañana por la mañana.

«Lo que te importa es que el héroe del día parezca estar de tu lado» pensó Harry.

—Bueno, ¿qué me dices?

Harry lo pensó. Reconoció el rechazo y la desconfianza que Bellman siempre provocaba en él.

—Hum. Allí estaré.

—Bien. Bratt te mantendrá informado. Tengo que colgar. Que pases una buena noche.

Harry corrió una hora más. Cuando comprendió que no iba a conseguir dejar atrás lo que lo atormentaba, se acomodó en uno de los bancos de musculación y dejó que el sudor penetrara en la funda mientras llamaba a Alexandra.

—¿Me has echado de menos? —ronroneó ella.

—Hum. Ese club, el Tuesdays…

—¿Sí?

—Hacían fiestas los martes. ¿Te dijo algo tu colega de que Villa Dante haya continuado con la tradición?

33
LUNES

El redactor jefe, Ole Solstad, se rascó la mejilla con la patilla de las gafas de leer. Miró por encima del escritorio, cubierto de pilas de documentos manchados de café, y observó a Terry Våge, que estaba sentado en la silla de las visitas con aire informal, sin haberse quitado el abrigo de lana y el sombrero *pork pie*, como si diera por supuesto que la reunión solo iba a durar unos segundos. Ojalá fuera así. Porque a Solstad no le apetecía nada. Debería haber hecho caso a su colega del periódico en el que Våge había trabajado con anterioridad. Había citado una frase de la película *Fargo*: «No respondo por él».

Solstad y Våge habían intercambiado unas frases sobre la detención de Røed. Våge rio entre dientes y dijo que se habían equivocado de hombre. Solstad no percibió falla alguna en su autoestima, supuso que así eran los timadores, se engañaban también a sí mismos.

—La cuestión es que hemos decidido no encargarte más artículos —dijo Solstad, que sabía que debía tener cuidado en no emplear expresiones como «dejarte ir», «resolución de contrato» o «despido», ni por escrito ni de forma verbal. A pesar de que Våge trabajaba como colaborador independiente, un buen abogado podría alegar un despido improcedente en el juzgado de lo social. Tal y como Solstad lo expresó, solo estaba diciendo que no iban a publicar lo que Våge escribiera, a la vez que no descartaba destinar a

Våge a otras tareas recogidas en el contrato, como documentar a otros periodistas de la redacción. Los caminos del derecho laboral eran inescrutables, como el abogado de *Dagbladet* se había ocupado de recordarle.

—¿Por qué no? —dijo Våge.

—Porque los acontecimientos de los días pasados han generado dudas sobre la veracidad de tus últimos artículos, Våge. —Hacía poco que alguien le había explicado que una regañina siempre es más eficaz si incluye el nombre de su objetivo.

En cuanto lo hubo dicho, Solstad cayó en la cuenta de que una reprimenda no era la técnica apropiada, puesto que el fin no era obtener un mejor rendimiento, sino deshacerse del tipo con el menor follón posible. Por otra parte, Våge debía comprender por qué daban un paso tan radical: se jugaban la credibilidad de *Dagbladet*.

—¿Lo puedes demostrar? —dijo Våge sin mover un músculo de la cara; incluso reprimió un bostezo. Teatral e infantil, pero no por ello menos provocativo.

—La cuestión es más bien si tú puedes demostrar lo que escribes. Parece, suena y huele a ficción. Salvo que puedas proporcionarme tu fuente...

—Por Dios, Solstad, tú que eres el editor de este chiringuito deberías saber que tengo que proteger...

—No digo que se lo comuniques a la opinión pública, sino a mí. Tu redactor jefe. El responsable de lo que escribes y de lo que publicamos. ¿Comprendes? Si me das la fuente, estaré tan obligado como tú a preservar su anonimato. Hasta donde la ley permite la protección de las fuentes. ¿Comprendes?

Terry Våge dejó escapar un prolongado suspiro.

—¿Entiendes *tú*, Solstad? ¿Comprendes que en ese caso iré a otro periódico, digamos *VG* o *Aftenposten*, y haré por ellos lo que hasta ahora he venido haciendo por *Dagbladet*? Es decir: ponerlos a la cabeza en sucesos.

Por supuesto que Ole Solstad y el resto de los redactores habían tenido en cuenta esa posibilidad cuando concluyeron que debían tomar esa decisión. Våge tenía más lectores que cualquiera de sus restantes colaboradores, su número de clics era enorme, sin duda. Solstad no tenía ninguna gana de ver esas cifras pasar a la competencia. Como uno de los periodistas había dicho en la reunión: si daban a entender de forma discreta que se deshacían de Terry Våge por razones similares a las que provocaron su anterior despido, Våge resultaría tan atractivo para *Dagbladet* como Lance Armstrong para la competencia de US Postal tras el escándalo del dopaje. Era la política de tierra quemada y era a Terry Våge a quien inceneraban, pero en tiempos en que el respeto por la verdad estaba en cuestión, los veteranos bastiones como *Dagbladet* debían ser los primeros en dar ejemplo. Pedirían perdón si resultaba que Våge, contra todo pronóstico, probaba sus afirmaciones.

Solstad se enderezó las gafas.

—Te deseo suerte en la competencia, Våge. O eres un hombre de una integridad excepcional, o eres lo contrario, y no podemos arriesgarnos a eso último, espero que lo comprendas. —Solstad se puso de pie detrás de su mesa—. Además del pago de tu último artículo los editores han querido darte una pequeña bonificación por tus contribuciones.

Våge también se había levantado y Solstad intentó interpretar su lenguaje corporal para saber si se arriesgaba a que le rechazara la mano si se la tendía. Våge enseñó los dientes blancos.

—Límpiate el culo con ese bono, Solstad. Y luego te secas las gafas. Porque todo el mundo, menos tú, sabe que ya están tan llenas de mierda que no es extraño que no veas un carajo.

Ole Solstad permaneció varios segundos mirando la puerta que Våge había cerrado de un portazo. Se quitó las gafas y las estudió con atención. ¿Mierda?

Harry estaba en el exterior, mirando a Markus Røed desde el otro lado del tabique de cristal que lo separaba de la pequeña sala de interrogatorios. Dentro estaban el agente encargado del interrogatorio, su ayudante y Johan Krohn.

Había sido una mañana muy intensa. Harry se había presentado en las oficinas de Krohn en la calle Rosenkrantz y habían llamado a los tres abogados policiales que habían afirmado, uno detrás de otro, que era «muy probable» que Røed fuera condenado en un juicio, salvo que surgieran otras pruebas relevantes. Krohn no había dicho gran cosa, pero había actuado con profesionalidad. Acto seguido, sin objetar nada, se había puesto en contacto con el banco y, haciendo uso del poder emitido con anterioridad, había dado instrucciones para que transfirieran la cantidad estipulada en el contrato a la cuenta de las islas Caimán. El banco aseguró que el destinatario vería la cantidad abonada en su cuenta esa misma tarde.

Se habían salvado. Es decir, Lucille y él se habían salvado. Si así era, ¿qué hacía allí? ¿Por qué no estaba ya en un bar, rematando el proceso que había iniciado en el Creatures? Bueno. ¿Por qué la gente se termina libros que ya sabe que no le gustan? ¿Por qué la gente que vive sola se hace la cama? Esa mañana al despertar se dio cuenta de que era la primera noche, desde hacía varias semanas, que no había soñado con su madre: su madre en la puerta de la clase. Estaba en paz. ¿O no? En vez de eso, había soñado que seguía corriendo, todo lo que pisaba se transformaba en una cinta de correr, no lograba huir de… ¿de qué? «La responsabilidad». Era la voz de su abuelo, el buen hombre alcoholizado que vomitaba al amanecer antes de empujar la barca desde la caseta y montar a Harry mientras este preguntaba por qué iban a recoger las redes si el abuelo estaba enfermo.

Harry ya no tenía ninguna responsabilidad de la que salir corriendo, joder. ¿O sí? Parecía creer que era el caso. Al menos, aquí estaba. Sintió una incipiente jaqueca y apartó esa idea de su mente, a base de concentrarse en cosas sencillas y concretas de las que sabía algo. Como, por ejemplo, tratar de interpretar la mímica y el lenguaje corporal de Røed cuando respondía a las preguntas. Harry intentó, sin escuchar las respuestas, decidir si creía que Markus Røed era culpable o no.

En ocasiones parecía que toda la experiencia que Harry había acumulado en su vida como investigador era inútil, que su capacidad para leer a los demás era una falacia. Otras veces, como ahora, un instinto visceral parecía lo único seguro, lo único de lo que siempre podía fiarse. ¿Cuántas veces se había visto sin indicios ni pruebas, pero firme en sus certezas, y al final había tenido razón? ¿O era un sesgo cognitivo, la trampa del sesgo de confirmación? ¿Le había ocurrido con la misma frecuencia estar seguro y haberse equivocado y después lo había olvidado? ¿Por qué estaba tan seguro de que Markus Røed no había matado a esas mujeres, y a la vez seguro de que no era inocente? ¿Había encargado los asesinatos, se había asegurado de tener coartada y había estado tan seguro de que podía demostrar su inocencia que había pagado a Harry y los demás para que lo demostraran? En ese caso, ¿por qué no fabricarse una coartada mejor que la de estar en casa con tu esposa cuando tuvieron lugar los dos primeros crímenes? Y en esta ocasión ni siquiera tenía coartada, Markus Røed afirmaba haber estado solo en casa cuando mataron a Helene. Ella, la testigo que sería su salvación en caso de celebrarse un juicio. No tenía sentido. Sin embargo...

—¿Dice algo? —susurró una voz junto a Harry.

Katrine había entrado en la habitación en penumbra y se había situado entre Harry y Sung-min.

—Sí —susurró Sung-min—: No lo sé. No recuerdo. No.

—Ya. ¿Tenéis alguna sensación?

—Estoy en ello —dijo Harry.

Sung-min no respondió.

—¿Sung? —dijo Katrine.

—Me puedo equivocar —dijo Sung-min—. Pero creo que Markus Røed es gay y no ha salido del armario. Y recalco lo de «armario».

Los otros dos lo miraron.

—¿Qué te hace pensar eso? —preguntó Katrine.

Sung-min esbozó una media sonrisa.

—Daría para una conferencia bien larga, digamos que es la suma de numerosos y sutiles detalles que yo percibo y vosotros no. Puedo estar equivocado, claro.

—No te equivocas —dijo Harry.

Los otros lo miraron.

Carraspeó.

—¿Recuerdas que te pregunté si conocías Villa Dante?

Katrine asintió.

—En realidad es la nueva versión de un club llamado Tuesdays.

—Me suena —dijo ella.

—Hace unos años era un exclusivo club para gais —dijo Sung-min—. Después lo llamaron Studio 54, como el club de Nueva York, ya sabes. Porque permaneció abierto exactamente el mismo tiempo, treinta y tres meses. Cerraron después de que violaran allí a un menor.

—Ya me acuerdo —dijo Katrine—. Lo llamamos el caso de la mariposa porque el chico dijo que el violador llevaba una máscara de mariposa. ¿El motivo del cierre no fue que tenían camareros menores de dieciocho años que servían bebidas alcohólicas?

—Desde un punto de vista formal, sí —dijo Sung-min—. Las autoridades no aceptaron que se tratara de fiestas privadas y por tanto habían incumplido la normativa vigente para la hostelería.

—Tengo motivos para creer que Markus Røed frecuenta Villa Dante —dijo Harry—. Encontré un carnet de socio y una máscara de gato en los bolsillos de este traje. Que es suyo.

Sung-min enarcó una ceja.

—¿Llevas… un traje suyo?

—¿Adónde quieres ir a parar, Harry? —La voz de Katrine sonó aguda, la mirada dura.

Harry tomó aire. Estaba a tiempo de dejarlo pasar.

—Se ve que Villa Dante sigue celebrando encuentros los martes. Si a Røed le preocupa tanto como dices seguir en el armario, puede que tenga coartada para las noches en que mataron a Susanne y a Bertine y que no sea la que nos ha proporcionado a nosotros.

—Estás diciendo —dijo Katrine muy despacio, y Harry tuvo la

sensación de que intentaba taladrarle el cráneo con la mirada—
que hemos detenido a un hombre que dispone de mejor coartada que haber estado con su esposa fallecida. Que Røed estuvo en
un club gay. ¿No quiere que nadie lo sepa?

—Solo digo que es una posibilidad.

—¿Dices que puede que Røed prefiera arriesgarse a ir a la cárcel
antes que desvelar su orientación sexual? —Su voz sonó monótona,
pero vibraba por efecto de lo que Harry intuía era auténtica ira.

Harry miró a Sung-min, que asintió con un movimiento de
cabeza.

—He conocido a hombres que prefirieron morir antes que darse a conocer —dijo Sung-min—. Creemos que ya no es problemáti-
co, pero por desgracia no es así. La vergüenza, el desprecio por uno
mismo, la condena, no son cosas del pasado. En especial en la generación de Røed.

—Con sus antecedentes familiares —añadió Harry—. He visto fotos de sus antepasados. No parecen caballeros que fueran a dejar el
timón de la empresa a alguien que tuviera relaciones sexuales con
otros hombres.

Katrine seguía clavando la mirada en Harry.

—Cuéntame, ¿qué harías tú?

—¿Yo?

—Sí, tú. Nos sueltas esto por algún motivo, ¿no?

—Bueno. —Se metió la mano en el bolsillo y sacó una nota—.
Yo aprovecharía el interrogatorio para plantearle estas dos cuestiones.

Katrine se dispuso a leer la nota mientras oían la voz de Krohn
por los altavoces.

—Más de una hora, y mi cliente ha respondido a todas sus preguntas, muchas de ellas dos veces o más. Podemos dejarlo aquí o
pediré que se registre mi queja.

El responsable del interrogatorio y su ayudante se miraron.

—Bien —dijo el primero, miró el reloj de la pared y se percató de
la presencia de Katrine, que había abierto la puerta de la sala.

Se acercó a ella, cogió la nota y escuchó. Harry vio la mirada dubitativa de Krohn. El interrogador principal tomó asiento y carraspeó.

—Dos últimas preguntas —dijo—. Es cierto que te encontrabas en Villa Dante a las horas en las que estimamos ¿que mataron a Susanne y a Bertine?

Røed intercambió una mirada con Krohn antes de responder.

—No he oído hablar de ese sitio en mi vida, y solo puedo reiterar que estaba con mi esposa.

—Gracias. La otra pregunta es para ti, Krohn.

—¿Para mí?

—Sí. ¿Sabías que Helene Røed quería el divorcio y que si no se cumplían sus exigencias no proporcionaría coartada a su marido para las noches de los asesinatos?

Harry vio que Krohn se ponía colorado.

—Yo… no veo ningún motivo para responder a eso.

—¿Ni siquiera un simple no?

—Esto es muy poco ortodoxo y creo que vamos a dar este interrogatorio por acabado. —Krohn se puso de pie.

—Eso ha resultado elocuente —dijo Sung-min balanceándose sobre la suela de los zapatos.

Harry iba a marcharse, pero Katrine le retuvo.

—No me digas que sabías todo eso cuando detuvimos a Røed —susurró enfadada—. ¿Lo sabías?

—Acaba de perder su coartada —dijo Harry—. Era la única que tenía. Esperemos que en Villa Dante nadie pueda atestiguar que estuvo allí.

—¿Se puede saber qué es lo que esperas exactamente, Harry?

—Lo mismo de siempre.

—¿Que es…?

—Atrapar al culpable.

Harry tuvo que alargar el paso para alcanzar a Johan Krohn por la cuesta que bajaba de la comisaría a Grønlandsleiret.

—¿Fue idea tuya hacerme esa última pregunta? —preguntó Krohn con gesto adusto.

—¿Por qué crees eso?

—Porque sé con exactitud lo que Helene Røed le contó a la policía y no fue gran cosa. Cuando organicé el encuentro de Helene contigo fui lo bastante estúpido como para decirle que podía fiarse de ti.

—¿Sabías que iba a utilizar la coartada para presionar a Markus?

—No.

—Recibiste la carta de su abogado en la que exigía la mitad de todo a pesar de que tenían separación de bienes, pudiste llegar a esa conclusión.

—A lo mejor contaba con otros medios para presionarle que no tenían nada que ver con este caso.

—¿Como desvelar que era gay?

—No parece que tengamos nada más que decirnos, Harry. —Krohn intentó llamar la atención de un taxi libre, sin éxito, pero desde el otro lado de la calle llegó uno que estaba aparcado, haciendo un cambio de sentido. Bajaron la ventanilla del conductor y se asomó un rostro con una sonrisa marrón.

—¿Podemos ofrecernos a llevarte? —preguntó Harry.

—No, gracias —dijo Krohn, y bajó a toda prisa por Grønlandsleiret.

Øystein siguió al abogado con la mirada.

—De mal café, ¿o qué?

Eran las seis y ya se encendían las luces en las casas bajo la densa capa de nubes.

Harry tenía la mirada clavada en el techo. Estaba tumbado bocaarriba en el suelo, junto a la cama de Ståle Aune. Al otro lado estaba Øystein con una pose similar.

—Así que tu intuición te dice que Markus Røed es a la vez culpable e inocente —dijo Aune.

—Sí.

—¿Cómo? Pon un ejemplo.

—Por ejemplo, que haya encargado los asesinatos pero no los haya cometido él mismo. O que los dos primeros asesinatos fueran obra de un depredador sexual y Røed haya aprovechado la oportunidad para matar a su mujer copiando al asesino en serie, para que nadie crea que es culpable.

—En especial si tiene coartada para los dos primeros crímenes —dijo Øystein.

—¿Alguno de vosotros se cree esa teoría? —preguntó Aune.

—No —dijeron Harry y Øystein a coro.

—Es una cuestión dura de pelar —comentó Harry—. Por una parte, Røed tenía motivos para matar a su mujer si lo estaba chantajeando. Por otra, su coartada se ve muy debilitada ahora que ella no podrá ratificar su declaración bajo juramento en el juicio.

—Pues, en ese caso, puede que Våge acierte —dijo Øystein a la vez que se abría la puerta—. A pesar de que lo hayan echado. Un asesino en serie caníbal anda suelto, punto.

—No —discrepó Harry—. La clase de asesino en serie que describe Våge no mata a tres personas de la misma fiesta.

—Våge fabula —dijo Truls al tiempo que dejaba tres grandes cajas de pizza encima de la mesa y arrancaba las tapas—. Lo comentan en la web de *VG* en este, que según sus fuentes han echado a Våge de *Dagbladet* porque se había inventado cosas. Eso ya se lo podría haber dicho yo.

—¿Podrías? —Aune lo miró con asombro.

Truls se limitó a sonreír entre dientes.

—Ah, huele a pepperoni y a carne humana —dijo Øystein y se puso de pie.

—Jibran, tienes que ayudarnos a comer —gritó Aune a la cama vecina, donde el veterinario estaba tumbado con los cascos puestos.

Los cuatro se agolparon en torno a la mesa, pero Harry siguió sentado en el suelo, apoyado en la pared, leyendo la web de *VG* y pensando.

—Por cierto, Harry —dijo Øystein con el morro cubierto de pizza—. Le dije a la chavala esa de Medicina Legal que nos veríamos esta noche a las nueve en el Jealousy. ¿Vale?

–Vale. Sung-min Larsen, el de Kripos, también quería apuntarse.

–¿Qué hay de ti, Truls?

–¿Qué pasa conmigo?

–Vente al Jealousy, venga. Hoy toca 1977.

–¿Eh?

–1977. Solo los mejores temas de 1977.

Truls masticó y miró escéptico a Øystein. Como si no pudiera decidir si le estaban tomando el pelo o era cierto que lo estaban invitando a ir con ellos.

–Vale –aceptó por fin.

–Genial, vamos a ser un equipo de primera. Aquí la pizza vuela, Harry. ¿Se puede saber qué estás haciendo?

–Estoy tirando del hilo –dijo Harry sin levantar la vista.

–¿Eh?

–Me estaba preguntando si voy a intentar conseguirle a Markus Røed la coartada que no quiere.

Aune se acercó.

–Pareces más ligero, Harry.

–¿Ligero?

–No voy a preguntar, supongo que tiene algo que ver con ese tema del que no querías hablar.

Harry levantó la vista. Sonrió. Asintió.

–Bien –dijo Aune–. Bien, en ese caso yo también voy algo más ligero–. Fue hacia la cama arrastrando los pies.

A las siete llegó Ingrid Aune. Øystein y Truls estaban en la cafetería, Ståle fue al baño e Ingrid y Harry se quedaron a solas en la habitación.

–Nos marchamos, para que podáis estar solos –dijo Harry.

Ingrid, una mujer bajita y compacta de cabello gris acero, mirada directa y restos de un acento propio de la región de Nordland, estiró la espalda y tomó aire.

–Vengo del despacho del director médico. La enfermera jefe le ha hecho llegar la preocupación de las enfermeras de esta planta. Tres hombres que agotan a Ståle Aune con sus frecuentes y prolongadas visitas. Puesto que a los pacientes con frecuencia les cuesta decir estas cosas, me ha sugerido que os ruegue que reduzcáis las visitas ahora que Ståle entra en la fase final.

Harry asintió.

—Comprendo. ¿Es ese tu deseo?

—Para nada. Le dije al jefe médico que lo necesitáis. —Sonrió—. Y que él os necesita a vosotros. Necesitamos una razón para vivir, le dije. Y, a veces, algo por lo que morir. El director médico me dijo que mis palabras eran sabias y yo le respondí que no eran mías, sino de Ståle.

Harry también sonreía.

—¿El director médico dijo algo más?

Ella asintió. Miró hacia la ventana.

—¿Recuerdas aquella ocasión en que le salvaste la vida a Ståle, Harry?

—No.

Ella soltó una breve carcajada.

—Ståle me ha pedido que le salve la vida. Así es como lo llama ese bobo. Me ha pedido que me haga con una inyección. Ha sugerido que sea de morfina.

En el silencio que siguió todo lo que se oyó en la habitación fue la respiración de Jibran que dormía.

—¿Lo harás?

—Lo haré —dijo. Sus ojos se llenaron de lágrimas y tenía la voz llorosa—. Pero no creo que pueda, Harry.

Harry le puso la mano en el hombro. Sintió que temblaba un poco. Su voz era apenas un susurro.

—Sé que lo llevaré sobre la conciencia el resto de mi vida.

34

LUNES. «TRANS-EUROPE EXPRESS»

Prim leyó el artículo de la web del diario *VG* una vez más.

No afirmaba con claridad que Våge se hubiera inventado sus reportajes, pero ese era el mensaje. Si no lo decían abiertamente, se debería a que no lo podían probar. Solo él, Prim, podría aportar pruebas, podría contarles qué había pasado *de verdad*. Volvió a tener esa cálida e intoxicante sensación de control con la que no había contado, un premio adicional.

No había dejado de pensar en ello desde por la mañana, cuando vio la breve noticia en *Dagbladet* que informaba de que habían prescindido de los servicios de Terry Våge en la sección de sucesos. Prim supo al momento cuál era el motivo. No solo por qué lo habían apartado, sino también por qué *Dagbladet* lo hacía público, en lugar de obviar cualquier comentario. Sabían que tenían que marcar distancia con Våge antes de que otros medios tuvieran tiempo de reprocharles las mentiras que habían publicado sobre canibalismo y un tatuaje recosido.

Lo interesante era que tal vez pudiera recurrir a Våge para solucionar el problema que había surgido: la complicación de que Markus Røed estuviera a salvo en prisión y lejos de su alcance por tiempo indefinido. Un tiempo del que no disponía, porque los procesos biológicos siguen su curso, el ciclo tiene su ritmo. Era una decisión trascendental, un desvío significativo del plan original, y ya había comprobado los efectos negativos de la improvisación. Debía pensarlo bien. Repasó los detalles una vez más.

Bajó la vista hacia el móvil de prepago y la nota con el número de Terry Våge que había obtenido en el servicio de información. Sintió los nervios como un jugador de ajedrez con el tiempo justo que acabara de decidirse por una jugada con la que podía ganar o perder la partida, pero que aún no había movido la pieza. Prim revisó los escenarios una vez más, pensó en qué podría salir mal. Y lo que *no debía* salir mal. Se recordó que podía dar marcha atrás en cualquier momento sin que hubiera pista alguna que condujera a él. Si lo hacía todo bien.

Marcó el número. Tuvo una sensación de caída libre, una deliciosa descarga de adrenalina.

Contestaron al tercer tono.

—Terry.

Prim intentó detectar en la voz de Våge la desesperación que debía sentir en esos momentos. Un hombre que había tocado fondo. Un hombre que nadie quería. Un hombre sin alternativas. Un hombre que había logrado volver al tablero en una ocasión anterior y que estaba dispuesto a cualquier cosa para hacerlo de nuevo, para recuperar el trono. Para demostrarles quién era. Prim tomó aire y adoptó el tono de voz grave.

—A Susanne Andersen le gusta que le abofeteen la cara mientras practica sexo, apuesto a que sus exnovios te lo confirmarán. Bertine Bertilsen huele a sudor, como un hombre. Helene Røed tiene una cicatriz en el hombro.

Prim oyó respirar a Våge en el silencio que siguió.

—¿Con quién hablo?

—Con la única persona libre que puede tener esa información.

Otra pausa.

—¿Qué quieres?

—Salvar a un inocente.

—¿Quién es inocente?

—Markus Røed, por supuesto.

—¿Por qué?

—Porque fui yo quien mató a esas chicas.

Terry Våge sabía que no debería haber respondido a la llamada de un «número oculto», pero, como siempre, había sido incapaz de resistirse, esa maldita curiosidad suya, la fe en que algo sucedería de repente, por ejemplo que la mujer de su vida llamara un día, así, sin más. ¿Por qué no aprendía la lección? Hoy habían llamado periodistas en busca de un comentario sobre su despido de *Dagbladet*, y un par de admiradores que querían asegurarle que les parecía una injusticia, entre ellos una chica que por la voz prometía; había buscado su página de Facebook y resultó ser mucho mayor que su voz y tristemente fea. Y esa llamada, otro loco más.

¿Por qué no lo llamaba gente normal? ¿Algún amigo, por ejemplo? ¿Sería porque ya no tenía ninguno? Su madre y su hermana llamaron, pero ni su hermano ni su padre. Bueno, su padre lo había llamado una vez, debía parecerle que su éxito en *Dagbladet* por fin compensaba el escándalo que había manchado el apellido familiar. El último año un par de chicas se habían puesto en contacto con Terry. Siempre aparecían si llamabas la atención, le había pasado lo mismo cuando era crítico musical. Los chicos de los grupos musicales pillaban más cacho, claro, pero él se había llevado más que los técnicos de sonido. La mejor estrategia consistía en pegarse a la banda, un par de reseñas positivas siempre recibían como premio un pase para el *backstage*, y esperar que le cayera algo. La segunda mejor opción era la contraria, poner al grupo a parir y aprovechar la credibilidad así obtenida.

En calidad de periodista de sucesos ya no tenía los conciertos como caladero, pero lo había compensado con el estilo gonzo que había adquirido en la prensa musical: se involucraba en la historia, era el corresponsal de guerra de las calles. En sus reseñas figuraban su nombre y una foto, y siempre había alguna mujer que quería llamarlo. Era por ellas por lo que había dejado que su número siguiera estando accesible en la guía, no para que la gente pudiera llamar a todas horas del día y de la noche con sus estúpidas historias e ideas.

Una cosa era haber respondido a esa llamada anónima, otra que no hubiera colgado ya. ¿Por qué no? Tal vez no fuera por lo que el hombre decía, que él había matado a las chicas. Fue por la manera en la que lo dijo. Sin presumir, afirmándolo con tranquilidad.

Terry Våge carraspeó.

—Si de verdad has matado a esas mujeres, ¿no deberías alegrarte de que la policía sospeche de otro?

—Es cierto que no tengo ningún deseo de que me cojan, pero no me proporciona satisfacción alguna que un inocente pague por mis pecados.

—¿Pecados?

—Una palabra algo bíblica, sí. El motivo por el que te llamo es que creo que los dos podemos ayudarnos, Våge.

—¿Podemos?

—Quiero que la policía se dé cuenta de que han cogido al hombre equivocado, para que liberen a Røed ya. Tú deseas recuperar tu lugar en la cima, tras haber intentado llegar a base de fabulaciones.

—¿Tú qué sabes de eso?

—Solo supongo que deseas volver a la cumbre, y tengo la seguridad de que te has inventado tu último artículo.

Våge pensó unos instantes y paseó la mirada por un apartamento que con algo de buena voluntad podría llamarse un piso de soltero, pero que sin eso era un agujero, sin más. Había imaginado que, con el nivel de ingresos que percibiría en *Dagbladet* durante un año, podría hacerse con algo más grande, más luminoso y etéreo. Menos lleno de mierda. Dagnija, su novia letona —al menos creía que esa era su procedencia— iba a pasarse el fin de semana, a ver si hacía ella la limpieza.

—Debo comprobar los datos que afirmas tener sobre las chicas, claro —dijo Våge—. En el caso de que sean verdad, ¿qué me propones?

—Mejor digamos que es un ultimátum, puesto que será como yo digo o no será.

—Te escucho.

—Nos veremos en el lado sur de la cubierta de la Ópera mañana por la noche. Te proporcionaré pruebas de que soy yo quien ha asesinado a las jóvenes. A las nueve en punto. No puedes decirle a nadie que nos vamos a ver y vendrás solo, por supuesto. ¿Comprendido?

–Comprendido. Podrías adelantarme algo sobre…

Våge se quedó mirando el teléfono. El otro había colgado.

¿Qué coño acababa de pasar? Era demasiado loco para ser cierto. Tampoco disponía de un número para comprobar quién lo había llamado.

Miró el reloj. Las ocho menos cinco. Le apetecía salir a tomarse una cerveza. No en el punto de encuentro habitual, Stopp Pressen!, ni otro lugar similar, sino un sitio en el que no corriera el riesgo de encontrarse con sus colegas. Recordó con nostalgia los tiempos en que podía acudir a conciertos de lanzamiento en los que las compañías discográficas repartían vales de cerveza a los periodistas con la esperanza de lograr una crítica positiva y, a veces, alguna artista joven buscaba su aprobación con el mismo objetivo. Volvió a mirar el teléfono. Era demasiado loco. ¿O no?

Eran las nueve y media, Bob Marley and The Wailers cantaban «Jamming» por los altavoces en un Jealousy hasta la bandera. Daba la impresión de que toda la población de hípsters de mediana edad de Grünnerløkka se hubiera presentado a beber cerveza y expresar su opinión sobre las canciones elegidas. Se alternaban los gritos de júbilo y los insultos al principio de cada tema.

–Solo digo que Harry se equivoca –les gritó Øystein a Truls y a Sung-min–. «Stayin' Alive» no es mejor que «Trans-Europe Express», ¡así de sencillo!

–Los Bee Gees contra Kraftwerk –tradujo Harry para Alexandra mientras los cinco se abrían paso entre la masa con cuatro pintas de cerveza y un agua con gas. Se acomodaron en una mesa que habían pillado donde llegaban menos decibelios.

–Me alegro de estar en el mismo bando que vosotros –declaró Sung-min y levantó el vaso para brindar–. Y enhorabuena por la detención de ayer.

—Que Harry intentará anular mañana —concluyó Øystein entrechocando su cerveza con los demás.

—¿Perdona?

—Ha dicho que piensa conseguirle a Røed la coartada que no quiere.

Sung-min miró a Harry por encima de la mesa y él se encogió de hombros.

—Tengo intención de colarme en Villa Dante y encontrar testigos que puedan confirmar que Røed estuvo allí las dos noches de martes en que mataron a Susanne y a Bertine. Si doy con ellos, valdrán más que el testimonio de una esposa muerta.

—¿Por qué vas a ir allí? —preguntó Alexandra—. ¿Por qué no puede la policía entrar a saco e interrogar a los presentes?

—Porque —dijo Sung-min—, para empezar, haría falta una orden judicial, y no nos la darían porque no hay sospecha de que haya ocurrido nada ilegal en el club. Para continuar, nunca lograremos que declaren, puesto que la esencia de Villa Dante es garantizar el anonimato. Lo que me pregunto es cómo piensas entrar *tú*, Harry, y lograr que alguien hable.

—Bueno. Lo primero es que no soy policía y no necesito preocuparme por órdenes judiciales. Lo segundo es que tengo esto… —Harry se había metido la mano en el bolsillo y sacó la máscara de gato y el carnet de socio de Villa Dante—. Además, llevo el traje de Røed, somos de la misma altura, la misma máscara…

Alexandra se rio.

—Harry Hole tiene intención de ir a un club gay y hacerse pasar por… —Agarró el carnet y leyó—: ¿Catman? En ese caso creo que vas a necesitar un par de consejos.

—En realidad, tenía intención de pedirte que me acompañaras —dijo Harry.

Alexandra negó con la cabeza.

—No puedes llevar una mujer a un club gay, eso sería saltarse todas las normas. Solo funcionaría si me hiciera pasar por trans.

—No puedes, querida —apostilló Sung-min.

—Escucha, esto es lo que vas a hacer —dijo Alexandra, y su sonrisa perversa hizo que los demás se acercaran para oírla mejor. Mientras se explicaba, todos se miraban boquiabiertos. Cuando acabó, miró a Sung-min en busca de confirmación. Él negó con la cabeza.

—Yo no frecuento esa clase de clubs, querida. Lo que me pregunto es: ¿cómo sabes *tú* tanto al respecto?

—Una vez al año permiten el acceso de mujeres a Scandinavian Leather Man —dijo.

—¿Sigues queriendo ir? —preguntó Øystein y le dio un codazo a Harry. Truls soltó un gruñido.

—Tengo miedo a hacerlo mal, no a que me la metan —dijo Harry—. Dudo que me violen.

—No violan a nadie, al menos no a un papito de casi dos metros de altura —dijo Alexandra—. Es probable que haya twinks que intenten ligar contigo.

—¿Twinks?

—Dulces y esbeltos muchachos que buscan un tío grande. Como ya te he dicho, cuidado con los osos y no te despistes en los cuartos oscuros.

—¿Otra ronda de cervezas? —preguntó Øystein. Contó tres dedos levantados.

—Te ayudaré a traerlas —dijo Harry.

Se abrieron paso hasta la barra, y estaban en la cola cuando el solo de guitarra del «Heroes» de David Bowie desencadenó la euforia colectiva.

—Mick Ronson es dios —dijo Øystein.

—Sí, pero ese es Robert Fripp —corrigió Harry.

—Correcto, Harry. —Se oyó una voz a sus espaldas. Se dieron la vuelta. El hombre llevaba gorra, tenía una barba de cuatro días y la mirada cálida, algo triste—. Todo el mundo cree que Bowie usa EBow, pero solo es la reverberación de los monitores del estudio. —Le tendió la mano—. Arne, el novio de Katrine.

Tenía una sonrisa agradable. Como un viejo amigo, pensó Harry. Salvo que ese tipo debía tener por lo menos diez años menos que ellos.

–Ajá –dijo Harry y le dio un apretón de manos.

–Soy muy fan –dijo Arne.

–Nosotros también –dijo Øystein mientras hacía señas sin éxito a los acelerados camareros.

–No me refiero a Bowie, sino a ti.

–¿A mí? –preguntó Harry.

–¿A él? –dijo Øystein.

Arne se echó a reír.

–No pongas esa cara de susto. Solo estaba pensando en todas las cosas buenas que has hecho por esta ciudad como policía.

–Hum. ¿Katrine te ha estado contando mentiras?

–Claro que no, sabía de Harry Hole mucho antes de conocer a Katrine. Leía tus hazañas en el periódico desde la adolescencia. Incluso solicité el ingreso en la Academia Superior de Policía por ti, ¿sabes? –La risa de Arne sonó alegre y fresca.

–Hum. ¿No te admitieron?

–La verdad es que me convocaron para las pruebas de acceso. Mientras tanto había entrado en la universidad en una carrera que creí que podría utilizar más adelante como investigador.

–Comprendo. ¿Has venido con Katrine?

–¿Está aquí?

–No lo sé, me mandó un SMS diciendo que a lo mejor se pasaba, hay tanta gente que puede que esté con otros conocidos. Por cierto, ¿cómo diste con ella?

–¿Te ha dicho que fui yo quien la encontró a ella?

–¿No fue así?

–¿Haces quinielas?

–Quinielas razonadas.

Arne miró un rato a Harry con fingida seriedad. Luego sonrió con picardía.

–Tienes razón, claro. La conocía por la televisión, pero no le digas nada, por favor. Después pasó por mi lugar de trabajo. Me acerqué a ella y le dije que la había visto casualmente en televisión y que me parecía un pedazo de mujer.

—¿Lo mismo que estás haciendo ahora?

Más risa alegre.

—Comprendo que pensarás que soy una especie de fan obseso, Harry.

—¿No lo eres?

Arne pareció pensárselo.

—Sí, supongo que vuelves a tener razón, en el fondo lo soy. En cualquier caso, ni Katrine ni tú sois mis principales ídolos.

—Me tranquiliza saberlo. ¿Quién es tu mayor ídolo?

—Me temo que no te va a interesar.

—Puede que no, pero vamos, adelante.

—Vale. *Salmonella typhimurium.* —Arne lo pronunció despacio, con respeto, vocalizando.

—Hum. ¿La bacteria?

—Exacto.

—¿Por qué?

—Porque la *typhimurium* es una estrella. Sobrevive a todo, en todas partes, incluso en el espacio.

—¿Por qué te interesa?

—Forma parte de mi trabajo.

—¿Que es…?

—Busco partículas.

—¿En nuestro interior o por allá fuera?

—Es lo mismo, Harry. «La sustancia de la que está hecha la vida. Y la muerte»

—¿Cómo?

—Si recopilara todos los microbios, bacterias y parásitos que hay en tu interior, ¿cuánto crees que pesarían?

—Hum.

—Dos kilos. —Øystein le dio dos pintas de cerveza a Harry—. Lo leí en *Ciencia ilustrada*. Da miedo.

—Sí, pero daría más miedo aún que no estuvieran —dijo Arne—. No estaríamos vivos.

—Hum. ¿Y sobreviven en el espacio?

–Algunos microbios ni siquiera necesitan estar cerca de una estrella o tener acceso a oxígeno. De hecho, sucede al contrario. Lo han investigado en estaciones espaciales y han descubierto que la *typhimurium* es más peligrosa y eficiente en ese entorno que sobre la superficie terrestre.

–Parece que sabes bastante de esas cosas… –Øystein sorbió la espuma de su pinta de cerveza–. ¿Es verdad que solo se escuchan truenos cuando llueve?

Arne parecía algo desconcertado.

–Eh… no.

–Exacto –dijo Øystein–. Escucha.

Escucharon. El «Dreams» de Fleetwood Mac había llegado al estribillo en el que Stevie Nicks canta «thunder only happens when it's raining».

Los tres se echaron a reír.

–Culpa de Lindsey Buckingham –sentenció Øystein.

–No –dijo Harry–. Esa canción en concreto la escribió la propia Stevie Nicks.

–En cualquier caso, es la mejor canción con dos acordes de la historia –dijo Arne.

–No, esa es la de Nirvana –rectificó Øystein enseguida–, «Something In The Way».

Miraron a Harry. Se encogió de hombros.

–Jane's Addiction. «Jane Says».

–Vas mejorando –rumió Øystein–. ¿Y el peor tema de dos acordes de la historia?

Miraron a Arne.

–Bueno –dijo–. «Born in the U.S.A.» puede que no sea el peor, pero sí el más sobrevalorado.

Øystein y Harry asintieron dándole su beneplácito.

–¿Te vienes a nuestra mesa? –preguntó Øystein.

–Gracias, tengo aquí un colega al que debo hacer compañía. Otra vez será.

Se saludaron con los nudillos de las manos ocupadas por cervezas, Arne desapareció entre la multitud y Harry y Øystein emprendieron la travesía de vuelta al redil.

—Un tipo simpático —dijo Øystein—. Me parece que ahí Bratt ha hecho un hallazgo, mira tú.

Harry asintió. Buscaba en su mente algo que había percibido, pero que no había retenido. Llegaron a la mesa con cuatro pintas de cerveza, y puesto que los demás bebían tan despacio, Harry dio un trago a la que quedaba huérfana. Y uno más.

Por fin sonó «God Save the Queen» de Sex Pistols, se pusieron de pie y dieron saltos con el resto de la plebe.

A medianoche el Jealousy seguía lleno y Harry estaba borracho.

—Estás contento —le susurró Alexandra al oído.

—¿Lo estoy?

—Sí, no te había visto así desde que volviste. Y hueles muy bien.

—Hum. En ese caso es cierto.

—¿Qué es cierto?

—Que uno huele mejor cuando no tiene deudas.

—No lo pillo. Pero, hablando de volver, ¿me acompañas de vuelta a casa?

—¿Acompañarte o irme contigo?

—Podemos averiguarlo por el camino.

Harry se dio cuenta de lo borracho que estaba cuando dio un abrazo a los demás para despedirse. Sung-min tenía un aroma propio, lavanda o algo así, y le deseó suerte en Villa Dante, añadió que tenía intención de fingir que no sabía nada de sus poco ortodoxos planes.

Puede que fuera por pensar en el olor de la deuda o en la fragancia a lavanda de Sung-min, pero al llegar a la puerta Harry cayó en cuál era el detalle que se le había escapado. El olor. Lo había percibido en algún momento de la noche aquí, ahí, en el local. Tuvo un escalofrío, se giró y recorrió la multitud con la mirada. Almizcle. Lo mismo que había detectado en la sala de autopsias junto al cadáver de Helene Røed.

—¿Harry?

—Voy.

Prim iba de un lado a otro por las calles de Oslo. Su cerebro daba vueltas como si intentara triturar sus dolorosos pensamientos.

Él, el policía, también había estado en el Jealousy, y por eso le hervía la sangre. Debería haberse marchado al instante, claro, haberse mantenido lejos de ese tipo, pero era como si lo atrajera, como si él fuera el ratón y el policía el gato. Había intentado localizarla a ella también, puede que estuviera allí, puede que no, había tanta gente en el local que casi todo el mundo estaba de pie y era difícil hacerse una idea. Al día siguiente, cuando la viera, ¿debía preguntarle si había ido? No, que lo contara ella. Ahora mismo tenía demasiadas cosas en las que pensar, tenía que apartar esto de su mente, necesitaba estar despejado por la mañana. Siguió caminando. Calle de Nordahl Brun. Calle de Thor Olsen. Fredensborgveien. Golpeaba el asfalto con los talones, marcando el ritmo, y tarareó: «Yo seré rey y tú serás reina. Y aunque nada pueda espantarlos, seremos héroes. Héroes por un día».

35
MARTES

Las temperaturas cayeron bruscamente el martes. Por Operagata y la calle Dronning Eufemia el viento arreciaba y las ráfagas volcaban los carteles publicitarios de los restaurantes y las tiendas de ropa.

Harry recogió su traje en la tintorería de Grønland a las nueve y cinco, y a la vez preguntó si podrían plancharle el traje que llevaba puesto mientras esperaba. Tras el mostrador, la mujer de aspecto asiático sacudió la cabeza con aire compungido. Harry dijo que era una pena, porque tenía que ir a una fiesta de disfraces por la noche. Vio que dudaba un poco antes de responder a su sonrisa y decirle que seguro que lo pasaría bien de todas formas.

—*Xiexie* —agradeció Harry, saludó con una ligera reverencia y se marchó.

—Muy buena pronunciación —dijo la mujer antes de que hubiera puesto la mano en el pomo de la puerta—. ¿Dónde has aprendido chino?

—En Hong Kong. Solo sé un poco.

—La mayor parte de los extranjeros de Hong Kong no saben nada. Quítate el traje ahí dentro y te lo plancharé en un momento.

A las nueve y cuarto Prim se encontraba junto a la parada de autobuses mirando al otro lado de la calle, en dirección a la plaza de Jernbane. Observaba a la gente, los que se limitaban a cruzarla y los que permanecían en ella. ¿Alguno era policía? Llevaba cocaína encima y no se atrevía a adentrarse en la plaza hasta estar seguro. Seguro del todo nunca podía estar, había que valorar la situación y luego dejar el miedo atrás. Así de fácil. Y así de imposible. Tragó saliva. Cruzó la calle, entró en la plaza y se acercó a la estatua del tigre. Lo rascó detrás de la oreja. Eso es, abraza el miedo y conviértelo en tu amigo. Tomó aire y jugueteó con la cocaína que llevaba en el bolsillo. Un hombre lo miraba desde la escalera. Prim lo reconoció y se acercó a él.

—Buenos días, caballero —dijo—. Tengo algo que te apetece probar.

La luz del día se diluyó temprano, daba la sensación de que ya hacía mucho que era de noche cuando Terry Våge cruzó Operagata y pisó el mármol italiano de Carrara. La elección del material italiano había originado acaloradas discusiones cuando construyeron la Ópera a la orilla del mar en Bjørvika, pero las críticas quedaron silenciadas porque los habitantes de Oslo abrazaron el edificio y su espléndido tejado transitable como algo suyo. Incluso a última hora de una noche de septiembre, estaba repleto de turistas.

Våge miró el reloj. Las nueve menos seis minutos. En su faceta de crítico musical siempre se presentaba treinta minutos después de la hora prevista para el concierto. Podía ocurrir que algún grupo peculiar empezara a su debido tiempo y se perdiera los primeros temas. En esos casos se limitaba a preguntar a algún fan con qué canción habían abierto y cuál había sido la reacción del público, y luego se inventaba algo al respecto. Siempre le había ido bien. Esta noche correría ese riesgo. Estaba decidido. A partir de ahora no pensaba llegar tarde ni inventarse nada.

Utilizó los escalones laterales en lugar de subir por la resbaladiza y empinada cubierta de mármol como hacían la mayoría de los jóvenes. Våge ya no era joven y no se podía permitir más deslices.

Al llegar arriba se dirigió al lado sur, como le había indicado el tipo del teléfono. Se situó junto al muro, entre dos parejas, y observó el fiordo, que, algo más lejos, el viento azotaba hasta blanquearlo. Miró alrededor. Tuvo un escalofrío y consultó el reloj. Se fijó en un hombre que se aproximaba a él en la penumbra. El hombre levantó algo y apuntó a Terry Våge, que se quedó paralizado.

–*Excuse me* –dijo con algo parecido a un acento alemán. Våge se apartó de la trayectoria de tiro.

El hombre apretó el disparador, la cámara zumbó, le dio las gracias y se marchó. Våge se estremeció. Se asomó para contemplar a la gente que se movía allá abajo, sobre el mármol. Comprobó el reloj otra vez. Las nueve y dos minutos.

Las villas tenían las ventanas iluminadas y el viento ululaba entre los castaños de la calle perpendicular a Drammensveien. Harry había hecho que Øystein lo dejara a cierta distancia de Villa Dante, a pesar de que no llamaría la atención que llegara en taxi. Aparcar el coche propio delante del edificio sería como pedir que lo identificaran.

Harry tuvo un escalofrío, notó que debería haberse puesto el abrigo. Cuando estuvo a cincuenta metros del club, se colocó la máscara de gato y la boina que le había prestado Alexandra.

Dos antorchas oscilaban entre ráfagas de viento a la entrada de la gran construcción amarilla.

–Neobarroco con ventanas estilo Jugend –afirmó Aune cuando localizaron algunas fotos en Google–. Construido hacia 1900, diría yo. Puede que por un armador, mayorista o algo así.

Harry empujó la puerta y entró.

Un joven vestido de esmoquin, tras un pequeño mostrador, sonrió a Harry cuando enseñó el carnet.

–Bienvenido, Catman. Miss Annabel actuará a las diez.

Harry asintió en silencio y se dirigió a la puerta abierta en el fondo del recibidor. Sonaba música. Mahler.

Harry entró en una estancia iluminada por dos enormes arañas de cristal. La barra del bar y el mobiliario eran de madera rojiza, tal vez caoba. Había entre treinta y cuarenta hombres, todos con máscara y traje oscuro o esmoquin. Chavales sin máscara, vestidos con ceñidos uniformes de camarero, se deslizaban entre las mesas con bandejas cargadas de copas. No había bailarines gogó, como había descrito Alexandra, tampoco un hombre desnudo en el suelo, encogido y atado dentro de una jaula, al que los clientes pudieran dar patadas, pinchar o humillar de otra manera. Las copas de los invitados parecían ser en su mayoría martini o champán. Harry se humedeció la boca. Se había tomado una cerveza en Schrøder al volver de casa de Alexandra aquella mañana, se había prometido que sería la última consumición de alcohol del día. Algunos clientes se habían girado y tomado nota de su presencia antes de volver a sus conversaciones. Salvo uno, un hombre joven, de complexión débil y femenina, que lo siguió con la mirada cuando Harry se dirigió a una zona libre de la barra. Harry esperó que aquello no quisiera decir que ya lo habían descubierto.

–¿Lo de siempre? –preguntó el camarero.

Harry creyó sentir la mirada del twink en la espalda. Asintió.

El camarero se giró, y Harry vio que sacaba una copa de tallo largo y echaba dentro una mezcla de vodka Absolut, tabasco, salsa Worcester y algo parecido a zumo de tomate. Acabó metiendo dentro un tallo de apio y la puso ante Harry.

–Hoy solo tengo efectivo –dijo Harry, y vio que el camarero sonreía entre dientes como si hubiera contado un chiste. En el mismo instante cayó en la cuenta de que en un lugar como aquel era probable que solo utilizaran efectivo, el anonimato era una exigencia que se respetaba.

Harry se quedó rígido al notar que una mano se deslizaba por su trasero. Alexandra le había explicado que se solía empezar con una mirada, seguida de contacto físico, muchas veces antes de intercambiar una sola palabra, así que estaba más o menos preparado. A partir de ese momento las posibilidades se multiplicaban.

–Mucho tiempo sin verte, Catman. No tenías barba, ¿no?

Era el twink. Tenía la voz aguda, tanto que Harry se preguntó si era impostada. No quedaba muy claro qué clase de animal representaba la máscara que llevaba, pero desde luego no era un ratón. El color verde, el estampado de la piel y las pequeñas aberturas para los ojos apuntaban a una serpiente o algo por el estilo.

—No —dijo Harry.

El twink levantó su copa y miró a Harry con ojos interrogantes cuando dudó.

—¿Te has cansado del caesar?

Harry asintió despacio. En el Dan Tana's de Los Ángeles el Caesar había sido la copa favorita de los gais, parece ser que era de origen canadiense.

—¿Tomamos mejor algo que nos despierte?

—¿Como qué? —dijo Harry.

El twink ladeó la cabeza.

—Estás cambiado, Catman. No es solo la barba, también la voz y…

—Cáncer de garganta —dijo Harry. Era idea de Øystein—. Radioterapia.

—Vaya —dijo el twink sin mostrar preocupación—. Así se explica esa boina tan fea y que estés tan delgado. Pues sí que ha ido rápido.

—Ya ves —dijo Harry—. ¿Exactamente cuánto hace que nos vimos la última vez?

—Buena pregunta. Un mes. ¿O son dos? El tiempo vuela y has estado bastante sin venir.

—Si no recuerdo mal vine un martes hace cinco semanas, ¿no? Y el martes anterior.

El twink echó la cabeza atrás, entre los hombros, como si quisiera mirarlo con más distancia.

—¿Por qué quieres saberlo?

Harry oyó su escepticismo y comprendió que había avanzado demasiado deprisa.

—Es por el tumor —dijo—. El médico dice que me presiona el cerebro y me provoca una amnesia parcial. Lo siento, solo intento reconstruir los meses pasados.

—¿Estás seguro de que te acuerdas de mí?

—Un poco —dijo Harry—. No del todo. Lo siento.

El twink resopló con aire ofendido.

—¿Puedes ayudarme? —preguntó Harry.

—Si tú puedes ayudarme a mí.

—¿Con qué?

—Digamos que me pagas un poco más de lo habitual por mi farlopa. —El twink se sacó algo a medias del bolsillo de la chaqueta y Harry vio la bolsita de polvo blanco—. Y te la inyecto, como la última vez.

Harry asintió.

Alexandra le había contado que las drogas —cocaína, anfetaminas, popper, éxtasis— se vendían casi sin disimulo en los clubs gais en los que había estado.

—¿Cómo me la metiste la última vez? —preguntó Harry.

—Vaya por Dios, creí que por lo menos te acordarías de eso. Te la soplé por ahí abajo, por tu delicioso y estrecho agujero de oso, con esto... —El twink le mostró una pajita metálica corta—. ¿Bajamos?

Harry recordó la advertencia de Alexandra sobre los cuartos oscuros. Estancias en la que todo estaba permitido.

—OK.

Se pusieron de pie y cruzaron el local. Los siguieron miradas ocultas por máscaras de animales. Al fondo, el twink abrió una puerta, Harry le siguió en la oscuridad, bajaron una escalera larga y empinada. A mitad de camino ya oyó los sonidos. Gemidos, gritos y, cuando ya estaban en el sótano, el ruido de las carnes rebotando. En las paredes había pequeñas luces azules, sus ojos se fueron acostumbrando a la penumbra y pudo ver con detalle lo que sucedía a su alrededor. Hombres que tenían sexo de todas las maneras posibles, algunos desnudos, otros a medio vestir y otros que solo se habían abierto la bragueta. Oyó los mismos sonidos tras las puertas de los reservados.

Harry sostuvo una mirada escondida tras una máscara dorada. Era un hombre grande y musculoso que embestía a una persona inclinada sobre un banco. Tras la máscara, las pupilas eran grandes y negras en unos ojos muy abiertos que no se apartaban de Harry, quien no pudo evitar dar un respingo cuando el hombre dejó los dientes al descubierto en una sonrisa de ave de rapiña.

Harry desvió la mirada. El olor de la habitación le producía náuseas. Era algo más que la mezcla de cloro, sexo y testosterona, un hedor acre que le recordaba la gasolina. No cayó en la cuenta de lo que era hasta que distinguió a un hombre desnudo que abría una botellita roma de color amarillento y esnifaba. Era el olor a popper, claro. Había sido la droga de moda en los clubs que Harry había frecuentado con veintipocos años. En aquel tiempo lo llamaban *rush*, porque eso era lo que provocaba, una ráfaga de apenas unos segundos en los que el corazón latía de un modo infernal y el incremento de la circulación sanguínea, durante unos míseros instantes, intensificaba todas las emociones. Más tarde se enteró de que los gais lo utilizaban para aumentar el placer anal.

—Hola. —Era el hombre de la máscara dorada. Se había deslizado junto a Harry y le puso una mano en la entrepierna. La sonrisa depredadora se hizo más amplia y respiró sobre el rostro de Harry.

—Es mío —dijo el twink con voz acerada, agarró a Harry por el brazo y lo arrastró con él.

Harry oyó cómo el músculos se reía a su espalda.

—Parece que todos los reservados están ocupados —dijo el twink—. ¿Quieres que...?

—No —dijo Harry—. A solas.

El twink suspiró.

—Puede que haya algo libre al fondo. Ven.

Pasaron ante una puerta abierta por la que escapaba un chapoteo, como si hubiera una ducha abierta. Harry echó un vistazo al pasar. Dos hombres desnudos estaban sentados en una bañera, con la boca abierta, mientras otros, algunos de ellos vestidos, los rodeaban y orinaban encima.

Entraron en una amplia estancia con luz estroboscópica y el «Control» de Joy Division resonando a poco volumen por los altavoces. En mitad de la habitación, sujeto del techo con cadenas, había un columpio al que un hombre estaba atado. Parecía volar como Peter Pan mientras se deslizaba con el cuerpo tenso entre el círculo de hombres. Lo disfrutaban por turnos, como si estuvieran pasándose un porro.

Harry y el twink salieron a un pasillo con varios reservados, y de nuevo fueron los sonidos los que desvelaron lo que sucedía tras las puertas correderas. Dos hombres abandonaban uno en ese momento y el twink se apresuró a ocuparlo. La habitación tenía cuatro metros cuadrados. El twink empezó a desabrochar la camisa de Harry sin más preámbulos.

—A lo mejor un poco de cáncer no es tan malo, Catman, ahora pareces más un atleta que un oso.

—Espera —dijo Harry. Le dio la espalda y se metió la mano en el bolsillo. Cuando se dio la vuelta llevaba la cartera en una mano y el móvil en la otra.

—Querías venderme un poco de coca, ¿no?

El otro sonrió.

—Si pagas lo que vale.

—Entonces vamos a hacer esa transacción primero.

—Ah, ya te voy reconociendo, Catman. Coca-man.

Rio y se sacó la bolsa con el polvo.

Harry se apoderó de ella y le tendió la cartera.

—Tú me has dado cocaína y ahora vas a sacar de mi cartera lo que valga.

La mirada del twink se tornó sospechosa bajo la máscara.

—Vaya, hay que ver cuánta ceremonia le echas hoy. —Abrió la cartera, miró dentro y cogió dos billetes de mil—. Creo que por esta vez será suficiente —dijo, volvió a guardar la cartera en el bolsillo de Harry y le desabrochó los pantalones—. ¿Quieres que te chupe la polla de oso, perdón, la polla de *atleta*?

—No, gracias. Ya tengo lo que quiero —dijo Harry, y le puso la mano libre en la nuca, como si quisiera acariciarlo, pero en lugar de eso le arrancó la máscara de serpiente de un tirón.

—¡Qué coño, Catman! Eso… bueno, en mi caso no tiene demasiada importancia.

—El twink quiso seguir abriéndole los pantalones, Harry lo detuvo y se abrochó.

—Vale, entiendo, la coca primero.

—No exactamente —dijo Harry y se quitó la gorra y la máscara.

—Eres... rubio —dijo el twink sorprendido.

—Y lo que es más importante —dijo Harry—. Soy un policía que acaba de grabarte vendiéndome cocaína. Hasta diez años de condena.

Era imposible detectar si el otro empalidecía bajo la luz azulada, así que Harry no estuvo seguro de si su farol había tenido éxito hasta que oyó su voz llorosa.

—Joder, ¡si es que *sabía* que no eras tú! No hablas como él, no tienes acento pijo y tu trasero no es fofo como el suyo. ¡Qué idiota soy! ¡Que os den, a ti y a Catman!

El twink agarró la puerta corredera y quiso salir, Harry le retuvo.

—¿Estoy detenido?

Algo en su tono y la manera de levantar la vista hacia él hizo que Harry se preguntara si aquello le ponía cachondo.

—¿Me vas a... esposar?

—Esto no es ningún juego... —Harry sacó un tarjetero del bolsillo interior del hombre—. Filip Kessler.

Filip escondió el rostro entre las manos y se echó a llorar.

—Hay una manera de que solucionemos esto —dijo Harry.

—¿Ah, sí? —Filip lo miró con las mejillas empapadas de lágrimas.

—Podemos marcharnos y sentarnos tranquilamente en un lugar donde puedas contarme todo lo que sepas de Catman. ¿Vale?

Terry Våge miró el reloj otra vez. Las nueve y treinta y seis. Nadie había intentado ponerse en contacto con él. Releyó el mensaje que le había llegado al teléfono y llegó a la misma conclusión: no había error posible respecto a la hora y el lugar. Le había concedido al tipo media hora, en reconocimiento de la media hora que solía concederse a sí mismo. Pero cuarenta minutos resultaba excesivo. No se iba a presentar. Una tomadura de pelo. Un chiste de mal gusto, tal vez. Puede que alguien estuviera allá abajo, entre los turistas, riéndose de él. Riéndose de ese pretendido periodista, deshonrado y despreciable. Tal vez este fuera su castigo. Se arrebujó en el abrigo de lana y echó a andar por la pendiente del tejado. ¡Que se fueran a la mierda todos ellos!

Prim se movía entre los turistas sobre las losas de mármol, al nivel del suelo. Había visto llegar a Terry Våge, lo reconoció por la foto que acompañaba sus artículos y otras que había encontrado en la red. Vio cómo se detenía a esperar en el tejado. No había visto que siguieran a Våge, ni tampoco a nadie que pudiera ser un agente de policía apostado allí con antelación. Recorrió la zona, se fijó en todos los que pudo, y al cabo de media hora comprobó que no se repetía ninguno de los rostros que había visto al llegar. A las diez menos veinte vio a Våge bajar del tejado, se había rendido. Pero Prim ya tenía la certeza de que Terry Våge había acudido solo.

Miró a su alrededor por última vez e inició el camino de vuelta a casa.

36
MIÉRCOLES

—¿Qué hace ese aquí? —siseó Markus Røed y señaló a Harry—. Un tipo al que he pagado un millón de dólares por mandarme a la cárcel ¡cuando encima soy inocente!

—Ya te lo he dicho —dijo Krohn—. Está aquí porque resulta que no cree que seas culpable, cree que fuiste...

—¡Ya he oído lo que piensa! Pero, joder, yo no he ido a ningún... *club gay*.

Escupió esas últimas palabras. Harry sintió una gota de saliva en el dorso de la mano, se encogió de hombros y miró a Johan Krohn. La habitación que les habían asignado a los tres para la reunión con el abogado era, en realidad, para las familias de los presos. El sol entraba por una ventana con barrotes y una cortina floreada, e iluminaba una mesa con un mantel bordado, cuatro sillas y un sofá. Harry había evitado el sofá y se fijó en que Krohn hacía lo mismo. Era probable que él también supiera que estaba embadurnado de los fluidos de un sexo desesperado y rápido.

—¿Se lo explicas tú? —dijo Harry.

—Sí —dijo Krohn—. El caso es que Filip Kessler afirma que los dos martes en que Susanne y Bertine fueron asesinadas estuvo con una persona que llevaba esta máscara que ves aquí.

Krohn señaló la máscara de gato que había encima de la mesa, junto a la tarjeta de socio.

—Esa persona llevaba el sobrenombre de Catman. Las dos cosas aparecieron en uno de tus trajes, Markus. Y la descripción de su fisonomía encaja contigo.

—¿Sí? ¿Qué características especiales describió? ¿Tatuajes o cicatrices? ¿Marcas de nacimiento? ¿Alguna anormalidad? —Røed paseó la mirada de uno a otro.

Harry negó con la cabeza.

—¿Qué? —preguntó Røed iracundo—. ¿Nada?

—No recuerda nada de eso —dijo Harry—. Pero estaba muy seguro de que podría reconocerte por el tacto.

—Joder, qué asco —dijo Røed con aspecto de querer vomitar.

—Markus —dijo Krohn—. Es una coartada. Una coartada con la que podríamos lograr que te pusieran en libertad con efecto inmediato y que también nos serviría para que te exoneraran en el caso de que, finalmente, te acusen. Comprendo que te preocupe lo que esa coartada pueda suponer para tu imagen pública…

—¿Comprender? —gritó Røed—. *¿Comprender?* No, tú no *comprendes* una mierda de lo que supone estar aquí bajo sospecha de haber asesinado a tu propia mujer. Y quieres que además me acusen de esa guarrada… No he visto esa máscara en mi vida. ¿Sabes qué creo? Creo que Helene se hizo con esa máscara y un carnet de socio de un maricón que se parece a mí y te la dio para que la utilizaras en mi contra en el proceso de divorcio. En cuanto a ese tipejo, el tal Filip, no me conoce de nada, solo ve una posibilidad de ganar dinero. Así que averigua cuánto quiere, págale y asegúrate de que mantiene la boca cerrada. No te lo estoy sugiriendo, Johan, te lo estoy ordenando. —Røed estornudó con fuerza antes de proseguir—. Los dos estáis sometidos a la cláusula de confidencialidad de vuestros contratos. Si decís media palabra de esto a alguien, os voy a demandar por todos vuestros orificios.

Harry carraspeó.

—No se trata de ti, Røed.

—¿De qué entonces?

—Hay un asesino ahí fuera que puede atacar de nuevo y es muy probable que lo haga. Lo tendrá más fácil mientras la policía esté convencida de que ya tiene al culpable, es decir a ti. Si retenemos la información de que estuviste en Villa Dante, seremos cómplices cuando acabe con su próxima víctima.

—¿Nosotros? ¿Acaso crees que sigues trabajando para mí, Hole?

—Me atengo al contrato y considero que el caso no está resuelto.

—¿No? ¡Pues devuélveme mi dinero!

—No lo haré mientras haya tres abogados policiales que consideren probable tu condena. Lo que importa ahora es lograr que la policía cambie su enfoque, y para eso tenemos que darle esta coartada.

—¡Ya he dicho que no he pisado ese lugar! No soy responsable de que la policía sea incapaz de hacer su trabajo, joder. Soy inocente, y lo averiguarán de manera honesta, no con estas… mentiras gais. No hay ningún motivo para entrar en pánico y actuar de manera precipitada.

—Serás idiota —dijo Harry con un suspiro, como si fuera un hecho desgraciado que se limitara a constatar—. Hay muchas razones para entrar en pánico. —Se puso de pie.

—¿Adónde vas? —preguntó Krohn.

—A informar a la policía —dijo Harry.

—No te atreverás —siseó Røed—. Si lo haces, me aseguraré de que tú y toda la gente que te importa paséis un infierno. No pienses que no soy capaz. Y una cosa más. Tal vez creas que no puedo dar marcha atrás a una transferencia enviada a las islas Caimán dos días después de haber dado la orden al banco. Pues te equivocas.

Algo se desprendió en el interior de Harry, una sensación de estar en caída libre. Dio un paso en dirección a la silla de Røed y, sin pensarlo, le puso una mano alrededor del cuello y presionó. El magnate inmobiliario dio un respingo y se agarró al antebrazo de Harry en un intento de apartarlo mientras su rostro congestionado enrojecía por efecto de la sangre bloqueada.

—Hazlo y te mataré —susurró Harry—. Te ma-ta-ré.

—¡Harry! —Krohn también se había levantado.

—Siéntate, voy a soltarlo —siseó Harry mirando fijamente los ojos desorbitados y suplicantes de Markus Røed.

—¡Basta, Harry!

Røed jadeó y pataleó, pero Harry lo mantuvo sentado. Apretó con más fuerza y sintió la energía, la euforia de poder privar de vida a esa bazofia. Sí, euforia, y la misma sensación de caída libre que le producía acercarse la primera copa a los labios después de meses de abstinencia. Pero la fuerza de su mano se agotaba ya y el regocijo se esfumaba. Porque tampoco esta caída libre tenía más premio que ser libre unos instantes, y solo lo llevaba en una dirección. Hacia abajo.

Harry lo soltó y Røed tomó aire con un prolongado quejido, después se echó adelante con un ataque de tos.

Harry se giró hacia Krohn

—*Ahora* supongo que estoy despedido.

Krohn asintió con un movimiento de cabeza. Harry se estiró la corbata y se marchó.

De pie junto a la ventana, Mikael Bellman miraba anhelante hacia el centro, donde distinguía la torre que se alzaba en medio del distrito gubernamental. Más cerca, junto al puente de Gullhaug, veía oscilar las copas de los árboles. Habían anunciado que el viento iría en aumento, por la noche sería intenso. También habían previsto otra cosa, algo sobre un eclipse de luna el viernes, pero no parecía que estuviera relacionado. Levantó el brazo para mirar su reloj, un clásico Omega Seamaster. Las dos menos un minuto.

Había dedicado gran parte del día a debatir consigo mismo el dilema que el jefe de policía le había planteado. Por supuesto que, en principio, un caso aislado como ese no pintaba nada en la mesa de un ministro de Justicia, pero Bellman se había implicado en un primer momento y ahora le concernía, no podía dejarlo estar sin más. Maldijo.

Vivian llamó con cuidado a la puerta y abrió. Cuando la contrató como asistente personal no fue solo porque tuviera un máster en Ciencias Políticas, hablara francés tras pasar dos años ejerciendo de modelo en París y estuviera dispuesta a hacer cualquier cosa, como servir cafés, recibir invitados o pasar sus discursos a limpio. Era guapa. Se podían decir muchas cosas sobre la función del aspecto físico en la sociedad contemporánea, y se decían. Tanto, que una cosa era segura: era tan importante como siempre lo había sido. Él mismo era un hombre atractivo, y sabía que eso había influido en su carrera profesional. A pesar de haber hecho carrera como modelo, Vivian no era más alta que él, y por eso podía llevarla a reuniones y cenas. Tenía pareja, pero Bellman lo consideraba más un reto que una desventaja. De hecho, era un punto positivo. Ese invierno habían previsto un viaje a un par de países de Sudamérica por un asunto de derechos humanos, en otras palabras, unas auténticas vacaciones. Y, como ya se ha dicho, un ministro de Justicia sufre menos presión mediática que un presidente de Gobierno.

—El jefe de policía —dijo Vivian en voz baja.

—Que pase.

—Por Zoom —dijo ella.

—¿Qué? Creí que venía...

—Sí, acaba de llamar porque tiene otra reunión en el centro y Nydalen le pilla demasiado lejos. Ha mandado un enlace. ¿Quieres que...?

Se acercó a la mesa y al ordenador. Dedos ágiles, mucho más que lo suyos, corrieron por el teclado.

—Ya está. —Sonrió. Y añadió, para rebajar su irritación—: Está listo, te espera.

—Gracias. —Bellman permaneció junto a la ventana hasta que Vivian salió de la habitación. Y un poco más. Hasta que se cansó de su propia reacción infantil y fue a sentarse ante el ordenador. El jefe de policía parecía estar bronceado, seguro que acababa de regresar de sus vacaciones de otoño en algún lugar del sur de Europa. Eso no servía de mucho cuando el ángulo de la cámara era tan desafortunado que destacaba su papada. Se ve que había colocado el ordenador directamente sobre el gran escritorio de escasa altura que ya estaba allí cuando él mismo era jefe de policía, en lugar de subirlo a una modesta pila de libros.

—Aquí arriba casi no hay tráfico, al contrario que allá abajo donde estás tú –dijo Bellman–. Llego a mi casa en Høyenhall en veinte minutos. Deberías hacer la prueba.

—Lo lamento, Mikael, me han convocado a una reunión urgente sobre la visita de Estado de la semana próxima.

—OK, vayamos directos al grano. Por cierto, ¿estás solo?

—Del todo, lánzate.

Mikael sintió que volvía a irritarse. El uso desenfadado del nombre de pila y de expresiones como «lánzate» deberían ser un privilegio reservado al ministro de Justicia. Sobre todo si se tenía en cuenta que los seis años del contrato del comisario estaban a punto de vencer y ya no era el director de la policía, sino el rey del Consejo de Ministros, es decir, en la práctica, el ministro de Justicia, el que decidía quiénes seguían en sus puestos. Bellman tenía muy poco que perder, desde un punto de vista político, traspasando el despacho a Bodil Melling. Para empezar, porque era mujer y, para continuar, porque entendía de política, comprendía quién estaba al mando.

Bellman tomó aire.

—Para que quede claro. Lo que quieres saber es si debéis suspender la prisión preventiva de Markus Røed o no. Entiendo que estás seguro de que tenéis las dos opciones.

—Sí –dijo el comisario–. Hole tiene un testigo que dice que estuvo con Røed las dos noches en que mataron a las primeras chicas.

—¿Un testigo fiable?

—Fiable en el sentido de que, al contrario que Helene Røed, no tiene ningún motivo evidente para proporcionar una coartada a Røed. Menos creíble porque según Narcóticos figura en su lista de gente que vende cocaína en Oslo.

—¿Pero no tiene ninguna condena?

—Es un vendedor a pequeña escala, uno al que sustituirían al momento.

Bellman asintió. Dejaban que los que tenían controlados siguieran a lo suyo. *Era mejor lo malo conocido...*

—¿Y por otra parte? —dijo Bellman mirando su Omega. Era poco práctico y voluminoso, pero enviaba el mensaje adecuado. Sin embargo, ahora solo quería transmitir que el comisario debía darse prisa, que no era el único que estaba ocupado.

—Por otra parte, Susanne Andersen tenía saliva de Markus Røed en el pecho.

—Diría que ese es un argumento bastante contundente para mantener a Røed en prisión provisional.

—Pues sí. Por supuesto que hay una posibilidad de que Susanne y él se encontraran antes y mantuvieran relaciones sexuales, no hemos podido registrar todos sus movimientos. Si fuera el caso, es raro que Røed no lo haya dicho al ser interrogado. En lugar de eso, sigue negando haber intimado con ella y alega que nunca volvió a verla después de la fiesta.

—En otras palabras, miente.

—Sí.

Bellman tamborileó sobre la mesa. Los primeros ministros solo son reelegidos si la cosecha de trigo ha sido buena, por decirlo con una imagen. Los consejeros habían recalcado una y otra vez que como ministro de Justicia siempre se le atribuiría la culpa o el mérito de lo que sucediera en los niveles inferiores de su departamento, daba igual que el error lo cometiera gente que ya ocupaba el mismo puesto bajo el Gobierno anterior. Sin duda, Bellman se vería perjudicado si la gente percibía que un tipo rico, desagradable y privilegiado como Røed se iba de rositas. Tomó una decisión.

—Con ese esperma tenemos más que suficiente para mantener la prisión preventiva.

—Saliva.

—Sí. Y creo que estarás de acuerdo en que resultaría impresentable que Harry Hole siguiera decidiendo cuándo detenemos a Røed y cuándo lo soltamos.

—No te digo que no.

—Bien. En ese caso ya tienes mi consejo… —Bellman esperó a que le viniera a la mente el nombre del jefe de policía, pero por alguna razón no fue así, y la frase que había empezado requería un final, así que añadió–: ¿O no?

–Claro. Muchas gracias, Mikael.

–A ti, jefe –dijo Bellman, y enredó un rato con el ratón hasta que logró cortar la comunicación. Al fin se reclinó en la silla y susurró–: *Saliente*.

Prim observaba a Fredric Steiner que estaba sentado en la cama. Tenía los ojos de una claridad infantil, la mirada vacía, como si en algún lugar de su interior hubieran echado las cortinas.

–Tío –dijo Prim–. ¿Me oyes?

Ninguna respuesta.

Podía decirle cualquier cosa, no lo asimilaría. Por tanto, tampoco lo repetiría. Al menos no de un modo que resultara creíble.

Prim fue a cerrar la puerta y volvió junto a la cama.

–Muy pronto morirás –dijo. Disfrutó del sonido de esas palabras. Su tío no movió un músculo de la cara, parecía mirar algo que solo él veía, algo que se encontraba muy lejos–. Vas a morir, y de algún modo debería darme pena. Quiero decir que, al fin y al cabo, soy tu… –Lanzó una mirada hacia la puerta para asegurarse– Tu hijo biológico.

Solo se escuchaba el viento que silbaba bajito en uno de los canalones del centro asistencial.

–No estoy triste, porque te odio. No es el mismo odio que siento por él. Él se hizo cargo de tus problemas, se hizo cargo de mamá y de mí. Te odio porque sabías lo que estaba haciendo, lo que me hacía. Sé que se lo planteaste, esa noche os oí, amenazaste con dar a conocer lo que sucedía y él respondió que en ese caso te dejaría al descubierto. Lo dejaste estar. Me sacrificaste para salvar tu pellejo. Salvarte a ti, a mamá y al apellido familiar. Lo que quedaba de él, puesto que tú ya no querías usarlo.

Prim metió la mano en la bolsa, sacó una galleta y la hizo crujir entre sus dientes.

–Ahora vas a morir, solo y sin nombre, olvidado. Desaparecerás.

Mientras que yo, carne de tu carne, el fruto de tus pecaminosos deseos, veré mi nombre iluminar los cielos. ¿Me oyes, Fredric? ¿No suena poético? Todo lo he anotado en mi diario, es importante dejarles a los biógrafos algo de material para que hagan su trabajo, ¿no?

Se puso de pie.

—Dudo que vuelva. Este es nuestro adiós, tío. —Fue hasta la puerta y se dio la vuelta—. No digo «a-dios» en sentido literal, claro. Espero que tu viaje sea al infierno.

Prim cerró la puerta a su espalda, sonrió a una enfermera que pasaba por allí y se alejó de la residencia.

La enfermera entró en la habitación del anciano catedrático. Estaba sentado al borde de la cama con gesto inexpresivo, pero las lágrimas corrían por sus mejillas. No era extraño, los viejos perdían el control de las emociones. En especial los que estaban seniles. Olisqueó el aire. ¿Se había hecho sus necesidades encima? No, solo era el ambiente, que estaba cargado y olía a cuerpo y a… ¿almizcle?

Abrió la ventana para ventilar.

Eran las ocho de la tarde. Terry Våge escuchaba el lamento metálico que llegaba del patio trasero, el viento arreciaba y hacía girar el tendedero común. Había reiniciado su blog sobre sucesos criminales. Había muchos temas sobre los que escribir. A pesar de ello, seguía mirando la página en blanco, vacía, en la pantalla del ordenador.

Sonó el teléfono.

Puede que fuera Dagnija, que había decidido no visitarlo ese fin de semana, después de que ambos discutieran el día anterior. Se habría arrepentido, como siempre. Deseó que fuera ella.

Miró el teléfono. Número oculto. Si era el mismo del farol de ayer, no debería cogerlo, podría resultar casi imposible deshacerse de un loco de esos si le hacías caso un par de veces. En una ocasión, después de haber publicado que War on Drugs era la banda más aburrida del mundo, tanto en disco como en escena, lo que era cierto, había cometido la tontería de responder a un fan indignado, y acabó aguantando a un pesado que lo llamaba por teléfono, le mandaba correos y hasta lo buscaba en los conciertos, y del que le costó dos años de silencio deshacerse.

El móvil seguía sonando.

Terry Våge echó otra mirada a la pantalla vacía. Luego contestó.

—¿Sí?

—Gracias por acudir solo ayer y por esperar en el tejado hasta menos veinte.

—¿Estuviste… allí?

—Te observé. Espero que comprendas que tenía que asegurarme de que no intentabas engañarme.

Våge dudó.

—Sí, vale, pero no tengo tiempo para andar jugando al escondite.

—Claro que sí, lo tienes —afirmó el tipo con una risita—. Aunque no vas a tener que hacerlo, Våge. Vas a tener que soltar todo lo que tengas entre manos.

—¿Qué quieres decir?

—Vas a ir hasta el final de un camino llamado Toppåsveien, en Kolsås, lo más rápido que puedas. Volveré a llamarte, no te diré cuándo, puede que dentro de un par de minutos. Si tu teléfono está ocupado, esta será la última vez que nos comuniquemos tú y yo. ¿Comprendido?

Våge tragó saliva.

—Sí —respondió. Porque comprendía. Comprendía que era para evitar que se pusiera en contacto con alguien, como la policía. Que no se trataba de un trastornado medio descerebrado. Loco, sí, pero no trastornado.

—Llévate una linterna y la cámara, Våge. Y un arma, si te sientes inseguro. Encontrarás pruebas firmes, irrefutables, de que has hablado con el asesino y después tendrás libertad para escribir sobre ello. También sobre la conversación que tenemos ahora. Porque esta vez queremos que te crean, ¿no es así?

—¿Qué...?

El otro había vuelto a colgar.

Harry estaba tumbado en la cama de Alexandra, los pies desnudos asomaban un poco.

Alexandra también estaba desnuda y se había tumbado atravesada, con la cabeza sobre su vientre.

Habían hecho el amor la noche de la fiesta en el Jealousy, y ahora habían vuelto a hacer el amor. Esta vez había sido mejor.

Harry pensaba en Markus Røed. En el miedo y el odio de su mirada mientras jadeaba en busca de aire. El miedo lo dominaba. Pero ¿siguió siendo así una vez que pudo respirar de nuevo? En ese caso, si Røed no había cancelado la transferencia, tendrían que haber puesto en libertad a Lucille. Puesto que le habían dado instrucciones para no intentar encontrarla o comunicarse con ella hasta que la deuda no estuviera saldada, había decidido esperar un par de días antes de marcar su número. Ella no tenía el suyo ni otra información, así que no era extraño que no hubiera sabido nada.

Había buscado el nombre de Lucille Owen en la web de *Los Angeles Times* sin que surgiera nada más que antiguos artículos sobre la película *Romeo y Julieta*. Nada sobre que hubiera desaparecido o la hubieran secuestrado. Entonces se dio cuenta de qué era lo que compartían, qué era lo que los unía. No era el peligro común tras el suceso del aparcamiento. Tampoco que él viera a su madre en la figura de Lucille, que ella fuera la mujer de la puerta de la clase o la madre en la cama del hospital a la que volvía a tener ocasión de salvar. Era la soledad. Dos personas que podrían desaparecer de la superficie de la tierra sin que nadie se diera cuenta.

Alexandra le pasó el cigarrillo que compartían, Harry inhaló y contempló el humo que se enroscaba camino del techo mientras la voz de Leonard Cohen y los sencillos acordes de «Hey, That's No Way to Say Goodbye» emergían de un pequeño altavoz Geneva en la mesilla de noche.

—Es como si hablara de nosotros —dijo ella.

—Hum. ¿Amantes que se dejan?

—Sí. Y lo que dice sobre que no van a hablar de amor ni de cadenas.

Harry no respondió. Sostuvo el cigarrillo y miró el humo, se dio cuenta de que ella seguía tumbada con el rostro vuelto hacia él.

—Es el orden equivocado —le dijo.

—¿Equivocado porque Rakel ya formaba parte de tu vida cuando nos conocimos?

—Estoy pensando en lo que una mujer me dijo. Que el poeta nos engaña al cambiar el orden de los versos. —Dio otra calada al cigarrillo—. Sí, también estoy seguro de eso de Rakel.

Al cabo de un rato su vientre se había caldeado por efecto de las lágrimas. Él también tenía ganas de llorar.

La ventana crujió, como si lo que había allí fuera quisiera entrar para reunirse con ellos.

37

MIÉRCOLES. REFLEJO

Toppåsveien no estaba en una colina como Våge había imaginado. El camino se enroscaba entre chalets hasta cierta altura, pero al acabar, aún faltaba bastante para la cumbre de Kolsås. Aparcó en un lateral. Sobre él se erguía el bosque. En la oscuridad podía distinguir algo más luminoso. Sabía que eran los riscos por los que se aventuraban los escaladores y otros imbéciles.

Manoseó la funda del cuchillo de monte que se había llevado, miró la linterna y la cámara Nikon que había dejado en el asiento, a su lado. Pasaron segundos. Minutos. Bajó la vista hacia las luces entre la oscuridad, allá abajo. Allí, en algún lugar, estaba el instituto secundaria Rosenvilde. Lo sabía porque era allí donde estudiaba Genie cuando él la descubrió. Porque fue él, Terry Våge, quien la descubrió; él quien había utilizado su influencia como crítico musical para elevarla, a ella y a su mediocre banda, desde el subsuelo hasta la luz, al camino del éxito, al mercado.

Ella tenía dieciocho años cuando iba a ese instituto, él había ido un par de veces porque sentía curiosidad por verla en un entorno escolar. ¿Acaso había hecho algo malo? Se había limitado a pasar el rato al otro lado de la valla del patio para ver unos instantes a la estrella que él había creado, ni siquiera había sacado fotos, algo que podría haber hecho sin problemas. El teleobjetivo que llevaba podría haberle proporcionado imágenes más que nítidas de una Genie que no era la artista que representaba el papel de peligrosa seductora. Habrían mostrado la inocencia, la adolescente. Era fácil que malinterpretaran su presencia en los alrededores de un colegio si lo descubrían, así que se había limitado a ir un par de veces y había optado por ponerse en contacto con ella con ocasión de los conciertos.

Iba a mirar el reloj cuando sonó el teléfono.

—¿Sí?

—Veo que estás en tu sitio.

Våge miró alrededor. Su coche era el único aparcado en la carretera, y si hubiera alguien, lo vería a la luz de la farola. ¿Estaba ese tipo en algún lugar del bosque, observándolo? Våge cerró la mano en torno al mango del cuchillo.

—Llévate la linterna y la cámara, coge la pista forestal, pasa la barrera y mira a la izquierda. A unos cien metros verás pintura reflectante en el tronco de un árbol. Dirígete ahí y sigue la ruta que marca la pintura. ¿Comprendido?

—Comprendido —dijo Våge.

—Cuando llegues, lo sabrás. Dispondrás de dos minutos para hacer fotos. Luego vuelves, te metes en el coche y vas directo a casa. Si no te has marchado al cabo de esos ciento veinte segundos, iré a por ti. ¿También lo entiendes?

—Sí.

—En ese caso, solo es cuestión de recolectar, Våge. Date prisa.

Colgaron. Terry Våge tomó aire y tuvo una idea. Todavía estaba a tiempo de girar la llave y salir de allí echando leches. Podía ir a Stopp Pressen! a tomarse una cerveza. Contar a quien lo quisiera escuchar que había hablado por teléfono con el asesino en serie, que habían acordado una especie de encuentro, que Terry se había acojonado en el último momento.

Våge oyó su propia risa, como un ladrido, agarró la linterna y la cámara y se bajó del coche.

Puede que el monte le diera cobijo, porque se sorprendió al notar que el viento soplaba con menos fuerza que en el centro. Vio la pista forestal a unos metros de la carretera. Pasó la barrera, se giró hacia la farola por última vez, encendió la linterna y se adentró en la oscuridad. El viento atravesaba las copas de los árboles y la grava crujía bajo sus zapatos mientras iba contando los pasos e iluminaba de manera alterna el camino y los troncos de los árboles del lado izquierdo. Había llegado a ciento cinco cuando vio la primera mancha de pintura reflectante brillar a la luz de la linterna. Distinguió la siguiente más hacia el interior del bosque.

Tocó de nuevo la funda del cuchillo en el bolsillo, se echó la correa de la cámara a la espalda, saltó una zanja y se adentró entre los troncos de los árboles. Eran pinos, y distaban entre sí lo suficiente como para permitir que avanzara sin problemas y tuviera algo de perspectiva. La pintura estaba a la altura de los ojos en troncos marcados cada cinco o diez metros. El terreno se fue haciendo más escarpado. En un punto se detuvo para recuperar el resuello y pasó un dedo con fuerza por la mancha del tronco. Se miró la yema. Pintura fresca. Se detuvo sobre una alfombra de acículas entre un cúmulo de poderosos pinos. El zumbido de las copas sonaba lejano, pero los crujidos y crepitaciones de los troncos que oscilaban de manera casi imperceptible se oían nítidamente. El sonido llegaba de todas partes, como si se tratara de una conversación, como si los árboles discutieran qué debían hacer con su visitante nocturno.

Våge avanzó.

El bosque se había tornado más denso, la visibilidad y la distancia entre las marcas de pintura eran menores, y el terreno era tan escarpado e irregular que ya no tenía sentido contar los pasos.

Se vio de repente en un llano, y el bosque se abrió. La luz de la linterna iluminó un pequeño claro y tuvo que buscar un poco antes de dar con la pintura. Esta vez no era solo una marca, habían dibujado una equis. Se aproximó. No, era una cruz. En mitad del claro levantó la linterna. No vio más manchas de pintura reflectante tras la cruz. Había llegado a su destino. Contuvo la respiración. Se oyó un sonido, como si entrechocaran dos palos de madera, pero no vio nada.

La luna asomó entre nubes presurosas, como si quisiera ayudar, y el claro quedó bañado en una luz amarilla, suave. Y lo vio.

Tuvo un escalofrío. Lo primero que le vino a la mente fue una antigua canción de Billie Holiday, «Strange Fruit». Porque eso parecían dos cabezas que colgaban de una rama alta de abedul. El cabello largo oscilaba al viento, y cuando las cabezas chocaban entre ellas producían un sonido hueco.

Pensó al momento que debía tratarse de Bertine Bertilsen y Helene Røed. No porque las reconociera en esas máscaras rígidas, sino porque una era morena y la otra rubia.

Se echó la cámara al pecho con el pulso acelerado y empezó a contar de nuevo, ya no pasos, sino segundos. Apretó el disparador una y otra vez, el flash brillaba, y continuó haciéndolo cuando la luna desapareció de nuevo bajo nubes oscuras. Había contado hasta cincuenta, se aproximó, volvió a enfocar y siguió haciendo fotos. Estaba más excitado que horrorizado, ya no pensaba en esas dos cabezas como si fueran seres hasta hace poco vivos, sino como pruebas. Pruebas de que Markus Røed era inocente. Pruebas de que él, Terry Våge, no era un fanfarrón, sino que había hablado con el asesino. Pruebas de que era el mejor periodista de sucesos de Noruega, una persona digna del respeto de todos, de la familia, de Solstad, de Genie y su porquería de banda. Y, lo más importante de todo, el respeto y la admiración de Mona Daa. No había querido pensar en ello cuando lo echaron, pero seguro que había perdido su consideración. Ahora iba a darle la vuelta, *everybody loves a comeback kid*. No podía esperar a verla de nuevo. No, literalmente no podía esperar, tenía que *asegurarse* de que se vieran, se prometió que sucedería en cuanto Dagnija hubiera vuelto a Letonia.

Noventa. Le quedaban treinta segundos.

«Luego iré a por ti».

Como si fuera un troll en un cuento tradicional, ¿no?

Våge bajó la cámara y activó el vídeo del teléfono. Luego se grabó a sí mismo para tener pruebas de que era él quien había estado allí y hecho aquellas fotos.

«Solo es cuestión de recolectar», había dicho ese tipo. ¿Sería por eso por lo que Våge lo había asociado a la canción de Billie Holiday cuando vio las cabezas en los árboles? Trataba de la persecución de los negros en Estados Unidos, no... de esto. Al decir recolectar ¿quería dar a entender que podía llevarse las cabezas? Våge dio un paso más hacia el abedul. Se detuvo. ¿Se había vuelto loco? Eran los trofeos del asesino. El tiempo se había acabado. Se echó la cámara a la espalda y levantó las manos al aire para mostrarle a quien pudiera estar observándolo desde el bosque que había terminado, que se marchaba.

El regreso fue más complicado, porque ya no tenía las marcas de pintura reflectante para orientarse, y a pesar de que se dio mucha prisa, tardó casi veinte minutos en volver a dar con la pista forestal. Cuando se sentó en el coche e hizo girar la llave, le asaltó un pensamiento.

No se había llevado las cabezas, pero debería haber cogido algo de una de ellas. Un cabello. Tal y como estaban las cosas, tenía fotos de dos cabezas que ni siquiera él, que había visto infinitas fotos de Bertine Bertilsen y unas cuantas de Helene Røed, podía afirmar con seguridad que fueran ellas. Ni siquiera si se trataba de auténticas cabezas humanas. ¡Joder! Si no fuera porque había tenido que hacer alguna trampa después de que Truls Berntsen le fallara, y porque se habían dado cuenta, por supuesto que habrían creído en una prueba fotográfica tan sólida como esta. Ahora se arriesgaba a que lo tomaran por otro farol, y entonces sí que estaría acabado. ¿Debía avisar a la policía ahora mismo? ¿Llegarían antes de que el asesino escapara?

Bajaba por Toppåsveien cuando recordó lo que el tipo le había dicho. «Luego vuelves, te metes en el coche y vas directo a casa».

Al parecer le preocupaba que Våge se quedara esperándolo. ¿Por qué? Tal vez esta era la única carretera que daba acceso al lugar.

Redujo la velocidad y tecleó en el teléfono. Estuvo pendiente de la carretera mientras buscaba el mapa que había consultado cuando subía. Lo estudió y concluyó que, si el tipo había venido en coche, solo había dos calles en las que podía haber aparcado. Våge descendió todo Toppåsveien y buscó el camino alternativo que iba a parar donde empezaba la pista forestal. Nadie había aparcado en ninguna de las calles. Vale, podría haber ido andando desde la carretera principal hasta arriba del todo. ¿Habría caminado por una tranquila zona residencial, mientras los habitantes de los chalets lo observaban, con dos cabezas y una lata de pintura en la mochila? Podría ser. Tal vez no.

Våge estudió el mapa un poco más. Subir hasta la cima de la montaña y llegar hasta la carretera desde el otro lado de la colina parecía un paseo escarpado y arduo, tampoco vio que hubiera sendero alguno dibujado en el plano. La peña que frecuentaban los escaladores tenía un sendero en la base. Y allí, más hacia el oeste, había un paso que llevaba a una urbanización y un campo de fútbol. Desde allí se podía bajar en coche hacia el centro comercial de Kalsås y la carretera principal, sin tener que aproximarse a Toppåsveien.

Våge reflexionó.

Si el tipo estaba arriba, en el bosque, y él estuviese en su lugar, no tenía ninguna duda sobre qué ruta habría elegido para regresar.

Harry despertó de golpe. Se había quedado dormido sin pretenderlo. ¿Le había despertado un ruido? ¿Tal vez algo que el viento había volcado en el patio? ¿O había sido un sueño, una pesadilla de la que había luchado por salir?

Se giró y distinguió en la penumbra la cabeza vuelta, el cabello negro que inundaba la almohada. Rakel. Ella se movió. Puede que el mismo ruido la hubiera despertado, puede que percibiera que él estaba despierto, solía ocurrir.

—¿Harry? —murmuró somnolienta.

—Hum.

Se volvió hacia él.

Él le acarició el cabello.

Ella alargó la mano hacia la lámpara de la mesilla de noche.

—No enciendas la luz —susurró él.

—Vale. Quieres que…

—Silencio. Solo… un poco de silencio. Unos segundos.

Se quedaron callados en la oscuridad y él le pasó la mano por el cuello, el hombro, la melena.

—Finges que soy Rakel.

Él no respondió.

—¿Sabes una cosa? —dijo ella y le acarició la mejilla—. Está bien.

Él sonrió. Le besó la frente.

—Gracias, gracias, Alexandra. Ya está. ¿Un cigarrillo?

Ella se estiró hacia la mesilla. Solía fumar otra marca, pero había comprado una cajetilla de Camel porque era la que fumaba él y a ella le daba un poco igual. Algo se iluminó, ella le pasó el teléfono y él miró la pantalla.

—Lo siento, tengo que cogerlo.

Ella sonrió cansada y encendió el mechero.

—Nunca recibes llamadas que no tengas que contestar, Harry, alguna vez deberías hacer la prueba, es una delicia.

—¿Krohn?

—Eh… Buenas noches, Harry. Se trata de Røed.

—Eso pensaba.

—Quiere cambiar su declaración.

—¿Sí?

—Ahora afirma que mantuvo un encuentro secreto con Susanne Andersen por la mañana en su otro apartamento, el de la calle Thomas Hefty. Que tuvieron relaciones sexuales y que la besó en el pecho. Dice que no quiso contarlo antes porque temía que lo relacionara con el asesinato, pero también para ocultárselo a su esposa. Que, como había mentido en su declaración y luego la había cambiado, resultaría aún más sospechoso que la modificara. Además, no tiene testigos ni otra manera de demostrar que recibió la visita de Susanne. Por eso cometió la estupidez de reafirmarse en que no la había visto, a la espera de que tú, o la policía, encontrarais al culpable u otras pruebas que lo libraran de las sospechas. Eso dice.

376

—Hum. ¿Es la estancia en la trena lo que lo está ablandando?

—Si quieres saber mi opinión, fuiste tú. De hecho, creo que ese estrangulamiento lo despertó. Se ha dado cuenta de que existe el castigo y ve que el caso no avanza y que no aguantará cuatro semanas en prisión preventiva.

—¿Quieres decir cuatro semanas sin cocaína?

Krohn no respondió.

—¿Qué dice de Villa Dante?

—Lo sigue negando.

—Vale —dijo Harry—. La policía no quiere dejarlo escapar. No tiene testigos y tiene razón cuando afirma que cambiar su versión solo hará que parezca una lombriz intentando liberarse del anzuelo.

—Estoy de acuerdo —dijo Krohn—. Solo quería ponerte al día.

—¿Lo crees?

—¿Eso importa?

—Yo tampoco, pero el caso es que miente bien. Gracias por informarme.

Colgaron. Harry se quedó tumbado con el teléfono en la mano, la mirada clavada en la oscuridad. Intentaba encajar las piezas. Porque encajaban, siempre lo hacían. Era él quien cometía un error, no las piezas.

—¿Qué haces? —preguntó Alexandra y le dio una calada al cigarrillo.

—Intento ver, esta oscuridad es muy jodida.

—¿No ves nada?

—Sí, algo, pero no sé qué es.

—En la oscuridad el truco está en no mirar directamente al objeto, sino un poco a un lado. Entonces lo verás con más facilidad.

—Sí, y eso hago. Es precisamente ahí donde se encuentra el asunto.

—¿A un lado?

—Sí. Es como si la persona que buscamos estuviera ahí, dentro de nuestro campo de visión. Como si lo hubiéramos visto sin saber que es a él a quien vislumbramos.

—¿Qué explicación le das?

—No tengo ni idea —suspiró— y no voy a intentar explicarlo.

—¿Hay cosas que sabemos, sin más?

—No tiene ningún misterio, ocurre que hay cosas que nuestro cerebro averigua relacionando la información que tiene disponible, pero que no nos manifiesta al detalle, solo nos proporciona la conclusión.

—Sí —dijo ella con voz queda, dio una calada al cigarrillo y se lo pasó—. Como saber que Bjørn Holm mató a Rakel.

A Harry se le cayó el cigarrillo encima del edredón. Lo recuperó y se lo introdujo entre los labios.

—¿Sabes eso? —preguntó y dio una calada.

—Sí. Y no. Es como tú dices. Datos que el cerebro relaciona sin que tú lo intentes ni lo desees. De repente tienes la respuesta, y debes retroceder para ver qué es lo que ha pensado tu cerebro mientras tú meditabas sobre otra cosa.

—¿Qué ha pensado tu cerebro?

—Que cuando Bjørn descubrió que eras el padre del niño que creía suyo, tuvo que vengarse. Asesinó a Rakel e hizo que las pruebas te señalaran. Tú me dijiste que fuiste tú quien mató a Rakel porque sientes que la culpa es tuya.

—Fue culpa mía. *Es* mi culpa.

—Bjørn Holm deseaba que padecieras el mismo dolor que él, ¿no es cierto? Que perdieras lo que más querías. Que te sintieras culpable. A veces pienso en lo solos que estabais. Dos amigos que no tienen amigos. Separados por… cosas que pasan. Ahora tampoco tenéis a las mujeres que amabais.

—Hum.

—¿Cuánto te dolió?

—Dolió. —Harry dio una calada desesperada al cigarrillo—. Estuve a punto de hacer lo mismo que él.

—¿Quitarte la vida?

—Prefiero llamarlo dar mi vida por acabada. No quedaba mucha vida que digamos.

Alexandra aceptó el cigarrillo. Casi habían llegado al filtro, lo apagó en el cenicero y se acurrucó junto a él.

—Si quieres, puedo ser Rakel un ratito más.

Terry Våge intentó ignorar el molesto sonido del cordón de la bandera que el viento hacía chocar una y otra vez contra el asta. Había estacionado el coche en el aparcamiento del modesto centro comercial de Kolsås. Estaba cerrado, había muy pocos coches, pero suficientes para que el suyo no llamara la atención de los pocos vehículos que descendían por la carretera de la urbanización. Llevaba allí sentado hora y media, y solo había contado cuarenta coches. No utilizaba flash, pero les hacía una foto en el momento en que pasaban bajo la farola que estaba a unos cuarenta o cincuenta metros. Las fotos eran lo bastante buenas como para que pudiera distinguir las matrículas.

Habían transcurrido ya casi diez minutos sin que pasara ninguno. Era tarde, y suponía que con este tiempo la gente prefería quedarse en casa si podía. Våge volvió a oír los golpes de la cuerda en el mástil y decidió que ya había esperado suficiente. Tenía prisa por publicar las fotos.

Había tenido tiempo de pensar en cómo hacerlo. Si utilizaba solo su propia plataforma y su blog, serviría para revitalizarlos, claro. Pero si quería que el blog no solo levantara la cabeza sino que ganara en repercusión, necesitaba la ayuda de un medio importante.

Sonrió al imaginar cómo se le iba a atragantar a Solstad el café de la mañana.

Luego giró la llave en el contacto, abrió la guantera y sacó un CD viejo y rayado que hacía mucho que no escuchaba y lo empujó al interior del vetusto reproductor. Subió el volumen de la voz deliciosa y nasal de Genie, y pisó el acelerador.

Mona Daa podía creer lo que estaba escuchando. No se creía ni la historia ni a quien la contaba, pero creía en sus propios ojos, por eso estaba cambiando de opinión sobre el relato de Terry Våge.

Contestó al teléfono casi sin darse cuenta y para librarse de otro pretencioso monólogo de Isabel May en la serie de televisión *1883*, abandonó a Anders en el sofá y fue al dormitorio. La sabiduría vital de May no resultaba menos molesta ante la sospecha de que Anders estaba enamorado de ella.

Ya se había olvidado de todo eso.

Miraba con los ojos muy abiertos las fotografías que Våge le había mandado para respaldar la veracidad de su historia y su propuesta. Había utilizado el flash, así que las fotos tenían muy buena resolución, a pesar de la oscuridad y de que el viento moviera las cabezas.

—También te he pasado el vídeo, para que veas que estuve allí —dijo Våge.

Mona abrió el vídeo y no tuvo duda alguna. Ni siquiera Terry Våge estaba lo bastante loco para montar una mentira tan disparatada.

—Tienes que llamar a la policía.

—Ya lo he hecho —dijo Våge—. Van hacia allí, y encontrarán las marcas fluorescentes, dudo que se haya tomado el tiempo de borrarlas. Por lo que sé, hasta puede que haya dejado las cabezas allí colgadas. Da igual lo que encuentren, en cualquier caso lo harán público y eso quiere decir que disponéis de poco tiempo para decidir si lo queréis.

—¿Precio?

—De eso hablaré con tu redactor jefe. Como ya te he dicho, solo podéis usar la foto que he marcado, la que está un poco desenfocada, y la referencia a mi blog tiene que aparecer en el primer párrafo, bajo el titular. También debe quedar claro que en mi blog hay más fotos y un vídeo. ¿Te parece bien? Ah, sí, una cosa más. El artículo, es decir, el artículo sobre el caso, debe llevar tu firma, Mona, ninguna más. En eso me mantengo al margen.

Ella miró las fotos y tuvo un escalofrío. No por lo que estaba viendo, sino por la manera en que él había pronunciado su nombre. Una parte de ella tenía ganas de gritar que no y colgar. Pero era la parte que estaba fuera de servicio. Era imposible *no* hacer nada. Al fin y al cabo, no era ella quien tenía que tomar la decisión, gracias a Dios era responsabilidad del redactor. Tragó saliva.

—Vale.

—Bien. Pídele a tu editor que me llame dentro de cinco minutos, ¿vale?

—De acuerdo.

Mona colgó y escribió el nombre de Julia. Mientras esperaba respuesta, sintió cómo le latía el corazón. Y cómo resonaban estas palabras: «Debe llevar tu firma, Mona, ninguna más».

38
JUEVES

Alexandra pasó la lente de aumento por toda la cabeza de Helene Røed, milímetro a milímetro. Había trabajado en ello desde que llegó por la mañana y ya era casi la hora del almuerzo.

—¿Puedes venir un momento, Alex?

Alexandra se tomó un descanso en la búsqueda de pistas y fue al otro extremo de la mesa metálica, donde Helge trabajaba en la cabeza de Bertine Bertilsen. No habría permitido que nadie que no fuera él abreviara su nombre hasta convertirlo en masculino, en boca de Helge sonaba natural, casi cariñoso, como si fuera su hermana.

—¿Qué pasa?

—Esto. —Helge apartó el putrefacto labio inferior de la boca de Bertine y acercó la lupa a los dientes de la mandíbula inferior—. Ahí, parece piel.

Alexandra se inclinó para acercarse más. Casi no se detectaba a simple vista, pero bajo la lente de aumento no cabía duda. Una lasca blanca, reseca, que asomaba entre dos dientes.

—Dios mío, Helge —dijo—. *Es* piel.

Faltaba un minuto para las doce. Katrine deslizó la mirada por el grupo que se había reunido en la sala polivalente y concluyó que la prensa era tan numerosa como la vez anterior. Vio que Terry Våge se había sentado junto a Mona Daa. No era de extrañar, teniendo en cuenta la portada que Våge le había servido en bandeja al diario

VG. A pesar de eso tuvo la sensación de que Daa parecía estar algo incómoda. Revisó el fondo de la estancia y se fijó en un hombre que no había visto antes y que supuso debía trabajar para una hoja parroquial o un diario de ideología cristiana, puesto que llevaba alzacuellos. Estaba extrañamente erguido y la miraba de frente, como un colegial emocionado y atento. Sonreía sin descanso y no pestañeaba, cual muñeco de ventrílocuo. En un extremo, apoyado en la pared y cruzado de brazos, vio a Harry. La conferencia de prensa había empezado.

Kedzierski informó de lo sucedido: la policía, tras recibir un aviso del periodista Terry Våge, había acudido a Kolsås, donde habían aparecido las cabezas de Bertine Bertilsen y Helene Røed. Våge había prestado declaración y, de momento, no iban a denunciar al periodista por su actuación en el caso. No se podía descartar que dos o más personas hubieran colaborado en los asesinatos, claro, pero en las actuales circunstancias Markus Røed sería puesto en libertad.

Después, como un eco de las inclemencias de la noche, se desató una tormenta de preguntas.

Bodil Melling se encontraba en el estrado para ocuparse de las preguntas más generales y, según había advertido a Katrine, las que tuvieran que ver con Harry Hole.

«—Creo que lo mejor será que no hagas referencia alguna a Hole en tus respuestas», había dicho el director de la Policía Judicial. Tampoco debían mencionar la nueva coartada de Røed, que había estado en un club gay a la hora de dos de los asesinatos, puesto que esta información se había obtenido con métodos muy irregulares. La primera pregunta fue sobre el hallazgo de las cabezas y Katrine respondió con las frases habituales, que no podían o no querían contestar.

—¿Eso quiere decir que tampoco habéis encontrado indicios de ninguna clase en el lugar de los hechos?

—He dicho que no podemos comentarlo —dijo Katrine—. Sin embargo, creo que podemos concluir que Kolsås no es el escenario de los crímenes.

Algunos de los más veteranos reporteros de sucesos rieron por lo bajo.

Tras algunas preguntas de tipo más técnico llegó la primera comprometida.

—¿Resulta embarazoso para la policía tener que dejar en libertad a Markus Røed cuatro días después de haber pedido prisión incondicional para él?

Katrine miró a Bodil Melling, que indicó con un movimiento de cabeza que respondería ella.

—Investigamos este caso, como es habitual, con las herramientas que tenemos a nuestro alcance —dijo Melling—. Una de esas herramientas es la prisión preventiva de las personas que resultan sospechosas por indicios técnicos o tácticos, para reducir el riesgo de fuga o de destrucción de pruebas. Eso no significa que la policía esté convencida de haber cogido al culpable, o que hayamos cometido errores que en un momento posterior de la investigación conduzcan a que la prisión provisional ya no sea necesaria. Dada la información de la que disponíamos el domingo, habríamos hecho lo mismo otra vez. No, no es embarazoso.

—No es la investigación la que ha posibilitado esto, ha sido Terry Våge.

—Tener líneas abiertas para que la gente pueda llamar y comentarnos sus observaciones forma parte de la investigación. Parte del trabajo consiste en filtrar todos esos datos, y el hecho de habernos tomado en serio la llamada de Våge es un ejemplo de una valoración correcta por nuestra parte.

—¿Eso quiere decir que era difícil determinar si había que tomarse a Våge en serio o no?

—Sin comentarios —dijo Melling con sequedad, pero Katrine vio que insinuaba una sonrisilla.

Las preguntas llovían de todas partes, Melling respondía de forma serena y segura. Katrine se preguntó si se habría equivocado con ella, tal vez fuera algo más que una gris funcionaria de carrera.

Katrine tuvo tiempo de observar a los presentes en la sala, vio que Harry sacaba el teléfono, lo miraba y salía con paso largo.

Melling acabó y un periodista dirigió sus preguntas a Kedzierski. Katrine notó la vibración del teléfono en el bolsillo de la chaqueta. La siguiente pregunta fue de nuevo para Melling. Katrine vio que Harry volvía a entrar en la sala, captaba su mirada y señalaba su propio teléfono. Ella comprendió el mensaje y sacó el teléfono de debajo de la mesa. Harry había escrito: «Medicina Legal tiene el ADN y una coincidencia del ochenta por ciento».

Katrine lo leyó otra vez. Una coincidencia de un ochenta por ciento no quería decir que el perfil de ADN fuera el mismo en un ochenta por ciento, en ese caso podrían incluir a toda la humanidad y todo el reino animal, sin excluir a las babosas. En este caso, ese ochenta por ciento quería decir que había ese porcentaje de probabilidades de que hubieran dado con la persona correcta. Sintió que se le aceleraba el corazón. El periodista tenía razón en que no habían encontrado pistas alrededor del árbol de Kolsås, así que era una noticia en verdad fantástica. Un ochenta por ciento no era un ciento por ciento, pero era… un ochenta. Solo eran las doce, aún no habían tenido tiempo de obtener un perfil de ADN completo, la cifra podía ir en aumento a lo largo del día. ¿Podía disminuir? En honor a la verdad, no había prestado suficiente atención cuando Alexandra había explicado los aspectos más sofisticados del análisis de ADN. En cualquier caso, tenía ganas de levantarse y salir en tromba, no quedarse ahí alimentando a los buitres ahora que por fin tenían ¡una pista! ¡Un nombre! Una persona que figuraba en su base de datos, probablemente con una condena previa, o al menos detenido. Un…

Tuvo una idea repentina.

¡Que no fuera Røed! Por Dios, que no fuera Røed otra vez, no soportaría empezar con esa historia de nuevo. Tenía los ojos cerrados y no se había dado cuenta de que se habían quedado en silencio.

—¿Bratt? —Era la voz de Kedzierski.

Katrine abrió los ojos de nuevo, pidió disculpas y que el periodista repitiera la pregunta.

—La rueda de prensa ha terminado —dijo Johan Krohn—. Esto es lo que publica *VG*.

Le pasó el teléfono a Markus Røed.

Estaban en el asiento trasero de un todoterreno que los llevaba de los calabozos al apartamento de la bahía de Oslo. Los habían dejado salir por el subterráneo de la central de policía para evitar la masa de periodistas de la puerta. Krohn había alquilado el vehículo y efectivos de una empresa de seguridad a la que Røed había recurrido con anterioridad, Guardian. El propio Hole se lo había aconsejado, por razones evidentes: seis personas habían coincidido en la misma habitación con unas cuantas rayas de cocaína verde. Tres de ellas habían muerto a manos de lo que cada vez con más seguridad era un loco asesino en serie. La probabilidad de que le hubiera llegado el turno a uno de los tres restantes tal vez no era altísima, pero lo bastante como para que fuera una cuestión de sentido común aislarse en un apartamento a prueba de asaltos, con guardaespaldas, por un tiempo. Después de pensarlo un poco, Røed estuvo de acuerdo. Krohn sospechaba que los dos tipos de cuello ancho de Guardian que ocupaban los asientos delanteros se habían inspirado en el servicio secreto, tanto a la hora de elegir los trajes como las gafas de sol y las tablas de ejercicios. No estaba seguro de si los trajes negros de Dressmann parecían quedarles tan estrechos por el volumen de los músculos o porque llevaban chalecos antibalas. Sí estaba seguro de que Røed estaba en buenas manos.

—¡Eh! —exclamó Røed—. Escucha…

Krohn ya había leído el comentario de Daa, por supuesto, pero no pasaba nada por escucharlo otra vez.

—«Melling afirma que la liberación de Markus Røed no es embarazosa, y tiene razón. Fue su prisión preventiva la que dio vergüenza. Del mismo modo que la Unidad de Delitos Económicos arruinó su reputación unos años atrás con la persecución desesperada de conocidos líderes del mundo empresarial y capitalistas de alto nivel que pudieran reportarles una medalla, la sección de Melling ha caído en la misma trampa. Markus Røed puede gustar más o menos, y es lícito reclamar la igualdad ante la ley, pero no resulta más justo perseguir con más ahínco al rey que al vasallo. El tiempo que la policía ha desperdiciado tras la pista de un trofeo de caza mayor con gran cornamenta debería haberse empleado en la persecución de lo que todos los indicios llevan a pensar que es un asesino en serie con sus facultades mentales alteradas».

Røed se volvió hacia el abogado.

—Crees que eso de la cornamenta es una alusión a…

—No. —Johan Krohn sonrió—. ¿Qué harás ahora?

—Buena pregunta, ¿qué voy a hacer? —Røed devolvió el teléfono a Krohn—. ¿Qué suelen hacer los presos liberados? Se van de fiesta, claro.

—No te lo aconsejo —dijo Krohn—. Tienes los ojos de todo el país sobre ti, y Helene… —Movió la cabeza de lado a lado.

—¿Quieres decir que su cadáver aún no se ha enfriado?

—Algo así. Además, quiero que haya el menor movimiento posible.

—¿A qué te refieres?

—Me refiero a que te quedes en el apartamento, solo tú y tus dos nuevos colegas. Al menos de momento. Puedes trabajar desde allí.

—Bien —dijo Røed—. Necesito algo… para animarme. Ya me entiendes.

—Sí, comprendo —suspiró Krohn—. Pero ¿no podrías esperar?

Røed puso una mano sobre el hombro de Krohn.

—Querido y bondadoso Johan. No tienes muchos vicios, tampoco creo que te hayas divertido gran cosa. Prometo no correr riesgos. De hecho, quisiera conservar esta bella, única… —Dibujó un círculo alrededor de su cabeza.

—Bien —dijo Johan, y miró por la ventanilla el perfil de código de barras, a la vez austero y alegre, de los edificios Barcode, un diseño urbanístico que había transportado Oslo a este siglo. Reprimió el pensamiento que había acariciado unos segundos, que su pena no duraría mucho si a Markus Røed le cortaran esa cabeza.

—Cerrad la puerta, por favor —dijo Bodil Melling mientras rodeaba el escritorio.

Katrine empujó la puerta a su espalda y se sentó a la mesa donde ya se encontraba Sung-min.

—¿Qué tenemos? —dijo Melling acomodándose en la cabecera.

Miraba a Katrine, ella señaló con un movimiento de cabeza a Harry que todavía se estaba sentando.

—Bueno —empezó a decir Harry mientras se instalaba en su postura favorita, medio tumbado. Katrine vio el gesto de impaciencia de la responsable en el rostro de su jefa—. Me llamaron de Medicina Legal y...

—¿Por qué a ti? —interrumpió Melling—. Si tienen algo de lo que informar deberían llamar a quien está a cargo de la investigación.

—Puede ser —dijo Harry—. El caso es que...

—No, quiero aclarar este punto antes. ¿Por qué no se pusieron en contacto con la dirección?

Harry hizo una mueca, ahogó un bostezo y miró por la ventana como si la pregunta no fuera con él.

—Puede que no fuera lo correcto desde un punto de vista formal —terció Katrine—. Llamaron a quien, en la práctica, ha estado al frente de esta investigación, en el sentido de ir por delante. ¿Podemos seguir?

Las dos mujeres intercambiaron una mirada.

Katrine sabía que lo que había dicho, y su manera de hacerlo, podía interpretarse como un desafío. Tal vez lo fuera. ¿Y qué? No era el momento de hacer política de escritorio y de ver quién la tenía más larga. Puede que Melling también se diera cuenta. El caso es que le hizo a Katrine un leve gesto con la cabeza.

—Tienes razón, Bratt. Continúa, Hole.

Harry asintió en dirección a la ventana, como si hubiera mantenido una conversación muda con alguien del exterior, y se giró hacia ellas.

—Hum. Medicina Legal encontró un fragmento de piel entre los dientes de Bertine Bertilsen. Según los técnicos en autopsias estaba tan poco adherido que habría desaparecido si se hubiera enjuagado la boca o lavado los dientes, así que es lógico suponer que fue a parar allí poco antes de que muriera. Por ejemplo, porque mordiera al asesino. Disponemos de un perfil provisional que presenta una coincidencia muy probable en la base de datos.

—¿Un delincuente?

—Sin condenas, pero sí.

—¿Cuál es la probabilidad?

—Suficiente para que debamos arrestarlo —dijo Harry.

—Esa es tu opinión. No podemos permitirnos otra detención para que la prensa...

—Es nuestro hombre —susurró Harry, pero sus palabras parecieron dejar un eco en el despacho.

Melling miró a Katrine y ella asintió.

—¿Qué dices tú, Larsen?

—El último resultado de Medicina Legal muestra una probabilidad del noventa y dos por ciento —dijo Sung-min—. Es nuestro hombre.

—Bien —aceptó Melling juntando las manos—. Adelante.

Se pusieron de pie.

Camino de la puerta, Melling retuvo a Katrine.

—¿Te gusta este despacho, Bratt?

Katrine miró insegura a Melling.

—Sí, lo tienes bien decorado.

Melling acarició el respaldo de una de las sillas.

—Te lo pregunto porque según he oído es posible que me trasladen, y quedará disponible. —Melling sonrió con una cordialidad de la que Katrine no sabía que fuera capaz—. No quiero entretenerte, Bratt.

39

JUEVES. COL ORNAMENTAL

Harry entró en el cementerio. En el puesto de flores de Grønlandsleiret le habían aconsejado que plantara una col ornamental frente a la tumba. No solo porque parecía una bonita flor, sino porque los colores se embellecerían según bajaran las temperaturas con la llegada del otoño.

Recogió una rama que debía haberse partido durante el vendaval de la noche anterior y que ahora cubría en parte la lápida, la dejó junto al tronco del árbol, regresó, se puso en cuclillas y recurrió a las manos para introducir el tiesto con la col en la tierra.

—Lo hemos encontrado —dijo Harry—. Pensé que querrías saberlo, porque cuento con que estás pendiente.

Levantó la mirada hacia el cielo azul, recién despejado.

—Tenía razón sobre que era una persona que estaba en la periferia del caso, que habíamos visto sin verla. En todo lo demás estaba equivocado. Ya sabes que yo siempre busco los motivos, creo que son los que pueden llevarnos por el camino correcto. Siempre hay un motivo, claro. Pero no siempre tiene un brillo tan intenso que pueda servirnos como guía y estrella, ¿no? Al menos no cuando el motivo está tan sumergido en la oscuridad de la locura como en este caso. Entonces acabo desistiendo del por qué y me concentro en el cómo. Luego Ståle y su gente pueden ocuparse del retorcido por qué. —Harry se aclaró la garganta—. ¿Déjate de rodeos y dinos *cómo*? Bueno, vale.

Eran las tres cuando Øystein Eikeland entró en la plaza Jernbane, donde se había encontrado con Harry hacía semana y media. Parecía que hubiera transcurrido una eternidad. Pasó por delante de la estatua del tigre y vio a Al medio agachado, apoyándose en la pared del viejo edificio de la estación central de ferrocarril. Øystein se acercó a él.

—¿Cómo te va, Al?

—Me he metido alguna mierda —dijo antes de volver a agacharse a vomitar y enderezarse de nuevo. Se pasó la manga de la parka por el morro—. Por lo demás bien. ¿Qué hay de ti? *Long time...*

—Sí, me he dedicado a otras cosas —dijo Øystein mirando el charco de vómito—. ¿Recuerdas que te pregunté por esa fiesta en casa de Markus Røed? Y te dije que era porque quería saber quién era el tipo que estuvo pasando coca.

—Bueno, la regalaba, pero sí, ¿qué pasa con él?

—Supongo que debería haberte dicho que lo preguntaba porque estaba trabajando para un investigador privado.

—¿Ah? —Al clavó los ojos azules en Øystein—. ¿El policía que estuvo aquí?, ¿Harry Hole?

—¿Sabes quién es?

—¡Leo la prensa!

—¿En serio? Nunca lo habría imaginado.

—No muy a menudo. Pero desde que me hablaste de las dos chicas de la fiesta, he seguido ese caso en concreto.

—¿Eso has hecho? —Øystein echó un vistazo a la plaza. Tenía el aspecto de siempre. La misma clientela. Los turistas tenían pinta de turistas, los estudiantes de estudiantes y los compradores de compradores. Debería dejarlo así, iba a dejarlo así. O, mejor dicho, se iba a marchar. ¿Por qué siempre tenía que exagerar? ¿Por qué no podía atenerse a los consejos de Kief sobre moderación? Su cometido era identificar a Al entre la multitud y distraerlo un poco. No, tenía que...— ¿No has hecho algo más que estar pendiente del caso, Al?

–¿Qué? –Pareció que los ojos de Al se agrandaban. Se veía todo el blanco.

–Conoció a las chicas en la fiesta, o puede que les hubiera proporcionado cocaína con anterioridad –le dijo Harry a la tumba–. Supongo que le gustaban. O las odiaba… ¿quién sabe? Puede que a las tres chicas les gustara él, es un tipo guapo y parece que tiene un carisma especial. El atractivo de la soledad, lo llama Øystein. Sí, tal vez por eso logró que se fueran con él. O las atrajo con cocaína. Esta mañana, en el registro de su apartamento, no estaba presente, según Øystein tiene un horario fijo en la plaza Jernbane. Se ve que está soltero, pero la cama estaba hecha. No encontraron los cerebros, se habrá deshecho de ellos, pero encontraron otras cosas de interés. Toda clase de cuchillos. Porno duro. Un coche que están revisando en busca de pistas justo ahora. Un póster de Charles Manson encima de la cama. Y un *snuff bullet* de oro con las iniciales B. B. que apuesto a que alguien que conozca a Bertine Bertilsen reconocerá como suya. Contenía cocaína verde. Eso te ha gustado, ¿no? Escucha esto. Tenía ocho kilos de cocaína blanca debajo de la cama y parecía estar bastante limpia. Me refiero a la cocaína. Adulterándola un poco tendría un valor en la calle de más de diez millones de coronas. No tiene ninguna condena, pero lo han detenido un par de veces. Una de ellas por un caso de violación en grupo. Parece ser que ni siquiera estaba en el lugar de los hechos, pero fue así como su ADN fue a parar a la base de datos. Aún no hemos tenido tiempo de profundizar en su infancia y su pasado, pero creo que no arriesgo mucho si apuesto a que han sido desagradables. Ahí lo tienes. –Harry miró el reloj–. Creo que lo estarán deteniendo en este momento. Es conocido por ser cuidadoso, casi rayando en la obsesión, y la combinación de esa colección de cuchillos con la presencia de mucha gente en el lugar en que se encuentra los ha llevado a utilizar a Øystein como distracción. Si quieres saber mi opinión, es mala idea mezclar aficionados en esto, pero parece que ha sido una decisión de alto nivel.

—¿Qué coño quieres decir? —dijo Al.

—Nada —dijo Øystein sin perder de vista las manos de Al, que había enterrado en las profundidades de los bolsillos de la parka.

Cayó en la cuenta de que era probable que se encontrara en peligro. ¿Qué hacía ahí parado, prolongando la situación? Siguió pendiente de las manos de Al. ¿Qué tenía en esos bolsillos? Entonces pensó que a lo mejor le gustaba ser el centro de atención por una vez, que los agentes que los vigilaban estuvieran hablando de él, entre interferencias, en la radio policial: «¿Por qué sigue ahí? ¿No se pone nervioso? ¡Joder, qué tipo tan frío!».

Øystein vio dos luminosos puntos rojos bailar sobre el pecho de la parka de Al.

Su momento de gloria había pasado.

—Que tengas un día aceptable, Al.

Le dio la espalda y abandonó la plaza camino de la parada de autobús.

Un autobús rojo pasó por delante, y en el oscilante reflejo en los cristales vio a tres personas ponerse en movimiento mientras se introducían la mano entre la ropa.

Oyó el grito de Al y tuvo tiempo de ver cómo lo tumbaban en el suelo, dos de ellos con las pistolas apuntando a su espalda, el tercero con esposas que cerró en torno a las muñecas de Al. El autobús pasó y Øystein pudo ver toda la calle Karl Johan hasta desembocar en el Palacio Real, la gente que iba y venía. Por unos momentos pensó en todas las personas con las que se había encontrado en su vida y que había abandonado.

Harry se incorporó con las rodillas rígidas y bajó la vista hacia la flor de reflejos rosados. Que en realidad era una col. Leyó el nombre de la tumba: Bjørn Holm.

—Pues ya lo sabes, Bjørn. Sé dónde estás. Puede que vuelva algún día. Por cierto, también te echan de menos en el bar Jealousy.

Harry se dio la vuelta y fue hacia el portón por donde había entrado.

Sacó el teléfono y marcó el número de Lucille una vez más. Tampoco obtuvo respuesta.

Mikael Bellman estaba de pie junto a la ventana, Vivian le hizo un breve resumen de la exitosa detención practicada en la plaza Jernbane.

—Gracias —dijo mientras su mirada, como era habitual, enfocaba el centro, donde tenía lugar la acción—. La verdad es que me planteo decir algo. Un comunicado de prensa que elogie la lucha sin descanso de la policía, su ética de trabajo y su profesionalidad en la gestión de casos complicados. ¿Podrías preparar un borrador?

—Por supuesto —dijo ella. Él detectó entusiasmo en su voz. Era la primera vez que confiaba en ella para escribir algo desde cero. Aun así, le pareció notar cierta reticencia.

—¿Qué pasa, Vivian?

—¿No te preocupa que puedan interpretarlo como una condena por adelantado?

—No.

—¿No?

Bellman se giró hacia ella. Qué guapa era, qué lista. Pero tan joven. ¿Había empezado a preferir que fueran un poco más mayores? ¿Sabias antes que inteligentes?

—Redáctalo como un homenaje general a los oficiales de policía de todo el país —dijo—. Un ministro de Justicia no comenta casos concretos. Si alguien quiere relacionarlo con la resolución de este, es cosa suya.

—Todo el mundo está hablando de este caso, ¿no hará la mayoría esa conexión?

—Eso espero —sonrió Bellman.

—¿Y se lo tomarán como…? —Lo miró dubitativa.

—¿Sabes por qué los primeros ministros mandan un telegrama de felicitación cuando alguien ha ganado un oro en las olimpiadas de invierno? Porque ese telegrama aparecerá en la prensa y el primer ministro podrá compartir ese éxito y recordar al pueblo quién ha puesto las premisas para que una nación tan pequeña pueda ganar tantas medallas de oro. Nuestro comunicado de prensa será correcto, pero a la vez dará a entender que estoy en la onda de la gente. Hemos puesto a buen recaudo a un asesino en serie y traficante de drogas, y eso es todavía mejor que un ricachón. Hemos ganado el oro. ¿Comprendes?

Ella asintió.

—Creo que sí.

40

JUEVES. AUSENCIA DE TEMOR

Terry Våge levantó la silla sin pasar de la altura de la cadera, no tenía fuerzas para más, y la lanzó contra la pared.

—¡Joder, joder, joder!

Fue fácil dar con los propietarios de los coches que habían pasado por delante del centro comercial de Kolsås. Solo tuvo que entrar en la web de Tráfico e introducir la matrícula, y tras abonar cierta cantidad, aparecieron en pantalla el nombre y la dirección. Le había costado más de dos mil coronas y varias horas de trabajo, pero por fin disponía de una lista completa de cincuenta y dos nombres y números de teléfono e iba a empezar a llamar. Entonces leyó en la edición digital de *VG* que habían atrapado al tipo, ¡lo habían detenido en la plaza Jernbane!

La silla ni siquiera volcó, volvió rodando hacia él por el suelo desnivelado, como si lo invitara a sentarse y revisar la cuestión con calma.

Enterró la cabeza entre las manos e intentó hacer lo que la silla le decía.

Su plan había sido dar la exclusiva del siglo, algo que superara lo que ya había logrado al fotografiar las cabezas en Kolsås. Iba a dar con el asesino por su cuenta y —aquí llegaba el rasgo de genialidad— exigir una larga y exclusiva entrevista, sobre él y sus crímenes, a cambio de una total protección de la fuente. Våge explicaría que el anonimato de las fuentes estaba protegido por ley y aseguraba a ambos protección contra la persecución policial y de cualquier otra instancia legal. No tenía intención de comentar que el derecho a la confidencialidad, al igual que en otras profesiones, no prevalece en el caso de que haya vidas en peligro. Por eso Våge, en cuanto la entrevista fuera publicada, diría dónde localizar al culpable, por supuesto. Era periodista, nadie podía negarle que hiciera su trabajo, ¡al menos mientras fuera él, Terry Våge, quien diera con el asesino!

Pero alguien se le había adelantado.

¡Mierda!

Revisó las webs de otros medios. Nadie tenía fotos de ese tipo, ni nombre. Era lo habitual. En los casos en los que el acusado no tenía un perfil público relevante, como por ejemplo Markus Røed, las normas éticas de la prensa dictaban que no se diera a conocer el nombre. Era el maldito buenismo escandinavo, la protección de los hijos de puta, daban ganas de emigrar a Estados Unidos y a otros lugares donde a la prensa se le concedía un poco de libertad de acción. Bueno. Si hubiera sabido el nombre, ¿qué? No podría haber hecho otra cosa más que buscarlo en su lista y flagelarse por no haberlo llamado antes.

Våge suspiró hondo. Iba a estar de mal humor el resto del fin de semana. Dagnija pagaría las consecuencias. Tendría que aguantarse, al fin y al cabo él le había pagado la mitad del billete de avión.

El grupo Aune al completo se reunió en la habitación 618 a las seis de la tarde.

Øystein había llevado una botella de champán y vasos de plástico.

—Me la han dado en la central de policía, una especie de agradecimiento. Creo que ellos también iban a dar cuenta de alguna que otra botella, ya te digo. Nunca había visto a tanto madero de buen humor.

Øystein abrió la botella y llenó los vasos, que Truls repartió entre todos, incluido un sonriente Jibran Sethi. Brindaron.

–¿No podríamos seguir con estas reuniones? –dijo Øystein–. Tampoco hace falta que resolvamos casos. Podemos discutir sobre… quién es el batería menos valorado del mundo, por ejemplo. La respuesta correcta es Ringo Starr, por cierto. El más sobrevalorado es Keith Moon, de los Who, y el mejor John Bonham de Led Zeppelin, por supuesto.

–Esas reuniones iban a ser bien cortas –dijo Truls y todos se echaron a reír, Truls más que nadie, cuando se dio cuenta de que había dicho algo con gracia.

–Bueno, bueno –dijo Aune desde la cama cuando la risa amainó–. Supongo que ha llegado el momento de hacer un resumen.

–Eso –apoyó Øystein y balanceó la silla.

Truls se limitó a asentir.

Los tres miraron esperanzados a Harry.

–Hum –dijo este haciendo girar el vaso de plástico, del que todavía no había bebido–. No tenemos todos los detalles aún, y quedan algunas preguntas pendientes. Unamos con un trazo los puntos que ya tenemos y veamos si resulta una imagen satisfactoria. ¿De acuerdo?

–Oíd, oíd –exclamó Øystein y pateó el suelo a modo de aprobación.

–Tenemos un asesino con un motivo que no conocemos y tampoco comprendemos –dijo Harry–. Esperemos que los interrogatorios nos lo aclaren. Por lo demás tengo bastante claro que todo empezó en la fiesta en casa de Røed. Como recordaréis, pensé que debíamos seguir el rastro del que pasó la coca, pero tengo que reconocer que me equivoqué de camello. Resulta fácil pensar que el tipo que va camuflado con mascarilla, gafas de sol y gorra es el *bad guy*. Veamos lo que sabemos de él antes de ocuparnos del asesino. Lo que sabemos es que era un aficionado que daba a probar gratis muestras de cocaína verde procedente de un alijo recién requisado. Llamémosle el novato. Adivino que el novato se encuentra en una de las paradas intermedias, antes de que la droga se mande a analizar, es decir, uno de los aduaneros o alguien que trabaja en el almacén de decomisos de la policía. Se da cuenta de que es la mejor droga que ha pasado por allí y aprovecha la oportunidad para dar un golpe rápido. Lo que tiene que hacer después de robar una cantidad apropiada del alijo es vender toda la partida en una sola transacción, a una sola persona a la que le guste la buena droga y que pueda pagar por el total.

—Markus Røed —intervino Øystein.

—Exacto. Por eso el novato insiste en que Røed la pruebe. Él es su objetivo.

—Mira que echarme a mí la culpa —dijo Truls.

—Olvidémonos un rato del novato —sugirió Harry—. Después de que Markus estornude sobre la mesa y le estropee todo al pobre, es Al quien suministra cocaína a Markus. Seguro que a las chicas también, a pesar de que tomaron un poco de la verde al principio. A las chicas les gusta Al. A él le gustan las chicas. Las invita a dar un paseo por el bosque. Y aquí llegamos al que para mí es el gran misterio. ¿Cómo lo logra? ¿Cómo consigue que Susanne cruce toda la ciudad para reunirse con él en un sitio perdido? ¿Tentándola con una cocaína de calidad mediocre? Lo dudo. ¿Cómo convence a Bertine para que se encuentre con él por su propia voluntad arriba, en el bosque, cuando una chica que ella conoce acaba de desaparecer de ese modo? Tras esos dos asesinatos, ¿cómo puede convencer a Helene Røed para que se marche con él por las buenas en el descanso de *Romeo y Julieta*?

—¿Sabemos eso? —preguntó Aune.

—Sí —respondió Truls—. La policía lo ha verificado con la taquilla y han comprobado el número de butaca de las entradas de los Røed y también quién se había sentado junto a ella. Los testigos dijeron que su vecina de butaca no volvió después del descanso. La encargada del ropero también recuerda a una señora que recogió su abrigo, y un hombre que la esperaba un poco alejado, de espaldas. No lo había olvidado porque fueron los únicos a los que vio marcharse en el descanso de la obra.

—Hablé con Helene Røed —dijo Harry—. Era una mujer lista y capaz de cuidar de sí misma. No me encaja que se marche voluntariamente de una representación teatral para irse con un camello que no conoce. Menos aún después de todo lo ocurrido.

—No dejas de repetir que fue por su propia voluntad —dijo Aune.

—Sí —dijo Harry—. Deberían haber... tenido miedo.

—¿Y?

—Muchísimo miedo. —Harry ya no estaba en su habitual postura hundida, sino en el borde de la silla, inclinado hacia delante—. Me recuerdan a un ratón que vi cuando me desperté en Los Ángeles. Se acercó al gato de la casa así, por las buenas. Que lo mató, claro. Y hace unos días vi lo mismo en un patio trasero aquí, en Oslo. No sé qué les pasa a esos ratones, puede que estuvieran drogados y hubieran perdido el miedo instintivo.

—*Fear is good* —dijo Øystein—. Por lo menos un poco. Xenofobia es un término con una carga negativa muy jodida, sí, y tiene la culpa de mucha mierda. Vivimos en un mundo en el que se trata de comer-o-ser-comido, si no sientes temor suficiente por lo desconocido, todo se irá al infierno, tarde o temprano. ¿Qué opinas tú, Ståle?

—Pues sí —convino Aune—. Los sentidos experimentan algo que reconocen como peligroso y la amígdala debe generar neurotransmisores como el glutamato, que nos produce un temor mortal. Es un detector de humo que nos ha dejado la evolución, sin él...

—Morimos abrasados entre las llamas —continuó la frase Harry—. ¿Qué les pasa a esas víctimas de asesinato? ¿Y a los ratones?

Los cuatro se miraron en silencio.

—Toxoplasmosis.

Se giraron hacia el quinto.

—Los ratones tienen toxoplasmosis —dijo Jibran Sethi.

—¿Qué es eso? —preguntó Harry.

—Es un parásito que ingieren los ratones y bloquea la respuesta al miedo y la sustituye por una atracción sexual. El ratón se acerca al gato porque se siente sexualmente atraído por él.

—Estás de coña —dijo Øystein.

Jibran sonrió.

—No, el parásito se llama *Toxoplasma gondii* y, de hecho, es uno de los más corrientes del mundo.

—Espera —dijo Harry—. ¿Solo se encuentra en ratones?

—No, puede vivir en casi cualquier animal de sangre caliente. Su ciclo vital pasa por animales que son presas de los gatos porque el parásito necesita volver a los intestinos del anfitrión para reproducirse, y tiene que ser un felino.

—Si es así, ¿en principio el parásito también podría encontrarse en humanos?

—No solo en principio. En algunas regiones del planeta es bastante normal que la gente se infecte del parásito *gondii*.

—¿Y se sienten sexualmente atraídos por... eh, gatos?

Jibran soltó una carcajada.

—No que yo sepa. ¿Tal vez nuestro psicólogo sepa otra cosa?

—Conozco bien ese parásito, debería haber caído en la conexión que hay —comentó Aune—. El parásito ataca los ojos y el cerebro. Hay investigaciones que apuntan a que personas sin problemas psiquiátricos anteriores empiezan a mostrar un comportamiento anormal. No es que se lo monten con gatos, sino que se vuelven violentos, sobre todo contra sí mismos. Hay casos de suicidio atribuidos al parásito. Leí en un artículo científico que las personas portadoras del parásito *gondii* ven reducida su capacidad de reacción, que tienen una probabilidad tres o cuatro veces superior de sufrir un accidente de tráfico. Y hay un estudio interesante que indica que los estudiantes con toxoplasmosis tienen mayor probabilidad de dedicarse a los negocios. Se explica por la ausencia de miedo a fracasar.

—¿Ausencia de temor? —dijo Harry.

—Sí.

—¿Sin atracción sexual?

—¿En qué estás pensando?

—En que las mujeres no solo fueron con él de forma voluntaria, cruzaron toda la ciudad o se marcharon de una representación teatral que les gustaba para seguir a su asesino. No había indicios de violación y las huellas en el bosque pueden indicar que iban agarrados como novios o amantes.

—Lo que atrae a los ratones infestados es el aroma a gato y a su orina —dijo Jibran—. Al parásito le gustan el cerebro y los ojos del ratón, pero a la vez sabe que ha de volver al gato porque solo puede reproducirse en sus intestinos. Así que manipula el cerebro del ratón para que se sienta atraído por el olor del gato y le ayude de manera voluntaria a volver al intestino de este.

—Joder —gruñó Truls.

—Sí, da miedo —admitió Jibran—. Pero es así como funcionan los parásitos.

—Hum. ¿Sería posible que el asesino hubiera desempeñado el papel de gato con las mujeres después de infestarlas con el parásito?

Jibran se encogió de hombros.

—Es concebible que exista un parásito mutado o que alguien haya producido un parásito *gondii* que necesite el intestino humano como anfitrión. Quiero decir que en estos tiempos hasta un estudiante de biología puede manipular genes a nivel celular... Tendrías que preguntárselo a un parasitólogo o a un microbiólogo.

—Gracias, antes escucharemos lo que Al tenga que decir. —Harry consultó el reloj—. Katrine dice que lo interrogarán en cuanto haya podido hablar con el abogado que le han asignado.

Era poco frecuente que alguien de los calabozos se atreviera a preguntarle al jefe de guardia Groth por la razón de su mal humor crónico y su carácter irascible. Los que lo habían hecho ya no estaban. Sus hemorroides, por el contrario, seguían allí desde hacía veintitrés años, al igual que Groth. Le habían interrumpido haciendo un solitario en el ordenador que prometía, y ahora se retorcía de dolor en la silla mientras estudiaba la tarjeta identificativa que el hombre había depositado sobre el mostrador. Se había presentado como abogado defensor del preso preventivo que había sido detenido en la plaza Jernbane unas horas antes. A Groth no le gustaban los abogados con trajes caros, menos aún los que se hacían los campechanos poniéndose gorra como si fueran mozos del puerto.

—¿Quieres vigilancia en la celda, Beckstrøm? —preguntó Groth.

—No, gracias —dijo el abogado—. Ni a nadie escuchando detrás de la puerta.

—Ha asesinado a tres...

—Es sospechoso de haber asesinado.

Groth se encogió de hombros y apretó el botón que abría la puerta de seguridad.

—El guardia del otro lado te revisará y te dará acceso a la celda.

—Gracias —dijo el abogado, agarró su identificación y se marchó.

—Imbécil —murmuró Groth sin molestarse en levantar la vista de la pantalla del ordenador para comprobar si el abogado le había oído.

Cuatro minutos después quedó claro que el solitario no salía.

Groth maldijo al oír que alguien carraspeaba y vio a un hombre con mascarilla al otro lado de las puertas de seguridad. Dudó un momento antes de reconocer la gorra y la cazadora.

—Ha sido una charla bien breve —dijo Groth.

—Tiene dolores y no hace más que gritar —dijo el abogado—. Tenéis que conseguirle asistencia médica, volveré más tarde.

—Ah, el médico acaba de estar aquí, pero no le vio nada. Le dio analgésicos, supongo que dejará de gritar dentro de un rato.

—Grita como si se estuviera muriendo —dijo el abogado camino de la salida. Groth lo siguió con la mirada. Algo iba mal, no era capaz de ver qué era. Activó el intercomunicador.

—Svein, ¿cómo le va al número 14? ¿Sigue gritando?

—Eso hacía cuando abrí al abogado, cuando le dejé salir se había callado.

—¿Le echaste un vistazo?

—No. ¿Debería?

Groth dudó. Su línea de actuación, basada en la experiencia, era dejar que los presos gritaran, lloraran y se desgañitaran sin hacerles demasiado caso. Les habían quitado todo lo que pudiera servirles para hacerse daño, y si ibas corriendo cada vez que se quejaban un poco, enseguida aprendían que así lograban que les prestaran atención, como los bebés. Tenía delante la caja con las pertenencias que el preso de la celda número 14 llevaba encima cuando lo detuvieron, y Groth buscó instintivamente algo que pudiera darle una respuesta. La policía ya había incautado las bolsitas de cocaína y el dinero, y solo vio llaves de casa, del coche y una entrada de teatro arrugada en la que ponía *Romeo y Julieta*. Nada de medicamentos, recetas u otra cosa que pudiera dar una pista. Se retorció, sintió una punzada dolorosa cuando una de las hemorroides quedó bajo presión y maldijo por lo bajo.

—¿Eh? —insistió Svein.

—Sí —dijo Groth malhumorado—. Sí, mira a ver cómo está ese cabrón.

Aune y Øystein estaban sentados ante una de las mesas de la cafetería casi vacía del hospital Radium. Truls había ido al cuarto de baño y Harry estaba en la terraza de la cafetería con el teléfono en la oreja y un cigarrillo en la comisura de los labios.

—Tú que eres médico de esas cosas —dijo Øystein y señaló a Harry con un movimiento de cabeza—, ¿qué lo atormenta?

—¿Atormenta?

—O impulsa. No deja nunca de trabajar, ¿no? Ni siquiera cuando ya han cogido al tipo y ya no le pagan.

—Ah, eso —dijo Aune—. Supongo que busca orden. Una respuesta. Con frecuencia la necesidad es más intensa cuando todo el resto de tu vida es un caos y te parece que no tiene sentido.

—Vale.

—¿Vale? ¿No estás convencido? ¿Cuál crees que es el motivo?

—¿Yo? Bueno. Lo mismo que respondió Bob Dylan cuando le preguntaron por qué seguía saliendo de gira cuando ya era millonario y la voz se le había ido a tomar por culo. *It's what I do.*

Harry se apoyó en la barandilla con el teléfono en la mano izquierda mientras daba caladas al único cigarrillo que se había permitido llevarse del paquete de Camel de Alexandra. Tal vez el principio de moderación pudiera aplicarse a fumar. Mientras esperaba respuesta, había visto a alguien en el aparcamiento poco iluminado. Un hombre que tenía el rostro vuelto hacia Harry. Era difícil distinguirlo a esa distancia, pero tenía algo de un blanco luminoso alrededor del cuello. Una camisa recién lavada, un collarín. O un alzacuellos. Harry intentó evitar pensar en el hombre del Camaro. Había conseguido su dinero, ¿por qué iba a ir detrás de Harry? Otra idea cruzó por su mente. La respuesta que le había dado a Alexandra cuando le preguntó si creía haber matado al hombre con ese golpe en la tráquea. «Supongo que si hubiera muerto sus amigos no me habrían permitido seguir con vida». Después. Después de asegurarse de haber recibido el dinero.

—Diga —dijo Helge.

Harry se vio arrancado de sus pensamientos.

—Hola, Helge, aquí Harry Hole. Alexandra me dio tu número, me dijo que tal vez estarías en Medicina Legal trabajando en tu tesis.

—Así es —dijo Helge—. Enhorabuena por la detención, por cierto.

—Hum. Tengo intención de pedirte un favor.

—Adelante.

—Hay un parásito llamado *Toxoplasma gondii*.

—Ese, sí.

—¿Lo conoces?

—Es muy corriente, y soy biólogo.

—Vale. Lo que me pregunto es si puedes comprobar si las víctimas han podido contraer el parásito. O una variante mutada.

—Comprendo. Lo haría de buen grado, pero el parásito se aloja en el cerebro, y no los tenemos.

—Tengo entendido que también se encuentra en los ojos, y el asesino se dejó un ojo en el cadáver de Susanne Andersen.

—Sí, se concentran en los ojos también, pero es demasiado tarde. Llevaron el cadáver de Susanne al velatorio esta mañana.

—Lo sé, lo he comprobado. El funeral se ha celebrado hoy, el cadáver está en el crematorio. Hay cola, así que la incinerarán mañana. El juzgado me ha proporcionado una orden verbal por teléfono, puedo pasar por allí ahora y luego ir a verte con el ojo. ¿Te viene bien?

Helge rio incrédulo.

—Vale, ¿y cómo piensas sacar el ojo?

—Buena pregunta. ¿Alguna sugerencia?

Harry esperó. Oyó que Helge suspiraba.

—Supongo que se considera parte de la autopsia, así que tendré que hacerlo yo.

—El país queda en deuda contigo —dijo Harry—. Te veo en treinta minutos.

Katrine iba todo lo deprisa que podía por los calabozos. Sung-min le pisaba los talones.

—¡Abre, Groth! —gritó, y el jefe de guardia hizo lo que le decía sin protestar. Por una vez, Groth parecía más sorprendido que malhumorado. No era un consuelo.

Katrine y Sung-min se abrieron paso por la puerta de seguridad y se dirigieron al fondo. Un guardia les sostuvo abierta la reja que llevaba al pasillo al que daban los calabozos.

La puerta de la celda número 14 estaba abierta. El olor a vómito se intuía ya desde el corredor.

Katrine se paró en el umbral. Vio el rostro de la persona que estaba tirada en el suelo por encima de los hombros de los dos miembros del equipo médico. Es decir, no veía una cara sino una superficie sanguinolenta, la parte delantera de una cabeza donde los restos blancos del tabique nasal eran lo único que no era una pulpa de carne roja. Como un... Katrine no supo de dónde le llegaron esas palabras, eclipse de luna.

Enfocó la mirada en el lugar de la pared de cemento donde el hombre, era evidente, había estampado su cabeza. Debía hacer poco, porque la sangre a medio coagular seguía deslizándose por la pared.

—Soy la inspectora Bratt —dijo—. Nos acaban de avisar. ¿Está...?

El médico levantó la vista.

—Sí, está muerto.

Ella cerró los ojos y soltó un taco para sí.

—¿Puedes decirnos algo de la causa de la muerte?

El médico esbozó una sonrisa torva y, hastiado, negó con la cabeza, como si la pregunta fuera estúpida. Katrine sintió que se enfadaba. Vio el pin de Médicos sin Fronteras en su bata, seguro que era uno de esos facultativos que había pasado unos meses en algún lugar en guerra y se pasaba el resto de la vida haciendo el papel de cínico endurecido.

—He preguntado… —empezó ella.

—Señorita —la interrumpió él con voz estridente—. Como puedes ver, ni siquiera es posible afirmar de quién se trata.

—Cállate y deja que acabe la pregunta —dijo—. *Luego* puedes abrir la boca. Veamos, ¿cómo…?

El médico sin fronteras se rio, pero ella vio cómo se le dilataba la vena del cuello y se congestionaba.

—Puede que tú seas inspectora, pero yo soy médico y…

—Y acabas de declarar muerto a un preso preventivo, así que tu labor con ese de ahí ha terminado, Medicina Legal se ocupará del resto. Puedes elegir entre responderme aquí o encerrado en uno de los calabozos anexos. ¿Y bien?

Katrine oyó que Sung-min carraspeaba bajito a su lado. Oyó la discreta advertencia de que se estaba propasando. Joder, les habían estropeado la fiesta, ya podía ver los titulares: «Sospechoso de asesinato muere bajo custodia policial». El mayor caso de asesinato que había tenido bajo su responsabilidad podría no aclararse nunca ahora que el personaje principal ya no podía hablar. Los familiares de las víctimas nunca sabrían qué había sucedido en realidad. ¿Y ese médico creído elegía este momento para hacerse el estupendo?

Tomó aire. Exhaló. Inhaló de nuevo. Sung-min tenía razón, sin duda. Era la antigua Katrine Bratt quien había asomado a la superficie de un salto, esa que Katrine, *esta* Katrine, tenía la esperanza de haber enterrado para siempre.

—Lo lamento. —El médico suspiró y levantó la mirada hacia ella—. Estoy siendo infantil. Es solo que parece que ha sufrido mucho rato sin que nadie hiciera nada, y eso hace que… que tenga una reacción irracional y os eche a vosotros la culpa. Lo siento.

—No pasa nada —dijo Katrine—. Yo también estaba a punto de disculparme. ¿*Puedes* decir algo de la causa de la muerte?

Negó con la cabeza.

—Puede haber sido eso. —Señaló la sangre de la pared encalada—. Hasta ahora no he visto a nadie capaz de matarse golpeando la cabeza contra un muro. Y puede que el forense deba comprobar también eso. —Señaló un charco verde amarillento en el suelo—. Me han dicho que había tenido dolores.

Katrine asintió con un movimiento de cabeza.

—¿Otras posibilidades?

—Bueno —dijo el médico y se puso de pie—. Que alguien lo haya asesinado.

41
JUEVES. CAPACIDAD DE REACCIÓN

Eran las siete y en el Anatómico Forense la luz solo estaba encendida en el laboratorio. Harry miró primero el bisturí que Helge llevaba en la mano y, a continuación, el glóbulo ocular que descansaba sobre una placa de cristal de Medicina Legal.

—¿De verdad tienes que…?

—Sí, tengo que acceder al interior —dijo Helge y cortó.

—Bueno, vale —aceptó Harry—. El velatorio ya pasó, supongo que ningún miembro de la familia tiene que volver a verla.

—Pues sí, irán mañana —informó Helge, y puso la pieza que había cortado bajo el microscopio—. El de la funeraria ya le había puesto un ojo de cristal, ahora tendrá que ponerle el otro. Mira, ven a ver.

—¿Ves algo?

—Sí. Aquí hay parásitos *gondii*. O al menos algo parecido. Observa…

Harry se inclinó y miró por el microscopio. Eran imaginaciones suyas ¿o sentía un aroma casi imperceptible a almizcle?

Preguntó a Helge.

—Podría proceder del ojo —dijo este—. En ese caso, tienes un olfato muy desarrollado.

—Hum. Padezco parosmia, no huelo los cadáveres. Puede que eso signifique que olfateo otras cosas con mayor intensidad aún. Como ocurre con la ceguera y el oído, ¿no?

—¿Tú crees?

—No. Lo que sí creo es que el asesino ha utilizado el parásito para lograr que Susanne no sintiera temor, y para que se sintiera atraída sexualmente por él.

—Uy. ¿Quieres decir que se ha convertido en el anfitrión?

—Sí. ¿Por qué dices «uy»?

—Porque está bastante próximo al campo en el que me estoy matando por lograr un doctorado. En teoría es del todo posible, pero, si lo ha logrado, estamos hablando del premio Odile Bain. Eh… es como si fuera el Premio Nobel de Parasitología.

—Hum. Imagino que, en lugar de eso, lo van a condenar a cadena perpetua.

—Sí, claro. Perdona.

—Otra cuestión —dijo Harry—. Los ratones se sienten atraídos por el olor a gato, de cualquier gato. ¿Por qué esas mujeres no se sintieron atraídas por los hombres en general, sino solo por este?

—Buena pregunta —dijo Helge—. La clave está en el olor hacia el que los parásitos pueden llevar al infestado. Quizá llevara consigo algo que las mujeres han olido. O se lo ha aplicado sobre el cuerpo.

—¿Qué clase de olor?

—Bueno. Lo más efectivo sería un olor que procediera de los intestinos, donde los parásitos saben que se pueden reproducir.

—¿Te refieres a las heces?

—No. Las heces sirven para difundir los parásitos. Para atraer a los contagiados funcionarían mejor los jugos intestinales y las enzimas del intestino delgado. O los jugos digestivos del páncreas y la vesícula biliar.

—¿Estás diciendo que ese tipo disemina los parásitos con sus propias heces?

—Si ha creado un parásito propio, es probable que sea el único anfitrión compatible, y en ese caso solo debe asegurarse de que el ciclo vital siga su curso para que los parásitos no se extingan.

—¿Cómo lo haría?

—Como el gato. Por ejemplo, se asegura de que el agua que beben las víctimas esté infectada con sus heces.

—O la cocaína que esnifan —dijo Harry.

—Sí, o la comida que ingieren o la copa que disfrutan. Lleva un tiempo que los parásitos lleguen al cerebro y lo manipulen.

—¿Cuánto?

—Bueno, si tuviera que adivinar lo que tardan en ratones, diría dos días. Puede que tres o cuatro. La cuestión es que, en el caso de los seres humanos, el sistema inmune generalmente acabará con el parásito, y eso ocurre en un par de semanas o un mes, así que no dispone de tanto tiempo si quiere mantener el ciclo vital.

—Entonces, tiene que esperar un par de días, pero no demasiados, antes de matar.

—Sí. Y tiene que comerse a la víctima.

—¿Toda la víctima?

—No, basta con las partes donde se concentran los parásitos en fase reproductiva. Es decir, el cerebro... —Helge se calló de golpe y miró a Harry como si acabara de caer en la cuenta. Tragó saliva—. O los ojos.

—Última pregunta —continuó Harry con voz afónica.

Helge se limitó a asentir.

—¿Por qué los parásitos no se hacen también con el cerebro del anfitrión?

—Puede que sí lo hayan hecho.

—¿Ah, sí? ¿Y qué le hacen?

Helge se encogió de hombros.

—Pues lo mismo. Pierde el miedo. Y como recibe refuerzos constantes, como en este caso, su sistema inmune no será capaz de deshacerse del parásito, y se arriesga a perder reflejos. Y a padecer esquizofrenia.

—¿Esquizofrenia?

—Sí, hay nuevas investigaciones que apuntan en esa dirección. Salvo que mantenga controlado el número de parásitos de su cuerpo.

—¿Cómo?

—Pues... no... no lo sé.

—¿Qué hay de los productos antiparasitarios? ¿Por ejemplo Hillman Pets?

Helge miró pensativo al aire.

–No conozco la marca, pero, en teoría, una dosificación adecuada debería poder generar una especie de equilibrio, sí.

–Hum. Entonces ¿importa la cantidad de parásitos que ingieras?

–Por supuesto. Si le suministras a alguien una dosis importante alta concentración de *gondii*, los parásitos bloquearán el cerebro, lo paralizarán en pocos minutos. Antes de que pase una hora, habrá muerto.

–¿No te mueres por meterte una raya de cocaína infestada?

–Puede que no en el plazo de una hora, pero si la concentración es lo bastante elevada, te puede matar en un día o dos. Disculpa… –Helge sacó un teléfono que sonaba–. ¿Sí? Vale. –Colgó–. Perdona, voy a estar ocupado, vienen para acá con un cadáver de los calabozos que tengo que revisar.

–Vale –dijo Harry y se abrochó la chaqueta del traje–. Gracias por tu ayuda. Ya sé dónde está la salida. Dulces sueños.

Helge sonrió mustio.

Harry acababa de salir por la puerta del laboratorio cuando se dio la vuelta y regresó.

–¿Qué cadáver has dicho que traen?

–No lo sé, ese que arrestaron esta mañana en la plaza Jernbane.

–Joder –exclamó Harry y golpeó despacio el marco de la puerta con el puño.

–¿Algún problema?

–Es él.

–¿Quién?

–El anfitrión.

Sung-min Larsen estaba tras el mostrador de los calabozos y observaba el interior de la caja que contenía las posesiones del muerto. Las llaves de su casa no corrían prisa de momento, puesto que ya se habían abierto paso y registrado el interior, pero un técnico de criminalística venía de camino para recoger las llaves del coche, que habían localizado en el aparcamiento subterráneo más próximo a la plaza Jernbane. Sung-min dio la vuelta a la entrada de teatro. ¿Había asistido a la misma función que Helene? No, figuraba una fecha anterior. Tal vez hubiera ido al Teatro Nacional para hacerse una idea, para planificar el secuestro y asesinato de Helene Røed.

Sonó el teléfono.

—Larsen.

—Estamos en casa de Beckstrøm, pero solo está su mujer. Dice que creía que él estaba en el despacho.

Sung-min se extrañó. Tampoco nadie del trabajo de Beckstrøm sabía dónde se había metido. El abogado era un testigo crucial, el último que había visto al preso preventivo con vida. Urgía. Cierto que, de momento, los medios de comunicación no habían relacionado la detención de la plaza Jernbane con nada en especial, a veces la policía detenía allí a gente que pasaba drogas. Sería cuestión de minutos u horas que un periodista se enterara de que había habido una muerte en los calabozos y volvieran a levantarse en armas.

—Groth —llamó Sung-min al jefe de guardia que estaba apoyado en el mostrador—. ¿Qué impresión te dio Beckstrøm al salir?

—Diferente —dijo Groth malhumorado.

—¿Cómo diferente?

Groth se encogió de hombros.

—Se había puesto una mascarilla, puede que fuera por eso. O que estuviera alterado por ver al preso tan enfermo. Con la mirada desorbitada, eso seguro, muy distinto a cuando entró. A lo mejor es un tipo sensible, qué sé yo.

—Puede ser —dijo Larsen y posó la mirada en la entrada de teatro mientras buscaba en su mente la causa de la alarma que había saltado en su cabeza.

Eran casi las nueve de la noche cuando Johan Krohn pulsó el botón del apartamento y miró hacia la cámara de vídeo de la entrada. Unos segundos más tarde oyó una voz profunda que no pertenecía a Markus Røed.

—¿Quién eres?

—Johan Krohn. El abogado que iba en el coche antes.

—Correcto. Pasa.

Krohn cogió el ascensor y uno de los tipos con cuello de toro le dejó entrar en la casa. Røed parecía molesto, caminaba arriba y abajo por el salón, iba y venía como uno de los leones viejos y sarnosos que Krohn había visto de niño en el zoológico de Copenhague. La camisa blanca, desabrochada, tenía cercos de sudor bajo los brazos.

—Traigo buenas noticias —dijo Krohn. Y añadió con brusquedad al ver que se iluminaba la cara de su cliente—. Noticias, no polvos.

Krohn vio que la ira se avivaba en el rostro del otro y se apresuró a apagarla.

—Han cogido al supuesto asesino.

—¿De verdad? —Røed pestañeó incrédulo. Luego se echó a reír—. ¿Quién es?

—Se llama Kevin Selmer. —Krohn vio que a Røed el nombre no le decía nada—. Harry dice que es uno de los que te pasan cocaína.

Krohn esperaba que Røed protestara, que afirmara que a él no le pasaba nadie cocaína, pero en lugar de eso pareció que intentaba recordar el nombre.

—Es el que estuvo en la fiesta —dijo Krohn.

—Ah. No sé cómo se llama, nunca me lo quiso decir. Dijo que le llamara K. Yo creí que era por... bueno, ya te lo puedes imaginar.

—Puedo.

—¿Así que K. las mató? Es inconcebible. Tiene que estar loco.

—Creo que podemos suponer que sí.

Røed miró fijamente hacia la terraza del ático. Un vecino fumaba apoyado en la puerta de la escalera de incendios.

—Debería comprar su piso, y los otros dos también —murmuró Røed—. No soporto que se planten ahí como si fuera suyo... —No terminó la frase—. En ese caso podré salir de esta cárcel.

—Sí

—Bien, pues ya sé dónde voy a ir. —Røed fue hacia el dormitorio. Krohn lo siguió.

—De fiesta no, Markus.

—¿Por qué no? —Røed pasó junto a la gran cama de matrimonio y abrió uno de los armarios empotrados.

—Porque solo hace unos días que asesinaron a tu esposa, la gente va a reaccionar.

—Te equivocas —dijo Røed mientras revisaba los trajes—. Comprenderán que quiera celebrar la detención de su asesino. Mira, esta hace mucho que no me la pongo. —Sacó una chaqueta cruzada azul marino con botones dorados y se la puso. Se tocó los bolsillos y sacó algo que tiró encima de la cama—. Uy, tanto hace... —Rio.

Krohn vio que era una máscara de carnaval con forma de mariposa.

Røed se abrochó la chaqueta y se miró en un espejo de marco dorado.

—¿Seguro que no quieres venir a ponerte un rato en remojo, Johan?

—Segurísimo.

—A lo mejor puedo llevarme a los guardaespaldas. ¿Por cuánto tiempo los hemos contratado?

—No les está permitido beber en el trabajo.

—Cierto, serían una compañía muy aburrida. —Røed fue al salón y llamó con voz risueña—. ¿Habéis oído, chicos? ¡Estáis de permiso!

Krohn y Røed bajaron juntos en el ascensor.

—Llama a Hole —dijo Røed—. Le gusta beber. Dile que me voy a hacer una ronda de bares por la calle Dronning Eufemia, de este a oeste. Yo invito. Así de paso lo felicito.

Krohn asintió mientras se hacía una pregunta recurrente: si hubiera sabido que como abogado iba a tener que pasar tanto tiempo en compañía de gente que le gustaba tan poco, ¿habría elegido la misma profesión de nuevo?

—Creatures.

—Hola. ¿Hablo con Ben?

—Sí, ¿quién es?

–Harry. El rubio, alto…

–Hola, Harry, cuánto tiempo. ¿Qué tal?

Harry contempló la ciudad, que yacía como un cielo estrellado a sus pies, desde Ekeberg.

–Se trata de Lucille. Estoy en Noruega y no la localizo por teléfono. ¿La has visto?

–No desde hace… ¿un mes o así?

–Hum. Ya sabes que vive sola y me preocupa que haya podido pasarle algo.

–¿Sí?

–Si te doy una dirección en Doheny Drive, ¿querrías hacerme el favor de comprobarlo? Si no está allí, ¿tal vez podrías ponerte en contacto con la policía?

Se hizo un silencio.

–OK, Harry, tomo nota.

Colgaron y Harry se acercó al Mercedes que estaba aparcado detrás de los búnkeres de los alemanes. Se acomodó de nuevo encima del capó, junto a Øystein, encendió un cigarrillo y retomó la conversación mientras la música salía por las puertas delanteras abiertas. Hablaron de los compañeros de clase y de dónde habían ido a parar, de chicas con las que nunca ligaron, de sueños que no se rompían sino que se desdibujaban como una canción a medio componer o un chiste sin gracia. Sobre la vida que habían elegido o lo que la vida había elegido para ellos, que venía a ser lo mismo, puesto que –como decía Øystein– uno solo puede jugar con las cartas que le han repartido.

–Hace calor –observó Øystein después de estar un rato en silencio.

–Los motores viejos son los que mejor calientan –respondió Harry y dio unas palmaditas al capó.

–No, me refiero al tiempo. Creí que se había acabado, pero el calor ha vuelto. Y mañana habrá un eclipse de sangre. –Señaló la pálida luna llena.

Sonó el teléfono de Harry. Lo cogió.

—Háblame.

—Así que es cierto –dijo Sung-min–. De verdad contestas así.

—Vi que eras tú e intento estar a la altura del mito –dijo Harry–. ¿Qué hay?

—Estoy en Medicina Legal. Y, para serte sincero, no sé muy bien qué está pasando.

—¿No? ¿Os persigue la prensa porque el detenido ha muerto?

—Todavía no, hemos aplazado un poco el hacerlo público. Hasta que lo hayamos identificado.

—¿Quieres decir si su nombre real es Kevin Selmer? Aquí mi amigo Øystein lo llamaba Al.

—No. Si el hombre que hemos encontrado muerto en la celda 14 es el mismo que detuvimos.

Harry se pegó el teléfono a la oreja.

—¿Qué quieres decir, Larsen?

—Su abogado defensor ha desaparecido. Estuvo a solas con Kevin Selmer en la celda. Se marchó cinco minutos después de llegar. Si es que era él. El hombre que salió de allí llevaba mascarilla y la ropa del abogado, pero el jefe de los calabozos tiene la sensación de que era diferente.

—Crees que Selmer...

—No sé qué creo –dijo Sung-min–. Sí, hay una posibilidad de que Selmer haya huido de la cárcel. Que haya matado a Beckstrøm, le haya destrozado la cara y cambiado la ropa y se haya ido por las buenas. Que el cadáver que tenemos sea el de Beckstrøm, no el de Al. Es decir, Selmer. El rostro es irreconocible, no encontramos ningún pariente ni nadie que conociera bien a Kevin Selmer y que pueda identificarlo. Además, como te digo, Beckstrøm no aparece.

—Hum. Suena demasiado rebuscado, Larsen. Conozco a Dag Beckstrøm. Puede que haya vuelto a beber. ¿Has oído hablar del juez Dag?

—Eh... no.

—Beckstrøm tiene fama de ser de natural sensible. Si un caso le perturba, sale a beber, se transforma en el juez Dag y dicta sentencia contra grandes y pequeños. A veces, durante días. Seguro que le ha pasado algo así.

—Bueno, esperemos que sea eso. Pronto lo sabremos, la esposa de Beckstrøm viene de camino. Solo quería ponerte al día.

—OK. Gracias.

Harry colgó. Se quedaron en silencio escuchando a Rufus Wainwright cantar «Hallelujah».

—Creo que a lo mejor he infravalorado a Leonard Cohen —dijo Øystein—. Y sobrevalorado a Bob Dylan.

—Suele pasar. Apaga el cigarrillo, tenemos que irnos.

—¿Qué pasa? —dijo Øystein bajándose del capó de un salto.

—Si Sung-min tiene razón, puede que Markus Røed esté en peligro de muerte. —Harry se dejó caer en el asiento del copiloto—. Krohn ha llamado mientras meabas entre los arbustos. Røed se ha ido de bares y quería que yo le hiciera compañía. Dije que no, pero a lo mejor deberíamos intentar encontrarlo. Calle Dronning Eufemia.

Øystein giró la llave.

—¿Podrías decir «písale a fondo», Harry? —Hizo sonar el motor—. ¿Por favor?

—Písale a fondo.

Markus Røed dio un paso a un lado para mantener el equilibrio y observó el fondo de su copa.

Contenía un destilado, de eso estaba seguro. No estaba muy seguro de qué era todo lo demás que había ahí abajo, pero los colores eran bonitos. Tanto en la copa como en el bar. No sabía cómo se llamaba. El resto de la clientela era joven y lo miraba con discreción, o no tanta. Sabrían quién era. No, sabían cómo se *llamaba*. Habrían visto su foto en el periódico, sobre todo en fechas recientes. Y tendrían una opinión formada sobre él. Había sido un error elegir esta calle en particular para salir de bares, solo había que ver de qué modo tan pretencioso y altisonante habían llamado a este reciente intento de Oslo de crear una avenida, con el nombre de una reina. Uf. Sonaba afeminado. Eso era, una puta calle de maricones. Debería haber ido a alguno de los sitios de siempre. Lugares donde la gente daba las gracias y acudía en masa cuando un capitalista se ponía de pie para anunciar que la siguiente ronda corría por su cuenta. En los dos últimos bares por los que había pasado se habían limitado a mirarlo como si se hubiera abierto el culo para enseñarles el ojete. En uno de los locales un camarero se había atrevido a decirle que sentara. Como si no les hiciera falta facturar. Dentro de un año habrían quebrado, y si no al tiempo. Los que sobrevivían eran los viejos luchadores, los que se sabían las reglas del juego. Y él, Markus Røed, sabía jugar.

Inclinó el torso y su flequillo negro rozó el cristal. Consiguió enderezarse en el último momento. Flequillo denso. Pelo auténtico que no necesitaba teñir cada dos semanas. Que no se diga.

Agarró la copa, algo a lo que aferrarse. La vació. A lo mejor debería tranquilizarse un poco con la bebida. De camino, entre los dos primeros bares, había cruzado la calle, perdón… la avenida, y había oído el repiqueteo penetrante de la campanilla del tranvía. Había reaccionado con una lentitud extraña, como si ya no tuviera temor a nada. Cuando el tranvía pasó tan cerca de él que sintió la presión del aire en la espalda, su pulso apenas se aceleró. ¡Ahora que quería vivir de nuevo! Se le hacía rarísimo haberle pedido a Krohn que le prestara la corbata cuando estaba en prisión preventiva. No para ir más arreglado, sino para colgarse. Krohn había dicho que no estaba permitido darle nada. Imbécil.

Røed miró alrededor.

Eran todos unos idiotas. Era lo que su padre le había enseñado, inculcado a golpes. Que todo el mundo, salvo aquellos que se apellidaban Røed, eran unos idiotas. Que la portería estaba despejada, que podía meter la pelota siempre que quisiera. Había que hacerlo. No sentir pena por ellos ni pensar que ya tienes suficiente, había que continuar. Incrementar el patrimonio, incrementar la ventaja, tomar lo que se ofrecía y un poco más. Joder, puede que no hubiera sido el mejor estudiante de la familia, pero, a diferencia de otros, siempre había hecho lo que su padre le decía. ¿Eso no le daba derecho a desmadrarse un poco de vez en cuando? Hacerse unas rayas. Tocar el culo prieto de algún chaval. Puede que estuvieran por debajo de esa estúpida edad para el consentimiento, ¿y qué? En otros países y culturas tenían más amplitud de miras, sabían que los chicos no salían perjudicados, que se hacían adultos y seguían adelante con sus vidas, se convertían en buenos y honestos ciudadanos. Nada de reinonas ni maricones, no era contagioso ni un peligro que un hombre adulto te metiera la polla cuando eras joven, todavía estabas a tiempo de salvarte.

Su padre le había pegado muchas veces, pero solo en una ocasión lo vio perder el control. Fue cuando Markus iba a tercero de primaria y su padre entró en el cuarto y le vio en la cama con un vecino de su edad, jugando a mamás y papás. Joder, cómo había odiado a ese hombre. Joder, qué miedo le había tenido. Y joder, cómo lo había querido. Un solo halago de Otto Røed y Markus se sentía el rey del mundo, invencible.

—Así que estás por aquí, Røed.

Markus levantó la vista. El hombre que estaba junto a su mesa llevaba gorra y mascarilla. Algo en él le resultaba familiar. La voz también, pero Markus estaba demasiado borracho, todo se desdibujaba.

—¿Tienes algo de coca para mí? —preguntó sin pensar, sin saber por qué lo había hecho. Serían las ganas de meterse.

—No vas a consumir —le dijo el hombre y se sentó—. Tampoco deberías estar bebiendo en un bar.

—¿No debería?

—No. Deberías estar en casa llorando por tu bonita esposa, por Susanne, por Bertine. Y hay otro muerto más. Pero estás aquí, buscando fiesta. Maldito cerdo inútil.

Røed se encogió. No por lo de las chicas. Era la palabra «inútil» la que le había impactado. Un eco de la infancia y del hombre que se inclinaba sobre él echando espumarajos por la boca.

—¿Quién eres? —farfulló Røed.

—¿No lo ves? Vengo de los calabozos. La plaza Jernbane. Kevin Selmer. ¿Te suena de algo?

—¿Debería?

—Sí —dijo el hombre y se quitó la mascarilla—. ¿Me reconoces ahora?

—Te pareces a mi padre —dijo Markus con dificultad—. Mi *padre*.

—Tenía la vaga impresión de que debería tener miedo, pero no era el caso.

—La muerte —dijo el hombre.

Puede que su lentitud y la ausencia de miedo hicieran que Markus no levantara la mano para defenderse cuando vio que el hombre alzaba la suya. O puede que fuera instintivo, el comportamiento aprendido del chico que asume que su padre tiene derecho a pegarle. El hombre tenía algo en la mano. Era... ¿un martillo?

Harry entró en un bar que, si las letras de neón rojas de la puerta incluían el nombre, se llamaba solo Bar. Era el tercero que visitaba y se parecía en todo a los otros dos: brillos, líneas pretendidamente nítidas y precios altos, eso seguro. Deslizó la mirada por el local y enseguida vio a Røed sentado a una mesa. Ante él, dando la espalda a Harry, había un hombre con gorra y la mano levantada. Sostenía algo. Harry vio lo que era y en ese mismo instante supo lo que iba a suceder. Era tarde para impedirlo.

Sung-min y Helge estaban junto a la mujer que miraba fijamente el cadáver.

Tendría sesenta y tantos años y el cabello, la ropa y el maquillaje estilo hippie. Sung-min supuso que era una de esas mujeres que acuden a los festivales de música en los que actúan los viejos héroes acústicos de los años setenta. Ya lloraba cuando le abrieron la puerta de la sala de Medicina Legal, y Helge le había dado un trozo de papel de cocina con el que se secó las lágrimas y el maquillaje corrido.

Helge había eliminado toda la sangre coagulada y Sung-min vio que el rostro del muerto estaba más intacto de lo que le había parecido en un primer momento.

–Tómese su tiempo, señora Beckstrøm –dijo Helge–. Si lo prefiere, podemos dejarla sola.

–No hace falta –dijo entre hipidos–. No hay ninguna duda.

El zumbido de voces en el bar se interrumpió al instante y la clientela se volvió hacia el sonido. Había sido un estallido tan sonoro que parecía un disparo. Casi en estado de shock observaron al hombre de la gorra que se había puesto de pie, algunos se habían dado cuenta de que el otro era un magnate inmobiliario, el marido de la mujer que había aparecido muerta en Snarøya. En el silencio oyeron la voz, alta y clara, del hombre, mientras levantaba la mano con el mazo, listo para golpear.

–¡He dicho muerte! ¡Te sentencio a la pena de muerte, Markus Røed!

Sonó otro estallido.

Vieron a un hombre alto, vestido de traje, ir hacia la mesa con paso rápido. El hombre de la gorra levantó la mano por tercera vez, pero el alto le arrebató la maza.

–No es él –informó la señora Beckstrøm–. No es Dag, gracias a Dios. Pero no sé dónde está. Me desespero cada vez que desaparece de esta manera.

–Ya, ya –dijo Sung-min y se preguntó si debía ponerle la mano en el hombro–. Seguro que lo encontraremos. Al menos es un alivio que no se trate de su marido. Lamento que haya tenido que pasar por esto, señora Beckstrøm, pero teníamos que estar seguros.

Ella asintió en silencio.

–Ya basta, juez Dag.

Harry empujó a Beckstrøm a la silla y se metió la maza en el bolsillo. Los dos hombres embriagados, Røed y Beckstrøm, se miraron atontados, como si acabaran de despertarse y se estuvieran preguntando qué era lo que había pasado. La mesa de cristal se había rajado.

Harry se sentó.

—Sé que has tenido un día muy largo, Beckstrøm, pero debes ponerte en contacto con tu mujer. Ha ido a Medicina Legal para ver si el cadáver de Kevin Selmer era el tuyo.

El abogado defensor miró fijamente a Harry.

—Tú no lo viste —susurró—. No soportaba los dolores. Había avisado de que le dolían el estómago y la cabeza, pero el médico solo le dio un analgésico corriente, y como no le hacía efecto y nadie acudió para ayudarlo, se golpeó la cabeza contra la pared para quedar inconsciente. *Así* eran los dolores que tenía.

—Eso no podemos saberlo —dijo Harry.

—Sí —dijo Beckstrøm con lágrimas en los ojos—. Lo sabemos porque lo hemos visto en otras ocasiones. Mientras que los tipos como este de aquí… —Señaló con un índice tembloroso a Røed, que tenía la barbilla apoyada sobre el pecho—. Estos sujetos pasan de todo como de la mierda, solo quieren enriquecerse, y por el camino pisotean y explotan a los más débiles de la sociedad, todos los que no nacieron con los privilegios de los que ellos abusan. Llegará un día en que el sol dará paso a la oscuridad, el gran y terrible…

—¿…día del juicio final, juez Dag?

Beckstrøm miró mal a Harry y dio la sensación de que se esforzaba por mantener la cabeza en equilibrio entre los hombros.

—*Sorry* —dijo Harry y le puso una mano en el hombro—. Ya hablaremos de eso otro día. Ahora creo que deberías llamar a tu mujer, Beckstrøm.

Dag Becktstrøm abrió la boca como si fuera a decir algo, pero volvió a cerrarla. Asintió, sacó el teléfono, se puso de pie y se marchó.

—Lo has gestionado bien, Harry —balbuceó Røed, con los codos a punto de resbalársele de la mesa—. ¿Puedo invitarte a una copa?

—No, gracias.

—¿No? Pero si has resuelto el caso y todo. O casi todo… —Røed hizo un gesto para indicarle al camarero que quería otra copa, pero este lo ignoró.

—¿Qué quieres decir con casi?

—¿Qué quiero decir? —Røed se echó a reír—. Buena pregunta.

—Venga.

—¿O qué? —Røed asomó la punta de la lengua, sonrió y su voz pasó a ser un susurro ronco—. ¿Me vas a estrangular?

—No —dijo Harry.

—¿No?

—Puede que te estrangule cuando me lo cuentes.

Røed se echó a reír.

—Por fin un hombre que me comprende. Es solo que tengo una pequeña confesión que hacer ahora que el caso está resuelto. Mentí cuando dije que había mantenido relaciones sexuales con Susanne el mismo día en que la mataron. No tuve ningún encuentro con ella.

—¿No?

—No. Lo dije para proporcionarle a la policía una explicación plausible de cómo había ido a parar mi saliva a su cuerpo. Era lo que querían oír y me ahorró muchos problemas. El camino de menor resistencia, podríamos decir.

—Hum.

—¿Podemos dejar que quede entre nosotros?

—¿Por qué? El caso está resuelto. No querrás cargar con haber follado con otra a espaldas de tu mujer, ¿no?

—Oh —dijo Røed y sonrió—. No tiene importancia. Hay… otros rumores a tener en cuenta.

—¿Los hay?

Røed hizo girar la copa vacía entre los dedos.

—Sabes una cosa, Harry, cuando mi padre murió me sentí a la vez destrozado y aliviado. ¿Puedes entenderlo? El alivio que supone deshacerte del hombre al que por nada del mundo quieres decepcionar. Porque sabes que tarde o temprano tendrás que hacerlo, el día en que descubra quién eres en *realidad*. Esperas que te salve la campana, y así fue.

—¿Le tenías miedo?

—Sí —dijo Røed—. Mucho miedo. Supongo que también lo amaba. Sobre todo… —Se llevó la copa vacía a la frente—. Quería que me amara. Sabes, con gusto hubiera dejado que me liquidara solo con saber que me quería.

42
VIERNES

Terry Våge entrecerró los párpados. Había dormido mal. Y estaba de muy mal humor. A nadie le gustaba que una conferencia de prensa empezara a las nueve de la mañana. O tal vez se equivocara, el resto de los periodistas de la sala parecían estar muy animados; eso lo irritaba. Incluso Mona Daa, que ya tenía los asientos contiguos ocupados cuando él llego, parecía alerta y emocionada. Había intentado sin éxito captar su mirada. El resto de los periodistas tampoco se habían fijado en él cuando entró. No es que esperara una ovación de todos ellos puestos en pie, pero, joder, uno merecía una pizca de respeto después de adentrarse en el bosque en mitad de la noche arriesgándose a dar con un asesino en serie, tras regresar con vida y con unas fotografías que había vendido y publicado en todo el mundo. Qué poco duraba la alegría en casa del pobre. Para triunfar le hubiera hecho falta la entrevista exclusiva, pero le habían arrebatado ese bombazo en el último momento. O sea que sí, tenía más motivos que el resto para estar de mal humor hoy. Para colmo, Dagnija había llamado la noche anterior y le había dicho que no iba a poder ir el fin de semana. Él no se había creído del todo que no *pudiera* y había tratado de persuadirla, y claro, habían acabado discutiendo.

–Kevin Selmer –dijo Katrine Bratt en el estrado–. Hemos optado por hacer público su nombre porque ha fallecido, porque se trata de un delito grave y para librar de las sospechas de la opinión pública a otras personas que han sido objeto de atención por parte de la policía.

Terry Våge vio que los otros periodistas tomaban notas. Kevin Selmer. Se estrujó el cerebro. Tenía la lista de los propietarios de los coches en casa, en el ordenador, y en un primer momento no recordaba que figurara en ella, pero su memoria ya no era la de antes, cuando era capaz de recitar todas las bandas importantes, sus miembros, discos, año de publicación desde 1960 hasta... sí, ¿el año 2000?

—Doy la palabra a Helge Forfang, del Instituto de Medicina Legal —dijo el jefe de comunicación Kedzierski.

Terry Våge dudó. ¿De qué dudaba? Sería que era poco frecuente que los de Medicina Legal estuvieran en las ruedas de prensa, solían referirse al contenido de sus informes y poco más. Y le sorprendió lo que Forfang estaba diciendo. Que al menos una de las víctimas había sido infestada por un parásito mutado o manipulado que parecía que el asesino les había hecho ingerir. Y que el asesino también estaba infestado.

—La autopsia realizada a Kevin Selmer ayer por la tarde mostró una alta concentración del parásito *Toxoplasma gondii*. Tan alta que podemos afirmar con bastante seguridad que el parásito fue la causa de la muerte, no las lesiones autoinfligidas en cabeza y rostro. No es más que una especulación, pero parece que Kevin Selmer ha sido el anfitrión del parásito por un tiempo y ha logrado controlar la concentración, puede que con medicamentos antiparasitarios, no lo sabemos.

Terry Våge se puso de pie y se marchó cuando dieron paso a las preguntas. Sabía lo que necesitaba saber. Ya no estaba sorprendido. Solo tenía que irse a casa a verificarlo.

Sung-min cruzó la cafetería y salió a la terraza. Siempre había envidiado a los que trabajaban en la central de policía estas vistas desde la cima del palacio de cristal. Al menos en un día como aquel, cuando Oslo estaba bañada por el sol y las temperaturas agradables habían vuelto de forma repentina. Se acercó a Katrine y a Harry, que estaban junto a la barandilla con sendos cigarrillos.

—No sabía que fumaras —dijo Sung-min y sonrió a Katrine.

—Para nada —dijo ella devolviéndole la sonrisa—. Le he robado este a Harry para celebrarlo.

—Eres una mala influencia, Harry.

—Cierto —dijo Harry tendiéndole la cajetilla de Camel.

Sung-min dudó.

—¿Por qué no? —dijo, y cogió un cigarrillo que Harry le encendió.

—¿Cómo vas a celebrarlo? —preguntó Katrine.

—Tanto como celebrar —dijo Sung-min—. He quedado para cenar. ¿Y tú?

—Yo también. Me ha dicho Arne que me reúna con él un restaurante de Frognerseter. Es una sorpresa.

—Un restaurante en la linde del bosque y con vistas desde la montaña. Suena romántico, sí.

—Seguro —dijo Katrine, y contempló fascinada el humo que expulsaba por la nariz—. Lo que pasa es que no me gustan las sorpresas. ¿Vas a celebrarlo, Harry?

—Iba a hacerlo. Alexandra me ha invitado a la azotea de Medicina Legal. Ella y Helge van a compartir una botella de vino y contemplar el eclipse de luna.

—Ah, la luna de sangre —dijo Sung-min—. Parece que esta noche se va a ver bien.

—¿Pero? —preguntó Katrine.

—Pero ya veremos —dijo Harry—. Hay malas noticias. La mujer de Ståle me llamó. Está peor y quiere que vaya. Supongo que me quedaré mientras él tenga fuerzas.

—Uf.

—Sí. —Harry dio una intensa calada al cigarrillo.

Permanecieron un rato en silencio.

—¿Habéis visto el homenaje que nos ha hecho hoy el mismísimo ministro de Justicia?

Katrine sonaba irónica.

Los otros dos asintieron.

—Solo una cosa antes de largarme —añadió Harry—. Røed me dijo ayer que no estuvo con Susanne el día que la mataron. Y lo creo.

—Yo también —convino Sung-min que, cigarrillo en mano, había adoptado una caída de muñeca que solía ser capaz de evitar.

—¿Por qué? —preguntó Katrine.

—Porque es evidente que le gustan más los hombres que las mujeres —dijo Sung-min—. Apuesto a que su vida sexual con Helene era de puro compromiso.

—Hum. En ese caso, lo creemos. ¿Pero cómo fue a parar la saliva de Røed al pecho de Susanne?

—Buena pregunta —dijo Katrine—. La verdad es que cuando Røed salió con que la saliva estaba ahí porque habían tenido sexo por la mañana me sorprendí un poco.

—¿Ah, sí?

—¿Qué creéis que haré antes de ver a Arne esta noche? Y es aplicable a todas mis citas, da igual si hay sexo en el aire o no.

—Te vas a duchar —dijo Sung-min.

—Correcto. Me extrañó que Susanne no se hubiera dado una ducha antes de coger el metro para ir a Skullerud. Sobre todo si había tenido sexo.

—En ese caso repito la pregunta —prosiguió Harry—. ¿De dónde salió la saliva?

—Eh… ¿después de que fuera asesinada? —sugirió Sung-min.

—En teoría es posible —dijo Harry—. Pero poco probable. Recuerda lo bien planificados, al detalle, que estaban los tres asesinatos. Creo que el asesino colocó la saliva de Røed en Susanne a propósito para que la atención de la policía fuera en la dirección equivocada.

—Podría ser —comentó Sung-min.

—Me lo creo —dijo Katrine.

—Nunca sabremos la respuesta, claro —dijo Harry.

—No, nunca obtenemos todas las respuestas —declaró Katrine.

Se quedaron allí de pie un rato más, cerraron los ojos al sol como si ya supieran que era el último día de calor que les brindaría ese año.

Jonathan preguntó justo antes de la hora de cerrar. Estaba junto a las jaulas de los conejos y lo planteó como por casualidad: si Thanh tenía algún plan para esa noche.

Si Thanh hubiera sospechado algo, habría dicho que sí, claro. Pero no era el caso y respondió, en honor a la verdad, que no.

—Bien —dijo él—. Entonces me gustaría que me acompañaras a un sitio.

—¿Un sitio?

—Un sitio en el que te enseñaré algo. Es secreto y no debes decírselo a nadie. ¿Vale?

—Eh…

—Te recogeré en tu casa.

Thanh se sintió presa del pánico. No quería ir a ninguna parte y menos con Jonathan. Cierto que ya no parecía estar enfadado por el paseo con el policía y su perro. El día anterior hasta le había llevado una gran taza de café, nunca había hecho algo así. Seguía teniéndole un poco de miedo. Era difícil entender por dónde iba y eso que ella se consideraba una buena conocedora de las personas.

Se había metido en la trampa ella sola. Podía decir que se había olvidado de que tenía un compromiso, claro, pero no la creería, se le daba fatal mentir. Al fin y al cabo, era su jefe y ella necesitaba el trabajo. No a cualquier precio, claro, pero sí estaba dispuesta a ceder en algo. Tragó saliva.

—¿Qué me quieres enseñar?

—Algo que te va a gustar —dijo. ¿Estaba molesto porque ella no le había dicho que sí a la primera?

—¿Qué?

—Quiero que sea una sorpresa. ¿Te parece bien a las nueve?

Ella tuvo que tomar una decisión. Lo miró. Contempló a ese hombre extraño, poco comunicativo, al que temía. Buscó su mirada como si quisiera encontrar una respuesta. Vio algo que no había percibido antes. No fue gran cosa, un intento de sonreír que pareció escapársele, como si estuviera nervioso tras la dura fachada. ¿Tenía miedo de que ella dijera que no? Tal vez por eso sintió de repente que no estaba tan asustada como antes.

—Vale —dijo—. A las nueve.

Él pareció recuperar el control de sí mismo. Sonrió. Sí, sonrió, ella no recordaba si lo había visto sonreír así con anterioridad. Era una bonita sonrisa.

En el metro, camino de casa, empezó a dudar otra vez. No estaba segura de que hubiera sido buena idea decir que sí. Una cosa le había parecido un poco extraña, aunque tal vez no lo fuera. Había dicho que podía pasar a recogerla, pero no le había preguntado dónde vivía, y no recordaba habérselo contado.

43

VIERNES. LA COARTADA

Sung-min salía de la ducha cuando oyó que sonaba el teléfono que estaba puesto a cargar junto a la cama.

—¿Sí?

—Buenas tardes, Larsen. Soy Mona Daa, de *VG*.

—Buenas noches, Daa.

—Ah, ¿quieres decir que ya es de noche? Perdona, a lo mejor has dado por acabada tu jornada laboral, solo quiero un par de frases de los que habéis participado en la investigación. Sobre cómo ha sido y cómo os sentís después de haber resuelto por fin el caso. Quiero decir que debe ser un gran alivio y un triunfo para la Policía Judicial y para ti, los que habéis participado desde el principio, desde la desaparición de Susanne Andersen el 30 de agosto.

—Te considero una buena periodista de investigación, Daa, por eso voy a responder brevemente a tus preguntas.

—¡Muchas gracias! La primera es si…

—Me refiero a las que ya has formulado. Sí, opino que es de noche y que mi jornada laboral ha terminado. No, no voy a hacer declaración alguna, para eso debes llamar a Katrine Bratt, que ha estado al frente de la investigación, o a mi jefe, Ole Winter. Y no, la Policía Judicial no ha participado desde el principio, cuando denunciaron la desaparición de Susanne Andersen el… eh…

—30 de agosto —repitió Mona Daa.

—Gracias. Todavía no nos habían involucrado. No fue hasta que hubo dos personas desaparecidas y quedó claro que era un caso de asesinato.

—Te repito que lo lamento, Larsen. Ya sé que te estoy presionando, pero en eso consiste mi trabajo. ¿Me puedes dar una declaración, lo que sea, algo muy vago, y permiso para utilizar una foto tuya?

Sung-min Larsen suspiró. Sabía lo que estaba buscando. Diversidad. Una foto de un policía que no fuera de etnia noruega, hombre, heterosexual y de cincuenta años. Él resultaba adecuado, como poco, en tres de las variables. No es que estuviera en contra de la diversidad en los medios de comunicación, pero también sabía que si abría esa puerta se vería sentado en un sofá de un programa de televisión respondiendo a las preguntas de un famoso presentador sobre cómo era ser gay en la policía. Alguien debía hacerlo, claro, pero él no.

Descartó la oferta y Mona Daa dijo que lo comprendía y volvió a disculparse. Buena mujer.

Colgó y se quedó mirando al infinito. Tenía frío. Estaba desnudo, pero no era por eso. Era una alarma que saltaba en su cabeza, la que se había puesto en marcha en los calabozos. Sonaba de nuevo. No era porque Groth hubiera dicho que Beckstrøm tenía un aspecto distinto al marcharse. Era otra cosa. Algo muy diferente y concreto.

Terry Våge miró la pantalla del ordenador y volvió a revisar la lista de nombres.

Podría ser una casualidad, claro, Oslo era una ciudad pequeña al fin y al cabo. Había dedicado las últimas horas a decidir qué hacer. Acudir a la policía o llevar a cabo el plan original. Incluso había considerado la posibilidad de llamar a Mona Daa, contarle lo que pensaba hacer y, si salía como esperaba y se llevaban el premio gordo, publicar un artículo en el periódico más importante del país. Ellos dos embarcados juntos en una aventura, ¿no sería genial? No, era demasiado íntegra, insistiría en avisar a la policía, estaba casi seguro. Miró el teléfono donde ya había marcado el número, solo tenía que llamar. Había acabado de debatir consigo mismo y el argumento triunfal había sido: *podría* ser una casualidad. No tenía ninguna prueba definitiva que pudiera presentar ante la policía, y en ese caso debería seguir investigando por su cuenta. ¿A qué estaba esperando? ¿Tenía miedo? Terry Våge rio bajito. Joder, claro que tenía miedo. Presionó el icono de llamada con fuerza.

Oyó su respiración agitada sobre el teléfono mientras sonaba. Por un instante esperó que no contestaran. O que si respondían, no fuera él.

−¿Sí?

Decepción y alivio. Pero más decepción. No era él, esta no era la voz que había oído al teléfono en las dos ocasiones anteriores. Terry Våge tomó aire. Había decidido llevar a cabo el plan, pasara lo que pasara, para que no surgieran dudas después.

−Soy Terry Våge −dijo haciendo un esfuerzo para dominar el temblor de su voz−. Ya hemos hablado en otra ocasión. Antes de que cuelgues, no me he puesto en contacto con la policía. Aún no. No lo haré, si hablas conmigo.

Al otro lado hubo un silencio. ¿Qué quería decir eso? ¿Que la persona en cuestión estaba intentando decidir si se trataba de alguien trastornado o de un amigo que le quería gastar una broma? Luego, como un susurro lento, se oyó otra voz.

−¿Cómo lo has averiguado, Våge?

Era él. Esa era la voz profunda, rasposa, que había empleado para llamar a Våge desde el número oculto, probablemente desde un teléfono de prepago.

Våge tuvo un escalofrío, no supo en qué proporción se debía a que se alegraba o a que se espantaba. Tragó saliva.

−Te vi pasar en coche por delante del centro comercial de Kolsås. Habían transcurrido veintiséis minutos desde que me marché del lugar donde habías colgado las cabezas. Tengo las horas en las fotos que hice.

Siguió una pausa larga.

—¿Qué quieres, Våge?

Terry Våge tomó aire.

—Quiero tu historia. Toda la historia, no solo la de estos asesinatos. Una imagen real de la persona que hay detrás. Lo ocurrido afecta a mucha gente, no solo a quienes conocían a las víctimas. Necesitan entender, todo el país necesita una explicación. Espero que comprendas que no me interesa presentarte como un monstruo.

—¿Por qué no?

—Porque los monstruos no existen.

—¿No?

Våge tragó saliva de nuevo.

—Por supuesto, te prometo que quedarás en el anonimato.

Una breve risa.

—¿Por qué iba a fiarme de eso?

—Porque… —comenzó a decir Våge, e hizo una pausa para recuperar el control de la voz y empezar de nuevo—. Porque como periodista estoy excluido. Estoy en una isla desierta y tú eres mi única salvación. Porque no tengo nada que perder.

Otra pausa.

—¿Y si *no* te concedo la entrevista?

—Mi próxima llamada será a la policía.

Våge esperó.

—Bien. Vamos a vernos en Weiss, detrás del Museo Munch.

—Sé dónde es.

—A las seis en punto.

—¿Hoy? —Våge miró la hora—. Eso es dentro de tres cuartos de hora.

—Si llegas pronto, o tarde, me marcharé.

—Vale, vale. Nos vemos a las seis.

Våge colgó. Temblando, tomó aire tres veces seguidas. Después se echó a reír y apoyó la frente en el teclado mientras golpeaba la mesa con las palmas de las manos. ¡Que os den! ¡Que os den a todos!

Harry y Øystein estaban sentados cada uno a un lado de la cama, la puerta se abrió y entró Truls sin hacer ruido.

—¿Cómo está? —susurró, cogió su silla y miró a Ståle Aune, pálido, los ojos cerrados.

—Puedes preguntármelo a mí —respondió Aune decidido y abrió los ojos—. Estoy así así. Le pedí a Harry que viniera. ¿Vosotros dos no tenéis nada mejor que hacer un viernes por la tarde?

Truls y Øystein intercambiaron una mirada.

—Nada en absoluto —dijo Øystein.

Aune movió la cabeza con desesperación.

—¿Por dónde íbamos, Eikeland?

—Bueno —dijo Øystein—. El caso es que me había caído una carrera con el taxi de Oslo a Trondheim, quinientos kilómetros, y va el tipo y pone una cinta con una versión para zampoña de «Careless Whisper», así que en medio de la montaña, en Dovrefjell, se me fue la cabeza, saqué el casete, bajé la ventanilla y...

Sonó el teléfono de Harry. Supuso que sería Alexandra para preguntarle si llegaría a tiempo de ver el eclipse de luna a las diez y media, pero resultó ser Sung-min. Se escabulló al pasillo.

—Sí, ¿Sung-min?

—No. Di *háblame*.

—Háblame.

—Sí, eso voy a hacer. Porque no cuadra.

—¿Qué es lo que no cuadra?

—Kevin Selmer. Tiene coartada.

—¿Cómo?

—He ido a los calabozos y allí estaba la coartada. La entrada de Selmer para ver *Romeo y Julieta*. Si mi cerebro fuera un poco más eficiente, lo habría comprendido en su momento. Es decir, mi cabeza quiso avisarme, pero no le hice caso. Hasta que Mona Daa me lo deletreó por teléfono.

Sung-min hizo una pausa.

—El día que denunciaron la desaparición de Susanne Andersen, Kevin Selmer fue a ver *Romeo y Julieta* en el Teatro Nacional. He localizado su entrada, es una de varias que enviaron a Markus Røed, en calidad de patrono, del mismo tipo que la que utilizó Helene.

—Sí. Me contó que había repartido varias en la fiesta. Supongo que Selmer conseguiría allí la suya. También sería allí donde averiguó cuándo iba a ir Helene al teatro, su entrada estaba sujeta a la puerta del frigorífico.

—No podía ser él. No si es el mismo hombre que mató a Susanne Andersen. Porque el teatro ha localizado a quienes ocuparon los asientos contiguos a Selmer esa noche y todos confirman que había un hombre allí sentado que coincide con la descripción, lo recuerdan porque se dejó la parka puesta. Y *no* se marchó en el descanso.

Harry estaba sorprendido. Pero más aún le sorprendía que su asombro no fuera *mayor*.

—Volvemos al punto de partida —dijo—. Es el otro, el novato.

—¿Perdón?

—El asesino es el aficionado de la cocaína verde. Al final resulta ser él. ¡Joder, joder!

—Parece que estás… seguro.

—Estoy seguro, pero si fuera tú no me fiaría de un tipo que se ha equivocado tantas veces como yo. Tengo que llamar a Katrine. Y a Krohn.

Colgaron.

Katrine iba a acostar a Gert cuando contestó al teléfono, así que Harry le informó rápido de las novedades del caso. Después llamó a Krohn y le explicó que había indicios que apuntaban a que el caso no estaba resuelto, después de todo.

—Vuelve a decirle a Røed que no salga de casa. No sé qué planes tiene ese tipo, pero nos ha engañado por completo, desde el principio, hay que ser prudentes.

—Voy a llamar a la compañía Guardian —dijo Krohn—. Gracias.

44
VIERNES. ENTREVISTA

Prim miró el reloj.

Las seis menos un minuto.

Se había acomodado en una de las mesas de Weiss, junto a la ventana. Desde allí tenía vistas a dos pintas de cerveza recién tiradas, el Museo Munch al sol del atardecer y el edificio donde se había colado en la fiesta de la azotea.

Las seis menos treinta segundos.

Recorrió el local con la mirada. La clientela parecía tan feliz. Estaban de pie o sentados en grupos, sonreían, hablaban, se daban golpecitos en la espalda. Amigos. Era tan bonito. Era bonito tener a alguien. Iba a ser bonito tener a alguien. Tenerla a ella. Tomarían cerveza y los amigos de ella serían también los suyos.

Entró un hombre con un sombrero *pork pie*. Terry Våge. Se detuvo y miró alrededor mientras la puerta se cerraba tras él. En un primer momento no se fijó en que Prim le hacía un gesto discreto con la mano izquierda, tendría que acostumbrarse a la penumbra del local. Después hizo un ligero movimiento de cabeza y puso rumbo a la mesa de Prim. El periodista estaba pálido y le faltaba el aire.

—Tú eres…

—Sí. Siéntate, Våge.

—Gracias. —Våge se quitó el sombrero. Tenía la frente empapada en sudor. Señaló la pinta de cerveza que estaba a su lado de la mesa–. ¿Es para mí?

–Pensaba marcharme en cuanto la espuma bajara del borde del vaso.

Våge sonrió entre dientes a modo de respuesta y levantó su pinta. Bebieron. Dejaron los vasos sobre la mesa y se secaron la espuma de los labios con el dorso de la mano con movimientos sincrónicos.

–Pues por fin estamos aquí juntos –dijo Våge–. Bebiendo como dos amigos de toda la vida.

Prim comprendió lo que Våge intentaba hacer. Romper el hielo y ganar su confianza. Meterse bajo su piel lo antes posible.

–¿Como ellos? –Prim señaló con un movimiento de cabeza a la gente que daba voces junto a la barra.

–Ah, esas son ratas de oficina. La cerveza los viernes es el momento álgido de la semana, luego vuelven a casa, a sus vidas familiares aburridas de la muerte. Ya sabes: comer tacos con los niños, acostarlos y ver la tele con la misma mujer hasta que se aburren lo bastante como para dormirse. Levantarse a la mañana siguiente con más niños dando la lata y una excursión al parque de atracciones. Quiero creer que no es esa la vida que llevas.

No, pensó Prim. Tal vez no fuera tan distinta de la vida que le gustaría llevar. Con ella.

Våge sabía que no tendría oportunidad de beber gran cosa una vez que sacara el cuaderno de notas, así que le dio otro sorbo largo a la pinta. Jesús, qué falta le hacía esa cerveza.

–¿Qué sabes tú de la vida que llevo, Våge?

Våge miró al otro. Intentó interpretarlo. ¿Se estaba resistiendo? ¿Había sido un error ser tan directo antes? A veces, las entrevistas personales eran un baile que había que afinar. Quería que los entrevistados se sintieran seguros, que lo vieran como a un amigo que los comprendía, que se abrieran y le contaran cosas que de otro modo no revelarían. O, para ser más precisos, que dijeran algo de lo que luego se arrepintieran. En algunas ocasiones se afanaba demasiado, resultaba evidente en exceso lo que estaba buscando.

–Sé un poco –dijo Våge–. Es increíble lo que uno puede encontrar en la red si sabe dónde buscar.

Había notado que la voz del otro era diferente a la que utilizaba por teléfono. Ahora percibió un aroma, algo que le trajo recuerdos de las vacaciones de su infancia, el establo de su tío, el olor de los correajes sudados de los caballos.

Sintió una leve punzada de dolor en el estómago. Sería la vieja úlcera que le mandaba saludos, a veces pasaba después de un periodo de estrés y malos hábitos. O si bebía demasiado deprisa, como ahora. Apartó el vaso y puso el cuaderno encima de la mesa.

–Cuéntame, ¿cómo empezó todo?

Prim no estaba muy seguro de cuánto tiempo llevaba hablando cuando le contó que su tío también era su padre biológico y que lo averiguó después de que su madre muriera en el incendio.

–La primera generación consanguínea no tiene por qué salir mal, al contrario, puede dar excelentes resultados. Los defectos familiares aparecen cuando la endogamia se prolonga en el tiempo. Me había dado cuenta de que el tío Fredric y yo compartíamos determinados gestos, pequeños detalles como pasarnos el dedo corazón por la comisura de los labios cuando pensábamos. Y otros rasgos de más envergadura, como un coeficiente intelectual extraordinario. Pero no intuí que existía una mayor conexión entre nosotros hasta que me interesé por el mundo de los animales y la cría; entonces pedí una prueba de ADN de los dos. La idea de vengarme ya hacía mucho que me rondaba. Quería humillar a mi padrastro igual que él me había rebajado a mí. De manera indirecta, había acabado con la vida de mi madre. Ahora comprendía que habían sido los dos, el tío Fredric también nos había abandonado a nuestra suerte a mi madre y a mí. Opté por regalarle una caja de bombones por Navidad. El tío Fredric adora el chocolate. Les había inyectado una variante de *Angiostrongylus cantonensis*, un parásito de los pulmones de las ratas al que le gusta muchísimo el cerebro humano y que solo se encuentra en la baba de las babosas del monte Kaputar. El resultado es una muerte lenta y dolorosa acompañada de una demencia que se va intensificando. Veo que te estoy aburriendo. Vayamos al grano. Dediqué años a desarrollar mi propia variante de *Toxoplasma gondii*, y cuando estuvo lista, el plan también empezó a concretarse. El primer y mayor problema resultó ser cómo acercarme a Markus Røed e introducir el parásito en él. La gente rica es mucho menos accesible, es tan difícil acercarse a ellos, y como periodista lo sabrás bien, como intentar sacarle un par de frases a una estrella del rock, ¿no? La solución surgió de forma más o menos casual. No suelo salir mucho, pero supe que iba a celebrarse una fiesta en la azotea del edificio donde reside Røed. Justo ahí arriba… –Prim señaló por la ventana–. A la vez y por casualidad, en mi trabajo entré en contacto con una partida de cocaína verde de la que pude sisar. ¿Conoces la expresión? La adulteré con mis amiguitos *gondii*. No mucho, lo justo para saber que surtiría el efecto deseado cuando Røed la consumiera. Mi plan era esperar a que pasaran un par de días de la fiesta y volver a contactar con él. Bastaría con que percibiera mi rastro, el de su anfitrión, para que no pudiera resistirse. Al contrario, haría exactamente lo que le pidiera, porque desde ese momento solo tendría un deseo. Hacerse conmigo. Puede que ya no tenga el trasero infantil que a él le gusta, pero ningún cerebro infestado de *gondii* puede resistirse a su anfitrión.

El grupo Aune se había vuelto a reunir en la habitación 618. Harry les había explicado los nuevos aspectos del caso.

—Eso no puede ser, joder —exclamó Øystein—. Bertine tenía una pizca de piel de Selmer entre los dientes. ¿De dónde podía haber salido? ¿A lo mejor se lo folló el mismo día de su desaparición? —propuso.

Harry negó con la cabeza.

–El novato la plantó allí. Del mismo modo que depositó la saliva de Røed en el pecho de Susanne.

–¿Cómo? –preguntó Truls.

–No lo sé. Pero tuvo que ser así. Lo hizo para engañarnos. Y funcionó.

–Una teoría aceptable –dijo Øystein y arrugó la nariz–. Dedicarse a plantar ADN... ¿Quién coño hace algo así?

–Hum. –Harry miró pensativo a Øystein.

–Me temo que la fiesta no salió como esperaba –suspiró Prim–. Mientras hacía las rayas en la mesa del salón, el otro camello, el que según la prensa se llamaba Kevin Selmer, comentó que nunca había probado la cocaína verde, solo había oído hablar de ella. Se le iluminó la mirada y, en cuanto las rayas estuvieron listas, se lanzó para meterse la primera. Lo agarré por el brazo y lo aparté, tenía que asegurarme de que quedara suficiente para Røed. Lo arañé... –Prim se miró la mano–. Quedaron restos de piel y sangre bajo mis uñas. Más tarde, al llegar a casa, hurgué hasta sacarlos y los puse sobre una placa de vidrio. Nunca se sabe cuándo algo así puede resultar útil. En cualquier caso, en la fiesta los problemas no se habían acabado. Røed insistió en que sus dos amiguitas esnifaran una raya antes que él. No me arriesgué a protestar, las chicas al menos tuvieron la educación de escoger las líneas menos cargadas que había preparado. Cuando llegó el turno de Røed, apareció su mujer, Helene, y le echó la bronca, y no sé si eso lo estresó o qué, el caso es que estornudó y derramó la cocaína. Crisis total, no tenía más coca conmigo. Fui corriendo a la cocina, agarré un trapo y recogí los restos de polvo de la mesa y del suelo. Se lo enseñé a Røed y le dije que podía sacar una raya de ahí. Respondió que era una mierda llena de mocos y saliva, que K, o sea el tal Kevin, le daría una raya. Kevin estaba enfadado conmigo, así que le dije que a lo mejor podía probarla en otra ocasión. Dijo que sí, que no tomaba drogas pero que le gustaba probarlas al menos una vez. Aunque no quiso decirme cómo se llamaba ni dónde vivía, aseguró que podía encontrarlo en la plaza Jernbane en horario laboral, si quería cambiar un poco de mi coca por la suya. Dije que sí, que vale, en ese momento pensé que no volveríamos a encontrarnos. La fiesta había resultado un fracaso, me acerqué a la encimera de la cocina para aclarar el trapo y dejarlo allí colgado y vi algo en la puerta del frigorífico. Una entrada de teatro para ver *Romeo y Julieta*. Era la misma entrada que la mujer de Røed había repartido entre algunos de nosotros en la terraza. Me había metido la mía en el bolsillo sin intención de ir, y había visto que a Kevin también le daba una. Ahí mismo mi cerebro empezó a trabajar en un plan B. Tengo una mente muy ágil, Våge. Es impresionante ver cuántas jugadas futuras puede imaginar un cerebro bajo presión. Y el mío es, como ya he dicho, rápido, y entonces estaba bajo presión. No sé cuánto tiempo permanecí allí, no sería más de un minuto, dos como mucho. Me metí el trapo en el bolsillo y me acerqué a las chicas. Primero a una, luego a la otra. Me recibieron con simpatía por la cocaína que les había ofrecido y yo les saqué toda la información que pude. Nada personal, datos que pudieran darme una pista de dónde encontrarlas. Susanne me preguntó por qué seguía llevando mascarilla. Bertine quería más cocaína. En ambos casos se acercaron otros hombres y quedó claro que estaban más interesadas en ellos que en alguien como yo. Sin embargo, yo me fui a casa como un hombre feliz, sabía que solo era cuestión de días que los parásitos ocuparan un lugar en sus cerebros, que gritarían como las fans de una *boyband* en cuanto percibieran mi olor. —Prim se echó a reír y levantó el vaso hacia Våge.

—Así que la pregunta es —dijo Harry—. ¿Por dónde empezamos a buscar al novato?

Truls gruñó.

—¿Sí, Truls?

Truls emitió unos cuantos sonidos más antes de arrancar.

—Si ha conseguido cocaína verde, tenemos que comprobar a quienes hayan estado en contacto con lo incautado antes de que lo mandaran a analizar. Es decir, la gente del aeropuerto y del almacén de decomisos. Y también los que la transportamos del aeropuerto de Gardermoen hasta la central de policía. Y los que la llevaran del almacén de decomisos hasta Criminalística.

—Vale —dijo Øystein—. Tampoco es seguro que esa incautación sea la única partida de cocaína verde que ha entrado en el país.

—Truls tiene razón —dijo Harry—. Empezaremos buscando por los sitios más evidentes.

—Como me temía, no tuve más ocasiones de acercarme a Røed —dijo Prim y suspiró—. Había mezclado todos los parásitos de los que disponía con la cocaína, y los que llevaba en mi propio organismo habían sucumbido al sistema inmune y a una ligera sobredosis de producto antiparasitario. Para poder infectar a Røed tenía que conseguirlos de las chicas, antes de que su sistema inmune matara a los parásitos. En otras palabras, tenía que comer algo del cerebro y los ojos de las chicas. La elección recayó en Susanne, porque sabía dónde iba a hacer ejercicio. Los seres humanos no tienen el olfato tan desarrollado como los ratones, por eso debía reforzar algo mi capacidad de atracción. Me impregné de jugos intestinales destilados de mis propias heces.

Prim sonrió con ganas y levantó la mirada. Vâge no correspondió a su sonrisa, se limitó a observarlo con aire incrédulo.

—La esperé a la salida del gimnasio, en tensión. Había probado el parásito en animales, como zorros y corzos, y se habían sentido atraídos por mí, en especial el zorro. No podía estar seguro de que funcionara en seres humanos. Ella salió y percibí al instante que se sentía atraída por mí. Quedé en reunirme con ella en el aparcamiento de las pistas forestales de Skullerud. No llegó a la hora convenida y me pregunté si habría cometido un error, si había recuperado la cordura al no tener ya el aroma de mis intestinos en las fosas nasales. Pero llegó, y créeme si te digo que mi corazón se llenó de júbilo.

Prim bebió un sorbo de cerveza, como si tomara carrerilla.

—Nos adentramos en el bosque cogidos del brazo, y algo alejados del camino y de los senderos, tuvimos sexo. Después le corté el cuello. —Prim sintió que iba a llorar y tuvo que carraspear—. Entiendo que llegados a este punto te gustaría que te diera más detalles, pero creo que debo evitar bastantes cosas. Llevaba un frasco con la saliva de Røed y se la unté en el pecho. La vestí de cintura para arriba para que la lluvia no se llevara la saliva antes de que la policía diera con ella. En ese momento la saliva parecía una buena idea, pero solo iba a servir para complicar las cosas. —Dio otro traguito a la cerveza—. Con Bertine fue muy parecido. Me encontré con ella en el local que me había contado que frecuentaba y quedamos en vernos en Grefsenkollen. Vino en coche, le pedí que dejara su teléfono y que me acompañara a una aventura en mi vehículo y no se lo pensó, estaba arrebatada de deseo. Tenía un dosificador que llamaba *snuff bullet*, una especie de molinillo de pimienta minúsculo para esnifar cocaína. Me convenció para que yo también esnifara. Le dije que quería metérsela por detrás y le rodeé el cuello con una cinta de cuero. Supongo que creyó que era un juego sexual y me permitió hacerlo. Estrangularla me llevó un poco más de lo previsto. En cualquier caso, acabó por dejar de respirar.

Prim soltó un profundo suspiro y negó con la cabeza. Se secó una lágrima.

—Debo recalcar que tuve mucho cuidado en eliminar cualquier rastro de mí que la policía pudiera encontrar, por eso me llevé su *snuff bullet*, puesto que podría contener ADN de mi nariz. No sabía entonces que me resultaría útil más adelante. Había aprendido que si vas a matar a alguien y necesitas tener sus ojos y su cerebro, es mucho más eficaz llevarte la cabeza entera a casa.

Prim estiró los pies bajo la mesa, parecía que se le estaban quedando dormidos.

—Consumí pequeñas porciones de cerebro y ojos durante las semanas siguientes. Debía asegurar la reproducción de esos parásitos de vida irritantemente breve mientras esperaba a tener a Røed a tiro. Varias veces me vi en esta misma mesa, preguntándome si debía llamar a su puerta, identificarme y pedir que me dejaran hablar con él. Nunca estaba en casa, solo veía a Helene entrar y salir. Puede que viviera en otra parte, pero no fui capaz de averiguar dónde. Mientras tanto me había comido los cerebros, los parásitos morían, me hacía falta un nuevo ratón. Helene Røed. Pensé que a Markus Røed le dolería, al menos un poco, que se la arrebatara. Tenía noticia de dos lugares en los que podría acercarme a ella. En el Teatro Nacional, en la fecha de las entradas de la puerta del frigorífico, y en un lugar llamado Danielles. Susanne me había dicho que había conocido allí a Markus. Que no comprendía por qué Helene seguía asistiendo a esos almuerzos de los lunes, puesto que ya había pillado a su pez gordo. Así que fui un lunes y, en efecto, Helene Røed estaba allí. Pedí la misma copa que le había visto beber en la fiesta, un dirty martini, y eché la dosis justa de jugo de *gondii*. Llamé al camarero, le di un billete de doscientas coronas e hice que llevara la copa a su mesa. Le dije que señalara a otro como autor de la invitación, que era una broma entre amigos. Me quedé hasta que vi que se la bebía y me largué. Después incluí en mis planes la entrada gratuita para ver *Romeo y Julieta*. Me informé de la hora del descanso y aproveché para mezclarme con el público en la cafetería. Hice lo que ya sentía que tenía bastante ensayado, la seduje y me la llevé a… —Prim hizo una mueca y dio una patada. No sabía si le había dado a la pata de la mesa o a la pierna de Vâge—. La encontraron al día siguiente y dictaron prisión provisional para Røed. Comprendí que me había hecho un flaco favor, me había asegurado de que acabara allí porque quería que sufriera, pero dijeron que era probable que pasara meses encerrado. Tuve que solucionarlo. Por fortuna tengo esto…

Prim se dio unos golpecitos en la frente con el dedo.

—Lo utilicé y encontré otro culpable para que ocupara el puesto de Røed. El camello de cocaína Kevin. Tenía tantas ganas de probar la cocaína verde. Era perfecto.

45

VIERNES. COBRO

Prim echó un vistazo al grupo de oficinistas que celebraban el viernes e hizo girar su copa.

–Tenía una pequeña tira de piel en un tarro. Piel del antebrazo de Kevin Selmer. No era la única persona de la que conservaba muestras de tejidos, las coleccionaba, y en ocasiones me habían resultado útiles en mi proyecto de criar el parásito perfecto. Fue tan sencillo como empujar un fragmento de la piel de Selmer entre dos dientes de Bertine con un palillo. Tú te ocupaste de que esa prueba fuera a parar a manos de la policía. Supuse que tarde o temprano se descubriría que los cadáveres tenían una variante del parásito *gondii*, que, si alguien caía en la cuenta, empezarían a buscar al anfitrión. ¿Era posible hacer que Kevin pareciera tanto el asesino como el anfitrión? Perdona si parezco un poco pagado de mí mismo, pero la solución era tan genial como sencilla. Preparé una mezcla mortal de cocaína verde y *gondii*, cargué la *snuff bullet* de Bertine y fui a ver a Kevin a la plaza Jernbane para llevar a cabo el intercambio que le había prometido en la fiesta. Estaba encantadísimo, sobre todo cuando se quedó con la *snuff bullet* por el mismo precio. Solo puedo imaginar los dolores de estómago que debió sufrir antes de morir, yo también hubiera intentado golpearme hasta quedar inconsciente.

Prim se terminó la cerveza.

—Ha sido un largo monólogo, ya hemos hablado suficiente de mí, Terry. ¿Cómo estás tú? —Prim se inclinó sobre la mesa—. Quiero decir de verdad. ¿Te sientes… paralizado? Ocurre muy rápido si bebes cerveza con una concentración tan elevada de *gondii*. Aún más fuerte que la que le di a Kevin. Al cabo de unos minutos eres del todo incapaz de mover un dedo. Ni emitir sonido alguno. Veo que aún respiras. De hecho, la respiración, los pulmones y el corazón son los últimos que dejan de funcionar. Sí, y el cerebro, claro. Sé que me oyes. Voy a llevarme tus llaves y buscaré tu ordenador portátil. Lo tiraré junto con tu teléfono al fiordo.

Prim miró al exterior. La luz del día casi se había extinguido.

—Mira, la luz está encendida en el apartamento de mi padrastro. Claro, ahora está solo. ¿Crees que querrá visitas?

A las seis y media pasadas, Markus Røed oyó que llamaban a la puerta.

—¿Esperas visita? —preguntó uno de los dos vigilantes.

Røed negó con la cabeza. El escolta fue hacia el recibidor, donde estaba el telefonillo.

Røed aprovechó la oportunidad para entablar conversación con el más joven.

—¿Qué te apetece hacer después de trabajar como guardaespaldas?

El joven lo miró. Tenía las pestañas largas y ojos castaños de mirada suave. Su aspecto inocente, infantil, compensaba los músculos sobredimensionados. Si uno le echaba imaginación y buena voluntad, podría pasar por un muchacho con cinco o seis años menos de los que tenía.

—No sé —dijo y recorrió el salón con la mirada.

Seguramente se lo enseñaban en los cursillos: evitar la conversación innecesaria con el cliente y comprobar el entorno de manera constante, incluso si estaban encerrados en el cálido nido hogareño.

—Podrías venir a trabajar para mí, ya lo sabes.

El chaval miró a Røed un instante y Røed detectó algo parecido al desprecio, la náusea. No respondió y volvió a escanear la estancia. Røed maldijo para sí. Jodido cachorro, ¿no comprendía lo que le estaban ofreciendo?

—Es uno que dice que te conoce —llamó el otro guardaespaldas desde el recibidor.

—¿Krohn? —preguntó Røed también a gritos.

—No.

Røed frunció el ceño. No conocía a nadie que fuera a presentarse así, por las buenas. Un joven miraba hacia la cámara de la puerta de la calle. Røed negó con la cabeza.

—Le diré que se vaya —dijo el escolta.

Røed miró con atención. ¿No lo había visto antes, no hacía mucho? ¿No le había parecido reconocer también algo de mucho tiempo atrás, pero lo había descartado porque era otra cara más que avivaba recuerdos? Ya que estaba ahí, podría ser…

—Espera —dijo Røed y alargó la mano.

El vigilante dudó un momento y luego le pasó el telefonillo.

—¿Quién eres y qué quieres? —dijo Røed a través del intercomunicador. Sonó más hostil de lo que pretendía.

—Hola, papá. Soy tu hijastro. Solo quiero hablar contigo.

A Røed le faltó el aire. No había duda. El chico de tantos sueños, el terror de tantas pesadillas a ser descubierto. No, no era el chico, pero era él. Después de tantos años. ¿Hablar? No pintaba bien.

—Estoy algo ocupado —dijo Røed—. Deberías haber avisado.

—Lo sé —dijo el hombre a la cámara—. No tenía previsto ponerme en contacto contigo, pero hoy me he decidido. Es que mañana empiezo un largo viaje y no sé si volveré, ¿sabes? No quiero irme con asuntos pendientes, papá. Es hora de perdonar. Tenía que verte una última vez, cara a cara, y decírtelo. Creo que será bueno para los dos. Serán unos pocos minutos, los dos nos arrepentiremos si no lo hacemos, de eso estoy seguro.

Røed escuchaba. No había oído esa voz profunda con anterioridad, ni entonces ni en fecha reciente. Lo que recordaba de los últimos tiempos en Gaustad era a un chaval al que empezaba a cambiarle la voz. Lo había pensado, claro, que algún día podía presentarse y crearle problemas. Sería su palabra contra la suya, y la única que podía confirmar que eso que llamaban abusos había sucedido había muerto quemada. Su reputación sufriría si llegaba a saberse. Mancharía su fachada, como decía con desprecio la gente de este país. Noruega era un lugar donde la noción del honor familiar había sucumbido a la maldita socialdemocracia, porque ahora el Estado había asumido la función de familia para la mayoría de la gente, y esos seres minúsculos solo tenían que responder ante sus iguales, la masa gris y carente de tradiciones que conformaba la socialdemocracia. Si te apellidabas Røed, la situación era otra, pero el ciudadano medio nunca lo comprendería. Nunca imaginaría que uno debía quitarse la vida antes que arrastrar el apellido familiar por el barro. ¿Qué podía hacer? Tenía que tomar una decisión. Su hijastro había emergido a la superficie. Røed se secó la frente con la mano libre. Se sorprendió al notar que no tenía miedo, igual que cuando el tranvía había estado a punto de atropellarlo. Ahora que por fin sucedía aquello que lo había tenido aterrorizado, ¿por qué no estaba más asustado? ¿Y si hablaban un poco? Si su hijastro tenía intenciones dudosas, no lo serían más porque conversaran. En el mejor de los casos, había mencionado el perdón. Todo olvidado, adiós y gracias, puede que hasta pudiera dormir mejor. Solo debía tener cuidado de no decir nada, de no confesar de manera directa o indirecta algo que pudieran usar contra él.

—Tengo diez minutos —dijo Røed y apretó la tecla que abría la puerta de la calle—. Coge el ascensor hasta el último piso.

Colgó. ¿Podría el chico tener intención de grabar la conversación? Se giró hacia los guardaespaldas.

—¿Revisáis a las visitas?

—Siempre —dijo el mayor.

—Bien. Comprobad si lleva micrófonos pegados al cuerpo y requisadle el teléfono móvil hasta que se marche.

Prim estaba sentado en una mullida butaca del cuarto de la televisión, observando a Markus Røed. Los escoltas aguardaban al otro lado de la puerta entreabierta.

Le había sorprendido que Røed tuviera guardaespaldas, pero no tenía por qué importar gran cosa. La clave estaba en quedarse a solas con él.

Podría haberlo hecho de un modo más sencillo, claro. Si hubiera tenido deseos de herir o matar a Markus Røed, no habría resultado difícil: hasta ahora no había tenido vigilancia, y en una ciudad como Oslo todo el mundo es tan confiado e ingenuo que nadie imagina que el tipo que te cruzas por la calle pueda llevar un arma debajo de la chaqueta. Es como si fuera imposible. Y eso tampoco era lo que iba a pasarle a Markus Røed. No sería suficiente. Claro que habría sido más fácil pegarle un tiro, pero si la venganza que había planeado contra su padrastro le proporcionaba una mínima parte de la satisfacción que había sentido al imaginarla, valdría la pena todo el esfuerzo. Porque Prim había compuesto una sinfonía de venganza y el crescendo se aproximaba.

—Siento lo que le sucedió a tu madre —dijo Markus Røed lo bastante alto como para que Prim lo oyera con nitidez, lo bastante bajo y para que los hombres en el pasillo no pudieran enterarse.

Prim vio que el hombre fornido estaba incómodo allí sentado. Pasaba los dedos por la tela del reposabrazos, se le dilataban las fosas nasales. Una señal cierta de que estaba inhalando el aroma de los jugos intestinales. A juzgar por sus pupilas dilatadas, la señal olorosa hacía mucho que había llegado al cerebro, donde parásitos ansiosos por reproducirse llevaban días instalados. Era el resultado de una pequeña obra de arte, si se le permitía afirmarlo. Cuando el plan original de contaminar a su padrastro durante la fiesta falló, Prim tuvo que improvisar y diseñar otro. Lo había logrado: había infectado a Markus Røed delante de las narices de todos ellos, abogados, policías, el mismísimo Harry Hole.

Markus Røed miró el reloj y estornudó.

—No te quiero agobiar, pero como ya te he dicho, ando mal de tiempo, debemos ser breves. ¿A qué país vas a...?

—Te deseo —dijo Prim.

El padrastro dio un respingo y su mandíbula vibró.

—¿Cómo?

—He fantaseado contigo todos estos años. No hay duda de que fueron abusos, pero yo... bueno, supongo que aprendí a que me gustara. Tengo ganas de probarlo otra vez.

Prim miró a Markus Røed a los ojos. Vio tras ellos cómo el cerebro infestado de parásitos llegaba a las conclusiones equivocadas: «¡Lo sabía! Al chico le gustaba, solo lloraba para disimular. No hice nada malo, al contrario, ¡le enseñé a disfrutar de lo mismo que me gusta que a mí!».

—Me parece que debería ser lo más parecido posible.

—¿Parecido? —dijo Markus Røed. Ya tenía la voz tomada por la excitación. Esta era la gran paradoja de la toxoplasmosis, cómo el impulso sexual, que en el fondo no deja de ser un deseo de reproducirse, ahoga el miedo a morir, pasa los peligros por alto, le proporciona al contaminado esa visión deliciosa de túnel, un túnel que lleva derecho a las fauces del gato.

—La casa —dijo Prim—. Sigue allí. Tienes que acudir solo, debes deshacerte de tus guardianes.

—¿Quieres decir... *ahora*? —Markus tragó saliva.

—Por supuesto. Veo que tienes... —Prim se inclinó al frente y puso la mano en la entrepierna del otro—. Ganas.

Røed movía la mandíbula sin control.

Prim se puso de pie.

—¿Recuerdas dónde era?

Markus Røed se limitó a asentir.

—¿Vendrás solo?

Asintió otra vez.

Prim sabía que no era necesario advertir a Markus Røed que no dijera a nadie adónde iba o con quién iba a encontrarse. La toxoplasmosis dispara el deseo sexual del infectado, lo vuelve intrépido, pero no tonto. Es decir, no tanto como para hacer cosas que puedan impedirle lograr lo único que tiene en la cabeza.

–Te doy treinta minutos –dijo Prim.

El guardaespaldas de más edad, Benny, llevaba quince años en el sector.

Al abrir la puerta, vio que el visitante se había puesto una mascarilla. Benny vigiló mientras el más joven lo inspeccionaba. Aparte de un juego de llaves no llevaba nada encima que pudiera utilizarse como arma. Tampoco cartera ni documentación. Dijo llamarse Karl Arnesen, y aunque sonó a recién inventado, Røed lo confirmó con un breve movimiento de cabeza. Le habían quitado el teléfono móvil, tal como lo había solicitado Røed, y Benny insistió en que no cerraran del todo la puerta de la habitación.

Solo transcurrieron cuatro minutos –al menos eso fue lo que Benny declaró ante la policía más adelante– hasta que el joven «Arnesen» salió del cuarto de la televisión, le devolvieron el móvil y abandonó el apartamento. Røed gritó desde la estancia que quería estar solo y cerró la puerta. Pasaron otros cinco minutos antes de que Benny llamara a la puerta para decirle que Johan Krohn quería hablar con él. Benny no obtuvo respuesta, y al abrir la puerta la habitación estaba vacía y la ventana que daba a la terraza, abierta. Vio la escalera de incendios interior que llevaba a la calle. No era ningún misterio, en la última hora el cliente había insinuado tres veces que pagaría excepcionalmente bien a Benny si él o su colega pudieran acercarse a Torggata o a la plaza Jernbane a pillar algo de cocaína.

46
VIERNES. ECLIPSE

Markus se bajó del taxi junto al portón.

Lo primero que hizo el taxista cuando se metió en el coche en la parada de la bahía de Oslo fue preguntarle si tenía dinero. Una cuestión razonable, puesto que Markus no llevaba chaqueta sobre la camisa e iba en zapatillas. Llevaba encima una tarjeta de crédito, siempre la llevaba, sin excepción, porque sin ella se sentía desnudo.

Los goznes del portón gimieron al abrirlo. Subió por el camino de grava, llegó al punto más alto y se llevó un pequeño shock al ver la casa medio carbonizada a la luz del crepúsculo. No había vuelto desde que abandonó a Molle y al chico que llevaba el estúpido apodo de Prim. Había visto la esquela en el periódico y asistido al entierro, pero no sabía que la casa estuviera tan deteriorada. Solo esperaba que se hubieran conservado restos suficientes del decorado como para poder representar la obra con credibilidad, por así decirlo. Reconstruir lo que habían hecho y lo que habían sido el uno para el otro en aquel tiempo. Claro que cualquiera sabía qué había sido él para el chico.

Røed se dirigió a la entrada y vio una silueta asomarse a la puerta. Era él. Røed había sentido un deseo abrumador mientras tenía al chico delante en el cuarto del televisor, casi le había hecho perder el control, lanzarse sobre él. Pero había hecho eso demasiadas veces en su vida, y se había librado de milagro. Ahora tenía el deseo bajo control, lo suficiente para pensar de manera racional, eso creía. El deseo, acumulado tras tantos años con el recuerdo de Prim, era tan intenso que ya nada podría detenerlo.

Se acercó al joven y él le tendió la mano a modo de bienvenida y sonrió. Røed no había caído antes en que las dos grandes paletas, propias de un roedor, habían desaparecido y ahora lucía una hilera de bonitos y uniformes dientes. Para que la ilusión fuera completa, hubiera preferido los dientes de la infancia, pero en cuanto estuvo cerca de él y lo condujo de la mano hacia el interior de la casa, lo olvidó.

Otro pequeño sobresalto. El recibidor, el salón, todo estaba negro, carbonizado. Los tabiques se habían quemado y el lugar resultaba más diáfano. El joven —el niño— lo condujo directamente a los pocos metros cuadrados que habían sido su habitación en el bajo. Con un escalofrío de placer, Røed percibió que no necesitaba luz, había recorrido esos pasos desde la escalera hasta el cuarto del niño tantas veces en la oscuridad de la noche que aún podía hacer el trayecto a ciegas.

—Desnúdate y túmbate ahí —dijo el joven e iluminó el lugar con el teléfono.

Røed observó el sucio colchón y la estructura carbonizada de una cama de hierro.

Hizo lo que le pedía, colgó la ropa del cabecero.

—Todo —dijo el chico.

Røed se quitó el calzoncillo. La erección había ido en aumento desde que le diera la mano al joven. A Røed le gustaba dominar no ser dominado. Siempre había sido así. Pero ahora disfrutaba de la voz insistente del otro, el frío que le erizaba la piel, la humillación de estar desnudo mientras el otro seguía vestido. El colchón apestaba a orina y lo sentía húmedo y helado contra la espalda.

—Pongámonos esto. —Røed notó que tiraba de él y algo se cerraba en torno a sus muñecas. Levantó la vista. A la luz del móvil del chico vio cómo le ataba las manos a los barrotes de la cama con unas tiras de cuero. Después hizo lo mismo con los pies. Estaba a merced del chico, del mismo modo que el niño había estado en sus manos.

—Ven —susurró Røed.

—Necesitamos luz —dijo el chico, que había sacado el móvil de Røed de la chaqueta colgada del cabecero—. ¿Cuál es el pin?

—Reconocimiento del iris… —respondió Røed al tiempo que el otro le acercaba el teléfono a la cara.

—Gracias.

Cegado por las dos fuentes de luz, Røed no vio lo que el chico estaba haciendo hasta que distinguió su silueta entre los dos teléfonos encendidos. Comprendió que debía haberlos montado en dos trípodes a la altura de la cabeza. El niño se había hecho mayor, era un hombre. Aún lo bastante joven para que Røed lo deseara. Era evidente. La erección era irreprochable, el temblor de su voz se debía tanto a la excitación como al frío cuando susurró:

—¡Ven! ¡Ven conmigo, chico!

—Antes debes decirme qué quieres que te haga.

Markus Røed se humedeció los labios resecos y se lo dijo.

—Otra vez —dijo el chico, que se bajó los pantalones y se llevó la mano a su miembro aún flácido—. Esta vez, sin decir mi nombre.

Røed dudó. Vale, en el Tuesdays había gente a la que excitaba el anonimato, que prefería un pene erecto asomando por un *glory hole* antes que ver a la persona entera. Por fortuna. Repitió su lista de deseos sin decir nombres.

—Cuenta lo que me hacías cuando era niño —dijo el hombre entre las luces, se estaba masturbando.

—Mejor acércate y deja que te lo susurre al oído…

—¡Cuenta!

Røed tragó saliva. Entonces era esto lo que quería. Directo, crudo, en tono agresivo y con mucha luz. Bien. Røed solo necesitaba sintonizarse a la misma frecuencia. Dios mío, haría cualquier cosa por conseguirlo. Røed titubeó un poco al principio, sin saber muy bien qué decir, pero luego dio con el tono. Y habló. Sin ambages. Con detalle. Sintonizó. Se excitó con sus propias palabras, con las imágenes que despertaban. Contó cómo había sido. Admitió haberlo violado, porque fue lo que ocurrió y porque eso aumentaba su excitación, la suya y la del chico, al menos este gemía, pero ya no lo veía, se había retirado un par de pasos, hacia la oscuridad, tras la luz. Røed lo había contado todo, hasta el momento en que se secaba el pene en el edredón del niño y volvía de puntillas al piso de arriba.

—¡Gracias! —exclamó la voz aguda del chico. Una de las luces se apagó y se colocó ante la otra. Se había subido los pantalones, estaba vestido. Tenía el teléfono de Røed en la mano y utilizaba el teclado.

—¿Qué… qué haces? —gimió Røed.

—Comparto la última grabación de vídeo con todos tus contactos —dijo el chico.

—¿Lo… lo has grabado?

—En tu teléfono. ¿Quieres verlo? —El chico sostuvo el móvil delante de Røed. En la pantalla se vio a sí mismo, un tipo grueso y sesentón, pálido, casi blanco a la luz implacable, tumbado en un colchón sucio con una erección que asomaba algo inclinada a la derecha. Sin máscara en esta ocasión, nada que pudiera ocultar su identidad. La voz, alterada por la excitación y a la vez nítida, empeñada en que el otro no se la perdiera. Se fijó en que el plano estaba tomado de forma que no se viera que tenía las manos y los pies atados al cabecero y al pie de la cama.

—Lo voy a mandar junto con un breve mensaje de texto que he preparado —dijo el chico—. Escucha: «Hola, mundo. Tras pensarlo mucho he concluido que no puedo vivir con lo que he hecho sobre mi conciencia. Me dejo morir en un incendio en la misma casa en la que se quemó Molle. Adiós». ¿Qué te parece? No es que sea poético, pero sí claro y fácil de comprender, ¿no? Lo voy a programar para que tu lista de contactos lo reciba justo después de medianoche.

Røed abrió la boca como si quisiera decir algo, pero no tuvo tiempo de pronunciar una sola palabra antes de que le metieran algo entre los labios.

—Pronto todo el mundo sabrá la clase de cerdo pervertido que eres —dijo Prim, y cerró la boca de Røed con un trozo de cinta aislante después de introducir uno de los calcetines de lana que se había dejado el búlgaro—. Dentro de un par de días el resto del mundo también lo sabrá. ¿Qué te parece?

No hubo respuesta. Solo un par de ojos muy abiertos y lágrimas deslizándose por rollizas mejillas.

—Vamos, vamos —dijo Prim—. Deja que te consuele un poco, padre. No voy a llevar a cabo mi plan original, que consistía en sacarte del armario, quitarme la vida y dejar que vivieras con la humillación pública. Resulta que quiero vivir. He encontrado una mujer a la que amar, ¿comprendes? Esta noche le voy a pedir matrimonio. Mira lo que le he comprado hoy.

Prim se sacó del bolsillo una cajita de color rojo oscuro, forrada de terciopelo, y la abrió. El pequeño diamante del anillo brilló a la luz del teléfono.

—He decidido vivir feliz por muchos años, por eso no puedo desvelar mi identidad. Eso quiere decir que los que saben algo han de morir en mi lugar. *Tú* tienes que morir, padre. Comprendo que es duro no solo tener que morir, sino hacerlo con la certeza de que el nombre de la familia ha quedado deshonrado. Mamá me contó lo importantes que eran para ti esas cosas. Te vas a librar de vivir con la humillación. Eso está bien, ¿no?

Prim le enjugó una lágrima con el índice y la chupó. En la literatura se hablaba de lágrimas amargas, pero a la hora de la verdad, ¿no sabían todas igual?

—La mala noticia es que, a cambio de librarte de la humillación, tengo intención de matarte despacio, para compensar. La buena es que no te mataré *muy* despacio, puesto que tengo una cita con mi amada dentro de poco. —Prim miró el reloj—. Uf, debo ir a casa a darme una ducha y cambiarme, habrá que empezar ya.

Prim agarró el colchón con las dos manos. Con dos o tres tirones firmes logró sacarlo y los muelles metálicos gimieron al recibir el impacto del cuerpo de Røed. Prim se acercó al muro negro y cogió el camping gas que había junto al bidón. Colocó el camping gas en el suelo, bajo el armazón de hierro de la cama, a la altura de la cabeza de su padrastro, abrió el gas y lo prendió.

—No sé si lo recordarás, pero este es el mejor método de tortura que aparece en el libro sobre los comanches que me regalaste por mi cumpleaños. El cráneo es la cazuela y dentro de un rato tu cerebro burbujeará. Consuélate con que los parásitos morirán antes que tú.

Markus Røed se retorcía de un lado a otro. Algunos de los muelles taladraron su piel y cayeron gotas de sangre sobre el suelo cubierto de ceniza. También empezó a sudar por la espalda. Prim vio cómo se dibujaban las venas en su cuello y frente mientras intentaba gritar a través del calcetín de lana.

Prim lo miró. Esperó. Tragó. En su interior no ocurría nada. Bueno, sí, algo ocurría, pero no lo que él esperaba. Sí, estaba preparado para que la venganza no tuviera un sabor tan dulce como en sus fantasías, pero no para esto. Faltaba el sabor de las amargas lágrimas de su padrastro. Sentía más sorpresa que decepción. El hombre que estaba allí tirado le daba pena. El hombre que había destrozado su infancia y era culpable de que su madre se quitara la vida. ¡No quería sentirse así! ¿Era culpa de ella? ¿Era porque ella había traído el amor a su vida? La Biblia afirmaba que el amor es lo más grande. ¿Era cierto? ¿Era más grande que la venganza?

Prim se echó a llorar, no podía parar. Se acercó a la escalera carbonizada y cogió la pala vieja y pesada que estaba medio enterrada en la ceniza. La agarró y volvió junto al somier. Esto no era lo que había previsto, en su plan el sufrimiento era lento, ¡no había lugar para la piedad! Levantó la pala por encima de la cabeza. Vio la expresión desesperada en la mirada de Markus Røed mientras lanzaba la cabeza de un lado a otro para evitar el filo de la pala, como si prefiriera vivir torturado unos minutos más antes que morir rápido.

Prim apuntó a su objetivo. Luego dejó caer la pala. Una, dos, tres veces. Se limpió la sangre que le había salpicado un ojo, se inclinó hacia delante y escuchó para comprobar si lo oía respirar. Se puso de pie y levantó la pala por encima de su cabeza una vez más.

Después exhaló. Volvió a mirar el reloj. Solo le faltaba eliminar cualquier rastro. Con un poco de suerte los golpes de la pala no habrían dejado marcas en el cráneo de modo que suscitaran dudas sobre el posible suicidio. Las llamas se ocuparían de eliminar el resto. Enrolló las correas y se las guardó en el bolsillo. Cortó el principio y el final de la grabación en el teléfono móvil de Røed para que nadie sospechara que había habido otra persona presente y diera la impresión de que el mismo Røed había preparado la grabación para distribuirla. Después eligió la lista completa de los contactos de Røed y programó el envío para las doce y media. Pensó en todos los rostros horrorizados, incrédulos, iluminados por la luz de las pantallas. Limpió sus huellas dactilares del teléfono para volver a guardarlo en la chaqueta del traje de Røed, vio ocho llamadas perdidas, tres de ellas de Johan Krohn.

Roció el cadáver con gasolina. Dejó que se absorbiera y repitió el proceso tres veces hasta estar seguro de que el cuerpo estaba bien impregnado. Echó gasolina en las vigas y las paredes que permanecían en pie y eran de material fungible. Dio una vuelta y fue prendiendo fuego. Se acordó de dejar el encendedor junto a la cama para que pareciera que lo último que su padrastro había hecho era prenderse fuego a sí mismo. Salió del cascarón del hogar de su infancia, se detuvo en el sendero de grava y volvió el rostro al cielo.

Lo feo ya estaba hecho. La luna había ascendido. Era hermosa y pronto lo sería aún más. Se oscurecería, se cubriría de sangre. Una rosa celestial para su amada. Eso le diría, emplearía esas mismas palabras.

47

VIERNES. BLÅMANN

«Blåmann, Blåmann, mi carnero, piensa en tu niño pequeño».

Katrine cantó la última nota casi en silencio mientras intentaba saber por la respiración de Gert si se había dormido. Sí, era profunda y rítmica. Le ajustó un poco el edredón y se dispuso a marcharse.

—¿Dónde está el tío Hallik?

Ella vio que tenía los ojos azules abiertos de par en par. ¿Cómo era posible que Bjørn no advirtiera que eran los de Harry? ¿O lo había sabido desde el primer día, en el paritorio?

—El tío Harry ha ido al hospital, está con un amigo enfermo. Pero la abuela está aquí.

—¿Adónde vas?

—A un sitio que se llama Frognerseteren. Está casi en el bosque, muy arriba. A lo mejor tú y yo podemos ir un día.

—Y el tío Hallik.

Ella sonrió a la vez que sentía una punzada en el corazón.

—A lo mejor el tío Hallik también —dijo y esperó no estar mintiendo.

—¿Hay osos pol ahí?

Ella negó con la cabeza.

—Nada de osos.

Gert cerró los ojos y unos segundos después estaba dormido.

Katrine lo contempló, como si fuera incapaz de alejarse. Miró la hora. Las ocho y media. Tenía que ponerse en marcha. Besó a Gert en la frente y salió. Oyó el ligero tintineo de las agujas de punto de su suegra en el salón y asomó la cabeza.

—Está dormido —susurró—. Me marcho.

La suegra asintió sonriente.

—Katrine.

Katrine se detuvo.

—¿Sí?

—¿Me prometes una cosa?

—¿Qué?

—Que te lo vas a pasar bien.

Katrine sostuvo la mirada de la mujer de más edad. Comprendió lo que quería decir. Que su hijo llevaba mucho tiempo muerto y enterrado, que la vida tenía que seguir. Que ella, Katrine, tenía que seguir. Se le formó un nudo en la garganta.

—Gracias, madre —susurró. Era la primera vez que la llamaba solo «madre», y vio que a ella también se le llenaban los ojos de lágrimas.

Katrine fue a paso ligero a la estación de metro del Teatro Nacional. No se había arreglado en exceso. Arne le había aconsejado que llevara una chaqueta abrigada y calzado cómodo. ¿Eso quería decir que iban a cenar en la terraza del restaurante, bajo estufas en forma de seta y con vistas a la naturaleza? Con el cielo por techo. Oteó la luna.

Sonó el teléfono. Era Harry otra vez.

—Ha llamado Johan Krohn —dijo—. Solo para que estés informada, Markus Røed ha dado esquinazo a sus guardaespaldas.

—No habrá supuesto sorpresa alguna —dijo ella—. Es un drogadicto.

—La empresa de seguridad ha mandado gente a la plaza Jernbane. Nadie lo ha visto por allí. No ha vuelto y no responde a las llamadas. Puede que haya ido a alguna parte a comprar droga, claro, y luego a otro sitio para celebrar su puesta en libertad. Solo quería que lo supieras.

—Gracias. Pensaba pasar una noche sin dedicar un solo pensamiento a Markus Røed y concentrarme en gente que me caiga bien. ¿Cómo le va a Ståle?

—Asombrosamente bien para estar a punto de morir.

—¿Sí?

—Cree que es la manera que tiene la parca de darle la bienvenida. Hacer que traspase de forma voluntaria el umbral del reino de la muerte.

Katrine no pudo reprimir una sonrisa.

—Reconozco a Ståle, sí. ¿Cómo lo llevan su hija y su mujer?

—Mantienen el ánimo firme. La esperanza no, pero el ánimo sí.

—OK. Dales muchos recuerdos de mi parte.

—Así lo haré. ¿Gert está dormido?

—Sí. Me parece que te menciona con demasiada frecuencia.

—Hum. Siempre es emocionante que aparezca un nuevo tío del que no tenías noticia. Pásalo bien en la cena. Cena tardía, por cierto.

—No quedaba otra, no consiguen ponerse al día en Criminalística. Sung-min iba a cenar con su novio. ¿Sabe que…?

—Sí, lo he llamado para comentarle lo de Røed.

—Gracias.

Colgaron en el momento en que Katrine entraba en la estación de metro.

Harry miró el teléfono, había entrado una llamada perdida mientras hablaba con Katrine. El número de Ben. Llamó.

—Buenos días, Harry. Un amigo y yo hemos ido a Doheny. Lucille no está ahí, me temo. He llamado a la policía. Quieren hablar contigo.

—Ya veo. Dales mi número.

—Ya lo he hecho.

—Vale. Gracias.

Colgaron. Harry cerró los ojos y maldijo para sí. ¿Debería llamar él a la policía? No, si los chicos del escorpión todavía tenían a Lucille, solo se arriesgaba a que la mataran. No podía hacer otra cosa que esperar. Ahora mismo tenía que reprimir el recuerdo de Lucille, porque cargaba con un cerebro masculino, uno que solo era capaz de ocuparse de una tarea a la vez, a veces ni eso, y ahora mismo debía detener a un asesino.

Harry volvió a entrar en la 618, Jibran se había levantado y estaba sentado junto a la cama de Aune con Øystein y Truls. Encima del edredón había un teléfono.

—Hole acaba de entrar —dijo Aune al aparato antes de dirigirse a Harry—. Jibran opina que si el asesino ha creado un nuevo tipo de parásito, de alguna manera ha tenido que investigar en el campo de la microbiología.

—Helge, de Medicina Legal, es de la misma opinión —dijo Harry.

—No hay tanta gente que se dedique a eso —dijo Aune—. Tenemos al teléfono al catedrático Løken, que está al frente del departamento de Microbiología del Hospital Universitario de Oslo. Dice que solo tiene noticia de una persona que haya investigado *Toxoplasma gondii* mutados. Profesor Løken, ¿me puedes repetir el nombre?

—Steiner —crepitó una voz desde el edredón—. Fredric Steiner, microbiólogo y parasitólogo. Avanzó bastante en la cría de una variante que podía tener al ser humano como anfitrión. Por cierto, que también un pariente suyo intentó seguir con la investigación, pero perdió el apoyo económico y su puesto aquí.

—¿Podrías decirnos por qué? —preguntó Aune.

—Creo recordar que se habló de métodos de investigación poco éticos.

—¿Qué significa eso?

—No lo sé, en este caso pudo deberse a experimentos realizados en personas vivas.

—Soy Harry Hole, profesor. ¿Quiere decir eso que las contaminó?

—Nunca se probó, pero eso fue lo que se rumoreó.

—¿Cómo se llamaba esa persona?

—No lo recuerdo, hace mucho de aquello y lo único que ocurrió fue que se paralizó el proyecto. Eso sucede con frecuencia, no tiene por qué haber irregularidades, basta con que no se obtengan avances suficientes. Mientras hablaba con vosotros he buscado a Steiner en el archivo del personal de investigación, no solo en nuestro hospital, sino en toda Escandinavia. Solo encuentro a Fredric, me temo. Si es importante puedo consultarlo con alguien que trabajara en parasitología en aquellos años.

–Lo agradeceríamos mucho –dijo Harry–. ¿Hasta qué punto avanzó la investigación de ese pariente?

–No mucho, de ser así habría oído hablar de ello.

–¿Queda tiempo para que un idiota haga una pregunta? –preguntó Øystein.

–Esas suelen ser las mejores –dijo Løken–. Adelante.

–¿Por qué demonios queréis financiar una investigación que muta parásitos para que puedan utilizar a las personas como anfitriones? ¿Eso no es simplemente destructivo?

–¿Qué he dicho de las mejores preguntas? –Løken rio por lo bajo–. Es frecuente que la gente reaccione así cuando utilizamos la denominación de parásito. Es razonable, puesto que muchos son peligrosos para el anfitrión y provocan su deterioro. Pero algunos de ellos tienen también una utilidad médica, porque les interesa mantener a su anfitrión con vida y en el mejor estado de salud posible. Podría pensarse que, si tienen ese efecto en los animales, podrían replicarlo en los seres humanos. Steiner era uno de los pocos que investigaba la cría de parásitos útiles en Escandinavia, pero a nivel internacional ha sido un campo muy importante durante muchos años. Es cuestión de tiempo que alguien gane un Premio Nobel en esa área.

–¿O que nos proporcione el arma biológica definitiva?

–Creí que habías dicho que eras idiota –respondió Løken–. Sí, así es.

–Tendremos que salvar el mundo otro día –dijo Harry–. Ahora lo que intentamos es salvar la vida de la siguiente persona que figura en la lista de un asesino. Sabemos que es viernes por la tarde, pero ya que preguntas si es importante…

—Comprendo que lo es. Lo he visto en la prensa, Hole. Haré un par de llamadas ahora mismo y tendréis noticias mías.

Colgaron.

Se miraron unos a otros.

—¿Queréis comer algo? —preguntó Aune.

Los otros cuatro negaron con un movimiento de cabeza.

—Lleváis mucho tiempo sin comer —dijo—. ¿Es el olor el que os anula el apetito?

—¿Qué olor? —preguntó Øystein.

—El olor a gases que desprendo. No puedo evitarlo.

—Doctor Ståle —dijo Øystein dándole una palmadita en la mano sobre el edredón—. Si alguien huele, soy yo.

Aune sonrió. Era imposible saber si la humedad de sus ojos se debía al dolor o si estaba emocionado. Harry miró a su amigo mientras los pensamientos se perseguían por su mente. O, mejor dicho, él corría por su cabeza en busca de una idea. Como si supiera algo que todavía no era consciente de saber, pero que tenía que encontrar. Lo único que sabía y tenía muy claro era que corría prisa.

—Jibran —dijo despacio.

Puede que se debiera a su tono, pero los otros giraron la cabeza como si fuera a decir algo importante.

—¿A qué huelen los jugos estomacales?

—¿Las secreciones? No lo sé. A juzgar por el aliento de las personas que sufren de acidez, puede que a huevos podridos.

—Hum. ¿Nada de almizcle?

Jibran negó con la cabeza.

—Que yo sepa, los seres humanos no.

—¿Qué quieres decir con que los seres humanos no?

—He abierto las tripas a gatos que desprendían un intenso olor a almizcle. Procedía de las glándulas anales. Distintas especies animales utilizan el almizcle para marcar su territorio o para atraer parejas en la época de celo. La antigua tradición islámica dice que el olor a almizcle es el aroma del Paraíso. O de la muerte, según lo mires.

Harry le clavó la mirada. Lo que sonaba en su cabeza era la voz de Lucille. «Pensamos que el poeta escribe en el mismo orden en que piensa. No es extraño, los seres humanos estamos programados para creer que lo que ocurre es consecuencia de un hecho anterior, no al contrario».

La cocaína robada, la sospecha de que se había hecho trampa, la prueba de que habían adulterado la droga. Esa era la secuencia de los hechos que habían aceptado por instinto. Alguien, el poeta, había alterado el orden. Harry lo entendía ahora, los había engañado. Él, puede que de manera literal, había olido el rastro del poeta.

—Truls, ¿puedes salir un momento?

Los otros tres vieron cómo Harry y Truls salían al pasillo.

Harry se volvió hacia él.

—Truls, sé que me has dicho que no fuiste tú el que sisó la cocaína. También sé que tienes motivos muy poderosos para mentir al respecto. Me importa una mierda lo que hayas hecho y creo que confías en mí. Por eso te lo voy a preguntar una vez más. ¿Fuiste tú o alguien que conoces? Tómate cinco segundos para pensártelo antes de responder.

Truls había bajado la frente como un toro. Pero asintió. Se quedó callado. Inspiró profundamente varias veces. Abrió la boca. Volvió a cerrarla como si hubiera caído en la cuenta de algo. Habló.

—¿Sabes por qué Bellman no clausuró nuestro grupo?

Harry negó con la cabeza.

—Porque fui a verlo y le dije que, si lo hacía, iba a contar la historia de un camello de una banda de motoristas de Alnabru al que mató. Yo mismo lo enterré en el cemento de la terraza de su casa nueva de Høyenhall. Si no me crees, solo tienes que desenterrarlo.

Harry miró a Truls largo rato.

—¿Por qué me cuentas eso?

Truls resopló, seguía teniendo la frente congestionada.

—Porque es la prueba de que confío en ti, ¿no? Te acabo de dar munición para mandarme a la trena durante años. ¿Por qué iba a confesar eso en lugar de admitir haber esquilmado algo de coca por la que me podrían caer, como mucho, un par de años?

Harry asintió.

–Comprendo.

–Bien.

Harry se frotó la nuca.

–¿Qué hay de los dos que fueron a recoger la droga?

–Imposible –dijo Truls–. Yo cargué con el lote desde la aduana hasta el coche en el aeropuerto, y luego del coche hasta el almacén de decomisos.

–Bien –dijo Harry–. Yo había dicho que algún funcionario de aduanas o del almacén podría haber sisado la droga. ¿Tú que crees?

–No lo sé.

–Ya, pero ¿qué *crees*?

Truls se encogió de hombros.

–Conozco a la gente que tocó lo incautado y ninguno de ellos es corrupto. Creo que solo se equivocaron al pesarla.

–Puede que tengas razón. Porque hay una tercera posibilidad que a mí, como el idiota que soy, no se me había ocurrido. Vuelve a entrar, ahora te sigo.

Harry intentó llamar a Katrine, pero no obtuvo respuesta.

–¿Y? –dijo Øystein cuando Harry entró y se sentó junto a la cama–. ¿Algo que nosotros tres no podíamos oír, después de todo lo que hemos pasado juntos?

Jibran esbozó una sonrisa.

–Nos hemos dejado engañar por la secuencia de los hechos –dijo Harry.

–¿Qué quieres decir?

–La partida llegó íntegra a Criminalística. Solo que, como dice Truls, no fueron muy precisos al pesarla, había una pequeña discrepancia. La sustracción se produjo después. Lo hizo el técnico criminalista que analizó la cocaína.

Lo miraron incrédulos.

—Pensadlo —dijo Harry—. Trabajas en Criminalística y te mandan una partida de cocaína casi pura porque los de Incautaciones sospechan que alguien la ha adulterado y ha robado la diferencia. Ves que no, que está limpia, nadie ha rebajado la droga. Puesto que en Incautaciones ya sospechan de alguien, aprovechas tu oportunidad. Coges un poco de la cocaína limpia, le añades algo de levamisol y devuelves la partida con la conclusión de que sí, alguien ha rebajado la droga antes de que llegara a Criminalística.

—¡Hermoso! —cantó Øystein con un rápido vibrato—. Si tienes razón, ese tipo es un listillo de sangre muy fría, joder.

—O ella —dijo Aune.

—Él —dijo Harry.

—¿Cómo lo sabes? —preguntó Øystein—. ¿No trabajan mujeres en Criminalística?

—Sí, ¿te acuerdas del tipo que se nos acercó en el Jealousy y nos contó que había pedido plaza en la Academia de Policía pero que había renunciado porque quería estudiar otra cosa?

—¿El novio ese de Bratt?

—Sí. En ese momento no pensé en ello, pero dijo que sus estudios podrían darle la posibilidad de seguir investigando. Esta tarde se le escapó a Katrine que la cena en Frognerseteren va a ser tan tarde porque tienen mucho que hacer en Criminalística. No es ella la que está muy ocupada, es él. ¿Has oído hablar de alguien llamado Arne en Criminalística, Truls?

Truls negó con la cabeza.

—Ahí trabaja mucha gente y yo no soy de los que van… —Movió la cabeza como si estuviera buscando la palabra adecuada.

—¿… haciendo nuevas amistades? —propuso Øystein.

Truls le dedicó una mirada de advertencia, pero asintió.

—Comprendo que pueda ser alguien de Criminalística —dijo Aune—. ¿Por qué estás tan seguro y por qué precisamente ese novio de Katrine? ¿Estás pensando en Kemper?

—Eso también —dijo Harry.

—Eh —intervino Øystein—. ¿De qué estáis hablando?

—Edmund Kemper —dijo Aune—. Un asesino en serie de los años setenta al que le gustaba relacionarse con policías. Es una característica común a varios asesinos en serie. Buscan acercarse a agentes que en teoría van a investigarlos, tanto antes como después de los asesinatos. Creo que Kemper también pidió plaza para formarse como policía.

—Están esos paralelismos —dijo Harry—. Pero, sobre todo, es ese olor intenso. Almizcle. Como cuero mojado o caliente. Helene Røed dijo que lo había notado durante la fiesta. Yo lo percibí en la sala de autopsias cuando Helene estaba allí, sobre la mesa. Lo olí cuando cortamos el ojo de Susanne Andersen y en el Jealousy la noche que conocimos a ese tal Arne.

—Yo no olí nada —dijo Øystein.

—El aroma estaba allí —dijo Harry.

Aune arqueó una ceja.

—¿Distinguiste ese olor entre otros cien hombres sudorosos?

—Es un olor jodidamente especial —dijo Harry.

—Tal vez tengas toxoplasmosis —dijo Øystein fingiendo preocupación—. ¿Te pusiste cachondo?

Truls se rio soltando un graznido.

Harry tuvo un repentino *déjà vu*. Bjørn Holm lo había limpiado todo a fondo después del asesinato de Rakel.

—Eso explicaría por qué no encontramos indicios en los escenarios de los crímenes ni en los cadáveres —dijo—. El que limpió era un profesional.

—¡Claro! —exclamó Truls—. Si hubiéramos encontrado su ADN...

—Todos los que trabajan en escenarios de crímenes y con cadáveres tienen su perfil de ADN en la base de datos —añadió Harry—. Así sabemos si un cabello procede de un técnico criminalista que no ha tenido suficiente cuidado.

—Si se trata del tal Arne —dijo Aune—, está con Katrine esta noche. En Frognerseteren.

—Como quien dice, en el bosque —dijo Øystein.

–Lo sé, y he intentado llamarla –dijo Harry–. No contesta. ¿Cómo de preocupados deberíamos estar, Ståle?

Aune se encogió de hombros.

–Katrine y él llevan saliendo un tiempo, ¿no? Si tuviera intención de matarla, es probable que ya lo hubiera hecho. Tendría que pasar algo que cambiara su actitud hacia ella.

–¿Como qué?

–Lo más peligroso sería que hiciera algo por lo que se sintiera humillado. Rechazarlo, por ejemplo.

48

VIERNES. EL BOSQUE

Thanh miraba por la ventana del tercer piso de un bloque de viviendas en Hovseter. Tenía el teléfono en la mano. Faltaba un minuto para las nueve. Bajó la vista hacia el coche que estaba aparcado delante del portal. Llevaba allí casi cinco minutos. Era el coche de Jonathan. Dio un respingo cuando el teléfono sonó. Los números de la pantalla mostraban que eran, con exactitud, las nueve.

Pensó en todas las excusas que se le habían ocurrido, para después descartarlas, durante la última hora. Aceptó la llamada.

—¿Sí?

—Estoy en la puerta.

—Vale, voy —dijo y dejó caer el teléfono en el bolso.

—¡Ya me marcho! —gritó desde el recibidor.

—*Tam biêt* —respondió su madre desde el cuarto de estar.

Thanh cerró la puerta y bajó en ascensor. No porque no tuviera fuerzas para ir por la escalera, solía hacerlo, sino porque quedaba una hipotética posibilidad de que el ascensor se detuviera, se atascara, y tuvieran que acudir los bomberos de modo que otros compromisos quedaran anulados.

El ascensor no se paró. Salió a la calle. Era una noche de una calidez extraña para ser de finales de septiembre, sobre todo porque estaba despejado.

Jonathan se inclinó sobre el asiento del copiloto y le abrió la puerta. Ella se sentó.

—Hola.

—Hola, Thanh.

El coche arrancó despacio. Cayó en la cuenta de que la había llamado por su nombre, en la tienda nunca lo hacía.

Al llegar a la carretera principal giró en dirección oeste.

—¿Qué es lo que me quieres enseñar? —preguntó ella.

—Algo hermoso. Algo que es para ti.

—¿Para mí?

Él sonrió.

—Y para mí también.

—¿No puedes decirme lo que es?

Negó con la cabeza. Ella lo miró de reojo. Estaba muy cambiado. Una cosa era que la llamara por su nombre y otra que dijera cosas que nunca le había oído decir, como la palabra «hermoso» o que algo era para ella. Había estado estresada, casi asustada, antes de meterse en el coche, pero algo, puede que fuera su manera de hablar, la tranquilizó.

Él sonreía, como si se hubiera dado cuenta de que ella lo miraba. Tal vez era así cuando no estaba trabajando, pensó Thanh. Después cayó en la cuenta de que ella era una empleada y él su jefe, así que aquello era, en cierto modo, trabajo. ¿O no?

Hovseter estaba al oeste de la ciudad, así que en pocos minutos dejaron atrás Røa y el campo de golf de Bogstad y se adentraron en las profundidades del valle de Sørkedalen, con extensos y tupidos bosques de abetos a ambos lados.

—¿Sabías que han visto osos ahí dentro? —preguntó él.

—¿Osos? —dijo ella alarmada.

No se rio de ella, se limitó a sonreír. Jonathan tenía una bonita sonrisa, no se había fijado antes. O tal vez sí, pero no había acabado de procesar esa idea. En la tienda sonreía en tan contadas ocasiones que era fácil olvidar cómo era entre una vez y la siguiente. Como si al sonreír temiera dejar al descubierto algo que no quería mostrarle. Sin embargo, ahora quería mostrarle algo. Algo «hermoso».

Sonó su teléfono y dio otro respingo.

Miró la pantalla, rechazó la llamada y guardó otra vez el teléfono en el bolso.

—Contesta si quieres —dijo él.

—No contesto cuando no puedo ver quién llama —dijo Thanh. Era mentira, había reconocido el número del policía, Sung-min. No podía arriesgarse a cogerlo aquí, claro, y que Jonathan volviera a cabrearse.

Él puso el intermitente y redujo la velocidad. Thanh no había visto ningún desvío, pero de repente apareció. Su corazón se aceleró mientras los neumáticos crujían al rodar sobre un estrecho camino de grava. Los faros delanteros eran la única luz ante un muro de negro bosque.

—¿Adónde…? —empezó a decir, pero se interrumpió temiendo que él percibiera el temblor de su voz.

—No tengas miedo, Thanh. Solo quiero alegrarte.

La había descubierto. ¿Solo quería alegrarla? Ya no estaba segura de que le gustara que él dijera esas cosas extrañas.

Detuvo el coche, apagó el motor y las luces y de repente estaban en la más completa oscuridad.

—Ya está —dijo—. Aquí nos bajamos.

Thanh tomó aire. Debía ser por la calma de su voz, era casi hipnótica, porque ya no estaba asustada, solo expectante. Enseñarle solo a ella. Algo hermoso. No sabía por qué, pero le pareció que aquello no era tan extraño. Que era algo que había estado esperando, sí, deseando. Que el temor que había sentido todo el día debía ser como el que una novia siente el día de su boda. Se bajó del coche e inhaló el aire fresco de la noche y el olor de los abetos. El pánico apareció de nuevo. Él le había insistido en que no se lo contara a nadie, y ella, tan tonta, no lo había hecho. Nadie sabía que estaba ahí. Tragó saliva. ¿En qué momento debía decir basta y que quería volver a casa? Si lo hacía ahora, él podría enfadarse y tal vez… ¿tal vez qué?

—Puedes dejar aquí el bolso —dijo él abriendo la puerta trasera.

—Prefiero llevarme el teléfono —dijo ella.

—Como quieras, pero métamelo en el bolsillo, puede hacer frío.
—Le ofreció una chaqueta forrada. Ella se la puso. Olía. Supuso que
a Jonathan. A hoguera. Al menos como si hubiera estado hace
poco junto a las llamas.

Jonathan se había puesto una linterna en la cabeza y se giró
antes de encenderla, para no deslumbrarla.

—Sígueme.

Pasó por encima de una zanja poco profunda y penetró en el
bosque, y Thanh no tuvo más remedio que saltar tras él. Se adentraron entre los árboles. Si había un sendero, ella no era capaz de
distinguirlo. Iban ascendiendo y de vez en cuando él se detenía para
apartar ramas y facilitarle el paso.

Fueron a dar a un claro bañado por la luna y ella aprovechó la
ocasión para sacar el teléfono. Le dio un vuelco el corazón. No es
que la cobertura fuera mala, es que no había *ninguna*.

Cuando levantó la vista se dio cuenta de que la luz del teléfono
le había estropeado la visión nocturna y solo distinguía negrura. Se
puso a parpadear.

—Por aquí.

Fue en dirección a la voz. Vislumbró a Jonathan en la linde del
bosque, le tendía una mano. La cogió sin pensarlo. Estaba seca y
caliente. Fueron hacia el interior. ¿Debería soltarse y echar a correr? ¿Adónde? Ya no tenía noción alguna de en qué dirección se
encontraban la carretera o la ciudad, y además, en el bosque la al-
canzaría hiciera lo que hiciera. Si se resistía, seguro que precipitaría
los planes que tuviera para ella. Sintió que el llanto le atenazaba la
garganta, y a la vez cierta obstinación. Ella no era una jovencita
indefensa e ingenua: si una parte de su mente le había asegurado que
aquello estaba bien, ¿para qué alimentar el miedo con pensamientos
paranoicos? Pronto sabría lo que él quería y sería como una de esas
pesadillas de las que te despiertas y comprendes que has estado a
salvo en tu cama todo el tiempo. Quería enseñarle algo hermoso,
eso era todo. En lugar de soltarle la mano, la sujetó un poco más
fuerte, por alguna extraña razón le daba seguridad.

Dio un respingo cuando él se detuvo.

—Hemos llegado —susurró—. Túmbate ahí.

Ella observó el lugar que iluminaba, era una especie de lecho de ramas de abeto. Como si percibiera sus dudas y quisiera mostrarle que era seguro, él se tumbó y le hizo señas para que ella lo hiciera a su lado. Ella tomó aire. Se preguntó cómo iba a decirle que no. Se humedeció los labios. Vio que él se había llevado el dedo índice a los suyos y la miraba con ese aire juvenil, alegre. Era una mirada que le recordaba a la de su hermano pequeño cuando hacían algo que sabían que estaba prohibido, el lazo gozoso de la conspiración. No supo si fue por eso o por otra razón, pero de pronto se había tumbado a su lado. Vio los restos de una pequeña hoguera muy cerca, como si alguien hubiera estado allí en otras ocasiones, a pesar de que estaban en mitad del bosque y no parecía el mejor lugar para acampar. Allí tumbada, podía ver el cielo y la luna entre las copas de los árboles. ¿Qué era lo que quería enseñarle?

Sintió su respiración muy cerca de la oreja.

—Tienes que permanecer en completo silencio, Thanh. ¿Puedes ponerte bocabajo? —Su voz, el olor que desprendía, sí, era como si la persona que siempre había sabido que Jonathan llevaba en su interior por fin hubiera emergido a la luz. O, mejor dicho, a la oscuridad.

Hizo lo que le decía. No tenía miedo. Cuando vio su mano ante su rostro solo pensó que iba a suceder, ahora.

Sung-min levantó la copa hacia Chris. Tras la llamada de Harry, había puesto punto final a la semana laboral llamando al número de Thanh para recabar sus servicios como cuidadora de perros y preguntarle si quería aprovechar la oportunidad para decirle algo sobre su jefe. Ella no contestó. No tenía mucha importancia, había investigado a fondo al tal Jonathan sin encontrar indicios de actividad delictiva alguna, ni antes, ni ahora. Así que había decidido desistir de sus sospechas. Era el método que siempre había empleado: atenerse a principios de investigación firmes y bien probados. Ya debería haber aprendido que hacer demasiado caso a lo que llamaban intuición resultaba atractivo solo porque era fácil. También había concluido que, si querías sobrevivir como investigador, tenías que olvidarte del caso en tu tiempo libre. Para lograrlo había que concentrarse en otra cosa, así que ahora estaba pendiente de Chris. De ellos. De esta cena y de esta velada que iban a pasar juntos. Nada más llegar estuvieron un poco tensos, el eco de su discusión no se había apagado del todo. El ambiente ya había mejorado. Iba a ser una cena agradable, y después harían el amor para reconciliarse.

Por eso, al notar que lo llamaban al móvil, ver que era Harry otra vez y que Chris lo miraba con una ceja enarcada como si quisiera advertirle que el sexo para reconciliarse estaba en juego, Sung-min decidió no contestar. Imposible que fuera algo que no pudiera esperar, ¿no? Sung-min le había dado a su índice derecho la orden de rechazar la llamada, pero no obedecía. Suspiró hondo y puso cara de sentirlo.

—Si no contesto, van a seguir llamando toda la noche. Te prometo que esto me va a llevar veinte segundos. —Empujó su silla sin esperar respuesta y fue a la cocina para demostrarle a Chris que los veinte segundos iban en serio, literal.

—Sé breve, Harry.

—OK. ¿Hay alguien que trabaje en Criminalística que se llame Arne?

—¿Arne? No que yo recuerde. ¿Cómo se apellida?

—No lo sé. ¿Podrías averiguar quién analizó la partida de cocaína verde incautada?

—Vale, mañana por la mañana me ocuparé.

—Pensaba en ahora mismo.

—¿Esta noche?

—Ahora, en el plazo de quince minutos.

Sung-min esperó para que Harry tuviera tiempo de darse cuenta de lo desmedido de su solicitud un viernes por la noche, y eso no era todo, se lo estaba pidiendo a alguien que desde un punto de vista formal era su superior. Puesto que no se produjo ni una corrección ni una disculpa, Sung-min carraspeó.

—Harry, me gustaría mucho ayudarte, pero ahora mismo tengo un tema personal al que debo dar prioridad, la verdad no va a esfumarse en un plazo de doce horas. Según mi instructor en la Academia Superior de Policía, era a ti a quien citaba al decir que la investigación de asesinatos en serie no es un esprint sino una maratón. Que hay que planificar la carrera. Mis veinte segundos se han acabado, Harry. Te llamaré mañana a primera hora.

—Hum.

Sung-min quiso apartarse el teléfono de la oreja, pero, de nuevo, la mano se negó a obedecer.

—En este momento Katrine está en compañía de ese tal Arne —dijo Harry.

Chris había contado los segundos. Le irritaba que hubieran pasado más de treinta cuando Sung-min volvió a sentarse ante él. Y le molestaba aún más que el otro evitara su mirada. Al menos mientras daba un largo trago a la copa de vino tinto cuyo nombre Chris ya había olvidado. Percibió el desasosiego de Sung-min, que siempre le hacía sentirse como el número dos, eso en el mejor de los casos.

—Vas a trabajar, ¿no?

—No, no, tranquilo. Esta noche tú y yo lo vamos a pasar bien, Chris. Llévate tu copa al sofá mientras pongo esa grabación de la tercera sinfonía de Brahms que he traído.

Chris lo miró con desconfianza, pero fueron al salón. Sung-min lo había convencido para que comprara el tocadiscos para vinilos, y mientras Sung-min lo ponía en marcha, él se dejó caer en el sofá.

—¡Cierra los ojos! —ordenó Sung-min.

Chris hizo lo que le decían y poco después la música flotó por la habitación. Esperó a notar cómo cedía el sofá en el hueco que le había dejado a Sung-min, pero no sucedió. Abrió los ojos.

—¡Eh! ¡Sung! ¿Dónde estás?

La respuesta llegó de la cocina.

—Solo un par de llamadas rápidas. Presta especial atención a los violonchelos.

49

VIERNES. EL ANILLO

El restaurante Frognerseteren estaba a gran altura, por encima de Oslo, entre las villas de la burguesía más elegante y los escenarios de las excursiones de esa misma burguesía. Los clientes del restaurante llevaban trajes y vestidos, los de la cafetería contigua, ropa de senderismo. Estaban a seis minutos a pie de la última parada del metro, y cuando Katrine llegó fue fácil localizar a Arne, estaba solo, sentado a una de las grandes y sólidas mesas de madera del exterior. Se había puesto de pie y abierto los brazos con una sonrisa y la mirada bondadosa y triste bajo la visera de la gorra. Ella se adentró algo recelosa en su imperativo abrazo.

—¿No hará demasiado frío? —preguntó al sentarse—. No han puesto setas para dar calor. Parece que hay mesas libres dentro.

—Sí, pero allí dentro no podremos ver la luna de sangre.

—Comprendo —dijo ella tiritando. Abajo, en la ciudad, hacía calor para esa época del año, pero aquí arriba la temperatura era mucho más baja. Echó una mirada a la luna blanca. Era luna llena, por lo demás tenía el aspecto de siempre—. ¿Cuándo sale la sangre?

—No es sangre. —Arne rio.

Hacía tiempo que le molestaba que él se tomara todo tan al pie de la letra, como si ella fuera una niña. Puede que esta noche le irritara más que nunca, con tantas ideas estresantes dándole vueltas por la cabeza y el desasosiego de pensar que debería estar trabajando, porque *el tiempo* no dejaba de trabajar, e iba en su contra.

—El eclipse se produce porque la tierra se encuentra entre el sol y la luna, de manera que la luna acaba a la sombra de la tierra —dijo él—. Es decir, que la luna solo debería ennegrecerse. Pero ocurre que la dirección de la luz cambia cuando impacta en algo con diferente densidad. ¿Lo recuerdas de las clases de física, Katrine?

—Hice letras.

—Vale, cuando la luz del sol entra en la atmósfera terrestre, la fracción roja de la luz del sol se inclina hacia el interior, de manera que impacta en la luna.

—¡Ajá! —dijo Katrine exagerando con ironía—. Entonces es luz, no sangre.

Arne sonrió satisfecho y asintió.

—Los seres humanos han observado el cielo en todas las épocas, y se han asombrado. Seguimos haciéndolo hoy en día, a pesar de que tenemos muchas de las respuestas. Creo que el motivo es que encontramos un cierto consuelo en la enormidad del espacio. Hace que nosotros y nuestras breves vidas parezcamos pequeños e insignificantes. Así, nuestros problemas parecen menores. Estamos aquí un instante y volvemos a desaparecer, ¿para qué dedicar el poco tiempo del que disponemos a preocuparnos? Tenemos que darle el mejor uso que podamos. Por eso te voy a pedir que desconectes tu cabeza, el teléfono, este mundo. Porque esta noche tú y yo nos vamos a centrar en las dos cosas más inmensas. El universo… —Puso la mano sobre la de ella—. Y el amor.

Las palabras impactaron en el corazón de Katrine. Por supuesto que sí, ella era muy sencilla en ese aspecto. A la vez sabía que era probable que le hubieran llegado aún más si las hubiera pronunciado otro. Tampoco estaba segura de que le gustara eso de apagar el teléfono, tenía una canguro en casa y era responsable de la investigación de varios asesinatos, un caso que podría no estar tan cerrado como habían creído unas pocas horas antes.

Hizo lo que le decía, apagó el teléfono. Había pasado una hora, habían comido y bebido y ella solo podía pensar en una cosa: escabullirse al baño para encender el móvil y ver si tenía alguna llamada perdida o mensajes. Podía decirlo por las buenas, claro, que del mismo modo que los planetas de Arne no dejaban de girar, la realidad de Oslo no se detenía para tomarse un descanso. Como para reforzar esa idea, oyó la sirena lejana y cantarina de un coche de bomberos allá abajo, en el centro de la ciudad. No quería estropearle la velada a Arne. Él no podía saber que sería la última que pasaría con ella. Sí, todo lo que decía era muy mono, pero algo excesivo. Demasiado Paulo Coelho, como diría Harry.

—¿Nos vamos? —preguntó Arne después de pagar la cuenta.

—¿Irnos?

—Conozco un lugar allí arriba donde hay menos luz y veremos la luna de sangre aún mejor.

—¿Arriba dónde?

—Junto al lago de Tryvann. Solo son unos minutos a pie. Ven, el eclipse empezará dentro de… dieciocho minutos —dijo mirando el reloj.

—Pues vamos —dijo ella y se puso de pie.

Arne se echó a la espalda una mochila pequeña. Ella le preguntó qué llevaba dentro y él le guiñó un ojo cómplice y se limitó a ofrecerle el brazo. Fueron en dirección a Tryvann. En la cumbre de la montaña, justo por encima del agua, podían ver la antena de radio y televisión de más de cien metros de altura. Había dejado de emitir señales muchos años atrás, ahora parecía un guardia desarmado a las puertas de Oslo. Algún que otro corredor y unos pocos coches los adelantaron, pero cuando tomaron el sendero que iba por la orilla del lago no se veía un alma.

—Este es un buen lugar —dijo Arne, y señaló un tronco.

Se sentaron. El reflejo de la luna cruzaba como una línea amarilla el agua negra como el asfalto que tenían ante ellos. Él le pasó el brazo por los hombros.

—Háblame de Harry.

—¿Harry? —respondió Katrine desprevenida—. ¿Por qué?

—¿Os queríais?

Ella rio o tosió, no sabía muy bien.

—¿Qué te hace creer eso?

—Tengo ojos en la cara.

—¿Qué quieres decir?

—Cuando vi a Harry en ese bar, caí en la cuenta de que es clavadito a Gert. O al revés. —Arne se rio—. No pongas esa cara de espanto, Katrine. Tu secreto está a salvo conmigo.

—¿Cómo sabes qué aspecto tiene Gert?

—Me has enseñado fotos. No se te habrá olvidado.

Ella no respondió, siguió escuchando las sirenas del centro. En algún lugar algo se quemaba y ella no debería estar aquí. Así de sencillo, ¿cómo podía explicárselo? ¿Tal vez recurriendo al tópico de que el problema lo tenía ella y no él? Porque era verdad, había destruido todas las cosas buenas de su vida, a excepción de Gert. Era evidente que el hombre que estaba sentado a su lado la amaba, y desearía ser capaz de amarlo a su vez. No solo ansiaba que la amaran, quería amar a alguien. Pero no a este que ahora se acercaba un poco más a ella, que tenía la mirada triste y sabía tantas cosas. Abrió la boca para decírselo sin haber decidido con precisión cómo iba a expresarse, solo sabía que tenía que contárselo. Él se le adelantó.

—Ni siquiera estoy seguro de querer saber qué ha habido entre Harry y tú. Lo único que me importa es que ahora estamos juntos y nos amamos. —Le cogió la mano, se la llevó a los labios y la besó—. Quiero que sepas que tengo espacio de sobra en mi vida para ti y para Gert. No para Harry Hole, me temo. ¿Sería demasiado pedir que no tengáis contacto el uno con el otro?

Ella lo miró fijamente.

Él seguía sosteniendo su mano entre las suyas.

—¿Qué me dices, mi amor? ¿Te parece bien?

Katrine asintió despacio.

—Eso es...

El rostro de Arne se iluminó con una gran sonrisa y abrió la mochila antes de que ella acabara la frase.

—... *es* demasiado pedir.

Su sonrisa se marchitó en las comisuras, pero logró mantenerla en la parte central.

Ella se arrepintió al instante, porque ahora parecía un pobre perro apaleado. Descubrió que la botella que iba a sacar de la mochila era de Montrachet, el vino que se había empeñado en creer su favorito. Vale, puede que no fuera el hombre de su vida, pero podía ser el hombre de una noche. Podía concederle y concederse eso. Una noche. Y ya aclararían las cosas mañana.

Arne volvió a meter la mano en la mochila.

—También he traído esto…

—Gregersen.

—Sung-min Larsen, de la Policía Judicial. Siento llamarte a casa un viernes a estas horas, he probado todos los números directos de Criminalística sin obtener respuesta.

—Sí, ya estamos de fin de semana, pero no pasa nada. Adelante, Larsen.

—Tengo una pregunta sobre el análisis de la cocaína incautada en Gardermoen, la que trajo problemas a los agentes que la recogieron.

—Sé a cuál te refieres, sí.

—¿Sabes quién de los vuestros la analizó?

—Sí, lo sé.

—¿Y bien?

—Nadie.

—¿Perdón?

—Nadie.

—¿Qué me estás diciendo, Gregersen? ¿Quieres decir que esa partida nunca se analizó?

Prim la miró. La Mujer, su elegida. ¿La había entendido bien? ¿Había dicho que no quería el anillo de diamantes?

En un primer instante se limitó a colocarse cuatro dedos delante de la boca, echó un vistazo a la cajita que él sostenía ante ella y exclamó:

–No puedo aceptarlo.

Prim pensó que una respuesta como aquella, espontánea, temerosa, no era de extrañar, porque sin duda es una sorpresa que alguien te ofrezca un símbolo del resto de tu vida, que representa algo demasiado grande para comprimirlo en una sola frase.

Dejó que ella tomara aire antes de repetir las palabras con las que había decidido acompañar la entrega.

–Toma este anillo. Tómame a mí. A nosotros. Te quiero.

Ella negó con la cabeza otra vez.

–Gracias, querido. Pero no está bien.

¿No estaba bien? ¿Qué podía ser mejor? Prim se lo había explicado, había ahorrado y esperado a esta ocasión especial porque estaba *bien*. Aún más, era *perfecto*. Incluso los cuerpos celestes sobre el fondo de terciopelo negro que los cubría remarcaban que era una ocasión especial.

–Es un anillo perfecto –dijo ella–. Pero no es para mí.

Ladeó la cabeza y le dedicó una mirada melancólica que quería transmitirle la pena que le daba todo aquello. Es decir, la pena que le *daba él*.

Sí, había entendido bien.

Prim sintió el zumbido. No era el viento suave entre las copas de los árboles que había imaginado, sino el de un televisor que ya no quiere sintonizar ningún canal, que está solo, aislado, sin sentido ni cometido. El zumbido sonaba cada vez más alto, la tensión en su cabeza se incrementó, ya era insoportable. Tenía que desaparecer, cesar. Pero no podía esfumarse, no podía eliminarse a sí mismo. Tendría que desaparecer ella. Tenía que dejar de existir. O bien... –la idea se le ocurrió en ese momento– el otro, sí, era él quien debía desaparecer. La causa. El que la envenenaba, la cegaba, la desconcertaba. El que provocaba que ella ya no fuera capaz de distinguir su amor verdadero, el de Prim, del otro, el parásito, el manipulador. Ese tipo, el policía, era su *Toxoplasma*.

–Si el anillo no es para ti –dijo Prim cerrando la cajita con la joya de diamantes–, esto lo es.

Sobre ellos había comenzado el eclipse, y como un caníbal voraz, la noche había empezado a roer el lado izquierdo de la luna. Había luz de luna más que suficiente en el lugar en el que se encontraban los dos, y Prim pudo ver cómo se dilataban sus pupilas mientras miraba el cuchillo que él había sacado.

–¿Qué…? –dijo ella. Su voz sonó seca y tragó saliva antes de proseguir–. ¿Qué es eso?

–¿Tú qué crees que es? –preguntó él.

Vio por su mirada que lo pensaba, vio que sus labios daban forma a las palabras que no querían salir. Él lo dijo por ella.

–Es el arma del crimen.

Pareció que ella iba a decir algo, pero él se levantó rápido y se colocó a su espalda. Le echó la cabeza hacia atrás y presionó su garganta con el filo del cuchillo.

–Es el arma asesina que abrió las arterias de Susanne Andersen y Helene Røed. La misma que abrirá la tuya si no haces exactamente lo que te digo.

Tiró tanto de su cabeza hacia atrás que ella pudo mirarlo a los ojos.

Tal y como se veían ahora, del revés, era como veían sus respectivos mundos. Sí, puede que aquello nunca pudiera ser. Tal vez lo había sabido. Tal vez por eso tenía prevista esta solución alternativa para el caso de que no aceptara el anillo. Le sorprendía que ella no mostrara incredulidad, parecía creerse cada una de sus palabras.

Bien.

–¿Q… qué tengo que hacer?

–Vas a llamar a tu policía y hacerle una invitación que no podrá rechazar.

50

VIERNES. LLAMADAS PERDIDAS

El maître levantó el auricular del teléfono fijo.

—Restaurante Frognerseteren.

—Soy Harry Hole. Necesito hablar con la inspectora Katrine Bratt, que está cenando ahí esta noche.

El maître dudó. No solo porque el altavoz del teléfono estaba conectado, sino porque el nombre le sonaba de algo.

—Estoy revisando la lista de las reservas de hoy, Hole, no veo ninguna mesa a su nombre.

—Es probable que esté a nombre de su acompañante, se llama Arne, desconozco el apellido.

—No hay ningún Arne, pero tengo un apellido sin nombre de pila.

—Bien. Es rubio, es probable que lleve una gorra. Ella es morena, marca las erres con acento de Bergen.

—Sí. Cenaron fuera, yo atendí esa mesa.

—¿Cenaron?

—Sí, me temo que ya se han marchado.

—Hum. ¿No habrás oído por casualidad adónde pensaban ir?

El maître dudó.

—No sé si yo…

—Es importante, se trata de la investigación policial sobre el caso de las mujeres asesinadas.

El hombre comprendió de qué le sonaba el nombre.

—El caballero llegó temprano y me preguntó si podía prestarle dos copas de vino. Llevaba una botella de Remoissenet Chassagne-Montrachet y dijo que tenía previsto pedirle matrimonio en Tryvann después de la cena, le di las copas. Era cosecha de 2018, sabe…

—Gracias.

Harry alargó la mano y cortó la llamada en el teléfono que estaba encima del edredón de Aune.

—Tenemos que ir a Tryvann inmediatamente. Truls, ¿avisas a la central de emergencias y pides que manden un coche patrulla? Las sirenas a tope.

—Lo intentaré —dijo Truls y sacó su teléfono.

—¿Listo, Øystein?

—Oh, que el Mercedes nos acompañe.

Los tres salían por la puerta cuando Harry sacó el teléfono, miró la pantalla y se detuvo de golpe con un pie dentro y otro fuera de la habitación. La puerta se cerró de golpe y el teléfono cayó al suelo. Se agachó a recogerlo.

—¿Qué pasa? —gritó Øystein desde el otro lado.

Harry tomó aire.

—Es una llamada desde el teléfono de Katrine. —Se dio cuenta de que por instinto había contemplado la posibilidad de que no fuera ella quien llamaba.

—¿No piensas contestar? —preguntó Aune desde la cama.

Harry lo miró sombrío. Asintió. Presionó la pantalla y se llevó el teléfono a la oreja.

—¿Estás seguro? —preguntó Briseid, el responsable de emergencias.

El bombero de más edad asintió.

Briseid suspiró, echó una mirada a la casa en llamas donde sus hombres estaban trabajando con las mangueras. Levantó la vista hacia la luna. Esa noche tenía un aspecto extraño, como si le pasara algo. Suspiró de nuevo, se echó el casco hacia atrás y empezó a caminar hacia el solitario coche patrulla. Era de la sección de Tráfico y Marítima de la policía y había llegado un rato después de que ellos tuvieran sus coches de bomberos ya colocados. Tras recibir el aviso de incendio, el equipo había tardado diez minutos y treinta y cinco segundos en llegar a la villa de Gaustad, aunque habría cambiado poco que tardaran unos minutos más. La casa ya estaba dañada por el fuego y llevaba muchos años desocupada, era poco probable que hubiera vidas en peligro. Tampoco había riesgo de que se extendiera a las casas vecinas. No era infrecuente que jóvenes malcriados incendiaran casas como esa, pero si el incendio era o no provocado tendrían que verlo después, ahora la prioridad era apagarlo. Desde ese punto de vista casi podían considerarse unas prácticas. El problema era que la casa estaba junto a la vía de circunvalación Ring 3 y el humo negro y espeso se adentraba en los carriles, de ahí la presencia de la sección de Tráfico. Por suerte para ellos el habitual e intenso tráfico de salida de los viernes por la tarde se había calmado, aunque, desde el montículo al que Briseid se había subido, podía ver los faros de los coches que no estaban envueltos en humo parados en la autopista. Según Tráfico había atasco en ambas direcciones, desde el cruce de Smestad hasta Ullevål.

Briseid le había dicho a la agente de policía que les llevaría tiempo tener el incendio controlado, al menos hasta que dejara de salir humo; la gente podría tardar en llegar a su destino. En todo caso, habían cerrado los accesos a la autopista, para que no se incorporaran más vehículos.

Briseid se acercó al coche patrulla. La agente bajó la ventanilla.

—Puede que al final sí que tengas que llamar a tus colegas.

—¿Ah?

—¿Ves a ese? —Briseid señaló al bombero entrado en años que estaba junto a uno de los camiones—. Le llamamos Sniff. Lleva ese nombre porque es capaz de distinguir ese olor entre todos los demás cuando algo se quema. Sniff nunca se equivoca.

—¿Ese olor?

—*Ese* olor.

—¿Cuál?

¿Era un poco lenta? Briseid carraspeó.

—Está el olor a barbacoa, y luego está el *olor a barbacoa*.

Vio por la expresión de su cara que se había enterado. La mujer agarró el micrófono de la radio policial.

—¿Y ahora qué pasa?

—¿Que qué pasa? —la voz sonó algo asombrada al otro lado.

—¡Sí! ¿Qué pasa? Acabo de encender el teléfono y hay siete llamadas perdidas tuyas.

—¿Dónde estás y qué haces?

—¿Por qué lo preguntas? ¿Pasa algo?

—Tú responde.

Katrine suspiró.

—Voy camino de la estación de metro de Frognerseteren. De ahí tengo intención de irme derecha a casa y tomarme un par de copas bien cargadas.

—¿Y Arne? ¿Está contigo?

—No. —Katrine bajaba por el mismo camino por el que habían subido, pero iba bastante más deprisa. La luna se consumía ahí arriba y puede que fuera esa visión la que hizo que decidiera dejar de prolongar el sufrimiento y clavarle el cuchillo directo en el corazón—. No, ya no está conmigo.

—¿Quieres decir que no está donde estás tú ahora?

—Quiero decir las dos cosas, Harry.

—¿Qué ha pasado?

—Sí… ¿qué ha pasado? La versión corta es que Arne vive en un mundo diferente y seguro que mucho mejor que el mío. Lo sabe todo de los elementos que componen el universo y, a pesar de eso, el mundo es para él un lugar rosado donde ves las cosas como quieres que sean, no como son en realidad. Tu mundo y el mío, Harry, son lugares mucho más feos. Pero son reales. Desde ese punto de vista deberíamos envidiar a todos los Arne. Creí que podría aguantar con él esta noche en especial, pero soy mala gente. Estallé y tuve que contarle al detalle cómo están las cosas y que no aguantaba un segundo más.

—Tú… eh… ¿has roto con él?

—He roto con él.

—¿Dónde está ahora?

—Cuando me fui estaba a la orilla del lago de Tryvann llorando con una botella de Montrachet y dos copas de cristal. Vale ya de hombres, ¿para qué llamabas?

—Llamo porque creo que la cocaína la sustrajeron en Criminalística, y que fue Arne quien lo hizo.

—¿Arne?

—Vamos a mandar una patrulla a detenerlo.

—¿Te has vuelto loco, Harry? Arne no trabaja en Criminalística.

Harry se quedó en silencio un rato.

—¿Dónde…?

—Arne Sæten es investigador y profesor de Física y Astronomía en la universidad.

Oyó que Harry farfullaba «oh, joder» por lo bajo y gritaba:

—¡Truls! Cancela ese coche patrulla.

Volvió con ella.

—Perdona, Katrine. Parece que me he pasado de rosca.

—¿Sí?

—Es la tercera vez que voy con todo y fallo en este jodido caso. Estoy listo para el desguace.

Ella se rio.

—Lo único que pasa es que estás tan sobrecargado de trabajo como todos nosotros, Harry. Desconecta la cabeza y descansa un poco. ¿No ibas a ver el eclipse de luna con Alexandra Sturdza y Helge Forfang? Todavía estás a tiempo, veo que solo un poco más de la mitad de la luna está cubierta.

—Hum. OK. Hasta luego.

Harry colgó, se inclinó hacia delante y escondió la cabeza entre las manos.

—Joder, joder.

—No seas demasiado duro contigo mismo, Harry —dijo Aune.

No respondió.

—¿Harry? —dijo Aune con cuidado.

Harry levantó la cabeza.

—No soy capaz de dejarlo ir —dijo con voz rasposa—. Sé que tengo razón. Que casi tengo razón. El razonamiento es correcto, solo hay un error minúsculo en alguna parte. Solo tengo que encontrarlo.

«Ahora va a suceder», pensó Thanh cuando vio que acercaba la mano a su cara.

No tenía muy claro qué era lo que iba a pasar en concreto. Solo que era algo peligroso. De un peligro estimulante. Algo que debería temer, algo que le *había* dado miedo, pero ya no. Porque no era *peligroso* de verdad, de eso estaba segura, algo en él se lo decía.

Su mano se había detenido. Se quedó paralizada en el aire, adoptando la forma de una pistola. Entonces se dio cuenta de que no iba a tocarla, de que estaba señalando. Giró la cabeza en la dirección en que apuntaba el dedo índice, tuvo que apoyarse un poco en los codos para ver por encima del final de la cuesta. Había cogido aire de forma instintiva. Lo retuvo.

Allí, bañados por la luz de la luna en un claro del bosque, al final de la pendiente, vio cuatro, no, *cinco* zorros. Cuatro cachorros que jugaban sin hacer ruido y un adulto que los cuidaba. Uno de los cachorros era un poco más grande que los demás, y era a ese al que ella estaba mirando con atención.

—Es… —susurró.

—Sí —susurró Jonathan—. Es Nhi.

—Nhi. ¿Cómo sabes que lo llamaba…?

—Te vi. Lo llamabas así cuando jugabas con él y le dabas de comer. Hablabas más con él que conmigo. —En la oscuridad, ella pudo ver que sonreía.

—Pero… ¿cómo ha ocurrido… esto? —susurró ella y señaló a los zorros con un movimiento de cabeza.

Jonathan suspiró.

—Soy un imbécil por aceptar animales prohibidos de la gente. Como de ese que tenía dos babosas rosas del monte Kaputar e hizo que me quedara con una porque opinaba que había más probabilidades de que al menos una de ellas sobreviviera si vivían y eran alimentadas en dos lugares distintos. Debería haber dicho que no. Si ese policía lo hubiera descubierto me habrían clausurado la tienda. No he dormido desde que la tiré por el retrete. En el caso de Nhi al menos tuve tiempo para pensar. Sabía que a la larga no podríamos ocultarlo y que, en ese caso, las autoridades sanitarias lo sacrificarían. Lo llevé a la veterinaria y ella me dijo que estaba sano, así que lo dejé con esta familia de zorros que sabía que vivía aquí. No estaba nada claro que fueran a aceptar a Nhi y sé cuánto querías a ese cachorro. No quería decirte nada antes de haberle hecho un seguimiento y estar seguro de que saldría bien.

—¿No quisiste decirme nada porque te preocupaba que me entristeciera?

Vio que Jonathan se retorcía un poco.

—Solo pensé que duele que te den esperanzas porque si las cosas no salen como habías pensado o soñado, resulta aún más doloroso.

Porque de eso él sabía un rato, pensó Thanh. Y algún día averiguaría más al respecto.

Ahora mismo no sabía si era por la oscuridad, la alegría liberadora y el alivio que sentía, la luna o solo que estaba muy cansada, pero le apetecía rodearlo con los brazos.

—Supongo que se te ha hecho tarde —dijo él—. Si quieres, podemos volver otro día.

—Sí —susurró ella—. Me gustaría mucho.

En el camino de vuelta tuvo que esforzarse para seguirlo. No daba la impresión de ir deprisa, tenía ese paso que gana metros al terreno, propio de los que están acostumbrados a caminar por el bosque. Cruzaron el claro a la luz de la luna y estudió su espalda. También su lenguaje corporal, el porte… eran diferentes aquí, no como en la tienda, en la ciudad. Parecía irradiar calma, alegría, naturalidad, como si este fuera su hábitat. Tal vez se debiera también a que sabía que la había hecho feliz, sospechaba que era así. Intentaba ocultarlo, claro, pero lo había desenmascarado, ya no se dejaría engañar por su aire malhumorado.

Ella iba al trote. Puede que él creyera que bastaba una sola hora en el bosque para que ella también perteneciera a aquel lugar, estaba claro que ya no pensaba que hiciera falta darle la mano.

Dio un gritito y fingió tropezarse. Él se detuvo de golpe y la deslumbró con la linterna que llevaba en la cabeza.

—Vaya, perdona. Yo… ¿Estás bien?

—Sí, sí —dijo ella y le tendió la mano.

Él la cogió.

Siguieron caminando.

Thanh se preguntó si estaba enamorada. Si era el caso, ¿desde cuándo? Y si de verdad lo estaba, cómo sería de difícil hacer que él se diera cuenta.

51

VIERNES. PRIM

—Deberías estar más aliviado, Harry —dijo Aune—. ¿Qué pasa ahora?

Øystein y Truls acababan de salir de la habitación 618 para adelantarse.

Harry bajó la mirada hacia su amigo moribundo.

—Es una anciana de Los Ángeles. Se metió en un lío y he estado intentando… bueno, arreglar las cosas.

—¿Por eso regresaste a casa?

—Sí.

—Ya decía yo que tenía que ser algo más que trabajar para Markus Røed.

—Hum. La próxima vez te lo contaré, creo que ahí hay mucho material interesante para el psicólogo.

Aune rio por lo bajo y agarró a su amigo de la mano.

—La próxima vez, Harry.

A Harry le pillaron por sorpresa las lágrimas que desbordaron sus ojos. Respondió al apretón de manos de Ståle. No dijo nada, sabía que se le quebraría la voz. Se abrochó la chaqueta y salió a toda prisa al pasillo.

Øystein y Truls estaban a unos cinco metros, delante de las puertas del ascensor, y se volvieron hacia él.

Sonó el teléfono de Harry. ¿Qué podía responder si era la policía de Los Ángeles? Sacó el teléfono y lo miró. Era Alexandra, debería haberle mandado un mensaje para avisar de que no llegaría a tiempo de ver el eclipse. Aplazó responder mientras decidía si tenía ánimos para ir hasta allí. En ese momento le tentaba más tomarse una copa en majestuosa soledad en el bar del hotel. Un eclipse de luna en la azotea de Medicina Legal. Vale. Al responder a la llamada apareció un SMS en la pantalla. Era de Sung-min Larsen.

—Hola —dijo mientras leía el mensaje.

—Hola, Harry.

—¿*Eres* tú, Alexandra?

—Sí.

—No me parecía tu voz —dijo Harry y deslizó la mirada por el mensaje—. Suenas diferente.

> La cocaína no se analizó en el laboratorio de Criminalística porque no tenían capacidad y la mandaron a Medicina Legal. Se ocupó un tal Helge Forfang, que ha fechado y firmado el análisis. Sung-min.

Harry sintió que su corazón dejaba de latir. Secuencias sueltas que se habían enfrentado pasaban ahora ante sus ojos y encajaban de manera asombrosa en pocos segundos. Alexandra, durante su visita a Medicina Legal, comentando que cuando faltaban recursos en Criminalística se limitaban a mandarles a ellos el trabajo. Helge diciéndole abiertamente a Harry que el parásito *Toxoplasma gondii* formaba parte de su especialidad. Alexandra informándole de que había invitado a Helge a la fiesta de la terraza de Røed, esa clase de evento en el que la gente se presentaba sin avisar. Un técnico en autopsias que había tenido la oportunidad de implantar ADN en los cadáveres de Susanne y Bertine para dirigir las sospechas hacia personas concretas, podía haberlo hecho *después* del hallazgo de los cadáveres. Sobre todo: el olor a almizcle en la sala de autopsias cuando Helge acababa de estar allí y que Harry creyó que procedía del cadáver. El mismo olor que Harry percibió al inclinarse hacia Helge cuando acababa de diseccionar el ojo de Susanne Andersen y que Harry, idiota como era, había creído que procedía del ojo.

Más piezas. Todas encajaban y creaban un mosaico, una imagen grande pero nítida y definida. Como siempre que las cosas ocupaban su lugar natural, Harry se preguntó cómo había sido capaz de *no* verlo antes.

La voz de Alexandra, con tanto miedo que casi no la había reconocido, sonó de nuevo.

—¿Puedes venir aquí, Harry?

El tono era de súplica. *Demasiada* súplica. No era la Alexandra Sturdza que él conocía.

—¿Dónde es aquí? —preguntó para ganar tiempo y pensar.

—Ya sabes. La azotea de…

—Medicina Legal, sí. —Harry llamó a Øystein y a Truls con la mano y volvió a entrar marcha atrás en la 618—. ¿Estás sola?

—Casi.

—¿Casi?

—Ya te dije que Helge y yo estaríamos aquí.

—Hum. —Harry respiró profundamente y bajó la voz hasta casi susurrar—. ¿Alexandra? —Se dejó caer en la silla, junto a la cama, en el momento en que Truls y Øystein entraban en la habitación.

—¿Sí, Harry?

—Escúchame bien. No hagas ningún gesto y solo responde sí o no. ¿Puedes salir de ahí sin despertar sospechas, decir que vas al baño o algo así?

No hubo respuesta. Harry alejó un poco el teléfono de la oreja y los otros tres componentes del grupo Aune inclinaron la cabeza hacia el Samsung.

—¿Alexandra? —susurró Harry.

—Sí —dijo ella sin entonación.

—Helge es el asesino. Tienes que irte. Salir del edificio o encerrarte en alguna parte hasta que lleguemos. ¿Vale?

Se oyó un chisporroteo. Después otra voz, una voz de hombre.

—No, Harry. No vale.

La voz era familiar y, a la vez, nueva, como otra versión de una persona conocida. Harry tomó aire.

—Helge —dijo—. ¿Helge Forfang?

—Sí —confirmó la voz. No solo era más profunda de lo que Harry recordaba. También sonaba más relajada, más segura de sí misma. Como la de alguien que ha vencido—. Pero tú puedes llamarme Prim. Todos los que odiaba me llamaban así.

—Como quieras, Prim. ¿Qué ocurre?

—Esa es la cuestión, Harry. Lo que sucede es que estoy aquí con un cuchillo en la garganta de Alexandra y me pregunto qué nos deparará el futuro a los dos. Bueno, puede que a los tres, supongo que formas parte de esto. Comprendo que me han descubierto, que he perdido la posición, como se dice en el ajedrez. Hasta el último momento tuve la esperanza de poder evitarlo, pero, aunque hubiera sabido que iba a acabar así, no habría cambiado lo que he hecho. Estoy bastante orgulloso de lo que he logrado. Creo que incluso mi tío lo estará cuando lea sobre ello. Me refiero al breve lapso de tiempo en que su cerebro consumido por los parásitos sea capaz de retenerlo.

—Prim…

—No, Harry, no tengo ninguna intención de eludir el castigo por lo que he hecho. En realidad iba a quitarme la vida cuando todo hubiera acabado, pero han ocurrido cosas. Cosas que me hacen desear seguir viviendo. Estoy interesado en negociar para que el castigo sea lo más benévolo posible. Para poder negociar hace falta una moneda de cambio, y resulta que yo tengo este rehén cuya vida puedo salvar, o no. Estoy seguro de que me comprendes, Harry.

—Tu mejor opción para que la condena sea más leve es dejar que Alexandra se vaya y entregarte a la policía ahora mismo.

—Quieres decir que eso sería lo mejor para ti. Quitarme de en medio para que te quede el camino libre.

—¿Camino libre para qué, Prim?

—No te hagas el tonto. Camino libre hacia Alexandra. La has contaminado, has hecho que te desee, le has hecho creer que tienes algo que ofrecerle. Por ejemplo, amor verdadero. ¿Qué te parece un intercambio, ocupar su lugar?

—¿Y la dejarás ir?

—Por supuesto. Ninguno de nosotros quiere que Alexandra salga herida.

—OK. En ese caso te propongo cómo hacerlo.

La risa de Helge era más aguda que su voz.

—*Nice try*, Harry, pero creo que es mejor que yo dirija.

—Hum. ¿Y qué propones?

—Haz que alguien te traiga en coche hasta aquí. Aparcad delante del edificio, en mitad del patio, para que pueda ver cómo los dos, y solo dos, os bajáis del coche y entráis en el edificio por la puerta que yo abriré desde aquí. Debes llevar las manos esposadas a la espalda. ¿Comprendes?

—Sí.

—Subiréis en el ascensor hasta la última planta, os acercaréis a la puerta de la azotea, la abriréis unos centímetros y avisaréis de que habéis llegado. Si salís lanzados, le rajaré el cuello a Alex. Esto también lo entiendes, ¿verdad?

Harry tragó saliva.

—Sí.

—Cuando yo os diga, saldréis andando *de espaldas* a la azotea, sin mirarme.

—¿De espaldas?

—Es así como lo hacen en las prisiones de alta seguridad, ¿o no?

—Sí.

—Entonces seguro que lo entiendes. Tú irás primero. Das ocho pasos hacia atrás y luego te paras y te pones de rodillas. Quien vaya contigo caminará cuatro pasos de espaldas y también se pondrá de rodillas. Si no lo hacéis exactamente así…

—Comprendo. Ocho y cuatro pasos hacia atrás.

—Bien, eres espabilado. Pondré el cuchillo en tu garganta mientras Alexandra camina hacia la puerta de la azotea. Tu ayudante la seguirá hasta el coche y se marcharán.

—¿Y entonces?

—Entonces pueden empezar las negociaciones.

Se hizo un silencio.

–Sé lo que estás pensando, Harry. ¿Por qué cambiar un buen rehén por otro peor? ¿Por qué entregar a una joven inocente que tanto la policía como los políticos saben que despertará sentimientos mucho más intensos en el público que un viejo detective de homicidios?

–Bueno...

–La respuesta es sencilla: la quiero, Harry. Para que esté dispuesta a esperar hasta que yo sea un hombre libre, tengo que demostrarle que mi amor es auténtico. Creo que tal vez el jurado también lo considere una circunstancia atenuante.

–No estoy seguro –dijo Harry–. ¿Quedamos en vernos dentro de una hora?

La risa ligera volvió a brotar del teléfono.

–*Nice try again*, Harry. No creerás que tengo intención de dejarte tiempo suficiente para reunir a las fuerzas especiales y la mitad de la policía antes del intercambio, ¿verdad?

–Vale, pero no estamos cerca. ¿Cuánto tiempo tenemos para llegar?

–Creo que mientes, Harry. Creo que no estás muy lejos. ¿Puedes ver la luna desde allí?

Øystein se acercó deprisa a la ventana. Asintió.

–Sí –dijo Harry.

–Entonces verás que el eclipse ha empezado. Cuando la luna esté totalmente cubierta, le cercenaré la garganta a Alexandra. Solo dispones de unos minutos.

–Pero...

–Si los astrónomos aciertan en sus cálculos, te quedan... vamos a ver... veintidós minutos. Solo una cosa más. Dispongo de ojos y oídos en muchos lugares, y si oigo o veo que la policía u otros han sido alertados antes de que llegues, Alexandra morirá. Venga, date prisa.

–Pero... –Harry levantó el teléfono para que los otros vieran que habían cortado la comunicación. Miró el reloj. Helge Forfang les había dado tiempo suficiente, por la vía de circunvalación Ring 3 no tardarían más de cinco o seis minutos en llegar a Medicina Legal en el hospital Riks.

—¿Os habéis enterado? —preguntó.

—Más o menos —dijo Aune.

—Se llama Helge Forfang, trabaja en Medicina Legal y tiene a una compañera como rehén en la azotea. Quiere cambiarla por mí. Tenemos veinte minutos. No podemos avisar a la policía, si lo hacemos es bastante probable que lo descubra. Vámonos, solo puede acompañarme uno de vosotros.

—Iré yo —dijo Truls decidido.

—No —dijo Aune con la misma convicción.

Los demás lo miraron.

—Lo has oído, Harry, te matará. Para eso quiere que vayas. A ella la ama, pero a ti te odia. No va a negociar. Puede que no tenga una percepción de la realidad muy firme, pero sabe tan bien como tú y yo que no puedes obtener una reducción de condena negociando con un rehén.

—No lo sé —dijo Harry—. Ni siquiera tú puedes estar seguro de cuál es su estado mental, Ståle. *Puede* creer que es así.

—Resulta poco probable, y ¿piensas jugarte la vida por eso?

Harry se encogió de hombros.

—El tiempo pasa, caballeros. Y sí, creo que ganamos al cambiar un viejo y quemado detective de homicidios por una joven investigadora médica de talento. Es un cálculo sencillo.

—¡Exacto! —exclamó Aune—. Es matemática pura.

—Bien, estamos de acuerdo. ¿Nos vamos, Truls?

—Tenemos un problema —dijo Øystein que consultaba su móvil junto a la ventana—. Veo que el tráfico está parado. Es muy poco habitual a estas horas de la noche. Según la NRK han cerrado Ring 3 a causa del humo procedente de una casa incendiada. Eso quiere decir que las carreteras locales estarán llenas y, como taxista, os garantizo que no vais a llegar al hospital Riks en veinte minutos. Ni en treinta.

Los cinco, incluido Jibran, intercambiaron miradas.

—Lo que faltaba —dijo Harry. Miró el reloj—. Truls, ¿tienes ganas de abusar de la autoridad policial de la que careces?

—Con mucho gusto —dijo Truls.

—Bien. En ese caso bajaremos a urgencias y requisaremos una ambulancia con luz y sirenas, ¿qué te parece?

—Suena divertido.

—¡Alto! —gritó Aune. Golpeó la mesilla con el puño, volcó el vaso de plástico y el agua se derramó por el suelo—. ¿No oís lo que os estoy diciendo?

52

VIERNES. SIRENAS

Prim oyó el sonido intermitente de una sirena en la noche cada vez más oscura. Pronto la luna sería devorada por completo y el cielo solo estaría iluminado por las luces amarillas de la ciudad. No sonaban sirenas de la policía, ni tampoco las de los bomberos que había oído al comenzar la tarde. Era una ambulancia. Quizá iba camino del hospital Riks, pero algo le decía que se trataba de Harry Hole anunciando su llegada.

Abrió la mochila que contenía la radio policial que llevaba encendida. Por supuesto que Harry podría informar a sus colegas sin pasar por la emisora, Prim no era el primer delincuente con acceso a la frecuencia policial. Sin embargo, había algo en el tono tranquilo y relajado de las comunicaciones que le decían que no podían ser muchos los agentes al tanto de lo que estaba pasando. El cadáver carbonizado en un chalet en llamas en Gaustad parecía ser lo más dramático.

Había colocado su silla detrás de la de Alexandra, de manera que los dos miraran hacia la puerta metálica por la que el detective y su acompañante estaban a punto de entrar. Había considerado la posibilidad de que solo viniera Harry, pero no podía descartar que tuvieran que obligar a Alexandra a marcharse por la fuerza.

De vez en cuando una ráfaga de aire traía el olor a humo de Gaustad, que estaba a una media hora o así. Prim no quería respirarlo. No quería llevar dentro nada más de Markus Røed. El odio se había agotado. Quedaba el amor. Sí, puede que la primera reacción de ella hubiera sido de rechazo. No le extrañaba. Se había precipitado, ella había sufrido un shock, y ¡la reacción instintiva ante un shock es huir! ¡Ella creía que solo eran amigos! Puede que de verdad pensara que él era gay. Tal vez él lo había confundido con un flirteo, una excusa para poder invitarlo a salir e ir a fiestas aparentando que no había segundas intenciones. En parte le había seguido el juego, pensó que tal vez ella necesitara esa excusa, incluso había admitido haber mantenido relaciones sexuales con un hombre sin contarle los abusos de su padrastro. ¡Alexandra y él se lo habían pasado tan bien juntos! Necesitaba madurar la idea de que él la amaba, estaba claro, se había precipitado con el anillo de diamantes. Sí, quedaba el amor. Para que el amor mutuo floreciera había que quitar de en medio todo lo que impedía el paso a la luz solar.

Prim palpó la inyección que llevaba en el bolsillo interior de la chaqueta. Después de hablar con Harry le había mostrado la jeringuilla a Alexandra y se lo había explicado. Puede que no tuviera conocimientos suficientes de microbiología para ser el público ideal, pero con lo que sabía de medicina estaba más preparada que la media. Lo bastante cualificada como para comprender el hallazgo que suponía crear parásitos que actuaban diez veces más deprisa que los viejos y lentos. No podía decirse que hubiera cosechado las exclamaciones que esperaba cuando le contó que los parásitos *gondii* habían penetrado en el cerebro de Terry Våge en menos de una hora. Seguramente tenía demasiado miedo para prestar atención, era más que probable que creyera que su vida estaba en peligro. Y sí, puede que lo hubiera estado si no fuera porque Harry Hole era muy previsible. Hole haría exactamente lo que él, Prim, le ordenara, era de la vieja escuela: mujeres y niños primero. Llegaría a tiempo.

Prim se sentía feliz, mucho más que después de chamuscar la cabeza de su padrastro. Cierto que la batalla estaba perdida. Alexandra había rechazado el anillo y Harry Hole lo había descubierto. Quedaba la guerra y la iba a ganar. Lo primero era quitar a su rival de en medio para siempre. Así funcionaba el mundo animal y los seres humanos eran, a fin de cuentas, animales. Después tendría que ir a la cárcel, claro. Pero ese tiempo serviría para que ella aprendiese a amarlo. Lo haría, porque con Harry derrotado comprendería que él era su macho y no el policía. Era muy sencillo. No banal, pero sencillo. Sin complicaciones. Solo era cuestión de tiempo.

Miró la luna.

Solo quedaba un fragmento para que estuviera cubierta en su totalidad. Las sirenas se aproximaban, ya estaban muy cerca.

—¿Oyes cómo viene a salvarte? —Prim pasó el dedo índice por la espalda de la chaqueta de Alexandra—. ¿Te alegras? ¿Te alegras de que alguien te ame tanto que esté dispuesto a morir por ti? Pues debes saber que yo te amo más. Había previsto morir, pero decidí *vivir* por ti, diría que ese es un sacrificio mayor.

La sirena enmudeció de repente.

Prim se puso de pie y recorrió los pocos metros que lo separaban del borde de la azotea.

Haces de luz amarilla recorrieron el aparcamiento vacío allá abajo.

Era una ambulancia.

Dos personas bajaron por la puerta lateral trasera. Reconoció a Hole por el traje negro. El otro iba vestido con algo de color azul claro, parecía un pijama de hospital. ¿Hole se había traído a un enfermero o a un paciente? Hole se giró dando la espalda a la azotea y, aunque Prim no podía distinguir las esposas desde allí, vio el reflejo de las farolas en el metal. Los dos avanzaron despacio, cogidos del brazo, hasta la puerta, que estaba justo debajo de Prim.

Prim tiró la cajetilla de Camel de Alexandra y vio cómo caía por la fachada y aterrizaba con un sonido blando ante ellos. Dieron un respingo, pero no miraron hacia arriba. El hombre vestido con ropa de hospital recogió la cajetilla y la abrió. Sacó la tarjeta de Prim y la nota en la que había escrito el código de acceso, el piso al que debían subir y la ubicación de la puerta de la azotea.

Él volvió y se sentó en la silla colocada detrás de la de Alexandra, ambos con el rostro vuelto hacia la puerta que estaba a diez metros.

Comprobó cómo se sentía. ¿Temía lo que iba a suceder? No. Ya había asesinado a tres mujeres y a tres hombres.

Estaba expectante. Era la primera vez que iba a atacar físicamente a alguien que no estuviera ya reducido a ser un robot, programado y predecible, controlado por los parásitos que les había inoculado. Por así decirlo, todos se habían dejado engañar y se habían infectado ellos mismos. Helene Røed y Terry Våge los habían ingerido con alcohol, Susanne y Bertine los habían esnifado en la fiesta. El camello que pasaba cocaína en la plaza Jernbane los había inhalado con el *snuff bullet* de Bertine. Tuvo la idea el día que recibieron la partida de cocaína verde incautada. Es decir, hacía mucho que había captado los rumores sobre el gusto excesivo de Markus Røed por la cocaína y se había preguntado si sería una vía para introducir el parásito en su cuerpo. No comprendió que era una gran oportunidad hasta que llegó la droga requisada y lo asoció a lo que Alexandra le había contado de la fiesta en la terraza de Røed. La paradoja fue que otras tres personas ingirieron la cocaína y tuvieron que pagar con sus vidas antes de que, por fin, lograra infestar a su padrastro con su variante del *Toxoplasma gondii*. Mezclado con lo más saludable, natural e imprescindible para la vida que un ser humano precisa: agua. Al pensar en ello no podía evitar sonreír. Fue él quien llamó a Krohn para decirle que Markus Røed debía acudir cuanto antes a Medicina Legal para identificar el cadáver de su esposa. Tenía un vaso de agua esperando a Røed. Incluso podía recordar palabra por palabra lo que le había dicho para que se la bebiera antes de entrar en la sala de autopsias: «La experiencia nos dice que es mejor estar hidratado en una situación como esta».

La luna estaba casi consumida y había oscurecido aún más, Prim oyó los primeros y lentos —muy lentos— pasos en la escalera.

Comprobó una vez más que la jeringuilla de su bolsillo estuviera lista para inyectar.

Sonó el lamento de los goznes de la puerta metálica. Se abrió unos pocos centímetros. Una voz afónica dijo desde el otro lado:

—Somos nosotros.

La voz de Harry Hole.

Alexandra reprimió un sollozo. Prim sintió que la ira se apoderaba de él, se inclinó y le susurró al oído.

—Quédate quieta, inmóvil, mi amor. Quiero que vivas, pero si no haces lo que te digo me obligarás a matarte.

Prim se levantó de la silla. Carraspeó.

—¿Recordáis las instrucciones? —Oyó con satisfacción que su voz era fuerte y clara.

—Sí.

—Pues sal. Despacio.

La puerta se abrió.

En el instante en que la figura trajeada traspasó de espaldas el alto umbral, Prim se dio cuenta de que el eclipse se había completado. Lanzó de forma instintiva una mirada a la luna, que estaba justo encima del tejado. La esfera no estaba negra, tenía un color rojizo, mágico. Parecía una medusa pálida, agotada, con la luz justa para ella misma y nada que compartir con la gente de ahí abajo.

La silueta de la puerta dio los primeros de los ochos pasos acordados hacia Alexandra y Prim, despacio, arrastrando los pies como si llevara grilletes. Como un condenado a muerte en el cadalso, pensó Prim. Alguien que intentaba prolongar su patética vida unos segundos más. Vio la resignación, la derrota en el cuerpo encogido. La noche en que Prim había espiado a Harry Hole y a Alexandra —que habían salido a cenar y luego caminaron muy juntos, como una pareja, por el parque Slotts—, Hole le había parecido grande y fuerte. Al igual que la noche que los había espiado en el bar Jealousy. Ahora parecía que Hole hubiera encogido hasta adoptar su tamaño real dentro de ese traje. Estaba seguro de que Alexandra veía lo mismo que él, que el traje hecho a medida para el hombre que ella creía que era ya no le quedaba bien.

Cuatro pasos por detrás de Hole salió andando de espaldas la otra figura, con las manos entrelazadas en la nuca. ¿Los últimos restos de la luz de la luna se reflejaban débilmente en algo, el hombre del pijama de hospital llevaba un arma en las manos? No, no era nada, tal vez un anillo.

Hole se detuvo. Parecía que las manos sujetas por las esposas a la espalda le estaban dificultando ponerse de rodillas sin caer de bruces. El hombre se comportaba ya como un cadáver. Prim esperó a que el hombre del pijama de hospital también estuviera arrodillado. Se acercó a Hole, levantó la mano derecha que sostenía la jeringuilla. Apuntó a la nuca, a la piel pálida, casi blanca y fofa que asomaba por el cuello de la camisa.

En unos segundos se habría terminado.

—¡No! —gritó Alexandra a su espalda.

Prim giró el brazo. Harry Hole no tuvo tiempo de reaccionar antes de que la punta de la aguja diera con su cuello y lo penetrara. Dio un respingo, pero no se volvió. Prim apretó el émbolo, sabía que el trabajo estaba hecho, que los parásitos ya estaban en camino, que les había facilitado la ruta más corta hasta el cerebro, que sería aún más rápido que con Våge. Vio al otro hombre, el de la ropa de hospital, girarse en la penumbra. Volvió a ver un brillo mate entre sus manos, ahora Prim pudo distinguirlo. No era un anillo. Era el propio dedo. Un dedo metálico.

El hombre se había girado por completo. Se puso de pie. A causa del ángulo de visión, había sido difícil distinguir, cuando se bajaron del coche, que este hombre era alto, más alto que el individuo trajeado; al salir a la azotea, los dos iban un poco encorvados. Pero en ese momento Prim se dio cuenta de que se trataba de él. El hombre del pijama de hospital era Harry Hole. Pudo ver también su rostro, los ojos claros y la boca deformada.

Reaccionó lo más rápido que pudo. Se había preparado para que, de una manera u otra, intentaran engañarlo. Lo habían intentado desde que era un niño. Así había empezado todo, y así acabaría. Pero quería llevarse algo con él. Algo que el policía no tendría. A ella.

Prim ya había sacado el cuchillo cuando se volvió hacia Alexandra. Ella se había puesto de pie. Él levantó la hoja para atacar. Intentó captar su mirada. Hacerle saber que iba a morir. La ira lo invadió. Porque ella miraba por encima de su hombro al maldito policía. Como Susanne Andersen en la fiesta de la terraza, siempre a la búsqueda de algo mejor. Bueno, pues Hole la iba a ver morir, a esa jodida zorra.

Harry sostuvo la mirada de Alexandra. Ella lo vio, y ambos supieron que estaba demasiado lejos para salvarla. Todo lo que tuvo tiempo de hacer fue llevarse el dedo índice al cuello, dibujar un círculo rápido y esperar que ella recordara. Vio cómo ella echaba el hombro hacia atrás.

Apenas disponía de tiempo suficiente. Y si no había tiempo, era mejor pensar después. Salvo que el parásito también hubiera afectado a la capacidad de reacción de su anfitrión. El cuerpo de Helge le tapó la visión del golpe, Harry no pudo ver si ella había cerrado el puño en forma de cincel al golpear.

Pero seguro que lo había hecho.

Y seguro que había acertado.

Los instintos de Helge Forfang tomaron el control. No la querían a ella, no querían venganza, solo aire. Helge soltó el cuchillo y la jeringuilla y cayó de rodillas.

—¡Corre! —gritó Harry—. ¡Aléjate!

Sin decir palabra, Alexandra pasó lanzada a su lado, abrió la puerta metálica y desapareció.

Harry se adelantó, se detuvo junto al hombre del traje arrodillado y observó la espalda de Helge Forfang, que se sujetaba la laringe con las dos manos. Emitía un sonido sibilante, como una rueda pinchada. De repente rodó por el suelo de hormigón y, cuando estuvo boca arriba, clavó los ojos en Harry y lo apuntó de nuevo con la aguja. Abrió la boca, era evidente que quería decir algo, pero solo se oyeron más siseos.

Sin apartar la mirada de él, Harry puso la mano en el hombro del hombre del traje, que tenía la cabeza echada hacia delante.

—¿Cómo estás, Ståle?

—Bueno —susurró Aune de manera casi inaudible—. ¿La chica está a salvo?

—La chica está a salvo.

—En ese caso, estoy bien.

Harry vio algo en la mirada de Helge mientras yacía, allí tumbado. Lo reconoció. Había visto lo mismo en los ojos de Bjørn la última noche al dejarlo solo, cuando todos lo habían abandonado. Bjørn apareció a la mañana siguiente en un coche en el que se había volado los sesos. Harry lo había visto demasiadas veces en el espejo en el tiempo que siguió, cuando pensar en Rakel y en Bjørn le había llevado al límite.

Helge ya no apuntaba con la jeringuilla a Harry, la dirigía contra sí mismo. Harry vio que la punta se aproximaba a su rostro. Vio que cubría un ojo mientras el otro se clavaba sin descanso en Harry. El perfil de la luna brillaba de nuevo y Helge bajó un poco la mano, de modo que Harry pudo ver cómo la aguja presionaba el globo ocular, buscando el atajo que llevaba al cerebro que se escondía detrás. Vio cómo el ojo cedía como un huevo cocido hasta que la aguja perforó la superficie y el globo recuperó la forma original. Prim enterró la punta con gesto inexpresivo. Que Harry supiera, no había muchos nervios en el ojo o justo detrás, era probable que no fuera tan doloroso como parecía, ni tan difícil de hacer. Sencillo, en realidad. Sencillo para el hombre que se hacía llamar Prim, sencillo para los allegados de las víctimas, sencillo para Alex, sencillo para la fiscalía, y sencillo para el público siempre ansioso de venganza. Todos recibirían su parte sin sufrir la mala conciencia con la que se queda la gente en los países que admiten la pena de muerte, tras ejecutarla.

Sí, sería sencillo.

Demasiado sencillo.

Harry dio un paso adelante cuando vio que Helge rodeaba el émbolo con el pulgar, se dejó caer de rodillas y le golpeó con el puño la palma de la mano. Helge apretó, pero la garra de Harry le impidió vaciar la jeringa, su pulgar tropezó con un dedo inamovible de titanio gris.

—Déjame —gimió Prim.

—No —dijo Harry—. Te quedas con nosotros.

—¡Pero no quiero estar aquí! —se quejó Prim.

—Ya lo sé —dijo Harry—. Por eso.

Se mantuvo firme. A lo lejos se oyó una música familiar. Las sirenas de la policía.

53
VIERNES. IDIOTA

Alexandra y Harry miraban a través del cristal de la sala de autopsias, donde Ståle Aune estaba tendido sobre una mesa metálica e Ingrid Aune ocupaba una silla a su lado. La casa de Aune estaba a cinco minutos en coche y ella se había presentado enseguida.

La policía se había llevado a Helge Forfang y el equipo especializado en escenarios de crímenes estaba a punto de llegar. Harry había llamado al servicio de guardia de Criminalística para dar aviso de un asesinato sin contarles que la víctima aún no había fallecido.

Aune rio de repente allí dentro, tosiendo, y levantó la voz hasta que sus palabras se oyeron por el altavoz.

—Sí, sí, lo recuerdo, querida. No creía que pudiera interesarte un tipo como yo. ¿Me lo dirías ahora?

Alexandra dio un paso al frente y cortó el sonido.

Los observaron. Harry estaba allí cuando Ingrid llegó. Su esposo le había explicado que era probable que los parásitos que le habían inoculado actuaran muy deprisa, y que prefería ganarles la carrera. Cuando Aune dijo que Harry se había ofrecido a hacerlo, Ingrid se negó con firmeza. Señaló una de las prominentes venas del cuello de Aune y miró a Harry, él asintió, le dio la jeringuilla de morfina que le había entregado Alexandra y salió de la habitación.

Vieron que Ingrid se secaba las lágrimas y preparaba la inyección.

Harry y Alexandra salieron al aparcamiento y se fumaron un cigarrillo con Øystein.

Dos horas más tarde, tras prestar declaración y entrevistarse con un psicólogo especializado en situaciones de crisis en la comisaría central de Oslo, Øystein y Harry llevaron a Alexandra a su casa.

—Salvo que tengas intención de arruinarte en The Thief, puedes vivir conmigo una temporada —dijo ella.

—Gracias —dijo Harry—. Lo pensaré.

Era medianoche y Harry estaba en el bar del hotel. Contemplaba su vaso de whisky mientras hacía balance. Porque había llegado la hora de ajustar las cuentas, de hacer el inventario de a quiénes había perdido y a quiénes había traicionado. Y de toda la gente anónima a la que tal vez, solo tal vez, había salvado. Seguía faltando una persona en esa cuenta.

A modo de respuesta a sus pensamientos, sonó el teléfono.

Miró el número. Era Ben.

Harry supo con repentina seguridad que había llegado el momento de saberlo. Tal vez por eso dudó antes de responder.

—¿Ben?

—Hola, Harry. La hemos encontrado.

—OK. —Harry tomó aire y vació el resto del whisky de un trago—. ¿Dónde?

—Aquí.

—¿Ahí?

—Está sentada enfrente de mí.

—Quieres decir... ¿en el Creatures?

—Sí. Ella y un whisky sour. Le quitaron el teléfono, por eso no podías localizarla. Y se volvió a Laurel Canyon cuando salió de México. Aquí está...

Harry oyó ruido de fondo y risas. Después, la voz de Lucille.

—¿Harry?

—Lucille... —Fue todo lo que pudo decir.

—No te ablandes conmigo, Harry. He estado preguntándome qué sería lo primero que te diría. Y solo se me ha ocurrido una cosa. —Oyó que inspiraba y decía, con una mezcla de risa y llanto vibrando en las cuerdas vocales empapadas de whisky—: Me has salvado la vida, idiota.

54

JUEVES

Hacía frío y el aire soplaba con fuerza el día que enterraron a Ståle Aune. El cabello de los presentes volaba de un lado a otro y por unos instantes sucedió algo insólito: cayó granizo de un cielo en apariencia despejado. Harry se había afeitado al levantarse y el rostro enjuto que lo miró desde el espejo era un recuerdo de tiempos más felices. Puede que sirviera de algo. Era probable que no.

Subió al atril para decir unas palabras, como Ingrid y Aurora le habían rogado, y vio ante sí una iglesia repleta de gente.

En las dos primeras filas, la familia cercana. En la fila de detrás, amigos cercanos, la mayoría de ellos gente que Harry nunca había visto. En la fila siguiente vio a Mikael Bellman. Bellman estaba satisfecho con que el crimen se hubiera resuelto y el asesino estuviera a buen recaudo, pero había mantenido un perfil bajo mientras la prensa se regodeaba en nuevos detalles según los iba dando a conocer la policía, como la descripción que hizo Helge Forfang del asesinato de su padrastro. Cierto que *VG* y Mona Daa habían dado un buen ejemplo al no publicar el vídeo de Markus Røed desnudo, confesando los abusos cometidos con su hijastro, y solo habían hecho referencia al contenido. Los que querían verlo encontraban la grabación en la red sin problemas, claro.

Harry vio a Katrine sentada junto a Sung-min y Bodil Melling. Seguía estando cansada, habían tenido mucho trabajo que hacer *a posteriori* y aún faltaba más. Claro que se sentía aliviada por la detención y la confesión del autor. Helge Forfang les había contado todo lo que querían saber, y la mayor parte coincidía con las suposiciones de Harry sobre cómo habían tenido lugar los asesinatos. El motivo, vengarse de su padrastro, también era evidente.

Harry había llegado a la iglesia en el Mercedes con Øystein, Truls y Oleg, que había viajado desde la lejana Finnmark. Truls había vuelto a su puesto en la central de policía —ya no era sospechoso de haberse quedado con la droga— y lo había celebrado comprándose un traje para el entierro que se parecía sospechosamente al de Harry. Por su parte, Øystein afirmaba que había dejado el menudeo de cocaína y quería volver a trabajar como conductor. Tal vez de ambulancias.

—Joder, tío, cuando has encendido esa sirena una vez y has visto el tráfico abrirse como el maldito mar Muerto ante Moisés, es difícil volver atrás. ¿O era el lago de Tiberíades? El caso es que paso de eso.

Truls había soltado un gruñido.

—Para ser conductor de ambulancias hay que hacer un montón de puñeteros cursillos y eso.

—No es tanto por eso —había respondido Øystein—. Lo que pasa es que en esos vehículos hay drogas, ¿no? Y yo no puedo tener eso cerca, eh, que no soy Keith. He dicho que sí a hacerle el turno de día a uno de Holmlia que tiene un taxi.

Junto al atril, a Harry le temblaban las manos y las páginas sonaron rasposas. No había bebido, al contrario, había vaciado el resto de la botella de Jim Beam en el lavabo del hotel. Iba a estar sobrio el resto de su vida. Ese era el plan. Siempre era el plan. El sábado iba a coger el ferry a Nesodden con Gert. Harry pensó en eso. Dejaron de temblarle las manos. Carraspeó.

—Ståle Aune —dijo, porque había decidido empezar por decir su nombre completo—. Ståle Aune se ha convertido en el héroe que nunca pretendió ser. Las circunstancias y su valor le dieron la posibilidad de serlo al final de su vida. Por supuesto que protestaría si estuviera aquí y me oyera calificarle de héroe... pero no está. Creo. Tampoco haría caso de su protesta. Cuando íbamos a resolver el secuestro sobre el que todos habéis leído en la prensa, fue él quien se impuso. «¿No oís lo que os estoy diciendo? —nos gritó desde la cama—. Es matemática pura». Ståle Aune diría que fue pura lógica, no un acto heroico, lo que le llevó a ponerse mi ropa, ocupar mi lugar y asumir la sentencia de muerte que me correspondía. Nuestro plan era que yo abandonara el lugar con la rehén antes de que se descubriera que nos habíamos intercambiado los papeles, que yo interviniera solo en el caso de que desenmascararan a Ståle. No era mi plan. Era el suyo. Nos rogó que le hiciéramos ese favor, que le permitiéramos cambiar sus últimos días de sufrimiento por una marcha que tuviera un sentido. Era un argumento de peso. Y tendríamos más probabilidades de salvar a la rehén si Forfang se concentraba en él y yo podía intervenir si ocurría algún imprevisto. Ståle deja atrás, como la mayoría de los héroes que se inmolan, gente que se siente culpable. Especialmente a mí, que estaba al frente del grupo y era el objetivo principal en esa azotea. Sí, soy culpable de haber acortado la vida de Ståle Aune. ¿Me arrepiento? No. Porque Ståle tenía razón, era matemática pura, y creo que murió feliz. Feliz, porque Ståle pertenecía a esa parte de la humanidad que encuentra una profunda satisfacción en contribuir a que este mundo sea un lugar un poco más soportable para los demás.

Tras el entierro hubo sándwiches y café en Schrøder, por deseo de Ståle. Cuando llegaron, el local estaba tan lleno que Harry y sus acompañantes acabaron de pie junto al aseo.

—Forfang es un vengador que ha ido eliminando a todo el que se interponía en su camino —dijo Øystein—. Aunque la prensa dice que es un asesino en serie, no es el caso. ¿Qué dices tú, Harry?

—Hum. No en sentido estricto. Son muy infrecuentes. —Harry bebió un trago de café.

—¿Cuántos has conocido tú? —preguntó Oleg.

—No lo sé.

—¿No lo sabes? —gruñó Truls.

—Después de capturar a mi segundo asesino en serie, empezaron a llegar cartas anónimas. Gente que me retaba, decían que habían asesinado o que iban a hacerlo. Que yo no sería capaz de atraparlos. Supongo que la mayoría disfrutaba escribiendo esas cartas, sin más. No puedo saber si alguno de ellos mató a alguien. Resolvemos la mayoría de los casos en los que descubrimos que se trata de un asesinato. Pero puede que alguno se salga con la suya y consiga que a una muerte se le atribuya causa natural o accidente.

—¿Te pueden haber ganado? ¿Es eso lo que estás diciendo?

Harry asintió.

—Pues sí.

Un hombre mayor, algo borracho, salió del baño.

—¿Amigos o parientes? —preguntó.

Harry sonrió.

—Ambas cosas.

—Listo —dijo el hombre y se alejó.

—Además de haberme salvado la vida —añadió Harry en voz baja. Levantó su taza de café—. Por Ståle.

Los otros tres levantaron sus vasos.

—He pensado una cosa —dijo Truls—. Ese dicho que soltaste, Harry, eso de que si le salvas la vida a alguien eres responsable de ese alguien lo que te resta de la tuya…

—Sí —dijo Harry.

—Lo he comprobado. No es ningún dicho. Solo es algo que se les ocurrió en *Kung Fu* para que sonara a proverbio chino, ¿no? La serie de la tele de los años setenta, ya sabes.

—¿La de David Carradine? —preguntó Øystein.

—Sí —dijo Truls—. Una mierda.

—Pero molona —dijo Øystein—. Deberías verla —sugirió dándole un codazo a Oleg.

—¿De verdad?

—No —dijo Harry—. Nada de verdad.

—OK —dijo Øystein—. Pero si David Carradine dijo eso de ser responsable de la gente a la que salvas, debe tener *algo* de sentido. ¡David Carradine, amigos!

Truls se rascó la prominente barbilla.

—Ah, entonces vale.

Katrine se acercó a ellos.

—Siento no haber llegado antes, tuve que revisar la escena del crimen —dijo—. Parece que ha venido todo el mundo, hasta el cura.

—¿El cura? —dijo Harry y enarcó una ceja.

—¿No era él? —dijo Katrine—. El caso es que al llegar me he encontrado con un hombre con alzacuellos que salía.

—¿Qué escena del crimen? —preguntó Oleg.

—Un apartamento en Frogner. El cadáver está hecho pedacitos. Los vecinos oyeron un motor. El papel pintado del salón ha quedado como si lo hubieran pintado a pistola. Oye, Harry, ¿podemos hablar un momento en privado?

Fueron a la mesa de la ventana que en su día fue el sitio habitual de Harry.

—Qué bien que Alexandra ya esté de vuelta en el trabajo —dijo ella.

—Menos mal que es una chica dura.

—¿Me cuentan que la has invitado a ver *Romeo y Julieta*?

—Sí. Helene Røed me dio dos entradas. Se supone que es un buen montaje.

—Qué bien. Alexandra es una mujer estupenda. Le pedí que comprobara una cosa.

—¿Sí?

—Ya había verificado el perfil de ADN de la saliva que hallamos en el pecho de Susanne con la base de datos de delincuentes registrados. No encontramos nada, aunque más adelante vimos que coincidía con el de Markus Røed.

—¿Sí?

—La saliva nunca se cotejó con la base de datos de delincuentes *desconocidos*, es decir ADN de casos no resueltos. Después de ver ese vídeo en el que Markus Røed admite haber abusado de un menor, le pedí que comprobara su ADN también en ese registro. ¿Sabes cuál fue el resultado?

—Hum. Puedo adivinarlo.

—Inténtalo.

—La violación del menor de catorce años en Villa Dante. ¿Cuál era el nombre que le pusisteis a ese caso?

—El caso de la mariposa. —Katrine casi parecía descontenta—. ¿Cómo has sabido...?

—Røed y Krohn afirmaron que no querían facilitar el ADN a la policía porque era como reconocer que había motivos para sospechar. Intuí que Røed tenía otro motivo. Sabía que teníais semen con ADN de la violación.

Katrine asintió.

—Eres bueno, Harry.

Él negó con la cabeza.

—Si lo fuera, habría resuelto este caso mucho antes. Me equivoqué durante todo el proceso.

—Entiendo lo que dices, pero hay gente que piensa que eres bueno en lo tuyo.

—Vale.

—Esa es la otra cuestión que quiero comentar contigo. Hay un puesto libre en la sección de Delitos Violentos. Todos queremos que lo solicites.

—¿Todos?

—Bodil Melling y yo.

—O sea tú y ella, ¿por qué dices todos?

—Mikael Bellman ha mencionado que podría ser una buena idea. Que podríamos crear un puesto especial. Un papel más libre. Podrías empezar por ese asesinato en Frogner.

—¿Algún sospechoso?

—Parece que llevaba años enfrentado con su hermano a causa de una herencia. Están interrogando al hermano en este momento, pero resulta que tiene coartada.

Observó el rostro de Harry. Los iris azules que había contemplado, la boca suave que había besado, los rasgos marcados, la cicatriz con forma de sable que partía de la comisura de los labios hacia la oreja. Intentó interpretar su mirada, los cambios en su expresión, la manera en que echaba los hombros un poco hacia atrás, como un ave de gran envergadura a punto de echar a volar. Katrine se consideraba una buena conocedora de las personas, y algunos hombres, como Bjørn, eran para ella un libro abierto. Pero Harry era y seguiría siendo un misterio para ella. Sospechaba que también para sí mismo.

—Salúdalos de mi parte y diles que gracias, pero no.

—¿Por qué no?

Harry esbozó una sonrisa.

—Según avanzaba este caso he comprendido que solo sirvo para una cosa, capturar asesinos en serie. Auténticos asesinos en serie. Dicen las estadísticas que te cruzarás por la calle con un asesino en serie siete veces a lo largo de tu vida. Yo ya he gastado mi cuota. No surgirán más.

La tarjetita con el nombre del joven empleado decía «Andrew», y el hombre que tenía delante acababa de pronunciarlo con un acento que desvelaba que había pasado una temporada en los Estados Unidos.

—Una cadena nueva para la motosierra, sí —dijo Andrew—. Sí, seguro que podemos arreglarlo.

—Ahora mismo —dijo el hombre—. Necesito dos rollos de cinta aislante. Y unos metros de cuerda fina y resistente. Y un rollo de bolsas de basura de tamaño industrial. ¿Podrás darme todo eso, Andrew?

Por algún motivo, Andrew tuvo un escalofrío. Puede que fueran los iris incoloros del hombre. O la voz suave y en exceso aduladora, con un ligero acento sureño. O tal vez el hecho de que hubiera puesto la mano en su antebrazo. Tal vez Andrew, del mismo modo que otra gente temía a los payasos, siempre hubiese tenido miedo de los sacerdotes.

DESCUBRE LA BIBLIOTECA

JO NESBØ

SERIE HARRY HOLE

DEBOLS!LLO

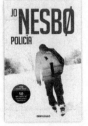

OTROS TÍTULOS DE JO NESBØ
NOVELAS INDEPENDIENTES

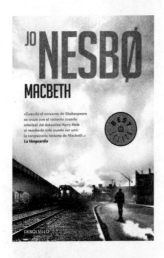

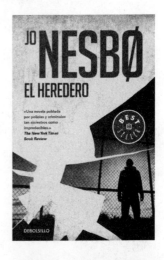